HEYNE BÜCHER

SCIENCE FICTION

Herausgegeben
von Wolfgang Jeschke

INTERNATIONALE
SCIENCE FICTION
ERZÄHLUNGEN

Herausgegeben von **WOLFGANG JESCHKE**

WINTERFLIEGEN
06/5970

DAS PROUST-SYNDROM
06/5999

DAS JAHR DER MAUS
06/5632

FERNES LICHT
Die besten Erzählungen aus vierzig Jahren
HEYNE SCIENCE FICTION
06/2100

IKARUS 2001
Best of Science Fiction
06/6370

REPTILIENLIEBE
06/6354

DIE STRASSE NACH OODNADATTA
(in Vorb.)

MORD AN DER ZUKUNFT
(in Vorb.)

IKARUS 2002
Best of Science Fiction
(in Vorb.)

Reptilienliebe

Internationale
Science Fiction-Erzählungen

herausgegeben von
Wolfgang Jeschke

Originalausgabe

WILHELM HEYNE VERLAG
MÜNCHEN

HEYNE SCIENCE FICTION & FANTASY
Band 06/6354

Das Umschlagbild ist von Thomas Thiemeyer
Übersetzungen:
Aus dem Amerikanischen und Englischen
von Thomas Haufschild, Michael Peinkofer und Olaf Schröter
Aus dem Französischen von Gabrielle & Georges Hausemer
Aus dem Polnischen von Nina Kozlowski und Jacek Rzeszotnik
Aus dem Tschechischen von Karl v. Wetzky
Aus dem Russischen von Erik Simon

Umwelthinweis:
Dieses Buch wurde auf chlor- und
säurefreiem Papier gedruckt.

Redaktion: Wolfgang Jeschke

http://www.heyne.de

Originalausgabe 8/2001
Printed in Germany 6/2001
Umschlaggestaltung: Nele Schütz Design, München
Technische Betreuung: M. Spinola
Satz: Schaber Satz- und Datentechnik, Wels
Druck und Bindung: Ebner Ulm

ISBN 3-453-17113-6

INHALT

INHALT

INHALT

Für Julian und Rosi

WOLFGANG JESCHKE

Deutschland

*Allah akhbar And So Smart Our NLWs**

»... Mohammed rassul Allah«, murmelte er und schlug so heftig mit der Stirn auf den abgeschabten Teppich, daß der grobkörnige Sand darunter knirschte.

Er richtete sich auf. Eine Fliege ließ sich auf dem Teppich nieder. Er verscheuchte sie; eine Sekunde später war sie wieder da. Sie rieb sich die vorderen Gliedmaßen wie in Vorfreude und Tatendrang. Er rollte den Teppich zusammen, griff nach seiner Kalaschnikow und stand auf. Der Wind winselte über dem Sand und raschelte in den vertrockneten Blättern der Büsche. Die Sonne ging auf. Ihr Licht fegte die Ebene. Er zog das Kopftuch über dem Mund fest. Die Schüler auf dem Schulhof hatten ihr Gebet ebenfalls beendet und strömten zurück in das zerschossene Gebäude. Gleich darauf war ihr Lachen zu hören und das Klappern von Teegeschirr. Ghamal holte die Fahne vom Mast, unter der sie gebetet hatten. Als er ihm zunickte, hielt der Junge in seinen Bewegungen inne und sah mit ängstlichem Blick zu ihm her. Er nickte von neuem und befingerte lächelnd die Handgranaten an seinem Schultergurt.

Ein Köter tauchte zwischen den Ruinen auf, ein helles räudiges Tier, häßlich wie eine Hyäne, mit eitrigen Wunden. Er gab einen Einzelschuß ab, doch der Hund war von einer Sekunde zur anderen unsichtbar geworden.

---

* **NLWs:** Non Lethal Weapons = Nicht tödliche Waffen

Aus einem Haus, dessen verschwundenes Dach durch eine Plane mit Wüstencamouflage ersetzt war, barst ein halbes Dutzend Krieger, stob auseinander und ging an den halbhohen Mauern in Stellung, Gewehre und Granatwerfer schußbereit. Er hob lachend seine Waffe.

»Es war der unsichtbare Hund!« rief er. Nur so hatte der Köter bisher überleben können, was Menschen fast nie gelang. Allah sei ihren Seelen gnädig.

Die Kämpfer schulterten ihre Waffen und zogen sich in den Schatten der Ruine zurück.

Die Sonne war höher gestiegen. Fliegen summten. Im Südosten kreisten Geier. Er zählte drei oder vier. Schon am Abend zuvor hatte er dort zwei kreisen sehen. Sie fanden immer etwas in dieser Gegend. Die pakistanische Grenze war nicht weit.

Einer der Geier kreiste tiefer, die anderen folgten.

Er wandte sich ab und schlurfte zurück zu seinem ›Bunker‹, dem einzigen Haus in dem verlassenen Dorf, das noch ein Dach hatte und eine Tür.

In der Ferne bellte der unsichtbare Hund. Es klang wie ein Lachen. Es ist doch eine Hyäne, dachte er.

Gleich würde Ghamal mit dem Tee kommen.

»Was auf den Leim gegangen inzwischen, Leslie?«

»Frag den Computer selber, Graham. Das ist jetzt eure Schicht. – Und du? Du bist der Neue, wie?«

»Jake Morrison, Sir.«

»Willkommen bei den Vogelstellern, Jake. Den ›Sir‹ steck dir sonstwohin, okay? – Wie ist das Wetter in der Oberwelt, Graham?«

»Scheußlich. Nebel. Eine einzige Waschküche. Staus bis hinauf nach Baltimore.« Er wischte sich die Nässe aus dem Schnauzer. »Solltest dich besser hier aufs Ohr legen, Leslie.«

»Würde dir so passen, alte Schwuchtel. Nein, ich muß an die Luft. Ich ersticke hier.«

»Status?«

»GLUE* verfolgt derzeit 1823 Spuren, darunter 36 heiße und vielleicht eine superheiße. Er hat jedenfalls Verstärkung angefordert. Zwei voll beladene Geier sind seit vierzehn Stunden vor Ort. Haben ihre Ladung abgesetzt. Volle action. Vier weitere sind vom Golf her im Anflug. Sieht nämlich nach einer superheißen Spur aus. Es könnte sein, daß wir es diesmal schaffen. Vielleicht haben wir bald eine Gen-Analyse, dann wissen wir mehr. Gute Nacht.« Er zog den Reißverschluß seines Anoraks zu.

»Ciao.«

Graham gab mit Handabdruck seinen Code ein.

»Lassen Sie sich das einfach gefallen, Sir? Ich meine, er ...«

Graham winkte ab. »Du wirst dich an unsere rauhen Sitten gewöhnen müssen, Jake. Was du hier alles zu sehen kriegst, macht dich fertig, wenn du dir nicht ein verdammt dickes Fell zulegst. Wir sind hier die Spanner vom Dienst, mein Freund. Jedes Scheißhaus der Welt steht uns offen, und sei es auch noch so fest versperrt. Wir lauern sozusagen auf jeder Klobrille, über der eine VIP die Hosen runterläßt, sitzen auf jedem frisch bekleckerten Bettlaken.«

Jake nickte und beobachtete den Bildschirm, über den Kolonnen von Personaldaten, Codes und chemischen Strukturformeln scrollten.

»Ist mir schon klar«, sagte er. »Und der Computer verfolgt diese Spuren mit Hilfe von genetischen Analysen?«

»Positiv. Wie eine Art Bluthund. GLUE schnüffelt jedem hinterher, von dem wir einen DNA-Abdruck haben. Und wenn wir noch keinen haben, beschafft er uns einen. Wenn wir diesen Code auf die Fahndungsliste setzen, stöbert er diese Person auf, wo immer sie sich auf der Erde befindet.«

---

* **GLUE:** Genetical Localizing Undercover Executive = etwa: Geheimdienstliche Vollzugsbehörde für genetisches Aufspüren; glue (wörtl.): Leim

»Ist das zuverlässig? Ich meine ... die Geräte sind doch winzig.«

»Ein paar Moleküle genügen. GLUE streckt seine klebrige Zunge aus. Schwupp! – und läßt seine Beute nicht mehr los.«

»Muß doch aber schwierig sein, Gewebeproben zu beschaffen.«

Graham winkte ab. »Überhaupt nicht. Ein Mensch bewegt sich durch Raum und Zeit wie eine Elefantenherde durch eine Obstplantage. Er hinterläßt echt einen ganzen Trampelpfad von Spuren: Hautschuppen, Haare, Kot, Urin, Schweiß, Schleim, Sperma. In einem Jahr das Mehrfache seines Körpergewichts. Von der Wiege bis zum Grabe und noch lange über den Tod hinaus. Unverwechselbare Spuren. Einen ganz individuellen Abdruck. Stell dir eine Nanolandschaft vor. Das sieht aus wie die Schneise eines Tornados, von Horizont zu Horizont. Nicht zu übersehen.«

Jake nickte.

»Und bei den Typen, hinter denen wir hauptsächlich her sind, ist es besonders leicht. Sie sind schmutzig. Waschen sich allenfalls die Füße vor dem Freitagsgebet. Hinterlassen freiwillig Blutproben in Filzläusen, Flöhen und Wanzen. Beim Beten machen sie diese gymnastischen Übungen, wetzen dabei Millionen von Hautzellen ab, mit denen sie ihre Gebetsteppiche imprägnieren. Als würden sie ihr Monogramm einsticken.«

»Aber die Bedingungen vor Ort werden doch selten ...«

»He! Das ist echt eine heiße Spur! GLUE, du bist ein Schatz!«

Auf dem Monitor baute sich ein Fahndungsfoto auf. Ein schmales dunkeläugiges Männergesicht mit langem schütteren Vollbart. »Nach diesem Vögelchen jagen wir schon lange, Jake.« Er tippte ein paar Zahlen ein. »Hast du schon Bilder von Geräten vor Ort, GLUE?«

Auf mehr als einem Dutzend von Monitoren bauten sich Bilder auf, die dasselbe Motiv aus verschiedenen Perspektiven zeigten, aber sie waren allesamt dunkel und unscharf und merkwürdig vervielfältigt, als würden sie durch Facettenaugen gesehen. Aus ihnen errechnete der Computer auf dem Hauptbildschirm eine stereoskopische Abbildung des Objekts, aber die Darstellung brach immer wieder zusammen zu einem glitzernden Geflacker von Pixeln.

»Scheiße! Es ist ein ziemlich dunkler Raum.« Graham strich sich nervös den Schnauzer, beugte sich vor und kniff die Augen zusammen. Der Computer versuchte es erneut. Das Bild wurde besser, blieb aber schattenhaft, eine rhythmische Bewegung war zu erkennen, eine kleine zusammengekrümmte Gestalt vor einer größeren ...

»Das ist ja ein Kind!« rief Jake. »Und ...«

Über das Audio war ein Wimmern zu hören.

»Ja«, sagte Graham grimmig.

Der Junge wimmerte, als er in ihn eindrang. Er strich ihm zärtlich die vorstehenden Rippen entlang und ließ die Hände auf seinen schmalen Hüften ruhen. Er erinnerte sich an die Ziege, mit der er es das erste Mal gemacht hatte, erinnerte sich noch genau an den erregenden Duft des harten Fells, den Geruch von Moschus und Wollfett, von Salbei und sonnenwarmem Staub. Er war vielleicht zwölf oder dreizehn gewesen und hatte seine ganze Kraft aufbieten müssen, um das störrische, bockende Tier festzuhalten. Es hatte ihn weniger erleichtert als erschöpft, wie ein Ringkampf. Aber mit der Zeit erwarb er Übung darin und kannte die Geißen, die es gleichgültig hinnahmen und nur erstaunt den Kopf hoben, wenn er sie bestieg.

Dann hatte ihn sein Onkel dabei erwischt, dessen Herde er hütete. Er schlug ihn mit der Reitpeitsche, die er zum Abrichten seiner Kamele benutzte – auf den Rücken, aufs Gesäß und zwischen die Beine, vor allem zwischen die Beine. Einen ganzen Tag lang hatte er vor Schmerz keuchend unter dem Trog gelegen, an dem die Tiere getränkt wurden, die Wange in die feuchten Ziegenköttel gepreßt, zitternd und unfähig, sich zu rühren.

Am Tag darauf waren die Soldaten gekommen: stolze,

hochgewachsene Gestalten. Er bewunderte die dunklen Gesichter hinter den Spiegelbrillen, die unablässig mahlenden Kiefer, die prachtvollen Uhren an goldenen Armbändern, die hohen geschnürten Stiefel aus glattem Leder, die Patronengurte über den Schultern und die Waffen, vor allem die Waffen.

»Nehmt ihn mit!« rief sein Onkel. »Sonst – Allah verzeih mir – erschlage ich ihn.«

Sie hatten ihn mitgenommen. Er war auf den schlammbespritzten Laster geklettert, und es war ihm, als sei er dem Himmel ein großes Stück näher gekommen.

Einer der Soldaten schlug ein Tuch auseinander. Es waren Datteln darin, keine Kameldatteln, wie er sie bisher gekannt hatte, sondern honigsüße Datteln, deren Fleisch sich von den glatten länglichen Kernen löste wie das Fleisch von zierlichen Fingern.

»Iß dich satt, Junge«, sagte der Soldat. »Du brauchst Kraft, um es ihnen zu zeigen. Und du wirst es allen zeigen.«

Danach kauerte er an der hinteren Ladeklappe und starrte in die düstere graue Staubwolke, die der Laster aufwarf und die hinter ihnen zurückblieb wie seine Jugend.

Ich werde es ihnen zeigen, sagte er sich und wußte nicht, wer diejenigen waren, denen er es zeigen wollte. Aber das sollte sich ändern.

Als er kam, richtete er sich auf, dann beugte er sich vor und breitete seinen Bart über Stirn und Gesicht des Jungen. Er strich ihm zärtlich über Kehle und Hals. Einmal hatte er ein Zicklein getötet, weil er wissen wollte, wie es war, wenn etwas starb. Er hatte ihm die Kehle durchgeschnitten und es an sich gepreßt, während seine kleinen schwarzen Hufe ihm gegen die Brust trommelten, langsamer und immer kraftloser. Er hatte von dem Blut gekostet, das fettig und wie Kupfer schmeckte, hatte die harten, trockenen Haare seines Fells zwischen den Lippen gespürt, hatte ihm in die geschlitzten gelben Augen geblickt und erwartet, daß irgendwie ein Licht darin erlösche, sich Dunkelheit ausbreiten müßte. Aber es hatte ihn nur weiter blöde angestarrt, mit offenem Maul und heraushängender Zunge. Reglos.

Enttäuscht hatte er es ein Stück weit weggetragen und mit Zweigen zugedeckt. Am nächsten Morgen war es verschwunden. Die Hyänen hatte es gefunden.

Ghamal hatte sich in die entfernteste Ecke der Hütte zurückgezogen und sein Gesicht mit dem Kopftuch verhüllt.

Es wurde Zeit, daß die Jungen härter herangenommen wurden. Sie würden nach Algerien gebracht werden, um das Töten zu lernen. Sie waren im richtigen Alter, in dem man das Töten lernen mußte – erbarmungslos, effizient, ohne jedes Schuldgefühl, ohne Ansehen der Opfer. So wie er es auch gelernt hatte. Morgens Ausbildung an der Waffe, nachmittags Koranschule, abends Videos – in Zeitlupe: Nairobi, Algier, Kairo, das Tal der Könige, Beirut ... immer und immer wieder. Oder alte Aufnahmen aus Afghanistan, wo die Amerikaner sie übertölpelt hatten, die Dreckarbeit gegen die Russen zu übernehmen, und sie geglaubt hatten, den Grundstein für ein islamisches Weltreich zu legen. Allah hatte sie ein letztes Mal geprüft, um sie zu stählen.

Er hatte gebetet und gefastet und um ein Zeichen gefleht. Als sie durch die Dasht-i-Margo in Richtung Kandahar zogen und vor den Himmelsspähern des Feindes versteckt unter sandbeschichteten Folien rasteten in der Hitze des Mittags, hatte er einen Traum gehabt. Er hatte die Ziegen zur Tränke geführt. Doch die Tiere tranken nicht. Sie standen stumm unter einem schwarzen Himmel, in dem unerbittlich eine Sonne brannte wie über den nackten Wüsten des Mondes. Da sah er, daß die Tröge voller Blut waren. Und daß Wolken von Fliegen sie umschwärmten.

Wochen später, als sie auf dem Anjuman-Paß lagerten, um durchs Khwaja Muhammad nach Badakshan zu marschieren, hatte ihn dieser Traum von neuem heimgesucht. Als er aufsah zum Himmel, bemerkte er, daß die Sonne seit Stunden nicht mehr weitergewandert war. Er drängte sich durch die stummen, reglosen Tiere und ergriff ein Zicklein. Er hob es an die Brust, um es zu opfern. Es musterte ihn spöttisch mit wissenden, gelben Augen, und aus seiner Kehle brach ein heiseres Lachen. Erschrocken schleuderte er es von sich und erwachte. Er trat vors Zelt. Das Eis der nahen Sterne brannte auf seiner Haut. Ihn schauderte.

Da wußte er, daß Allah ihm ein Zeichen gesandt hatte. Die Erde hatte ihre Bahn verlassen. Sie waren aufgerufen, sie auf ihren gottgewollten Weg zurückzuführen.

Das war der Sinn des Djihad. Es war ein gottgewollter Krieg, ein heiliger Krieg. Das Böse hatte einen Namen. Und sie hatten ihren Gegner im Visier.

Er goß sich lächelnd Tee ein. Er schmeckte süß und war kalt.

Fliegen saßen auf dem Tisch, zwanzig, dreißig.

Er musterte sie nachdenklich. Irgend etwas stimmt nicht mit ihnen. Sie bildeten ein unregelmäßiges Muster, aber alle saßen sie seltsam still. Er verscheuchte sie mit einem Wedeln der Hand, aber schon drei Sekunden später hatten sie sich erneut niedergelassen.

Er erinnerte sich an die heißen, schläfrigen Nachmittage in der Medrese, an die von Fliegen wimmelnden Tische und Wände und die aufgeschlagenen, von kleinen Kotsprenkeln übersäten Seiten der heiligen Schriften, das heftige kurze Summen ihrer blitzartigen Kopulationen ...

Diese Fliegen aber ...

Er starrte sie an, und mit einem Mal fiel ihm auf, daß sie ... alle still saßen – daß sie ... alle – auf ihn ausgerichtet waren!

»Allah«, keuchte er, sprang auf. »Raus hier!« schrie er. »Raus!«

War der Junge noch da? Oder war er gegangen? Er hatte es nicht bemerkt.

Eine Wolke von Fliegen umschwärmte ihn, als er zur Tür rannte. Er schlug um sich, zog eine Handgranate ab, schleuderte sie in den Raum, schloß die Tür und warf sich zu Boden.

Die Hütte barst auseinander. Steinbrocken und Lehmziegel regneten herab.

Er wartete, bis das Prasseln aufgehört und Staub und Rauch sich verzogen hatten, dann rappelte er sich auf – um sofort wieder hinzustürzen. Er schlug sich dabei die Stirn auf und verlor sein Kopftuch. Er versuchte vergeblich, sich aufzurichten. Der Boden war von einem feinen grauen Schleim bedeckt, der ihn so glatt machte, daß er nicht den geringsten Widerstand bot.

Er wunderte sich, weshalb keiner seiner Kämpfer zu sehen war, und robbte auf dem Bauch auf ihre Unterkunft zu. Sie lagen gegen die Wand gelehnt, ihre Waffen in der Faust, aber sie schienen mit dem Mauerwerk irgendwie verwachsen zu sein. Ihre Handgelenke, Ellbogen, Schultern und Knie waren wie von den Resten einer schwarzemaillierten Rüstung bedeckt, die ihnen jede Bewegung unmöglich machte. Sie rollten angstvoll die Augen, gaben aber keinen Ton von sich. Er sah, daß sich auf ihrer ungeschützten Haut ein dünner grauer Flaum gebildet hatte, der sich im Luftzug bewegte wie abgestorbene Flechten. Oder waren es winzige Spinnen, die sich auf ihren Armen und Gesichtern bewegten?

Grauen überkam ihn. Er tastete nach einer weiteren Granate am Schulterriemen und löste sie, als er einen stechenden Schmerz in der Handwurzel spürte. Ein Käfer hatte sich dort niedergelassen, sechseckig und mit Deckflügeln, die wie schwarzes Email aussahen. Die Hand war mitten in der Bewegung erstarrt, und er wußte nicht, ob er die Granate ganz abgezogen hatte oder nicht. Er schloß die Augen und zählte. Sie detonierte nicht. Als er es wagte, die Augen wieder zu öffnen, sah er, daß seine Handgelenke und Ellbogen von mehreren dieser schwarzen Käfer bedeckt waren. Er spürte sie nicht, doch im Gesicht fühlte er ein Kribbeln, als würde es von Spinnen überlaufen.

Die Sonne brannte auf ihn nieder. Er versuchte den Arm zu heben, um Kopf und Gesicht zu bedecken, doch er konnte sich nicht bewegen.

Kein Laut war zu hören, auch aus der Ruine der Medrese nicht. Nur der Wind, der über die Ebene ging, winselte und zerrte an den vertrockneten Blättern der Büsche.

Die Geier watschelten durch die Reste ihrer Ladung an Biokonstrukten und MAVs* zwischen den Büschen: ein paar tote Käfer, Spinnen, die auf dem Boden sinnlos flache graue Netze bauten, und ein paar Fliegen, die in der Hitze des Mittags summten. Der übliche Prozentsatz an Ausfällen, der übliche Schrott an fehlerhaften Chips.

Die Ladeluken schlossen sich. Das Tarngefieder aus Mikrofaser schob sich über das Brustbein und wurde versiegelt, das Thopterprogramm der Schwingenmechanik gestartet. Die piezoelektrischen Muskeln der Landebeine spannten das Federwerk der Startautomatik. Sie schleuderte das leere MAV mehr als zehn Fuß in die Höhe. Das zweite folgte fünf Sekunden später. Mit klatschendem Flügelschlag gewannen die Vögel in der Thermik über der Wüste rasch an Höhe und flogen nach Südwesten davon, in Richtung Golf.

»Weißt du, Jake, unsere Geier waren schon immer Spitze.« Graham lehnte sich zurück und zwirbelte seinen Schnauzer. »Meisterwerke der Bionik, funkgesteuert und vollgepackt mit MAVs, Biokonstrukten und anderen smarten Gadgets. Unbegrenzte Reichweite, wenn sie sich mittags in die Sonne setzen und die Flügel ausbreiten, um aufzutanken.« Er nickte. »Aber die Fliegen sind ein echter Geniestreich. Sie fallen niemandem auf. Schon gar nicht in den Ländern, in denen wir auf Vogelfang gehen. Allah ist der Herr der Fliegen. Sein Reich erstreckt sich von Nouakschott bis Kalimantan. Und sie sind überall.« Er setzte eine deaktivierte Fliege auf die ENTER-Taste. »Sie wähnen sich in Sicherheit unter ihren sandbeschichteten Folien, aber unsere Fliegen sind immer bei ihnen. GLUE ist allgegenwärtig.«

---

* **MAVs:** Micro Air Vehicles = Mikroflugkörper

»Was geschieht jetzt?« fragte Jake und deutete mit einem Kopfnicken auf die Monitore. Die Darstellungen wurden immer bizarrer.

Graham zuckte die Achseln. »Wir werden keine Rettungshubschrauber losschicken, wenn du das meinst. Die Gefangenen sind im Moment zwar ungeschützt, aber in zwei bis drei Stunden sind sie sicher in einem Überlebenskokon eingeschlossen, den unsere kleinen fleißigen Spinnchen ihnen weben. Er ist luftdurchlässig, aber so zäh, daß ihn kein Pitbull aufbeißen könnte. Das Raubzeug kommt nicht an sie ran. Freilich, die Ameisen ...« Er lachte. »Wir können natürlich ihren Leuten eine Nachricht zuspielen, damit sie sich um sie kümmern. Nur ...«

»Nur?«

Graham hob die Schultern und spreizte die Hände. »Ich hab's nie erlebt.«

Sie betrachteten die reglosen, halb von grauen Spinnweben überzogenen Körper. Sie sahen immer mehr wie Aliens aus, deren Invasion gescheitert war und die durch eine Art Selbstzerstörungsmechanismus nun rasend schnell vermoderten.

»Sie bringen sie um, wenn sie sie in diesem Zustand finden«, sagte Jake leise.

Graham nickte.

»Die meisten von ihnen sind Kinder ...«

»Killer.«

»... Und sie sind wehrlos.«

»Ich vergehe vor Mitgefühl, Jake. Echt! Sind die Opfer ihrer Terroranschläge etwa nicht unschuldig?« Graham trommelte ungeduldig mit den Fingern.

»Schau, Jake«, sagte er. »Es sind Menschen aus dem Mittelalter. Sieh dir ihren Kalender an: Sie leben im fünfzehnten Jahrhundert. Sie haben sich in die Zukunft verirrt, in unsere Zeit. Sie sind verwirrt. Sie haben Angst. Sie sind frustriert. Und sie sind zornig. Sie schlagen um sich. Wir haben eine humane Lösung gefunden: NLWs. Mit GLUE können wir das Problem lösen. Gewaltfrei.« Er grinste.

Jake schüttelte den Kopf. »Es ist ein schmutziger Krieg.«

»Positiv, Jake. Es ist ein verdammt beschissener Krieg. Aber sie haben ihn uns aufgezwungen.«

»Sie sind Fanatiker ...«

»Geschenkt!«

»Sie sind ungebildet. Sie haben nie eine Chance gehabt.«

»Ihr Problem, wenn sie nichts anderes als diese ... diese religiösen Schriften lesen.«

»Von denen gibt's auch bei uns 'ne ganze Menge.«

»He! Moment mal, Jake!« fuhr Graham auf. »Unsere heilige Bibel ist doch wohl was anderes als dieser ... dieser Koran.«

»Ich fürchte nein.«

»Lehrt man euch solches Zeug jetzt in der Ausbildung?« knurrte Graham.

»Man muß seinen Gegner kennen, um ihn zu treffen.«

»Na so was! Früher galt genau das Gegenteil. Je weniger du deinen Gegner kennst, desto leichter ist es, ihn umzulegen.«

»Man muß lernen, ihn mit seinen eigenen Waffen zu schlagen.«

»Ich verlaß mich lieber auf unsere, Jake.« Er nahm die Fliege von der Tastatur und setzte sie auf die Handfläche.

»Das Ding ist wirklich perfekt«, sagte Jake widerstrebend.

Graham spitzte die Lippen und schüttelte den Kopf. »Sie werden industriell gefertigt. Sie pflanzen sich nicht natürlich fort. Es sind MAVs, Roboter, keine Bios.«

Jake blickte ihn verständnislos an.

»Sie ficken nicht«, sagte Graham. »Und irgendwann merkt das einer.«

»Die überstürzte Reaktion dieses Rebellenführers?«

Graham hob die Schultern. Er stand seufzend auf. »Hoffen wir, daß ihn sein Gott bald zu sich ruft. Sonst müssen wir tatsächlich noch eine Rettungsaktion starten. Aber für uns. GLUE hat die Positionsdaten längst ins Netz der Kampfsatelliten übermittelt. Ich bin nur froh, daß es nicht an uns hängen bleibt, den verdammten Befehl zu geben, vor Ort eine kleine Hölle zu entfachen.« Er schnippte die Fliege von der Handfläche. »Um sie heimzuschicken.«

Ober Audio war Fliegengesumm zu hören und das Winseln des Windes, der über die Ebene ging. In der Nähe bellte ein Hund.

Es klang wie ein Lachen.

DAVID GARNETT

England

Abseits der Straße

Die beiden fuhren weiter die Straße entlang. Sie erstreckte sich in gerader Linie bis zum Horizont und war völlig leer. Inzwischen war eine Stunde vergangen, seit sie ein anderes Fahrzeug gesehen hatten. Wiederum eine Stunde zuvor hatten sie die falsche Abzweigung genommen.

Michael hatte seinen Irrtum fast sofort erkannt, aber er hatte nichts gesagt. Es würde eigentlich keinen Unterschied machen.

Er fuhr relativ langsam. Sobald er das Tempo erhöhte, wurde das Auto aufgrund der Risse und Schlaglöcher in der Fahrbahn zu heftig durchgeschüttelt. Nicht daß er sich Sorgen um den Mietwagen machte, aber es bestand kein Anlaß zur Eile. Sie waren im Urlaub – zumindest vermeintlich.

»Da ist nichts«, sagte Angela und drehte an der Skala des Radios. »Gar nichts.«

Michael hörte, wie sich kurzfristig die verschiedensten Sendungen in das Knistern der Empfangsstörung mischten und dann wieder verklangen – Nachrichten, Werbespots und Sportkommentare; ein Streichquartett, ein Kirchenchor und eine Swingband –, aber Angela schaltete das Radio aus und lehnte sich in ihren Sitz zurück.

Er sah ihr aus dem Augenwinkel dabei zu, wie sie sich in das Buch auf ihrem Schoß vertiefte und eine Seite umblätterte. Michael konnte nicht glauben, daß Angela tatsächlich so gelangweilt war, wie sie vorgab. Sie beschwerte sich fortwährend über die Hitze und sagte, sie hätten einen

Wagen mit Klimaanlage mieten sollen; aber er wußte, daß Angela sich nicht über die Hitze beschweren würde, falls sie jetzt ausgestreckt an einem Strand läge. Ihr Fenster war heruntergekurbelt, und der heiße Wüstenwind wehte ihr Haar zurück.

Angela konnte in ein paar Tagen wieder am Strand liegen, sobald sie zurückgekehrt waren, aber das hier war sein Teil des Urlaubs, etwas, das er schon immer hatte tun wollen.

Er war nicht enttäuscht worden. Die unwirtliche Landschaft und die fernen Felsformationen waren sogar noch einzigartiger, als er sich ausgemalt hatte. Ihm gefiel alles hier, sogar die von Schlaglöchern übersäte Straße.

Genau so sollte eine Autofahrt aussehen, ohne lange Schlangen, ohne Staus im dichten Stadtverkehr. Daheim in England hätte er nirgendwo so weit fahren können, ohne irgendwann anhalten zu müssen. Das gleiche galt für jedes andere europäische Land, das er bereist hatte.

Sie waren durch Holland und Deutschland gefahren, durch Frankreich, Spanien und Portugal, allerdings immer in ihrem eigenen Wagen. Jetzt fuhr Michael zum erstenmal ein Auto mit Linkssteuerung, und es überraschte ihn, wie schnell er sich daran gewöhnt hatte. Angela hatte sich geweigert zu fahren, was ebenfalls zeigte, wie sie über diesen Teil des Urlaubs dachte.

»Da kommt eine Stadt«, sagte Michael, als er das Schild am Straßenrand sah. Er warf einen Blick auf die Benzinuhr. Erst halb leer, aber es empfahl sich, bei jeder Gelegenheit vollzutanken. »Vielleicht sollten wir eine Tankstelle ansteuern.«

Angela sagte nichts.

»Du könntest einen Einkaufsbummel machen«, fügte er hinzu.

Angela wandte den Kopf. Sie hatte ihre Sonnenbrille aufgesetzt, so daß er ihre Augen nicht erkennen konnte.

»Einkaufsbummel?« fragte sie. »Einkaufsbummel!«

Dann lächelte sie und boxte ihn gegen den Oberarm.

»Du Englisch? Ich habe gut Angebot!« sagte Michael, und Angela lachte.

»Wie groß ist diese Stadt?« fragte sie. »Zwei Häuser und ein Pferch?«

»Hast du ›Pferd‹ oder ›Pferch‹ gesagt?«

Angela sah ihn unverwandt an. »Das hier macht dir Spaß, nicht wahr?«

Er nickte. »Dir nicht?«

Sie zuckte die Achseln und musterte dann das silberne Armband um ihr Handgelenk. Mit dem Daumen rieb sie leicht über den Türkis.

»Manches ist ganz okay«, sagte sie. »Schätze ich.«

Selbst nach einer so langen gemeinsamen Zeit war Michael immer wieder erstaunt, wie viel Angela mit nur wenigen Worten auszudrücken vermochte. Fast ebensoviel wie mit einem einzigen Blick.

Soweit es sie anging, hätten sie eine Stunde nach dem Grenzübertritt wieder umkehren können. Bis dahin hatte sie in den paar Touristenläden nördlich der Grenze alles gekauft, was sie haben wollte. Michael mußte zugeben, daß die Sachen allesamt von guter Qualität zu sein schienen, und die Preise waren natürlich lächerlich niedrig. Touristen waren hier erst seit sehr kurzer Zeit zugelassen, und sie beide hatten ihre Visa noch vor der Abreise aus England kaufen müssen.

Wenn es um Einkäufe ging, war Angela Expertin; sie fand beinahe sofort alles, was sie suchte. Sie hatte als Geschenke handgefertigten Schmuck und einige kleine Webteppiche erstanden. Michael hatte ihr so viele Teppiche zugebilligt, wie in einen großen Koffer paßten. Bei den Schmuckstücken jedoch sollte sie ganz nach Belieben zugreifen - und sich selbst dabei nicht vergessen. Angela hatte versucht, ihn zum Kauf eines ausgefallenen Paars Lederstiefel zu überreden, aber Michael wußte, daß er diese Schuhe nie tragen würde. Ihr zuliebe hatte er einen Gürtel aus Schlangenleder gekauft. Den würde er zwar auch nie anlegen, aber der Gürtel war wenigstens nicht so sperrig und weitaus billiger.

Das war gestern morgen gewesen, und die Nacht hatten sie in einem empfohlenen Hotel verbracht. Michael hatte vor dem Grenzübertritt vollgetankt und dann noch einmal, als sie den Volkswagen über Nacht in einer Garage untergestellt hatten.

»Wenn schon nichts anderes, so können wir doch vielleicht ein Mittagessen bekommen«, sagte Angela. »Selbst falls sie kein Benzin haben, so müssen sie doch etwas essen.«

»Möchtest du das Risiko eingehen?«

»Es kann kaum schlimmer sein, als so manch anderes, was wir im Ausland schon gegessen haben, und es dürfte weitaus billiger sein. Solange wir hier sind, sollten wir auch die örtliche Küche ausprobieren.«

Sie hatten genug zu essen dabei, ein Lunchpaket, das man ihnen im Hotel mitgegeben hatte; aber womöglich freundete Angela sich letztlich doch noch mit dieser Reise an.

»Trink aber nicht von dem Wasser«, sagte Michael, so wie es einer von ihnen dem anderen immer riet, ganz gleich, wo sie waren. »Ich würde es nicht einmal in den Kühler des Wagens schütten.«

Angela nickte, dann schaute sie wieder zu Michael herüber. »Das ist ein luftgekühlter Motor, oder?« fragte sie. »Ich wünschte bloß, diese Luft würde auch mich kühlen.« Sie fächelte sich mit dem Buch das Gesicht. Dann blickte sie nach vorn durch die Windschutzscheibe. Sie näherten sich der Stadt.

Sie waren schon durch mehrere ähnliche Kleinstädte gefahren, und verglichen mit denen in Europa waren die Straßen alle sehr breit, sogar die Nebenstraßen, und die Häuser standen weit auseinander. Keines der Gebäude war besonders hoch, viele lediglich eingeschossig. Es bestand keine Veranlassung, hohe Häuser zu errichten, wenn man doch wesentlich einfacher in die Breite bauen konnte. Wenn es hier eines im Überfluß gab, dann Land.

Michael fragte sich, welchen Grund man wohl gehabt

hatte, hier draußen in der Wildnis eine Stadt zu errichten. Warum hatte sich überhaupt jemand hier angesiedelt? Was war zuerst dagewesen, die Straße oder die Stadt? Fast jedes der Gebäude war aus Holz. Nichts wirkte neu, nichts wirkte alt. Ein Jahrzehnt oder ein Jahrhundert, es war beinahe egal. Vor ihnen wehte eine Staubwolke über die Straße, eine Erinnerung daran, daß die Wüste nur darauf wartete, sich die ganze Gegend wieder einzuverleiben.

Sie brauchten bloß eine Minute, um das Stadtzentrum zu erreichen. Die Straße wurde zu beiden Seiten von Geschäften gesäumt. Mindestens die Hälfte davon war mit Brettern vernagelt oder herrenlos. Michael sah zwei andere Fahrzeuge, die ihnen entgegenkamen, eines davon ein Pick-up, das andere eine verbeulte alte Limousine. Der Fahrer des ersten Wagens starrte zu ihnen herüber, der Fahrer des zweiten hob grüßend die Hand. Michael wollte zurückwinken, aber er war zu langsam.

Auf der anderen Straßenseite bemerkte er zwei Zapfsäulen und nahm den Fuß vom Gaspedal.

»Ist diese Tankstelle da geöffnet?« fragte er.

»Sieht verlassen aus.«

»Das hat vielleicht nicht viel zu bedeuten. Sie dürften hier nur wenig Kundschaft haben.«

Im Vorbeifahren sah er eine offene Tür, hinter der sich anscheinend eine Werkstatt befand.

»Da!« sagte Angela. »Da drin ist jemand.«

»Laß uns unser Glück versuchen.«

Er schaute in den Rückspiegel. Hinter ihnen war nichts. Seit der Grenze hatte sich nichts hinter ihnen befunden. Er wendete und bog in die Auffahrt ein. Ein riesiger schwarzweißer Hund lag auf einer Seite der Zapfsäulen im Schatten. Er rührte sich nicht, als Michael auf der anderen Seite anhielt.

»Habt ihr Benzin?« fragte Michael den Hund.

Das Tier öffnete die Augen und schloß sie wieder.

»Vielleicht ist hier Selbstbedienung«, sagte Angela.

»Ich werde es nicht riskieren. Du vielleicht?«

Er lehnte sich auf seinem Sitz zurück und versuchte, einen Blick in die Werkstatt zu werfen. Auf einer Rampe im Innern stand ein Wagen. Außerdem befanden sich dort noch einige weitere Fahrzeuge, allesamt jedoch mit platten Reifen oder ganz ohne Räder. In diesem Klima würde es lange dauern, bis sie zu rosten begannen.

Er hörte mehrere Stimmen und wandte sich um. An Angelas Tür waren drei oder vier Kinder aufgetaucht und streckten ihre Hände durch das Fenster hinein. Zwei weitere erschienen auf seiner Seite und bettelten.

»Ignoriere sie«, sagte er.

Angela öffnete ihr Portemonnaie und verteilte ein paar Münzen.

»Na gut, dann ignoriere eben mich«, murmelte Michael. Die beiden Kinder an seinem Fenster rannten um den Wagen herum zu den anderen.

Er rückte seine Krawatte zurecht, öffnete die Tür und stieg aus dem Wagen. Dann bemerkte er einen Schatten auf dem Boden und fuhr herum. Nur einen halben Meter hinter ihm stand ein Mann. Michael wich einen Schritt zurück.

»Benzin?« fragte er. »Haben Sie Benzin?«

Der Mann war groß und schlank. Er trug ein ölverschmiertes Unterhemd und fleckige Jeans. Sein Blick ruhte erst auf Michael, dann auf dem Wagen. Mit schmutzigen Fingern strich er über den glänzenden neuen Lack. Als er die Hand wieder wegnahm, blieben auf dem Kotflügel schmierige Abdrücke zurück. Er beugte sich vor und wischte die Flecke mit dem Lappen ab, den er in der anderen Hand hielt. Als er Angela auf dem Beifahrersitz erblickte, hielt er in der Bewegung inne. Er starrte sie einige Sekunden lang an, beseitigte dann die letzten Schmutzspuren und richtete sich wieder auf. Er ging um den Wagen herum und musterte ihn eingehend. Dann schaute er kurz auf das vordere Nummernschild.

Michael fragte sich, ob der Mann ihn verstanden hatte. Langsam und sorgfältig wiederholte er seine Frage: »Haben Sie Benzin?«

»Sprit«, warf Angela ein.

»Haben Sie Treibstoff?«

»Hübscher Wagen«, sagte der Mann.

»Ist nur gemietet«, beeilte Michael sich zu erklären.

»Wo kommen Sie her?«

»England.«

Der Mann nickte bedächtig. Dann spuckte er auf die Windschutzscheibe.

Michael atmete tief ein und erwog, möglichst schnell wieder einzusteigen und wegzufahren.

Dann beugte der Mann sich zu dem Eimer neben den Zapfsäulen und nahm den Putzlappen heraus. Er begann, die Frontscheibe zu säubern - und Michael atmete langsam wieder aus.

Der Mann schien ziemlich alt zu sein; andererseits war sein Gesicht so zerfurcht und wettergegerbt, daß man sein tatsächliches Alter nur schwer schätzen konnte. Sein Haar war noch immer dicht, wenngleich fast vollständig ergraut.

»Verschwindet!« herrschte er die Kinder an und spritzte ein paar Wassertropfen in ihre Richtung.

Sie suchten lachend das Weite. Angela stieg aus und ging zu dem Hund hinüber. Der Mann ließ sie nicht aus den Augen. Michael wollte ihr raten, das Tier nicht anzufassen, aber er wußte, daß sie nicht auf ihn hören würde. Sie streichelte den Kopf des Hundes, woraufhin dieser mit dem Schwanz träge auf den Boden klopfte und ein paar Staubwolken aufwirbelte.

»Wie heißt er?« fragte sie.

»Keine Ahnung«, sagte der Mann.

Angela warf ihm einen kurzen Blick zu.

»Aber ich nenne ihn Duke«, fügte er lächelnd hinzu.

»*Duhk?* Ach so, Duke!« Sie lachte und kraulte dem Hund die Ohren. »Bist du ein braver Junge, Duke? Bist du das? Bist du nicht ein hübscher Kerl? Ja, das bist du. Ja, das bist du.«

Angela war ganz verrückt nach Hunden. Michael hatte sie vor fünf Jahren geheiratet, und ihre Mitgift war ein

Boxer gewesen. Michael hatte sehr lange gebraucht, um sie davon zu überzeugen, das Tier in eine Hundepension zu geben, so daß sie beide einen Auslandsurlaub antreten konnten. Diese drei Wochen waren die längste Zeitspanne, die sie jemals ohne ihren Hund verbracht hatte – und Michael und Angela würden vermutlich für sehr lange Zeit zum letztenmal ungestört zu zweit unterwegs sein. In sechs Monaten würde ihr erstes Kind auf die Welt kommen.

Der Hund rollte sich auf den Rücken und streckte die Beine in die Luft. Der Mann sah Michael an, dann wieder Angela.

»Jawohl, Sir«, sagte er, nachdem er die Scheibe gereinigt hatte. »Ich habe Benzin. Ich habe sogar eine elektrische Pumpe. Haben Sie Gutscheine?«

Michael nickte, griff nach seiner Brieftasche und holte einige Benzingutscheine hervor. Ein roter Aufdruck besagte: *Nur für Touristen. Illegale Nutzung bei Strafe verboten.* Er hatte sie an der Grenze kaufen müssen und so im voraus für das gesamte Benzin gezahlt, das er benötigen würde. Er hatte sich auszurechnen versucht, wie viele Liter er brauchen würde. Dabei hatte er zunächst den Treibstoffverbrauch geschätzt und dann von englischen Gallonen auf die hiesigen Maße umgerechnet. Letzten Endes mußte er feststellen, daß er ohnehin verpflichtet war, eine gewisse Mindestmenge an Gutscheinen zu erwerben.

Das gleiche galt für die Währung; sie beide hatten Reiseschecks im Wert von wenigstens zwanzigtausend Dollar in Bargeld umtauschen müssen. Wenn sie wieder zur Grenze zurückkehrten, würden sie alle noch übrigen Dollar und Benzingutscheine zurückgeben müssen. Der Restwert wurde nicht erstattet.

Michael fand es merkwürdig, daß alle amerikanischen Banknoten exakt die gleiche Größe und Farbe besaßen, völlig unabhängig von ihrem Nennwert. Allerdings betrug die jährliche Inflation inzwischen weniger als hundert Prozent, und sicherlich würde man die Währung binnen kurzem neu bewerten müssen, um ihrer relativen Stabilität Rechnung zu tragen.

»Okay«, sagte der Mann. »Volltanken?«

»Ja, bitte.«

Er schraubte den Tankdeckel ab, nahm die Zapfpistole von einer der Säulen und steckte sie in den Tankstutzen. Er arretierte den Griff auf automatische Befüllung und ging zum hinteren Ende des Wagens.

»England, nicht wahr?« sagte er. »Ich habe mal eine Stunde in Schottland verbracht. Das Flugzeug wurde nachgetankt.« Er öffnete die Heckklappe des Volkswagens. »Aber in Deutschland war ich sehr viel länger.« Er zog den Ölmeßstab heraus, wischte ihn mit einem Lappen ab, steckte ihn wieder hinein, zog ihn abermals heraus und nickte.

»Die werden inzwischen in Mexiko gebaut«, sagte Michael.

»Ich weiß.«

»Da haben wir den hier auch gemietet.«

»Ich weiß.« Er schloß die Klappe zum Motorraum. »Ich habe gehört, daß auch in Amerika jetzt wieder Autos gebaut werden.«

Er drehte sich zu Michael um und sah ihm zum erstenmal direkt in die Augen.

Michael hatte das Gefühl, er müsse jetzt etwas sagen. »Sind Sie nach Deutschland in Urlaub gefahren?« fragte er.

»Ich habe dort meinen Wehrdienst abgeleistet. 1958 wurde ich eingezogen. Korea war vorbei, und der einzige Krieg, den sie damals hatten, war der kalte. Zehn Jahre später, und ich wäre vermutlich tot.«

Diesmal fiel Michael keine geeignete Bemerkung ein.

Der Mann zuckte die Achseln. »Jetzt ist sowieso alles zu spät, schätze ich. Wir hätten niemals dort hingehen dürfen, und wir hätten auch niemals tun dürfen, was wir getan haben. Andererseits hätte uns auch niemals zustoßen dürfen, was uns letztendlich zugestoßen ist.«

Die Zapfpistole schaltete sich ab, und der Mann zog sie

ein Stück heraus. Vorsichtig betätigte er den Hebel, bis auf der Anzeige eine runde Summe erschien, dann hängte er die Zapfpistole wieder in die Säule ein.

»Wieviel?« fragte Michael.

»Zwölfhundert.«

Michael zählte zwölf Gutscheine ab und gab sie ihm. Er hätte eigentlich etwas mehr bezahlen sollen, als Trinkgeld, aber er scheute davor zurück. Falls er einen zusätzlichen Gutschein hinzufügte, würde das so aussehen, als wollte er eine Art Wiedergutmachung versuchen - als wäre er persönlich dafür verantwortlich. Er fragte sich, ob er dem Mann hundert Dollar für die Reinigung der Windschutzscheibe geben sollte, und er klappte das andere Fach seiner Brieftasche auf.

Der Mann erkannte, was Michael vorhatte, und schüttelte den Kopf. »Ist schon in Ordnung«, sagte er und drehte sich zu Angela um. Der Hund leckte ihr über den Handrücken.

»Angela«, sagte Michael, »wir sollten lieber aufbrechen.«

»Wir müssen jetzt los, Duke«, sagte sie zu dem Hund und stand auf. »Können wir hier irgendwo eine Tasse Tee bekommen?« fragte sie den Mann. »Eine richtige Tasse Tee. Heiß, mit Milch und Zucker.«

»Eine Tasse Tee?« Er lächelte. »Nein, Maam, das bezweifle ich. Aber ich habe gerade Kaffee gekocht, und sie sind herzlich zu einer Tasse eingeladen.«

»Wir brechen lieber auf«, ermahnte Michael sie.

»Das ist sehr nett von Ihnen«, sagte sie. »Eine Tasse Kaffee wäre jetzt wirklich prima.«

»Kommen Sie mit ins Haus.« Der Mann drehte sich um und ging.

»Angela«, sagte Michael und bedeutete ihr, zum Wagen zu kommen.

»Michael«, sagte Angela und wies auf die Tankstelle. Dann ging sie dem Mann hinterher.

Michael trommelte ein paar Sekunden mit den Fingern aufs Wagendach. Dann kurbelte er die Fenster hoch und schloß die Türen ab. Er kämmte sich eilends und folgte Angela. Sie gingen außen um das Tankstellengebäude herum. Dahinter stand ein eingeschossiges Holzhaus, umgeben von noch mehr Auto- und Lastwagenwracks.

»Kommen Sie herein«, sagte der Mann. »Bitte entschuldigen Sie das Durcheinander, aber ich bin gerade beim Zusammenpacken. Ich reise bald ab.«

»Wohin wollen Sie?« fragte Angela, während sie ihm in die Küche folgte. Auf dem Herd brodelte ein Topf Kaffee.

»Tennessee. Ich habe schon immer gesagt, daß ich eines Tages dorthin zurückkehren würde. Dieser Zeitpunkt ist genausogut wie jeder andere.«

»Sind Sie dort geboren?«

»Nein, in Mississippi. Meine Familie ist nach Tennessee gezogen, als ich dreizehn war. Hier, setzen Sie sich.« Er hob einen Stapel Zeitschriften von einem Stuhl, und Angela nahm Platz.

Michael war trotz seines Ärgers fasziniert von dem wenigen, das der Mann gesagt hatte. Tennessee. Mississippi. Das schienen immer bloß Namen aus irgendeiner uralten Sage gewesen zu sein. Jemanden zu treffen, der dort gelebt hatte, war fast so, als würde man selbst Teil der Legende werden.

»Schon seit meiner frühesten Kindheit«, sagte Michael, »habe ich immer einmal in die USA reisen wollen.«

»Aha.«

Michaels beständige Vorstellung vom Aussehen Amerikas war durch Westernfilme entstanden: die exotischen Landschaften der Prärien und Wüsten, die Hochebenen und steilen Felsplateaus – und genau das hatte er in Arizona auch vorgefunden.

»Wie lange sind Sie schon hier?«

»Ungefähr zehn Jahre. Nach der Armee bin ich nach Texas gegangen, um in der Ölindustrie zu arbeiten.« Er lachte kurz auf, aber seine Stimme klang völlig humorlos. »Als wir noch eine Ölindustrie hatten.«

Texas, dachte Michael, noch so ein beziehungsreicher Name.

»Aber Sie waren nicht mehr da, als ... als ...«

»Nein. Ich war mit ein paar Freunden oben in Colorado auf Angelurlaub. Glück gehabt, schätze ich.« Er stand am Spülbecken und wusch ein paar Blechbecher aus. »Haben Sie Kinder?«

Angela und Michael sahen sich an. Sie wußten beide, woran der Mann in diesem Augenblick dachte.

»Noch nicht«, sagte Angela. Sie fuhr sich mit der Zunge über die Lippen. »Sie?«

»Zwei, ein Junge und ein Mädchen. Ihre Mutter und ich, wir haben uns getrennt. Sie hat die beiden nach Kalifornien mitgenommen.« Er hielt inne. »Los Angeles.«

Als es noch ein Los Angeles gegeben hatte, dachte Michael, aber er sagte nichts. Angela tat es ihm gleich. Der Mann goß ihnen beiden eine Tasse Kaffee ein, kochend heiß und sehr stark.

»Im Moment arbeite ich noch an meinem Lastwagen«, sagte er. »Sobald alles fertig ist, sind Duke und ich verschwunden.«

»Werden Sie alle Ihre Habseligkeiten mitnehmen können?« fragte Angela.

»Alles, was ich brauche. Was ich nicht mitbekomme, werde ich zurücklassen oder zu verkaufen versuchen. Sind Sie vielleicht daran interessiert, etwas zu kaufen?«

Der Mann lächelte, aber seine Frage war durchaus ernst gemeint.

»Danke, aber ich glaube, nicht«, sagte Michael.

»Was haben Sie denn anzubieten?« fragte Angela.

»Allen möglichen Kram«, erwiderte der Mann.

»Echte amerikanische Souvenirs, meinen Sie«, verbesserte sie ihn.

»Genau. Sie können sich gern mal umschauen.«

Angelas Augen weiteten sich. »Was steht denn zum Verkauf?« fragte sie.

»Alles. Sogar Duke.«

Sie musterte ihn streng.

»Außer Duke«, korrigierte er sich.

Michael wußte, wann er verloren hatte. Er nippte an seinem Kaffee – und der schmeckte ihm auch nicht.

Angela ließ ihren Blick durch die Küche schweifen, über das alte Geschirr und die verbeulten Töpfe, aber Michael war sich sicher, daß nichts davon ihr gefallen würde. Und falls doch, würde er es rauswerfen, sobald sie nicht hinsah. Er wollte nichts von diesem Zeug in seinem Haus, und Angela würde schwerlich etwas davon als Geschenk verwenden können.

»Wir können nichts Sperriges mitnehmen«, ermahnte er sie. »Denk dran, es ist nur ein kleines Auto. Und wir müssen berücksichtigen, wieviel Gepäck wir ins Flugzeug mitnehmen dürfen.«

»Lassen Sie sich Zeit.« Der Mann hatte es irgendwie geschafft, den unglaublich heißen Kaffee auszutrinken. »Ich bin vorn, falls Sie etwas finden.« Er ging aus der Küche.

»Angela«, sagte Michael, »das meinst du nicht ernst. Hier ist doch nun wirklich nichts, das dir gefallen könnte.«

»Wahrscheinlich nicht, aber ich möchte mich mal umsehen. Gib mir deine Brieftasche.«

Michael reichte sie ihr. »Beeil dich«, sagte er.

Er schüttete seinen Kaffee in den Ausguß und nahm eine der Zeitschriften von dem Stapel auf dem Boden. Es war ein Automagazin, ein Vierteljahrhundert alt. Er fragte sich, ob die wohl viel wert sein würden. Doch selbst dann waren sie zu schwer, um sie nach England mitzunehmen.

Es war zu heiß, um drinnen zu bleiben, also ließ Michael das Magazin wieder fallen und ging aus der Küche nach rechts in den Flur. Am anderen Ende war eine weitere Tür. Er stieß sie auf.

Der Raum war voller Trödel, richtigem Plunder. Alle möglichen ausrangierten Haushaltselektrogeräte standen herum, zumeist verstaubt und in Einzelteile zerlegt. Auf einem Kühlschrank ohne Tür lag ein Stapel alter Taschenbücher. Michael nahm ein paar in die Hand und besah sich die Umschläge. Es waren alles Western. Er legte die Bücher zurück, doch das oberste fiel zu Boden. Als er sich bückte, um es aufzuheben, entdeckte er einen schmalen Gegenstand, der zwischen einem Staubsauger und dem Flügel eines zerbrochenen Ventilators klemmte. Er konnte nicht erkennen, worum es sich handelte, also zog er das Ding hervor. Es war eine alte Schallplatte, wurde ihm klar, als er den Staub von der Hülle wischte.

In diesem Haus würde sich bestimmt nichts Wertvolles befinden. Haus? Es glich eher einer Hütte. Falls es hier etwas Brauchbares gäbe, hätte der Mann sie nicht allein zurückgelassen. Womöglich war das aber auch der ganze Trick. Was wäre, falls er behauptete, Michael und Angela hätten versucht, ihn auszurauben? Vermutlich hatte er irgendwo eine Schußwaffe. Alle Amerikaner besaßen Waffen. Vielleicht holte er sie gerade, um die beiden Engländer damit in Schach zu halten. Es war höchste Zeit, von hier zu verschwinden.

»Angela!« rief er und drehte sich um, um das Zimmer zu verlassen. »Angela!«

Der Mann stand im Flur.

»Was haben Sie da?« fragte er.

»Nichts«, sagte Michael. Dann bemerkte er, daß er noch immer die Schallplatte in der Hand hielt.

»Möchten Sie die?«

»Äh ... ja.«

»Welche ist das?«

Michael schaute zum erstenmal genauer hin. Durch ein rundes Loch in der Papierhülle konnte man das Etikett sehen.

»Rock around the Clock«, las er. *»Bill Haley and his Comets.«*

»Rock around the Clock!« stieß der Mann lachend hervor. »Nummer eins der Hitparade! Wußte gar nicht, daß ich die noch habe. Kann mich noch erinnern, wie ich sie in Memphis gekauft habe. O Mann, das dürfte jetzt mehr als vierzig Jahre her sein! Schauen Sie, ich habe sogar meinen Namen auf die Hülle geschrieben.«

»Sie sollten sie behalten.« Michael streckte ihm die Platte entgegen.

Der Mann zögerte und schüttelte dann den Kopf. »Sie ist wertlos für mich. Ich kann sie nicht abspielen. Aber sie ist ein echtes Stück amerikanischer Geschichte, das können Sie mir glauben.«

»Ach ja? Das ist eine dieser ... äh ... Langspielplatten, nicht wahr?«

»Nein, es ist eine Achtundsiebziger.«

»Achtundsiebzig was?«

»Umdrehungen pro Minute. Wenig später gab es dann die Fünfundvierziger, wenn ich mich recht erinnere.«

»Ah, ja.« Als Michael noch jünger war, hatten manche seiner Freunde sich hin und wieder Schallplatten gekauft.

»Rock and Roll! Mein Gott, welche Bedeutung das für uns in unserer Jugend gehabt hat. Es war unsere Art der Rebellion, verstehen Sie, was ich sagen will?«

Michael erwiderte nichts.

»Nein«, sagte der Mann und musterte ihn von oben bis unten, »wahrscheinlich verstehen Sie nicht. Unsere Eltern haßten den Rock and Roll, und die Radiosender weigerten sich, ihn zu spielen. Aber es war unsere Musik, und sie würde für uns die Welt verändern. Wir waren der Ansicht, daß von nun an alles anders sein würde.« Er zuckte die Achseln. »Aber das war es nicht. Ich schätze, das ist es nie.«

Er schaute auf die Platte, aber sein Blick war dennoch ins Leere gerichtet. Er dachte ganz offensichtlich an die Vergangenheit zurück.

»Wieviel?« fragte Michael, um das Schweigen zu durchbrechen.

»Sie ist unbezahlbar – und zugleich wertlos. Also nehmen Sie sie. Als Geschenk.«

»Nein, wir bezahlen dafür«, sagte Angela, die plötzlich hinter dem Mann auftauchte. »Und ich hätte gern das und das und das hier, falls es verkäuflich ist.«

Sie hatte eine kleine Lackschachtel mit winzigen Schubfächern gefunden, außerdem einen ovalen Spiegel mit Rahmen und Griff aus geflochtener Weide sowie einen kristallenen Parfumzerstäuber.

»Wenn Sie die Sachen haben möchten, Ma'am, dann stehen sie auch zum Verkauf.«

»Fünftausend Dollar?«

Der Mann starrte Angela verblüfft an.

»Nicht genug?«

»Nein. Ich meine, ja. Mehr als genug. Zuviel. Dieser Kram ist nicht annähernd soviel wert.«

»Für mich schon.«

Angela zählte die Scheine aus Michaels Brieftasche ab und gab sie dem Mann. Er wollte das Geld nicht annehmen, aber Michael wußte, wie schwer Angela sich von einem Vorhaben abbringen ließ.

»Gibt es hier noch mehr, das Sie interessiert?« fragte er und schüttelte verwirrt den Kopf. »Nehmen Sie, was Sie wollen.« Er schaute auf das Geld und lächelte. »Nehmen Sie alles.«

»Wir müssen los«, sagte Angela zu ihm. »Vielen Dank für den Kaffee.«

»Gern geschehen, Ma'am.«

Er streckte die Hand aus, und Angela schüttelte sie. Michael wich ein Stück zurück, so daß er außer Reichweite war.

»Laß uns gehen, Michael.«

Sie verließen das Haus und machten sich auf den Weg zurück zum Volkswagen.

»Fünftausend Dollar?« flüsterte Michael.

»Du kennst doch den Wechselkurs. Das verdienst du an einem Tag. Los jetzt, schnell!«

»Warum die Eile?«

»Ich will nicht, daß er die Benzingutscheine findet, bevor wir weg sind.«

Michael blieb stehen. »Wie bitte? Wie viele hast du ihm dagelassen?«

Sie zog ihn am Arm. »Wir haben immer noch jede Menge übrig. Wir brauchen doch gar nicht alle.«

»Aber er wird nichts damit anfangen können. Die sind ausschließlich für Touristen.«

»Er wird schon Mittel und Wege finden, falls nötig«, sagte Angela. Sie hielt kurz inne, um den Hund zu streicheln, der nach wie vor an derselben Stelle lag. »Gib mir die Schlüssel. Ich fahre.«

Sie schloß die Tür auf und legte ihre neuen Errungenschaften vorsichtig auf die Rückbank. Dann stieg sie ein und öffnete die Beifahrertür. Drinnen war es unerträglich heiß. Michael schwang seine Tür auf und zu, um auf diese Weise etwas kühlere Luft in den Wagen zu fächeln. Angela steckte den Schlüssel ins Zündschloß und ließ den Motor an. Michael setzte sich, schloß die Tür und kurbelte das Fenster herunter.

Auf einmal stand der Mann neben der Fahrertür.

»Wohin wollen Sie?« fragte er.

Angela sah Michael an.

»Zum Grand Canyon«, entgegnete er.

»Sie werden nicht enttäuscht sein.« Der Mann nickte.

»Und Sie fahren nach Tennessee?« fragte Angela.

»Und nach Mississippi. Ich schätze, es ist an der Zeit, daß ich mal wieder das Grab meines Bruders besuche.«

»Er starb bei ... äh ...?« Angela verstummte.

»Er starb bei der Geburt.«

Michael bemerkte, daß seine Frau die rechte Hand vom Lenkrad nahm und auf ihren Bauch legte.

»Er war mein Zwillingsbruder.« Der Mann wischte sich mit dem Unterarm über die Stirn. Er schien seinen Blick über die Stadt schweifen zu lassen, aber in Wirklichkeit schaute er weit darüber hinaus. »Manchmal denke ich, daß er von uns beiden mehr Glück gehabt hat.«

Er und Angela sahen sich einen Moment lang an. Dann sagte er: »Genießen Sie Ihren Urlaub, okay?«

»Das werden wir«, sagte sie und nickte. »Auf Wiedersehen.«

Der Mann winkte ihnen hinterher, als der Wagen auf die Straße einbog.

»Wir sind hier in Amerika«, sagte Michael. »Man fährt auf der rechten Seite.«

Der Volkswagen machte einen Schlenker auf die andere Straßenseite.

Angela warf Michael einen kurzen Blick zu und grinste.

»Bist du wütend?« fragte sie.

»Weil du einem völlig Fremden fünftausend Dollar gegeben hast? Warum sollte ich?«

Aber sein Unmut verflog bereits. Angela schien sich zum erstenmal nicht mehr darüber zu ärgern, hier zu sein, und das war alles, was zählte.

Sie waren erst wenige hundert Meter gefahren, als Angela plötzlich bremste und den Wagen an den Bordstein lenkte. Sie wies quer über die Straße zum Kriegsgedenkstein.

Er stand auf einem kleinen Grundstück und war von Blumen umgeben. In einer Ecke befand sich ein Springbrunnen, in der anderen ein Fahnenmast. Die amerikanische Flagge trug noch immer fünfzig Sterne.

»Er sieht wie ein Grabstein aus«, sagte Angela leise.

In der Mitte erhob sich eine einfache Tafel aus weißem Marmor. In eingemeißelten schwarzen Buchstaben stand dort:

Im Gedenken an die Eine Million

Nachdem die Verlustliste auf diese Länge angewachsen war, wurden keine weiteren offiziellen Zahlen mehr herausgegeben. Manche behaupteten, es wären insgesamt anderthalb Millionen tote Amerikaner gewesen, andere sprachen von zwei Millionen.

Zwei Millionen Tote in Vietnam, aber das war nichts im Vergleich zu den Opfern, die der Krieg gefordert hatte, als er plötzlich die USA erreichte. Für sie hatte man keine Denkmäler errichtet, und ihre Zahl war noch viel schwieriger abzuschätzen. Vielleicht dreißig Millionen am Tag der Raketeneinschläge, dann noch einmal ungefähr doppelt so viele in den folgenden Jahren. Und in der Sowjetunion mußte es mindestens genauso hohe Verluste gegeben haben.

»Warum sind sie gegangen, wenn sie doch wußten, daß es ihren Tod bedeuten würde?« fragte Angela.

»Befehle. Es war ihre Pflicht.«

»Aber es war alles so sinnlos. Wofür haben sie gekämpft? Wofür sind sie gestorben? Warum hat niemand protestiert und versucht, den Krieg zu beenden?«

Michael verstand nicht ganz, was sie damit meinte.

»Sie haben versucht, den Krieg zu beenden«, sagte er. »Sie haben Atombomben auf Hanoi abgeworfen.«

»Und sieh nur, was passiert ist! Sie wurden davor gewarnt, aber sie haben es trotzdem getan. Die ganze Welt hätte vernichtet werden können. Ein Großteil *wurde* vernichtet. Und wofür? Wofür?«

Sie drehte sich zu Michael um. In ihren Augen standen Tränen.

»Laß uns von hier verschwinden«, sagte er. »Kannst du fahren?«

»Ja.« Angela nickte. »Es ist nur, daß ... daß ...«

Sie schaute abermals zu der Gedenkstätte und schüttelte den Kopf. Dann fuhr sie weiter.

»Was hast du mit dem Kram vor?« fragte er und hoffte, das Thema wechseln zu können. »Willst du jemanden damit beschenken, den du nicht ausstehen kannst?«

»Womit?«

»Mit dem Zeug von Jesse G. Presley.«

»Woher weißt du, wie er heißt?«

Michael hatte noch immer die Schallplatte in der Hand, und er zeigte Angela den Namen, der auf der Hülle geschrieben stand.

»Ich werde das alles selbst behalten«, sagte Angela. »Aber was wirst du mit dieser Platte anfangen?«

»Nichts. Was können wir damit schon tun? Kennen wir jemanden mit einem Plattenspieler?« Erneut las er den Titel. *»Rock around the Clock.«*

»Was soll das bedeuten?«

»Wer weiß das schon? Wen interessiert's?«

Michael drehte sich um und warf die Platte auf die Rückbank. Hinter ihnen verschwand die Stadt außer Sicht. Er wünschte, sie wären auf der richtigen Straße geblieben, wünschte, sie hätten nicht angehalten. Bis dahin war alles in Ordnung gewesen; jetzt aber war es beinahe so, als würde etwas fehlen, und er hatte nicht die geringste Ahnung, worum es sich dabei handeln könnte.

Schweigend fuhren sie weiter die Straße entlang.

ALAN BRENNERT

USA

Der Mann, der die See liebte

Nach Chincoteague ist es eigentlich von überall her eine weite Reise - eine Barriereinsel vor der Ostküste von Virginia, die mit der Bahn überhaupt nicht zu erreichen ist und Stunden von den nächsten größeren Flughäfen in Baltimore und Washington entfernt liegt. An einem Donnerstagmorgen um acht Uhr verließ ich Atlanta, landete kurz nach zehn in Washington und saß um elf im Auto: über die Chesapeake Bay-Brücke, im dichten Verkehr durch eine einschläfernde Serie kleiner langweiliger Städte, ein Hamburger bei Hardees zum Mittagessen und dann wieder hinter das Steuer. Der kleine Ford Escort nahm die Fahrt besser hin als ich. Als ich endlich über die Wallops-Insel nach Chincoteague fuhr, fühlte ich mich verschwitzt, müde und gereizt - genauso wie ich mich zwanzig Jahre zuvor gefühlt hatte, als mich meine Eltern, inmitten der Wirren von Ehestreitigkeiten, die schließlich zur Scheidung führten, herbrachten, um meinen ersten Sommer bei Onkel Evan und Tante Diedre zu verbringen.

Aber sobald ich über die Black Narrows-Brücke fuhr - in dem Augenblick, als ich meinen ersten Atemzug salziger Luft einsog und meinen ersten Blaureiher sah, der durch die Marschlandschaft unter mir stelzte - schwanden meine Müdigkeit und Gereiztheit wie das Meer bei Ebbe und die Erinnerung an zwei herrliche Sommer, die sich deutlich in alles eingegraben hatte, was ich sah, überkam mich.

Seit fast fünf Jahren war ich nicht mehr hier gewesen, aber im großen und ganzen sah die Stadt nicht anders aus, nicht einmal anders als schon vor zwanzig Jahren. Auf der Hauptstraße gab es immer noch nur eine einzige Ampel, und die Anlegestelle der Stadt war noch so schläfrig, daß sie an Narkolepsie zu leiden schien. Die kleinen Tante-Emma-Läden, die man nur dem Namen ihrer Besitzer nach kannte – Dave Birchs Laden, Charlie Golds Laden – waren verschwunden, aber die Schaufenster entlang der Hauptstraße gehörten immer noch kleinen Familienbetrieben. Nicht ein einziges dreistöckiges Shopping Center war zu sehen. Etwas weiter südlich (oder ›die Marsch hinunter‹, wie man hier zu sagen pflegte) lagen einstöckige Bungalows, deren abgeschirmte Veranden den Blick auf das Watt hinaus freigaben; Kinder fuhren mit ihren Fünfgangrädern über akkurat gemähte Rasenflächen; draußen auf der Meerenge zogen Motorboote Kondensstreifen aus Schaum hinter sich her.

Das alles wirkte so sehr wie das Chincoteague meiner Jugend, daß ich einen Moment lang vergaß, weshalb ich hierher gekommen war; als ich in die Auffahrt vor dem weißen Schindelhaus in der Margarets Lane einbog, erwartete ich einen Moment lang fast, daß die große, langgliedrige Gestalt meines Onkel Evan heraus und auf mich zu geschlendert käme, um mich zu begrüßen.

Aber es war Tante Diedre – untersetzt, mittelgroß und mit weißen Haaren – die auf den Stufen vor der Tür erschien, als ich meine Reisetasche aus dem Kofferraum holte, und sie war allein.

»Steven? Du bist hergekommen ...«

Obwohl sie es nicht beabsichtigt hatte, trafen mich ihre Worte tief: Du bist *hergekommen*. Zu lange war ich nicht mehr hergekommen. Während der fünf Jahre, die ich mit Rosie verheiratet war, war ich zu sehr mit meinem eigenen Leben beschäftigt gewesen und hatte Dee und Evan nur ab und zu mal an den Feiertagen angerufen. Und jetzt war Evan nicht mehr da, und es war zu spät, die verlorene Zeit zwischen uns beiden wiedergutmachen zu wollen, meine Gedankenlosigkeit wieder auszubügeln.

Vielleicht könnte ich wenigstens Tante Diedre gegenüber etwas wiedergutmachen. Als sie näher kam, ließ ich meine Reisetasche fallen und umarmte sie.

»Wie geht es dir denn so, Tante Dee?«

Ich sah den Schmerz in ihren Augen, aber sie zuckte auf eine Art und Weise die Achseln, die sie mit den meisten Bewohnern dieser leidgeprüften Insel teilte: ein stoisches Akzeptieren der verschiedenen Katastrophen - Sturmfluten, Orkane, Feuer - die immer schon Teil des Lebens auf Chincoteague gewesen waren. »Besser«, sagte sie und versuchte zu lächeln. »Jetzt wo du da bist. Aber komm schon, komm rein, laß mich das nehmen.« Schneller als das Auge folgen konnte, hatte sie sich meine Reisetasche geschnappt und lief geschäftig ins Haus - glücklich, wie ich vermute, daß sie wieder jemanden hatte, um den sie sich kümmern konnte.

Sowohl Tante Dee als auch Onkel Evan waren ›Teaguers‹, auf der Insel Geborene. (Nicht von hier stammende Leute, selbst Bewohner, die hier schon lange lebten, aber nicht hier geboren waren, wurden unweigerlich ›Zugezogene‹ oder ›Nachzügler‹ genannt.) Meine Mutter hatte Chincoteague verlassen, um aufs College und anschließend nach Baltimore zu gehen. Ihr Bruder war jedoch hiergeblieben und ein ›Mann des Wassers‹ - ein Fischer - geworden. Er heiratete Diedre, seine Liebste aus der High School. Sie konnten keine eigenen Kinder bekommen, weshalb sie sich wohl auch so gerne bereit erklärten, ein zehn Jahre altes schlechtgelauntes und ruheloses Stadtgör bei sich aufzunehmen.

»Du warst wirklich ein Früchtchen«, pflichtete sie mir eine halbe Stunde später bei Kaffee und Kuchen bei. »Aber du hattest dich schon bald eingelebt.«

Ich lächelte. »Ja, aber erst nachdem ich Onkel Evans Ruderboot entführt hatte.« Gegen Ende meiner ersten Woche auf Chincoteague hatte ich einen lebensgefährlichen Anfall von Inselkoller bekommen; zu Tode gelangweilt schnappte ich mir ein kleines Boot, an dem mein Onkel hinter dem Haus gearbeitet hatte, ließ es zu Wasser (nicht ohne mir das Knie dabei aufzuschürfen) und versuchte – so lebensmüde das im nachhinein auch klingen mag – zum Festland zurückzurudern.

Diedre lachte, und zum ersten Mal, seit ich sie wiedergesehen hatte, leuchteten ihre Augen: »Als er herausfand, was du getan hattest, dachte ich, daß er dir ordentlich den Hintern versohlen würde. Aber als er dich einholte und sah, daß du es schon bis nach Willis Point geschafft hattest, sagte er zu mir: ›Diedre, der Junge hat vielleicht das Zeug zu einem Mann des Wassers.‹ Danach konntest du nichts mehr verkehrt machen, selbst wenn du es tatest.«

»Vielleicht hätte ich auf ihn hören sollen«, sagte ich. »Es gibt Tage, an denen es mir viel reizvoller erscheint, vor Tom's Point auf Flunderfang zu gehen, als eine Fachzeitschrift herauszugeben.«

»O nein«, sagte sie schnell. »Es war harte Arbeit, Steven, eine schwierige Art, seinen Lebensunterhalt zu verdienen. Er liebte es, aber ich glaube, man muß es auch einfach lieben, um Jahr für Jahr dabei zu bleiben.«

Ich zögerte einen Augenblick. »Wo ... war er?« sagte ich und kam endlich auf das Thema zu sprechen, das wir bisher vermieden hatten, »als es passierte?«

Ihre Augen verdunkelten sich. »Genau da«, sagte sie und deutete mit einem Nicken in Richtung des alten Ledersessels in der Ecke. »Einen Monat vorher hatte er eine Angina gehabt, aber wir hatten wirklich nicht damit gerechnet. Es kam ganz plötzlich.« Sie blickte zu Boden. »Ich weiß, daß Gott seine Gründe hat, aber ... ich muß zugeben, daß ich nicht verstehen kann, wie er Evan nötiger brauchen konnte als ich.«

Ich blickte den Sessel an, in dem er seine letzten Augenblicke zugebracht hatte, und spürte eine eigenartige Wut, ein unbestimmtes Gefühl von ... Ungerechtigkeit. Diedre hatte es mir anscheinend angesehen, denn sie nickte nur traurig. »Er hätte dort draußen sein sollen, als es passierte«, sagte sie und blickte auf das Wasser in der Bucht hinaus. »Es wäre für mich fürchterlich gewesen - wenn sein Boot überfällig gewesen wäre, die Suche - aber trotzdem. Er liebte das Wasser, liebte die See. Dort hätte er sterben sollen ... nicht in irgendeinem schäbigen Sessel in seinem Wohnzimmer. Da draußen, in seinem Element.«

Ich wollte ihn mir nicht ansehen gehen, wollte nicht, daß das alles real wurde. Aber natürlich war es die Wirklichkeit, ob ich es nun wollte oder nicht. Und so fanden wir uns schon allzubald in Salyers Bestattungsinstitut wieder, und ich blickte auf Evan hinab - auf sein faltiges, zerfurchtes Gesicht; auf seine großen Hände, die vom jahrelangen Netzeeinholen und Austernschälen voller Schwielen waren; auf seinen Körper, der, dünn wie eine Vogelscheuche, in einem einfachen schwarzen Anzug aufgebahrt worden war - und dabei wurden meine Erinnerungen endgültig zu dem, was sie waren. Bis zu diesem Augenblick konnte ich so tun, als ob ich hierher zurückkommen und mit ihm den Nachmittag auf dem Boot verbringen oder im flachen Wasser auf Muschelsuche hätte gehen können. Jetzt gehörte das alles unwiederbringlich und ausschließlich der Vergangenheit an.

Der mit Satin ausgeschlagene Sarg, das Kissen aus Knittersamt, auf dem sein Kopf ruhte - Evan hätte seine Nase darüber gerümpft. *Ein bißchen zuviel Flitter für meinen Geschmack,* hätte er gesagt - und in diesem Augenblick fiel mir etwas ein, das er mir einmal erzählt hatte. Ich wendete mich zu Tante Diedre um. »War es nicht Onkel Evans Wunsch, verbrannt zu werden?« fragte ich, »und daß seine Asche in der Bucht verstreut wird?«

Diedre sah verlegen, beinahe schuldbewußt aus. »Ich ... ich konnte es einfach nicht, Steven,« sagte sie leise. »Es erscheint mir so ... endgültig. Ich will einen Ort haben, wo ich hingehen und ihn besuchen kann. Er hat während unseres gemeinsamen Lebens so viel Zeit da draußen, auf dem Wasser verbracht ... Ich möchte ihn wenigstens jetzt in meiner

Nähe haben, so lange ich noch lebe.« Sie wandte den Blick ab. »Ist das egoistisch von mir?«

Ich schüttelte den Kopf und brachte keine Einwände vor.

Ich frage mich, was wohl passiert wäre, wenn ich es getan hätte?

Die Beerdigung war für den nächsten Tag angesetzt worden. Ich bestellte zu sieben Uhr einen Tisch für Tante Dee und mich im Village Restaurant; bis dahin hatte ich noch etwa eine Stunde Zeit. Da mir nach der langen Fahrt alle Knochen weh taten, entschloß ich mich, auf Assateague schwimmen zu gehen – einer weiteren Barriereinsel östlich von Chincoteague mit einem Naturschutzgebiet. Beide Inseln sind im Hochsommer voller Touristen, aber jetzt war es Mitte September, und obwohl das Meer noch warm war, war der Strand nur spärlich bevölkert, zumal es schon spät war. Ich legte mein Handtuch und die Autoschlüssel auf eine Sanddüne, zog mir das T-Shirt über den Kopf und sprang ins Wasser. Mit ein paar Stößen lockerte ich meine Muskulatur und schwamm dann ungefähr zehn Minuten lang an der Küste entlang, bevor ich mich auf den Rücken drehte und im schwächer werdenden Sonnenlicht trieb.

Während ich so dahinschwebte, die Sonne ein roter Schleier hinter meinen geschlossenen Lidern, spürte ich, wie der langsame, ruhige Rhythmus des Lebens, der hier herrschte, mich wieder in Besitz nahm ... Meine Gedanken wanderten zurück zu den Dingen, mit denen ich früher meine Zeit verbracht hatte, Dingen, die ich seit zwanzig Jahren nicht mehr getan hatte. Die Suche nach Venusmuscheln, bei der man einen langen Stock mit zwei Enden in die winzigen Löcher im Sand steckte, wodurch die unschuldigen Meeresfrüchte meinem jugendlichen Appetit zum Opfer fielen. Der unbesonnene Versuch, die wilden Ponies zu streicheln, die frei auf Assateague herumliefen (wobei ich nur um Haaresbreite einem Tritt gegen den Kopf von einem besonders reizbaren kleinen Fohlen entging). Wie ich mit dem Fahrrad durch das Schutzgebiet fuhr und dabei alle möglichen Tiere entdeckte und zu benennen lernte, die in der Stadt unbekannt waren: Reiher, Ibisse, Rehe, Baumfrösche, Gänse ...

Das Wasser schaukelte mich sanft hin und her, kleine Wellen kitzelten die Rückseite meiner Beine), meines Halses, meine Ellbogen. Ich trug eine weitgeschnittene Badehose; das Wasser strömte hindurch und schien mich mit jeder rollenden Bewegung der Dünung zu liebkosen. Ich lächelte und erinnerte mich an die Zeiten, als ich hier als Junge nackt schwimmen gegangen war. Ich lag da, fühlte mich glücklich und eigenartig erregt. Die Berührung des Wassers fühlte sich beinahe an wie die einer menschlichen Hand ...

Einer Hand, die jetzt, langsam und sanft, damit begann ... meine Genitalien ... *zu streicheln* ...

Erschreckt schrie ich auf, änderte meine Lage, zog am Bund meiner Shorts und sah hinein, auf der Suche nach ... was eigentlich?

Natürlich war dort gar nichts. Verlegen lachte ich. Ganz schön kräftig, die Kabbelung. Und in der Tat hatte mich die Strömung, ohne daß ich es bemerkte, einige Meter von der Küste abgetrieben. Ich schwamm zurück zum Strand, trocknete mich ab und kehrte zum Abendessen zurück nach Chincoteague.

Zu der Beerdigung waren viele Leute gekommen. Selbst heutzutage bildete die Insel noch eine engverwobene Gemeinschaft, und Evan war besonders beliebt gewesen. Einige seiner Kollegen redeten von den gemeinsam auf der Insel verbrachten Tagen, bevor die Brücke, die sie mit dem Festland verband, gebaut worden war – damals, als Boote noch mehr als den Erwerb bedeuteten, waren sie das Lebenselixier der Gemeinschaft gewesen. Sein bester Freund, Ben Sanders, dem das Channel Inn gehörte, sagte ein paar Worte. Der Priester las aus den Psalmen. Und das war dann auch schon fast alles.

Wir begruben ihn auf einem kleinen Friedhof, der etwa

einen halben Kilometer die Church Street hinunter lag. Ich warf die erste Hand voll Erde auf den Sarg und nahm Abschied von dem Onkel, der mir soviel bedeutet hatte – dem Onkel, der mir gemeinsam mit seiner Frau gezeigt hatte, daß sich Männer und Frauen doch lieben können, daß die Menschen ihren Platz auf der Welt finden konnten. Auch wenn meine Ehe mit Rose mit der Scheidung geendet hatte, war ich doch stolz auf die Tatsache, daß es eine schnelle, freundschaftliche Trennung gewesen war, nicht so wie die offenen Schlachten, die sich meine Eltern so lange geliefert hatten. Ich meine, daß ich zum Teil Evan und Diedre dafür zu danken hatte.

Als mich Tante Diedre bat, noch das Wochenende über zu bleiben, willigte ich gerne ein – ebenso sehr, um meine Schuldgefühle wegen meiner langen Abwesenheit zu beschwichtigen, wie um sie zu trösten. Als sie vorschlug, daß ich mit Onkel Evans Boot, der *Sea Breeze*, auf das Sund hinausfahren könnte, war ich sowohl überrascht als auch stolz. Sie wußte, wie sehr ich den alten Kahn liebte, und sie wußte auch, daß ich ihn bisher noch nie ohne Onkel Evan neben mir gesteuert hatte. Ich protestierte (nicht sehr heftig, das gebe ich zu) und wandte ein, daß mindestens sechs Jahre vergangen waren, seit ich das letzte Mal am Ruder gestanden hatte, aber sie tat meine Proteste mit einer Handbewegung ab. »Dein Onkel meinte, daß aus dir ein guter Mann des Wassers werden könnte«, sagte sie. »Das reicht mir.«

Die Sea Breeze war ein alter Kutter, von dessen Zedernholzrumpf die weiße Farbe ebenso blätterte wie die grünen Zierlinien von der Eichenreling. Das Deck war abgenutzt und nach dreißig Jahren fleckig von all dem Fischöl. Aber in dem Augenblick, in dem ich das kleine Ruderhaus betrat und das Ruder in die Hand nahm, hätte ich genausogut am Steuer eines Luxuskreuzers stehen können. Der alte Dieselmotor keuchte zunächst wie ein Asthmatiker, ging dann aber in ein gleichmäßiges (wenn auch etwas tuberkulös klingendes) Brummen über. Ich legte ab, manövrierte das

Boot von der Anlegestelle weg und steuerte in das Fahrwasser hinaus.

Bis auf ein paar Fischerboote und ein halbes Dutzend Motorboote war draußen wenig los. Ich glitt an Pfählen und Bojen vorbei, drehte dann nach Backbord, als ich in die Nähe von Chincoteague Point kam, und lenkte das Schiff dann langsam in die Gewässer von Tom's Cove.

Nach ungefähr einer Viertelstunde stellte ich den Motor ab und ließ das Boot treiben, während ich an der Reling stand und in die dunstige Ferne blickte. Wellen klatschten sanft gegen den knarrenden Rumpf und riefen in mir eine Stimmung von Erinnerung und Träumerei hervor. Ich denke, ich hatte mir irgendwie in den Kopf gesetzt, mich hier draußen auf dem Meer, das uns beide verband und das ich durch ihn kennengelernt hatte, richtig von Onkel Evan zu verabschieden. Aber es sollte anders kommen.

Als ich dort ganz benommen und sentimental stand, spürte ich plötzlich, wie ein kräftiger Stoß die *Sea Breeze* unter mir erzittern ließ. Unsanft aus meinen Tagträumen gerissen, fiel mir sofort auf, daß das sanfte Schaukeln des Bootes aufgehört hatte; es lag regungslos da. Und das konnte nur eines bedeuten. Ich rannte nach vorne und blickte dorthin, wo eigentlich das Wasser der Bucht sein sollte.

Eine ovale Sandfläche breitete sich ungefähr zehn Meter weit vor dem Bug der *Sea Breeze* aus.

Verdammt!

Ich schämte mich zu Tode. Auf eine Sandbank gelaufen. Onkel Evan wäre das nie passiert. Ich sagte mir, daß das auch den besten Seeleuten passieren konnte, vor allem hier vor Chincoteague, wo Sandbänke wie Spielkarten in der Hand eines Zauberers auftauchten und wieder verschwanden. Dennoch hoffte ich verzweifelt, daß Onkel Evan, wo immer er auch sein mochte, nicht sehen konnte, wie es seinem ungeschickten Neffen – das erste Mal auf sich alleine gestellt – gelungen war, seine geliebte *Sea Breeze* auf einem Fleckchen Sand stranden zu lassen.

Zum Glück wußte ich, was zu tun war. Nun, eigentlich hatte es nichts mit Glück zu tun – Evan hatte es mir eingehämmert. Ich schlüpfte aus meinen Sandalen, kletterte über die Bordwand und ließ mich auf die Sandbank hinunter.

Anstatt zu versuchen, das Boot sofort freizuschieben – einer der häufigsten Fehler – begann ich, die Sandbank zu erkunden: das heißt, ich lief direkt vom Boot aus in alle Richtungen, bis ich tiefes Wasser erreichte, um herauszufinden, in welche Richtung ich würde schieben müssen. Ich lief zwanzig Schritte nach Süden, bevor es allmählich tiefer wurde und ich bis zu den Hüften im Wasser stand. Ich kehrte um und ging etwa sieben Meter nach Westen, wo ich schneller tieferes Wasser erreichte. Das sah am vielversprechendsten aus. Trotzdem lief ich noch, um ganz sicherzugehen, zwanzig Schritte nach Osten.

Nur wenige Augenblicke, nachdem meine Füße das Wasser berührt hatten, sank ich geradewegs in die Tiefe. Hier fiel es *sehr* steil ab.

Ich kam an die Oberfläche und begann, den halben Meter zurück zur Sandbank zu schwimmen – aber etwas hielt mich davon ab. Beinahe so, als schwämme ich gegen eine Wand an, oder gegen ein Riff ... trotzdem lag vor mir nichts außer Wasser. Ich spürte, wie mich die Panik überkam, machte dann aber besonnen kehrt, um zur anderen Seite der Sandbank zu schwimmen, wo sie, wie ich ja wußte, nicht so steil abfiel.

Wieder hielt mich etwas zurück.

Aber diesmal war es nicht wie eine Wand. Es war, als würde mich jemand festhalten.

Mit hämmerndem Herzen blickte ich hinab, in der Erwartung, einen Weißen Hai unter mir kreisen zu sehen ... aber da war nichts.

Nichts ...

Das jagte mir noch größere Angst ein, als es ein Hai hätte tun können. Ich ruderte mit den Armen, versuchte in irgendeiner Richtung vorwärts zu kommen, aber plötzlich schien mir das Wasser keinen Ansatzpunkt mehr zu bieten – ich konnte mich, egal in welcher Richtung, nicht weiter als ein paar Zentimeter fortbewegen.

Außer Atem hörte ich einen Moment lang auf, Wasser zu treten ... und merkte, daß es gar keinen Unterschied machte, ob ich mit den Beinen strampelte oder nicht. Ich wurde irgendwie – hochgehalten. Und der Griff – man konnte es gar nicht anders bezeichnen – kam mir plötzlich vertraut vor. Es war eine sanfte Berührung, fest, aber nicht brutal, eigentlich sogar das genaue Gegenteil davon. Ich spürte, wie das Wasser unter mir wirbelte und meine Beine umspülte – wie Finger, die Spiralen auf meine Waden, Knie und Oberschenkel zeichneten. Unter meinen abgeschnittenen Jeans trug ich eine Badehose, und jetzt schien das Wasser gegen meine Leistengegend zu drücken, die Schwellung meines Schwanzes zu liebkosen, an dem Baumwollstoff zu zerren. Die Wasserfinger glitten aufreizend meinen Bauch hinauf, wirbelten und zogen an meinen Brusthaaren, massierten meine Rippen, meine Brustmuskulatur, meine Schultern ...

Meine Schultern! Mit Schrecken bemerkte ich, daß sie jetzt unter Wasser waren. Die Hände, das Wasser, was immer es auch sein mochte, *es zog mich hinab.* Ich schrie um Hilfe, kämpfte jetzt wild gegen die Kraft an, die mich nach unten zog, während das Wasser gegen mein Kinn schwappte, gegen meine Lippen ...

Kurz bevor mein Kopf in den Wellen untertauchte, nahm ich einen tiefen Atemzug. Was passierte da? Wer *bist* du? wollte ich schreien. Warum tust du mir das an?

Ich öffnete die Augen. Das Salz brannte, aber ich konnte nichts erkennen; nichts außer Wasser. Mein Herz hämmerte. Ich wußte, daß ich nur dreißig, vierzig Sekunden Zeit hatte, bevor mir die Luft ausgehen würde; ich mußte etwas *unternehmen.* Aber was? Und wie?

Ich strampelte wie wild mit den Füßen, kam aber nicht voran.

Ich spürte, wie sich etwas gegen meine Lippen preßte. Kalt. Naß. Seltsam weich.

Es versuchte, mir den Mund zu öffnen. Ich wehrte mich mit ganzer Kraft dagegen, aber – was immer es auch sein mochte – es war stärker. Und als sich mein Mund zu öffnen begann, wurde mir klar, was sich da gegen meine Lippen drückte.

Ein anderes Paar Lippen ...

Ich fing an zu würgen und fürchtete instinktiv das Eindringen des Wassers in meine Lungen ... aber es geschah nicht. Ich spürte einen salzigen Kuß auf meinem geöffneten Mund ... trotzdem konnte ich noch atmen. Es war fast so, als würde ich irgendwie den Sauerstoff selbst direkt aus dem Wasser aufnehmen.

Sobald mir klar wurde, daß ich nicht sterben würde ... als ich verstand, daß diese Kraft, was immer sie war, mich nicht umbringen oder mir auch nur weh tun wollte ... entspannte ich mich ein wenig. Und in diesem Augenblick der Entspannung konnte ich plötzlich die angenehmen Seiten dessen, was da mit mir passierte, genießen: das Streicheln meines Körpers, die sanften Wasserwirbel um meinem Penis herum ... und während meine Angst schwand, spürte ich, wie ich eine Erektion bekam. Mein Gott, es stimmte also: Wenn sich ihnen die Möglichkeit bietet, würden Männer *wirklich* fast alles vögeln!

Der Gedanke brachte mich zum Lachen, und als sich mein Mund weiter öffnete, spürte ich, wie eine Zunge aus Wasser sanft hineinglitt. Salzig und ein wenig rauh, und eigenartig menschlichem Fleisch ähnelnd, leckte und spielte sie an meiner Zunge herum ... und ich merkte, wie ich es erwiderte. Die völlige Widernatürlichkeit dessen, was da passierte, begann mich zu erregen. Ich würde nicht sterben; also konnte ich es genausogut genießen. Zögernd untersuchte meine Zunge diese ungewöhnlichen, flüssigen Lippen, die auf meinen lagen, kalt und naß und irgendwie aufregend. Sie schmeckten nach Salz und Tang und allem, was ich am Meer so liebte. Mir war halb bewußt, daß da etwas in meinen Shorts war, Wasserfinger, die den Schaft meines Penis umschlossen hielten, sich leicht von unten bis zur

Spitze bewegten, kurz über die Vorhaut strichen, gerade lange genug, um mich bis kurz vor den Orgasmus zu bringen – und dann wieder den Schaft hinunterglitten, sanft meine Hoden drückten, dann wieder hoch, schneller werdend, hoch und runter ...

Der Ozean umfing mich eng und warm, als ich kam. Ehe ich es mich versah, trieb ich wieder auf der Oberfläche – frei.

Und allein. Das war mir sofort klar.

Da mich jetzt nichts mehr aufhielt, schwamm ich zur Sandbank und lag fünf Minuten nur da. Ich versuchte mir das, was gerade geschehen war, zu erklären – und versagte dabei jämmerlich. Es war keine Einbildung gewesen, soviel wußte ich; aber mir fiel keine rationale Erklärung für die Kräfte ein, die mich (in jeder Bedeutung des Wortes!) ergriffen hatten. Nach fünf Minuten blickte ich mich um und sah, daß die Sandbank auf die Hälfte ihrer Größe geschrumpft war, und daß die *Sea Breeze* wieder auf dem Wasser trieb. Ich atmete tief durch und erhob mich.

Ich kletterte auf das Boot; sein sanftes Schaukeln war wohltuend und beruhigend. Ich bemerkte, daß das Deck naß war; anscheinend war während meiner Abwesenheit eine große Welle achtern hereingebrochen und hatte Wasser und Seetang auf das Deck geworfen. Es dauerte einen Augenblick, bis mir auffiel, daß etwas komisch war an dem Tang.

Algensträhnen schienen wie Buchstaben auf den Eichenplanken angeordnet zu liegen. Ein Strang, der wie ein Bogen aussah, war ein *D*; ein wackeliger Halbkreis bildete ein *u* ...

Trotz der Hitze erschauerte ich, als ich die gesamte Mitteilung las, die sich vor meinen Füßen ausbreitete.

Sie lautete: *Du schmeckst wie er.*

Ich steuerte das Boot wieder ans Ufer, vertäute es am Steg und fuhr landeinwärts zum Mittagessen, so weit wie möglich vom Wasser weg. Ich bestellte mir mit Absicht keinen Drink, auch wenn ich einen hätte vertragen können. Aber ich wollte versuchen, meine verwirrten Gedanken und Gefühle wenigstens annähernd in Ordnung zu halten. Meine gesamte Welt war auf den Kopf gestellt worden – und das in mehr als einer Hinsicht.

Ich hatte Angst davor, wieder hinaus auf das Meer zu fahren. Ich fürchtete nicht um mein Leben – was immer auch da draußen war, hätte mich mit Leichtigkeit töten können, wenn es das gewollt hätte –, sondern vor meiner eigenen Reaktion auf das, was passiert war. Ich fürchtete mich davor, daß es wieder passieren könnte, fürchtete, daß ich sogar wollte, es würde noch einmal passieren. Wenn das Wasser sich diese Gestalt gegeben hatte, welche anderen Formen konnte es dann noch annehmen? Ein Teil von mir wollte es wissen – und ein anderer Teil wollte es nie erfahren.

Was mich aber am meisten beschäftigte, war die Nachricht an Deck und alles, was sich daraus ergab. Ich wußte nicht, wie ich die Tausenden von Fragen beantworten sollte, die in mir hochkochten. Ich hatte nicht vor, irgend jemand von dem Vorfall zu erzählen – nicht einmal andeutungsweise. Und die Fragen, die ich mir in bezug auf Onkel Evan zu stellen begann, waren kaum dazu angetan, sie Tante Diedre gegenüber zu äußern, nicht einmal in verschleierter Form.

Es gab nur einen Menschen, von dem ich glaubte, daß er mir vielleicht helfen konnte.

Das *Channel Inn*, ein malerisches kleines Hotel an der Main Street, stand auf einem kleinen aber auserlesenen Grundstück, das einen schönen Blick auf den Sund und die Marschen dahinter bot. Ben Sanders, der trotz seiner zweiundsiebzig Jahre immer noch sehr munter war, zog einen weißen Liegestuhl aus Holz für mich herbei, auf den ich mich setzen sollte. »Hoppla. Einen Augenblick!« – und bevor ich mich niederlassen konnte, wischte er mit einem

Lappen über die Lehne des Stuhls. »Möwen«, sagte er ärgerlich.

»Wenn ich für jeden Vogelklecks, den ich von diesen Stühlen entfernt habe, fünf Cents kriegen würde ... Einen Eistee?«

»Danke, gerne.«

Er goß mir ein großes Glas aus einem altmodischen Glaskrug ein, reichte es mir und ließ sich auf einem Stuhl mir gegenüber nieder. »Ahh«, seufzte er, »Ich kann einfach nicht glauben, daß er tot ist, kannst du es?«

Ben und Evan waren die dicksten Freunde gewesen, seit sie sich vor sechzig Jahren in der Grundschule kennengelernt hatten. Sie hatten fast sechs Jahrzehnte lang miteinander Baseball gespielt, gemeinsam Mädchen den Hof gemacht, zusammen gefischt. Jetzt blickte Ben mit zusammengekniffenen Augen über das Fahrwasser hinweg in die Ferne. »Also«, sagte er, »du hast heute mit der *Sea Breeze* eine kleine Spritztour unternommen, ja?«

Ich bejahte.

Er schüttelte den Kopf. »Versteh mich nicht falsch, sie war einmal ein prima Boot, aber ... du mußt zugeben, daß der Motor auch schon bessere Zeiten gesehen hat.« Ich lachte. »An jedem Freitag morgen um acht Uhr«, fuhr er fort, »schipperte Ev mit seinem klapprigen alten Kahn an meinem Fenster vorbei, weil er wußte, daß mich das wahnsinnig machte. Nicht am Dienstag morgen, nicht am Mittwochmorgen, nicht am Sonntagmorgen. Aber am Freitagmorgen. Pünktlich acht Uhr. *Dreißig Jahre lang.* Verrücktes altes Arschloch.«

Er verstummte. Der Sund lag still da. Er sah schmerzerfüllt aus.

Ich wartete einen Augenblick und fragte dann: »Er ist so oft mit dem Boot rausgefahren? Selbst nachdem er sich zur Ruhe gesetzt hatte?«

Ben nickte. »Sechs Tage in der Woche. Er hatte vielleicht aufgehört, seinen Lebensunterhalt mit dem Fischen zu verdienen, aber er konnte einfach nicht anders. Er fuhr hinaus, fing vielleicht ein paar Pfund Blaufisch, ein Paar Trommelfische – etwas davon gab er mir fürs Restaurant ab und an Mrs. Brattle im *Islander*, den Rest nahm er mit nach Hause.«

»Er hat jeden Tag gefischt?«

»Na ja, vielleicht nicht jeden Tag. Manchmal warf er nur vor Tom's Cove oder am Strand von Assateague den Anker und verbrachte den Tag da draußen damit, zu lesen, die Wellen zu beobachten oder was auch immer.«

»Sie spricht es ja nie aus«, sagte ich, »aber ich glaube, daß es ganz schön schwer für Diedre gewesen ist, daß er den größten Teil der Zeit weg war.«

Ben nickte. »Das kann ich mir vorstellen. Aber er war ein eigentümlicher Kerl, dieser Evan. Ich kannte ihn fünfzig Jahre lang – wir haben an jedem Donnerstag Schach gespielt; sind an jedem Samstag abend zusammen zum Kegeln gegangen; er und Diedre kamen an jedem zweiten Sonntag zum Abendessen vorbei. Und trotzdem gab es immer etwas an Evan, das er für sich behielt. Manchmal starrte er in die Ferne, und ich hatte keine Ahnung, *was* er eigentlich sah. Ich habe ihn dann oft gefragt: ›Was geht denn in deinem fiebrigen kleinen Hirn vor sich, Ev?‹ Daraufhin lächelte er immer nur und sagte irgend etwas wie: ›Ist die Welt nicht ein erstaunlicher Ort, Ben?‹, und ich mußte ihm zustimmen, die Welt konnte ziemlich erstaunlich sein, und das war es dann. Ich schwöre, das war alles, was ich aus ihm herauskriegen konnte. Der Bursche war und blieb mir in mancherlei Hinsicht ein Rätsel.«

Ich versuchte, meine Stimme ruhigzuhalten. »Meinst du, daß er vielleicht ... ich meine, daß da vielleicht jemand anderes war ...?«

Ben sah mich an, die Augen plötzlich weit aufgerissenen – und lachte. »Ein bißchen was nebenher meinst du?« sagte er und lachte erneut. »Himmel, ich wüßte nicht, wie das gehen sollte! Auf dieser Insel weiß jeder alles über jeden. So etwas würde herauskommen.« Er hielt kurz inne und dachte nach. Dann fuhr er fort: »Um die Wahrheit zu sagen, es gab Tage, an denen ich mich das gleiche gefragt habe, aber ... er hat die verdammte Insel nie verlassen; ich weiß, daß es niemand auf der Insel gewesen sein kann und, was am wichtigsten ist, ich weiß, daß er Diedre liebte. Wirklich liebte. Alte Männer hören nicht auf, über solche Sachen zu reden, Steve, nur weil sie alt sind. Ich weiß genau, wieviel er für Diedre empfand.«

Er blickte wieder hinaus auf das Fahrwasser und schüttelte den Kopf. »Nein«, sagte er mit Nachdruck. »Vertrau mir. Falls Evan eine Geliebte hatte, dann war es die See.«

An diesem Abend traute ich mich dann endlich wieder, zum Meer zurückzukehren. Die Moskitos stachen wie wild, aber der Strand war zum Glück menschenleer. Ich blieb einige Meter vom Wasser entfernt stehen und beobachtete, wie die Wellen heranrollten, wie der Schaum auf dem Sand aufgeworfen wurde und dann wieder zurückwich. Ich kam mir vor wie ein Trottel. Schon jetzt erschien mir die Erinnerung an das, was geschehen war, mehr und mehr wie ein Traum, wie eine Illusion. Aber ich mußte es durchziehen.

Ich stand dort eine ganze Weile und rief dann laut, wobei das Tosen der Wellen meine Stimme dämpfte:

»Wer bist du? Wer bist du?« – obwohl ich das Gefühl hatte, es vielleicht schon zu wissen.

Die Wellen brachen sich am Ufer, ohne mich zu beachten. Ich kam mir noch idiotischer vor. Aber ich versuchte es erneut.

»Was willst du von mir?«

Die Wellen rollten heran. Schaum wurde auf den Strand gespült und verschwand wieder – aber als das Wasser dieses Mal zurückwich, hinterließ es Spuren im Sand ... Linien, die aussahen, als wären sie mit Fingern in den Sand gezogen worden ... Buchstaben. Ein Wort. Ein Name.

Evan.

Ich erschauerte.

Es dauerte eine Minute, bis ich wieder sprechen konnte. »Er ... er ist tot«, sagte ich schließlich. »Verstehst du? Er ist nicht mehr da.«

Die Wellen brachen sich weiter am Ufer, ohne daß etwas ungewöhnlich dabei gewesen wäre, aber ich schrak trotzdem zurück. Als das Wasser zurückgewichen war, hatte es zwei weitere Worte hinterlassen.

Weiß ich.

Meine Kehle fühlte sich plötzlich ausgetrocknet und heiser an. Die einzige Frage, die mir einfiel, war: »Warum?«

Wieder kamen die Wellen, löschten die Nachricht aus und hinterließen eine neue. Kurz und knapp:

Habe ihn geliebt ...

Mir stockte der Atem. Es stimmte also. Alles, was ich befürchtet hatte, war wahr. Bevor ich noch etwas sagen konnte – bevor mir etwas einfiel, was ich hätte sagen können – waren die Wellen wieder herangerollt, höher als bisher, und um meine Füße gewirbelt. Ich spürte eine leichte, sanfte Berührung an meinem Fuß – kein Streicheln, überhaupt nichts von sexueller Bedeutung – mehr wie eine Hand, eine Fingerspitze, die mich inständig drängend berührte.

Als das Wasser zurückwich, standen da zwei Worte im Sand, eine einfache Bitte:

Ihn zurückbringen?

Ich drehte mich um und rannte davon, ohne auch nur zu warten, bis die Wellen die Worte ausgelöscht hatten.

Ich trinke nicht besonders gerne, aber als ich mit meinem Auto die Hauptstraße in Richtung Chincoteague Inn hinauffuhr, wußte ich, daß ich dort entweder auf einen Drink halten oder weiterfahren würde – direkt bis nach Atlanta. So fand ich mich innerhalb weniger Minuten auf einem Barhocker in dem Restaurant wieder, dessen große Fenster einen Blick auf den Hafen hinaus boten. Als ich das Glas in meinen Händen ansah, mußte ich zu meiner Überraschung feststellen, daß ich einen Whisky Soda mit drei Schlucken geleert hatte. Was mich noch mehr überraschte, war, daß ich einen weiteren bestellte.

Ich schätze, es sagt einiges über mich aus, daß es mir weniger schwerfiel, den Umstand zu akzeptieren, daß dort draußen im Meer vor Assateague etwas Unnatürliches, beinahe Unglaubliches – ein elementares Wesen, ein Wassergeist? –existierte, als vielmehr die Tatsache, daß Onkel Evan eine Beziehung zu ihm hatte. Ach, zum Teufel, ich hatte Joseph Campbell gelesen, aber kein Buch der Welt hätte mich auf den Gedanken vorbereiten können, daß mein Onkel seine Frau betrogen hatte. Jedem, der die beiden je zusammen gesehen hatte, wäre es schwergefallen, das zu glauben. Selbst als sie über sechzig waren, berührten sie sich noch mit echter Zuneigung und gegenseitigem Verständnis an Handrücken oder Wange. Der Gedanke, daß er morgens auf dem Weg zur Arbeit Tante Diedre zum Abschied küssen, ihre Hand liebevoll drücken könnte, um dann zu einem perversen Rendezvous aufzubrechen mit einer ... einer Kreatur ... mit etwas, das nicht einmal menschlich war ... das machte mich ...

Es machte mich wütend. In diesem Augenblick haßte ich ihn: Ich haßte die Art, wie er Dee all die Jahre belogen hatte, haßte den grausamen Witz, von dem sie nicht einmal wußte, daß er auf ihre Kosten gerissen wurde, haßte das Bild von ihm, wie er im Wasser schwebte, so wie ich es getan hatte, und in der unnatürlichen Umarmung einer übernatürlichen Geliebten seinen Samen verströmte. Gott möge ihn *verfluchen*! Wie hatte er ihr das antun können? Wie hatte er mir das antun können? Alles, was ich über Männer und Frauen, über Ehrlichkeit und Verantwortung zu wissen glaubte, hatte ich von Evan und Diedre gelernt. Ganz bestimmt nicht von meinen Eltern. Und jetzt ... und jetzt ...

Meine Wut ließ mich fast ebenso schnell wieder nüchtern werden, wie der Bourbon zu wirken begann. Ich verzichtete auf einen dritten Drink, stand auf und blieb eine ganze Weile am Hafen stehen, um tief durchzuatmen.

Plötzlich haßte ich den Geruch der See; haßte das Geräusch der Wellen, die gegen den Pier schwappten; haßte alles an ihr. Es war mir egal, ob ich sie je wieder sehen würde, nachdem ich abgefahren war.

Ihn zurückbringen?

Ich zitterte und beschloß, die Viertelmeile zu Tante Diedres Haus zurück zu laufen. Ich schloß auf - sie schlief schon oben -, und irgendwann bin ich dann vermutlich auch selbst eingeschlafen. Es war aber nur eine Art nervöser, oberflächlicher Schlummer, bei dem man träumt, daß man im Bett liegt und verzweifelt einzuschlafen versucht und im Morgengrauen mit dem Gefühl aufwacht, als hätte man sich kein bißchen erholt. Beim Frühstück am nächsten Morgen trank ich drei Tassen Kaffee. Ich sah fürchterlich aus.

»Du siehst fürchterlich aus«, sagte Tante Diedre. Ich lächelte. Tante Diedre entging nichts.

Na ja - fast nichts. »Ich habe nur schlecht geschlafen«, log ich. »Wolltest du heute einkaufen gehen?«

»Leg du dich wieder hin und ruh dich aus. Ich werde mich um den Einkauf kümmern.«

»Mir geht es *prima*«, sagte ich. »es ist nichts, was eine Tasse Kaffee nicht beheben könnte.« Und so verbrachten wir trotz ihrer Einwände die nächste Stunde damit, im Parks Market die Vorräte an Konserven und Haushaltswaren aufzustocken. Danach stöberten wir noch in einem Buchladen und einem Antiquitätengeschäft herum. Anschließend aßen wir bei Don's Seafood zu Mittag - zu meiner großen Erleichterung war es eines der wenigen Restaurants auf der Hauptstraße, das nicht direkt am Wasser lag.

Ich hatte keinen großen Hunger, und meine Wut hatte sich kaum gelegt. Es war mir ein bißchen peinlich, hier mit Tante Dee zu sitzen, weil ich mich irgendwie als Mitwisser von Onkel Evans schmutzigem kleinen Geheimnis fühlte ... wenn nicht sogar als noch etwas Schlimmeres: Ich hatte eine Beziehung zu dem gleichen *Ding* gehabt wie er. Ich war mehr als ein Mitwisser – ich war genauso verdorben wie er.

Diedre konnte vielleicht nicht meine Gedanken lesen, aber sie spürte meine Stimmung. Leise sagte sie: »Denkst du an Evan?«

Allerdings nicht in irgendeiner Weise, die sie sich vorstellen konnte. Ich nickte.

»Bist du wütend auf ihn?« fragte sie. Ich blickte überrascht auf.

»Weil er uns verlassen hat?« sagte sie, und ich dachte, daß das eine gute Erklärung für meine trübselige Laune wäre. Deshalb nickte ich. »Ich schätze schon«, log ich wieder.

»Ich auch ein bißchen«, gab sie zu. »Aber, Stephen ... Menschen, die sich lieben, werden sich immer gegenseitig weh tun. Man versucht es zu verhindern, aber man kann es nicht verhindern. Man kann nichts dagegen machen. Das einzige, was man tun kann, ist verzeihen. Der Herr weiß, daß Ev kein perfekter Ehemann war – erinnerst du dich an das eine Mal, als er und Ben in Franklin City auf Sauftour waren und auf dem Rückweg beinahe mit dem Boot untergegangen wären? –, aber ich habe ihm verziehen, so wie er mir verziehen hat, daß ich keine perfekte Ehefrau war. Wenn wir das konnten, dann kannst du ihm auch verzeihen, daß er weggegangen ist.«

Ich dachte darüber nach. Ich dachte sehr lange darüber nach. Wir aßen ein paar Minuten lang schweigend, und dann hörte ich, wie ich sagte: »Tante Dee ... hat es Evan viel bedeutet, daß seine ... seine Asche ... im Meer verstreut wird?«

Dee schien das Thema unangenehm zu sein, und es tat mir leid, daß ich wieder davon anfing, aber ich mußte es einfach wissen. »Ich glaube schon«, sagte sie, »aber ...«

Ich legte meine Hand auf ihre. »Ist schon in Ordnung«, sagte ich sanft. »Ich will dir keine Vorwürfe machen. Ich wollte es nur wissen.«

Ich setzte Tante Dee zu Hause ab und fuhr ohne große

Vorfreude an den Strand von Assateague zurück. Jetzt waren mehr Leute am Strand als am Abend zuvor. Deshalb stand ich einfach nur am Ufer und sah zu, wie sich die Brecher in der Ferne überschlugen, mit der steten, majestätischen Bewegung der Wellen, die sich hoben und senkten, wie sie es seit Jahrtausenden getan hatten – wie sie es noch Jahrtausende lang tun würden. Ich bekam eine dunkle Ahnung davon, warum Onkel Evan hier seine letzte Ruhestätte finden wollte, an diesem Ort des ewigen Lebens und des endlosen Wandels, der soviel großartiger und wundervoller war als jedes menschliche Leben. Vielleicht bekam ich sogar eine Ahnung davon, warum er all das andere getan hatte.

Habe ihn geliebt ...

Ja. Ja, das hatte ich.

Ich konnte es gar nicht fassen, was ich vorhatte; mir wurde schon übel, wenn ich nur darüber nachdachte. Aber mir blieb wirklich keine andere Wahl. Falls ich Evan etwas schuldig war – und was ich von ihm im Laufe der Jahre empfangen hatte, war viel wichtiger als die Wut, die ich immer noch verspürte –, dann war es dies. Und vielleicht konnte ich auf diese Weise sogar etwas von den verlorenen fünf Jahren wiedergutmachen; verlorener Zeit, die ich nie wiedergewinnen konnte und der ich immer nachtrauern würde. An diesem Nachmittag parkte ich meinen Wagen absichtlich eine Straße weit von der Margarets Lane entfernt, damit das Geräusch des startenden Motors Tante Diedre nicht wecken würde, wenn ich mich kurz vor ein Uhr nachts aus dem Haus schlich. Ich fuhr durch die totenstill daliegenden Straßen von Chincoteague und gelangte – es kam mir wie Stunden vor, obwohl es sich nur um Minuten handelte – zu dem kleinen Friedhof an der Church Street ...

Ich parkte an einem verlassenen Straßenabschnitt, stieg aus und sah mich um. Ich war selbst verblüfft, daß ich wirklich hier war, daß ich es wirklich tun wollte. Die Häuser auf der gegenüberliegenden Straßenseite lagen im Dunkeln;

das einzige Geräusch, das man in weitem Umkreis hören konnte, waren die Rufe von ein paar Nachtvögeln. Ich öffnete den Kofferraum ... nahm den Spaten heraus, den ich am Tag zuvor dort versteckt hatte ... und machte mich, so leise ich konnte, auf den Weg über den verlassenen Friedhof. Es war stockfinster, doch wurde ich das Gefühl nicht los, daß mich die ganze Zeit Suchscheinwerfer mit tausend Watt Stärke verfolgten. Nach ein paar Minuten kam ich schließlich zu dem einfachen Grabstein aus Granit, auf dem zu lesen war:

EVAN MCCONNELL
Ehemann, Nachbar, Mann des Wassers

Einen Augenblick lang stand ich nur da, sog die Luft tief ein und versuchte, mich zusammenzureißen ... dann stieß ich, plötzlich von Mut gepackt, das Spatenblatt in den weichen, frischen Boden. Ich hob eine große Schaufel Erde aus und warf sie beiseite. Ich hatte das Gefühl, als hätte ich eine Grenze überschritten. Jetzt gab es kein Zurück mehr. Auf dem Grab war bisher noch kein Rasen gesät worden, deshalb mußte keine Grasnarbe wieder zurückgelegt werden. Mit etwas Glück könnte ich in ein, zwei Stunden fertig sein, die Erde wieder auffüllen, und niemand würde je davon erfahren. Ich fürchtete mich schon vor dem Augenblick, in dem der Spaten auf den Deckel des Sarges stoßen würde. Ich versuchte, weder daran zu denken, wie ich ihn öffnen und hineingreifen müßte, noch an das, was ich darin vorfinden würde. Ich konzentrierte mich auf den Spaten, darauf, ihn in den Boden zu stoßen und die Erde beiseite zu werfen; wieder stieß ich das Spatenblatt hinein, wieder warf ich eine Ladung Erde beiseite, noch eine, und ...

»Steven?«

Vor Schreck ließ ich den Spaten fallen. Ich hatte plötzlich einen ziemlich treffenden Eindruck davon, wie sich ein Herzinfarkt anfühlen mochte.

Ich drehte mich um und erblickte, mit Schrecken und voller Scham, Tante Diedre, die anderthalb Meter vom Grab ihres Gatten entfernt stand, dem Grab, das ich gerade dabei war zu schänden!

Ich wollte auf der Stelle tot umfallen. Mein Mund war staubtrocken; ich schien vergessen zu haben, wie man Wörter bildete. »Ich ... ich ...«

Aber in ihrem Gesicht zeigte sich keine Spur von Wut – nicht einmal Überraschung – nur Traurigkeit. Sie tat einen Schritt auf mich zu und sagte mit unerwarteter Sanftheit: »Es ist schon gut. Ich weiß, was du versuchst zu machen. Und ich weiß warum.«

Ich konnte nur hilflos den Kopf schütteln. »Nein«, sagte ich. »Nein, das weißt du nicht.«

Aber sie lächelte nur. »Ich weiß mehr, als du glaubst«, sagte sie. »Ich weiß, daß Evan die See liebte. Er war nicht gerade ein religiöser Mensch und ging nie mit mir in die Kirche, aber ... etwas am Meer bewegte ihn tief, schon seit er ein Junge war.«

Ihr Blick wanderte in Richtung Osten, zum Meer hin. »Wenn man etwas so sehr, so lange liebt«, sagte sie leise, »dann, schätze ich ... wird es irgendwann diese Liebe erwidern ...«

Ich war eine Zeitlang wie betäubt und sprachlos.

»Du ... du hast es gewußt?« sagte ich schließlich. »Hat er es dir erzählt?«

Sie schüttelte den Kopf.

»Nein«, sagte sie. »Natürlich nicht. Evan hätte mir nie auf diese Art weh getan. Aber ich habe es gemerkt. Wenn wir zusammen auf dem Boot waren ... an der Küste ... die Art und Weise, wie sich die See – *bewegte,* wenn er in der Nähe war ... Ich konnte sie nach einer Weile spüren, ihre Anwesenheit. Aber ich wußte auch, daß sie das, was Evan und ich zusammen hatten, nicht bedrohte, deshalb haben wir ... ihn uns irgendwie geteilt.«

Sie blickte zu Boden, von Scham ergriffen. »Ich wurde erst egoistisch, nachdem er gestorben war«, sagte sie. »Ich wollte ihn für mich allein haben.« Sie blickte wieder auf. »Das war falsch von mir.«

»Nein«, sagte ich, »das war es nicht.«

Sie nickte. »Doch, das war es. Ich bin eine gute Christin, Steven. Und darauf hätte ich vertrauen sollen.« Sie blickte in die Richtung, wo in der Ferne die leise Stimme der See zu hören war.

»Soll sie seinen Körper bekommen«, sagte sie. »Ich vertraue auf Gott, daß seine Seele bei mir sein wird, wenn meine Zeit abgelaufen ist.«

Ich blieb noch drei Tage in Chincoteague – lang genug, um die Leiche exhumieren und verbrennen zu lassen. Und am Morgen des dritten Tages standen Tante Diedre und ich kurz vor Sonnenaufgang auf und fuhren nach Assateague. Wir standen am Ufer. Der Horizont glänzte in Gold- und Rottönen, ein trockener, sanfter Südwind wehte. Ich nahm vorsichtig den Deckel von der Urne und schüttete etwas von der Asche in Tante Diedres aufgehaltene Hände. Sie sah sie einen Augenblick lang an und hauchte ein Lebewohl darauf. Dann streckte sie die Hände aus und ließ den Wind die Asche davontragen. Sie verteilte sich über der spiegelglatten Oberfläche des Meeres. Danach nahm ich eine Handvoll, ließ sie mit dem Wind davonwehen, und innerhalb von einer Minute war alles vorbei. Onkel Evan war zur See zurückgekehrt.

Ich blieb den restlichen Tag bei Dee und machte mich schließlich um sechs Uhr abends auf die lange Fahrt zurück nach Washington. Als ich die Hauptstraße hinunterfuhr, ließ mich irgend etwas am Hafen anhalten, um einen letzten Blick auf die *Sea Breeze* zu werfen, die sanft an ihrem Liegeplatz schaukelte. Vom Kai aus konnte ich sehen, daß das Deck naß war, obwohl das Wasser im Hafen ganz ruhig schien. Ich kletterte, höchstwahrscheinlich zum letzten Mal, über die Reling an Bord des alten Trawlers. Das Deck war in der Tat voller Wasser – und auch voller Seetang, der sorgfältig angeordnet auf den abgestoßenen Eichenplanken lag.

Dort stand zu lesen: *Er hat auch dich geliebt.*

Ich kehrte zum Wagen zurück, und schon wenige Augenblicke später überquerte ich die Narrows Bridge über die Meerenge. Das Wasser unter mir schwarz und glänzend, während es endlos und ewig in den Schoß der See zurückfloß.

Originaltitel: ›THE MAN WHO LOVED THE SEA‹
Copyright © 1995 by Alan Brennert
Erstmals erschienen in
›The Magazine of Fantasy and Science Fiction‹,
September 1995
Mit freundlicher Genehmigung des Autors,
der Howard Morhaim Literary Agency
und Thomas Schlück, Literarische Agentur,
Garbsen (# 54 420)
Copyright © 2001 der deutschen Übersetzung
by Wilhelm Heyne Verlag, München
Aus dem Amerikanischen übersetzt von Olaf Schröter

FLORIAN F. MARZIN

Deutschland

Reptilienliebe

Die Zeit der großen Schlachtschiffe war vorbei. Spätestens seit wir die *Nostromo* verloren hatten. Sie war dem weit gefächerten Angriff unzähliger kleiner Kampfeinheiten nicht gewachsen gewesen. Zu behäbig in ihren Bewegungen, zu ineffektiv in ihrer überdimensionalen Feuerkraft. Jeder, der ein bißchen Ahnung von Physik hat, brauchte nicht lange über die Bewegungsgesetze im schwerelosen Raum nachdenken, um sofort zu begreifen, wo das Problem lag. Eine Masse wie die der *Nostromo* in Bewegung zu versetzen, kostete eine Menge Energie, und sie zu lenken fast ebenso viel. Bei jeder Richtungsänderung schlug das Trägheitsmoment mit der unabänderlichen Konsequenz eines verdammten Naturgesetzes zu, und bei ihrem letzten Einsatz glitt die *Nostromo* mit der Grazie eines gigantischen Schwans in genau das von unseren Feinden gelegte Inferno, dem jedes kleinere und wendigere Schiff ohne Probleme hätte ausweichen können. Was folgte, war das Ende des Schlachtschiffes und der tausendköpfigen Besatzung sowie die Erkenntnis, daß ein neues Zeitalter des Raumkrieges angebrochen war.

Das neue Zeitalter begann erst einmal damit, daß wir uns zurückzogen, und zwar wesentlich weiter, als wir eigentlich vorgehabt hatten. Doch der Mensch hätte nicht ein paar Jahrhunderte im All überlebt, wenn er nicht lernfähig gewesen wäre. Wir opferten die letzten Dinosaurier der Raumschifftechnik, um uns noch ein paar Monate mehr zu verschaffen und hofften dann, daß unsere neuen Kampfschiffe das hielten, was man sich irgendwo weit oben im Planungsstab davon versprach. Schön sahen sie nicht aus, und die Piloten hatten schon bald einen treffenden Namen dafür gefunden. Warzenschweine, oder kurz Wees. Die Besatzung bestand aus drei Mann und dem Piloten. Der Pilot hatte die Aufgabe, diesen mit Pestbeulen übersäten Diskus zu fliegen, und die anderen drei, man nannte uns Bordschützen, sollten aus allen Rohren auf was immer der Feind war feuern. Viele meinten durch die damit einhergehende Änderung der Taktik wäre der Kampf ehrlicher geworden, ehrenhafter. Ich habe nie begriffen, warum es ehrenhafter sein sollte, sich in einer Blechbüchse von kaum fünfzig Metern Durchmesser in Atome aufzulösen als in einem Stahlkoloß von mehreren tausend Kubikmetern. Denn darauf lief es ja schließlich hinaus.

Aber noch etwas änderte sich. Wir machten auf einmal Gefangene. Nicht richtige Gefangene, es waren Tote, die wir aus den Trümmern ihrer Kampfschiffe zogen. Viel hat man nicht davon erfahren, aber wie das so ist, etwas sickerte immer durch, und wenn man neunzig Prozent davon abzog, blieb ein Wesen übrig, das möglicherweise wie ein kleiner Tyrannosaurus oder ein aufrechtgehender Salamander aussah. Sie schienen in der Lage zu sein, so ziemlich das gleiche Zeug wie wir zu atmen und reagierten auf das Vakuum auch vergleichbar, deswegen glichen die Leichen in den abgeschossenen Schiffen auch eher einem Puzzlespiel. Nun, auch sie machten wohl Gefangene und erfuhren auf diese Weise einiges von uns. Das war so etwa der Stand der Dinge, als ich in Gefangenschaft geriet. Das Schiff, auf dem ich Bordschütze war, erhielt einen Treffer und trudelte steuerlos zwischen den Fronten entlang auf das Planetensystem zu, um das wir uns gerade stritten. Wahrscheinlich hatte ich ziemliches Glück gehabt, denn eigentlich hieß die Order, steuerlose und nicht auf Funkanruf reagierende eigene Einheiten abzuschießen, damit sie nicht dem Feind in die Hände fielen. Außer mir schien niemand mehr am Leben zu sein, und auch ich fühlte mich von den

Beharrungskräften, die durch das Schlingern des Schiffs entstanden und von den kaputten Andruckabsorbern nicht mehr abgeschwächt wurden, schon halb tot. Eigentlich wäre es in diesem Moment an der Zeit gewesen, die tödliche Injektion auszulösen. Aber anscheinend hatte ich den Zeitpunkt verpaßt, und ich wachte in einem halbdunklen Raum auf, der ziemlich streng roch. Neben mir saß eine Frau. Daraufhin schloß ich wieder die Augen und überlegte mir, ob ich in der Hölle oder im Himmel sei. Ich merkte, wie mein Kopf sanft angehoben wurde, dann spürte ich ihren Schoß in meinem Nacken.

»Wo bin ich?« Etwas Besseres fiel mir im Moment nicht ein.

»Ich glaube, wir sind auf Gentlock drei, im Gamma System. Nun jedenfalls ist das der letzte Ort, an den ich mich erinnern kann. Dort wurde ich abgeschossen«, gab die Frau mit rauher Stimme zurück.

»Kann nicht sein«, widersprach ich und richtete mich auf, zuckte aber gleich zusammen, als ein Schmerz durch meinen rechten Arm fuhr, mit dem ich mich abgestützt hatte.

»Du hast eine ziemlich üble Brandwunde am rechten Oberarm.«

In ihrer Stimme lag Mitgefühl und Hilflosigkeit, als sie hinzufügte: »Ich habe sie notdürftig mit dem Rest Verbandszeug aus deiner Beintasche verbunden.«

Ich schielte an meinem rechten Arm hinunter und sah die Fetzen meines Kombis und ein ziemlich großes Loch, über das ein Streifen Verbandmaterial gewickelt war, es aber nicht ganz abdecken konnte. Verbrannte Fetzen Fleisch hingen herunter.

»Wer bist du?« fragte ich und setzte mich dabei vorsichtig auf.

»Megia Rachtu, Pilotin, Erstes Korps, und so weiter, und so weiter. Und du?«

»Atrutu Scheran, Bordschütze, Viertes Korps, ebenfalls und so weiter. Wie lange bin ich schon hier?«

Sie zuckte die Achseln. »Nicht lange. Doch Uhren zu tragen gehört nicht zu den Privilegien von Gefangenen. Zweimal Essen.«

»Zweimal Essen?« fragte ich, weil ich mir keinen Reim darauf machen konnte, was sie meinte.

»Zweimal Essen«, wiederholte sie. »Das ist die einzige Möglichkeit, hier die Zeit zu messen. Ich denke, sie wissen ziemlich gut über uns Bescheid und füttern uns wohl zweimal am Tag, oder zumindest so etwa. Zweimal Essen bedeutet also ungefähr vierundzwanzig Standardstunden. Verstanden?«

Ich nickte und schaute mich in dem Raum um. Von irgendwoher fiel Licht herein, ich konnte aber keine Quelle ausmachen. Es schien gleichmäßig aus Decke, Boden und Wänden zu kommen. Der Raum war ungefähr zehn bis zwölf Meter im Durchmesser und seine Grundfläche glich einem Oval. Rings um die Wand lief ein Podest, das vielleicht einen Meter höher und zwei Meter breit war. Der Fußboden und die Wände schienen aus rauhem Fels zu bestehen, obwohl ich mir das nicht vorstellen konnte. Es war warm; ich schätzte die Temperatur auf bestimmt vierzig Grad, und ich spürte Schweißperlen im Nacken. Die Decke schien transparent zu sein, obwohl ich mir da auch nicht sicher war. Sie befand sich nicht mehr als drei Meter über dem Boden. Der Gestank war nicht schlimm, aber unangenehm und gar nicht fremd. Die Pilotin mußte mein erneutes Naserümpfen bemerkt haben und machte mit dem Kopf eine kurze Bewegung, die zur gegenüberliegenden Wand hindeutete.

»Es gibt angenehmere Gerüche, aber von Toiletten scheinen sie genausowenig zu halten wie von Uhren. Es gibt, nichts Besseres als ein Loch dort hinten.«

Ich nickte und stellte Megia die Fragen, die mir die ganze Zeit schon auf dem Herzen lagen. »Wie lange bist du schon hier?«

»Mehr Essen, als ich mir merken konnte. Am Anfang habe ich noch versucht zu zählen, aber dann habe ich irgendwie den Faden verloren. Aber vielleicht kannst du mir helfen.«

Ich schaute sie erstaunt an.

»Wann hat es dich erwischt?«

Ich dachte kurz nach. »Irgendwann um den fünfzehnten Mai Standard Erde. Wir bekamen den Einsatzbefehl Anfang Mai und waren gut eine Woche im Raum, bevor wir Feindberührung hatten.«

»Welches Jahr?«

»Vierundzwanzig Null Drei.«

»Ich schätze, das sind dann sieben Monate«, gab sie, gar nicht erstaunt über den langen Zeitraum, zurück. »Wir sind im Oktober Null Zwei von der Basis gestartet und wurden kurz darauf in Kämpfe verwickelt. Das ist das letzte, woran ich mich erinnern kann, bevor ich hier aufgewacht bin.«

Sieben Monate, fuhr es mir durch den Kopf, hier in diesem Loch. Unglaublich. Ich wäre schon längst verrückt geworden. Ich versuchte mich ein Stück weiter aufzurichten, und es gelang auch. Schließlich saß ich an der Kante des Simses, auf dem ich vorher gelegen hatte, und ließ meine Beine nach runterbaumeln. Megia hatte mir dabei zugesehen und schaute mich jetzt von der Seite an. Ich versuchte ihren Blicken auszuweichen. Das Schweigen zwischen uns dauerte an.

»Hast du Durst?«

Bei den so plötzlich die Stille zerstörenden Lauten zuckte ich zusammen. »Ja«, brachte ich ohne nachzudenken hervor.

Megia stand auf, rutschte von dem Sims hinunter und ging ein Stück die Rundung entlang, bückte sich und kam mit einem Gefäß zurück, das ich, weil aus dem gleichen Material wie der Raum bestehend und auch von gleicher Farbe, bei meiner oberflächlichen Musterung nicht bemerkt hatte. Das Gefäß glich einer unförmigen Kanne und schien nicht allzu schwer zu sein. Sie setzte es neben mir ab. Ich warf einen Blick hinein, konnte aber kaum etwas erkennen. Ich nahm die zweite Hand zu Hilfe und schüttelte die Kanne, während ich immer noch in die Öffnung starrte. Darin schwappte eine dunkelbraune Flüssigkeit, die die Konsistenz von Öl hatte. Angewidert stellte ich das Gefäß wieder ab.

»Sieht nicht sehr angenehm aus, aber man kann es trinken«, versuchte sie mir über meinen Ekel hinwegzuhelfen.

Ich verzog das Gesicht zu einer Grimasse des Abscheus.

»Du wirst es trinken müssen«, meinte sie lapidar, »oder du wirst verdursten. Glaub mir, auch ich habe zuerst gedacht, lieber verdursten als den Mist trinken, aber das gibt sich.«

Sie nahm den Krug in die Hände und trank einen Schluck, so als wollte sie mich davon überzeugen, daß der Inhalt zwar unappetitlich, aber ungefährlich war. Als sie absetzte, lief ihr ein dünner Faden dunkelbrauner Flüssigkeit aus dem Mundwinkel übers Kinn hinab. Sie wischte ihn mit dem Handrücken weg und rieb die Hand an ihrem Kombi sauber. Sie mußte das schon öfter gemacht haben, denn der hellgelbe Pilotenkombi war mit braunen Flecken übersät. Zögernd griff ich nach dem Krug, den sie neben mich gestellt hatte. Ihr Gesicht mit den großen dunklen Augen und hohen Wangenknochen schien körperlos in dem diffusen Dämmerlicht des Raum zu schweben, ein heller Fleck, in dem sich die beiden Striche ihrer blaßrosafarbenen Lippen zu einem Lächeln der Aufmunterung verzogen. Ich schloß die Augen und setzte den Krug an. Mit stockendem Atem erwartete ich die Berührung der Flüssigkeit an meinen Lippen. Dann floß, was immer es auch sein mochte, in meinen Mund, über die Zunge in den Hals. Das ölige Gefühl war schlimmer als der Geschmack, und trotzdem mußte ich nach dem ersten Schluck würgen. Ich hustete die Hälfte wieder aus und stellte den Krug schnell wieder ab. Das Gefühl, daß etwas Lebendiges meine Kehle hinunterkröche, verging wieder, und ich unternahm einen zweiten Versuch. Diesmal ging es schon besser, und es gelang mir, zwei Schlucke zu nehmen, bevor der Brechreiz übermächtig wurde. Als ich den Krug endgültig abgesetzt hatte, schob

Megia ihn zur Seite und wischte mir fürsorglich mit ihrer Hand den Mund ab.

»Schrecklich«, brachte ich schließlich hervor und schüttelte mich noch einmal demonstrativ.

»Man gewöhnt sich daran. Ich bemerke den Geschmack schon gar nicht mehr. Schmerzt dein Arm sehr?« Sie machte eine unbestimmte Geste auf meinen rechten Oberarm.

Ich blickte auf die Wunde und wunderte mich, daß sie nicht mehr weh tat. Vorsichtig hob ich ein Stück des Verbandes an. Es schien nicht so schlimm zu sein, wie ich im ersten Moment gedacht hatte. »Nein«, gab ich zurück. »Es ist nichts Ernstes, aber viel Hilfe kann ich wohl nicht erwarten.«

Megia schüttelte den Kopf und brachte den Krug wieder dahin, wo er gestanden hatte. Ich rutschte auf dem Sims soweit zurück, daß ich mich mit dem Rücken an die Wand lehnen konnte. Megia kam zurück und blieb direkt vor mir stehen. Ich musterte sie in dem Halbdunkel, das sich während der ganzen Zeit nicht um eine Nuance verändert hatte. Sie war nicht viel größer als das für Piloten geforderte Mindestmaß von einem Meter siebzig, der Kombi schlotterte an ihr, sie konnte kaum mehr als fünfzig, höchstens fünfundfünfzig Kilo wiegen, und ihr schwarzes Haar stand ihr in langen ungekämmten Büscheln vom Kopf ab. Wahrscheinlich schon seit sieben Monaten nicht mehr gekämmt, stellte ich mit einem Anflug von Galgenhumor fest. Alle Raumsoldaten, Männer oder Frauen, trugen ihr Haar fast kahlgeschoren, es war einfach praktischer, also war das auch ein guter Anhaltspunkt, wie lange sie schon hier war. Leider hatte ich keine Ahnung, wie schnell Haar wuchs, doch ich hatte keine Veranlassung an Megias Worten zu zweifeln. Sie schien mich in der gleichen Art zu mustern wie ich sie.

»Wie hast du das hier nur ausgehalten? Und was machen die mit uns, oder was haben sie mit dir gemacht? Wieso erhalten sie uns am Leben?« platzten schließlich die Fragen aus mir heraus.

Megias Augen schienen in unendliche Weiten zu fliehen, und es dauerte lange, bis sie antwortete. »Die Zeit vergeht, und du merkst es gar nicht. Die haben hier eine wirklich gute Bibliothek und jede Woche einen neuen Film im Programm. Dann noch der Tanztee jeden Samstag und natürlich nicht zu vergessen das Spielkasino ...«

Ich stieß ein kurzes rauhes Lachen aus zum Zeichen, daß ich verstanden hatte. »Klar, und jeden Abend kommt ein Prinz in schimmernder Rüstung auf einem Schimmel daher ... Aber mal ehrlich, Megia, wie hast du das nur ausgehalten?«

Ihre Augen fanden wieder in das Hier und Jetzt zurück. »Keine Ahnung«, murmelte sie fast lautlos und senkte den Kopf. Als ich nichts dazu sagte, blickte sie wieder hoch und fügte fast entschuldigend hinzu: »Wirklich, ich habe keine Ahnung. Man lebt von einem Tag zum anderen. Man ißt, man trinkt, man wird abgeholt, man wird wiedergebracht«, ein Schluchzen drang aus ihrer Kehle, »man denkt schließlich nicht mehr nach.«

Ein eisiges Gefühl hatte sich blitzartig in mir ausgebreitet. Ich rutschte bis zur Kante des Simses vor und packte Megia mit beiden Händen an ihren Hüften. Sie blickte mich erstaunt an, so als ob sie meine Bewegung gar nicht bemerkt hätte.

»Was meinst du damit: Man wird abgeholt? Was machen sie mit dir?«

»Ich nehme an, Untersuchungen. Ich glaube, sie studieren uns, um uns besser kennenzulernen. Machen wir das mit ihnen nicht auch so?«

»Soweit ich weiß, haben wir noch keinen von ihnen lebend in die Hände bekommen. Wie sehen sie aus? Du mußt es doch wissen.«

Megia zuckte die Achseln. Es schien ihr ziemlich gleichgültig zu sein. Ich starrte sie an und wartete auf eine Antwort, doch bevor sie diese geben konnte, erklang ein dumpfer Laut. Mit schreckgeweiteten Augen fuhr Megias Kopf herum. In der Wand des Gefängnisses war plötzlich eine

Lücke entstanden. Vor dem deutlich helleren Lichtschein zeichnete sich eine Gestalt ab. Ich weiß nicht, was ich erwartet hatte, aber auf eigentümliche Art reizte mich der Anblick zum Lachen, das mir bei genauerem Hinsehen aber sofort im Halse steckenblieb. Das Wesen war etwa so groß wie ein Mensch, stand auf kräftigen Beinen, und das Rückgrat lief in einem kurzen, breiten Schwanz aus. Auf Kleidung schienen die Echsen überhaupt keinen Wert zu legen. Geschlechtsmerkmale waren auf den ersten und auch auf einen zweiten, intensiveren Blick nicht zu erkennen. Fast zierliche Vordergliedmaßen ragten so aus dem Oberkörper hervor, daß Schlüsselbeine fehlen mußten, und der Kopf war eindeutig der eines Reptils. Also hatten unsere Wissenschaftler nicht falsch gelegen. Als das Wesen sein breites Maul öffnete und ein paar hohe und doch auf nicht näher zu bestimmende Weise krächzende Laute ausstieß, schimmerten seine oberen und unteren Kauleisten in dem von draußen hereinfallenden Licht. In der einen Hand oder Klaue, genau war das nicht festzustellen, hielt es einen Behälter, der einem Korb ähnelte. Megia hatte sich aus meinen Griff gelöst und war bis an den Sims zurückgewichen. Die Schuppenhaut des Wesens glänzte gelblichgrün, und als es den Kopf in unsere Richtung wandte, warf die Haut deutliche Falten wie ein schlecht sitzender Anzug. Es griff mit der freien Hand in den Korb und zog etwas heraus, das dann in einem hohen Bogen in die Mitte unseres Gefängnisses flog. Noch bevor das Ding das Ende seiner Flugbahn erreicht hatte, folgte ihm ein zweites. Beim Auftreffen auf dem Boden gaben die Dinger knarzende Geräusche von sich. So schnell, wie die Echse gekommen war, verschwand sie auch wieder, und die Tür schloß sich. In dem Moment stürzte sich Megia auf diese Dinger. Träge, so als seien sie benommen, bewegten sie sich auf den Sims zu. Es mußten irgendwelche Tiere sein. Megia griff sich eins und riß es mit einer Bewegung vom Boden hoch, auf das andere setzte sie den Fuß, damit es nicht wegkonnte.

»Komm schon«, rief sie und winkte mir mit dem zappelnden Tier in der Hand zu. »Du mußt dich beeilen. Die Dinger werden bei der Temperatur hier immer agiler. Wenn du zu lange wartest, hast du kaum eine Chance, sie noch zu fangen.«

Wie in Trance ging ich zu ihr hinüber. Sie drückte mir das Tier, das wie eine Kreuzung zwischen einem Krebs und einer Schildkröte aussah, vorsichtig in die Hand. Ich ergriff es am Panzer, und die wohl zehn oder zwölf kurzen Beinen zuckte wie wild. Megia bückte sich und zog das zweite Tier unter ihrem Fuß hervor.

»Essen«, erklärte sie, und ich wollte es nicht glauben. Ich brauchte auch gar nichts zu sagen, mein Gesicht mußte Bände gesprochen haben.

»Was hast du denn geglaubt, wie die Verpflegung hier aussieht. Raumflottenrationen im Schnellkocher aufbereitet?« Ihr Gesicht verzog sich zu einer Grimasse, die irgendwo zwischen Ekel, was verständlich wäre, und Schicksalsergebenheit, die abstoßend war, lag. Ohne zu zögern griff sie in eine Öffnung zwischen den beiden Körperschalen des Tieres, zog etwas heraus, das vielleicht der Kopf sein mochte, drehte es mit einem knirschenden Laut einmal um hundertachtzig Grad und riß dann den noch zuckenden, weißen, wurmähnlichen Körper von knapp zwanzig Zentimetern Länge aus dem Panzer.

»Hier, nimm!«

Ihr ausgestreckter Arm mit dem zappelnden Etwas war kaum eine Handbreit vor meinem Gesicht. Ich wich entsetzt zurück und ließ das Tier, das ich in der Hand gehalten hatte, fallen. Mit einem röchelnden Laut und einer beachtenswerten Geschwindigkeit huschte es irgendwo in eine Ecke.

»Scheiße«, fluchte Megia, »das wird eine Scheißarbeit, das Vieh wieder zu kriegen. Jetzt iß aber!«

Ich konnte nur den Kopf schütteln.

»Warte nicht so lange. Sie verfaulen schnell, wenn sie tot sind, und dann sind sie ungenießbar. Los, mach schon! Du mußt etwas essen. Hab dich nicht so.«

Ich schrie sie an. Ich wußte nicht, was ich schrie, aber ich schrie sie an, bis ich keine Luft mehr bekam. Sie schüttelte verständnislos den Kopf, schaute mich noch einen Moment zweifelnd an, so als ob ich im besten Restaurant ein echtes Filet mignon verschmähen würde, dann legte sie den Kopf zurück und ließ den weißen, nur noch leicht zuckenden Wurm in den Mund gleiten. Ich drehte mich um und kotzte die braune Flüssigkeit, die ich ein paar Minuten zuvor getrunken hatte, und jede Menge Galle aus.

Zwei Tage später kniff ich die Augen zu, versuchte nicht zu atmen und wartete darauf, daß Megia mir den Wurm in den Mund stopfen würde. Ich war nicht in der Lage gewesen, das Tier selbst zu fangen, oder gar wie sie, es mit einem kurzen Ruck zu töten und aus der Schale herauszureißen. Ich war in Schweiß gebadet, mein Magen revoltierte, und bevor ich das wabbelige Etwas im Mund spürte, mußte ich schon wieder würgen. Ich machte einen Schritt zurück und drehte den Kopf weg. Eklig bittere Säfte stiegen mir in der Kehle auf und tröpfelten zwischen meinen zusammengebissenen Zähnen hervor.

»Hör zu, Atrutu!« Ihre Stimme klang von weit entfernt. »Du hast keine Chance zu überleben, wenn du nicht ißt. Begrab deine Hoffnung, du könntest hier etwas anderes als diese Kerblinge bekommen. Also reiß dich zusammen und mach den Mund auf. Stell dir vor, es wäre beste Truppenkost.«

Bei jeder anderen Gelegenheit hätte ich über den Ausdruck ›beste Truppenkost‹ lachen können, doch jetzt wäre mir die in Plastiktüten abgefüllte Pampe, die man durch ein Gummiröhrchen in sich hineinsaugte, wie himmlisches Manna vorgekommen. Ich schüttelte unter Würgen den Kopf.

»Nein, nein und nochmals nein«, preßte ich hervor und hielt mir instinktiv die Hände vor den Mund, als Megia einen Schritt in meine Richtung machte. Sie blieb direkt vor mir stehen und musterte mich lange, ohne ein Wort zu sagen. Dann öffnete sie den Mund und schob den bleichen, feucht glänzenden Wurm hinein. Ihr Gesicht verzog sich dabei nicht einmal. Ich schloß die Augen. Schon allein dafür haßte ich die Echsen. War diesen Kreaturen nicht der Gedanke gekommen, daß Menschen andere Nahrung brauchten? Sollten diese Ungeheuer uns doch lieber gleich umbringen, als uns auf Raten zu vergiften.

»Wenn das so weitergeht, werde ich noch richtig fett«, meinte sie mit einem Anflug von Humor, den ich nicht nachvollziehen konnte.

Eine Weile saßen wir wortlos nebeneinander auf dem Sims. Ab und zu warf ein jeder dem anderen einen Blick von der Seite zu und hoffte, daß er unbemerkt bleiben würde. Die letzten zwei Tage, die ersten meiner Gefangenschaft, hatten wir uns mit Gesprächen umkreist. Zwischendurch waren ich und Megia für Stunden in einen unruhigen Schlaf gefallen, der durch Erschöpfung bestimmt meist nicht gleichzeitig war. Zwei endlos sich hinziehende Tage, viermal Essen, wie Megia sagte, eine andere Möglichkeit, die Zeit zu messen, gab es nicht. Der Raum blieb unverändert in gleichbleibend diffuses Licht getaucht, und Temperaturunterschiede hingen von der körperlichen Befindlichkeit ab. Megia mußte einen unglaublichen Lebenswillen haben, wenn sie das alles sieben Monate durchgehalten hatte, besonders der Gedanke an die Mahlzeiten ließ mich schaudern. Vielleicht war es auch noch gar nicht so lange. Was wußte ich wirklich von ihr? Ich hatte sie natürlich gefragt, was die Echsen, sie nannte sie Salamander, von ihr wollten, was es mit den Untersuchungen auf sich hatte, aber in dieser Beziehung blieb sie ziemlich einsilbig. Sie war in unregelmäßigen Abständen abgeholt und in einen Raum gebracht worden, der Ähnlichkeit mit einem medizinischen Labor hatte. Dort waren immer fünf bis zehn dieser Salamander gewesen, die aber nie versucht hatten, in irgendeiner Form mit ihr zu kommunizieren. Sie war auf einen Tisch, manchmal auch auf einen Stuhl geschnallt worden, und danach gab es nur einen weißen Fleck, bis sie wieder hier in der

Zelle aufgewacht war. Keinen Fetzen von Erinnerung an das, was dort möglicherweise mit ihr gemacht worden war, hatte sie in ihrem Gedächtnis finden können. Ein paarmal war sie auch in einen Raum mit seltsamen Gegenständen geführt und alleingelassen worden. Niemand hatte sich um sie gekümmert. Nach einer unbestimmbaren Zeit hatte man sie dann wieder zurückgebracht. Sonst nichts. Megia war sich aber völlig sicher, daß sie während der ganzen Zeit in diesem Raum beobachtet worden war. Schmerzen hatte sie weder nach der medizinischen Untersuchung, wie sie es nannte, noch nach der psychologischen verspürt. Einige Male hatte sie frisch verheilte Schnitte an ihrem Körper und Male von Injektionsnadeln gefunden, aber auch die verschwanden binnen kurzem. Die Ärzte der Salamander schienen Meister ihres Faches zu sein.

Ich war von der Vorstellung, hier als Versuchskaninchen zu dienen, nicht begeistert, doch eigenartigerweise schien Megia das nichts oder wahrscheinlich nichts mehr auszumachen. In diesen zwei Tagen erfuhr ich einiges über ihre Familie, ihre Jugend auf Arkam, einem Planeten, den ich noch nicht einmal dem Namen nach kannte, und wie sie zur Raumflotte gekommen war. Im Unterschied zu mir war sie freiwillig dabei; mich hatte man auf die übliche Art verpflichtet. Wahrscheinlich war ich deshalb auch nur Bordschütze geworden und sie Pilotin. Über ihre Zeit bei der Raumflotte blieb sie seltsam einsilbig, fast als ob sie sich dafür schämen müßte. Vielleicht waren auch nur die Erinnerungen an die Kämpfe, die sie mitgemacht hatte, zu bedrückend. Aus ihren Andeutungen konnte ich entnehmen, daß sie wohl schon einiges durchgemacht hatte.

»Wie lange willst du das noch durchhalten?« Ihre Stimme riß mich aus meinen Grübeleien. Ich drehte den Kopf und warf ihr einen Blick zu, von dem ich hoffte, er würde meinen ganzen Ekel ausdrücken.

»Solange ich kann, und wenn ich daran sterbe. Du glaubst doch nicht wirklich, daß ich jemals dieses Zeug essen werde?«

»Dann wirst du sterben. Es gibt nichts anderes. Von der Flüssigkeit alleine kann man nicht leben, das hat ...« Sie brach mitten im Satz ab.

»Und wenn schon«, platzte ich heraus, »was soll ich hier wie eine Ratte im Käfig leben, bis irgendeine von diesen Echsen daraufkommt, daß ich genug der Wissenschaft gedient habe. Wenn du damit leben kannst, bitte. Ich lege jedenfalls keinen Wert darauf.« Mit den letzten Worten war ich aufgesprungen, wobei mir durch die ungestüme Bewegung ein stechender Schmerz durch den lädierten Oberarm fuhr. Ich umklammerte ihn mit der linken Hand und versuchte den Schmerz zu unterdrücken. Megia hob den Kopf, ohne ihre sitzende Haltung zu verändern. Sie schaute mit ihren großen, dunklen Augen zu mir hoch. Ihre Pupillen füllten sich mit Tränen. Sofort tat mir leid, daß ich sie angeschrien hatte. Sie hatte die Hölle hier durchlebt. Ganz allein, ohne jemanden, mit dem sie reden konnte. Ich war mir nicht sicher, ob ich das so lange durchgehalten hätte. Ohne nachzudenken trat ich an sie heran und legte meinen Arm um sie. Ihr Kopf sank an meinen Bauch, und dann verharrten wir lange unbeweglich. Ich wußte, daß sie weinte.

Fast automatisch fuhr meine Hand über ihren verfilzten Haarschopf. Sie schien sich zu beruhigen, hatte die Arme um meine Hüften gelegt, und ich spürte, wie sich ihre Finger in den Stoff meines Kombis verkrampften. Von Zeit zu Zeit lief ein Schauder durch ihren Körper, der vom Kopf auszugehen schien und sich dann wellenförmig den Rükken hinunter über den ganzen Körper fortsetzte. Schließlich löste sie sich von mir. Ihre Augen waren gerötet, und auf ihren Wangen glänzten Tränen.

»Du darfst nicht auch noch sterben.« Es war mehr ein Flüstern, eher eine Beschwörung, die sie in sich hineinmurmelte, als daß diese Worte an mich gerichtet waren. Im ersten Moment wurde mir gar nicht bewußt, was sie da gesagt hatte, dann brach die wahre Bedeutung dessen, was Megia damit gemeint hatte, durch mein von Hunger und Durst auf Sparflamme gesetztes Bewußtsein hindurch.

»Was hast du da eben gesagt?« Ich schob sie langsam zurück, so daß Megia bequem auf dem Sims zu sitzen kam, hielt sie aber mit festem Griff so, daß sie mir direkt in die Augen sehen mußte. Es erfolgte keine Antwort.

»Was hast du eben vom Sterben gesagt?«

Megia schüttelte unwillig den Kopf und versuchte sich aus meinem Griff zu befreien, was ihr auch problemlos gelang. Anscheinend war es doch nicht so verkehrt, etwas zu essen. Durch die heftige Bewegung, mit der sie sich losriß, geriet ich ins Taumeln. Einen kurzen Moment lang wurde mir schwarz vor Augen, höchstens ein paar Sekunden, dachte ich. Als ich allerdings wieder klar sah, lag ich auf dem Sims, Megia hatte den vorderen Linksverschluß meines Kombis aufgemacht, damit ich besser atmen konnte. In meinem Kopf spielten zwei Mannschaften Jägerball und ließen meinen Schädel wie eine Glocke dröhnen. Ich versuchte mich auf das Gesicht über mir zu konzentrieren, aber kaum traten die Konturen deutlich hervor, schien schon wieder jemand eine Milchglasscheibe dazwischen zu schieben. Megias Stimme war dagegen beruhigend klar, und ihre Hände drückten meine Schultern, kaum daß ich den Versuch unternommen hatte, mich aufzurichten, sofort wieder auf den Boden zurück.

»Bleib liegen. Du bist einfach ohnmächtig geworden und zusammengebrochen. Kein Wunder. Wie lange hast du jetzt schon nichts mehr gegessen? Wahrscheinlich fast eine Woche. Du mußt dich damit abfinden. Du mußt essen, um zu überleben. Du kannst mich hier nicht allein lassen. Das halte ich nicht durch. Es ist so ... so schrecklich, wenn man niemanden hat. Sei nicht so feige. Bleib am Leben, mir zuliebe.«

Ich wußte nicht, ob sie zu mir oder mehr zu sich selbst sprach, zumindest war ich noch zu kraftlos, um ihr antworten zu können. Sie hob meinen Kopf an und versuchte mir etwas von der ekelhaften Flüssigkeit, die wir in Ermangelung einer passenderen Bezeichnung Wasser nannten, einzuflößen. Meine Kehle war trocken, und ich nahm dankbar eine Reihe von Schlucken. Das Geräusch des sich öffnenden Wandsegments hatte ich gar nicht gehört; ich merkte nur an Megias Reaktion, daß etwas passiert sein mußte; etwas Unangenehmes. Ich richtete mich auf den unversehrten Arm gestützt auf und sah zwei von den Salamandern auf uns zukommen. Megia wich zurück. Ich wollte mich zwischen die beiden Echsenwesen und Megia schieben, doch sie drückte mich mit Leichtigkeit zur Seite und stand auf. Unbeweglich, den Blick starr auf die Wesen gerichtet, wartete sie ab. In dem hellen Lichtschein, der durch die Wandöffnung fiel und die Echsen seitlich beschien, schimmerte ihre Schuppenhaut bei jeder Bewegung in einem anderen Farbton; in ihren halbgeöffneten Mäulern konnte ich die Kauleisten erkennen, und ihre großen schlitzförmigen Pupillen ruckten beständig hin und her. Ihre Augen saßen sehr weit seitlich am Kopf, und automatisch überlegte ich mir, wie wohl ihr Gesichtsfeld beschaffen sein mußte. Megia wehrte sich nicht. Sie schien ganz genau zu wissen, daß es keinen Zweck hatte und was auf sie zukommen würde. Die beiden Salamander hatten Megia erreicht, und eine Klaue, die aus drei langen Gliedern und einem gegenstehenden gleich langen Daumen bestand, schloß sich um den Oberarm der jungen Frau. Sie warf mir noch einen Blick zu, in dem Trauer und Schicksalsergebenheit gleichermaßen lagen. Ich stieß ein Krächzen aus, was alles bedeuten konnte. Wut stieg in mir auf. Wut über meine eigene Hilflosigkeit, Wut über diese Echsen, die Megia wie ein Ding behandelten, über die Trauer in ihrem Blick, aber besonders über die absolute Teilnahmslosigkeit der Echsen mir gegenüber. Sie schienen gar nicht auf den Gedanken zu kommen, ich könnte sie vielleicht angreifen, um Megia, vor was auch immer ihr drohte, zu beschützen. Es war niederschmetternd. Megia hatte recht. Wenn wir überleben wollten, dann mußte ich essen. Und ich hatte die Pflicht zu überleben, wenn schon nicht für mich, dann für Megia, die schon viel länger als ich einen aussichtslosen Kampf führte und nicht aufgab.

Ich fuhr aus dem unruhigen halbbewußten Zustand, in dem ich mich am Rande des Schlafs befand, hoch, als das bekannte Geräusch das Öffnen der Tür signalisierte. Es war einige Zeit vergangen, seit die Salamander Megia abgeholt hatten. Wieviel konnte ich beim besten Willen nicht sagen. Essen war keines gebracht worden, aber vielleicht hatte man darauf verzichtet, da die Echsen zu dem Schluß gekommen sein konnten, daß ich ohne Megias Hilfe sowieso nicht in der Lage wäre, ihre Form von Nahrung zu mir zu nehmen. Ich erwartete, daß nun die Reihe an mir sei. Dem war nicht so. Zwei der Echsenwesen schoben eine Rolltrage vor sich her, auf der Megia, anscheinend bewußtlos, lag. Als sie in der Mitte des Raums angekommen waren, hoben sie Megia herunter und betteten sie sanft auf den Boden. Ohne mich eines Blickes zu würdigen, drehten sie sich um und verließen unser Gefängnis. Ich stand auf und ging zu Megia hinüber. Auf den ersten Blick konnte ich keine Verletzung oder Wunde feststellen. Sie schien sich in Narkose zu befinden, atmete ruhig und regelmäßig, reagierte aber nicht, als ich versuchte, sie wachzurütteln. Ich zog sie vorsichtig zu dem Sims, so daß ich mich davor setzen, den Rücken dagegenlehnen und Megias Kopf in meinen Schoß betten konnte. Ich strich ihr das Haar aus dem Gesicht und versuchte nicht einzuschlafen, was mir allerdings nicht gelang.

Megia war aus ihrer Bewußtlosigkeit erwacht und hatte sich auf meinem Schoß umgedreht, wovon ich schließlich aufgewacht war. Wir schauten uns wortlos in die Augen. Ihr Blick schien von sehr weit her zu kommen.

»Hast du Schmerzen?«

Sie schüttelte den Kopf.

»Möchtest du etwas trinken?«

Sie nickte. Ich half ihr so weit auf, daß sie sich mit dem Rücken gegen den Sims legen konnte, und ging zu dem Wasserkrug hinüber. Als ich ihn ihr brachte, nahm sie den Krug vorsichtig in beide Hände und trank in kurzen Schlucken von dem Gesöff. Irgendwie bewunderte ich sie darum. Ich setzte mich neben sie und wartete, bis sie ihren Durst gelöscht hatte.

»Und?«

»Was und?«

»Na, was haben sie mit dir gemacht? Was haben diese Bestien mit dir angestellt?«

»Keine Ahnung, ich hab noch nicht nachgesehen.«

»Was heißt denn das?« fragte ich erstaunt. Sie brachte es wirklich fertig, mich anzulächeln.

»Ich habe dir doch schon gesagt, daß ich mich nicht erinnern kann, was sie mit mir gemacht haben. Sie haben mich wieder in diesen Raum mit den medizinischen Geräten gebracht, und das nächste, was ich weiß, ist, daß ich hier auf deinem Schoß aufgewacht bin.« Ihr Gleichmut war mir unverständlich, aber es hatte wenig Sinn, näher darauf einzugehen.

»Was meinst du damit, du mußt erst nachsehen?« fragte ich statt dessen. Vielleicht würde das einiges erklären.

Megia fuhr mit der Hand an ihrem Hals entlang und befühlte besonders genau den Bereich hinter den Ohren. Dann streifte sie die Ärmel hoch und untersuchte ihre Arme.

»Nichts«, erklärte sie dann. »Wenn ich Narben oder Einstiche gehabt habe, dann immer an den Armen oder in der Halsgegend. Diesmal scheinen sie etwas anderes gemacht zu haben.« Sie ließ sich mit dem Rücken an die Wand sinken und schloß die Augen.

»Und du hast wirklich keine Ahnung, was sie mit dir machen?« wollte ich noch einmal wissen.

»Nein, Atrutu, ich habe keine Ahnung. Vielleicht wissen noch nicht einmal die Salamander, was sie eigentlich wollen. Ich bin so erschöpft.« Dabei lehnte sie sich an meine Schulter. Ich legte den Arm um sie und zog sie eng an mich. Sie atmete ruhig, und fast hatte ich den Eindruck, Megia wäre wieder eingeschlafen, doch dann spürte ich ihre Hand, die über mein Haar strich. Ich öffnete die Augen und sah ihr direkt ins Gesicht, das nur Zentimeter von dem meinem entfernt war. Bevor ich etwas sagen konnte, küßte sie mich. Im ersten Augenblick war ich überrascht, dann erstaunt und dann gingen alle anderen Überlegungen auf Urlaub, während ich Megia aus dem unförmigen Pilotenkombi schälte. Es war ein Akt der Verzweiflung, der Hingabe und der Hoffnung, in den wir immer tiefer sanken. Kurz noch verschwendete ich einen letzten Gedanken an die Echsen und ob sie uns wohl dabei beobachteten.

Am nächsten Morgen - wenn man einfach davon ausgeht, daß zwischen Abend und Morgen der Schlaf liegt - wachten wir fast gleichzeitig auf. Megia lag mit dem Rücken zu mir auf unseren beiden Kombis, die wir als Unterlage für unseren verzweifelten Ausbruch der Sehnsucht nach Geborgenheit benutzt hatten. Ich blinzelte in das unverändert herrschende Dämmerlicht, und sie drehte sich zu mir um, stützte sich mit dem Ellbogen ab und schaute auf mich herab. Ihr abschätzend kritischer Blick sagte auch ohne Worte, daß ich etwas essen müßte. Und ich mußte ihr recht geben. Nicht nur, daß mein Körper schrecklich abgemagert war, nein, auch die immer häufiger einsetzenden Magenkrämpfe verhießen nichts Gutes. Megia stand auf, ging auf die andere Seite des Raums und hockte sich hin. Kurz darauf plätscherte ihr Urin in das Toilettenloch. Ich wollte sie eigentlich nicht beobachten, doch aus den Augenwinkel sah ich, wie sie versuchte, sich mit der Putzwolle - so hatten wir die mit irgendeiner wohl desinfizierenden Flüssigkeit imprägnierten Tuchfetzen, die uns von unseren Wächtern zu diesem oder anderen, nur den Echsen bekannten Zwecken, in die Zelle geworfen wurden - so gut wie möglich zu reinigen. Fast verschämt kam sie zurück und zog sich wieder die Unterwäsche und den Kombi an.

Etliche Zeit später hatte ich gegessen. Nichts hätte schlimmer sein können, aber zu meinem eigenen Erstaunen blieb der Kerbling drin. Ich mußte zwar schrecklich würgen, nachdem ich das glitschige Ding geschluckt hatte, aber nicht so stark, daß mir alles wieder hochgekommen wäre. Ich hatte Tränen in den Augen und versuchte, nicht daran zu denken. Das war wesentlich leichter gesagt als getan. Ein paar Schluck von dem Wasser halfen mir über das Schlimmste hinweg. Immer, wenn ich mir vorstellte, was dieses Stück Nahrung möglicherweise in meinem Magen anstellen konnte – war es Überhaupt richtig tot gewesen? In meinem Mund hatte es noch deutlich gezuckt –, spürte ich, wie sich mein Magen ganz von selbst Richtung Hals hob. Megia wollte mit mir schlafen, doch mir war viel zu schlecht dazu. Kaum hatte ich mich von diesem Erlebnis erholt, so schien es mir, ging schon wieder die Tür unseres Gefängnisses auf, und es wurden zwei der Tiere hereingeworfen. Megia fing sie behende auf und hielt mir wieder den noch zuckenden Wurm, den sie Sekunden zuvor aus der Schale gerissen hatte, vors Gesicht. Ich gehorchte widerstrebend. Ein Lächeln Megias war die Belohnung für meinen Gehorsam, und das Lächeln schien zu sagen: Warum nicht gleich so? Danach, als ich meinen Magen wieder unter Kontrolle hatte, sprachen wir über unsere Zukunft, wenn wir denn überhaupt eine hatten. Das Leben, das vor diesem Gefängnis lag, schien inzwischen auch für mich so weit weg, daß es sich nicht mehr lohnte, darüber nachzudenken. Dann zog Megia ihren Kombi aus und breitete in auf dem Sims aus. Ich legte meinen daneben, und dann stürzten wir uns aufeinander. Später hielt ich Megia eng umschlungen an mich gedrückt und genoß den Nachklang der Wärme ihres Körpers. Sanft ließ ich die Hand über die Struktur ihrer Schulterblätter und der Rippen gleiten, die sich unter der straffen, noch schweißfeuchten Haut abzeichnete.

»Ich kann es kaum glauben, was wir hier tun«, sprach ich über ihren Kopf hinweg, der auf meiner Brust lag. »Wir sind Gefangene einer außerirdischen Rasse, mit der wir uns seit über dreißig Jahren im Krieg befinden, und wir haben nichts Besseres zu tun als zu bumsen. Ob das den Vorstellungen des Raumkommandos über Verhalten in der Gefangenschaft entspricht, bezweifle ich.«

»Was wissen die denn schon über Gefangenschaft. Wenn es nach denen gehen würde, dürften wir gar nicht in Gefangenschaft geraten. Keine Gefangenen, die könnten dem Feind ja wichtige Informationen geben.« Megia hob den Kopf und schaute mich mit steinerner Miene an.

»Was sollen wir den Echsen denn für Informationen geben. Sie scheinen überhaupt nicht daran interessiert zu sein. Bist du je nach etwas gefragt worden?«

»Vielleicht haben die andere Mittel. Vielleicht zapfen sie mir ja direkt das Gehirn an, wenn sie mich untersuchen.« Ihre Stimme war unsicher.

»Meinst du?« Ich zweifelte, ob das den Echsen möglich war. »An mir scheinen sie ja überhaupt kein Interesse zu haben.«

»Keine Angst, dir passiert nichts«, erklärte Megia. »Deine Aufgabe ...« – dann brach sie ab. Ich war zu beschäftigt mit meinen Gedanken, um es zu bemerken.

»Sie müßten doch eigentlich viel interessierter an uns sein«, setzte Megia neu an. »Wenn sie schon einmal das Glück haben, lebende Menschen in ihre Klauen zu bekommen.«

»Was willst du damit sagen?«

»Sag bloß, du hast keinen Ahnung?«

»Ahnung wovon«, wollte ich mißtrauisch wissen. »Wovon redest du überhaupt?«

»Dir ist doch bekannt, daß wir noch nie einen Salamander lebend in die Hände bekommen haben, und du weißt auch warum?«

Ich schüttelte den Kopf.

»Die haben einen Selbstzerstörungsmechanismus, so etwas wie eine Totmann-Schaltung. Wenn die Besatzung nicht mehr handlungsfähig ist, wird eine Explosion ausgelöst, die alles in Fetzen reißt ...«

»Das dachte ich mir eigentlich schon.«

»Und du glaubst, wir hätten so etwas nicht?«

Ich schaute Megia erst erstaunt und dann entsetzt an, und schließlich mußte ich ihr zustimmen. »Klar, es wäre ja

Wahnsinn, das nicht zu haben. Aber warum leben wir dann noch?«

»Wahrscheinlich hat sie in unserem Fall nicht funktioniert, oder die Salamander sind in der Lage, sie außer Kraft zu setzen. Wenn das zutrifft, dann wahrscheinlich nur unter bestimmten Umständen. Sonst gäbe es bestimmt mehr Gefangene.«

»Woher willst du das wissen?« fragte ich, und in meinem Kopf entstanden Bilder von riesigen Gefangenenlagern, in denen Hunderttausende von Menschen als Geiseln gehalten wurden. »Wenn das zuträfe, dann würden wir den Krieg über kurz oder lang verlieren.«

»Keine Ahnung«, meinte Megia. »Es ist nur so ein Gefühl. Aber ich glaube, ich liege damit richtig.« Sie ließ ihren Kopf wieder auf meine Brust sinken, und ihre Hand strich langsam an meinem linken Bein entlang. »Denken wir jetzt nicht weiter daran. Es gibt Schöneres, als sich in unserer Situation Gedanken über die Zukunft zu machen oder sich mit den Problemen der Flottenführung zu belasten.« Sie schob ihren Oberschenkel über meine Hüfte und kontrollierte mit ihrer Hand den pochenden Puls zwischen meinen Beinen.

Die nächste Zeit verging wie ein breiter träger Strom. Ich ekelte mich kaum noch vor den Mahlzeiten, obwohl ich es noch nicht über mich brachte, diese Tiere selbst zu töten. Darin war ich immer noch auf Megia angewiesen. Zwischen den Fütterungen – Zeit spielte eigentlich keine Rolle mehr – liebten wir uns oder lagen einfach nur so auf unseren Kombis und starrten an die Decke oder die Wände. Auf meine Frage, in welchen Abständen die Salamander sie denn holen würden, hatte Megia nur die Achseln gezuckt, und bis jetzt war es auch noch nicht wieder passiert. Wir lagen auf dem Boden – Megia hatte den Kopf auf meine Brust gebettet – und unterhielten uns in kurzen Sätzen, denen um so längere Pausen folgten. Geistesabwesend strich ich mit meiner Hand an ihrem Rücken entlang, während meine Gedanken unbestimmte Fluchtpläne wälzten. Aber anscheinend war ich ein zu großer Feigling. Die Liste dessen, was einer Flucht entgegenstand, war so lang, daß ich sie gar nicht an einem Stück durchgehen konnte.

Meine Hand glitt über die rauhe Stelle in Megias Haut, dort, wo ihr Rücken in die sanfte Rundung der Gesäßbacken überging. Ich stockte einen Augenblick, weil meine Hand wie von Widerhaken gehalten auf ihrem Weg nach oben hängenblieb. Ich schob sie wieder nach unten, was problemlos möglich war. Ich gab Megia einen Kuß auf die Stirn und richtete mich etwas auf, um zu sehen, was sie da auf dem Rücken hatte. Sie warf mir einen fragenden Blick zu.

»Hast du nichts bemerkt?« wollte ich wissen.

»Nein, was denn?«

»Ach laß nur, schon gut«, gab ich zurück und musterte ihren Rücken. In Höhe der Lendenwirbel hatte sich auf einer etwa handtellergroßen Fläche die Haut abgeschält. Es sah aus, als sei sie einfach aufgeplatzt. Darunter schimmerte es dunkelgrün, doch in dem Dämmerlicht konnte ich es nicht genau erkennen.

»Leg dich mal auf den Bauch«, sagte ich und rückte ein Stück zur Seite, damit Megia sich auf dem Kombi ausstrecken konnte. Ich betrachtete mir die Stelle genauer. Es sah wirklich aus wie aufgeplatzt, und darunter schimmerte dunkelgrün ein Stück Schuppenhaut. Ungläubig starrte ich darauf. Ich strich mit den Fingerspitzen darüber. Die Stelle war rauh und bot meinen Händen Widerstand. Ein eisiger Schauer suchte sich seinen Weg durch meinen Körper, während gleichzeitig meine Hand zurückzuckte, als ob ich sie mir verbrannt hätte.

»Was ist?« wollte Megia, immer noch auf dem Bauch liegend, die Augen müde geschlossen, wissen.

»Spürst du gar nichts?« brachte ich mühsam hervor.

»Was soll ich spüren?«

»Paß mal auf.« Ich überwand mich, nochmals mit den Fingerspitzen über das Stück Schuppenhaut zu streichen, und beobachtete sie dabei genau. Sie zeigte auf den ersten Blick keine Reaktion. »Und?«

»Was und?« Sie drehte sich halb um und schaute mir ins Gesicht. »Was ist denn mit dir los. Hast du den Leibhaftigen gesehen oder was? Du bist ja kreidebleich.«

Ich konnte mir gut vorstellen, wie ich aussah, zwang mich aber, so ruhig wie irgend möglich zu bleiben. »Hast du eben nicht gespürt, wie ich dich ...« – ich dachte kurz über das richtige Wort nach – »... gestreichelt habe?«

»Nein, ich habe nichts gespürt. Du hast mich nicht berührt. Das ist doch nur ein Witz, oder?«

Ich schüttelte den Kopf. Anscheinend schien sie die Veränderung nicht zu bemerken.

»Jetzt sag mir endlich, was los ist! Was hast du? Ist irgend etwas passiert?«

Sie schien nichts zu bemerken. Megia schien keine Ahnung zu haben, was mit ihr vorging, und doch, da war etwas in ihrer Stimme, ganz weit hinten, ganz versteckt, das mir den Eindruck vermittelte, es könnte doch nicht so sein.

»Erschreck jetzt nicht. Bleib ganz ruhig, aber du bekommst Schuppen.«

»Was?« Ihre Augen weiteten sich, und ihr Blick war angsterfüllt.

»Da hinten, an deinem Rücken.« Diesmal beschrieb ich einen weiten Kreis mit dem Zeigefinger um die Stelle herum, und diese Berührung spürte sie. Sie drehte den Kopf so weit es ging nach hinten und war schließlich in der Lage, die Stelle zu sehen, doch nur unzureichend. Sie griff mit der rechten Hand nach hinten, und ich führte ihre Fingerspitzen zu der bewußten Stelle. Vorsichtig und in ziemlich verrenkter Haltung ließ Megia ihre Finger über die Schuppen gleiten. Dann brach sie in Tränen aus.

»Das machen sie also mit mir«, schluchzte sie, das Gesicht an meiner Brust vergraben, so daß ich es kaum verstehen konnte. »Sie verwandeln mich in eine Echse. In eine verdammte Echse. Wie machen sie das nur? Wird jetzt meine ganze Haut so ...?« Und dann wurde ihr Körper eine

Zeitlang von heftigen Krämpfen geschüttelt, die nicht mehr aufhören wollten. Ich strich ihr beruhigend über den Rükken und flüsterte auf sie ein. Zuerst fiel mir nicht auf, daß ich ganz instinktiv mit den Fingern um die aufgebrochene Stelle in Megias Haut einen Bogen machte, doch als ich zufällig wieder einmal darüberstrich, zuckte ich heftig zusammen und riß mein Hand weg. Megia war zu verstört, um es zu bemerken. Als sie sich wieder beruhigt hatte, versuchte ich die Sache einmal ganz nüchtern anzugehen.

»Leg dich noch einmal auf den Bauch. Ich will mir die Stelle genauer ansehen.«

»Wozu?« stieß sie hervor. »Ich werde zu einem Monster, das ist doch wohl klar. Du kannst bestimmt nichts daran ändern. Vielleicht falle ich dich schon morgen an.«

»Red nicht so einen Blödsinn«, knurrte ich und musterte die Stelle. Am Rand hingen Hautfetzen herunter, die man leicht abziehen konnte. Es schien, als würde sich Megia häuten, und unter ihrer Haut würden Schuppen wachsen. Ich befühlte die Ränder der Stelle: Sie waren so rauh wie die Haut an dieser Stelle noch vor ein paar Tagen. Es wäre Augenwischerei, sich vorzumachen, daß die Stelle nicht wachsen würde. Doch wie weit? Konnte ein Mensch mit einer Schuppenhaut überleben? Ich wußte bei weitem zu wenig über Anatomie, als daß ich darüber hätte irgendwelche Vermutungen anstellen können.

»Hast du Schmerzen?«

»Nein, ich spür überhaupt nichts.«

Ich strich mit den Händen über ihren Rücken, ihr Gesäß und ihre Beine entlang, nicht nur um sie zu untersuchen, sondern ich gab auch gerne der Verlockung nach, die ihr vor mir liegender Körper darstellte. Ich ließ meinen Händen ihren Lauf in die intimen Falten ihres Körpers, und schon bald wurde Megias Atem unregelmäßig, kam stoßweise und mit rauhen Lauten vermischt, die sich mehr und mehr einem Stöhnen näherten. Ich drängte sie schließlich auf den Rücken, und an den Tränen in ihren Augen erkannte ich, daß sie verstand, warum ich das tat.

Danach zog sie sich schnell die Unterwäsche an, um die Stelle an ihrem Rücken zu verdecken. Sie setzte sich einen Meter von mir entfernt an die Wand gelehnt auf den Sims und sprach kein Wort. Schließlich ging ich zu ihr hinüber und nahm sie in die Arme. Megia wandte den Kopf zur Seite. Ich griff nach ihrem Kinn und drehte ihr Gesicht in meine Richtung. Ihre Augen waren halb geschlossen und drückten eine unmenschliche Verzweiflung aus.

»Megia, ich liebe dich. Das weißt du doch«, ich wußte allerdings zu diesem Zeitpunkt selbst nicht, ob ich log oder nicht. Es war alles so weit weg, so irreal, und ich wußte beim besten Willen nicht, wo es hinführen würde. »Megia, jetzt laß uns doch erst einmal abwarten wie das weitergeht. Mach dir keine Sorgen. Ich helfe dir. Wir beide müssen doch zusammenhalten. Wir haben doch nur uns.«

Sie schlang in einer heftigen Bewegung ihre Arme um mich und klammerte sich an mir fest. Ich versuchte sie so gut es ging zu beruhigen. Schließlich hob sie den Kopf und schaute mir ganz ernst in die Augen. »Verlaß mich nicht. Laß mich hier nicht allein. Ich würde das nicht noch einmal aushalten.«

»Was heißt das?« fragte ich, und erst nachdem ich die Frage gestellt hatte, ging mir die ganze Bedeutung dessen, was Megia gesagt hatte, auf.

»Ach vergiß es. Es bedeutet nichts.«

»Das scheint mir aber nicht so.« Ich packte sie an den Schultern und schüttelte sie heftiger, als ich eigentlich vorgehabt hatte. »Jetzt red endlich. Ich möchte wissen, was hier vorgeht. Du verheimlichst mir doch etwas, Megia. Warst du die ganze Zeit allein? Los, red schon!«, und der Griff meiner Hände an ihren Oberarmen verstärkte sich noch einmal. Ich wollte ihr in diesem Moment weh tun, doch wie sie in meinem Griff wie ein nasser Sack da hing, tat sie mir schon wieder leid. Die Haare fielen ihr wirr ins Gesicht, und sie schaute mich unter halbgeschlossenen Lidern an.

»Na gut«, meinte sie, nachdem sie tief Luft geholt hatte,

»dann muß es wohl sein. Vor dir hatte ich hier schon einmal Gesellschaft. Ein anderer Pilot, der über irgendeinem Planeten in Gefangenschaft geraten war. Der hat es nicht lange ausgehalten. Zuerst wollte er auch nichts essen. Er hat sich genauso angestellt wie du. Schließlich hat aber auch er eingesehen, daß ihm nichts anderes übrigblieb. Doch er ist mit der Situation nicht fertiggeworden.« Sie stöhnte auf, als ob sich die Erinnerung verselbständigen würde. Dann wischte sie sich mit dem Handrücken über die Stirn. »Er hielt es einfach nicht aus. Die Ungewißheit, was mit uns passieren würde, vielleicht auch Angst. Er zitterte manchmal am ganzen Leib, hatte Schweißausbrüche. Na ja, er war halt nicht dazu geeignet, als Gefangener zu leben.«

»Und was ist aus ihm geworden?«

»Tot, nehme ich an.«

»Haben die Echsen ihn umgebracht?« fragte ich mit einem Zittern in der Stimme.

»Ja und nein«, gab Megia zurück.

»Komm schon, komm schon!« forderte ich sie auf.

»Er war so verzweifelt, es war wahrscheinlich Selbstmord. Eines Tages hat er sich auf eine der Echsen gestürzt, als sie mich wieder zu einer Untersuchung abholen wollten, und sie nicht mehr losgelassen. Die andere hat schließlich eine Waffe gezogen und auf ihn abgeschossen. Ich habe zwar keine Verletzung erkennen können, aber ich bin mir ziemlich sicher, daß er tot war. Schade. Danach war es sehr einsam, bis du kamst.«

»Und wieso sagst du mir das erst jetzt?«

»Weiß nicht. Ist das so wichtig?« Megia richtete einen teilnahmslosen Blick auf mich. »Du wirst doch nicht das gleiche machen, oder?«

Ich schüttelte den Kopf. Meine Gedanken wirbelten durcheinander und blieben schließlich an einem hängen, der eigentlich lächerlich war, doch ich sprach ihn trotzdem aus.

»Und du hast auch mit ihm ...«

Megia hob den Kopf und schaute mich mit einem erstaunten Blick an. »Natürlich. Er war da viel direkter als du. Kaum daß er hier aufgewacht war, fing er schon damit an.«

»Natürlich«, murmelte ich, und dann ging die Tür auf, und unser Essen wurde in dem Raum geworfen.

Megias Zeitrechnung half uns nur bedingt weiter. Wenn man sich an die Essensrechnung hielt, dann waren inzwischen weitere zehn Tage vergangen. Es gab aber inzwischen noch eine weitere Zeitrechnung, nämlich die, wie weit sich Megia in eine Echse verwandelte. Zu der Stelle an ihrem Rücken, die kaum größer geworden war, waren inzwischen zwei weitere ebenso große Stellen gekommen, wo sich die Haut abgelöst und den Schuppen Platz gemacht hatte. Die eine Stelle befand sich kurz oberhalb des Knies am linken Oberschenkel, die andere auf der rechten Seite des Halses zur Brust hin. Es gab keine Möglichkeit, sie zu übersehen, außer man schloß die Augen. Ich hatte mich aber daran gewöhnt. Megia versuchte zwar, wenn wir miteinander schliefen, sich so hinzulegen, daß ich die Stellen möglichst nicht sehen mußte, aber diese Rücksichtnahme mir gegenüber wurde schnell hinfällig, wenn sie sich erregt hin und her warf. Ich ertappte mich auch immer häufiger dabei, wie ich mit meinen Fingern über die Schuppenhaut strich. Es war ein merkwürdiges Gefühl, rauh und glatt zugleich, und unter meiner Berührung schienen sich die etwa fingernagelgroßen Schuppen aufzustellen. Diese Berührungen übten auf mich einen seltsamen, fremdartigen Reiz aus, dem ich mich immer seltener entziehen konnte. Megia behauptete weiterhin, nichts zu spüren, wenn ich sie an diesen Stellen berührte. Manchmal mischten sich unter ihr ekstatisches Stöhnen knarzende Laute, fremden Worten gleich, die tief aus ihrer Kehle zu kommen schienen. Wir redeten nicht mehr viel über Fluchtpläne oder unsere Zukunft, wir lebten in den Tag hinein, und ich hatte die schwere Aufgabe, Megia über ihre körperliche Veränderung hinwegzutrösten. Ich liebte sie und war für sie verantwortlich. Sie war meine Frau, hilflos wie ein Kind gegenüber dem, was ihr widerfuhr. Der körperliche Kontakt zu mir schien ihr einziger Anker zu sein. Jedesmal, wenn wir miteinander schliefen, schien das für Megia eine Bestätigung ihres Menschseins zu sein. Sie legte so viel hinein.

Megia war jetzt schon seit langer Zeit nicht mehr von den Echsen abgeholt worden, aber sie war ja fast schon selber eine. Ihre Haut zeigte inzwischen überall aufgebrochene Stellen, an denen die dunkelgrünen bis gelben Schuppen schimmerten. An den Oberschenkeln war fast kein Stück menschlicher Haut mehr übrig, und auch der ganze Rücken bestand nur noch aus Schuppengewebe. Das Gesicht blieb glücklicherweise bis jetzt noch davon verschont. Wir mußten uns nun sehr vorsichtig bewegen, wenn wir uns liebten, denn die harten Kanten der Schuppen rissen mir die Haut auf, wenn sie dagegenscheuerten. Meist ließ ich meine Unterwäsche an, um so diese Gefahr zu bannen. Eine andere Möglichkeit bestand darin, daß Megia wie jetzt auf mir saß und vorsichtig ihren Unterleib über mir hob und senkte. Dabei entstand der Eindruck, als würde die Haut auf ihrer Brust, die schon ganz aus Schuppen bestand, in eine fließende Bewegung geraten und betörende Lichtreflexe in alle Richtungen senden. Mit einem letzten krächzenden Stöhnen bäumte sich Megia auf und ließ sich dann vorsichtig auf mich sinken. Ich legte meine Arme um ihren Rücken, und wie eingefroren verharrten wir so. Nach einer Weile rutschte sie zur Seite.

»Ich glaube, es geht immer schneller«, sagte sie plötzlich, und ich wußte im ersten Moment nicht, was sie damit meinte. »Die Schuppen bedecken jetzt schon fast meinen ganzen Körper. Lange wird es nicht mehr dauern, dann ist auch das Gesicht dran.«

»Ach das meinst du«, gab ich zurück. »Wir müssen abwarten, Liebling. Wir können sowieso nichts dagegen tun. Du brauchst keine Angst zu haben. Ich bin bei dir.«

»Ekle ich dich nicht mit meinen Schuppen. Ich sehe jetzt

doch schon fast aus wie eine Echse. Kannst du mich denn überhaupt noch lieben?«

»Megia, rede dir doch so etwas nicht ein, du bist und bleibst ein Mensch. Ich liebe dich. Es ist genauso, wie wenn Menschen verstümmelt werden. Denk doch einmal an Brandwunden, die man nicht völlig heilen kann. Deswegen lieben die Menschen sich doch auch noch. Und außerdem sind doch Schuppen ganz okay, oder?«

Megia warf mir einen zweifelnden Blick aus ihren inzwischen längs geschlitzten Pupillen zu und legte ihren Kopf auf meine Schulter. Der linke Arm, noch kaum mit Schuppen bedeckt, fuhr über meine Brust, unter das T-Shirt, und ihre Hand kroch über meine nackte Haut, bis sie den Halsausschnitt gefunden hatte, aus dem sie wieder hervorkam. Sie kitzelte mich am Kinn, bis ich meinen Kopf zur Seite drehen mußte, um nicht zu niesen.

»Hör auf«, sagte ich schließlich und hielt ihre Hand fest.

Sie gab ein unmutiges Grollen von sich, das tief aus ihrer Kehle kam. »Mein Liebling, ich danke dir. Du bist der beste Mensch, der mir je in meinem Leben begegnet ist. Und wie immer das hier auch ausgeht, ich werde dich nie vergessen.« Sie gab mir einen Kuß, und ein bitterer Geschmack schien auf ihren Lippen zu liegen, aber das konnte auch davon kommen, daß ich vorher mit meinen Lippen die Schuppen an ihrem Hals berührt hatte.

Bevor ich einschlief, spürte ich noch eine Zeitlang die rauhe Schuppenhaut von Megia durch mein T-Shirt, als sie sich an meinen Rücken kuschelte. Ich hatte einen seltsamen Traum. Eigentlich war es der erste, an den ich mich überhaupt erinnern konnte. Ich erwachte in unserer Zelle und sah Megia, wie sie sich mit zwei der Echsenwesen in deren krächzender Sprache unterhielt und dabei mehrmals heftig den Kopf schüttelte und in meine Richtung deutete. Es schien irgendeine Auseinandersetzung zu sein, die da stattfand. Schließlich senkten die Echsen den Kopf und schlichen aus dem Raum. Als ich Megia davon am nächsten Morgen erzählte, lachten wir beide, und sie meinte, wenn das nur wahr wäre, dann könnte sie unsere Freilassung aushandeln.

Bei Megias nächster Rückkehr in unser Gefängnis hatte sie keine Haare mehr. Als die Echsen sie abgeholt haben, hatte ich mit mehr Verzweiflung denn Mut versucht, das zu verhindern. Ich war einem der Wesen in den Arm gefallen, doch ein heftiges Aufstöhnen und ein bittender Blick von Megia hatten mich dann doch zurückgehalten. Ich gebe zu, nach dem ersten Augenblick des Aufbäumens kam mir auch sofort das Schicksal des Piloten wieder ins Bewußtsein, und ich wollte Megia nicht allein zurücklassen, noch wollte ich das Risiko eingehen, sie auf die eine oder andere Art zu verlieren, und sei es auch durch meinen Tod. Zwar glaubte ich in diesem Moment nicht daran, aber ich ließ die Echse, deren Arm ich umklammert hatte, los und zog mich, ein paar deftige Flüche, an die ich mich noch erinnern konnte, ausstoßend, zurück. In meiner Verzweiflung versuchte ich die Zeit zu messen. Die einzige Möglichkeit, die mir dazu zur Verfügung stand, war Zählen. Als ich bei sechstausend war, hatte ich alle meine Finger verbraucht. In Gedanken eine neue Sechshundertersequenz beginnend, sah ich mich in dem ovalen, eintönigen Raum nach weiteren Merkern um. Da kam mir der erlösenden Gedanke. Für jede volle Sechshundert, das waren mehr oder minder 10 Minuten, setzte ich einen Fuß genau vor den anderen und bewegte mich so an dem Sims entlang langsam um den Raum herum. So mußte ich mir keine zusätzliche Zahl im Kopf merken, sondern konnte einfach, wenn Megia wiederkäme, den Weg in gleicher Weise zurückgehen und hätte zumindest eine ungefähre Vorstellung davon, wieviel Zeit vergangen wäre.

Es hat nicht funktioniert.

Irgendwann war ich so müde, daß ich mehr zusammenbrach, denn mich hinlegte, und ich wachte erst mit dem Geräusch der eintretenden Echsen wieder auf. Als sie Megia behutsam auf den Boden legten, kroch ich, vom Schlaf noch halb benommen, zu ihr hinüber. Wie immer in einem solchen Fall, war sie nicht bei Bewußtsein. Ihr kahler Kopf glänzte in dem fahlen Licht. Kein einziges Haar befand sich mehr darauf, keine Wimpern, keine Augenbrauen, nichts. Ich zog sie vorsichtig zu unserem improvisierten Nachtlager, legte sie auf meinen ausgebreiteten Kombi, bettete wie sonst immer ihren Kopf in meinen Schoß und wartete, daß sie die Augen aufschlug.

Nach einiger Zeit wurde sie unruhig, ein Zucken lief über ihr Gesicht und breitete sich wie unter der Haut entlanglaufende Wellen über den ganzen Körper aus. Das gelbgrüne Schuppenmuster, das inzwischen ihren ganzen Körper bedeckte, schien ein Eigenleben zu führen. Sie lächelte mich an, und ihre Kauleisten schimmerten in einem sanften Rosa. Ich zuckte zurück. Wo waren ihre Zähne geblieben? Sie schien es nicht zu bemerken. Ihr Kopf hob sich, und sie zog mich für einen langen Kuß zu sich herab. Als wir uns voneinander lösten, musterte ich sie einen Augenblick lang ganz genau. Waren da noch weitere Veränderungen?

»Was hast du, Liebling?« Megia mußte meinen Blick bemerkt haben.

»Nichts, Kleine. Gar nichts. Alles ist in Ordnung. Du warst nur so lange weg.«

Sie schaute mich fragend an, denn ich war immer noch nicht in der Lage, ohne sie zu essen. Ich brachte es einfach nicht über mich, mit der Hand zwischen die beiden Panzerschalen zu greifen und mit einem kurzen brutalen Ruck das lebende Tier herauszureißen. Ganz davon abgesehen, daß es mich stets große Überwindung kostete, die Augen zu schließen und darauf zu warten, bis mir Megia den Bissen in den Mund steckte. Wenn sie weg war, verzichteten unsere Kerkermeister darauf, Nahrung zu bringen. Sie schienen uns wohl dauernd zu beobachten. Aber besser, man dachte nicht daran, denn es gab Beschäftigungen, bei denen mir der Gedanke, von ihnen beobachtet zu werden, nicht besonders angenehm war. Megia schien das allerdings ganz egal zu sein. Als ich sie einmal danach fragte, machte sie nur eine wegwerfende Handbewegung und meinte: »Meinst du, die wissen überhaupt, was wir tun, wenn wir miteinander schlafen? – Vielleicht halten sie es für ein Reinigungsritual nach der Nahrungsaufnahme, oder was auch immer.« Dabei hatte sie kurz aufgelacht. Möglicherweise hatte Megia recht, aber mir war es lieber, einfach nicht daran zu denken.

»Ich habe bis sechshundert gezählt, das entspricht zehn Minuten. Dann habe ich einen Fuß vorgesetzt und wieder bis sechshundert gezählt, und so weiter«, erklärte ich ihr auf ihren fragenden Blick hin.

»Und wie weit bist du gekommen?« wollte sie wissen.

Ich zuckte die Achseln. »Keine Ahnung, irgendwann bin ich eingeschlafen, und jetzt kann ich mich nicht mehr erinnern.«

Megia lachte kurz auf und erinnerte mich dann an ein paar Dinge, die Männer und Frauen zusammen anstellen konnten. Immer, wenn sie von einer Untersuchung, wie wir es nannten, zurückkam, schien sie besonders viel Lust auf Sex zu haben – oder einfach nur besonders viel Nähe zu brauchen. Vorsichtig bewegten wir unserer ungleichen Körper gegeneinander.

Das nächste Mal brachten sie Megia nicht auf einer Rolltrage zurück. Sie ging auf ihren eigenen Beinen zwischen zwei Echsen, deren Körper in rote Umhänge gehüllt waren. Während ihrer Abwesenheit war ich wie ein wildes Tier in der Zelle herumgelaufen. Was wollten sie ihr noch antun? Ich schrie die nicht vorhandenen Kerkermeister an, warf ihnen Fragen an den Kopf, die nie beantwortet werden würden, doch in der Gewißheit, daß jedes meiner Worte, jede meiner Bewegungen irgendwo aufgezeichnet oder doch zumindest abgehört würde. Inzwischen mußten sie wohl auch unsere Sprache entschlüsselt haben. So dumm konnten sie wohl nicht sein. Doch bis jetzt hatte keine der Echsen auch nur ein verständliches Wort zu Megia oder mir gesagt. Was konnten sie denn noch alles mit meiner Geliebten machen? Ihr ganzer Körper war inzwischen mit Schuppen bedeckt. Sie war kaum noch von einer Echse zu unterscheiden. Ihre menschlichen Züge verblaßten immer mehr, und dennoch sah ich ohne Einschränkungen den Menschen in ihr. Meine Geliebte unter der grüngelben Schuppenhaut.

Das Geräusch des sich öffnenden Wandsegments ließ mich herumfahren. Ich erkannte Megia zwischen den beiden Echsen und breitete die Armen aus, um sie zu empfangen. Unsicher ging ich ihr entgegen. Sie kam mit schnellen Schritten auf mich zu und schmiegte sich an mich. Durch die dünne Unterwäsche, die ich trug, spürte ich ihre harten Schuppen auf meiner Haut. Ich blickte über ihren kahlen, grüngelb schimmernden Schädel zu den beiden Echsen hinüber, die uns beide mit kalten Augen musterten. Da konnte ich mich nicht mehr zurückhalten und schrie sie an:

»Warum habt ihr ihr das angetan? Was soll das für einen Sinn haben, ihr so weh zu tun, ihr Bestien! Auch wenn ihr so tut, als könntet ihr mich nicht verstehen, sage ich euch, daß ihr keinen Funken Mitgefühl in euch habt! Wie könnt ihr einem denkenden Wesen so etwas Abscheuliches antun?« Ich erwartete keine Antwort und legte meinen Kopf resignierend auf Megias Schulter, die diese ganze Verwandlung viel tapferer, als es mir möglich gewesen wäre, ertragen hatte.

»Es war ihr eigener Wunsch.« Ich war mir nicht sicher, wer die Worte gesprochen hatte. Die Aussprache war ungewöhnlich. Sehr nah an dem Krächzen einer verrosteten Winde, doch ohne Mühe zu verstehen. Eine der beiden Echsen an der Tür mußte sie gesprochen haben. Mein Kopf ruckte hoch. Ich blickte in ihre Richtung.

»Es war ihr eigener Wunsch.« Deutlich war zu sehen, daß sich die schmalen Lippen der einen Echse bewegt hatten. Ich hatte die Worte schon beim erstenmal verstanden, doch begriff ich sie auch beim zweitenmal nicht. Megia reagierte überhaupt nicht. Schließlich fiel meine Erstarrung von mir ab. Ohne auf Megia zu achten, löste ich mich von ihr und trat einen Schritt auf die beiden Wesen zu. Megia blieb dicht neben mir.

»Was soll das heißen?« brachte ich stockend hervor. »Etwa, daß sie eine Echse werden wollte? So wie ihr?« Ich wagte diesen Gedanken fast nicht auszusprechen. »Das hat sie bestimmt nicht freiwillig entschieden. Ihr habt sie einer Gehirnwäsche unterzogen. Glaubt nur nicht, daß euch das bei mir auch gelingt.« Instinktiv wich ich einen Schritt zurück, so daß Megia links in mein Blickfeld geriet. Es stimmte. Sie war fast nicht mehr von den beiden Aliens zu unterscheiden.

»Falsch, Mensch«, knurrte die andere der beiden Echsen, und was dann folgte, hätte man fast als ein Lachen interpretieren können. »Ihr Wunsch war, ein Mensch zu werden.«

Ich schaute Megia an, ohne zu begreifen. Sie trat auf mich zu, und ihre Arme mit den dreikralligen Klauen schlossen sich sanft um meinen Rücken. Mein Kopf sank in Verzweiflung an ihren Hals, und ihre Klauen strichen, wie so oft in der letzten Zeit, tröstend über meinen Rücken.

»Es stimmt, Liebling. Mein menschliches Aussehen war nur eine Übergangsform, die unter großem Aufwand für kurze Zeit aufrecht erhalten werden konnte.«

»Heißt das ...?« Ich hob den Kopf von ihrer Schulter und schaute in Megias jetzt gar nicht mehr menschliches Antlitz.

»Ja.« Und dabei nickte sie mit einer perfekt menschlichen Geste. »Ja, unsere Wissenschaftler haben mich, zumindest äußerlich, in einen Menschen verwandelt. Doch diese Verwandlung konnte nicht sehr lange anhalten. Du weißt vielleicht, daß sich Echsen häuten. Auch wenn wir schon sehr weit entwickelt sind, unterliegen wir doch noch diesem biologischen Prozeß. Mein menschliches Aussehen konnte nur bis zur nächsten Häutung stabilisiert werden. Einige Tricks konnten den Prozeß zwar hinauszögern, aber nicht gänzlich unterdrücken. Wir haben schließlich aus unseren Fehlern gelernt.«

»Warum? Was habt ihr mit mir vor? Wozu das alles?« brachte ich stammelnd hervor, und in meinem Kopf gewannen wahrlich schreckliche Vorstellungen Gestalt. »Was habt ihr mit dem anderen gemacht?«

»Ein Unfall«, erklärte Megia verhalten. »Es tut uns wirklich leid, aber wir konnten nichts dagegen tun. Er ist wahnsinnig geworden und hat Selbstmord begangen. Es war unser erster Versuch. Unsere Wissenschaftlerin hat sich zu schnell zurückverwandelt. Es ist ihr nicht gelungen, eine hinreichend starke emotionale Beziehung in dem Menschen zu etablieren, bevor sie langsam wieder ihre eigentliche Gestalt zurückerlangte. Als er merkte, daß sie zur Echse wurde, ist er vor Angst wahnsinnig geworden und hat sich, während sie zur Behandlung war, die Pulsadern aufgebissen. Fast hätten wir damals aufgegeben.«

»Aufgegeben? Was aufgegeben?«

»Das Projekt Kontakt.«

Ich schaute Megia ratlos und verzweifelt an. Sie stand auf Armlänge von mir entfernt, und in ihren Augen mit den geschlitzten Pupillen, über die unablässig von innen nach außen eine leicht gelb gefärbte Nickhaut glitt, lag ein mitfühlender, aber auch etwas amüsierter Blick.

»Wir wollten diesen Krieg nicht. Aber es ist irgendwie dazu gekommen. Vielleicht durch einen Irrtum oder durch eine dumme Verstrickung von Zufällen. Vielleicht gab es auch ein paar Leute auf beiden Seiten, die darin eine gute Möglichkeit sahen, ihre Spielzeuge auszuprobieren. Wer weiß das heute noch. Schon einige Jahre lang wollten wir eigentlich nicht mehr kämpfen, aber wir wurden angegriffen und verteidigten uns, und häufig griffen auch wir an, um uns besser verteidigen zu können. Es hatte sich eine tödliche Eigendynamik entwickelt, aus der es keinen Ausweg zu geben schien. Unsere Rassen waren zu unterschiedlich. Wir schickten Parlamentäre, doch ihr erkanntet sie nicht als solche. Wieso auch. Wir hatten keine gemeinsame Sprache, keine gemeinsame Geschichte, keine gemeinsamen Symbole. Nichts, worauf eine Verständigung basieren konnte. Das alles wurde uns nach und nach klar, als wir die ersten Toten von euch bargen, die so ganz anders waren. So fremd wie sie uns, mußten wir euch erscheinen. Eine aussichtslose Situation.« Obwohl Megia jetzt gänzlich mit der fremden Stimme einer Echse sprach, konnte ich doch ihre Betroffenheit spüren. Die Echsen mußten mit ihrem Willen zum Frieden sich in einer verzweifelten Lage befunden haben. Ich bezweifelte, daß unsere Regierung je auch nur einen Gedanken daran verschwendet hatte.

»Dann starteten wir das Projekt Kontakt. Ziel war es, eine Verständigung herbeizuführen. Wir entwickelten ein System, mit dem wir den Selbstzerstörungsmechanismus eurer Schiffe lahmlegen konnten, allerdings mußten wir dazu ziemlich nah an einen Havaristen oder ein beschädigtes Kampfschiff herankommen. Das war nicht einfach, aber in einigen Fällen gelang es uns. Zuerst dachten wir, wir könnten ganz normal mit euch kommunizieren, doch bald mußten wir feststellen, daß ihr eine unüberwindliche Abscheu gegen unsere äußere Erscheinung hattet und einen uns unverständlichen Haß. Unsere Versuche blieben erfolglos. Danach überlegten wir uns, wenn sich unsere beiden Rassen besser kennen würden, dann könnte man den Haß abbauen. Doch wie? Schließlich machten wir uns unsere besondere körperliche Veranlagung zunutze und sagten uns, wenn wir anstelle des Hasses Liebe setzen würden, könnten wir das Problem vielleicht lösen. Nun, das Ergebnis steht vor dir. Haßt du mich, Atrutu?«

Ich schaute Megia an. Ihre gelbgrüne Schuppenhaut glänzte im Lichtschein, der durch das offene Wandsegment in unser Gefängnis fiel. An ihr war keine Stelle mehr, die an die Frau erinnerte, in deren Schoß ich vor langer Zeit aufgewacht war. In einem anderen Leben, so schien mir. Das Wesen vor mir war die schönste Echse, die ich je gesehen hatte. Ich schüttelte in Beantwortung ihrer Frage den Kopf.

»Nun, dann haben wir viel zu tun. Friede ist ein viel schwierigeres Geschäft als Krieg«, erklärte sie, trat neben mich und schob mit einer selbstverständlichen Bewegung ihren Arm unter den meinen. Ihre schmalen Lippen hoben sich und legten die rosafarbenen Kauleisten frei. Ein Lächeln, das seinen Weg vom Mensch zur Echse gefunden hatte.

KRZYSZTOF KOCHAŃSKI

Polen

D.L.NET

Abend. Das Feuer erlosch allmählich, doch sie legten kein Reisholz nach. Sie warteten, bis die in der Asche vergrabenen Kartoffeln in der Glut geröstet würden, deren Schein der Dunkelheit einen rötlich schimmernden Nebel aufzwang. Vom See her kam eine leichte Brise auf, die den Geruch des Kalmus mit sich brachte, der hier das Ufer besonders dicht bewuchs.

Norton erhob sich. Seine große, sportliche Gestalt trat gegenüber dem Wald im Hintergrund deutlich hervor.

»Wir müssen die Kartoffeln aus der Asche herausnehmen«, sagte er zu der Frau. »Ich hole das Salz.«

»Ich dachte, du hättest es bereits mitgebracht«, erwiderte sie und blickte auf. Sie saß auf dem Rasen. Sie hatte ihre hübschen Beine umarmt und das Kinn draufgestützt.

»Ich dachte aber, daß du es mitgebracht hast.«

»Der Mensch ist ein denkendes Wesen«, kommentierte sie die Situation mit einem leichten Lächeln. Sie sprach langsam, träge. Sie hatte viel Zeit. Sie beide hatten viel Zeit.

»Ich gehe«, sagte Norton und drehte sich um.

Das Sommerhaus stand am See, so nah am Wasser, daß es wie ein großes Boot aussah, das ans Land gespült worden war. Es war ganz aus Holz und niedrig, so daß die Assoziation mit einem Boot gar nicht so abwegig war. Norton ging hinein, ohne das Licht anzuknipsen. Seit vielen Jahren mietete er das Haus und wußte daher sehr gut, wo sich die einzelnen Fächer befanden.

Er betrat die Küche.

»Salz, Salz ...«, murmelte er und verstummte überrascht. Er rührte sich nicht vom Fleck. Es war ihm vorgekommen, als hätte sich ein Schatten direkt vor ihm bewegt. Noch bevor er etwas unternehmen konnte, spürte er einen schmerzhaften Schlag ins Gesicht, daß ihm der Atem wegblieb. Der nächste Schlag warf ihn rücklings zu Boden. Ratlos fuchtelte er mit seinen Armen und Beinen herum. Als er es schließlich doch noch schaffte, sich umzudrehen, und auf allen vieren in Richtung der Küchentür wegzukriechen versuchte, faßte ihn dieses Etwas aus der Dunkelheit am Fuß. Seine Versuche, es abzuschütteln, scheiterten. Obwohl er sich verzweifelt an den Möbeln festklammerte, war dieses Etwas viel stärker als er und zog ihn wie ein Raubtier seine Beute unaufhaltsam zu sich.

Norton ging hinein, ohne das Licht anzuknipsen. Seit vielen Jahren mietete er das Haus und wußte daher sehr gut, wo sich die einzelnen Fächer befanden.

Er betrat die Küche.

»Salz, Salz ...«, murmelte er und verstummte überrascht. Er rührte sich nicht vom Fleck. Es war ihm vorgekommen, als hätte sich ein Schatten direkt vor ihm bewegt. Stille. Er tat einen Schritt nach vorn und stieß plötzlich mit der Schulter gegen etwas. Es kam so unerwartet, daß er fast umgefallen wäre, obwohl der Aufprall gar nicht so heftig gewesen war. Er schimpfte, und wie ein Blitz aus heiterem Himmel durchzuckte ihn die Erkenntnis, daß er an etwas gerempelt war, das sich in der Küchenmitte befand, obwohl sich hier gar nichts befinden sollte. Wo sich bestimmt gar nichts befunden hatte, als er und Carolyn das Haus verließen, um Kartoffeln zu rösten. Er hatte die Kartoffeln selbst mitgenommen, so daß er sich dessen ganz sicher war, daß das Mädchen kein Möbelstück verrückt hatte.

Langsam streckte er seine Hand tastend nach vorne aus und berührte eine harte, glatte Oberfläche. Etwas knackte wie ein gebrochener Ast und Norton spürte Bewegung unter seiner Hand. Instinktiv sprang er zurück. Eine Weile versuchte er die Dunkelheit mit den Augen zu durchdringen, dann griff er nach dem Schalter. Lichtwellen durchfluteten den Raum.

Es war ein Laufkäfer. Falls es sich anhand nur einer aus dem Fußboden ragenden Körperhälfte feststellen ließ. Nur daß er statt dreißig Millimeter rund zwei Meter groß war. Sein Dunkelviolett schimmerte metallisch im Lampenlicht, und die Fühler bewegten sich unruhig hin und her. Seine dunklen Glotzaugen erinnerten an Geschwülste auf dem Insektenkopf. Aus dem aufgebrochenen Fußboden ragten nur vier Beine heraus. Der Rest, sein Hinterleib, breit und groß, steckte unter den Brettern. Der Käfer bewegte sich wieder so heftig, daß die Dielen krachten, und unternahm einen neuen Versuch, aus der Bresche herauszukommen. Seine scharfen Kieferzangen, die dazu dienten, die Beute in Stücke zu schneiden, polterten dabei, als suchten sie nach einem Fang.

Norton stand wie angewurzelt da und konnte sich zunächst vom Anblick des Ungeheuers nicht losreißen. Schließlich zog er sich jedoch langsam aus der Küche zurück und schloß die Tür sorgfältig hinter sich, ohne sich der trägen Gründlichkeit seiner Bewegungen bewußt zu werden.

Er ging hinein, ohne das Licht anzuknipsen. Seit vielen Jahren mietete er das Haus und wußte daher sehr gut, wo sich die einzelnen Fächer befanden.

Er betrat die Küche.

»Salz, Salz ...«, murmelte er und griff im Dunkeln nach dem Fach. Seine Hand ertastete den Salzstreuer. »So, ich habe dich«, flüsterte er und hielt ihn wie eine wertvolle Beute fest in der Hand. Als er die Küche verließ, schloß er die Tür sorgfältig hinter sich, ohne sich der trägen Gründlichkeit seiner Bewegungen bewußt zu werden.

»Das hat aber lange gedauert«, bemerkte Carolyn. Mit einem Holzstock stocherte sie in der Asche herum und scharrte die Kartoffeln aus der Glut heraus.

Norton reagierte auf ihre Worte mit einem gleichgültigen Achselzucken.

Dann erhob sich Carolyn plötzlich und schaute ihm in die Augen: »Ich habe gesehen, wie du das Haus dreimal betreten hast«, sagte sie.

Sie sahen sich lange schweigend an, als hätten sie vergessen, wovon sie redeten. Irgendein ausgebranntes Holzscheit barst im Feuer, und die Grillen wandten sich – wie auf ein Zeichen –ihrem Lärmen wieder zu.

»Davon weiß ich nichts«, sagte Norton. »Bist du sicher?«

»Hätte ich es sonst erwähnt?«

Er schloß Carolyn in die Arme. Sie war einen Kopf kleiner als er, und er spürte, wie ihr Haar sein Kinn kitzelte. Sie drückte ihr Gesicht in sein warmes, weiches Flanellhemd, und als sie wieder aufblickte, verspürte sie ein starkes Bedürfnis, von ihm geküßt zu werden. Er tat es nicht.

»Glaubst du, es handelt sich um eine Anomalie?«

»Es sei denn, du bist ins Haus zurückgegangen, um noch etwas zu holen ...«

»Nein, bin ich nicht. Ich habe nur Salz mitgenommen. Das ist alles.«

»Du hast das Haus drei Mal betreten«, wiederholte Carolyn. Sie lächelte unsicher, als sie bemerkte, daß er die Stirn runzelte. »Reg dich darüber nicht so auf. Das war doch nur eine Anomalie, eine von vielen.«

»Mich ärgert, daß ich dann nicht mehr weiß, was passiert ist! In letzter Zeit kommen diese Anomalien viel zu oft vor.«

Sie wich von ihm zurück und setzte eine Miene auf, die ihn etwas aufheitern sollte.

»Gib mir das Salz«, sagte sie. »Machen wir uns endlich über die Kartoffeln her, bevor sie kalt werden.«

»Ich habe dich doch nur gefragt, ob du bemerkt hast, wie oft ...«, sagte er.

»Jeder bemerkt das. Na und? Kannst du etwas dagegen tun?«

»Nein. Kann ich nicht. Und das bringt mich erst recht in Rage.«

»Mich nicht. Die Welt ist halt so, wie sie ist.«

»Früher war sie anders«, erwiderte er.

»Ach, laß das endlich! Es sollte doch ein angenehmer Abend am Lagerfeuer werden.«

Norton kauerte sich hin und hielt die Handflächen über die heiße Asche. Er hielt sie in dieser Position so lange, wie er die Hitze ertragen konnte, bis sie sich schließlich in seine Haut hineinzufressen begann.

»Der Abend wird angenehm sein«, sagte er. »Es wird noch viele angenehme Momente geben. Solange das Netz irgendwie funktioniert.«

Er weckte sie am Morgen. Die Sonne war eben aufgegangen.

»Komm bitte mit in die Küche.«

»Bist du verrückt? Mach dir selber ein Frühstück«, antwortete sie und drehte sich zur Seite, um weiterzuschlafen.

Mit Gewalt riß er sie aus dem Bett. Sie warf sich den Morgenmantel über. Sie war bereits wach und neugierig geworden. Norton hatte so seine Macken, wie jeder echte Mann, doch noch nie hatte er sich so seltsam ohne Grund verhalten.

»Riechst du etwas?«

Sie sah sich in der Küche um.

»Was?«

»Riechst du wirklich nichts?«

»Etwas scheint hier in der Tat übel zu riechen.«

»Übel riechen?« fuhr er hoch. »Es stinkt wie im vollgekotzten Zimmer deines Onkels.«

»Nett bist du aber nicht besonders.«

»Weil man es hier einfach nicht aushalten kann!«

»Stimmt«, sagte sie und verzog den Mund vor Ekel. »Wir müssen die Fenster aufmachen. Lüfte mal richtig durch. Ich gehe mich anziehen.«

Sie kehrte ins Schlafzimmer zurück und machte die Tür zu. Sie hatte den Eindruck, daß der Gestank aus der Küche ihr bis hierher gefolgt war, und öffnete das Fenster. Als dies aber nichts half, kletterte sie über das Fensterbrett auf die Veranda hinaus. Sie hatte dies schon oft gemacht. Sie erinnerte sich noch daran, als sie früher, vor einer Ewigkeit, eine alte Frau gewesen war, deren Körper den Befehlen der Neuronen nicht mehr gehorchte, und es war vielleicht der Grund, warum ihr jetzt die Überwindung von Hindernissen einen so großen Spaß bereitete. Eine Erinnerung daran und die Überzeugung davon, daß die Vergangenheit unwiederbringlich vorbei war.

Einige schienen keine Erinnerungen zu haben. Sie lebten in den Tag hinein. Sie hatte es aber nicht vergessen. Genau wie Norton, was sie schließlich einander nahe gebracht hatte, als sie sich begegnet waren. Sie waren jung, schön und reich, aber es hatte sich herausgestellt, wie wenig das hier – wo alle so waren – in Wirklichkeit zählte. Bis sie aufeinander gestoßen waren. Und auch jetzt noch dachten sie darüber nach, wo das Gefühl des Unbefriedigtseins herkäme und worauf die sich in die Länge ziehende Langeweile zurückzuführen wäre. Insbesondere Norton war von solchen Überlegungen angetan. Seine Meinungen pflegte er viel vorsichtiger als sie zu formulieren. Ihr reichte die Schönheit der Welt aus, in der sie lebte, doch ihm schien dies zu wenig zu sein. Vielleicht deswegen, weil er so jung gestorben war – plötzlich und schmerzlos. Er war nicht gealtert. Nie hatte er beim Anblick junger lachender Gesichter um sich herum diese verzweifelte Leere erlebt.

In der Tasche ihres Morgenmantels fand sie einen Kamm. Sie zog ihn heraus und begann ihr Haar zu kämmen, während sie die Landschaft bewunderte. Über der Wasseroberfläche schwebte Nebel, der den Blick auf das gegenüberliegende Ufer versperrte. Gäbe es die Baumwipfel nicht, die aus den Schwaden hervorragten, könnte man meinen, man stünde am Ende der Welt.

Jede Welt hätte ihr Ende, hatte Norton einmal gesagt. Er hatte seine eigene im Sinn, sagte aber: jede.

Sie hörte auf sich zu kämmen, als ein Lärm aus der Küche an ihre Ohren drang. Der Krach kam so überraschend und war so laut, daß sie nervös erzitterte. »Er zerhackt das Brennholz«, dachte sie. Gewandt wie eine Sportlerin sprang sie wieder ins Zimmer hinein, mit einer Hand an den Fensterrahmen gestützt.

Norton stand in der Mitte der Küche mit einer Axt in der Hand und zerschlug die Fußbodenbretter. Daneben lag ein Spaten. Es stank noch genauso wie vorher, obwohl das Fenster sperrangelweit geöffnet worden war.

»Bist du verrückt geworden?«

»Es kommt von unten. Unter dem Boden hervor«, sagte er, ohne auf ihren Ton zu achten. Er stöhnte vor Anstrengung und holte zum nächsten Schlag gegen die Bretter aus.

»Laß das!« rief sie zornig. »Peter, worum geht's hier eigentlich?«

Er richtete sich auf und ließ die Axt sinken. Auf seiner Stirn perlten Schweißtropfen.

»Der Gestank kommt von hier«, sagte er. »Ich habe so ein Gefühl, daß ... Nein. Ich nehme an, daß dies mit der gestrigen Anomalie zusammenhängt. Ich muß wissen, was das für ein Zusammenhang ist.«

Carolyn näherte sich dem Fenster, wo der abstoßende Gestank nicht so penetrant war.

»Warum?« fragte sie ohne Zorn in der Stimme.

Er warf ihr einen ungeduldigen Blick zu.

»Wie kannst du noch fragen? Um uns herum passieren komische Dinge. Willst du nicht wissen, worum es geht?«

»Vielleicht will ich das sogar, aber das ist nur reine Neugier, Peter, eine ganz gewöhnliche menschliche Neugier. Vermagst du sie nicht zu bändigen?«

»Ich wüßte nicht warum?«

»Und ich weiß nicht, warum du unbedingt etwas, das unabwendbar ist, auf die Spur kommen willst.«

»Weil du Angst hast. Du hast Angst davor, daß das Leben in unserem Paradies nicht mehr das alte sein wird, nachdem du die Wahrheit erfahren hast.«

»Und was ist mit dir? Hast du keine Angst davor?«

»Mir gefällt nicht, daß ich mich an mein Leben nicht erinnern kann.« Norton warf die Axt von sich, kniete nieder und riß die letzten Bretter mit bloßen Händen aus dem Fußboden. Darin klaffte ein metergroßes Loch. Das Haus war nicht unterkellert und von leichter Bauart. Es ruhte auf einem flachen Fundament mit einer Dehnfuge direkt über dem Sandestrich, so daß der Fußboden Norton nur bis zu seinen Knien reichte, nachdem er ins Loch gesprungen war.

Carolyn kam näher, bückte sich, um den Spaten aufzuheben, und reichte ihn ihm.

»Danke«, sagte er.

Er zuckte stumm die Achseln.

Er grub nicht lange. Nach kaum ein paar Spatenstichen stieß er auf etwas in der weichen Erde. Er schob den Sand beiseite, unter dem etwas metallisch Violettes hervorschien. Ein Chitinpanzer.

»Was ist das, zum Teufel? Ein Insekt?«

»Insekten sind nicht so groß«, erwiderte Carolyn. Sie stand am niedrigen Fenster, ohne sich dessen bewußt zu sein, wie stark sie ihre Oberschenkel an das Fensterbrett preßte.

Norton vergrößerte das Loch und achtete dabei darauf, nicht auf das Fundstück zu treten.

»Ein riesiger toter Käfer. Ich gehe jede Wette ein, daß dies eine räuberische Käferart ist.«

Der Waldweg führte direkt zur Autobahn. Am Steuer saß Carolyn. Norton starrte gedankenlos die Straßenbankette an und rauchte eine Zigarette.

»Du hattest wohl nicht vor, dort zu bleiben?«

Sie schwieg.

»Bist du etwa böse auf mich?«

»Na klar, daß ich es bin. Du weißt ja, wie gern ich das Häuschen und den See habe.«

»Ich doch auch ...«

»Du hättest dieses eklige Ding nicht ausgraben sollen. Seit wann bist du denn so wißbegierig geworden?«

»Um Gottes willen! Es stank doch unerträglich!«

Sie trat aufs Gaspedal, und in einer scharfen Kurve brachte sie den Wagen auf die leere Autobahn.

»Wir werden doch bald dorthin zurückkehren«, beschwichtigte sie Norton. »Wir werden einfach nur so ein bißchen rumfahren, hierhin und dorthin, und werden dem Netz etwas Zeit lassen, die Anomalie zu beheben. Dann fahren wir zurück.«

»Du weißt sehr wohl, daß das Netz diese Anomalie nicht beheben wird. Wenn das möglich wäre, hätte es dies schon längst getan, und wir hätten jetzt kein Gesprächsthema.«

Er sah sie starr lächelnd an.

»Ja, ich weiß. Aber ich dachte, du hättest keine Ahnung davon.«

»Dieser Käfer ist ein Überbleibsel von früheren Anomalien. Ich kann es mir schon vorstellen, was da vorgefallen sein muß, wenn die Behebung der Störungen so aussieht.«

Norton entspannte sich. Wenn Carolyn zu reden begann, konnte man auf die baldige Aufhellung der Stimmung hoffen.

»Weißt du was«, sagte er, »ich glaube, daß das Netz eines Tages überhaupt aufhören wird, die Anomalien zu beseitigen. Was dann?«

»Übernimmst du jetzt?« schlug sie unerwartet vor und wies auf das Lenkrad.

»Warum nicht ... Ist was passiert?«

»Mir ist plötzlich in den Sinn gekommen, daß wir soeben gegen einen Baum gefahren sind. Wir können uns nicht mehr daran erinnern, weil das Netz den Unfall als eine Anomalie eingestuft hat. Aber wir können wieder gegen einen Baum fahren. Und was, wenn das Netz diesmal nicht reagieren wird?«

Auf seinem Gesicht zeigte sich ein blödes Lächeln.

Sie wußten noch nicht, daß kaum eine Stunde später solche Witze sie nicht mehr zum Lachen bringen würden.

»Hast du bemerkt, wie leer die Autobahn ist?« fragte Carolyn.

»Es ist noch recht früh. Wer hätte Lust, so zeitig aufzustehen?«

»Das ist aber eine Autobahn. Selbst nachts herrscht hier reger Verkehr.«

Norton betrachtete aufmerksam das Betonband, das geradlinig bis zum Horizont reichte. Dann blickte er zurück.

»Wenn ich mich nicht irre, sind wir bisher keinem anderen Wagen begegnet«, stellte er fest und zog die Augenbrauen hoch.

»Zunächst war mir das nicht aufgefallen, aber seit einer Viertelstunde ist uns bestimmt kein Wagen entgegengekommen.«

Sie fuhren schweigend weiter. Ihre Augen lösten sich nicht von der Straße. Zunächst war es Norton danach, über die ganze Situation zu lachen. Noch betrachtete er alles als ein Spiel: eine Kurve und ein Rätsel – kommt da jemand ihnen entgegen oder nicht? Dann die nächste Kurve, und so weiter. Wie lange kann es denn dauern, bis schließlich jemand auftaucht?

»Du hast so viel von den Anomalien geredet, daß ich mich jetzt fürchte«, unterbrach sie die Stille. »Normalerweise wäre ich selbst nie darauf aufmerksam geworden.«

»Wie weit ist es noch bis zur Stadt?«

»Etwa zehn Minuten.«

»Bleib ruhig. Bald haben wir die Lösung. Vielleicht ist ein Stau an allem schuld?«

»Niemand hat uns überholt.«

»Du fährst schnell und gibst niemandem eine Chance, dich zu überholen.«

»Soll ich den Wagen anhalten?«

»Fahr weiter! Bald kommt die Stadt.«

Es war unglaublich. Kein einziger Wagen, soweit das Auge reichte.

»Was ist das?« Am Horizont schimmerte ein Punkt. Falls Norton nicht falsch lag, handelte es sich um den letzten Hügel vor der Stadtgrenze.

»Ein Mensch«, stellte Carolyn fest. »Er steht neben einem Motorrad. Ein Polizist!«

Je näher sie der einsamen Gestalt auf der Autobahn

kamen, um so größere Unruhe schlich sich in ihre Herzen. Hinter dem sich verkürzenden Horizont sollte langsam die im Tal gelegene Stadt hervortreten: zunächst die Gipfel der Wolkenkratzer, dann die Dächer niedrigerer Häuser, schließlich das ganze städtische Panorama. Doch bisher blieb das alles aus. Irgendein Nebel überdeckte den Raum wie ein Leichentuch. Eigentlich ähnelte er dem Nebel nicht so ganz. Es war eher wie Dämmerung. Eine farblose, graue, schmutzige Dämmerung.

Der Polizist hob die Hand. Er war in eine schwarze Jacke gekleidet und hatte einen Sturzhelm mit hochgeklapptem Visier auf. Carolyn stieg auf die Bremse, und der Wagen hielt neben dem Mann an. Sie kurbelte das Seitenfenster runter.

»Was geht hier vor?«

»Ihr wißt es nicht?« fragte er zurück.

»Davon? Was ist das? Smog?« Carolyn machte eine nervöse Handbewegung und wies nach vorne.

Der Polizist drehte sich um, vielleicht Carolyns Handbewegung reflexartig folgend, vielleicht in der Hoffnung, dort etwas Anderes zu erblicken. Wenn das der Grund für seine Körperdrehung war, dann wurde er enttäuscht.

»Das ist kein Smog«, sagte er und schüttelte den Kopf.

»Eine Anomalie«, fiel ihm Norton ins Wort. Er streckte sich auf dem Sitz aus, hob den Kopf und schloß die Augen. »Ich hab's gewußt ...«

»Dort gibt's nichts mehr«, sagte der Polizist.

»Wieso nichts?« Carolyn wurde nervös. »Und diese Schwaden?«

Der Polizist zuckte die Achseln.

»Fahr weiter!« sagte Norton plötzlich. »Fahr weiter, Carolyn. Ich muß es mir aus der Nähe anschauen.«

»Keine gute Idee«, sagte der Polizist schnell. »Es gibt daraus kein Zurück.«

»Ich habe nicht vor, da hineinzugehen. Ich will es mir nur ansehen. Ich muß es mir ansehen!«

»Er muß es sich wirklich ansehen«, sagte Carolyn. Mit

weit aufgerissenen Augen starrte sie in die Ferne. Der Nebel bedeckte nicht nur die Stadt. Er begann an ihrer Grenze und erstreckte sich, so weit das Auge reichte. Und vielleicht noch weiter. Komischerweise dehnte er sich ebenso nach oben aus und schluckte den Himmel.

»Ich fahre voraus«, schlug der Polizist vor. »So wird's sicherer sein.« Er setzte sich auf sein Motorrad und warf es an. Der Auspufflärm hallte irgendwie ungewöhnlich, als wäre die Welt ein verlassenes, unmöbliertes Zimmer.

Sie legten kaum einen Kilometer zurück, als das Motorrad zum Stillstand kam. Sie parkten neben ihm.

»Noch ein Stückchen weiter«, rief Norton, während er sich zum Fenster hinauslehnte.

»Er bewegt sich«, erklärte der Polizist. »Sprunghaft. Manchmal um ein paar Zentimeter und manchmal um mehrere Meter. Man kann es nicht voraussehen.«

»Warum gehen Sie dieses Risiko ein?« fragte Carolyn. Sie war ausgestiegen und näherte sich dem Motorrad. Sie bewunderte die imposante Maschine. »Es ist doch nur unsere ... unsere dumme Neugier, oder?«

Er zuckte die Achseln, dann bückte er sich und hob einen Stock vom Erdboden auf. »Wir müssen uns beeilen«, sagte er, »bevor er sich wieder bewegt.«

»Und immer nur nach vorne?« fragte Norton.

»Exakt. Ich habe noch nie beobachtet, daß er sich wenigstens ein einziges Mal auch nur um einen Millimeter zurückgezogen hätte.«

Sie kamen an den Nebel so nah heran, daß sie ihn fast berühren konnten. Drei Menschen am Rande der Welt. Vor der Wand aus Nichts. Sie hatten Kälte, einen frostigen Luftzug erwartet, doch nichts dergleichen passierte. Sie könnten dem Nebel den Rücken zukehren und so tun, als gäbe es ihn hinter ihnen gar nicht, als wäre er nur die Lüge eines Alptraums.

Der Polizist schob den Stock ein Stück weit in den Nebel hinein. Eine Weile stand er reglos da, als hörte er etwas zu, dann zog er ihn mit einer schnellen Bewegung wieder raus.

Eine Sekunde lang glaubten sie, der Stock wäre kürzer geworden, doch es war nur eine Sinnestäuschung. Er war genau so lang wie früher.

»Und jetzt schaut zu!« sagte der Polizist und schob den Stock viel tiefer hinein. Plötzlich schlossen sich seine Finger um nichts. Der Stock war verschwunden, als hätte er nie existiert.

Norton tat einen Schritt nach vorne, und sein Gesicht stieß fast gegen die Nebelwand. Carolyn durchschaute seine Absicht.

»Peter!« schrie sie verzweifelt auf.

Mit versteinerter Miene streckte er die Hand aus. Er schob sie langsam, vorsichtig in den Nebel hinein. Seine Nägel, Finger und zu guter Letzt nahezu die ganze Hand verschwanden im Nichts. Norton hielt inne.

»Peter ...«, wiederholte Carolyn. Ihre Lippen bebten.

»Ich fühle nichts«, sagte er ruhig, bewegungslos, mit steif ausgestrecktem Arm. Sein Handgelenk sah aus, als wäre es mit einem Messer abgeschnitten worden. Schließlich zog er es schnell wieder heraus, als hätte er etwas Heißes berührt und sich die Finger verbrannt. Die Hand war immer noch da. War unversehrt.

»Wie hast du so was tun können!« schrie Carolyn auf ihn ein. »Wie hättest du mir so was antun können! Hast du dabei denn überhaupt an mich gedacht? Daß ich allein sein könnte?«

»Reg dich nicht so auf. Der Stock verschwand erst dann, als der größere Teil von ihm in den Nebel geschoben wurde«, versuchte Norton zu erklären.

»Woher willst du denn wissen, wie groß dieser Teil sein muß? Du bist grenzenlos leichtsinnig! Absolut unverantwortlich!«

»Ich habe Menschen gesehen, die im denkbar ungeeignetsten Moment zu nah an den Nebel herankamen, und eine plötzliche Verschiebung der Grenze sie wie durch Zauber in Nichts auflöste«, erzählte der Polizist auf dem Rückweg zum Wagen. »Sie nahm alles mit, was sich um sie herum befand. In einem Moment siehst du einen Menschen sich bewegen, reden, im nächsten verschwindet er spurlos. Selbst die Stelle, wo er sich eben befand, ist nicht mehr da. Es ist wirklich zum Verrücktwerden.«

»Sind sie ... gestorben?« fragte Carolyn leise.

Sie erreichten den Wagen und blieben stehen.

Der Blick des Polizisten ruhte auf Norton, als suchte er eine Unterstützung bei ihm.

»Ich glaube schon«, sagte er.

»Sie hören auf zu existieren«, sagte Norton. »Ist das der Tod?«

Alle drei blickten in die Richtung der Stadt, oder genau gesagt, von etwas, was sich jenseits der Grenze befand.

»Wir sollten von hier wegfahren«, unterbrach Carolyn schließlich die Stille.

»Aber wohin?«

»Ich habe an meinen Onkel gedacht. Es kommt selten vor, daß jemand hier Verwandte hat. Ich aber habe welche. Fahren wir also zu ihm. Einverstanden?«

Norton starrte nach wie vor die horizontlose Ferne vor sich an.

»In Kriegs- oder Krisenzeiten versuchen die Familien zusammenzuhalten. Um so mehr fällt es dann auf, wenn es ihnen nicht gelingt.«

»Wie meinst du das?«

»Es ist eine Gesetzmäßigkeit. Ist mir nur so eingefallen. Nicht wichtig. Natürlich bin ich mit deinem Vorschlag einverstanden. Fahren wir zu deinem Onkel.«

Sie stiegen ein. Der Polizist stand neben dem heruntergefahrenen Fenster auf der Fahrerseite.

»Möchten Sie vielleicht mitfahren?« wandte sich Carolyn an ihn.

Er schüttelte den Kopf.

»Ich bleibe hier«, sagte er. »Möglicherweise kommt noch jemand so wie ihr.«

»Haben Sie keine Angst?«

Er lächelte sie an. Strahlend und aufrichtig.

»Nein. Vielleicht ein wenig. Es macht mir aber Spaß. Von Anfang an war ich Polizist. Das war meine Entscheidung. Doch jetzt weiß ich, daß das nur ein Spiel war. Ein großes Spiel mit denen, die Diebe sein wollten. Jetzt ist es endlich anders. Vielleicht wird man jemandem helfen müssen, der keine Ahnung hat, was passiert ist; vielleicht wird sich etwas ereignen, wovon wir alle noch keine Ahnung haben und wo ich behilflich sein kann. Vielleicht wird es sich ereignen. Ich bleibe hier.«

»Sie haben doch selber gesagt, daß sich dieses Etwas bewegt.«

»Ich werde schon auf mich aufpassen. Meistens bewegt es sich nur mit kleinen Sprüngen. Außerdem glaube ich einen Zusammenhang bemerkt zu haben: Kurz bevor sie sich in Bewegung setzt, färbt sich die Nebelwand leicht regenbogenartig. Wenn ich diese Veränderung rechtzeitig bemerke, schaffe ich es, mich auf mein Motorrad zu setzen und wegzufahren. Es ist gut im Anzug. Mein Motorrad, meine ich.«

»Kann ich mir schon denken«, lächelte Carolyn zurück. »Eine schöne Maschine.«

»Harley Davidson. Ich habe sie schon immer gehabt.«

»Na dann ... Tschüs!« zögerte sie. »Wie heißt du?«

»Joe. Einfach Joe.«

»Tschüs, Joe! Viel Glück!«

»Tschüs, Carolyn. Auf Wiedersehen ... Hoffentlich.«

Drei Motorräder, die hinter der Kurve auf der Gegenfahrbahn hervorflitzten, überraschten sie nicht weniger als früher die leere Autobahn.

Carolyn trat in die Bremse.

»Hupe!« rief Norton ihr aufgeregt zu. Er lehnte sich nach vorn und spreizte seine Finger gegen die Windschutzscheibe.

Noch ehe sie reagieren konnten, sausten die Motorräder laut krachend, metallisch schimmernd vor dem Hintergrund des grünen Waldes, an ihnen vorbei. Drei identische Harleys in Dreiecksformation.

»Und was jetzt?« fragte Carolyn. Sie standen quer zur Fahrbahn, da sie beim Bremsen ins Schleudern geraten waren. Überall herrschte ungewöhnliche Stille. Oder war dies nur ihr Eindruck? Sie betrachteten jetzt ihre Umgebung viel aufmerksamer und achteten auf Details, die ihnen bisher entgangen waren.

Norton stieg aus, stützte seine Ellbogen auf die Karosserieleiste und schaute den Motorrädern nach.

»Willst du zurückfahren?« fragte er.

Sie zuckte die Achseln. »Dort ist doch Joe. Er wird sie warnen.«

»Stimmt.« Er steckte die Hand in die Tasche. »Eine kleine Zigarettenpause.«

»In Ordnung.« Carolyn öffnete die Wagentür und sprang auf die Autobahn heraus. Plötzlich vernahmen sie den Motorradlärm wieder.

»Sie kommen zurück!«

Sie näherten sich in der gleichen Formation wie vorher, verteilt über die ganze Fahrbahn, einer von ihnen in der Mitte an der Spitze. Diesmal aber fuhren sie viel langsamer. Als die Räder ihrer Maschinen den Rand des grünen Streifens berührten, der die Gegenfahrbahnen voneinander trennte, stellten sie die Motoren ab. Drei Männer in ärmellosen, mit Nägeln beschlagenen Lederjacken mit der großen Aufschrift KING auf der Brust.

»Die Kings«, sagte Norton.

»Kennst du sie?« fragte Carolyn verwundert.

»Vom Hörensagen. Sie sollen die ersten gewesen sein, die ins Netz geladen wurden. Einer von ihnen soll sogar dem Entwicklungsteam angehört haben.«

»Ach, diese Kings!« Carolyn sah aufgeregt aus. »Unglaublich! Ich wollte sie schon mal früher ... und ausgerechnet heute kennen lernen.«

»In der Tat, ein komischer Zufall.«

Die Motorradfahrer musterten Carolyn und Peter, als

überlegten sie, ob es sich lohne, Zeit für sie zu verlieren. Schließlich saß derjenige, der in der Mitte gefahren war, ein Dreißigjähriger mit muskulösen Schultern und kahl geschorenem Kopf, ab und trat langsam auf sie zu.

»Ihr habt uns gewinkt«, sagte er, während er Carolyn beobachtete. Sein Gesicht war ernst, ohne den kleinsten Schatten eines Lächelns, das man für gewöhnlich bei Begrüßungen aufsetzte.

»Wir wollten euch warnen«, erwiderte Norton. Er hob die Hand und zeigte nach hinten. »Fahrt nicht hin ...«

»Dort gibt's nichts mehr«, fiel ihm der Mann ins Wort. Sein versteinerter Gesichtsausdruck blieb unverändert. Unbeirrt fixierte er Carolyn.

»Na eben.«

»Wenn es nur darum geht, dann vielen Dank.« Der Mann blinzelte und ließ seinen Blick zu Norton wandern. Er zog die Augenbrauen hoch, als wäre ihm erst jetzt zu Bewußtsein gekommen, daß er mit ihm sprach.

»Nur darum«, bestätigte Norton. Das Verhalten des Motorradfahrers brachte ihn in Verlegenheit. »Wir dachten, ihr wüßtet noch nicht ...«

»Wie kann man es nicht wissen?«

»Man kann. Wir haben es nicht gewußt.«

Sie schwiegen eine Weile, dann drehte sich der Motorradfahrer um. Sie dachten daß er sich entfernen würde, doch er stand regungslos da, dann wandte er sich wieder ihnen zu. Es überraschte sie, wie sehr sich sein Gesicht binnen weniger Sekunden verändert hatte. Seine Züge wurden weicher, die Rauheit und die Unnahbarkeit in seinem Blick waren verschwunden.

»Mein Name ist Mel«, sagte er. Selbst seine Stimme hatte eine Veränderung erfahren. Sie war nun heiterer. »Wie sieht es dort aus?«

Norton, der bisher an seinen Wagen gelehnt dagestanden hatte, richtete sich auf.

»Ich bin Peter, und das ist Carolyn.« Sein Achselzucken drückte Unentschlossenheit aus: »Es fällt schwer, zu sagen, wie es dort aussieht«, sagte er. »Man kann kaum etwas sehen. Man fährt, alles scheint normal, und dann plötzlich ... endet alles.«

»Was endet?«

»Alles. Die Welt.«

Eine Zeit lang schien das Gesicht des Motorradfahrers Mel die alte Maske des mitleidslosen Ernstes wieder aufsetzen zu wollen.

»Wie bist du darauf gekommen?«

»Ich verstehe dich nicht.«

»Woher willst du wissen, daß die Welt zu Ende ist? Nur weil es das nicht mehr gibt, was du bisher gesehen hast?«

Norton wußte nicht, wie er darauf antworten sollte. Plötzlich schoß ihm ein Gedanke durch den Kopf.

Sie wußten sehr wohl, wohin sie fuhren.

Er sagte das, und Mel nickte sofort.

»Warum?«

»Und warum nicht? Es ist doch interessant. Es ist die aufregendste Geschichte, die ich seit dem Kontakt mit D.L.NET erleben kann.«

»Wir müssen fliehen!«

Er schien von der Tatsache, daß sie dem Untergang entgegenfuhren, nicht weniger überrascht als Norton.

»Wohin?«

»Egal wohin. Je weiter weg von hier, desto besser.«

Unvermutet sprühten Mels Augen Funken der Heiterkeit. Er löschte sie, indem er seine Lider nachsichtig zukniff.

»Wir können nirgendwohin fliehen, Peter. Morgen wird nicht mehr so sein wie heute.«

»He!« Ein Ruf drang plötzlich zu ihnen herüber.

Mels zwei Begleiter, die die Unterhaltung bisher von ihren Maschinen her ruhig verfolgt hatten, wurden ungeduldig. »Fahren wir doch endlich los.«

»Einen Moment!«

»Es wird Zeit!«

»Einen Moment, Katz!«

»Wonach willst du fragen?« schaltete sich Carolyn ein.

»Woher weißt du, daß ich nach etwas fragen möchte?«

»Es liegt doch klar auf der Hand. Ihr seid nicht zum Spaß umgekehrt.«

Er betrachtete sie sehr aufmerksam, eroberungslustig wie am Anfang. In ihrem Kopf formte sich bereits der Gedanke, daß er sie fragen würde: »Und warum nicht?« doch er lächelte nur.

»Wir wollten euch fragen, ob ihr dort jemandem begegnet seid«, sagte er. »Jemandem, der Lust hätte, in das Nichts, vor dem ihr flieht, hineinzugehen.«

»Wir sind dort einem Polizisten begegnet«, erklärte Carolyn, »aber er hatte nicht vor ...«

»War sein Name zufällig Joe?«

»Ach, diese Harley-Besitzer«, mischte sich Norton ein. »Wir hätten darauf kommen sollen, daß er einer von euch ist.«

»Er hieß also Joe?«

»Ja!« bestätigte Carolyn.

»Danke. Herzlichen Dank. Na, dann tschüs!« Mel drehte sich um und ging schnellen Schritts auf seine Begleiter zu.

Die Motoren heulten auf. Norton sprang hinter dem Auto hervor.

»Wartet!« rief er ihnen zu. »Ist Joe einer von euch?«

»Nein!« rief Mel zurück. »Aber wir müssen uns von ihm verabschieden!«

Die Harleys rollten in einem Bogen auf die Fahrbahn und bildeten die Dreiecksformation.

»Woher kennt ihr ihn denn?«

Mel winkte ihm.

»Wir kennen ihn gar nicht. Tschüs!«

»Woher habt ihr dann gewußt, daß er dort sein wird?!«

Sie brausten mit quietschenden Reifen und dumpfem Dröhnen davon. Derjenige, den Mel Katz genannt hatte, drehte sich um und rief ihnen etwas zu, vielleicht die Antwort auf Nortons Frage, doch der Motorenlärm war so laut, daß sie die Worte nicht verstehen konnten.

»Steig ein«, sagte Carolyn, nachdem die Stille wieder eingekehrt war. Sie nahm am Steuer Platz. Der Wagen setzte sich in Bewegung.

»Er hat doch nicht gesagt, daß er da hineingehen will.«

»Er hat aber auch nicht gesagt, daß er da nicht hineingehen will«, erwiderte Norton.

Die leere Flasche, deren Inhalt er im Lauf des Tages in sich hineingeschüttet hatte, stellte er auf dem Tisch ab. Im Lauf des heutigen Tages? Dessen war er sich nicht sicher. Es machte einen Riesenspaß, nicht auf Kleinigkeiten achten zu müssen. Der Riesenspaß bestand darin, edle Tropfen zu trinken. Edel – das hieß stark und teuer.

Vor ihm stand ein kleiner Spiegel, der jedoch groß genug war, um ihm mit der Spiegelung eines sympathischen Gesichts entgegenzulächeln. Es machte wirklich großen Spaß, mit dem Spiegel anzustoßen.

Plötzlich summte etwas. Sehr laut. Er hob den Kopf und sah einen Mückenschwarm unter der Decke herumschwirren. Unversehens flogen die Insekten auf ihn zu, und er bemerkte seinen Irrtum: Es waren keine Mücken, sondern große, grünlich schimmernde Fliegen. Ihre Zahl vergrößerte sich ständig. Sie summten inzwischen unerträglich laut, und in Scharen flogen sie vor seinen Augen hin und her. Er sprang vom Stuhl auf, als er spürte, daß sie auf seinem Kopf zu landen begannen. Er fuchtelte mit den Armen herum, zerzauste sich das Haar und schrie auf, als er eklige kleine Panzer ertastete. Ein paar Insekten fielen auf den Fußboden. Es waren keine Fliegen, sondern irgendwelche Käfer. Darunter auch Larven.

»Weg von hier«, stammelte er in Panik. »Nichts wie weg von hier!«

Die umherschwirrenden Insekten, deren Zahl mit jeder Sekunde wuchs, zur Seite schlagend, rannte er zur Tür. Es tauchten wütende Wespen auf, die nach einem Opfer Ausschau zu halten schienen, auf das sie einstechen könnten.

Die Tür verschwamm ihm vor Augen, und er stürzte aufs Sofa. Er hatte keine Lust mehr aufzustehen, rollte sich wie ein Embryo zusammen und kniff die Augen zu, so stark er nur konnte. Er spürte, wie er mit seinem Körper eine sich bewegende Masse erdrückte, doch er wollte nicht nachsehen, was das war. Was unter der Last seines Körpers so eklig knirschte und mit einer klebrigen Flüssigkeit spritzte ...

Unvermittelt hörte alles auf. Ging zu Ende. Das Einzige, was er spürte, war leichtes Kribbeln. Langsam, vorsichtig öffnete er die Augen.

»Decray«, sagte eine haarige Tarantel zu ihm. Sie hatte seine Hand gekitzelt.

Angeekelt stieß er die Spinne von sich, auf den Fußboden. Doch er hatte kaum Zeit, nachzuschauen, wo sie hingefallen war, denn hinter dem Sofa kroch eine gelbgrüne Schlange hervor. Ihr Kopf zeichnete Ellipsen nach, als stünde sie unter dem hypnotischen Einfluß der Flöte eines Fakirs.

»Decray!« rief die Spinne mit derselben Stimme wie die Tarantel. Dann sprach sie viele andere Wörter, die kein sinnvolles Ganzes ergaben. Oder er konnte sie nicht zu einem sinnvollen Ganzen verschmelzen, weil sein durch den Alkohol abgestumpfter Verstand keine Informationen aufnahm.

Plötzlich bemerkte er, daß der Kopf der Schlange in Wirklichkeit eine Maske war, die immer menschlicher wurde und sich über ihn beugte. Mehr und mehr.

Bis sie direkt vor seinen Augen explodierte.

»Vielleicht ist er gar nicht zu Hause«, gab Norton zu bedenken.

»Kaum. Er geht fast nie aus«, erwiderte Carolyn und klopfte neuerlich an die Tür.

Norton legte die Hand auf die Klinke, die sofort nachgab. »Um Gottes willen! Was ist das?« Die Tür knarrte und knirschte wie das Tor in einem alten Schloß.

»Eine Art Alarmanlage«, sagte Carolyn lachend. »Wir gehen rein.«

Im Vorzimmer stand der Mief eines seit langem nicht mehr gelüfteten Raums, vermischt mit dem Gestank nach etwas Unangenehmen. Es kam ihnen bekannt vor, doch sie konnten sich nicht erinnern.

»Onkel Henry!« rief sie. Keine Antwort.

Die Türen zu allen Zimmern standen sperrangelweit offen. Lediglich diejenige, die gleich neben dem Hauseingang zum größten Zimmer führte, war geschlossen. Sie streckte ihre Hand aus, um sie aufzumachen, und hielt plötzlich inne. Sie blickte Peter an. Er atmete heftig, als wäre er gerannt. Im gleichen Moment hatten sie beide den ekelerregenden Geruch wiedererkannt. Es war derselbe Gestank, den sie bereits im Häuschen am See erlebt hatten. Hier vielleicht nicht so penetrant wie dort.

Norton schob Carolyn zur Seite und öffnete selbst die Tür. Er schob sie nur mehrere Zentimeter weit auf, bis sie auf etwas stieß und sich nicht weiter bewegen ließ. Sie sahen, was das war. Ins Vorzimmer floß eine Welle toter Insekten herein. Hunderte von Mücken, Spinnen, dickleibigen Fliegen und Wespen mit angeschwollenen Hinterleibern.

Carolyn wich schreiend zurück, aber Norton faßte sie an der Hand.

»Sie sind tot«, beruhigte er sie.

Er stemmte sich gegen die Tür. Seine Schuhe zerdrückten ausgetrocknete Insektenleiber. Sie gab nach und den Blick ins Zimmerinnere frei. Die Insekten waren überall. Eine halbmeterhohe Schicht ihrer Leiber bedeckte den Fußboden, alle Möbel, das Fensterbrett.

»Ich muß gleich kotzen«, flüsterte Carolyn. Mit kreidebleichem Gesicht wandte sie sich ab und ging ins Wohnungsinnere. In der Küche und den übrigen zwei Zimmern machte sie die Fenster auf und spürte, wie das Schwindelgefühl sie allmählich verließ. Sie kehrte ins Vorzimmer zurück. Norton war nicht da.

»Peter!« rief sie verängstigt.

»Ich bin hier.« Seine Stimme kam aus dem Zimmer mit den Insekten.

Sie näherte sich dem Eingang und bemerkte, daß er vor einem Sofa stand, oder eigentlich vor der das Sitzmöbel bedeckenden Insektendecke. Bis an die Knie watete er im Ungeziefer. Seinen Weg dorthin markierte eine tiefe Spur, als hätte er sich durch schmutzige Schneehaufen durchgekämpft.

»Was machst du da?«

»Sei still!« Er hob die Hand, ohne sich umzudrehen. »Hörst du's?«

»Ich höre nichts. Sie ... sie rascheln so.«

Norton beugte sich über das Sofa, krempelte Hemdsärmel auf, hielt mit den Fingern die Manschetten zu und schob mit zwei schnellen Ellbogenbewegungen den an dieser Stelle besonders hohen Insektenhügel auseinander. Das, was er freilegte, war das Gesicht eines Mannes in mittleren Jahren.

»Onkel Henry!« stieß Carolyn erschrocken hervor.

Norton beugte sich über ihn, um zu prüfen, ob er noch atmete. Schnell richtete er sich wieder auf. »Er schläft. Aber der Gestank dieses Geschmeißes ist wirklich noch nichts im Vergleich mit seinem Atem.«

»Wie, er schläft? Hier?«

»Getrunken und eingeschlafen. – He, Henry!« Er schüttelte den Schlafenden.

Der Onkel setzte sich auf. Sein überraschend nüchterner Blick wanderte im Zimmer umher.

»Was, zum Teufel, soll diese Schweinerei hier?« sagte er fröstelnd, als wäre er soeben aus kaltem Wasser herausgestiegen.

»Ich dachte, du könntest uns das erklären«, entgegnete Norton.

»Ach! Hallo, Peter, wie geht's? Was hast du hier angestellt? Bist du verrückt?«

Onkel Henry, gebadet und mit nassem Haar, saß im Sessel und trank Kaffee, den Carolyn gekocht hatte.

»Von Anomalien habe ich schon mehrmals gehört«, sagte er. »Ich hatte aber keine Ahnung, daß sie so aussehen könnten.«

»Und daß sie gerade dich treffen würden«, fügte Carolyn hinzu.

»Genau. Gerade mich.«

»Vermutlich hast du sie inzwischen oftmals erlebt«, sagte Norton. »Nur daß du dich an nichts mehr erinnern kannst. Die Behebung einer Anomalie bestand immer darin, das Ereignis rückgängig zu machen und dessen verbesserte Version passieren zu lassen. Es sieht so aus, als ob das Netz die Anomalien nicht mehr zu kontrollieren im Stande wäre.«

Auf dem Tisch lag eine lange Stoffpuppe: eine Schlange mit großem Kopf und menschlichem Gesicht. Die Züge waren grob, nur vage angedeutet, als wären sie aus Holz geschnitzt.

»Ich weiß nicht, warum sie heil geblieben ist. Ich kann mich noch daran erinnern, wie sie zerfetzt wurde«, stellte der Onkel fest.

»Sie sagte, sie hieße Decray?«

»Und das mehr als ein Mal.«

»Sie wollte, daß du dir diesen Namen einprägst«, schlußfolgerte Norton.

Onkel Henrys blutunterlaufene Augen wanderten zwischen Norton und Carolyn hin und her.

»Ihr glaubt also dem alten Säufer?«

»Wir haben heute viele seltsame Dinge gesehen«, entgegnete Carolyn.

Sie nahm die Schlangenpuppe mit menschlichem Gesicht in die Hand. Man war also so weit, daß es nicht mehr möglich war, nicht zu glauben, egal was auch immer passierte, es sei denn, man hielt sich selbst für jemanden, der plötzlich den Verstand verloren hatte. In der Welt des Netzes war das aber unmöglich, denn hier war nur der verrückt, der eine solche Entscheidung am Anfang getroffen hatte. Sie zweifelte nicht daran, daß es auch solche Menschen gab. Man brauchte schließlich nicht zu weit zu suchen: Ihr Onkel war Alkoholiker. Es fiel auch schwer zu verstehen, wie man so ein Leben hätte wählen können ...

»Auf dem Sofa lagen Fetzen desselben Stoffs herum, aus dem die Puppe gemacht ist«, sagte Norton. »Es hat den Anschein, als ob sie nicht auseinander gefallen wäre, sondern sich gehäutet hätte. Wie eine echte Schlange.«

»Ich könnte schwören, daß sie echt war«, sagte Henry, verschränkte die Finger auf der Brust und schaukelte nervös im Sessel.

»Es ist gut möglich, daß sie damals wirklich echt war. Ich glaube aber nicht, daß das jetzt von Bedeutung wäre. Viel wichtiger ist es, was sie da gesagt hat.«

»Wenn ich sie nur besser hätte verstehen können ... Die Stimme war sehr leise, knarrte und stockte wie eine beschädigte alte Schallplatte.«

»Genau wie das Gestammel eines Besoffenen«, ergänzte Norton mitleidlos. »Vielleicht war das deine Stimme?«

Die Augen von Onkel Henry wurden rund. Er stierte Peter entgeistert an, als hätten ihm seine Worte eine verborgene Wahrheit offenbart.

»Ich habe ja nicht gesagt, daß das nicht meine Stimme war«, sagte er langsam. »Vielleicht war dem auch so. Die Schlange bewegte aber ihr Maul. Das weiß ich bestimmt. Ich habe das immer noch vor Augen: ›Ende ... En-de‹, klappte sie mit ihrem Gebiß wie ein verfluchter Märchendrache. Sie ... Genau, so war's. Sie begann sich dann zu verändern und bekam ein menschliches Gesicht, obwohl sie vorher wie ein ganz normales Reptil ausgesehen hatte!«

»Sie muß noch mehr gesagt haben!«

»Stimmt. Oder eher versuchte sie noch was zu sagen. Falls ich mich nicht irre, bat sie um Vergebung. Sie entschuldigte sich bei mir für etwas.«

»Wofür?«

»Keine Ahnung. ›Weltende!‹ Das hat sie bestimmt gesagt. An mehr kann ich mich nicht mehr so richtig erinnern.«

»Das wissen wir auch ohne sie«, sagte Carolyn. »Sag's ihm, Peter.«

Onkel Henry erfuhr jedoch nie, was ihm Norton sagen sollte. Er starb genau in dem Moment, als Peter den Mund aufmachte.

Seit vielen Jahrhunderten hatten sie keinen Menschen mehr sterben sehen. Im Netz gab es keinen Platz für den Tod. Bis jetzt.

Es geschah so schnell, daß auch Henry nicht mitbekam, wie er starb. Wenn er einfach verschwunden wäre, wäre das für sie keine so tiefe Erschütterung gewesen. Sie hätten seinen Tod besser verkraftet, insbesondere angesichts der Welt, in der sie lebten.

Doch sein Körper explodierte. Er wurde zerfetzt wie eine Melone, die mit aller Wucht gegen eine Wand prallt, und der laute Krach hallte in ihren Ohren noch eine Zeit lang nach. Fetzen, vermutlich zerrissene Kleiderteile, schwebten langsam zu Boden, Schneeflocken an einem windstillen Tag nicht unähnlich. Kein Blut war zu sehen.

Sie schrien beide.

Norton war vor siebenhundertzehn Jahren gestorben, aber nicht die kleinste Erinnerung an seinen Tod blieb in seinem Gedächtnis erhalten. Es gab auch keine Möglichkeit, zu erfahren, wie er sein Leben verloren hatte. Er war noch ein junger, kräftiger Mann gewesen. In seinen siebenundzwanzig Lebensjahren war er kaum einmal krank gewesen, so daß er überzeugt war, daß er bei einem Unfall umgekommen sein mußte. Es mußte sich so schnell und unerwartet ereignet haben, daß er keine Erinnerung daran behielt. Die letzte, die er in sich trug, war sein eigenes Haus. Er hatte ein Buch gelesen. Es war die Neuauflage eines uralten Romans von R. A. Gleboviè, dessen Titel ›So ein Schicksal des Märchenerzählers‹ ihm noch vor Augen stand. Seite 40, vierte Zeile von oben, das Wort ›sagte‹. Er trug dieses genaue Bild Jahrhunderte lang mit sich herum. Bis heute. Er war in der Lage, jedes einzelne Komma vom Seitenanfang bis zu dieser Textstelle wiederzugeben. Es war die präziseste Aufnahme seiner Vergangenheit, die er im Gedächtnis hatte.

Jeder, der im Netz lebte, trug eine solche Aufnahme, das letzte und detaillierteste Bild der wahren Welt, mit sich herum.

Er war in der Versicherungsgesellschaft D.L.NET Lebensversichert gewesen. Tod und Leben. Durchschnittliche Bürger hatten keine Chance gehabt, Kunden der D.L.NET zu werden. Norton war jedoch ein solcher gewesen. Glücklicherweise lebte er in einer Zeit, in der die Gesellschaft inzwischen eine ganz gewöhnliche Versicherungsanstalt geworden war, und für die diejenigen über den Durchschnitt hinausgelangten, die über genug Geld verfügten. Weil er noch jung war und der Abschluß der Versicherung nicht so sehr seinem Bedürfnis entsprang, als vielmehr unter dem Einfluß der Mode und dem Druck des Milieus der Neureichen zu Stande gekommen war, hatte er sich nicht darum gekümmert, in den Vertrag eine Klausel über das Alter und die sozialen Umstände des Lebens nach dem Tode einzufügen. Deswegen tauchte er im Netz so auf, wie er zum Zeitpunkt seines Todes gewesen war, was nur selten geschah, doch diesen Vorteil hatte, daß die Adaptationsbarriere von ihm problemlos und ohne Anomalien überwunden werden konnte.

Nach fast drei Jahrhunderten, die er als unermüdlicher reicher Playboy durchgefeiert hatte, begegnete er Carolyn.

Carolyn war im Alter von vierundachtzig Jahren gestorben. Es geschah exakt drei Tage nach dem zweihundertsten Jubiläum von Peters Tod. Als sie zur Welt – egal, welche Welt man im Sinne hatte – kam, hatten die letzten sterblichen Überreste Nortons unter der Erde schon längst aufgehört zu existieren.

Ihr Lebensstatus im Netz war, im Gegensatz zu dem Nortons, vorher präzise überlegt und entworfen und in den Safes der D.L.NET gespeichert worden. Jetzt wußte sie aber, daß alle Pläne und Entwürfe nichts taugten. Sie wußte, daß im Netz nur die Kriterien verändert wurden, das Glück jedoch genauso schwer erkämpft werden mußte wie im wirklichen Leben. Und manchmal noch schwerer, weil die Erwartungen größer waren. Nur das Alter und die Schönheit – ihre vierundzwanzig Jahre, die ewigen vierundzwanzig Jahre – waren ein Geschenk, das nicht mit etwas Anderem aufzuwiegen war.

Nach Carolyn wurden nur noch wenige Menschen ins

Netz eingespeist. Sie kamen noch ein, zwei Jahre – die genauen Zeitangaben interessierten hier kaum jemand – nachher noch an. Erst ein paar Jahre später fiel auf, daß kein Neuer mehr ins Netz geladen wurde. Zwar war die Zahl der Neuankömmlinge nie besonders auffällig groß gewesen: mehrere hundert oder zig Neue pro Jahr, doch es war keine Seltenheit, einem Neuen zu begegnen. Bis schließlich niemand mehr ankam. Die Letzten, die im Netz erschienen waren, brachten Gerüchte von einem technischen Umbruch in der Realwelt mit sich. Von einer Wachablösung in der IT-Nische. Die Versicherungsgesellschaft D.L.NET sollte an der neuen Technik angeblich sehr interessiert gewesen sein. Jemand hatte sogar behauptet, den Entwurf des Versicherungsvertrags für ein ganz neues Netz gesehen zu haben.

Der grausige Schnee schwebte immer noch zu Boden. Sie schrien.

Als sie sich endlich beruhigten, sagte derjenige, der an Stelle von Onkel Henry im Sessel saß:

»Mein Name ist Decray!«

Er konnte nur den Platz eines Anderen einnehmen. Nur das. Oder sogar das.

Das Eindringen ins Netz nach einer fünfhundertjährigen Pause, mehrere Generationen nach dem letzten Transfer, grenzte schon an ein Wunder. Es handelte sich hierbei gar nicht um die Kosten oder die Defektanfälligkeit der Apparatur. Nein, es ging darum, daß niemand mehr das Funktionsprinzip dieses Netzsystems zu verstehen vermochte. Die neuen Techniken, die an sich sehr kompliziert waren, verfügten über einfache und übersichtliche, intuitive Benutzerinterfaces. Niemand bediente sich der alten Systeme. Niemand mehr wollte sich noch an sie erinnern.

»Sogar ich, der Netzoperator, war nicht mehr in der Lage, das Netz unter meine Kontrolle zu bringen.«

Norton begriff den Sinn seiner Worte.

Doch gleichzeitig konnte er sie nicht verstehen.

»Zurücklassen und vergessen. Einfach so? So wie man Abfälle auf einer Müllkippe zurückläßt und vergißt?«

»Sei doch gerecht. Fünf Jahrhunderte lang hielt man das Netz trotz des enormen Energieverbrauchs aufrecht. Länger geht's nicht.«

»Wieso geht's nicht? Du bist nur deswegen gekommen, um uns zu sagen, daß es nicht mehr geht? Du ...«

»Das Netz geht kaputt. Wie jedes Gerät. Ist das meine Schuld, daß es niemand mehr gibt, der es reparieren könnte?«

»Das verstehe ich nicht. Warum gibt's denn niemanden mehr, der es reparieren könnte? Hat sich die Welt in den letzten fünfhundert Jahren zurückentwickelt?«

»Natürlich nicht. Das Problem liegt eben darin, daß sie zu schnell vorgeprescht ist. Weißt du noch, wie viele Menschen in deiner Zeit sich die Lebensversicherung in der D.L.NET leisten konnte?«

»Nicht viele.«

»Fast niemand. Es war praktisch ein Wunder, daß es doch Menschen gab, die sich das bei solch hohen Erhaltungskosten noch leisten konnten.«

»Aber ...«

»Laß mich ausreden! Ich will dir eben sagen, daß das neue Netz mit der Versicherungsgesellschaft nichts mehr zu tun hat. Es nimmt jeden auf, der es wünscht.«

»Und die Kosten?«

»Dieser Begriff verlor an Bedeutung, als das Netz neue Energiequellen erschlossen hatte. Es schaffte es ganz allein, ausschließlich mit Hilfe seiner neuronalen Software. Ich möchte es klar ausdrücken, damit wir uns gut verstehen: Niemand kümmert sich darum, aber das Netz funktioniert. Wenn du also nichts in den Hut hineinlegst, sondern nur ununterbrochen rausziehst, dann kann von Kosten natürlich keine Rede sein.«

»Was sind das für Quellen?«

»Niemand weiß es.«

»Und stört dich das nicht?«

»Nicht im Geringsten. Es funktioniert – und nur das zählt.«

»Decray?«

»Ja, Carolyn?«

»Ich glaube dich verstanden zu haben. Ihr wollt unser Netz nicht länger betreiben, weil ihr euer eigenes habt. Besser und interessanter. Billiger.«

»Nein. Es geht nicht darum, daß wir es nicht *wollen*. Niemand *kann* es, das ist die Wahrheit.«

»Dann lernt es bedienen! Früher konnte man das, und jetzt plötzlich nicht mehr? Die Welt hätte sich weiterentwickelt, sagtest du?«

»Ich hab's gesagt. Wenn du jedoch glaubst, daß dadurch der Mensch mehr kann, dann bist du wie ein Kind, das glaubt, daß mehr Schokolade mehr Spaß bedeutet.«

»Schön gesagt, aber das sind nur Worte. Ich will wissen, weshalb ihr uns sterben laßt, wenn das Energieproblem gelöst worden sein soll.«

»...«

»Decray!«

»Es tut mir leid, Carolyn. Einfache Antworten sind manchmal die schwierigsten. Ich kann euch nicht helfen. Das einzige, was ich kann, ist mit euch bis zum Ende zu bleiben.«

»Du redest so, als wärst du der letzte Mensch auf Erden.«

»Im gewissen Sinne hast du recht.«

»Was bedeutet das?!«

»Von uns sind nur noch einige wenige geblieben. Eigentlich sind alle bereits im Paradies.«

»In welchem Paradies? Decray!«

»Die Menschen gingen fünf Jahrhunderte lang fort, und schließlich sind fast alle fortgegangen.«

»Wie ›fortgegangen‹? Wovon redest du?!«

»Fortgegangen.«

»Wohin?«

»Das ist doch klar. Warum gegen die Widrigkeiten des Lebens ankämpfen, wenn das Netz alles bietet, wovon man nur träumen kann?«

»Mein Gott! Du willst doch nicht etwa sagen, daß sie alle freiwillig das Leben aufgegeben haben, um ...«

»Ich will nicht. Ich sage das.«

»Und du? Warum bist du zurückgeblieben?!«

»...«

»Decray!«

»Was?«

»Ich habe dir eine Frage gestellt!«

»Es ist nicht einfach, Carolyn. Also, ich ... bin seit fünfundvierzig Jahren Netzoperator. Ich kann nichts Anderes ...«

»Du hättest doch fortgehen können – ins Paradies!«

»Ja, ich hätte es tun können.«

»Na, also?«

»Außer mir kümmerte sich aber niemand mehr um euer Netz. Ich ...«

»Ja, Decray?«

»Ich bin mir nicht sicher, ob du mich verstehen kannst.«

»Ich glaube schon. Du liebst uns. Du liebst uns so sehr, daß du deswegen Onkel Henry getötet hast.«

»Du verstehst nichts. Du würdest mich nicht verhöhnen, wenn du mich verstehen würdest.«

»Aber ...«

»Ich hab mir nämlich gedacht, daß ... ihr doch einen Abschied, das letzte Wort verdient habt, daß ... wenn nicht ich ... dann wer?

Wer Wird Euch die Botschaft Verkünden?«

Originaltitel: ›D.L.NET‹
erstmals erschienen in: ›Nowa Fantastyka‹, Nr. 4 (187) 1998, S. 45–53

Aus dem Polnischen von Jacek Rzeszotnik

FRANK W. HAUBOLD

Deutschland

Der Garten der Persephone

Lautlos tauchte die Landefähre in das flauschige Weiß der Wolkendecke ein.

Die Männer schwiegen. Sie hatten eine Entscheidung getroffen, und jetzt hatten sie Angst.

Sie hatten die verlassenen Wohnkuppeln auf den Jupitermonden und dem Mars untersucht und keinen Hinweis auf ihre einstigen Bewohner gefunden. Sie waren bis in die entlegensten Winkel der verwaisten Raumstationen vorgedrungen, ohne auf eine Spur ihrer Erbauer zu stoßen. Nichts davon hatte sie überrascht. Die Diraq-Sender waren verstummt, als der Sonnensturm alles Leben in diesem Planetensystem ausgelöscht hatte.

Und doch waren die Männer heimgekehrt.

Nachdenklich starrte Marian auf den Monitor, der nach wie vor nur die milchigen Grautöne vorbeirasender Wolkenfetzen zeigte. Eine leichte Turbulenz ließ den Boden unter seinen Füßen vibrieren und verursachte ihm ein nervöses Kribbeln in der Magengrube.

Marian hatte keine Erinnerungen an die Erde.

Seine Heimat trug den stolzen Namen *Eternity*, war hundertfünfzig Meter lang und hatte einen Durchmesser von maximal 20 Metern. Seine Eltern hatte er nie kennengelernt. Er verdankte seine Existenz einem Notprogramm, das nach dem Tod des letzten weiblichen Besatzungsmitglieds in Kraft gesetzt worden war. Er war nicht besonders sensibel, denn sensible *Sorphans* – wie sie von den Erdgeborenen verächtlich genannt wurden - lebten nicht lange. Er mochte die mürrischen, alten Männer ebensowenig, wie sie ihn und seinesgleichen mochten.

Vielleicht wäre das anders gewesen, wenn Marians weibliche ›Geschwister‹ überlebt hätten. Doch das war reine Spekulation. Marian hatte, wie die anderen *Sorphans*, gegen die Rückkehr zur Erde gestimmt, doch die Alten hatten, wie immer, letztlich ihren Willen durchgesetzt. Auch wenn Marian keine Erinnerungen an die Erde hatte, kannte er doch die Bilder aus dem Holospeicher des Bordrechners, die ihm immer ein wenig unwirklich erschienen waren. Einem Wunschtraum näher als der trostlosen Realität des Weltalls.

In den letzten Jahren hatte Marian Entfernungen zurückgelegt, die sich kein menschliches Wesen vorstellen konnte. Er hatte nie begriffen, wie der sogenannte ›Raumsprung‹ physikalisch funktionierte, der die *Eternity* innerhalb von Sekundenbruchteilen von einem Raumsektor zum anderen springen ließ. Als Kind hat er die Astronavigatoren bewundert, die mit einem Knopfdruck dieses Wunder bewirken konnten. Mittlerweile war er sich allerdings sicher, daß die Alten die Funktion des Diraq-Kolchev-Antriebs ebensowenig verstanden wie er selbst. Sie hatten Dutzende von Planeten erkundet und stets das gleiche gefunden: hitzeflirrende Steinwüsten in Sonnennähe und kältestarre, düstere Eisriesen auf den äußeren Umlaufbahnen. Keine Spur von Wasser, Leben oder gar Zivilisation. Die Bilder der Erkundungssonden waren in ihrer Trostlosigkeit austauschbar. Vor diesem Hintergrund waren Marian die Geschichten, die sich die Alten über die Erde erzählten, immer unwirklicher erschienen, bis er schließlich aufgehört hatte, ihnen zu glauben.

Das hatte sich erst geändert, als nach dem letzten Bremsmanöver der wolkenstreifige, in einer Fülle von Blautönen leuchtende Planet auf dem Zentralbildschirm der *Eternity* aufgetaucht war.

Erst jetzt verstand Marian ihren Entschluß und schämte sich fast ein wenig für sein Mißtrauen. Er verstand auch, daß keiner der Männer auf dem Mutterschiff hatte zurückbleiben wollen. Abgesehen von den *Sorphans* natürlich, von denen sich allein Marian dem Landungstrupp angeschlossen hatte. Kapitän Rohan hatte seiner Bitte überraschend bereitwillig entsprochen, wenngleich seine Antwort gewohnt unwirsch ausfiel: »In exakt zwei Stunden legt die Landefähre ab. Möglicherweise wird sie nicht zum Schiff zurückkehren. Ich werde niemanden bitten, mit uns zu kommen ...«

Als die Wolkendecke endlich aufriß, starrte Marian fasziniert auf die unter ihnen dahinfliegende Landschaft. Begriffe, die ihm bis dahin als leere Worthülsen erschienen waren, erhielten plötzlich Sinn und Bedeutung: ›Ozean‹, ›Insel‹, ›Regenwald‹.

Die Männer schwiegen noch immer, doch Marian ahnte, was in ihnen vorging. Sie waren auf dem Weg *nach Hause,* was immer sie dort unten erwartete.

Ein dumpfer Schmerz preßte Marians Brust zusammen. Ein Schmerz, für den es keine logische Erklärung gab und auch keinen Trost.

Nachdem die Raumfähre den größten der drei Ozeane überflogen hatte, näherte sie sich im Sinkflug dem Festland. Marian bemerkte, wie sich die Männer anstießen und aufgeregt auf eine von Straßenschluchten durchzogene Ansammlung von Gebäuden deuteten, die rasch hinter ihnen zurückblieb, ohne daß Einzelheiten zu erkennen waren.

»San Francisco«, flüsterte eine Stimme andächtig, dann wurde es wieder still.

Während die Landefähre an Höhe verlor, lösten sich die verschiedenen Grün- und Ockertöne der dichten Vegetation in Wälder, Buschlandschaften und riesige Grasflächen auf. Wenn es dort unten Tiere gab, dann hielten sie sich versteckt, bis auf einen Schwarm dunkler Vögel, der sich, aufgeschreckt vom Schatten des Flugköpers, flügelschlagend über den Wipfeln eines schmalen Waldstücks erhob.

Der Pilot hatte mittlerweile zur Landung angesetzt und steuerte die Fähre in Richtung eines grauen Plateaus, das auf Grund seiner Ausdehnung und Geometrie offensichtlich künstlichen Ursprungs war.

Die graue Fläche wurde rasch größer, bis sie schließlich das gesamte Blickfeld einnahm. Die Beschleunigung des Gegenschubs preßte die Männer in die Gurte, während die Landefähre automatisch das Fahrwerk ausfuhr und mit zwei, drei Bocksprüngen holpernd auf der Piste aufsetzte.

Obwohl die Besatzung der *Eternity* nur selten Gelegenheit gehabt hatte, auf einem Planeten zu landen, verlief das Ausstiegsmanöver planmäßig und diszipliniert. Keiner der Männer schien es darauf angelegt zu haben, den Boden seines Heimatplaneten vor den anderen zu betreten.

Wortlos nahm die Besatzung die Meßwerte der Analysegeräte zur Kenntnis: kaum meßbare Radioaktivität, Zusammensetzung der Atmosphäre im erwarteten Rahmen, keine unbekannten Mikroorganismen, extrem schwache elektromagnetische Felder. Kein Grund zur Besorgnis also.

Als Marian als einer der letzten die Treppe hinabstieg und die rissige, von Unkraut überwucherte Betonpiste betrat, wurde ihm schwindelig. Schwer atmend stützte er sich am Geländer ab und wartete, bis er sein Gleichgewicht wiedergefunden hatte.

Erstaunt beobachtete er, wie einige der Männer ihre Helme abnahmen und die Schutzanzüge ablegten. Irritiert wartete Marian auf eine Reaktion des Kapitäns, aber Rohan war viel zu beschäftigt, um seine Leute zur Ordnung rufen zu können. Der rothaarige Hüne kniete barhäuptig am Boden und betastete mit bloßen Händen die Grasbüschel, die aus den Rissen in der brüchigen Betonpiste quollen. Zunächst glaubte Marian an einen täuschenden Lichtreflex, aber das Glitzern auf den Wangen des Kapitäns konnte nur eine Ursache haben: *John D. Rohan weinte!*

Verlegen wandte sich Marian ab und löste die Verschraubungen seines Helms. Vorsichtig sog er die Luft des Planeten ein, die fremdartig und würzig roch, ganz anders als das sterile, mit künstlichen Duftstoffen versetzte Gasgemisch auf der *Eternity*.

Wenn die Atmosphäre des Planeten seinen Lungen nicht schaden konnte, dann machte auch der Schutzanzug keinen Sinn mehr. Marian beeilte sich, dem Beispiel der Männer zu folgen, die ihre Raumanzüge abgelegt hatten und sich zum Abmarsch bereitmachten.

Hinter ihm dröhnten die Dieselmotoren der beiden Amphibienfahrzeuge, die im Zeitlupentempo die Laderampe hinabkrochen. Waffenstarrende, stählerne Monster, die in dieser friedlichen Umgebung seltsam deplaziert wirkten. In ihrem Schutz marschierten die Männer schweigend auf das flache Versorgungsgebäude des Raumhafens zu.

Obwohl Marian nur seine Waffe und einen Allwellen-Scanner trug, geriet er schon bald ins Schwitzen. Die Luft roch nicht nur fremdartig, sondern war auch mit Feuchtigkeit gesättigt. Aus dem Dickicht jenseits der grauen Betonfläche stiegen weiße Nebelschwaden auf.

Das Gebäude war verlassen wie eine Turnhalle am Weihnachtsabend. Die Tore der Hangare standen weit offen wie eine Reihe gähnender, zahnloser Mäuler. Staubblinde Glasfronten starrten den Ankömmlingen gleichgültig entgegen. Einen Augenblick lang glaubte Marian eine verstohlene Bewegung wahrzunehmen, schattengleich und behende, aber der Scanner an seinem Gürtel blieb stumm.

Mit schußbereiten Waffen tasteten sich die Männer durch das Halbdunkel der Empfangshalle und starrten angewidert auf die pelzige Schimmelschicht, die die rissigen Betonwände wie Aussatz bedeckte. Der süßlich-faulige Geruch nahm ihnen beinahe den Atem. Die Bodenplatten aus poliertem Mamor waren geborsten, aus den Rissen drängte sich kniehohes, dornenblättriges Unkraut in das fahle Dämmerlicht.

Die Männer stießen weder auf zerstörte Apparaturen noch auf menschliche Überreste. Die Auskunftsschalter, Lagerräume und Büros waren leer und zeigten keinerlei Spuren ihrer ehemaligen Funktion. Sogar die Informationstafeln hatte man demontiert. Offensichtlich war der Raumhafen noch vor der Katastrophe aufgegeben worden.

Marian atmete erleichtert auf, als sie das stickige Treibhaus endlich verließen.

Die rostigen Leitplanken einer unkrautüberwucherten Straße wiesen ihnen den Weg in Richtung Stadt. Die schmalen Silhouetten der Sendetürme und Wolkenkratzer bohrten sich trotzig in das schmutzige Grau der tiefhängenden Wolkendecke. Obwohl die dunklen Häuserfronten der Stadt zum Greifen nah schienen, ließ Kapitän Rohan die Männer aufsitzen. Die Sicherheitsschotts schlossen sich hydraulisch, während sich die Transporter schwerfällig in Bewegung setzten.

Durch die dick verglasten Bullaugenfenster konnte Marian nur Ausschnitte der vorüberziehenden Landschaft wahrnehmen. Mitunter blieb sein Blick an den rostfarbenen Skeletten umgestürzter Hochspannungsmasten hängen, die allmählich im grünen Meer der Vegetation versanken. Über einer einzelstehenden Baumgruppe kreiste ein halbes Dutzend der dunklen Vögel, die Marian bereits beim Landeanflug beobachtet hatte. Plötzlich schoß eine der Kreaturen im Sturzflug herab, verharrte sekundenlang direkt neben dem Fahrzeug, um nach einer halsbrecherischen Wende zu ihren Gefährten zurückzukehren.

Marian hatte den Kopf der Bestie zwar nur flüchtig gesehen, war aber dennoch dankbar, daß ihn in diesem Augenblick mehr als zwei Zentimeter Sicherheitsglas von der Außenwelt trennten.

Seine Begleiter bemerkten nichts von dem Vorfall. Sie hielten ihre Blicke starr zu Boden gesenkt, nur die fahrigen Bewegungen ihrer Hände verrieten ihre Unruhe. Ihre Gesichter waren schweißnaß, obwohl die Klimaanlage des Fahrzeugs mit Hochdruck arbeitete.

Ein dumpfes Grollen, wie von einer fernen Explosion, übertönte für Sekunden das Heulen des Turbinenantriebs und riß die Männer aus ihrer Erstarrung. Zu Marians Erstaunen wirkten sie weder erschrocken noch aufgeregt.

Einen Augenblick später spaltete ein grellweißer Blitz die Wolkendecke, dicht gefolgt von einem heftigen Donnerschlag, der Marian erschrocken zusammenfahren ließ. Kurz danach setzte der Regen ein. Große, schwere Tropfen, die in immer dichterer Folge auf die Panzerung des Fahrzeugs herabprasselten.

Der Himmel über ihnen war jetzt tiefdunkel, beinahe schwarz. Der Transporter drosselte seine Geschwindigkeit und blieb schließlich stehen. Jemand rief etwas Unverständliches hinauf in die Fahrerkabine, und dann geschah etwas, das Marian in tiefes Erstaunen versetzte: Das hintere Schott öffnete sich zischend, und die Männer stürmten hinaus in den strömenden Regen.

Fassungslos beobachtete Marian, wie die grauhaarigen Raumveteranen rufend und lachend über Pfützen sprangen, sich gegenseitig zu Fall brachten und die Kleider vom Leib rissen. Einige tranken sogar mit verzückter Miene das Regenwasser, das in Strömen über ihre gen Himmel gereckten Gesichter floß. *Sie benehmen sich wie eine Bande Irrer,* dachte Marian, korrigierte sich aber sofort: *Nein, sie sind zu Hause.* Der Schmerz kam ohne Vorwarnung und schnürte ihm die Kehle zu. Die Verkrampfung und das Brennen in seinen Augen vergingen erst, als er zögernd die Treppe hinabstieg und sich verlegen lächelnd zu den anderen gesellte.

Das Gewitter zog ebenso schnell weiter, wie es aufgetaucht war. Der helle Streifen am Horizont wurde rasch breiter und trieb die dunkle Wolkenwand vor sich her. Minuten später erinnerten nur noch die Pfützen und ein fernes Grollen an das gerade überstandene Unwetter. Das Lachen der Männer versiegte mit dem Regen. Die Stadt lag reglos und stumm vor ihnen, und auch das warme Licht der tiefstehenden Sonne konnte keinen Glanz in ihre erloschenen Fensteraugen zaubern.

Schweigend wrangen die Männer ihre tropfnassen Uniformjacken aus und kehrten fröstelnd zu ihren Fahrzeugen zurück. Der warme Luftstrom der Kabinenheizung trocknete zwar ihre Kleidung, doch die Atmosphäre blieb kühl und gespannt. Das Gewitter war nur ein Aufschub gewesen, nicht mehr. Als der Befehl zum Aufbruch kam, waren die Männer bereit. Sie griffen nach ihren Waffen, packten die Ausrüstung zusammen und machten sich auf den Weg.

Die Stadt empfing sie mit der Gleichgültigkeit eines alten Mannes, der in seinem Lieblingslehnstuhl dem Vergessen entgegendämmert. Vor langer Zeit waren die Menschen gekommen, hatten Bäume gefällt, Häuser und Straßen gebaut und die Stadt mit lärmender Geschäftigkeit erfüllt. Dann waren sie verschwunden. Die Stadt hatte geduldig auf ihre Rückkehr gewartet und schließlich aufgegeben. Die Natur war zurückgekehrt, hatte Risse in den Beton der Straßen getrieben und die Häuser mit einem Pelz aus wucherndem Grün überzogen. Die Männer durchstreiften die Straßen in furchtsamem Schweigen. Manchmal stießen sie sich wortlos an, wenn sie eines der größeren Gebäude wiedererkannten. Mittlerweile hatten sie sich an den deprimierenden Anblick der rostbraunen Autowracks gewöhnt, die wie der Auswurf eines gigantischen Tieres die Straßenränder säumten. Die erblindeten Scheiben ersparten dem Betrachter den Anblick der aus den Sitzpolstern quellenden Pilzstauden. Kapitän Rohan hatte nur ein einziges der verwesenden Wracks aufbrechen lassen ...

Die Männer fanden keinen Hinweis auf den Verbleib der Bewohner. Weder in den Häusern, die sie hastig und widerwillig durchsuchten, noch in der Tiefe der intakt gebliebenen U-Bahn-Schächte. Die Menschen waren verschwunden, ohne Spuren zu hinterlassen, oder die rachsüchtige Natur hatte ihre Spuren für immer ausgelöscht. Die Stadt war tot wie ein seit Jahrhunderten aufgegebener Friedhof.

Marian war sich da nicht so sicher. Er hatte etwas gesehen, oder vielmehr *gespürt,* das seinen Begleitern entgangen war. Verstohlene, schattengleiche Bewegungen, die sofort erstarben, wenn er seinen Blick darauf fixierte. Jemand oder etwas *beobachtete* sie, dessen war sich Marian ganz sicher, hütete sich aber, seinen Verdacht laut auszusprechen.

Vielmehr richtete er seine ganze Aufmerksamkeit auf jene dunklen, kaum einsehbaren Ecken und Winkel in seinem Rücken, in denen er die geheimnisvollen Wesen vermutete. Ein merkwürdigerweise noch intakter Seitenspiegel an einem der Autowracks bestätigte Marians Vermutungen schließlich. Jemand folgte ihnen. Genau genommen, kein *Jemand* im Sinne von Mensch oder Tier, sondern vielmehr eine Art Gespinst, lichtdurchlässig wie Gaze und ohne erkennbare Struktur, kaum mehr als ein formloser Schatten.

Als die Dämmerung hereinbrach und die Sonne träge über den Hügeln versank, ließ Kapitän Rohan die Erkundung abbrechen. Erleichtert machten sich die Männer auf den Rückweg. Die Stadt flößte ihnen Furcht ein, nicht wegen des Schicksals ihrer Bewohner, sondern weil es keine *menschliche* Stadt mehr war. Das düstere Zwielicht verstärkte die allgegenwärtige Aura der Fäulnis und des Verfalls, die den Männern den Angstschweiß in den Nacken trieb und ihre Schritte automatisch schneller werden ließ. Die Spur des Schattenwesens hatte sich längst in der rasch einfallenden Dunkelheit verloren ...

Erst als unmittelbar vor ihnen die vertrauten Umrisse der beiden Transporter auftauchten, fanden die Männer ihre Sprache wieder. Marian beteiligte sich nicht an den Spekulationen über die Ereignisse, die die Stadt zu dem gemacht hatten, was sie jetzt war. Die Erinnerungen seiner Begleiter waren ihm ebenso fremd wie die still verwesende Hülle einer ehemals menschlichen Ansiedlung, die sie hinter sich gelassen hatten. *Was werden sie jetzt tun?* fragte sich Marian mit einem besorgten Blick auf die vor ihm Marschierenden. *Zum Schiff zurückkehren oder tatsächlich hierbleiben, wie sie es sich vorgenommen haben?*

Die knappen Kommandos des Kapitäns und der Eifer, mit dem sie befolgt wurden, drängten Marians Zweifel in den Hintergrund. Zischend senkten sich die Ladeklappen der Transporter herab. Aufzüge wurden ausgefahren und Paletten mit Maschinen und Ausrüstungsgegenständen entladen. Aggregate brummten, und das Licht der Halogenscheinwerfer tauchte den Lagerplatz in gleißende Helligkeit. Der dichte Pflanzenteppich verkohlte unter den Plasmastrahlen der Brenner, während die unsichtbaren Bewohner des Unterholzes aufgeregt pfeifend davonhuschten. Metallgerüste wurden montiert, im Erdreich verankert und mit silbrigen Wärmeschutzplanen überzogen.

Kaum zwei Stunden später stand das Basislager: vier Mannschaftszelte, ein Versorgungscontainer sowie eine Sende-Empfangsstation für die Verbindung zum Mutterschiff.

Schwer atmend und mit glänzenden Augen musterten die Männer ihr Werk. Obwohl ihnen die Erschöpfung ins Gesicht geschrieben stand, dachte niemand an Schlaf.

Einige machten sich daran, inmitten des Lagers einen Haufen aus Strauchwerk und trockenen Ästen aufzuschichten, während sich andere um die Verpflegung kümmerten. Kisten mit Getränken wurden herbeigeschleppt und Speisen aufgetaut, die aus den verborgensten Winkeln der Kühlkammern der *Eternity* stammen mußten.

Minuten später erlosch das Licht der Scheinwerfer, und die Mannschaft sammelte sich um das knisternde Lagerfeuer. Es roch nach gebratenem Fleisch und Rauch. Zischend tropfte das Fett der Würste, die die Männer an Stecken über das Feuer hielten, in die Flammen.

Sturegon, einer der Navigatoren, drückte Marian eine Flasche in die Hand und rief: »Trink schon, Heimatloser, trink darauf, daß uns die Erde wiederhat.«

Die Männer nickten zustimmend und prosteten dem Jungen aufmunternd zu. Unsicher lächelnd setzte Marian die Flasche an und trank in hastigen Schlucken von der bitter schmeckenden Flüssigkeit. Schaum lief ihm an den Mundwinkeln herab, und die Männer lachten. Angenehme Wärme breitete sich in Marians Magen aus und weckte seinen Appetit, der durch den aromatischen Geruch der Würste noch angeregt wurde. Bald saß er neben den anderen am Feuer und ließ sich eine Bratwurst nach der anderen schmecken. Dazu trank er eine weitere Flasche der schäumenden Flüssigkeit, die ihm mit jedem Schluck weniger bitter erschien. Als Marian aufstand, um zur Toilette zu gehen, wunderte er sich ein wenig über das unsichere Gefühl in seinen Knien, das ihn das ein oder andere Mal straucheln ließ, aber schon bald war auch das vergessen.

Als die Männer ihre Mahlzeit beendet hatten, stand Sam Richards mit geheimnisvoller Miene auf und kam mit seiner alten Gitarre wieder, die er irgendwie in den Laderaum geschmuggelt hatte.

Erwartungsvolle Stille breitete sich aus, als Sams Finger beim Stimmen des Instruments vorsichtig, beinahe zärtlich über die Saiten glitten. Normalerweise sprach der kleine Pilot nur das Nötigste und spielte, wenn überhaupt, nur für sich allein in seiner Kabine. Aber dies war kein gewöhnlicher Abend, und so lauschten die Männer andächtig, als die ersten Akkorde erklangen und Sam zuerst ein wenig heiser und unsicher, aber schon bald von seinem eigenen Spiel mitgerissen zu singen begann.

Er sang von endlosen Straßen, die ihn von seinem Haus und der Geliebten trennten, von der Spottdrossel, die hoch oben in den Bäumen ihr Lied sang und von der Braut, die mit einem anderen fortgegangen war. Er sang von den Lichtern der Stadt und der dunkelhaarigen Schönheit, die irgendwo in den Bergen auf ihn wartete. Manchmal summten die Männer den Refrain leise mit, und Marian spürte, wie ihm die Tränen in die Augen schossen.

Those were the days, my friend,
We thought, they'd never end ...

sang der alte Mann, und Marian trauerte mit ihm um eine Vergangenheit, die er selbst nie erlebt hatte. Längst tranken die Männer nicht mehr nur Bier, sondern ließen die Whiskey-Flaschen kreisen, die sie achthundert Standard- oder zweiunddreißig relativistische Jahre für diesen Abend aufgespart hatten. Auch Marian trank von der scharfen Flüssigkeit, die in der Kehle brannte und die Kühle der Nacht vertrieb. Zum ersten Mal in seinem Leben war Marian glücklich. Dankbar genoß er die Wärme des Feuers, die traurigen Lieder und das Gefühl der Gemeinschaft. Als sich das Feuer und die Gesichter der Männer um ihn herum zu drehen begannen, fühlte Marian nichts außer einem angenehmen Schwindelgefühl, das ihn wie eine weiche Decke einhüllte und ihn in das Dunkel der Bewußtlosigkeit hinüberdämmern ließ.

Als Marian erwachte, war er allein.

Das Feuer war heruntergebrannt, und er fror. Sein Kopf schmerzte, und er hatte ein taubes Gefühl im Nacken. Stöhnend richtete er sich auf, um sich gleich darauf verwirrt die Augen zu reiben.

Hatte ihn ein Lichtreflex genarrt, oder war da wirklich etwas?

Nein, es war kein Zweifel möglich. In unmittelbarer Nähe, kaum zwei Meter entfernt, schwebte etwas, das wie ein silbernes Spinnennetz aussah. Sofort erinnerte sich Marian an das Schattenwesen, das ihnen auf ihrem Weg durch die Stadt gefolgt war. Aus irgendeinem Grund zweifelte er nicht im mindesten daran, daß es sich dabei um ein und dieselbe Erscheinung handelte.

Oder war dieses substanzlose Etwas wirklich eine Art Lebewesen?

Die Bestätigung seiner Vermutung erfolgte so prompt, das Marian erschrocken zusammenfuhr.

»Wer seid ihr? Woher kommt ihr?«

Einen Augenblick lang war sich Marian nicht sicher, ob er die Frage wirklich gehört hatte, oder ob sie nur ein flüchtig in seinem Bewußtsein aufgetauchter Gedanke war. Doch es war tatsächlich eine Stimme, auch wenn sie unmittelbar in seinem Kopf zu entstehen schien.

»Du brauchst keine Angst zu haben, Marian. So nennen sie dich doch?« ergänzte die Stimme, die angenehm und weich klang, ganz anders als die seiner Gefährten.

Es ist eine Frau! dachte Marian irritiert, und ein helles Lachen bestätigte seine Vermutung fast augenblicklich. Marian kannte Frauen nur von Bildern und von einem Holo, das er vor Jahren aus dem gesperrten Bereich des Bordcomputers auf seinen Rechner gezogen hatte. Die Frauen auf diesem Holo hatten mehr gestöhnt als gesprochen und Dinge getan, die Marian bis in seine Träume verfolgten und ihn nicht selten so außer Fassung brachten, daß er sich hinterher fast immer schämte, wenn er die Spermaflecken aus dem Bettzeug waschen mußte.

»Was ist denn daran so merkwürdig?« erkundigte sich die Stimme amüsiert. »Bei euch gibt's wohl keine Frauen?«

»Nein, nicht mehr«, flüsterte Marian betroffen, bevor ihm das Groteske der Situation bewußt wurde. *Das ist doch verrückt, ich sitze auf diesem gottverdammten Planeten und spreche mit einem Phantom, das sich wie eine Frau anhört!* Energisch kniff sich Marian in den Oberschenkel, ohne daß das silberne Gespinst Anstalten machte zu verschwinden.

»Das tut mir leid«, bemerkte die Stimme nach einer Weile traurig.

»Was ... wer ... bist du?« flüsterte Marian heiser.

»Ich bin Sandra. Sandra Ferguson, 22 Jahre alt ... seit achthundert Jahren«, antwortete die Stimme bereitwillig, und doch glaubte Marian ein leichtes Zittern darin wahrzunehmen, Unsicherheit vielleicht, oder ein lange unterdrücktes Gefühl.

»Dann bist du noch ... vor dem Sonnensturm ...«, stotterte Marian verwirrt und brach ab.

»Natürlich davor«, erwiderte die Stimme gelassen. »Danach wurde niemand mehr geboren. Jedenfalls nicht auf der Erde ...«

»Und wie hast du ... habt ihr ... überlebt?«

»Durch die Silverberg-Transformation ... unsere einzige Chance ...« Das Zittern der Stimme war jetzt unüberhörbar, und fast schien es Marian, als wäre sie den Tränen nahe. Tränen, die niemals fließen würden ...

»Du brauchst nicht zu sprechen, Marian«, sagte die Stimme. »Es genügt, wenn du mir in Gedanken antwortest.«

»Dann lebst du ... ihr ... seit damals ... auf diese Weise?« erkundigte sich Marian zweifelnd. Er hatte keine Ahnung, wie man *in Gedanken* miteinander sprechen könnte.

»Wir haben gewartet.« Drei Worte, die Unvorstellbares beschrieben. Jahrhunderte voller Einsamkeit und unendlicher Geduld.

»Gewartet, worauf?«

»Auf eure Rückkehr. Darauf, daß wir wieder sein können, was wir einmal waren.«

Es dauerte lange, bis Marian wieder sprechen konnte.

»... seid ihr viele?«

»Wir waren viele. Die meisten haben aufgegeben.«

»Aufgegeben ... also könnt ihr doch sterben?« Marians Stimme kämpfte gegen das Würgen in seiner Kehle.

»Nein, nicht im biologischen Sinn. Asche zu Asche, Staub zu Staub. Aber es gibt einen energielosen Zustand, den man als eine Art Schlaf bezeichnen könnte. Nur daß man ohne fremde Hilfe nie mehr aufwacht. Wir nennen es: das *Dunkel suchen.*«

»Und die anderen haben das Dunkel gesucht?« flüsterte Marian tonlos.

»Ja.«

»Aber du hast weiter gewartet, obwohl du allein warst?« Marian konnte nicht mehr sprechen, er hatte sogar Mühe, das Unfaßbare in Gedanken zu formulieren.

»Ja.«

»Du hast auf *uns* gewartet?«

»Auf euch und die anderen.«

Es war unglaublich, die Stimme gehörte einer Frau, die seit fünfzehn oder mehr Generationen auf die Rückkehr der Sternenflotte wartete. Die vielleicht seit Jahrhunderten mit niemandem mehr gesprochen hatte, nicht geatmet hatte, nichts berührt, nichts gegessen, nichts ge-

fühlt hatte. Allein mit ihrer irrsinnigen, verzweifelten Hoffnung …

Aber Marian konnte nicht anders, er mußte die Frage stellen, die ihm auf der Seele brannte: »Weshalb?«

»Jemand mußte es auf sich nehmen. Jemand mußte euch warnen.«

»Warnen, wovor?« fragte Marian erschrocken.

»Eigentlich hätten sie euch schon auffallen müssen, aber ihr glaubt wahrscheinlich noch immer, daß ihr hier zu Hause seid.«

Schlagartig begriff Marian. *Die Vögel!*

Er dachte an den dolchartigen Schnabel der Kreatur, die er auf der Fahrt beobachtet hatte, und an die Männer, die arglos in ihren Zelten schliefen.

»Ich muß sie warnen!« rief Marian und sprang auf.

»Viel Glück!« rief ihm das Mädchen nach, aber es klang nicht besonders zuversichtlich.

Als Marian zurückkehrte, blutete er aus Mund und Nase. Ein Bluterguß hatte sein rechtes Auge zuschwellen lassen, und sein linker Arm hing schlaff herab. Tränen liefen ihm über das Gesicht und mischten sich mit Blut und Speichel zu klebrigen Rinnsalen.

»Sie haben dir nicht geglaubt«, bemerkte die Stimme voller Mitgefühl.

»Diese Dreckskerle!« stieß Marian schluchzend hervor. »Einen betrunkenen Bastard haben sie mich genannt … Und als ich sie aus den Betten holen wollte, sind sie über mich hergefallen … diese verdammten Idioten!«

»Das ist schlimm«, versetzte das Mädchen traurig. »Sie glauben es immer erst, wenn es zu spät ist.«

Es dauerte einen Augenblick, bis Marian begriffen hatte.

»Wir sind … also … nicht … die ersten?« brachte er stockend hervor.

»Nein, leider nicht.«

»Aber wir haben kein anderes Schiff bemerkt …«

»Weil ihr auf dem alten Kosmodrom gelandet seid, das neue wurde erst 2054 eröffnet.«

»Die anderen Schiffe sind also ... Wie viele?« erkundigte sich Marian betroffen.

»Drei Schiffe, drei von hundertdreißig. Das letzte vor achtunddreißig Jahren.«

»Und was ist aus den Besatzungen geworden?«

Die Stimme schwieg.

»Aber man muß doch irgendwas unternehmen!« Marian schrie es beinahe.

»Mit dem verletzten Arm?« erwiderte die Stimme zweifelnd.

»Wieviel Zeit bleibt uns noch?«

»Eine Stunde etwa, vielleicht auch etwas mehr. Die Schwärme greifen nie vor dem Morgengrauen an.«

»Und wir können wirklich nichts tun?«

»Nicht viel. Und für deine Freunde gar nichts«, antwortete die Stimme bedauernd.

»Und ich, was wird aus mir?« flüsterte Marian, zitternd vor Angst.

»Du kannst dich in einem eurer Transporter verstecken und abwarten, bis alles vorbei ist. Aber ich muß dich warnen, diese Bestien sind ziemlich ausdauernd.«

»Es gibt also noch eine andere Möglichkeit?«

»Allerdings.«

»Und die wäre?«

»Weißt du das wirklich nicht, Marian?«

Eine kalte Hand griff nach Marians Rückgrat und jagte einen Schauer über seinen Körper. Er wußte jetzt, wovon das Mädchen sprach.

»Die Transformation?« flüsterte er zweifelnd.

»Die Anlage ist noch funktionstüchtig. Aber es ist deine Entscheidung.« Das sollte unbefangen und sachlich klingen, aber ein schwaches, kaum wahrnehmbares Beben der Stimme verriet die Erregung, die sich hinter diesen Worten verbarg. Marian dachte an die *Eternity* und die Unmöglichkeit, ohne einen ausgebildeten Piloten dorthin zurückzukehren. Aber selbst wenn es ihm gelang, was würden sie dann tun? Weiter durch das All irren? Auf der vergeblichen

Suche nach Leben, wie bisher? Er dachte an die einsamen, freudlosen Jahre, die hinter ihm lagen. Wollte er wirklich auf dieser von Dunkelheit und Leere umgebenen Nußschale alt werden, bis er schließlich sterben würde? Nein, seine Entscheidung stand fest.

»Sandra?« Noch fiel es ihm schwer, das Mädchen bei seinem Namen zu nennen.

»Ja, was ist? Hast du dich entschieden?« Die Stimme klang ein wenig ungeduldig und sehr ängstlich.

»Du hast Angst, wieder allein zu sein.« Das war weniger eine Frage als eine Feststellung.

»Ja, vielleicht. Warum fragst du das?«

»Wenn ich mitkomme, werden wir dann zusammenbleiben?«

»Ganz sicher, Marian.« Die Erleichterung, die in diesen Worten lag, war beinahe greifbar.

»Wir sollten uns auf den Weg machen. Es ist bestimmt weit.«

»Nein, nicht sehr. Der Eingang zu einem der Hauptstollen liegt ganz in der Nähe. Aber du hast ganz recht, wir sollten uns beeilen.«

Das fluoreszierende Netz änderte plötzlich seine Struktur und verwandelte sich in eine schwach leuchtende Säule, die langsam davonschwebte.

Marian beeilte sich, dem Leuchten zu folgen und war nicht im mindesten überrascht, als sie schließlich vor dem Eingang zu einem unterirdischen Tunnelsystem standen. Die schwere Bleitür stand nur einen Spaltbreit offen, gab aber sofort nach, als Marian sich mit seiner gesunden Schulter dagegenstemmte.

»Du mußt deine Augen sich erst an die Dunkelheit gewöhnen lassen, hier unten gibt es kein Licht«, flüsterte das Mädchen.

»Warum nicht?«

»Weil wir ihren Schlaf nicht stören dürfen. Sie sind hier.«

»Die in das Dunkel gegangen sind?« erkundigte sich Marian fröstelnd.

»Sie waren müde«, erwiderte das Mädchen mehr zu sich selbst.

»Du, Sandra?«

»Ja, Marian?«

»Darf ich dich etwas fragen?«

»Natürlich, warum nicht?«

»Warst du hübsch ... ich meine, warst du ein hübsches Mädchen ... bevor sie dich trans-formiert haben?«

Das Mädchen lachte. »O Gott, darauf kannst du wetten, Marian Namenlos. Sogar im Vergleich mit den Schönheiten auf deinem Lieblingsholo.«

Marian spürte, wie ihm das Blut ins Gesicht schoß. An den Gedanken, keine Geheimnisse mehr zu haben, mußte er sich erst gewöhnen.

»Na los, gehen wir«, mahnte das Mädchen. »Sonst stellst du nur noch mehr dumme Fragen.«

Zögernd folgte Marian der verschwimmenden Gestalt und tastete sich vorsichtig in das Innere des Schachtes. Die Stille und die gespenstische Dunkelheit wischten das Lächeln aus seinem Gesicht. Er dachte an die Seelen der Menschen, die hier, in diesem lichtlosen Labyrinth, ihre vielleicht letzte Ruhe gefunden hatten und an die Verse aus Swinburnes ›Garden of Proserpine‹:

Then star nor sun shall waken,
Nor any change og light;
Nor sound of waters shaken,
Nor any sound or sight ...

Ergriffen lauschte Marian der klaren Stimme des Mädchens, das seinen Gedanken aufnahm und fortsetzte:

Nor wintry leaves or vernal,
Nor days nor things diurnal;
Only the sleep eternal
In an eternal night.

Dann fiel die schwere Tür hinter ihnen dumpf polternd ins Schloß, und das Silberlicht der Sterne schien gleichgültig auf das kalte Metall herab, das das Reich des Lebens vom dem der stillen, barmherzigen Nacht trennte.

Noch bevor die Sonne aufging, kamen die Vögel ...

ONDŘEJ MÜLLER

Tschechien

Warten auf einen Fluß

I

Wir saßen am Abhang, und das trockene Gras stach uns in den Rücken. Aufgewühlte Büsche des Hahnenfußes, der hier als einziger zu überleben vermochte.

»Schau mal!« rief Erik plötzlich aus.

Dicht am Horizont tauchten kleine Flämmchen auf und verwandelten sich sehr bald in blendende Feuersäulen. Dann stiegen sie zum Firmament. Weitere starteten und folgten den ersten, es waren mindestens zehn.

»Jetzt fliegen wahrscheinlich die ersten Neunzehner.«

»Die Eins-Vierer? Das ist doch etwas zu früh. Wir *ponen* erst am Freitag.«

Ich beobachtete den absinkenden Vorhang der Rauchschwaden. Jeden Augenblick mußte das Krachen des schweren Räderwerkes zu uns herübertönen, das diese brennende Gardine über das ganze Himmelszelt herunterläßt.

»Vergiß nicht«, drehte sich Erik zu mir, »das Tempo verlangsamt sich. Wir sind hier wirklich die letzten.«

Seine Worte wurden durch ein langgezogenes Donnern unterbrochen, das unsere Körper erzittern ließ. Auf einmal schien auch der Boden unter uns leicht zu beben.

Wir schwiegen.

Dieses große Himmelsdrama, das soeben mit einem Tanz von alabasterfarbenen Wolken endete, erfüllte uns durch all die Jahre mit Sehnsucht. Ja mit einem Verlangen, das nicht einmal der durchtriebenste Sarkasmus eines Jugendlichen verhöhnen könnte, mit einer Sehnsucht, die – möge später geschehen, was wolle – auf immer etwas von der Unantastbarkeit einer heiligen Monstranz behalten sollte.

Das Leben ist doch süß!

Wir schwiegen, und ich dachte – auch wenn es mir sonderbar vorkam – an meine Eltern. Besser gesagt, ich versuchte, bei dieser Erinnerung jeglichen Neid auszuschließen. Deren Jahrgänge waren schon vor drei Sonneninklusionen weggeflossen, und heute sind alle sicher schon angekommen. Sie haben die Möglichkeit, den neuen Himmel kennenzulernen, während wir noch immer in der Vorhölle warten. Bevor wir uns sehen werden, fließen sicher mindestens drei weitere lange Jahre den Bach hinunter.

Ich sah Erik S. an. Er aalte sich mit geschlossenen Augen bequem im Gras. Mein Freund war tatsächlich das Öl, das ständig auf den Wasserspiegel meiner ständig aufgewühlten Gefühle gegossen wurde, um sie zu beruhigen. Sei eine ruhige Welle, die sich in die Unruhe der Welt ergießt, las ich einmal im Exerzitienbuch unseres Kollegiums. Das gelang mir doch nie, und so habe ich mir immer unbewußt Phlegmatiker als Freunde ausgesucht.

Deren scheinbare Unfähigkeit und ihr allenfalls leiser Schauder, Ausdruck des Nichtbegreifens angesichts meiner ständigen Unruhe, waren für mich eine Art von Sedativum, sie wirkten wie ein Balsam. Etwas zwang mich innerlich, Erik über alles zu erzählen, doch immer, wenn ich mich zu ihm beugte, wagte ich nicht, seine Siesta zu stören, seine übliche Mittagsruhe, die sogar die unbarmherzige Hitze um uns herum ignorierte.

Gegen zwölf gingen wir in die Wohnbaracke zurück. Die Sonne schmolz kleine Tropfen irgendeines Kunststoffs aus der Erde heraus und brannte in das Gelände des Doryen Furchen ein. Die stillen Inseln der glühenden Luft wurden ab und zu durch einen lahmen Wind zerstreut. Der vor Glut erstickte staubige Horizont war das Einzige, was uns die Sehspalten der Hauben zu sehen erlaubten.

Im Clubzimmer fiel ich erschöpft in den Sessel.

»Wie war's heute?«

Ich ignorierte Peters ironische Frage und bewegte abwehrend die Hand.

»Perfekt, wie immer. Die Zahl der *Poner* sinkt.«

Erik kam in den Gesellschaftsraum direkt von den Duschen, aus den nassen Haaren tropfte ihm noch Wasser. Ich beobachtete die kostbaren, in den blauen Teppich sickernden Tropfen. Sicher, es wurde uns angedeutet, Sparen sei nicht angesagt, überhaupt keines.

»Sechsundfünfzig Grad, Jungs!«

»Das geht noch«, nickte ich. Der Anfang der *Staubens* läßt nicht lange auf sich warten.

»Heute morgen hat jemand aus dem SÜDEN angerufen«, ertönte vom Ricochet Ayteas Stimme. »Doch ist es schon hochgegangen!«

»Stört mich überhaupt nicht!« jaulte Erik auf und ahmte Kloppners öffentliche Reden nach. »Spätestens übermorgen sind wir im Terminal, vier Tage später ponen wir – und dann Aufwiedersehn! Dann kann hier der ganze Sand meinetwegen wahnsinnig werden!«

Mir schwanken die Bilder aus der NOVA vor den Augen. Deren Autor Walter R. hätte wohl erklärt, daß wir unsere Vorstellungen über das Paradies revidieren müßten – ein solches hätten wir eben eigentlich gefunden.

Einmal habe ich Erik angequatscht, daß ich heimlich davon träumte, eine noch geistvollere Sentenz auszudenken. Doch das war – wie er gesagt hatte – eine Fantasmagorie, die auch er nicht begriffen hatte.

Als wir abends in Schlaf versanken, war hinter den Fenstern das Gezeter des Windes zu hören. Die Windhose kam, ganze Kubikmeter Sand aus der Erde reißend, als ob sie sich um die Wohnbaracke gedreht hätte. Das *Stauben* begann. Die Erde ohne Menschenaufsicht war in immer schnellerem Tempo wilder geworden. Einige letzte Hunderte von uns drückten sich, auf den verschiedenen Basen um die Startrampe gesät, vom Geburtsjahr Neunzehnundzwanzig, der Rest des Jahrgangs Eins-Vier, der als letzter den Planeten zu verlassen hatte. Wohl hinter dem Samblem wurde eine Windgeschwindigkeit um 40 km pro Stunde gemessen. Im *Totenterritorium*.

Ich lag auf der Pritsche des gemeinsamen Schlafraums und dachte über die Erde nach, als würde es sich dabei um eine vollkommen fremde Welt handeln. Ja, ich dachte es vollständig ernst. Meine ganze Kindheit hat sich in einen feinen Gobelin verwoben. Eine Szene, in der ein junger Mann durch ein offenes Tor in eine jungfräuliche, herrliche Landschaft tritt, die allen gehört. Die Erde, an die ich bisher angebunden war, blieb als ein häßliches Ungeheuer vor den Toren der neuen Wirklichkeit stehen. Es war ein wenig pathetisch, und nicht alle meine Freunde wurden zu ›Webern der Gobelins‹ wie ich.

»Woran denkst du?« Erik beugte sich zu mir.

Ich winkte mit der Hand.

»Also ...« Ein Blitzen leuchtete in seinen Augen auf.

Ich nickte. Das wirkte einleuchtend. Letzten Endes wußte Erik über Romana Bescheid, die ich vor einem halben Jahr bis zum Terminal begleitet hatte, er kannte auch Gita und das ruhmlose Ende dieser Liebe. Eher unterbewußt schlürfte ich aus der Flasche, die mir Pool zureichte. Ein Rütteln ging durch meinen Körper. Aus dem Wein zog Bitterkeit auf, und er war bar jeden guten Geschmacks.

»Ich laß das doch nicht da!« wehrte sich Pool schon ein wenig betrunken.

»Das begreife ich vollkommen, doch an deiner Stelle würde ich auf den Wein von drüben warten.« Den Satz sprach ich mit Absicht aus; ich wußte schon, was danach kommen würde.

»Klar, dort werde ich der Verwalter der Weinplantagen«, biß Erik sofort an. Es war sein altes gutes Thema. »Der Koeffizient der Fruchtbarkeit überragt unsere besten Gewächshäuser um das Fünffache.«

»Blamiere dich nicht, dort wird niemand Wein züchten. Ich hab irgendwo gehört ...« Pool lallte langsam und fast unverständlich etwas über irgendeine Fanama oder Fonama, aus deren Früchten man einen Trunk bereitet, der alle irdischen Weine an Würze übersteigt. Ich kannte diese Diskussionen schon auswendig. Sie waren alle ähnlich lächerlich und absurd, doch in meinem Erinnerungsgobelin stellten sie immer die goldenen und frohen Farben dar.

Wir schliefen erst spät nach Mitternacht ein. Zum Abflug blieben nur noch zwei Tage. Im Dämmerschlaf fühlte ich, wie sich der Sandsturm in die umliegende Gegend hineinfraß und wie er sich fester um das Haus schlängelte. Mögen die uns doch früher abholen!

II

Die erste Explosion brach das Dunkel auf. Die zweite folgte der ersten. Und weitere Detonationen. Ich schaute mit aufgerissenen Augen in die Nacht. Etwas unglaublich Starkes zerriß die Stahlfensterläden und fiel in den Raum ein.

In den Gang! Weg!

Der Wind stieß mir den Atem weg, die Wolldecken flogen an den Wänden vorbei, überall wirbelte es Staub und Sand. Jemand stieß mich bei der Tür um.

»Erik!«

Irgendwelche Hände ergriffen mich und zogen mich in den Korridor. Oben an der Decke blinkte das Notlicht. Jemand schlug die Glasfüllung der Tür aus, um mich herum sprühten die Scherben. Aber wieso ist es so still? Warum die Stille? Direkt ins Gesicht spritzte mir Blut, ein dunkler Strom, ich würgte. Im blakenden Aufblitzen sah ich eine zerrissene Kehle. Von herumstehenden Leibern wurde ich wieder auf den Boden gestoßen, ich fühlte die Scherben unter mir und überall blubberte Blut. Die weißblaue, eingegangene Steppdecke flog über den Plafond und verschwand in der Dunkelheit.

Und dann ...

Jemand hat mich unbarmherzig getreten. Mit Mühe öffnete ich die Augen.

Durch den Gang stolperte eine merkwürdige Silhouette.

Die blaue Steppdecke bewegte sich im Halbdunkel.

Mühsam stand ich auf und stützte mich an die Wand.

Im Gesicht und in den Handflächen fühlte ich, wie mich die Glasscherben stachen. Und noch etwas – eine vertrocknete Blutkruste. Die schwarze Blutlache glitzerte gespenstisch. Doch niemand war da ... Ein Anflug von Kälte ließ mich erzittern, möglicherweise krachten unter mir die Scherben, ich weiß nicht. Aus der Ferne hörte ich ein dunkles Rauschen, wie von einem riesengroßen Wehr. Auch in meinem Inneren mündeten die Wasser des Bewußtseins irgendwo in die Tiefe und rissen alle meine Gedanken mit.

Ich ging zögernd durch den Gang nach unten in die Halle. Die kleinen, starken Fenster hielten aus. Der graue Staubbelag mischte sich mit dem weißen Licht des frühen Morgens, und es sah aus, als ob der ganze Raum von Schimmel befallen wäre. Einige saßen inmitten der Sachen, die der Wirbelsturm von den Wänden gezerrt und bis zur Unkenntlichkeit demoliert hatte. Sie hüllten sich in schmutzige Bettdecken, spuckten den Sand aus dem Mund und sahen einander ausdruckslos an. In der Mitte der Halle lagen Moyl und Peter auf dem Boden. Riesige Wunden an den Händen, Gesichtern und Hälsen trockneten allmählich. Unbewußt betastete ich mein Gesicht und kratzte mir die klebrige Kruste ab. Ich hatte Glück.

Gemeinsam öffneten wir den Notausgang. Nur schattenhaft nahm ich Erik, Saten Z. und Trakl wahr. Draußen wartete ein schwüler Tagesbeginn. Es schien, als würde das *Stauben* nachlassen. Alle zeigten auf das Zentrum, ich schaute auch hin.

Auf den Ebenen wuchsen Feuersäulen in die Höhe, doch niemand war am Start. Der Flughafen brannte, die Terminals brannten auch, die Stadt. Alles brannte.

III

Wir lagen im Abflußgraben, einige Meter über unseren Köpfen pfiff der Wind und jagte Sandwolken vor sich her. Der Zipfel dieses dunklen Vorhangs besuchte uns ab und zu und überschüttete uns mit schmutzigem Staub. Die Orientierungssonde pochte rot und unbarmherzig.

Vielleicht sollte ich lieber in der Wohnbaracke bleiben, in der war doch ein wenig Sicherheit und immerhin ein bißchen bescheidene Heimeligkeit. Darüber hinaus erreichten die Truppen diese Behelfsunterkunft, oder vermutlich stellte man schon die Verbindung her. Und die werden uns, die zehn Verrückten, die dort nicht ausgehalten haben, sicher suchen. Wir konnten uns nicht vorstellen, welche Störung eine so gigantische Katastrophe hervorrief.

Ich beobachtete die anderen. Schutzmasken, Overalls, Sauerstoffapparate, im Rucksack ein paar Bissen. Einen halben Meter überm Kopf wütete die Hölle des *Staubens*. Und doch ist es nur ein Echo der ersten scharfen Turbulenzen, die einen Menschen zu Boden reißen und fähig sind, ihn im Staub zu Tode zu schleifen.

Zum Zentrum bleiben noch zwanzig Kilometer. Wer weiß, ob es den Bereitschaftskräften gelungen war, den Brand wenigstens teilweise zu beherrschen. Und dabei sollten wir schon heute am Terminal sein.

Abtreten ohne Händedruck und Bereuen. In der Tat eine souveräne Aussage des offiziellen Berichts. Wir standen auf und fühlten in den Sturmhauben und auf dem Rücken den sprühenden Sand. Der schmale Graben bot nur einen schwachen Schutz. Der Druck des Windes hörte auch nicht für einen Augenblick auf, uns zu Boden zu werfen. Ich preßte die Zähne zusammen, die Welt um mich schwieg, und ich auch. Vielleicht werden sie mir im Zentrum helfen.

Am Nachmittag ging auf der Grabenkreuzung Izio L. verloren. Da wir uns nur sehr schwer im vernachlässigten Netz der Kanäle orientiert hatten, kam es gar nicht in Frage, ihn suchen zu gehen. Wir sollten eben nicht unter so miserablen Sichtverhältnissen vorrücken. Auch mit der stärksten Lampe war nicht weiter als zwei Meter zu sehen. Die Orientierungssonden verschwanden, möglicherweise waren sie vom Wind zerstört. Plötzlich fiel mir eine mögliche Erklärung ein: Izio L. trennte sich von uns, aus einer Feigheit heraus, die nur schwer verständlich war – und jetzt versucht er selber, in die Wohnbaracke zurückzukommen.

Wir lagen und spähten in den dunklen Graben zurück.

Die Wolken werden dichter, die Sichtbarkeit wird mit jedem Augenblick schlechter. Bewegung, Bewegung! Immer nur Bewegung! Wenn man nur einen Augenblick still bleibt, fühlt man, wie einen der Sand langsam verschüttet. Es betäubt einem das Gefühl, wie auf dem Schutzanzug der Druck der Sandkörner steigt, doch diesem Gefühl darf man nicht erliegen. Wenn sich der Respirator verstopft, ist es aus und Amen, Torschluß, Sense.

In der Ferne bleibt einer von uns im Kanalnetz, er ist allein und hat riesige Angst. Wir sind vollkommen fassungslos, verwirrt, die Augen glühen wie im Fieber, mit Furcht sehen wir nach oben. In den ersten Tagen des *Staubens* entstehen manchmal bei der Reibung zweier an sich vorbeiziehender Luftmassen die *Tokans*, eine tödliche Angelegenheit für jeden, der sich im Umkreis von hundert Metern befindet. *Tokans* sind imstande, in der Zeit ihrer Existenz – nicht mehr als sechs Sekunden – aus der Erde Hunderte von Kilogramm Boden, Autos, kleine Schutzbunker, ja Wüstenpanzer einige Kilometer nach oben emporzuschleudern, von Menschenleibern ganz zu schweigen.

Die akustische Warnung hat mich nicht geweckt – der Sauerstoff ging zur Neige. Ich konnte plötzlich nicht nach Atem schnappen, der Mechanismus verband offensichtlich den Schutzhelm mit der Sauerstoffreserve. Ich wälzte mich auf die Seite, tastete in der Tasche nach dem neuen Luftfilter, drückte Lippen und Augenlider zusammen und schob den Filter in die Schutzhaube.

Ich spürte, wie die Kruste aus beißendem Staub um meinen Mund immer größer wurde. Auch wenn der Schutzanzug luftdicht und mit jedem möglichen Sicherungskram ausgestattet ist, findet der feine Staub einen Weg, hineinzuschlüpfen.

Jetzt erst hatte ich gemerkt, daß der Sturm während der Nacht nachgelassen hatte, und im Korridor wurde es heller. Als wir später wieder ruhten, lugte zwischen den Wolken aus Sand und Staub ein Stück des Himmels hervor. Die Welt um mich herum schwieg weiterhin, sie war belanglos gegenüber meinen Gedanken, den ersten seit der Zeit, als ich im kalten Gang der Wohnbaracke erwachte. Etwas weit stärkeres als die *Tokans* packte mich am Hals und griff die Grundlage meines Ich an. Mein Erinnerungsgobelin. Doch, zum Glück, die Abgespanntheit, die Unfähigkeit, jetzt überhaupt etwas zu begreifen, die schmutzige Aussichtsluke der Haube bildeten zusammen einen barmherzigen Schleier. Und der erlaubte einfach nicht, die Ereignisse der letzten Stunden realistisch zu betrachten.

Ein Würgeanfall bemächtigte sich meiner, als ich mich langsam dem Rand des Absturzes näherte. In Kürze sollte ich die Böschung gründlich untersuchen.

IV

Der erste betastete mit einem langen Haken den Weg vor sich und kontrollierte ihn. Die anderen hielten sich an den Riemen der Schutzanzüge oder an den Händen und folgten dem ersten mit dem Haken. Plötzlich war es, als würden die Hauben undichter werden.

Wieso interessierte sich niemand für uns?

Warum feuerten sie nicht wenigstens die Registrierungsbojen? Sie könnten schon längst die Grabenpedipulators losschicken, um das ganze Kanalnetz durchzukämmen ... nichts.

Der Graben wandelte sich allmählich, er wuchs in die Höhe, an einigen Stellen bedeckten ihn Betonplatten, an anderen Stellen rotierten die Windenergoquellen, und die

Sturmwindbrecher zerteilten die Staubwolken. Trübes Morgenlicht fiel durch den Staub zu Boden, als der Haken des Vordersten den keramischen Rahmen der ersten Schleuse berührte. Wir standen bei der BARRIERE – der äußersten Grenze der Stadt. Es kam uns vor, als würden wir in eine vollkommen neue Welt kommen. Wir spürten plötzlich das schöne Gefühl der Sicherheit, obwohl wir früher nie einen Betonkorridor betreten hatten.

Nun hofften wir, daß Hilfe in der Nähe wäre. Wir nahmen die Hauben ab. Ich konnte jedoch niemanden erkennen, die Kopfbedeckungen gaben neue Gesichter frei. Die Staubkruste um die Münder sah aus wie irgendein lederner Riemen. Konnte ich schon damals ahnen, mit welchem Genuß uns die kommenden Ereignisse die Zügel anziehen würden?

Erst viel später begriff ich mein damaliges Gefühl der verwirrten Untertänigkeit. Schritt für Schritt schlurften wir durch den schmalen Betontalgrund und fürchteten, daß wir auch diesen barmherzigen Abwasserkanal verlieren und in der Einsamkeit des Sturmes des *Staubens* bleiben müßten.

Am Nachmittag des dritten oder vierten Tages durchschritten wir die Schleuse Nummer 325 und erreichten so das Gebiet hinter der BARRIERE. Da begann die Stadt, da waren wir zu Hause! Wir kletterten aus dem Graben hinauf, der in die Dunkelheit des Tunnels mündete und sich in dem unterirdischen Labyrinth verlor. Ich dachte in diesem Augenblick an gar nichts, und erst später – sicher aus Pietät – behauptete ich, daß ich oben an der Galerie Männer in der dunklen Uniform der Truppen erwartete.

Unsinn! Vor mir steckt die unbewegliche Realität, in der unnatürlichsten Lage, wie eine uralte Fliege im Bernstein eines bestimmten Tages eingeschlossen. Die Krater der Betontrümmerhaufen ziehen sich zum nahen Horizont, zusammen mit dem Durcheinander der verdrehten Stahlkonstruktionen und der farbigen Schachbretter der durch Hitze zerflossenen Terminals.

Totale Leere und nur ein alles durchdringender Gestank

der brennenden Kunstfasern. Und das Firmament, das schwere Firmament, voll beladen mit Sand und Staub, die sich jeden Moment auf uns herunterstürzen werden.

Und plötzlich schrie Milen und zeigte auf die Ruine einer der Abfertigungshallen. Als würde in der Ferne der Wind eine Wolke weißer Vögel in die Höhe heben und zu uns treiben. Eine entzückende und gleichzeitig perverse Vorstellung. Noch nie habe ich eine solche Armada von weißen Möwen gesehen, die auf der Erde sowieso schon längst ausgestorben waren.

Millionen von Flügeln jagten über den Himmel. Mit Sicherheit wußte ich, daß es sich um keine Vogelart handelte. Der scharfe Wind warf Hunderte von kleinen Wachskärtchen in alle Richtungen und in unsere Hände. Es hatte schon keinen Sinn mehr, sich etwas vorzumachen. Die Blätter waren alle gleich – eine einfache Landkarte, und auf der umgekehrten Seite die Aufschrift: RETTUNG.

V

Als die Expedition aus Eskalupa zurückkam, waren viele wirklich überzeugt, daß es zu irgendeiner schicksalhaften, geschichtlichen Katharsis gekommen war. Als Schlußfolgerung erwartete man einen neuen kreativen Optimismus der Menschheit, eine neue Epoche, die die verschiedensten, drastischen, eschatologischen Theorien Lügen strafen würde. Diese Hypothesen hatten eine gewisse Stichhaltigkeit inmitten der Trümmer der sozial-ökologischen Strukturen und stotternden ethischen Systeme.

Durch die große Odyssee hinter die Grenzen des Sonnensystems wurde dann zum erstenmal die Richtigkeit und Sicherheit des Neuwschen Raumentgangs bewiesen. So wurde die Möglichkeit gegeben, im letzten Moment das untergehende Schiff Erde zu verlassen, durch den Kosmos zu wandern und schließlich auf der Neuen Welt zu landen. Auf der NOVA, dem zweiten Planeten des Aeskulap. Hier hatte die Natur ein Paradies geschaffen, das durch seine jungfräuliche Vollkommenheit den ersten Kolonisten den Atem verschlug; die tödliche, um die Betonmauern der Stadt umherirrende Gefahr verging.

Der Text enthielt unter anderem auch einen offiziellen Bericht, einen dreißigseitigen Codex. Dieser faßte die realsten Prognosen der weiteren Entwicklung nach der totalen Besiedlung von Aeskulap Zwei zusammen. Jedes kleine Kind auf der Erde lernte diesen Bericht auswendig.

Ich selber wurde im fünften Jahr nach der Generalrevision geboren. Meine ganze Erziehung zielte nur darauf ab, bunte Hologramme aus der Neuen Welt zu verschlingen, sich mit Hochachtung die Porträts der Wissenschaftler anzusehen, die als erste auf die NOVA flogen, um dort den Verlauf der Generalrevision zu führen. Nämlich des allmählichen Abschubs, das Ponen aller Menschen von der Erde dorthin, zusammen mit dem Transfer aller materiellen und kulturellen Werte in das neue Heim.

Ich beneidete Doktor Kloppner, Storm G., Professor Milarm, meine Eltern, alle, die schon längst zu Hause sind, in Sicherheit. Ich verfluchte das Jahr meiner Geburt, denn das hatte mich zum letzten Platz in der Reihe verurteilt.

An dem Tag, als ich und Erik auf die glühenden Ebenen gingen, um die startenden Herausführer zu beobachten, an diesem Tag bekam mein Erinnerungsgobelin schärfere Konturen. Von überallher grinste die verlassene, zerfurchte Erde, eine Furie, die uns mit ihrer Hysterie des *Staubens* quälte, die Erde, wo wir uns von einer Wohnbaracke zur anderen schlugen. Eine Hure ist das! – sagten wir uns mit Vergnügen oder vor Wut und freuten uns im voraus auf die Süße des Lebens.

An all das habe ich bei dem Marsch durch die Felder des *Staubens* ganz sicher nicht gedacht, der Wind hat mein Bewußtsein und meinen Gobelin in unbrauchbare Fetzen verwandelt. Mein Ego sickerte zusammen mit meinem aus den zerfetzten Händen rinnenden Blut in den ausgedorrten Boden auf den Ebenen im Irgendwo, wo ich gehetzt von der

Hitze, dem Hunger und dem Sandorkan meine letzte Hoffnung verlor.

Zwei lange Monate vergingen seit dem Zeitpunkt, als um uns herum in einem bullenheißen Wirbelwind die weißen Wachskarten herumtanzten. Ich hatte sie damals gefangen und zerrissen, bis zum Gehtnichtmehr, neben mir hatte jemand das Heulen unterdrückt und war in die leeren Sauerstoffflaschen getreten. Leger D. und Erik irrten ziellos zwischen den Betonruinen.

Vergebens.

Überall huschten flatternde Flügelchen mit der Landkarte und der Aufschrift RETTUNG. Man konnte denen nicht entrinnen. Der Haß gegen diese blöden weißen Dinger hatte uns bewundernswert zusammengeschlossen.

Sie haben uns da im Stich gelassen!

Ich beobachtete die rätselhafte Landkarte auf dem blöden Stück Papier. Was für einen Sinn hat die grün aufgezeichnete Linie, die sich durch die Schutzkanäle aus der Stadt irgendwo in Richtung Südosten gegen die Ebenen von Doryen schlängelt? Hat es überhaupt einen Zweck, sich mühevoll auf dem unbekannten, fremden grünen Strich abzurackern? Auf der Linie, die sich einladend gebärdet wie eine Hafendirne und uns nichts als Stürme des *Staubens* und unbarmherzige Hitze serviert?

Das Ziel wurde nur von mir erreicht, allein von mir. Die anderen vier kamen auf dem Weg um. Erik und Leger D. waren irgendwo in der Wüste bei dem Sturm des *Staubens* zugrundegegangen.

Ich lag damals im Graben und sah plötzlich das grauenvolle Zeichen am Himmel. Die scharfe wirbelnde Spitze näherte sich tappend dem Boden, und dicht über dem Grund erstarrte sie. Ich robbte durch das Sandbett zurück – nein, nein, mir darf es nicht passieren! –, und dann bohrte sich die Spitze mit einer abartigen Wut so etwa dreihundert Meter von mir in den Grund, direkt dort, wo Erik und Leger lagen.

Als würde unter ihnen eine tief in der Erde seit jeher versteckte Bombe hochgehen, flog irgendein zerfetzter Menschenleib hoch in die Luft, noch lange danach verschütteten mich Steine, Staub und trockene Lehmbrocken.

Als ich nach einer halben Stunde die Stelle erreichte, fand ich einen riesigen Krater. Aber vielleicht hat sich doch jemand gerettet? Aus allen Kräften kroch ich weiter, in der Hoffnung, auf Erik zu stoßen.

Nie wieder habe ich ihn gesehen.

Eines Tages entstand am Horizont eine kolossale Betonmauer. Vor mir öffnete sich dunkel und bedrohlich eine breite Schleuse. Ich dachte schon überhaupt nicht mehr an die RETTUNG, die vom Horizont her wie ein gigantischer Käfer auf mich zu krabbelte.

Ich hatte schon keine Kraft mehr, bis zum Maul des riesigen Betonkäfers zu kriechen und in dieses geheimnisvolle Gebäude einzutreten. Viele Tage hatte ich nichts mehr zu beißen gehabt, und nach dem Schlammwasser, das an einigen Stellen aus den Kanalwänden quoll, bekam ich unerträgliche Krämpfe und ständigen Brechreiz. Immer öfter verfiel ich in Halluzinationen, ich sprach zu Gita, zu Erik, zu den Eltern – ich riß Fleischstücke von ihren Leibern und verschlang sie gierig, der schwarze Finger des Tokans zerrte den Graben von mir weg, weit weg von dem großen Käfer.

Im windgeschütztem Winkel der Betonzuflucht verlor ich das Bewußtsein.

VI

Der Himmel schob sich langsam über mich hinweg, und er war – blau! Dies erschreckte mich, ich richtete mich schnell auf und fiel irgendwo auf den Boden. Ich spürte ein schmerzliches Feuer, es lief über meinen ganzen Körper, ich biß die Zähne zusammen, ich schluchzte vor Schmerz, irgendwelche Stimmen, dann etwas neben mir, Hände drehten mich, hoben und legten mich auf die Tragbahre.

Die Welt wurde von der schmutzigen blauen Steppdecke verhüllt, sie schlängelte sich durch den von Scherben übersäten Gang. Und das Blut floß stetig neben mir.

Zum zweiten Mal wurde ich in einem Zimmer wach. Zwischen der Decke und der Wand pulsierte etwas Graues. Plötzlich flutete es auf, und ich versuchte, es durch Mund und Augen einzusaugen. Einige unsichere Gesichter beobachteten mich und schwiegen über etwas. Mir wurde bewußt, daß die Fluten des beweglichen Sandes in meinen Ohren still wurden. Sie wurden von einer Ruhe abgelöst, die ich nicht definieren konnte, sie war einem Gefühl ähnlich, das ich schon sehr lange vergessen hatte.

Doch dann kam wieder das Graue, und aus meinem Mund strömten Scherben, sie rissen meine Zunge in Stücke, und ich wollte nur meinen Namen sagen.

Wieso erinnere ich mich nicht an meinen Namen?

Als ich die Augen aufschlug, hatte ich das komische Gefühl, es sei Sonntag und ich läge in meinem Zimmer. Ich muß nicht in die Schule, in Muttis Küche klirrt leise das Geschirr, bald wird Mutti an meine Tür klopfen und mich wecken. Ich werde aufstehen, unter den Füßen den weichen Teppich spüren, und an der Wand erscheint eine große, dreidimensionale Tapete.

Nein, keine Tapete auf dem Programm, nur weiße Betten in einer Reihe, überall ein Wirrwarr von verschiedenen Instrumenten, Pipetten, Monitoren, Laryngoskopen, Bestrahlern.

Ich drehte mich vorsichtig auf dem Bett um.

Es wurde schon hell, und durch die gläserne Wand sickerte klares Morgenlicht. Die anderen, wie es mir vorkam, schliefen noch. Ich stand auf. Durch meinen ganzen Körper lief eine schmerzliche Erschütterung, der Kopf drehte sich, und ich mußte mich auf das Bett stützen. Das kindliche Gefühl des Sonntagmorgens verschwand.

Ich schritt unsicher durch den Korridor der Betten bis zur Glaswand. Der Boden kühlte meine nackten Füße angenehm. Es zog mich zu dem weichen, klaren Licht.

Hinter der Wand sah ich den Garten.

Einen Zaubergarten.

Ich dachte für einen Moment, ich sei in der Neuen Welt, doch es war eine Schnapsidee und verschwand sofort ohne jegliche Spur. Ich berührte den Öffnungsmechanismus, und die gläserne Wand zog sich auseinander. Der Duft einer echten grünen Natur betäubte mich, und ich ging weiter auf die Terrasse. Meine Augen, durch das ewige Grau ermüdet, sogen die Ruhe der grünen Zweige in sich, leise wiegten sich die Zweige über dem Wasserspiegel eines kleinen Teiches, auf dem Wasser bildete sich das dichte Laubwerk ab. Von irgendwoher flog ein schwarzweißer Vogel herunter. So habe ich mir einmal die Möwen vorgestellt. Ich mußte lächeln.

Plötzlich wurde mir schwummerig. Ich versuchte, nach dem Geländer zu greifen, ich fiel. Über mir stand Area D., das Mädchen kannte ich aus der Universitätsbibliothek. Sie beugte sich erschrocken über mich.

Von Tag zu Tag fühlte ich mich besser. Ich bekam schon das übliche Essen, ohne Beschwerden konnte ich über die Terrasse schreiten. Ich begriff mit Sicherheit, daß die Fetzen meines Erinnerungsgobelins, die ich dickköpfig bis hierher geschleppt hatte, vollkommen ihren Sinn verloren hatten.

Ich war in einem improvisierten Krankenhaus, in einem Gebäude, das haargenau den einstöckigen Schachteln der Wohnbaracken ähnelte. Die fünf Zimmer füllten sich allmählich mit Verletzten, wie ich einer war.

Nur waren die eben nicht so taub wie ich.

Ich konnte mich nicht an den Gesprächen beteiligen, und dies wurmte mich. Ich versuchte, die Wörter von den Lippen abzulesen, doch mit miserablem Erfolg. Auch wenn sich die anderen mit bestem Willen bemühten, so prägnant wie möglich auszusprechen, und auf verschiedene Weise die Mundränder drehten, um mir das Lippenablesen zu erleichtern – um so schlechter verstand ich.

Doch vieles begriff ich aus den sorgenvollen Blicken, aus

ratlosen Gesichtern, aus der Unbeholfenheit der Mädchen, welche den Patienten die Wäsche wechseln mußten.

Ich wälzte mich Nacht für Nacht auf dem Bett und versuchte vergebens, die drückende Stille abzuschütteln. Als ob meine Taubheit lauter wäre.

Ich erinnere mich, wie einmal sehr spät am Abend drei weiße Gestalten das Zimmer betraten, unter ihnen Stean S., der mich von Anfang an betreute. Auf der Trage lag ein Mensch in schmutzigen Fetzen, das Antlitz von Schürfwunden übersät, dennoch erkannte ich ihn. Er hatte einmal unweit von mir gewohnt, hieß Syki G. und konnte ausgezeichnet Ricochet spielen.

In einem unbeherrschteren Anfall von Wut spie ich ein paar Schimpfworte aus. Jemand betrat schnell das Zimmer, hielt einige Spritzen in der Hand und sah mich finster an. Ich verstummte.

Die graue Stille quoll in mir hoch und drückte aus mir Tränen heraus. Sie zogen den blutbedeckten Leib um. Mit den zurückgewonnenen Kräften wuchs gleichzeitig auch der Grad meines Hasses.

Gegen Morgen starb Siky G.

Ich glaube, es war gerade der Haß, der uns schon am Anfang so bewundernswert vereinigte.

Zwei Tage danach verließ ich voller Neugier endgültig das Krankenhaus. Endlich konnte ich – natürlich nur mit Hilfe von Bleistift und Papier – so richtig ernst mit denen sprechen, die uns von Anfang an betreut hatten.

Die alle hatten ein besseres Schicksal als wir, weil sie nur das entfernte Donnern hörten und die Gefahr ihnen erst am Morgen danach bewußt wurde, als die Verbindung mit dem Flughafen abbrach. Vorsichtshalber warteten sie noch zwei Tage, und erst dann kamen sie raus.

Selbstverständlich lagen auch dort die allgegenwärtigen Flugblätter aus. Ein lenkbares Geschoß flog über die Ebene, und aus seinem Innern flatterten die Kärtchen der RETTUNG. Diese bombastische, theatralische und primitive Art, wie die letzten Instruktionen verbreitet wurden, stürzte sie in Verlegenheit. Wo ist nur die ›Vernunft der Gesten‹ geblieben, die immerfort gepredigt wurde?

Die grüne Route dieser Gruppe war ohne Zweifel weit kürzer als unsere, nicht einmal fünfzig Kilometer, die hohe Mauer der RETTUNG stand bald vor ihnen.

Ohne Beschwerden gingen sie durch die fünf Schleusen hindurch und betraten das Innere des Betonbunkers. Vor den sauberen Wohnblöcken spazierten Pfauen und sahen die Ankommenden ohne Furcht an. Es war wie ein intensiver Messerstich durch den ganzen Körper, diese RETTUNG. Eine gigantische Betonarche der jungfräulichen Natur und Schönheit schaukelte inmitten der Stürme des *Staubens*. Hier also sollten diejenigen Zuflucht finden, deren man sich entledigen wollte. Aber warum?

Immer wieder faszinierte mich die Vergangenheit, welche die Elitären auf der NOVA für uns entdecken sollten, soweit die Zusage des offiziellen Berichtes. Sollte auch mit uns etwas ähnliches geschehen? Aus unbegreiflichen Gründen kehrten mir die Vorstellungen aus meiner Kindheit wieder.

Als ich noch die Märchen über den tapferen Tolaj hörte, habe ich nie über den Sinn dieser Geschichten nachgedacht, sondern fragte immer, ob es tatsächlich die grauenvollen Pluis, die schreckliche Kröte und den *Don-dan* gäbe. Erst als mir dies verneint wurde, war ich fähig zu schlafen.

Ich kannte die Vergangenheit nicht, doch ganz im Stillen, sehr allgemein, wurde tradiert, daß diese Märchen etwas damit zu tun haben. Auf dieser Erde sind wir nicht in Sicherheit, solange wir die Vergangenheit nicht kennenlernen. Und zu dieser gehört natürlich auch der *Don-dan* ...

Zum Glück konnte ich mich mit diesen eigenartigen Überlegungen aus Zeitmangel nicht beschäftigen. Neue Menschen kamen aus noch weiteren Entfernungen als ich. Verzweifelt, verelendet, einige sind auf den Betten genauso still wie Siky gestorben, ohne daß wir ihre Namen erfuhren. Ihr Massengrab benannten wir einfach: ›Siky und seine Freunde‹.

VII

Abends auf der Terrasse hatte ich zum ersten Mal Gelegenheit, mir die anderen gründlich anzusehen. Wir saßen auf der Wiese zwischen den Häusern und sahen uns den einschlafenden See an. Einige Gesichter kannte ich von dem ewigen Plänkeln durch die Wohnbaracken, doch es war niemand unter ihnen, den ich ansprechen konnte. Dann und wann drehte ich mich in die Richtung der Asphaltstraße. Kleine Gruppen kamen auf ihr vereinzelt aus dem Wald.

Der breite Weg begann bei den Wohnbaracken und zerteilte in der Länge von 100 Kilometern die ganze RETTUNG. Von diesem Weg zweigten Sträßchen ab, die möglicherweise zu kleinen Orten führten. Vor dem Gebäude des improvisierten Krankenhauses hatte ich etwas Zeit, mir die Landkarten der RETTUNG anzusehen. Auch so konnte ich mir nicht vorstellen, wie bewaldetere Bergketten aussehen mochten, die sich durch das ganze Terrain zogen und mit sanften Tälern und Abhängen wechselten, in denen eine Menge von Teichen und Seen lagen.

»Kein Fluß, nirgendwo«, bemerkte ich zu Vario, als er die Landkarte gebracht hatte. Das war das erste, was mir einfiel, als ich einen Blick auf sie warf, beim Hinschauen auf diese merkwürdige Landschaft. Diese unterschied sich gewaltig von den Ebenen des *Staubens* mit den ausgetrockneten Flußbetten. Ich ahnte damals nicht, was dieser Satz für mich noch nach Jahren bedeuten und wieviel Qualen er mir noch bereiten würde.

Ich beobachtete noch einmal die Gesichter derer, die auf der Wiese saßen. Sicher, es waren nicht alle, nur fünfzig hatten überlebt. Plötzlich erkannte ich in einer Reihe Gita. Sie hat sich gar nicht verändert, die braunen Augen in dem abgemagerten Gesicht, die ebenso braunen Haare hat sie zu einem Zopf geflochten.

Ich wandte mich schnell ab. Gitas Anwesenheit jagte mir Furcht ein – in dem Moment hätte mein Schicksalsgeist wohl schallend gelacht. Gut möglich, daß mich Gita nicht erkannt hatte, das *Stauben* verändert einen Menschen mehr, als ich dachte.

Doch Michel erkannte ich sofort, ja, es mußte Michel sein, der verwandelte sich überhaupt nicht. Er kam irgendwo aus dem Wald, und als er mich sah, traute er seinen Augen nicht. Fast wären wir uns in die Arme gefallen.

Michel war für mich ein physischer Beweis, daß auch etwas vor der EXPLOSION existiert hatte, in der Zeit, als ich noch meinen bunten Erinnerungsgobelin gewebt hatte. Meine Taubheit hörte auf, mich zu stören. Wir saßen bis tief in die Nacht und sprachen mit Hilfe von Bleistift und Blättern. Michel sprach über die perfekt ausgerüsteten Wohnbaracken, und den Weg, der in die Landschaft führt, auf die er sich schon immer gefreut hatte, und vergaß nie, hinter jedes seiner Bilder ein großes Fragezeichen zu malen.

Wir haben zusammen über die Einordnung des energetischen Systems der RETTUNG debattiert, auch über den ganzen Sinn dieses riesenhaften Kolosses.

Doch dann bekam das Gespräch eine ganz andere Richtung. Wir sprachen über die hervorragende Aliana die ich noch nicht kennengelernt hatte, über Koni D. und Olina. Nicht mit einem Wort erwähnte ich Gita, doch dieses Geheimnis kannte sowieso nur Erik. Und vor allem – ich deutete nie an, wie mich immer dann eine merkwürdige Angst überfiel, wenn ich allein war. Irgendwo hinter meinem Rücken lauerte die Vergangenheit. Wie grausam ist ihre Macht? Ist sie so entsetzlich wie die Pluis?

VIII

In der Morgendämmerung des Aufbruchstages herrschte in den Wohnbaracken ein unvorstellbares Durcheinander. Wir konnten uns gar nicht klarwerden, für wie lange wir überhaupt wegfuhren und was wir mitnehmen wollten. Schließlich verteilten wir uns in fünf- und sechsköpfige

Teams, und jeder nahm sich Lebensmittel und Getränke nach seinem Gutdünken.

Zu mir und Michel gesellten sich noch Muck und die zwei Mädchen, über die wir tags zuvor gesprochen hatten – Koni D. und Olina. Von Anfang an verstand ich mich am besten mit Muck. Ein wenig kleingewachsen humpelte er, und, so wie ich, hatte er seit den Detonationen im Zentrum Schwierigkeiten mit dem Gehör. Leider Gottes war ich schlimmer dran als er, er hörte wenigstens auf einem Ohr.

Mit einem großen Ranzen stiegen wir in einen der drei Busse ein. Diese standen hier seit eh und je, als würde jemand genau berechnet haben, wieviel Menschen überlebten und wieviel Plätze nötig sein würden für die Reise durch die RETTUNG.

Aus einem Augenwinkel beobachtete ich ab und zu Gita, und allmählich versöhnte ich mich mit dem Gedanken, daß Gitas Anwesenheit ein bitteres Gefühl auf den Wasserspiegel meines Gedächtnisses brachte: man kann eben nicht zurück.

Nach den sich in die Länge ziehenden Vorbereitungen fuhren wir kurz vor Mittag los. Ungefähr vierzig saßen wir zusammen in den mit Decken, Werkzeug, Ersatzbatterien und Lebensmitteln vollgeladenen Bussen. Ganz sicher transportierten wir auch eine Menge von sinnlosen Dingen, doch niemand wagte es vorauszusagen, was uns im Inland eigentlich erwartete. Langsam schoben wir uns auf der Asphaltstraße auf den langgezogenen Hügel hinauf, der Wald wurde dichter, die Sonnenstrahlen küßten nur dann und wann die Glasscheiben. Gemäß der Landkarte fuhren wir auf eine breite Gebirgskette zu; der höchste Abhang erreichte angeblich die Höhe von 472 Metern über dem Wasserspiegel des am niedrigsten gelegenen Sees – soweit man diesen Angaben Glauben schenken konnte.

Auch wenn wir durch den Schatten gabelästiger Bäume hindurchfuhren, begann es auf den heißen Sesseln unerträglich zu werden. Vielleicht war der Sommer auf dem Höhepunkt. Dies war natürlich nur hypothetisch, denn auf der Erde kam es seit achtzig Jahren zu keinem Wechsel der Jahreszeiten mehr. Und die kannten wir nur aus dem Lehrbuch von Velasques: ›Die umgedrehte Natur‹.

Endlich sprang unser Bus über die Spitze des Hügels, und wir blickten in die Landschaft. Alle Busse blieben stehen, und wir stiegen aus in die glühende Lautlosigkeit.

Die bewaldeten Bergketten wölbten sich bis zum Horizont, wo sich weiße Wolken wie Zinnen auf eine Betonmauer stützten. Die Sonne strahlte auf eine riesige Savanne. Ihre Schönheit schmeckte süß auf der Zunge. Der See voll mit orangefarbenem Sand, mit vielen Zuflüssen, mit breiten Seitenarmen und versteckten Buchten lag inmitten von etwas, wofür es in unserem Bewußtsein keinen Vergleich gab. Als wir wieder angetreten waren, bemerkte ich beiläufig zu Michel, daß wir diesen Hügel irgendwie benennen sollten, meinetwegen – ›Der erste Blick‹.

Er lachte auf: »Du beginnst sehr früh sentimental zu werden!«

Muck widersprach anstatt meiner: »Warum? Wir werden doch *da leben*?« Unerwartet wurde ihm die Bedeutung seiner Worte bewußt, und er sah die anderen erschrocken an.

Sie schwiegen.

Bei der Fahrt hinunter in die Savanne wuchs die Hitze im Bus, Grasbüsche und Bäume wurden rarer, und über den Weg zogen sich ausgestreckte Sandzungen. Doch sie erinnerten nicht an das *Stauben*, die gelben und orangefarbenen Dünen leuchteten wie Haufen von Kleinodien.

Neben der Straße wellten sich plötzlich braune Rücken von unbekannten Tieren, aufgescheucht durch unsere Busse.

»Was könnte das sein?« drehte ich mich fragend zu Olina.

Über ihre Antwort zuckte ich die Achseln. Nur Michel und Muck lernten es, mit mir allmählich auch ohne Papier und Bleistift zu sprechen. Ich belächelte ihre Versuche, mit den Lippen so genau wie möglich zu artikulieren. Dann fiel mir ein, daß ich wahrscheinlich auf diese Weise mit Gita kommunizieren werde, und das versetzte mich in Furcht.

Um die Straße herum huschten immer mehr Tiere, einige konnte ich mit Mühe identifizieren: Bisons, Antilopen, Wildkatzen. Wir hatten es nicht eilig, und so legten wir immer mehr Aufenthalte ein, um uns alles ganz und gründlich anzusehen.

Zusammen mit der Hitze in der ›Sandgrube‹ – wie wir den ganzen Abhang getauft haben – übergoß mich zum ersten Mal nach einer langen Zeit eine Welle von angenehmer Sorglosigkeit. Ich begehrte nach einer ewigen Fahrt durch diese merkwürdige Landschaft, die sich so sehr von allem unterschied, was dieser Planet angeboten hatte.

Auf der anderen Seite überfiel mich immer wieder Angst, als ich mich des Robbens durch das *Stauben* erinnerte. Der Gedanke an eine bestialischere Gefahr, die hinter meinem Rücken lauerte, kam mir nicht einmal. Etwas Entsetzlicheres als die unberechenbaren *Tokans*, etwas Fürchterlicheres, wofür ich keinen Namen habe. Falls der *Don-dan* nicht existiert ...

Zusammen mit der Sonne nahm auch das Leuchten der an dem Schutzwall angebrachten Riesenspiegel ab. Diese einige hundert Meter großen, glitzernden Flächen wurden auf den Abhang der ›Sandgrube‹ konzentriert und halfen hier offensichtlich mit, das tropische Mikroklima zu fabrizieren.

Nach einigen Kilometern der mehrmals unterbrochenen Fahrt tauchten die Busse plötzlich in den grau werdenden Urwald. Nacheinander aßen wir unsere ausgepackten Kekse auf. Vorher hatten wir sie den naschhaften Bisons und Wildkatzen angeboten. Sie hatten sie sehr gierig angenommen.

Kurz nach acht blieben wir stehen, und die gurgelnde Schwüle des Urwalds verschlang uns. Wir betätigten die Notbeleuchtung über den Sitzen, und in dem matten Licht fühlte ich mich in meine Jugend zurückversetzt. Zusammen mit der Schule machten wir doch jedes Jahr Ausflüge zu den Ufern des ausgetrockneten Meridians.

Mit einer seltsamen Genugtuung erinnerte ich mich an

den verdorrten, durch gigantische Risse aufgeschlitzten Meeresboden. Wir hatten uns mit Gebäck vollgestopft, hatten gedöst, und dann und wann hatten wir die Außenwelt hinter den Glasscheiben beobachtet. Infolge unserer Mattigkeit verfloß die äußere Welt zu etwas vollkommen Unaussprechlichem.

Der Haß auf unser gigantisches Glashaus und auf unsere Träume über NOVA war groß. Unterbewußt fand ich allmählich eine Arznei gegen meinen Schmerz. Jeder von uns mußte sie später oder früher finden. Damit rechneten wohl auch diejenigen, die uns hier zurückgelassen haben. Mehr als Müdigkeit konnte uns die RETTUNG umsonst nicht geben. Doch das ahnte ich damals noch nicht.

IX

Erst am übernächsten Morgen sprachen wir einander zum ersten Mal an.

Beim Frühstück bot ich ihr die Teekanne mit dem Rest des Tees an, und als ich ihr eingoß, warf ich so gleichgültig wie nur möglich hin:

»Hallo, Gita!«

Sie lächelte mich mit einem gezwungenen Schmunzeln an, und ich begriff sofort, daß sie mich schon am ersten Tag erkannt hatte. Den ganzen Vormittag war ich nicht fähig, vernünftig zu denken, und die fragenden Gesichter von Muck und Michel brachten mich in eine noch größere Wut. Es wurde mir bewußt, daß ich durch das Leben in der RETTUNG mein neues Leben beginne. Wäre nicht Gita da, könnte ich alles Unangenehme aus der Vergangenheit ausradieren.

Ähnlich wie gestern veränderte sich während der Fahrt die Landschaft unglaublich schnell. Der Urwald wurde durch einen Zug von Sanddünen abgelöst. Auf deren langgezogenen Spitzen wuchs scharfes Gras.

Zusammen mit der steigenden Straße sank die Lufttemperatur des Mikroklimas in der Savanne. Wir erreichten den Gipfel einer weiteren Gebirgskette und fuhren in irgendein breites Becken hinein, das die natürliche Mitte der RETTUNG bildete.

Die Straße schlängelte sich in einigen Serpentinen, durchschnitt ein Wäldchen, und wir sahen die freie Landschaft. Wie ein Messer durchschnitt uns der Anblick. Schon wegen ihrer Schönheit konnten wir sie nicht hassen.

An dem breiten Abhang herrschten alle Schattierungen von Grün. Ausgedehnte Wiesen mit vereinzelten Bäumen umringten den aquarellfarbenen Wasserspiegel der kleinen Seen und Weiher, die wie Augen der Natur den blauen Himmel ansahen.

Über die gewölbte Berglehne tauchten die Busse etappenweise bis zu der Kreuzung ab, an der sich das energetische Herz der RETTUNG befand. Die Bedeutung des enormen dunklen Vierecks mit der Fläche von zwei Quadratkilometern hatten wir bisher nur nebelhaft begriffen. Dicht hinter dem das ganze Gebiet einfriedenden Zaun wanden sich dichte Netze von elektrischen Kabeln, und alle verschwanden in einem Haus von geringer Größe unweit der Straße.

Die metallenen Türen konnte man nur schwer öffnen, doch der Kraft mehrerer Hände konnten sie sich nicht widersetzen. Die Innenwände waren übersät mit Instrumenten und Bündeln von miteinander verflochtenen Leitungen.

In der Mitte des Raums stand ostentativ ein Infopaneel mit mehreren Zeigern und Zifferblättern, und auf einem Monitor wellte sich wie eine Schlange die graphische Darstellung des Verbrauchs rund um die Null. In der Ecke der Bildfläche leuchtete gelb die Aufschrift ›Optimaler Leistungsbedarf 1,8 Giga‹.

Also durch die Venen dieses Häuschens strömte das Blut unserer Zukunft, und seinen Spender stellte die Sonne und ein kosmisches Kraftwerk hoch im Orbit dar.

Plötzlich wippte die Schlange des Graphen und kletterte

auf die Zahl Eins. Irgendwo auf dem Gebiet der RETTUNG begann ein kolossaler Verbraucher zu arbeiten.

Mit einem unbehaglichen Gefühl wie über Kräfte, die sich überall befanden, und die wir nicht beeinflussen konnten, setzten wir uns an das grasbedeckte Ufer an der Straße, und die Eßpakete gingen von Hand zu Hand.

Die Mittagshitze hatte uns alle angenehm müde gemacht. Ich lag auf dem Rücken und versuchte zu erraten, wie hoch in dem unendlichen Blau sich das aufgewölbte sphärische Dach befindet, welches die ganze RETTUNG von oben bedeckt.

An der zentralen Wegteilung wurden wir getrennt. Der eine Bus setzte die Hauptstraße bis an ihr Ende fort, der andere fuhr zu den Bergen im Westen, und wir brachen gerade in die umgekehrte Richtung auf, zu den steilen und engen Tälern mit einer Menge von Felsenriffen.

Als wir uns so trennten, erfüllte mich ein merkwürdiges Gefühl, ja ich erhob sogar die Hand zum Gruß. Und dabei hielt ich früher das Winken – wo es und wann es auch war – für einen unvorsichtigen Ausdruck von Gefühlen. Etwas veränderte sich in mir, und bisher wußte ich nicht, was es eigentlich war.

Nach zehn Kilometern Fahrt gelangten wir auf den dicht bewaldeten Kamm. Die Asphaltstraße verwandelte sich in einen kleinen Fahrweg, und gemäß der Landkarte sollte sich dieser entlang der Abhänge der Hügel und Abstürze schlängeln.

Die Lenkung des Wagens wurde bedeutend schwieriger. Der Bus nahm die Kurven nämlich nur mit Mühe. Ab und zu lief es uns kalt über den Rücken, wenn die Räder am Wegrand über dem Abhang kreischten, der tief in der bodenlosen Schlucht endete. Wir fuhren erneut einige Kreuzungen und Abfahrten, die immerfort in den Wald führten.

Die Orientierung war ziemlich einfach, denn bei jeder blinden Einfahrt leuchtete auf dem Asphalt ein großer gelber Kreis. Als Michel das Lenkrad übernahm, setzte ich mich neben ihn. Ich beobachtete immer wieder, wie er an jeder unübersichtlichen Kreuzung ein wenig bremste und nach rechts und links schaute. Ich sagte nichts, auch wenn mir die eingeübte Kopfbewegung komisch und lächerlich vorkam. Ich konnte mir nicht vorstellen, daß aus der Kurve plötzlich ein Wagen herausgeschossen käme, so wie es früher in der Stadt vorkam.

Später wechselte ich Michel am Lenkrad ab, und etwas später übernahm Hektor. Ich saß wieder an meinem Platz am Fenster, und als sich der Bus für einen Augenblick über dem Wald befand, sahen wir alle ein geschlossenes Tal, an seinem Abhang standen kleine Häuschen. Endlich ein Beweis, daß die blauen Punkte, die die Landkarte der RETTUNG bestreuten, so etwas ähnliches wie Wohnbaracken darstellten. Die sinkende Sonne bemalte das Tal mit länglichen Schatten, als wir vor einstöckigen weißen Häuschen mit orangefarbenen Dächern stehengeblieben waren.

Mit bitterem Lächeln haben wir uns angelächelt, ich und Muck. Kein Zweifel! Das waren vorgefertigte Gebäude, die für die Kolonisten in der Neuwelt bestimmt waren. Die ganze RETTUNG diente wohl als ein Prüfungslaboratorium für die Generalrevision. Dennoch kam ich mir wie in einem Traum vor, als ich in einem der Häuser die Tür öffnete, sie waren tatsächlich aus Holz! Jetzt hatte ich wieder eine Schicht der böswilligen Vergangenheit entdeckt. Welche Schicht war es diesmal wohl? Und was für eine Bedeutung hatte diese hier für uns?

Zitternd und mit einem Gefühl bis jetzt aufgestauter Zufriedenheit trat ich ein. Ich sah einen schmalen, das Gebäude durchziehenden Gang, entlang der Wand eine ausgedehnte Holzbank, ein leeres Regal. Ich griff nach der Türklinke an der rechten Seite. Die Küche. Wieder Holz: Tisch, halbgeöffnete Schränkchen, in denen irgendein Geschirr glitzerte. Teller und Tassen mit irgendeinem seltsamen Muster, ganz kleine Löffelchen. Ich lächelte, als mir bewußt wurde, daß uns diese Sachen möglicherweise für immer gehörten.

Bis spät in die Nacht gingen wir ein Häuschen nach dem

anderem durch, lachten krampfhaft, machten uns ständig gegenseitig auf komische Details aufmerksam. Im Grunde genommen spielten wir ein arglistiges Spiel mit unseren Erinnerungen, vor allem, als mir ins Bewußtsein drang, daß das alles, was wir hier sahen, auf der NOVA bereits selbstverständlich sein sollte. Leichte Fenster aus klarem Glas, schwere Holzstühle, die nach Pech rochen, Porzellangeschirr, das man zerschlagen konnte, staubbedecktes Treppenhaus, ins Dach führend, wo sich die Hitze des Tages schichtweise gelagert hatte.

Fast unangenehm erinnerte das Ganze an eine Lehrfahrt, den praktischen Beweis von Kenntnissen, die wir aus Lehrbüchern, Filmen, Kassetten, Fotos und Träumen über das Neuland erworben und memoriert hatten.

Vielleicht waren wir von Kindheit an mit Absicht dazu geführt worden, um in der RETTUNG zu leben und das PFERD kennenzulernen, das sich hinter den Häuschen auf dem Abhang vor unseren Augen tummelte. Ja ... es konnte nur ein Pferd sein, diese braune, wellende Masse von Leben, auf seinen langen, dünnen Beinen galoppierend.

Michel hatte recht, ich beginne sentimental und pathetisch zu werden, als würde ich mich zum Weben eines neuen Erinnerungsgobelins vorbereiten. Doch diesmal war ich in meinen Vorstellungen doch etwas mäßiger geworden. Ich konnte nämlich nicht mehr das Andenken an alles behalten, was während der Reise zur RETTUNG im *Stauben* geschah, und was ich noch niemandem erzählt hatte.

Das leichtfüßige Gefühl von dem in freier Natur laufenden Rappen verlor sich nicht einmal am Abend, als wir uns in Fünfergruppen in den Häuschen niederließen.

Wir stellten die Entladungslampen an. Der scharfe Strahl übergoß unsere Gesichter und erinnerte uns an die Wohnbaracken und alle Geschehnisse, zu denen es vor noch nicht einmal einem Monat gekommen war.

Wir saßen niedergeschlagen auf den Küchenbänken, zerstreut aßen wir die Reste von Zwieback und Keksen. Sie wuchsen uns langsam zum Halse heraus, niemand sprach.

Draußen nieselte es, die Regentropfen flossen an den Fensterläden herab. Und plötzlich bedeckte eine undurchdringliche Finsternis alles. Hoch oben am Himmel verbreitete sich über dem sphärischen Schild ein teilweise zerrissenes Dunkel. Bis wohin reichen wohl die Wolken des *Staubens*?

X

Ich erwachte mit grausamen Rückenschmerzen. Das Licht brannte noch, alle schliefen mit dem Kopf auf dem Tisch, nur Michel hatte sein Lager auf der Erde aufgeschlagen. Ich stand vorsichtig auf und machte das Licht aus. Niemand bewegte sich.

Langsam ging ich auf den Gang, wo ich versuchte, meinen erstarrten Körper zu dehnen und langzuziehen. Dabei bemerkte ich zum ersten Mal ein kleines, unauffälliges Türchen, das sich von allen anderen im Hause unterschied.

Ich betastete die Fotozelle, die Tür glitt auseinander, und mit einer Hoffnungsahnung ging ich auf einer schiefen, schmalen Treppe runter. Eine neue Zelle schaltete neues Licht an, das ein kleines Lager beleuchtete, ungefähr fünf Quadratmeter, vollgestopft mit Schachteln. In den Regalen lagen Werkzeuge, Reifen, Ersatzbatterien, Möbel.

Ich hob neugierig den Schachteldeckel und sah mir einzelne Geräte im Licht an. Ich wurde stutzig, als ich mich daran erinnerte, daß am Asphalt der blinden Eingänge immer derselbe gelbe Kreis strahlte. Ich lief nach oben in den Gang, ging vorsichtig in die Küche und holte die Landkarte aus dem Rucksack

Als ich die Haupttür vorsichtig öffnete, berührte mich das kalte Dunkel. Zum ersten Mal allein in der RETTUNG. Ich erinnerte mich an die grausame Angst vorm Alleinsein im *Stauben* und dann an das farbige Blut, ja, an das merkwürdig verfärbte, stinkfaul aus den Adern fließende Blut.

Um mich herum schwieg eine Welt, die in einem anderen

Rhythmus als ich atmete. Irgendwo in der Dunkelheit arbeitete ein riesiger Verbraucher, der eben die Bedarfskurve in dieser Gegend auf dem Monitor ins Wellen brachte.

Nur schwer konnte ich mich zwischen den Häuschen orientieren, das Dunkel des *Staubens* zerfloß in der unendlichen Höhe über dem sphärischen Schild. Es nieselte. Ich lief auf dem Weg zu einem der Autos, das einsam unter dem Baum stand. Übrigens das erste, das ich in der RETTUNG entdeckte. Ich öffnete die Tür und wollte gerade einsteigen, als hinter dem Heck Klea auftauchte, eines der Mädchen, die ich im Krankenhaus kennengelernt hatte.

»Komm mit!«

Ich wollte sie an der Hand fassen, sie entschlüpfte mir.

»Ich bin auf etwas gekommen«, sagte ich.

Sie lächelte unsicher, ein wenig begriffsstutzig sah sie mich an, sie stieg ein. Etwas sprach sie, ich sah, wie sich ihre Lippen bewegten. Ich fuhr aus dem Dorf hinaus, schaltete das Fernlichter ein und legte Geschwindigkeit zu. Die Reflektoren tasteten sich schnell in der Dunkelheit vor uns. Nieselnder Regen, nasse, glitzernde Baumkronen, am Rand der Straße schmutzige Lachen. Noch nie habe ich so etwas erlebt.

Als wir in den Wald eintauchten, bemächtigte sich unser eine tiefe Beklommenheit. Auf der ersten Kreuzung bremste ich und fuhr auf den Weg mit dem großen gelben Kreis. Es fing heftiger zu regnen an, die Tropfen trommelten auf die Frontscheibe, der Wald um uns floß in eine einzige pechfinstere Wand zusammen. Plötzlich standen wir. Der Asphaltboden endete, der Schlamm des Waldbodens begann.

Ich dachte nach. Vielleicht waren wir zu voreilig gewesen, und sollten alles auf den Morgen verschieben. Ich schaltete die Reflektoren aus. Klea drückte mir die Hand, und in dem Augenblick kam mir das vor wie eine selbstverständliche Geste. Wir stiegen aus in den unangenehmen Regen und brachen auf dem Waldweg in Richtung Holzschlag auf. Irrte ich mich? Oder doch nicht? Zwischen den spärlich wachsenden Bäumen wurden plötzlich Haufen von ausgehobener Erde sichtbar, eine Betonwand tauchte auf, und ein Eingang führte unter die Erde.

Mit Mühe – fast ging es nicht – zogen wir die metallenen Türflügel auseinander. Ich hörte auf, den Regen und die Angst wahrzunehmen. Das Geheimnis des möglichen Inhalts dieses Lagers hatte mich vollkommen mit Beschlag belegt. Wir betraten den Raum, und die Dunkelheit verschwand. Ich erschrak, hier hatte ich die Automatik doch nicht erwartet. Für einen Augenblick mußte ich die Augen schließen, das Licht brannte hell in der Betonhalle.

Ich habe mich nicht richtig daran gewöhnt, und Klea führte mich an der Hand zum Aufzug gleich hinter der großen metallenen Tür. Sie drückte zufällig die Nummer sechs, und die ganze Plattform erzitterte leicht, und wir begannen zu sinken. Die Rillen in der Wand zeugten davon, daß dieser Lift seinerzeit oft in Betrieb gewesen war.

Wir fuhren runter, auf der rechten Seite zeigte sich ein freier Raum im ersten Stock. Die Lichter blinkten von selbst los und beleuchteten einen breiten Bereich. Automobile, Hunderte von verschiedenen Typen, die Chassis glänzten wie neu, sie waren es auch, einige hatte ich noch nie gesehen.

Immer mehr neue Etagen. Personenwagen, ähnlich denen, mit denen wir hierher gekommen waren. Busse mit dunklen Frontscheiben. Erst jetzt wurde mir klar, was für ein gigantisches Projekt die GENERALREVISION eigentlich war.

Der Fahrstuhl erzitterte zum letzten Mal und erstarrte in dem mit einer großen SECHS gekennzeichneten Raum. Von allen Seiten belagerten uns unförmige Arbeitsmechanismen. Noch nie hatte ich sie direkt gesehen, höchstens im Film und auf den Fotos beim Einsatz in den Gebieten des *Staubens* und den unterirdischen Feldern. Bulldozer, Kombines, Bagger und andere Grabmaschinen, einige Pedipulators, Schlepper.

All diese halbautomatischen Maschinen hatten geholfen,

die RETTUNG zu bauen, ihre ungeheure Kraft hatte dieses Paradies geschaffen. Ich kroch in die Kabine einer der Kombinen, Klea setzte sich neben mich. Zuerst nahm ich es gar nicht wahr, was sie in den Händen hielt, dann sah ich es, eine alte, abgegriffene Zeitschrift. In ihrer Existenz hier, wie sie jemand nur so aus Zerstreutheit vergessen hatte, lag etwas Provokatives. Drei Jahre alt war diese Zeitschrift.

Seit dieser Zeit hatte niemand diesen Riesen in Bewegung gesetzt, möglicherweise wischte ich den vertrockneten Schweiß meines Vorgängers vom Lenkrad. Wenn wir zusammen in einer Gruppe waren, entgingen uns diese Details. Hier waren wir jedoch allein, und auf eine unsinnige Weise hat uns das gedemütigt.

Plötzlich begann Klea zu weinen. Die Tränen liefen ihr auf den Pullover, sie sprach schnell und sicherlich bitter. Ich sah sie an, ich hörte ihr zu durch das in mir herrschende Stillschweigen, und diesmal wußte ich ganz genau, worüber sie sprach.

Zwischen Kleas anmutigen Armen und dem Instrumentenbrett eines tumben Mechanismus war tatsächlich etwas, das man sich nicht vorstellen konnte, und doch begann einmal alles wie ein wunderschönes Spiel. Das Lernen, wie man auf der NOVA leben und arbeiten wird, dann Filme im Kollegium, nachmittags Pflichtübungen und botanischer Garten. Ein sich immer wiederholendes Ritual.

Doch nun war meine Kindheit zu Ende. Ich verlor vollkommen die Lust, mit diesem riesigen Ungeheuer nur so zum Spaß herumzufahren. Auch Klea begriff das und heulte weiter.

XI

Auf dem ganzen Gebiet der RETTUNG befanden sich zweiundzwanzig Lager. Die meisten waren zum Bersten mit Lebensmitteln gefüllt, auch mit Wagen. Zweimal fanden wir Werkstätten, Depots mit Kleidern, Schuhen, einige Lagerhäuser sollten wohl in der Zukunft als Getreidespeicher dienen.

Jedes Warenlager bestand aus sechs riesigen Etagen von ungeheuerlicher Größe. Auch wenn wir uns verteilten und immer zwei in einem Auto fuhren, reichten uns drei Tage ganz und gar nicht, um alle die zwölf gigantischen Vorratsräume, die in den Tälern gegen Süden verteilt waren, zu durchforschen.

Nach der Rückkehr in die Häuschen erfuhren wir, daß weitere Gruppen diese Lager erst spät fanden und daher keine Zeit hatten, sie gründlich zu untersuchen.

Die Tatsache, daß wir alle wieder zusammen waren, hat mich unvorbereitet getroffen. Ich hatte mich schnell an die stille Einsamkeit mit Muck gewöhnt, als wir herumgetollt waren an den serpentinenartigen kleinen Wegen im Osten.

Meine Taubheit wurde mir wieder bewußt, meine Vergangenheit war mir wieder auf den Fersen, sie bekam die Gestalt von Gita, erneut erschienen mir die verschiedensten Varianten des Lebens in der RETTUNG.

Der durch meine Taubheit verursachte Abstand verwandelte sich allmählich in eine Art Glas, das mir nur die Grundzüge des Geschehenen und des Menschennaturells zu sehen erlaubte, anderseits mir unbegrenzte Möglichkeiten für das Zusammendenken und den Sinn dieses Geschehenen eröffnet hatte, und genauso war es auch mit den Gesten der Menschen.

Wir saßen lange in die Nacht im Vorbau der Häuschen, und während andere über unsere Zukunft nachdachten, erwog ich unseren Weg nach Westen, woher der zweite Bus kam. In dieser Richtung steigerte sich die Nässe, und praktisch einige Kilometer von der Wand entfernt begann das Sumpfgebiet. Auch die Straße endete da.

Nur ein undurchdringlicher Nebel lag über diesem unheimlichen Ort, den wir aus immer größer werdendem Mangel an Phantasie das ›Sumpfgebirge‹ nannten. Einmal wird es genug Zeit geben, alles wird klarer, und wir werden uns in den Wagen setzen und kreuzweise dieses Gebiet, das ganze Areal der RETTUNG erkunden.

Gegen ein Uhr in der Nacht entschieden wir uns definitiv, daß einige von uns für einige Zeit in die Wohnbaracken umziehen sollten, für den Fall, daß noch jemand aus dem *Stauben* entkommen konnte. In dieser Zeit setzten wir voraus, daß die Stürme ihren Höhepunkt erreichten, die *Tokans* konnten in ganzen mehrkilometrigen Kaskaden auftauchen, jetzt auf den Flachgebieten zu bleiben, war ein sicheres Todesurteil.

Alle anderen sollten versuchen, sich in den auf der ganzen Fläche der RETTUNG zerstreuten Dörfern niederzulassen. Wenn es nicht ginge, würden wir alle wieder zusammen in eine Wohnstätte ziehen, am besten auf dem zentralen Scheideweg. Hektor machte auf die Speicher aufmerksam, die wir entdeckt hatten, er hatte sie für eine Warnung gehalten, daß alle unsere Reserven nicht für ewig halten würden.

Doch einen praktischen Einsatz unserer verwirrten Kenntnisse über das Leben auf der NOVA konnte sich niemand vorstellen. Im Lyzeum vor drei, vier Jahren hatten wir es zwar gelernt, aber das war zeitlich genauso weit entfernt wie Jahrhunderte.

Ohne Lebensmittel-Synthesizer, ohne vegetative Beschleuniger, nur einfach so wie in uralten Zeiten Landwirtschaft betreibend, mußten wir genügend Nahrungsgüter für alle beschaffen. So geht es angeblich in der Neuen Welt zu, und so mußte es auch hier gelingen, denn die RETTUNG ist ja nichts anderes als eine Simulation der NOVA.

Wir sprachen kunterbunt, Kraut und Rüben durcheinander, angesäuselt durch den schwachen Wein, den wir irgendwo in den Großlagern gefunden hatten. Hinter den Fenstern wurde es allmählich hell.

Diese ganze Szenerie des allgemeinen Jasagens und Zustimmens kam mir plötzlich absurd vor. Wieso, daß niemand auf den Tisch gehaut und gebrüllt hatte: Jetzt haltet alle die Gosche und hört zu, was ich euch zu sagen habe!

Über den Filter meiner Taubheit nahm ich plötzlich eine

Erscheinung wahr, die mich auffällig an den kollektiven Idealismus aus den Romanen der Anfangszeit der Generalrevision erinnerte. Oder hat uns der Haß gegenüber allem Vergangenen vereinigt? Wir alle verbargen in uns ein wildes Magma, unkontrolliert und tumultuarisch, ohne Aufsicht der Schutztruppen, ohne die strenge Vormundschaft von Dr. Staner L., Mitglied des Kollegiums. Ein turbulentes Magma, durch keine gegenseitige Rücksichtnahme gebremst, durch keinen Traum vom Leben in der Neuen Welt. Das Hauptproblem lag darin, daß wir nicht ahnten, wozu so ein Magma fähig ist.

XII

Ich beschloß, mich an jenem Ort niederzulassen, der an dem Kamm eines der größten Hügel des Obergebirges lag. Diese Stelle gefiel mir wegen ihrer Lage, schon als wir mit dem Bus durchfuhren. Einige hatten sogar genau die Hütte bezeichnet, in der sie wohnen wollten, doch der Mehrheit kam es belanglos vor. Den Morgen nach der schlaflosen Nacht setzten wir uns ermattet in den Bus und fuhren los.

»Siehst du die?« Michel zeigte auf Vatin und Yvonne, die in der Wohnbaracke blieben. Sein Grinsen ließ ich kommentarlos vorbeiziehen. Ehrlich gesagt war meine Gleichgültigkeit eher gespielt, denn dieses Problem begann mich am meisten zu interessieren. Durch das Mißverhältnis zwischen beiden Geschlechtern entstand eine eigenartige Spannung, und jemand mußte einfach bei dem berühmten Ringelreihen raus.

Auf dem zentralen Scheideweg teilten sich die Busse wieder, und ich hatte keine Freude daran. Außer Michel, Pavel, Otla, Aphrodite, Esther Kley und anderen fuhr auch Gita zum Obergebirge. Sehr bald fand sie eine Freundin, die hieß Jizel. Vielleicht, damit sich so das allgegenwärtige Schicksal erfüllte, wollte Jizel auch auf dieser Seite der RETTUNG wohnen.

Den Ort erreichten wir erst am späten Nachmittag mühevoll – als hätten wir das Gefühl der genußvollen Mattigkeit verlängern wollen. Hinter uns blieben drei Häuschen, die sich schnell mit Bewohnern füllten, und der Bus wurde allmählich leerer.

Wir blieben auf einem kleinen Marktplatz stehen und stiegen in die erwartungsvolle Stille aus. Die Sonne tauchte in die Schlammwolken hinter der Wand der RETTUNG; durch das Tal fing der südöstliche Wind zu pfeifen an. Muck und ich erkannten sofort unser Häuschen und unseren Wagen. Ich setzte mich auf die Treppe vor unserer Tür und spürte, wie müde ich war.

Pavel klopfte mir auf die Schulter: »Willst was zwischen die Zähne?«

Ich schaffte es nur, schlaff zu nicken.

Also hier sollen wir nun zu leben beginnen?

Und wie?

Auch wenn ich Hunger hatte, berührte ich das Essen kaum. Nach dem Abendbrot gingen wir raus, und auf dem Rasen vor dem Häuschen öffneten wir die Flaschen mit rotem Wein. Die sinkende Dämmerung änderte die frische Farbe der Wälder ringsum in verschiedene giftig-grüne Schattierungen.

Ab und zu startete jemand einen von den leeren Wagen, die hier noch immer nach unserem ersten Ausflug standen, und fuhr in die entfernten Dörfer. In der Kluft unter uns gingen kleine Lichter an, überall im ganzen Areal der RETTUNG haben sich zum ersten Mal kleine flimmernde Flämmchen der Wohnstätten entzündet. Durch das beleuchtete Fenster des Nebenhäuschens sah ich Esther, Klea und Otla, wie sie um den Tisch herumsaßen und plauderten.

»Du, kennst du diese Gita, von irgendwoher, oder?« fragte Michel. Anstatt zu antworten, sog ich in großen Zügen den Wein aus der Flasche.

Ich schüttelte den Kopf. »Überhaupt nicht. Sie erinnert mich nur an jemanden.«

Michel und Muck nickten gleichgültig und ließen meine

offensichtliche Lüge ohne Kommentar. Ich liebte Gita mit einer gefährlichen Liebe, soweit mir diese banale Bezeichnung erlaubt ist. An meinem achtzehnten Geburtstag saßen wir zusammen im Pavillon des botanischen Gartens und hielten uns hingebungsvoll die Hände. Gitas Augen konnten nur schwer ihre Unruhe verbergen.

Plötzlich stand sie auf, und bis heute erinnerte ich mich ihrer entschiedenen, abgehackten Worte: »Wir müssen auseinandergehen! Ich werde deine Welt nie begreifen! Ich weiß es einfach! Du willst mich nur deshalb heiraten, weil Ehepaare für die NOVA Vorrang haben, und außer der Reihenfolge dorthinkommen. Und das ist für mich kein Grund! Genauer gesagt – du bist mir dafür kein Grund!«

Das sind Tatsachen, die nicht einmal das *Stauben* verändern kann. Nie werde ich begreifen, was in ihr damals geschah. Mein Erinnerungsgobelin blies der wütende Wind auseinander, doch das bittere Gefühl aus ihren Worten, den schalen Geschmack aus ihren Halbwahrheiten spürte ich noch heute, stärker als den Wein, den wir eben tranken. Von Kindesbeinen an hatte ich einen Hang zu Selbstmitleid und pathetischen Ergüssen. Und mein Freund Erik, der mich beruhigen und in die alltäglich Nüchternheit zurückführen würde, war nicht da. Er, der einzige Zeuge diese traurigen Begebenheit, war verschwunden. Nur ich und Gita blieben.

In diesem Augenblick entschied ich mich. Ich begriff, wie ich Gita haßte, denn dank ihr begann das ganze. Und gerade sie als einzige war eben zur Hand! Ich trank den Rest des Weins und stand auf, ein wenig torkelnd. Doch es war mir egal. Vor wem verstellte ich mich da? Michel und Muck guckten mich begriffsstutzig an, als ich in das Nebenhäuschen eintrat. Im Raum waren nur Otla und Esther.

»Wo ist Gita?«

Esther zeigte in Richtung Garten.

Ich trottete durch den dunkeln Gang und öffnete die Hintertür. Sie führte in einen Garten. Gita war tatsächlich da. Sie bückte sich über das blaue Blumenbeet und pflückte kleine Trauben von winzigen ultramarinen Blümchen.

»Wie romantisch!« entfuhr es mir!

Sie erschrak. Ich ergriff ihre Hand und befahl ruhig, jedoch energisch: »Komm mit!«

Plötzliches Aufblitzen in ihren Augen. Ein verachtender Blick. Die Blümchen fielen auf den Boden.

Ich fuhr sie über den Markt mit den großen Kastanienbäumen. Deren Schatten fielen dunkel in das verlassene Häuschen auf der gegenüberliegenden Seite. Alle sahen uns. Offensichtlich auch Klea. Das hat mich überhaupt nicht gestört, das Gefühl des totalen Sieges hatte von mir Besitz ergriffen.

Mit einer einzigen Gebärde habe ich die vergangene Welt auf die Knie geworfen, die Welt, die mich durch das *Stauben* auswalzte und mir dann komfortable Zimmer anbot.

Gita sprach mit mir nur selten, ich mit ihr fast nie. Wir waren uns nur in einer Sache einig – erst sehr viel später lernten wir beide Idaka, Christoph und Lenka lieben. Grenzenlos.

XIII

Das Leben in der Kommune wurde allmählich ruhiger. Wir fühlten uns in unseren Heimen immer häuslicher, und eines Tages hatte ich mich eingewöhnt. An alles gewöhnt. An die kristallklare Luft, an den scharfen Wind, der so oft über den Dorfanger blies, an die rauhe Gegend, die um uns herum prangte.

Die ersten zwei Monate, als sich in das Areal der RETTUNG allmählich der Herbst hineinschob, war die Besiedlung noch mit viel Wirrwarr verbunden, und einige von uns kamen nicht einmal zu den regelmäßigen Treffen jeden Mittwoch am zentralen Scheideweg.

Wir machten uns mit der RETTUNG ungefähr so bekannt, wie ein Kind, das ein neues Spielzeug bekommt. Wir drehten es uns vor den Augen herum, betasteten es, versuchten es auseinanderzunehmen, warfen es für eine Zeit weg, um es später wieder in die Hand zu nehmen. Wir begannen in den Intentionen der RETTUNG zu sprechen, und das war gut. Das vergangene Leben rutschte ins Dunkel ab und verlor immer mehr seiner schmerzvollen Kanten, samt der glorreichen Generalrevision.

Die Beziehungen unter uns wurden bald klarer, auch wenn es oft nicht ohne nervöse Auseinandersetzungen abging. Klea verschwand bald aus unseren Siedlung. Ich erinnere mich, wie sie von mir ohne jeglichen vorwurfsvollen Blick Abschied nahm, was mich sehr verwunderte.

Hinter mir stand Gita in der Tür, und ich wußte nicht, was ich tun sollte. Ich weiß nicht einmal, ob ich Klea wenigstens ein Lächeln schenkte. Michel zog in das Nebenhäuschen, bald folgte ihm Sabina, was für uns übrigens keine Überraschung war. Als Pavel und Otla in dem gegenliegenden Gebäude ein gemeinsames Leben anfingen, fuhren Afrodite und Esther weg. Unsere Beziehungen wurden künstlich angeregt, durch den Brutkasten der RETTUNG beschleunigt, die Besiedlung erinnerte ab und zu an eine komische Umtauschbörse.

Eine Woche verging, bis ich Gita am Arm nahm. Vor den Fenstern blieb ein weißes Auto stehen, vor mir stand ein Mädchen mit langen ringellockigen Haaren, und aus ihrem Blick sprach eine Frage. Ein wenig mager, einigen könnte ihr sommersprossiges Gesicht auch gefallen. Ich konnte es mir einfach nicht erklären.

Dann sah sie hinter dem Fenster Gita. Sie drehte sich um und fuhr schnell weg. Seitdem wichen wir einander aus. An diesem Abend hatte ich den ersten Streit mit Gita.

Sie gab mir ein Zeichen, ich beobachtete ihren Mund, und so hatte ich alles verstanden.

»Hattest du was mit dieser ... der Lyna?«

Ich benahm mich wie ein Trottel. »Bist du denn wahnsinnig?«

Sie sprang auf mich zu und versuchte gar nicht, ihre Wut zu unterdrücken.

»Was? Vielleicht bist du wohl verrückt, Kleiner. Mit Muck

sprichst du vollkommenen Unsinn, niemand versteht das, du verstehst es wohl auch nicht. Weißt du, was für einen Rat mir Jizel gegeben hat, bevor sie wegfuhr?«

»Ach, unsere Kameradin Jizel!« ich warf diesen Satz in das Zimmer und drehte den Kopf zur Seite. Gitas Mund verschwand und so auch ihre Wut. Doch gleich danach fühlte ich den festen Druck ihrer Finger am Hals.

»Du willst also nicht mit mir sprechen?! Das genügt dir nicht, was über uns von allen gequasselt wird? Und wie mich alle auslachen? Ich wäre die erste Nutte der RETTUNG!«

»Wieso?« Ich zögerte. Gita konnte sehr erfinderisch sein. »Davon habe ich nichts gehört.«

Sie lachte auf. »Und wie könntest du überhaupt etwas darüber hören, du?«

Ich stand auf, und ohne eine Antwort zu geben, ging ich vor die Tür. Ich ging durch den Garten, der schon Spuren von Gitas Interesse aufwies, und bis zur Abenddämmerung irrte ich an den Abhängen herum. Eigentlich habe ich nie begriffen, warum mich Gita gleich den nächsten Tag nach dem Streit nicht verlassen hatte. Sie konnte das doch mit reinem Gewissen tun.

Ich hatte keine Lust, Michel, Pavel und Muck zu sehen. Meine ehemalige Träumerei verließ mich langsam. Ich konnte mich nicht mit Gita arrangieren, geschweige denn mit der ganzen RETTUNG.

Die vergleichsmäßig warmen Tage des Herbstes vergingen, und die Abhänge und Berglehnen veränderten ihre Farben. Die Sandrücken und der Südurwald hingegen wiesen keine Veränderung auf. Das stets geheimnisvolle Gesicht der Landschaft wurde zum wichtigsten Thema unserer Treffen.

Viele fuhren ins Lager und holten sich schwere Mäntel, Handschuhe und Mützen, in den Nächten begannen wir, regelmäßig zu heizen. In den Talbecken wälzte sich zäher Nebel, und der graue Himmel ließ keine Sonne durch. Bei diesen gigantischen Wetterveränderungen drängte sich der

Gedanke auf, daß jemand diese ganze Vorstellung dirigieren mußte.

Alle begann eine merkwürdige Bangigkeit zu befallen, und auch in der Glockenstelle – wie wir den Punkt schließlich benannt haben – herrschte eine seltsame Schwermut und Leere. Der Wind entkleidete die Bäume ihres Laubes, und unweit unserer Siedlung entblößte sich ein großes Felsengebilde. Seitdem haben wir es einfach ›Nacktfels‹ genannt.

Um jeden Preis mußten wir das Gefühl loswerden, daß alles – mitsamt unseren Schicksalen – in der RETTUNG längst vorgeplant war. Vielleicht deshalb begannen wir, vollkommen überflüssige Gebäude abzureißen in den einzelnen Siedlungen, oder wir bauten sie in Werkstätten um.

Wir organisierten auch Arbeiten in den Lagern, in denen wir uns bisher kaum orientieren konnten. Entsprechend einer allgemeinen Abmachung zog Muck in die Kate neben den zentralen Scheideweg, um dem Kraftwerk und Führungssystem auf den Grund zu kommen. Also, wie wurde eigentlich die Atmosphäre der RETTUNG organisiert, geleitet und gelenkt. Das einzige, was wir entdeckt haben, war, daß die Speicher eine unzählige Menge von Informationen über Tiere und Pflanzen, die sich da befanden, barg.

Mit der Zeit gewöhnte sich Muck an die Kate bei dem Kraftwerk, so daß er einfach nicht mehr zurück zur Glockenstelle wollte. »Ich bin da genau in der Mitte«, sagte er schmunzelnd, »und habe so Übersicht und Ruhe. Und wenn mich jemand zufälligerweise aufsucht, so werde ich ihn einfach vom Netz abschalten.«

Das letzte glaubte er nicht im Ernst. Als er älter wurde, haben ihn vor allem Kinder verehrt. Er winkte und lachte alle an, die um das Betongebäude fuhren, woher sonst nur ein leises und monotones Summen kam.

Den Winter haben wir mit einer Art Hoffnung erwartet. Wir haben diese Jahreszeit nie in der Stadt erlebt, und so erwarteten wir weitere schöne Veränderungen der RETTUNG.

Doch im ersten Jahr bedeutete der Winter nur eins: Hunger. Es kam zum letzten und heimlichen Abbau der Hindernisse, die uns zwar früher segensreiche Ruhe und Ordnung geschenkt hatten, gleichzeitig aber merkwürdige Unruhe hervorriefen.

Wahrscheinlich etwas pathetisch ausgedrückt, doch die Grundtatsache war damit artikuliert.

Die Lebensmittel in den Häuschen gingen zur Neige, und Anfang Dezember griffen wir auf die Hauptvorräte zu. Fleisch wurde immer weniger, und wir wußten nicht, was weiter, zumal der Versuch, die hiesigen Tiere zu jagen, ziemlich magere Ergebnisse brachte. Doch dann geschah etwas, das uns das Fürchten lehrte.

Als der Winter in strengem Frost gipfelte, ließen wir das Fleisch immer in der Scheune hinter dem Häuschen. Eines Tages kam es mir merkwürdig vor, daß Gita so lange draußen blieb. Ich schaufelte eben auf dem Boden das Heu für die Pferde um. Um nicht nach unten und dann wieder zur Scheune nach oben klettern zu müssen, ging ich über das verschneite Dach und sah nach unten.

An der Wand, wo wir das Fleisch deponierten, stand zitternd Gita. Montelion und Peter rissen das Fleisch von den Haken und steckten es in die Rucksäcke. Gita versuchte sie daran zu hindern und schrie wohl auf. Montelion holte aus und schlug Gita mit der Faust ins Gesicht, so daß sie auf die Erde fiel. Möglicherweise drohten sie ihr, denn sie blieb liegen und bewegte sich nicht mehr. Erschrocken sah ich zu, wie sich beide Diebe auf Skiern über den Wald davonmachten.

Unbewußt duckte ich mich hinter dem Dacherker und war eine ganze Weile nicht fähig, mich zu bewegen. Was ist mit mir denn eigentlich passiert?

Ich schrie nicht einmal auf, ich versuchte Gita nicht zu verteidigen, ich tat schlicht überhaupt nichts. Der Grund meiner Angst war nicht die Tatsache, daß sie uns bestohlen hatten, und daß wir vielleicht gar nichts mehr zu essen haben würden, weil wir unsere Ration erschöpft hatten, nein. Vielmehr erschrak ich vor der Lage, in die ich eben hineingeraten war.

Gita konnte ich es nicht gestehen, daß ich alles gesehen hatte, und genauso konnte ich es niemandem anderen anvertrauen. Gita würde es früher oder später erfahren. Ich zweifelte nicht darüber, daß sie nicht begreifen würde, und letzten Endes begriff auch ich es nicht. Als ich auf dem schneebedeckten Dach gestanden und mich hinter dem Erker versteckt hatte, kam mir die RETTUNG lächerlich klein vor.

Wenn ich Montelion und Peter offen angegriffen hätte, dann hätten sie mich überall gefunden, ich würde mich nirgendwo verstecken können, wie diese sich vor mir.

»Es waren Montelion und Peter hier«, bemerkte Gita beim Abendessen. Ich stopfte den Brei in mich hinein, war fast am Ersticken. »Sie wollten ein bißchen Fleisch. Ist ihnen ausgegangen.«

Ich hatte doch etwas auffällig reagiert. »Schon in Ordnung. Gut, daß du es ihnen gegeben hast.«

Überrascht sah sie mich an, doch sie schwieg. Den nächsten Monat teilte sie ihr Fleisch mit Sabina, doch sie tat es so, daß ich davon nichts erfuhr. Gita war im fünften Monat schwanger, und schon jetzt kam sie mir unbeholfen und wehrlos vor. Die Pattlage war unausweichlich, und beide mußten wir schweigen.

XIV

Je länger ich mir meine Geschichte erzählte, desto mehr kam sie mir unwirklich, erträumt vor, sogar im Rahmen auch eines Traumes unwahr.

Ist dies das Problem aller Erzählungen, die ihre reale Grundlage verloren haben? Fast glaubte ich, ich wäre als Medium von einem Schreiberling mißbraucht worden, der durch mich dieses Erlebnis aufs Papier brachte oder in das Tonbandgerät diktierte. Er riß einige Geschehnisse aus den Zusammenhängen, und versuchte, ihnen einen Spannungsmoment zusammen mit ein wenig Gefühlsduselei beizugeben, um das Gefühl der Realität zu verstärken.

Oder bin ich es selber, der sich so sein eigenes Leben verschönert? Es genügte doch zu sagen, daß die Jahre in der RETTUNG lang und hart waren – doch auch das ist banal. Ich legte Muskeln zu, die Körperhaut wurde durch Kratzer und blutunterlaufenen Flecken rauher. Tag für Tag fiel ich ins Bett, abgerackert und abgeschuftet, und doch konnte ich die ersten zwei Jahre in der Nacht gar nicht schlafen. Ich wälzte mich ruhelos herum, und immer wieder bedrängten mich Bilder von den Feldern des *Staubens*, das Kreischen der *Tokan*, das Blut, das langsam aus den Venen geflossen war.

Ich ging dann immer vors Haus und kontrollierte mit der Lampe den Garten, und immer, wenn ich zurückkam, saß Gita auf dem Bett und beobachtete mich mit unglücklichen Augen.

»Was ist?« fragte sie jedesmal, und ich antwortete: »Nichts, ich träumte nur ...« Ich drehte ihr den Rücken zu und machte bis zum Morgen kein Auge zu. Und einmal in der Nacht, da tat sie mir zum erstenmal leid, da rückte ich mit allem raus. Alles über die Angst aus der Vergangenheit, über die Grausamkeit, die ich hinter allem ahne, darüber, daß ich den Märchen meiner Kindheit Glauben schenke.

Zuerst schwieg sie, und dann erzählte sie mir etwas. Es war lang, sie stützte sich dabei auf die Bettleiste, versöhnend sprach sie von etwas sehr Wichtigem ... Sie wußte, daß ich ihre Lippen in der Dunkelheit des Zimmers fast nicht sehen konnte. Etwas sehr wichtiges teilte sie mir mit, und das so, daß ich es nie und nimmer erfahren konnte.

Wie jeden Frühling arbeiteten wir auf dem Feld im Zentraltal. Am Anfang eine katastrophale Ernte, kein Getreide, kein Gemüse; im Winter schlich sich wieder der Hunger ein. Es ist so viel Schnee gefallen, daß die Orte für einen ganzen Monat vom Hauptlager abgeschnitten waren.

Ich hatte Lust, alles aufzugeben und zu den Wohnbaracken im Süden zurückzukehren, wo das Klima viel milder war. Ich glaube, es wäre niemandem eingefallen, im nächsten Winter zu stehlen. Doch den Montelion und den Peter habe ich nicht vergessen. Offensichtlich war ich nicht das einzige Opfer, es kam mir nämlich vor, als ob die beiden auch von anderen ausgeschlossen würden.

Es konnte jedoch nur auch mein Gefühl sein, ich konnte mich nur schwer in der Mischung von unterdrückten Antipathien, erzwungener und wahrer Freundschaft orientieren. Und doch, als wir den dritten Sommer während der Ernte einige Wochen direkt auf den Feldern schliefen, bildete sich unter uns ein merkwürdiges Band, das ich unterbewußt fühlte.

Ein Glas Wasser, das in dem hitzeerfüllten Mittag von Mund zu Mund wanderte, verbarg die Geheimnisse aller Tage, die wir zusammen unter freiem Himmel erlebt haben, es wurde zu einem Symbol der Verschwörung, auch wenn unsere Beziehungen so oder so unausgeglichen waren.

Dann und wann dachte ich nach, ob alles nicht anders verlaufen war. Was, wenn meine Story viel spannender war, und ein guter Erzähler würde es schaffen, erheblich mehr Laszivitäten hineinzubringen, die sich hie und da in der RETTUNG abgespielt hatten. Ich kann es nicht. Es kamen sogar Augenblicke vor, wo ich mir der eigenen, bemühten Verbissenheit bewußt wurde, doch das war alles. Ich konnte einfach das Problem der ganzen RETTUNG nicht erfassen, weil ich es nie begriffen hatte.

Nach der Ernte und im Herbst fuhren wir sehr oft in Mucks ›Höhle‹, wie er sein Häuschen mit Wonne genannt hatte. Wir haben die Remakes eins nach dem anderen durchgenommen, wir gingen durch Hunderte und Hunderte von Systeminformationsströmen, die uns das ganze System der RETTUNG nahegebracht hatten.

So haben wir zum Beispiel das Schema des orbitalen Zehngigawattkraftwerks gefunden, das uns mit Energie versorgte. Ein Mikrowellenstrahl fiel auf die Empfängerfläche im Zentraltal und hatte sich mit seinen Wärmeeigenschaften an der Gestaltung des Wetters in der RETTUNG beteiligt. Doch kaum werden wir je begreifen, wie die ökologischen Substrukturen um uns herum funktionierten, mit welchen Mitteln die Konfigurierung der Windströme gesichert war und wie die Niederschläge in einzelnen Gebieten reguliert wurden.

Wir kamen mit Muck nie dazu, die ganze RETTUNG zu durchreisen, um uns klarere Vorstellung von drüben zu machen, was sie alles anzubieten hatte. Leider Gottes hatten wir damals noch nicht geahnt, was für ein erschütterndes Geheimnis die Sumpfgebirge im Westen verbargen. Doch einmal zeigte uns Muck etwas, das mit diesem Geheimnis zusammenhing.

Wir kamen wieder einmal in die Höhle, um ein paar Remakes durchzuspielen. Muck, der sonst schon auf der Straße nach uns Ausschau hielt, öffnete diesmal die Tür erst nach dem dritten Klopfen. Seine Haare waren zerzaust, und im Gesicht hatte er einen fassungslosen Ausdruck. Ich, Katorin und Pavel mußten lachen.

»Was treibst du denn da?«

Diesmal führe Muck keine seiner Grimassen vor und machte nur eine einladende Handbewegung.

»Guckt euch das da mal im wahrsten Sinne des Wortes an«, sagte er sehr ernst und schob seine unglaubliche Unordnung zur Seite, damit wir überhaupt den Bildschirm sehen konnten.

»Ihr wißt doch, dieses Ding kann man gar nicht abschalten. Immer, wenn man es versucht, springt dort ein Programm an, das die Parameter der Kraftwerksleistung und den allgemeinen Verbrauch verfolgt. Nun, und gestern bei der üblichen Kontrolle bin ich auf etwas Merkwürdiges gestoßen. Da, schaut mal!«

Auf dem Bildschirm begannen Zahlenteppiche, Punkte und andere Zeichen zu rollen. Muck lächelte unsicher.

»Dieser Computer in der Masse des Betons unter uns dreht immer wieder diesen einen einzigen Informationsstrom vom Anfang bis zum Ende und dann wieder von vorne an durch. Immerwährend, ständig, ununterbrochen.«

Ich beobachtete Mucks Mund, damit mir ja kein einziges Wort entging.

»Und jetzt seht mal genau zu! Um dieses Karussell loszuwerden, muß ich diesen Strom aus dem Speicher entfernen. Und immer, wenn ich es versuche, geschieht folgendes:«

Auf dem Bildschirm tauchte plötzlich eine Aufschrift SPHÄRE V auf, zusammen mit dem Befehl: CODEWORT EINGEBEN.

»Was soll das Ganze?« fragte Katorin etwas blöd. Muck zuckte die Achseln.

»Es ist sehr gut möglich, daß dieses Terminal sich an der Peripherie irgendeines Computernetzes befindet, das einmal an die Stadt und an das Zentrum angeschlossen war. Aber ich begreife nicht, was das Wort SPHÄRE V zu bedeuten hat. Ich hab nie so ein Programm gesehen.«

Muck goß uns kalten Kaffee in die Plastikbecher, seine Hände zitterten, die Hälfte kleckerte er daneben.

»Aber das bedeutet doch nicht«, wehrte Pavel ab, »daß so ein Programm nicht hätte existieren können. Ich will deine Kenntnisse nicht in Frage stellen, aber ...« Er sah sich die Aufschrift näher an. Die Buchstaben waren in merkwürdiger Schreibweise wiedergeben, solche Lettern hatten wir noch nie gesehen.

»Hast du es schon mit irgendwelchen Codenamen versucht?«

Meine Augen wanderten von Pavels Mund zurück zu den Lippen von Muck. Der grinste nur und zeigte auf das Tohuwabohu ringsherum.

»Ich habe Hunderte von Losungswörtern, Parolen und Codenamen versucht – nichts. Die dämlichsten Zusammenfügungen von Buchstaben, Unsinn, ich stehe kurz vor der totalen Verblödung. Ganze Nächte schlafe ich nicht, du siehst es ja ...«

Anerkennend sah ich den Haufen von Krimskrams, der

herumlag, und mit einer gewissen Selbstverleugnung schlürfte ich den Kaffee aus der schmuddeligen Tasse.

»Willst du mir nicht die schmutzige Wäsche mitgeben, Gita würde sie dir ...«

»Lieber nicht«, erwiderte Muck und schüttelte den Kopf. »Was würde sie von mir denken!«

Ich setzte mich auf das zerwühlte Bett gegenüber dem Bildschirm und grübelte über die komische Aufschrift nach: SPHÄRE V – Vau, bedeutete es wohl SPHÄRE Fünf? Was sollte dieser Unsinn ausdrücken?

Muck klopfte mir auf die Schulter. Ich sah seinen Mund an. »Es hat keinen Sinn, sich deshalb zu quälen. Ist doch ziemlich klar, daß wir es nie herausfinden werden, worum es eigentlich geht.«

Mein Freund hatte recht – leider Gottes hatte er recht. Wir hatten das Lösungswort nicht entdeckt.

Die Monate darauf fuhr ich öfters als üblich zu Muck, und ab und zu nahm ich die kleine Idaka mit. Wir saßen vorm Terminal und tippten alle möglichen und ausgefallenen Wörter, die gegebenenfalls Parolen hätten bedeuten können, ein; nichts und wieder nichts.

In den besagten Tagen bin ich auf den Namen unseres zweiten Kindes gekommen: Christoph.

XV

Der vierte Herbst in der RETTUNG näherte sich. In der Savanne und im Sandtal nahte die Regenzeit heran, die Wälder der Gebirgsketten färbten sich bunt. Wieder kamen lange und traurige Abende, an denen sich der Rauch aus den Schornsteinen mit dem aus den Koppeln ausgeatmeten Nebel mischte.

Zwei Schlepper schnauften schwer über die Straße durch die Schluchten des Faulbachs, Michel und Peter kamen mit dem Korn aus dem Hauptlager zurück. Sie hatten es eilig, denn jeden Augenblick konnte die Nacht kommen. Die vorletzte Kurve vor dem Lager, wo man immer sehr weit seitlich vorfahren mußte.

Der Straßenrand.

Peter durchbrach die Straßeneinfassung, sie zerfiel, der Wagen kippte im Nu, und dann stürzte er ab.

Nicht einmal Bäume waren fähig, den Schlepper aufzuhalten.

Der Stahlkoloß vollgeladen mit Getreide, wälzte sich hinunter und zerknickte mit Leichtigkeit die großen Stämme. Plötzlich brach er mit grausamem Krachen auseinander, und zwei Stücke donnerten in die Tiefe.

Michel bremste unwillkürlich, sprang aus der Zugmaschine, kletterte auf dem Abhang hinunter und versuchte die Metallmasse einzuholen, die ihren Weg mit Getreidekorn verbrämte – vergeblich. Die Reste der Kabine blieben im Felsboden des Baches liegen.

Den zitternden Michel brachte etwa eine Stunde später Jizel zur Glockenstelle. Sie hatte ihn am zerklüfteten Straßenrand gefunden. Er saß und starrte mit kataleptischem Blick in den verwüsteten Wald. Die zertrümmerte Kabine von Peters Schlepper verlor sich in der immer dichter gewordenen Dunkelheit der Nacht. Das Fahrgestell sah aus wie ein Stück zerknitterten schmutzigen Pappendeckels.

Zwei Tage danach begruben wir Peter im Sand der Savanne. Wir brachten einen Betonquader mit seinem eingeritzten Namen mit. Einst hatte er uns bestohlen, um sich ein einziges Mal den Magen vollstopfen zu können.

Plötzlich sah ich mich selber, wie ich unbewegt auf dem schneebedeckten Dach stehe, und Gita, die Montelion auf den Boden geworfen hatte. Nadja, sie lebte mit Peter von Anfang an, saß auf dem Sand und hörte nicht auf zu weinen.

Wir standen unentschlossen im Kreis herum, hinter unseren Rücken spazierten gutgläubige und neugierige Gazellen, von allen Seiten kamen sie gelaufen. Als wir wieder zurück zur Straße aufbrachen, liefen sie in alle Richtungen auseinander.

Die Sonnen und die Flächen der Riesenspiegel glühten schwach, immer wieder rieselte aus den schlaffen Wolken ein schwacher Regen. Nadja stand endlich auf und machte sich mit uns auf den Weg. Sie folgte uns langsam, und sie gefiel mir trotz der geschwollenen Lider und zerplatzten Lippen gar nicht so übel. Ich fragte mich, ob sie es überhaupt wußte, wie Peter uns bestohlen hatte. Ich untersuchte nie, was mit einigen Kilogramm Fleisch geschehen war.

Ich suchte mit dem Blick Montelion. Er stand an der Straße, mit dem Rücken zu mir. Ich verlangsamte die Schritte. Nadja nahm mich gar nicht wahr. Mit einer gewissen Genugtuung sah ich ihr weinendes Gesicht. Nein, sagte ich mir, an so etwas darf ich nicht denken. Auch wenn sie von dem Diebstahl wußte, heute hatte es für sie jeglichen Sinn verloren.

Ich stutzte. Was war das für ein Siegesgefühl, das in mir eben aufkam? Es war gefährlich ähnlich wie damals mit Gita. Nein, das wollte ich nicht. Ich spürte die Blicke der anderen. Fiel es ihnen auf, daß ich fast neben Nadja schritt?

Ich konnte nicht mehr weiter zaudern und warf ihr leise zu:

»Komm doch mit uns, Nadja.«

Die ganze Gruppe blieb stehen, und sollte ich wieder pathetisch werden, würde ich sagen, durch die ganze RETTUNG ging ein befreiendes Ausatmen. Es war jedoch nicht wegen des einen, einzigen Satzes, den ich ausgesprochen hatte.

Ich begriff nun, daß damals, in jenem Winter, es noch jemanden gegeben haben mußte, der die ganze Szene beobachtet hatte, jemand, der auch mich hatte auf dem schneebedeckten Dach stehen sehen. Dieser Beobachter – vielleicht Otla vom Nebenhaus – verriet allen, was geschehen war, und nur meine Gehörlosigkeit hatte mich aus dem Kreis der Mitwissenden ausgeschlossen.

Jetzt begriff ich erst, warum alle Peter und Montelion

ausgewichen waren, warum mich Gita so oft zwar traurig, jedoch ohne Vorwurf betrachtet hatte.

Wir kamen in der Abenddämmerung nach Hause, und es fiel starker Regen. Ich dachte an das verlassene Grab Peters. Der Wind hatte wohl alle Blumen zerstreut, die wir dort am Vormittag dorthin gelegt hatten.

Es kam mir vor, als ob mich alle Bewohner der Glockenstelle mit verborgener Dankbarkeit anlächelten, als ob ich irgendeine längst vergangene Sünde abgebüßt hätte.

Nadja verließ die Glockenstelle kurz vorm Ende des Jahres. Irgendein Irvin führte sie ab, ein Typ, der bisher in der RETTUNG aufs Geratewohl herumirrte. In der Zeit wurde Christoph geboren, und bei Sabina und Michel kam Brol auf die Welt.

Wir hatten mit Michel Herrenfahrten in der ganzen RETTUNG unternommen, und mit der Flasche, die unseren selbstgebrannten Schnaps enthielt, mit allen angestoßen. Bei dieser Gelegenheit fuhren wir auch zu Marta und Emil auf ihr Gut am Fuß der Sumpfgebirge. Der feuchte Pol der RETTUNG hatte mich von Anfang an sehr fasziniert, doch erst jetzt, als ich angenehm angesäuselt mit Emil und Michel auf der überdachten Terrasse saß, und in das zwinkernde Flämmchen der Kerze sah, entschied ich mich definitiv. Sobald es nur ein bißchen möglich wäre, würde ich das Sumpfgebiet im Westen ganz gründlich kennenlernen.

Die Gelegenheit dazu erhielt ich ziemlich bald, gleich den nächsten Frühling. Gita fuhr mit unseren Kindern zu Yvonne in die Wohnbaracken, und in den Werkstätten, wo man begann, die Kombines zu reparieren, hat mich niemand vermißt.

XVI

Ich brach noch in der Nacht auf, bevor Michel und Pavel wach wurden. So schnell wie möglich fuhr ich zum Zentraltal, und die Morgendämmerung traf mich schon in der verschlafenen Ebene. Als ich vor Mucks Häuschen stehenblieb, bewegte sich nichts. Ich hupte, und einen Augenblick kam ein verschlafener Muck aus der Tür.

»Du fährst wieder mal irgendwohin?«

Ich nickte.

»Ich halt dir die Daumen. Nun aber bitte ich dich, kriech nirgendwo in ein Schlamassel hinein!« Muck wurde unsicher. »Oder soll ich für alle Fälle lieber mitkommen?«

»Nein«, antwortete ich entschieden. »Ich werde schon gut auf mich aufpassen.«

Ich startete und machte mich auf in Richtung Westen. Muck zögerte noch an der Tür und sah mir nach. Schon acht Mal hatten wir uns so verabschiedet. Ich konnte es mir gar nicht richtig erklären, was mich eigentlich schon den ganzen Frühling in den Sumpfwald dicht an der Betonwand hingezogen hatte.

Gegen halb sieben kam ich an Ort und Stelle. Die letzten Asphaltflecken verschwanden im Gras, die Straße war hier zu Ende. Die Luft, vollgepreßt mit Feuchtigkeit, war zum Ersticken, aus dem Schlamm stiegen Dampfschwaden, dann und wann schwirrten über den blubbernden Pfützen kleine Fliegen.

Immer kam es mir hier vor, als hätte irgendein Unbekannter diese Landschaft verlassen, und die döste nun und wartete auf seine Rückkehr. Ich betastete einen morschen Baumstamm. Jetzt, zum neunten Mal, spürte ich genauso wie immer vorher, wie der Boden unter meinen Füßen unruhig zitterte, wie die Äste der Bäume, die im Sumpf fast zu ertrinken drohten, unbemerkbar schwangen. In diesem gefährlichen Gebiet, wo ich so leicht absaufen konnte, habe ich nachgeforscht, warum die uralten riesengroßen Baumstämme Angst hatten.

Wenn ich an diesem Morgen gewußt hätte, was unter der Erde ruhte, ganz sicher hätte ich kehrt gemacht und wäre zurückgefahren. Es kam mir vor, als ob der Sumpf seit meinem letzten Besuch größer geworden wäre, und als ob er Teile des Waldes und der Straße verschlungen hätte.

Ich zog mir vorsichtig den Taucheranzug über. Im letzten Winter hatte ich ihn in einem der Lager entdeckt. Gründlich studierte ich die Landkarte des Sumpfes, die ich selber angefertigt hatte. Einen weiteren wichtigen Bestandteil meiner Ausrüstung bildete das Seil, dreihundert Meter einer dicken Schnur, vorsorglich im Wald versteckt. Ein Ende band ich fest um den Stamm des letzten haltbaren Baums am Rande des Moors, das zweite befestigte ich am Gürtel und begab mich zum Zentrum des Riedes. Das Seil wickelte sich leicht von der riesigen Rolle ab.

Hätte Gita mich jetzt gesehen, wie ich an diesem unsicheren Bindfaden, als eine Art von Kasperle durch den Wald herumstolzierte in dem gelben Schutzanzug, ich glaube, sie hätte mit mir sofort Schluß gemacht.

Die ersten paar Meter, das bedeutete nur, vorsichtig den bewachsenen und schwankenden Moorboden zu durchschreiten, was diesmal, trotz des schweren Sauerstoffgeräts, ganz gut ging. Gefährlich wurde es erst ab der Stelle, wo sich der Erdboden ein wenig aufgebläht hatte und das Wasser sich in den Vertiefungen wie in einem Wirbel drehte.

Ich wog jeden Schritt ab. Im Gedächtnis rief ich die Inselchen des festen Bodens auf meiner Landkarte ab. Plötzlich stutzte ich. Mein wichtigster Orientierungspunkt, der große entwurzelte Baum, war seit der letzten Regenzeit verschwunden. Mein Ausflug wurde damit komplizierter.

Ratlos blickte ich herum, das Seil zeichnete hinter mir einen Zickzacklinie. Ich sprang auf die Stelle, wo ich in dem Morast den versteckten Stamm vermutete. Augenblicklich begann ich zu sinken, verlor das Gleichgewicht und fiel schließlich mit dem ganzen Körper in den Schlamm. Die Hände tauchten in die dunkle Sulze, nirgendwo ein greifbarer fester Punkt.

Nur keine schnelle Bewegung!

Meine Finger betasteten in der Leere vor mir etwas Festes. Ich spannte alle meine Kräfte an, und Zentimeter um Zentimeter glitt ich durch den schlammigen Brei. Ich fühlte einen Krampf in meinen Händen, mein Körper sank immer weiter ein.

Endlich.

Meine Hände erwischten einen starken Ast des untergegangenen Baumes. Vorsichtig zog ich mich zu ihm hin. Bis zu den Schultern steckte ich im Schlamm. Erst jetzt spürte ich Angst. Mit der von Schlamm bedeckten Hand schloß ich die Haube, zog das Visier herunter und stützte es ab. Jederzeit konnte ich nun in Sekundenschnelle den äußeren Filter dicht machen und mit der anderen Hand den Zustrom für den Sauerstoff öffnen.

Ich robbte durch die Ausdünstungen des Brackwassers auf dem mir bekannten Weg bis zu dem Rand der großen samtenen Fläche. Das kleine Gewässer mit seinem feinen tiefen Schlick verbarg ein paar kleine verstreute Inselchen.

Gerade hier war ich fast ertrunken, als ich zum vorletzten Mal hergekommen war.

Ich stand auf und schritt nicht ohne Angst in den kräuselnden schwarzen Wasserspiegel. In dem Moment brach die Sonne durch den Nebeldunst überm Wald.

Ich durfte das Gleichgewicht nicht verlieren.

Was machten die zu Hause jetzt wohl?

Gita steht wohl auf, stillt Christoph, dann nimmt sie einen weißblauen Topf, füllt ihn mit Wasser und stellt ihn auf den Herd, um Tee zu kochen. Idaka tappt in der Küche herum, Michel trifft sich mit den anderen in der Werkstatt, sie grüßen sich fröhlich ...

Noch ein langer Schritt.

Was war vor mir?

Ich malte einen gelben Kreis in meine innere Landkarte. Ich hielt es für möglich, daß ich ein altes, noch nicht angetastetes Lager fände. Letzten Endes hatte alles darauf hingewiesen. Der sumpfige Boden endete auf einem alten Schacht, dessen senkrechte glatte Wände seinerseits in einer dunklen, abgründigen Tiefe endeten. Dabei zitterte rund um die Versenkung deutlich der Boden und auch ihr Rand.

Finde ich dort unten überhaupt etwas?

Bisher schaffte ich ungefähr hundert bis hundertfünfzig Schritte durch den Sumpf, also hatte ich wohl noch zweihundert Meter Leine übrig. Die ersten Etagen der Lager fangen annähernd zehn Meter unter der Oberfläche an. Also wird es vielleicht nicht lange dauern, und ich stoße auf das erste Stockwerk.

Ich ließ mich langsam in die Tiefe hinab. Nach zwei Minuten spürte ich, wie sich die Schnur zwischen mir und dem Baum gespannt hatte. Ich begann behutsam in den Schacht hinunterzuklettern. Von der RETTUNG blieb bald nur ein Viereck blauen Himmels übrig. Beklommenheit überfiel mich, es kam mir vor, daß unter mir in der Düsternis ständig etwas vorbeijagte. Nach achtzig Metern blieb ich stehen.

Sollte ich nicht umkehren?

Ist doch nichts anderes als ein gewöhnliches Loch!

Ich machte die vordere Lampe an, der Lichtkegel huschte verworren an der verfallenen, zersplitterten Wand entlang. Doch ganz tief unten rauschte etwas ...

Nein, ich irrte mich nicht, unten toste Wasser. Das Zittern verstärkte sich. Ich ließ das Seil nach, und die nächsten hundert Meter flog ich buchstäblich durch die Luft. Die Feuchtigkeit wuchs, die Leine, der gelbe Schutzanzug und auch das Visier waren mit kleinen Tröpfchen übersät. Ich seilte mich noch einige Meter ab und sah nach unten.

Das Licht der Lampe flimmerte an den Strömen strudelnden Wassers, das mit unglaublichem Ungestüm aus einer Öffnung in der Wand drang und irgendwo in dem Schlund verschwand.

Ich stellte mir das Tosen des schäumenden Wasserfalls vor und schloß für eine Weile die Augen. Dann hangelte ich, bis ich durch die Öffnung sehen konnte. Der Strom wirkte regelmäßig, er nahm nicht ab, schwand nicht, vielleicht floß er hier schon eine Ewigkeit. Die Wassersäule brauste an der einen Seite des Schachtes, die zweite blieb frei.

Ich ließ mich hinunter in die enge Klamm. Das Wasser flog einen halben Meter vor meinem Gesicht vorbei, ich spürte seine eiskalten Tropfen. Nun konzentrierte ich mich auf jede meiner Bewegungen, ich durfte nicht ins Schwanken kommen und so zwischen die riesigen Fangarme des Wasserfalls kommen. Jeden Augenblick konnte die Schnur zu Ende sein. Als ich mich an der Wand festhalten wollte, um mich umzusehen, griff meine Hand ins Leere.

Eine Nische?

Ich zielte mit meiner Lampe. Die Nische war tiefer, als ich dachte, und mündete in einen kreisförmigen Gang. Der Lichtkegel lief über die mit einer dicken Schicht Schimmel bewachsenen Gemäuer. Überall, wohin ich trat, zermalmte ich mit den Füßen schwammähnliche Materie. Aus deren porösen Stellen quoll klebrige, phosphoreszierende Flüssigkeit.

Ich stellte die Lampe auf volle Leistung. In dem starken Licht glitzerte der Schimmel, als wäre die Wand mit glühendem, flüssigem Silber übergossen. Der Tunnel verschwand in einer Kurve, nicht einmal zehn Schritte weit von mir entfernt. Ich wickelte das Seil auf und versuchte, es an einem Vorsprung in der Decke zu befestigen. Ich mußte mich dicht über der schwarzen Tiefe auf die Fußspitzen stellen.

Plötzlich spürte ich hinter mir eine Bewegung, etwas Kaltes berührte meinen Rücken. Ich drehte mich um.

Hinter mir stand die *Spukgestalt*.

Ich verlor das Gleichgewicht, fiel ins Leere, in demselben Moment ergriff mich der Wasserstrom. Ich flog zusammen mit ihm immer schneller dahin. Unbewußt riß ich die Sicherung der Sauerstoffflasche, sie schaltete gleichzeitig den äußeren Filter ab. Das eiskalte Wasser und der frostige Hauch des Sauerstoffs verschlugen mir den Atem. Ich nahm nichts anderes wahr als die Wasserlawine, die mich fortjagte. Ich zerstäubte tausend kleine Tropfen.

Sauerstoff ... die Schutzhaube ... wie beim *Stauben* ...

Es war wohl kein Anprall, nur ein starkes Zucken, als

mich zum letzten Mal der reißende Strom dahinriß. Die peitschenden Waserfänge verschwanden, eine wohltuende Wärme umhüllte mich. Ich öffnete die Augen; ringsum nichts als Finsternis. Mein ganzer Körper drehte sich und sank in die Tiefe, der Wasserfall erreichte sein Ziel.

Der Schmerz vom wachsenden Druck in meinen Ohren brachte mich zu vollem Bewußtsein. Ich versuchte, nach oben zu schwimmen, doch eine unsichtbare Kraft drückte mich nach unten, die Kraft des fallenden Wassers.

Den Wasserspiegel zu erreichen kam mir unmöglich vor. Der Sauerstoff reichte noch höchstens für eine Stunde. Ich machte die Lampe an, die unmittelbare Umgebung wurde grauer, in der Tiefe unter mir war es, als würde sich ein bleifarbener, riesiger Körper herumschieben. Mit aller Kraft versuchte ich, nach oben zu schwimmen, die Luftbläschen tanzten um mich herum.

Ich drückte mich zur Wand und tappte mit der Hand an ihr entlang, die Finger tauchten in weiches Moos. Endlich spürte ich einen festen Vorsprung. Eine kleine Treppe, eiserne Trittbretter. Ich kletterte auf ihnen nach oben gegen den Strom, der mich nach unten zerrte.

Plötzlich griff ich ins Leere, und ein starker Wirbel riß mich in die Mündung einer Röhre. Das Wasser trug mich weg, ich schwebte an der mit Büscheln langen, wallenden Grases bewachsenen Decke entlang. Aus dem durchsichtigen Moos schwammen mir plötzlich kleine blinde Fische entgegen.

Die Röhre wurde enger, der Strom wurde schneller. Die Wände ringsherum verwandelten sich in eine undeutliche Masse. Der rasende Wasserdruck schleuderte mich durch einen schmalen Korridor, und dann, von einem Augenblick zum anderen, fühlte ich, daß ich mich in stehendem Wasser befand. Die Kraft von oben war verschwunden. Ich schwang zweimal die Hände; beim dritten Mal klatschte ich auf die Wellen des Wasserspiegels.

Ich schaute um mich.

Das Licht widerstand kraftlos dem Dunkel.

Nichts worauf ich mich stützen konnte, kein einziger Abglanz, der ein wenig an die Realität erinnerte.

Ich mußte Sauerstoff sparen, und so, ohne lange nachzudenken, öffnete ich das Visier der Haube. In die Lungen drang mir muffige Luft, sie roch nach etwas, das ich nicht kannte, nach etwas, das gleichzeitig duftete und stank, dazu auch Angst einjagte. Ein gewaltiger Körper irgendeines Tieres strich um meine Beine, für einen Augenblick wagte ich keine Bewegung. Dann schwamm ich so langsam wie möglich durch die Finsternis und tappte dabei mit den Händen um mich.

Eine Wendeltreppe.

Ein nässender Schwamm bedeckte das Geländer. Als sie der Lichtstrahl berührte, zog sich etwas Großes mit Zischen zurück. Ich kroch auf die erste Stufe über dem Wasserspiegel zu. Die Spannung, die in meinen Beinen und Händen zitterte, die in meinem Kopf pochte, ließ etwas nach.

Ich machte das Licht aus, um die Batterien nicht unnötig zu belasten, setzte die schwere Haube ab und die Sauerstoffflasche. Mein ganzer Körper verwandelte sich in eine einzige schwärende Wunde. Immer noch spürte ich die Kraft des Wasserfalls, der mich wie ein Krake umarmt hatte. Meine Sinne verließen mich; ich konnte meine Gedanken nicht mehr oberhalb des schwarzen Wasserspiegels halten ...

XVII

Ein scharfer Schmerz weckte mich, ein glitschiger Körper umwand meine Beine. Ich griff nach der Lampe, ein Lichtstrom schlug durch die Finsternis. Direkt vor meinem Gesicht schwang ein flacher Kopf mit einem einzigem Auge hin und her.

Don-dan!

Ich brüllte auf vor Entsetzen, mit der freien Hand bemächtigte ich mich der Sauerstoffflasche und schlug gedankenlos um mich. Die rauhe, schleimige Materie erzitterte, die Umklammerung ließ nach. Ich versuchte zu entschlüpfen, doch ich verlor das Gleichgewicht und fiel ins Wasser. Ich würgte und schlug verzweifelt auf die ringende Fessel um meine Beine. Der schuppenbedeckte Kopf schwang wieder vor mir, ich schlug mit allen Kräften zu, der Rand der Sauerstoffflasche traf ins Volle.

Und noch einmal.

Etwas wie Blut schoß aus dem langgezogenen Maul, und der Druck um die Füße ließ nach.

Ich riß den Schutzanzug von mir ab, der riesige Körper zuckte und zog mich durch sein Gewicht unter den Wasserspiegel. Mit letzten Kräften schleppte ich mich zurück auf die Treppe.

Der *Don-dan*, das verräterischste Ungeheuer der Mächtigen Welt. Aber Moment mal! Dieses Monstrum kann man doch überhaupt nicht besiegen!

Meine Gedanken tauchten wieder unter den Wasserspiegel.

Ich fiel in Ohnmacht.

Diesmal weckte mich der unüberwindliche Zwang, mich zu übergeben. Ich stand nackt am Treppenrand, zitterte und krallte krampfhaft die Hände in das Treppengeländer. Mein Kopf war wie ausgeleert. Blindlings klomm ich die Treppe nach oben..

Die Wunden und Kratzer brannten, dann und wann spürte ich, wie aus ihnen Blut quoll. Die Schutzhaube war das einzige, das mir geblieben war. Ich hielt sie fest in der Hand und schob meine Rechte übers Geländer.

Lange Zeit stieg ich mechanisch weiter durch die Finsternis. Die modrige Luft zwang mich ständig zum Husten. Ein nieselnder Regen fiel, die feuchten Treppen weckten den Eindruck, als würden sie anschwellen und sich zur Seite neigen. Das Moos schien merkwürdige Gegenstände aufzufressen, die hie und da auf der Treppe lagen. Von den eisernen Vorsprüngen hingen Fetzen vermoderter Kleider.

Immer wieder überfielen mich Krämpfe, ich sank auf die

Knie und erbrach mich. Dabei verlor ich wiederholt das Bewußtsein. Ich lag dann lange Zeit zusammengerollt und wartete, bis die grausamen Schmerzen nachließen. Dann und wann schaltete ich die Lampe an, um die Umgebung zu beobachten.

Irgendwoher aus der Tiefe zogen sich endlos Betonwände in die Höhe, mit Schimmel und Moos bewachsen. Inmitten dieses Gemäuers führte aus dem Brackwasser ein Treppenhaus heraus und wand sich durch den Schacht nach oben. Plötzlich erkannte ich, daß auf der gegenüberliegenden Wand, halb vom Moos überwuchert, Buchstaben zu sehen waren. Der schleimige Bewuchs hatte es noch nicht geschafft, die riesige Aufschrift zu zerstören:

SENKE 325 - ENDE DES ALTEN SYSTEMS

Ich stieg weiter nach oben, und meine Einsamkeit wuchs. War es die Strafe für alle meine Sünden damals im Gebiet des *Staubens*? Oder züchtigt mich das Schicksal für alles, was ich Gita angetan hatte?

Ich fragte mich, was für einen Sinn mein Schicksal hat. Ich wälze mich im Gebiet des *Staubens*, ich werde gerettet. Ich falle in den Schacht - und werde gerettet ... Nun - und was weiter?

Was, wenn ich nun etwas ganz anderes erlebte, worüber bisher nichts erwähnt worden ist?

Die Dunkelheit half mir, alles abzustreiten, alles zu verleugnen, über alles zu zweifeln. Das Blut in meinen Wunden vertrocknete, ich gewöhnte mich an das Fehlen des Lichts. Der Hunger zwang mich, die schleimigen Pilze zu versuchen. Doch mein Magen revoltierte, die Krämpfe wurden stärker, einmal kam es vor, daß ich Blut auskotzte. Ich schaltete die Lampe ein, um den roten Schleim zu betrachten.

In dem Moment wurde mir klar, daß sich auch die Umgebung des Treppenhauses verändert hatte. War dies eine Hoffnung? Nach Stunden (oder Tagen?) endeten die Treppen in einer Kurve. Tapsend ging ich durch eine Art

Schleuse und blieb unsicher an einer Schwelle zu neuer Dunkelheit stehen. Mit zitternder Hand tastete ich nach dem Schalter der Lampe. Mattes Licht beleuchtete nur halbwegs den Raum mit seinen vielen Instrumenten.

Es kam mir vor, als ob die Ausrüstung viel besser erhalten wäre als anderswo, das Moos hatte es noch nicht geschafft, alles zu bedecken. Dafür wuchs hier etwas anderes. Als ich das fast erlöschende Licht ausschaltete, breitete sich an vielen Stellen ein schwaches Glimmern aus. Zarte Blättchen tanzten auf der Erde und auf den Paneelen der Geräte.

So sehen sie also aus, die Blumen des Friedens.

Die Blumen, welche die Menschen seit eh und je, eine Ewigkeit lang in den unterirdischen Höhlen suchten, und die Wollust, deren Duft auszukosten. Nur einmal, zum letzten Mal. Ich ging ziemlich sicher aus dem Raum durch die Tür auf der rechten Seite. Ein schmutziges Gefühl war es, das sich meldete, ausgeschwemmt von irgendwoher auf die Oberfläche.

Mir wurde bewußt, daß ich diesen Raum schon kannte. Hunderte von solchen Interieuren waren in der Stadt und im Kollegium. Aus ihnen heraus wurde der Verkehr geregelt, in ihnen wurden Klassenzimmer, Projektionssäle oder Büros untergebracht. Ich wollte die Lampe wieder einschalten, aber der Strahl gab nichts mehr her.

Die Haube hatte ich in die Dunkelheit geworfen. Kraftlos und wie im Fieber tappte ich an der rechten Wand entlang, die Lichtschalter befanden sich in diesen Gebäuden immer auf der rechten Seite. Meine Nägel kratzen den Schimmel vom Knopf und drückten ihn. Eine Detonation vernichtete durch Kurzschlüsse alle schadhaften Verbindungen. Gehört habe ich die Explosion nicht. Die Lampen in den Korridoren strahlten auf und zerplatzten. Die Notbeleuchtung blieb jedoch intakt. Ihre fahle Helligkeit genügte zum Entziffern der Aufschrift an der rostigen Wand des Ganges:

ZEBROW – ABFERTIGUNGSZENTRUM
FÜR DEN AUSSTIEG

Ich drehte mich um. Aus einem der Tunnel sah mich ruhig die *Spukgestalt* an.

Ich wußte, sie war blind, doch mir kam es dennoch so vor, als ob sie mich beobachtete. Sie sah aus wie ein Fuchs, der lange Beine mit kleinen Hufen hatte. Ich zitterte.

Die *Spukgestalten* haben zwar – genauso wie die ERDKRÖTEN – niemandem je etwas zuleide getan, doch sie waren immer ein Zeichen der sich nähernden feindlichen Kraft. Ich wandte den Blick nicht ab und zog mich so langsam es nur ging zurück. Die *Spukgestalt* versuchte nicht näher zu kommen oder mich anzugreifen.

Die Notlichter schrieben meinen Schatten auf den Boden und begossen meinen dreckigen, zerschundenen Körper mit aschfahlem Blau. Ich ging durch die dunklen, irgendwo im Unbekannten endenden Nebengänge. Ich versuchte mich auf den Beinen zu halten, doch ich schaffte es schon nicht mehr. Ich fiel und fand keine Kraft mehr, wieder aufzustehen. Über mir blakte das Notlicht, der Boden bebte leicht. Offenbar war ich wieder in der Nähe des Wasserfalles.

Ich mußte zum Wasserfall zurück.

In der Gangbiegung hatten sie mich gesehen. Thomas, Jask und Pavel.

Ich erkannte ihre Gesichter in den Schutzhauben. Mit den behandschuhten Händen versuchten sie, mich so vorsichtig wie möglich anzufassen. Sofort setzten sie mir den Sauerstoffhelm auf, unverzüglich spürte ich in der Kehle den kühlen Strom. Ich wollte gleich sprechen, ihnen mitteilen, daß unsere alten Märchen mit dieser unterirdischen Welt übereinstimmten. Denn gerade hier unten lauert die gewalttätige Vergangenheit, vor der ich so große Angst hatte.

Ich kam zu mir und spürte irgendwelche Hände auf meinem Gesicht. Ich lag auf dem Hintersitz eines Autos. Gita hielt meinen Kopf in den Händen. Es kam mir unglaublich vor, daß alles vorüber war, daß ich das entsetzliche Intermezzo überstanden hatte.

Möglicherweise fragten mich alle etwas, doch ich war nicht fähig, ihnen etwas von den Lippen abzulesen. Ich sah die vorbeiziehende Landschaft, wir fuhren eben an den Lichtungen vorbei und durch eine enge kleine Straße zu der Glockenstelle. Am Wegesrand lagen Haufen von Stämmen, die wir im zeitigen Frühling gefällt hatten.

Ich bibberte wie im Fieber, und erst die Ruhe unseres Hauses wiegte mich in den Schlaf.

XVIII

Jeglicher Gedanke würde damit an Größe gewinnen. Was für einen Sinn hatte es aber für uns?

Für die RETTUNG überhaupt?

Alles paßte allzu gut zusammen, die alten Legenden, die Sagen, die betagten Mythen. Alles, was wir als Kleinkinder gehört hatten. Nun war der Kontrapunkt zu diesen Überlieferungen gegeben, er war im Untergrund der RETTUNG versteckt.

Die Bücher, die Eltern, die Lehrer, alle hatten uns hier verlassen und darüber hinaus permanent gelogen. Bis auf die Grundmauern zerschmetterten sie unsere Ruhe, die wir so mühevoll zu erzeugen versuchten. Was blieb, war verwirrte, unbegreifbare Leere.

Auch die anderen seilten sich ein paarmal in den Untergrund ab, um in dem Gang nachzusehen, wo ich die *Spukgestalt* erblickt hatte. Niemand wagte sich ohne Sauerstoffmaske dorthin. Die im komplizierten Führungszentrum wachsenden, merkwürdigen Blumen sonderten ein giftiges halluzinogenes Gas ab, das nach längerer Zeit dauerhafte Schäden hinterlassen konnte.

Zum zweiten Mal war ich deswegen nicht hinuntergestiegen. Ich wurde das Gefühl nicht los, als ob das alles nur für mich bestimmt gewesen wäre, als würde die Vergangenheit mit mir eine Rechnung begleichen und nicht mit den anderen in der RETTUNG. Nur mit mir, mit mir selber. Ich konnte in der Nacht kein Auge zumachen, ich ahnte die tief in der Zeit verborgene Erbarmungslosigkeit, ich hatte Angst, Angst, Angst.

In der Zeit, als ich mich von meinem ›Ausflug‹ erholte, besuchte mich Muck sehr oft. Er stellte mir die verschiedensten Fragen, und versuchte mit allen möglichen Mitteln, alle meine Eindrücke aus der Unterwelt herauszubekommen, doch ich antwortete nur zögernd. Mir war bewußt, daß die Vergangenheit über mich Bescheid wußte und jederzeit eingreifen konnte.

Auf der NOVA wurde freudig und sicher elegant getanzt, während ich täglich mit brennenden Gedanken zu Bett ging und keinen Schlaf finden konnte.

Mehrmals hatte ich es Muck wiederholt, und er nickte nur traurig: »Du hast dich unten verändert, ja sogar sehr verändert.«

Umgekehrt fragte ich Muck Löcher in den Bauch über alles, was in der RETTUNG geschehen war, während ich in der Unterwelt herumgetappt war. Auch er – ähnlich wie ich – antwortete widerwillig. Das kam mir komisch vor, doch ich rechnete es Gitas haßerfülltem Blick zu, der meinen Freund nervös machen mußte.

Ich war nämlich fast eine Woche lang unten gewesen und Muck gab sich erst nach zwei Tagen endlich einen Stoß, um allen zu melden, wohin ich gegangen war. Schweigend hatte er nun ihre Wut zu ertragen, da sie mich bemuttern mußte.

Sie hatte es wohl gefühlt, daß ich im Treppenhaus meine letzten Kräfte gelassen hatte, und überhäufte mich nun mit aller Fürsorge, derer sie fähig war.

Ich wußte, daß die Augenblicke, wo sie abends an meinem Bett saß und etwas für sich selber erzählte, oder mit den Kindern kuschelte und Zärtlichkeiten austauschte, daß diese Momente die letzte Gelegenheit zur Versöhnung bedeuteten. Doch ich fand keinen Mut, sie zu fragen, ob ihr um mich bange war, ich war nicht imstande, mit ihr anders zu sprechen, als es zwischen uns sonst üblich gewesen war.

Muck brachte dann und wann merkwürdige Gegenstände, die er während seines einzigen Besuches in den unterirdischen Gängen gesammelt hatte. Wir drehten die Dinge in den Händen und versuchten zu enträtseln, wozu sie wohl gedient haben mochten. Meistens erinnerten sie an irgendwelche medizinische Geräte, oder an Teilstücke größerer elektronischer Apparate. Einmal brachte Muck auch aufgeweichte, unleserliche Bücher und Bruchstücke von Plänen mit einem Irrgarten von Gängen, die in zwei Ringe verwoben waren mit der Bezeichnung ›Altes System‹ und ›Neues System‹. Wir wollten nicht glauben, daß die alten Mythen und Legenden eine Grundlage in der Realität gehabt hätten, und zwar in der, die eben in unserer Reichweite existierte.

Unglaubwürdig wäre es auch gewesen, wenn unsere Ahnen diese Systeme nicht entdeckt hätten. Was für einen Sinn hätte deren Verheimlichung gehabt? Kein Grund war vorhanden, über die Existenz der *Spukgestalt* und des *Dondan* ganz zu schweigen. Langsam wurde mir bewußt, wie mein Schicksal ununterbrochen alle diejenigen positiven Werte zerschlug, die ich für mich selber zu schaffen versuchte. Vor einigen Jahren hatte ich über den paradiesischen Garten im Neuen Land geträumt, von einer unbedingten Liebe, später sehnte ich mich nach einem glücklichen Leben in der RETTUNG. Nichts davon hat sich realisiert.

Warum?

Ich wußte nicht, wo in der Vergangenheit so viel Böses sprudelte, daß es in der Lage war, unsere Gegenwart und wohl auch unsere Zukunft zu durchtränken. Und ich wußte auch nicht, wie lange wir noch warten müssen, bis diese dunkle Quelle austrocknet und die Bäume in den Sümpfen endlich aufhören zu zittern.

XIX

Wir schritten durch einen schmalen, ausgetretenen Pfad. Die Kinder trappelten vor mir her, und vielleicht brummten sie etwas für sich. Christoph begannen wie üblich nach einer kurzen Weile die Beinchen weh zu tun, er fiel immerwährend in den Schnee, und so mußte ich ihn schließlich auf die Schultern nehmen. Seine Händchen kitzelten mich unterm Kinn.

»Vati, wann kommt endlich das Futterhäuschen?«

Idaka hatte sehr schnell mit mir reden gelernt, sie brachte es besser zuwege als Gita und Muck.

»Du mußt es noch eine Weile aushalten!« sagte ich und lächelte.

»Und Vati, glaubst du, daß wir viel Fressen haben für die Tierchen und für die Rickten?«

Immer kam es mir vor, als ob Idaka anstatt ›Ricken‹ das Wort ›Rickten‹ aussprach. Wenigsten hatte es so ausgesehen.

Ich nickte bejahend und zeigte auf den Rucksack, der zum Bersten mit Getreide und Salzklümpchen vollgestopft war. Die Futtertröge im Wald hatten wir schon längst entdeckt, doch erst vor zwei Jahren haben wir sie in Betrieb genommen. Nach einem weiteren Winter haben sich die Tiere an die neue Nahrungsquelle gewöhnt. Wir begannen mit der Fütterung, nachdem wir im Wald die ersten erfrorenen Rehe gefunden hatten.

Die Kinder lachten unablässig und fragten ständig irgendeinen Unsinn. Es nahm mich wunder, wie schnell sie sich an meine Behinderung gewöhnt hatten. Auch wenn sie sich untereinander unterhielten, drehten sie sich immer zu mir um, und ihre Äußerungen ergänzten sie mit Gesten, damit ich immer wußte, worüber sie sprachen. Darauf vergaßen meistens die Erwachsenen, und ich brauste immer wieder auf, wenn sie sich von mir unwillkürlich abwandten und ich allmählich den Zusammenhang der Gespräche verlor.

Der Waldzipfel war ganz nahe, ich mußte Christoph von den Schultern herunternehmen, und beide Kinder liefen um die Wette, welches als erste den ersten Baum berührte. Ich sah ihnen nach, wie ihre Pelzjacken im Schnee schwangen. Gita hatte sie ihnen genäht.

In dem Moment vergegenwärtigte ich mir unser Haus:

In der Küche ist es warm, im Kamin glühen Holzscheite, von draußen sehe ich Gita, wie sie das Abendbrot kocht und aufräumt. Überall duftet es nach frisch gebackenem Brot und nach Gitas Körper. Und draußen auf dem Hof tropft es von Eiszapfen in die Blechrinne, und es klopft ganz leise – klapp, klapp, klapp.

Seit ich taub geworden bin, versuche ich gierig, einige Geräuschvorstellungen zu kreieren, die eben in meinem früheren Leben gefehlt haben.

Christoph zupfte mich am Ärmel. Ich sah aufmerksam auf seinen Mund. »Wann wird Lenka mit uns gehen können?«

Ich hob die Hand: »Da wirst du noch sehr lange warten müssen.«

Wir traten in den Wald ein, und seine Stille war auch für meine Augen erkennbar. Die Kinder schlossen den Mund und faßten meine Hand. Die Bäume standen unbewegt, nur ab und zu schüttelte einer die schwere Schneelast ab. Da schwebten zart einige Schneeflocken, anderswo fiel ein richtiger großer Batzen. Bei der Fütterungsstelle verwob sich eine Menge ausgetretener Spuren und kleiner Wege.

Ich zog aus dem Rucksack ein Salzstück, den Beutel mit dem Korn, und aus der kleinen Holzdieme brachte ich mit der Gabel Heu. Die Kinder versuchten mir zu helfen und verteilten das Heu auf dem Futtertrog.

»Und das werden sie essen?« fragte Christoph ungläubig. Idaka lachte ihn aus.

»Natürlich werden sie das!«

»Warte bis zum nächsten Mal«, nickte ich, »da bleibt hier kein Halm übrig.«

»Papa«, schrie Idaka und aus ihrer Grimasse war mir sofort klar, was sie verlangen würde. »Also werden wir hier warten, bis die Tierchen kommen, damit auch Kristl das sehen kann, ja?«

»Das geht nicht, Mutti wartet auf euch, und ihr zittert jetzt schon vor Kälte!«

»Nein, Papa, ist nicht. Guck mal!« Christoph begann sich der Jacke zu entledigen.

Ich drohte ihm mit der Hand.

»Ach, Papa, bleiben wir doch, nicht wahr?« Idaka wiederholte den Satz und mir war klar: dieses Kind war Gita am ähnlichsten. Wie der Mutter konnte ich auch ihr nicht widerstehen.

»Also gut, aber nur für eine kurze Weile!« Es klang streng und überzeugend.

Wir krochen auf das Dach des Heuschobers und warteten. Aus den Gebüschen erhob sich langsam die Dunkelheit, und in mir wuchs die Ungeduld. Gita hatte gesagt, wir sollten uns nirgendwo aufhalten. Neben der Dieme hupfte ein Hase. Christoph stieß ein Freudenruf aus, und das Tier verschwand sofort.

Idaka machte ein mürrisches Gesicht: »Du mußt still sein, sonst kommt kein Vieh.«

Ich beobachtete die Gesichter der Kinder. Sie fingen an, rot zu werden.

»Kann man nichts machen, wir müssen jetzt schon gehen.«

Entschieden holte ich sie beide vom Dach des Heuschobers, auch wenn sie sich wehrten. Christoph plärrte.

»Wir kommen ein andermal wieder her. Sagen wir: im Sommer und für einen ganzen Tag.«

»Und werden wir auch Giraffen sehen?«

Idaka begann wieder zu lachen. »Du bist ein Spinner, Kristl. Giraffen leben doch nur im Sandtal.«

»Aber ich habe sie auch hier gesehen«, beharrte Christoph.

Ich mußte lächeln und dachte daran, was geschehen würde, wenn wir hier tatsächlich einmal eine Giraffe oder einen Saurier hinbringen würden. Würden sie es schaffen, den Weg zurückzufinden, oder würden sie verstört im Wald herumlaufen, bis sie verreckten?

Während wir zu der Glockenstelle am Abhang zurückstiegen, kam die Nacht. Am Horizont meldete sich ein schauerliches Zwielicht, das einen Eindruck von unendlich hohem Himmel schuf. Im Süden sah man in der Ferne einen grauen Vorhang, über dem Zentraltal schneite es. Über dem sphärischen Schild zeichneten sich scharf schwarze Wolken ab, die RETTUNG schwamm ständig durch *Staubensstürme*. Die Gipfel des Sumpfgebirges waren anscheinend mit der Hand zu erreichen, es kam mir vor, als ob ich mit einem einzigen Schritt in die entlegensten Landschaften gelangen könnte.

An drei Stellen unter uns leuchteten Lichter auf. In der Ferne, vielleicht am zentralen Scheideweg blinkten Autoscheinwerfer. Der Nebel trug das Bellen von Michels Hund bis zu uns. Ich vertiefte mich in die Landschaft, und plötzlich spürte ich ganz deutlich, daß ich in der ganzen, von Betongürteln umschlungenen Schönheit doch etwas entbehrte.

Acht Monate später nannte Muck das ›etwas‹ den Fluß.

Gita machte mir die Tür dicht vor der Nase auf. Immer wenn sie wütend wurde, konnte ich ihr die Worte von den Lippen nur schwer ablesen. Doch aus ihren Blicken begriff ich alles.

»Die Kinder wollten Ricken sehen«, sagte ich zu meiner Entschuldigung. »Und Rickten!«

»Das meinst du nicht ernst.« Sie sprach schnell, die Worte jagten einander und verschwanden, bevor ich sie verstand. »Du bist einfach verrückt!«

Die Kinder warteten ein wenig neugierig, was daraus wohl werden würde. Es blieb mir nichts anderes übrig als zu schweigen. Gita zog den Kindern die nassen Jacken aus, und Christoph zwinkerte mir verschwörerisch zu.

Ich beobachtete meine Frau und verglich sie mit dem Mädchen, das ich einst während meiner Studien kennengelernt hatte. Jeden Tag kann eine verräterische Falle in uns zuklappen, die unser Leben bis zur Unkenntnis verändert. Doch nie, nicht einmal im Traum, hatte ich damit gerechnet, daß ich meine Erste Große Liebe sehen würde, wie sie auf einem leeren Planeten in einem merkwürdigen Land das Geschirr mit dem Hoheitszeichen der Generalrevision aufräumte, wie sie den Kindern die verkleckerten Mäulchen abwischte, den Kamin mit Holz fütterte, die kleine Lenka stillte.

Als ich sie fragte, ob ich ihr helfen sollte, schüttelte sie verächtlich den Kopf. Ich ging also zu den Kindern ins Schlafzimmer, weil sie wieder um ein Märchen bettelten. Von Zeit zu Zeit mußte ich ihnen eine Geschichte für die gute Nacht erzählen. Entweder war das ein Märchen, das ich von meinen Eltern gehört oder gelesen hatte, oder ich habe mir die Story ausgedacht. Die Eingebung lieferte mir meistens die RETTUNG. Angeblich habe ich ganz schön erzählen können, dann und wann kamen auch Pavels Kinder, um zuzuhören.

Ich setzte mich zu Idaka und Christoph an den Bettrand und schaltete absichtlich das Licht nicht an.

»Auf der Erde lebten in den urältesten Zeiten viele Menschen. Der Boden war gesund und fruchtbar und warf genügend Nahrung für alle ab. Das Leben kam ohne unnützen Streit, Zerwürfnisse und Hader aus, die Leute kosteten Frieden und Ruhe genüßlich aus. Doch eines Tages hatte sie Etwas angesprochen. Alle erhoben sich dort, wo sie gerade waren, und hefteten ihre Augen auf den Himmel. Etwas kam, durchdrang den Azur und verdeckte die Sonne.«

Die Kinder hörten verblüfft zu, auch wenn sie diese Geschichte schon mehrmals gehört hatten. Auch meine Mutter hatte sie mir immer wieder und wieder vorlesen müssen.

»Das böse Schicksal stellte die Menschheit auf die Probe: Die Gefahr und der Tod tauchten auf in der Gestalt von Feinden, die ihre friedliebende Welt erobern wollten. Ein schwerer Schlag war es, doch die Leute ließen sich nicht unterkriegen. Unter der Führung des tapferen Tolaj kämpften sie bis zum letzten Atemzug und bis zum letzten Blutstropfen. Die Pluis, Feinde der Erde, waren wegen des Mutes der Menschen wutentbrannt und wurden noch grausamer und noch unbarmherziger.

Sie töteten, schleppten schreckliche Krankheiten auf die Erde, verwandelten durch Genbomben die Tiere des Erdreiches in scheußliche *Spukgestalten*, die genauso böse waren wie die Pluis, und in nichts dem ähnlich, was wir je gesehen hatten. Am verräterischsten waren die fälschlichen *Blumen der Versöhnung*, in deren Schönheit und Duft der grausamste Tod lauerte. Nach unendlichen Kämpfen blieb von der blühenden Erde nur kahle Wüste, und die Menschen zogen sich hinter die Mauer der letzten Stadt, des altertümlichen Kleanosis. Tolaj hat mit nur wenigen Kämpfern die Festung verteidigt. Schon sah es so aus, als ob auch der letzte Wall fallen würde. Doch Tolaj glaubte der Vereinbarung mit der Erde und ging nicht unter. Ihr wißt doch, wie die Vereinbarung mit der Erde lautet?«

Idaka nickte eifrig im Dunkeln, Christoph fielen vor Müdigkeit die Augen zu.

»Gut«, fuhr ich fort, »die Erde hatte damals versprochen, daß, wenn Tolajs Sohn in dem selben Augenblick geboren wird, in dem er, Tolaj selber, stirbt, die Stadt gerettet werden würde. Und wirklich, als Tolaj aus der Stadt das Geschrei seines Neugeborenen hörte, hielt er seine Brust dem feindlichen Geschoß hin. Aus der Wunde schoß Blut, und gleich danach versank die ganze Stadt Kleanosis in der Erde.

Die Feinde schnoben vor Wut, sie zerwühlten die ganze Oberfläche der Erde, doch ihren festen Panzer, der das Herz schützte, haben sie nie durchbrochen, und so blieben die Menschen in Sicherheit. Es blieb nur zu warten übrig. Ausharren, bis das Böse weggeht. Tolajs Sohn wurde inzwischen größer, er trat die Herrschaft über die unterirdische Stadt an. Als die Siedlung alt geworden war und dahinsiechte, baute er in der Riesenhöhle ein neues, schöneres Kleanosis.

Inmitten der Stadt ließ er goldene Statuen der bösen *Spukgespenster* anbringen, des Fuchses mit den Hufen, der Kröte mit der schleimigen Zunge und des Vogels mit vergifteten Krallen – alles zu Ehren des großen Heldentums seines Vaters. Und jetzt werde ich euch etwas erzählen, das ihr noch nie gehört habt. Eines Tages kam es dazu, daß eine der goldenen Gestalten lebendig wurde ...«

Ich erzählte ihnen eine Geschichte, die ich vollkommen neu erfand, doch noch bevor ich sie halb erzählt hatte, brach ich ab. Idaka und Christoph schliefen schon. Ich lächelte. Auch auf mich fiel Müdigkeit. Morgen werden sie mich gleich nach dem Aufstehen bitten, die Geschichte zu Ende zu erzählen.

Ich stand leise auf und verließ das Zimmer. Meine zeitweilige gute Laune verflog schnell. Einmal werde ich meinen Kindern die Wahrheit sagen müssen. Daß all diese Märchen in sich ein Körnchen Wahrheit haben, die auf alle mögliche Weise verdreht, zerrissen und verwirrt wurde.

Immer klarer wurde mir die scheue Furchtsamkeit des vergangenen, des farblosen Lebens in der Stadt, auch das nervöse Handeln der Erzieher, der Kommission, der Körperschaften, einfach aller, die sich bewußt waren, daß sie etwas deckten. Wofür das alles? Wirklich nur für die sorglose Zukunft auf der Neuen Erde?

Ich saß in der Küche allein bei dem auskühlenden Ofen. Gita ging schlafen. Was war damals in uralten Zeiten geschehen? Ich dachte nach. Gita D. Gita D: Plötzlich fiel mir etwas ein. Ich ging schnell in das Schlafzimmer und setzte mich auf das Bett.

»Gita.«

Ihre Hand legte sich auf die meine, als würde sie sagen: Ja sprich, ich höre zu.

»Du, Gita, jeder von uns hat seinen Namen und dazu den *Schichtnamen* – du heißt doch Gita D. Früher sagte man dazu doch ganz einfach *Nachname*.«

Sie drehte mir unwirsch den Rücken zu.

»Warte, ich will damit sagen ... Dort unten auf dem Treppenhaus, da sah ich genau solche Buchstaben – G., D., E. Was, wenn da ein Zusammenhang ist? Was, wenn wir dort unten einmal gelebt haben? Und nach den Schichten bekam jeder von uns den Nachnamen, also Schichtnamen ...?«

Ich legte mich neben Gita hin und spürte, wie sie zitterte.

»Weißt du, als ich dort unten war - dort in dem Untergrund - an dieser Stelle kann man das Elend mit Händen greifen ...«

Und plötzlich hörte ich das dunkle Dröhnen des großen Wasserfalls, der sich unter dem Sumpfgebirge von dem Alten in das Neue System mündet.

XX

Im achten Jahr wurden wir von dem Ausmaß des Erntesegens fast erschlagen. Die Betonspeicher füllten sich bis zum Dach mit Getreide, Gemüse, mit Hülsen- und Feldfrüchten. Wir entschieden uns, noch einige Lager für das Heu dazuzubauen.

Unweit der Straße, an der Stelle, wo sich das Zentraltal zu den Abhängen in Richtung Westen neigt, wuchs schnell ein Bau, den Vario und Emil vorgeschlagen hatten. Das Ergebnis entsprach nicht ganz der Tatsache, daß die beiden einst das Fach ›Stadtstrukturen‹ auf der Architekturakademie studiert hatten, doch wichtig war, daß dieser unförmige Kasten seinen Sinn erfüllte.

Wir hatten es eilig, weil das Ende des Sommers außerordentlich kalt gewesen war und so ankündigte, daß der Winter diesmal nicht lange auf sich warten lassen würde. Durch die Täler zischte ein starker Wind, der rabiat das noch nicht verfärbte Laub von den Bäumen riß und sie über die Wege und nicht bestellten Felder fegte. Gewaltige, grob behauene Tragbalken hoben sich in die Höhe, von überall her hörte man das Klopfen von Hämmern und Beilen, ab und zu kreischten die Sägen. Von diesen Geräuschen erzählte mir Muck, doch was ich wahrnahm, war der wunderbare, schnell vergehende Geruch des frisch gespaltenen Holzes. Den hatte ich nicht vergessen, genauso wenig, wie den Augenblick, als Muck während der Arbeit zu mir kam und meine Geschichte ihren Höhepunkt zu erreichen begann.

»Hättest du ein wenig Zeit für mich?«

»Klar, gleich. Worum geht es?« Ich wurde argwöhnisch, begriffsstutzig lächelte ich, so geheimniskrämerisch führte sich Muck sonst nie auf.

»Dazu braucht man ein wenig mehr Zeit. Vielleicht später.«

Ich zuckte die Achseln und nickte.

Während der weiteren fünf Tage, in denen der Bau vollendet wurde, hatte ich keine Zeit gehabt, über Mucks Handeln viel nachzudenken. Als wir durch das geöffnete Tor des Heuschobers, der nun auf die erste Fuhre wartete, zu den Autos und nach Hause gingen, hatte mein Freund sich selber in Erinnerung gebracht.

»Also Gita wird nicht gerade begeistert sein, wenn ich dich mitbringe«, sagte ich ihm aufrichtig. »Zehn Tage war ich schon nicht mehr zu Hause ...«

Obendrein wollte meine Frau Muck nicht vergessen, daß er meine Ausflüge in das Sumpfgebirge gedeckt hatte, bei denen ich nicht nur einmal fast ums Leben gekommen war. Doch auch Muck machte sich Vorwürfe, daß er damals nicht mit mir gefahren war. Den Grund meines Verschwindens verriet er erst nach zwei Tagen - worum ich ihn für den Fall meiner längeren Abwesenheit gebeten hatte.

Ich sah um mich herum über die Wiesen hinter den Häuschen. Michel, und Pavel sammelten das Gras und bauten Heumandeln, das Pflaster auf dem Dorfanger war mit Grashalmen besät. In der Tür küßte ich Gita flüchtig und schaffte es noch, in ihren Augen den Tadel für den ungebetenen Gast abzulesen. Doch die Kinder hatten wie üblich an Mucks Besuch eine ungeheure Freude.

Wir wuschen uns, aßen, sprachen ein paar Worte mit Gita und Otla über den Bau im Tal und gingen dann in den Garten. Wir setzten uns nicht einmal auf die Bank, und Muck sah ungeduldig und erwartungsvoll aus und begann ein wenig steif:

»Ich möchte dich einmal fragen, was du heute nach drei Jahren über das System denkst?«

Verlegen sah ich ihn an. Darüber wollte ich heute wirklich nicht sprechen.

Er erriet meine Gedanken. »Tut mir leid. Ich weiß, du hast keine Lust, darüber zu sprechen ... aber ... es kommt mir darauf an.«

Ich sah die Blumenbeete an. Das Unkraut besiegte allmählich die Blüten. Ich sollte Gita ab und zu mit dem Garten helfen, fiel mir ein bißchen müde ein.

»Vieles hat sich geändert«, überlegte ich laut. »Ich habe mich mit dem allem abgefunden, mit dem *Stauben*, die ganze Vergangenheit, auch damit, daß ich noch immer nicht mit Gita klar komme ... Ich werde das einfach nicht los ... der Seelenschmerz ist doch zum Prinzip der RETTUNG geworden, und die RETTUNG ist nur durch Leid möglich, also resignierte ich ...«

»Du philosophierst gar nicht so schlecht. Aber denkst du nicht, daß es ziemlich metaphysisch ist, darüber zu grübeln, was war, was alles passiert ist, und sich zerfleddern, daß die uns hier im Stich gelassen haben? Wem willst du ständig im Kreis Vorwürfe machen und über die Systeme spintisieren, die tief im Boden vergraben sind?«

Muck wies mit einem Nicken in Richtung Sumpfgebirge. Mir wurde bewußt, wie der Himmel klar wurde und wie es während des Tages wärmer wurde. Vielleicht hatte sich der häßliche Sommer doch schließlich geirrt, und der Winter kam nicht so sehr bald.

»Ich werde es ihnen immer und immer wieder vorwerfen« – ich deutete auf das Firmament –, »daß sie uns ohne ein Wort verlassen haben, ohne einen Grund zu nennen, ohne Erklärung. Waren wir wirklich so viele? Oder waren wir diejenige Generation, deren Erziehung mißlungen war? Soweit die wußten, daß in der Vergangenheit etwas Böses getan worden war, hätten sie um so mehr aufpassen müssen, was sie taten!«

Ich besann mich, offensichtlich begann ich schon zu brüllen.

»Tut mir leid, Muck.«

Mein Freund lächelte bitter und schwieg.

»Aber du kannst nicht behaupten«, sagte ich ruhig, »daß ich über die Vergangenheit wie über ein zerschlagenes Spielzeug raunze ... Da ist doch etwas schrecklich Grausames geschehen. Wirklich.«

Aber ich wollte nicht ihn und mich selber verletzen. Ich fuhr mühevoll mit ruhiger Stimme fort:

»Du hast recht. Vielleicht ... Aber ich werde die schrecklichen Vorstellungen nie los. Vielleicht schaffen es unsere Kinder. Jeder von uns versteckt in sich das Grauen vor dem *Stauben*, man hat Angst, daß wir uns einmal an die Gurgel gehen, und so weiter und so weiter.«

Muck legte mir unerwartet versöhnlich die Hand auf die Schulter. Ich sah ihm aufmerksam auf den Mund.

»Wir müssen anfangen, etwas zu tun. Etwas Großes und Vollkommenes, was uns hier wirklich zusammenführen würde. Wir müssen lernen, damit zu leben, daß wir hier für alle Zeiten sind.«

»Das klingt allzu genial. Was willst du damit eigentlich sagen? Also los, sag es!«

»Ein Fluß fehlt hier. So einer wie in der Neuen Welt, wo so viele, so unzählige sind. Wir machen uns einen Fluß.«

Ich warf den Kopf nach hinten, das unendlich Blaue schlug mir ins Gesicht, ich ließ mich von ihm für eine Weile verschlingen.

»Du hast recht, es mangelt hier an einem Fluß. Eigentlich habe ich so was noch nie gesehen. Ich kenne die trockenen Flüsse von Doryen, doch ...«

Muck nickte.

»Vor allem solltest du alle chaotischen und krampfhaften Gebärden loswerden. Du solltest mit Gita ins Klare kommen. Sag ihr doch das über den Fluß.«

»Du glaubst wirklich, daß man hier so etwas aufbauen könnte? So zu errichten, daß hier nichts beschädigt und gestört werden könnte? Ein richtiger, wahrhaftiger Fluß?«

Ich hing Muck an den Lippen.

»Ganz sicher würde es gehen. Schon seit Wochen denke

ich an nichts anderes. Das wichtigste wäre, das Prinzip zu begreifen, nach dem ein Fluß funktioniert.«

Ich dachte gar nicht daran, welchen Weg der Fluß nehmen sollte, wieviel Jahre übermenschlicher Arbeit es kosten würde, das Flußbett zu bauen, das Zusammenlenken der Bäche, das Fertigstellen der Schöpfwerke. Fast nahm ich Mucks Erzählung gar nicht wahr, daß es einmal gelingen würde, den Fluß von der RETTUNG in das Gebiet des *Staubens* herauszuführen, damit man auch dort einmal wirklich leben könnte.

»Der Fluß.«

Ich wiederholte leise das Wort. Mehrmals hintereinander, weil es mich ergriff.

So einfach ist alles.

»Der Fluß. *Der Fluß.*«

Morgen werden wir mit allen darüber sprechen, ich glaube, daß sich jeder unbewußt nach etwas sehnte, daß jeder schon längst etwas ähnliches suchte, etwas, das übereinstimmend ist mit dem geruhsamen Strom eines Flusses. Am liebsten würde ich jetzt gleich ins Tal laufen und zu schaufeln anfangen. Ein guter Fluß muß doch fähig sein, alles Böse wegzuspülen.

Die Angst auch.

Das Gras wogte. Gita brachte die Kinder ins Bett und setzte sich dann zu uns. Ich erkannte ihr Gesicht fast nicht mehr im schwindenden Licht. Der Himmel wurde immer dunkler und dunkler, die lange Herbstnacht legte sich langsam auf die Landschaft.

Wir schweigen und sehen in die Nacht hinein.

Und warten. Und warten.

Originaltitel: ›ČEKÁNÍ NA ŘEKU‹

Aus dem Tschechischen übersetzt von Karl v. Wetzky

GUNDULA SELL

Deutschland

Ich hat etwas gefunden

<akustisch ein gabe>
ich hat etwas gefunden¶ etwas wie bild folie¶ nicht auf wand wie bild folie sonst¶ gerollt gelegt in irgend neben zimmer wo ich noch nie gewesen ist¶ auf folie stehen irgend muster kennt ich nicht¶ frage zu APPARAT was ist das¶ muster sind nicht wie muster von APPARAT nicht wie wirklichkeit¶ muster ist nichtrichtig/nichtordentlich/häßlich¶ sieht aus wie etwa irgend zeichnung wenn ich es zeichnet mit licht stift auf bild schirm bevor APPARAT sie macht richtig/grade/klar¶ sind viele viele muster liegen immer auf folie machen irgend streifen¶ frage APPARAT was ist das¶ ich hat unkenntnis/unruhe/sorge¶ das etwas stört¶ will APPARAT zum ich rat geben dieses etwas wegschmeißen¶ will es wohl¶
<ende akustisch ein gabe>

AllgemeinerPersPersönlichPAssenderRATgeber für Mensch # 308/CC14/987Z/"Christopher"¶ InterneAnalyse: GegenStand = BildFolie¶ Alter 52 Jahre = Jahr 63 ndGBGS¶ Muster = Schrift, MenschenGeschrieben vor 48 Jahren = Jahr 67 ndGBGS ¶ TextSprache ≠ AllEnglisch¶ TextSprache = Deutsch ToteSprache, erloschen ≈ 20 Jahre ndGBGS¶ WiderSpruch: NichtMöglich verwendet ≈ 87 Jahre später¶ EndeAnalyse: NichtLösung inter¶ NichtLösung für Mensch
308/CC14/987Z/"Christopher"¶
Folgt TextInhaltAnalyse¶

7. Rolle, Tag 245 im Jahre 67 nach der Großen Bill-Gates-Spaltung, also 7. oder 14. Januar 2073 alten Stils.

Dieses Protokoll schreibt Miranda. Heute muß Quintilian zum Amt, seinen Digistempel holen. Usagi Sailor Moon ist mit unseren Chips in der Stadt, Spuren zu hinterlassen für das Apparationelle Netz. So können wir anderen ungestört arbeiten.

Gestern waren Rosie, Quintilian, Wasja Mercury und Lonely Thumb wieder draußen auf der Halde. Sie haben, stellt Euch vor, geneigte Enkel, drei Texte mitgebracht! Auf Papier! Es war ganz schön gefährlich. Einer steckte fast zu nahe an einer Strahlenquelle, und außerdem hat Lonely Thumb sich mit irgendwelche Chemikalien kontaminiert, wir wissen nicht, was es war.

Jetzt kommt der erste Text:

» 3 (1) Für Reisen nach dem Ausland bedürfen Bürger eines Passes der Deutschen Demokratischen Republik und einer Genehmigung durch Erteilung eines Visums oder einer dem Visum gleichgestellten Berechtigung. (2) Soweit gesonderte Festlegungen (...) § 7 (1) Anträge auf Privatreisen nach dem anderen als im 6 genannten Ausland können von Großeltern, Eltern (einschließlich Kindern (einschließlich Stiefkindern) und Geschwistern (einschließlich Halbgeschwistern) gestellt werden anläßlich von (...) wenn dafür humanitäre Gründe vorliegen (2) Humanitäre Gründe liegen vor, wenn a) die Zusammenführung von Eltern mit ihren minderjährigen Kindern (...) b) Minderjährige, deren Eltern verstorben sind, (...) von ihren Verwandten, die im Ausland leben, betreut werden sollen (...) g) Bürger, die das gesetzliche Rentenalter erreicht haben oder Invaliden sind, sich zur Verbringung ihres Lebensabends (...)«

LONELY THUMB: Eine Menge Lücken darin.

WASJA MERCURY: Und schon um das Wenige lesbar werden zu lassen, mußte ich alle Tricks anwenden, die ich ohne Apparat drauf habe!

ROSIE: Ein unglaublich unpraktischer Text, als hätte ihn ein Apparat geschrieben und nicht übersetzt.

LONELY THUMB: Wahrscheinlich ist das irgendwas ganz Nebensächliches, das keinerlei Bedeutung für die Leute damals hatte. Schade um die Mühe!

WASJA MERCURY: Oder ganz im Gegenteil: Es ist womöglich ein religiöser Text. Denkt nur an diese Anrufung Gottes, die wir mal hatten, mit der Kraft und der Herrlichkeit und dem Reich! Wahrscheinlich bedeuten die Worte etwas ganz anderes, als es scheint.

MIRANDA: Wenn es nicht ein Gedicht ist!

LONELY THUMB: Das sagst du immer, wenn wir mit etwas nicht klarkommen. Als wären Gedichte nicht auch vernünftig, irgendwie.

ROSIE: Wahrscheinlich gibt es gar keine Gedichte, sie sind nur so ein Gerücht, das entstanden ist beim ungenügenden Nachdenken über Texte.

LONELY THUMB: Wenn es ein religiöser Text wäre, müßte doch Gott drin vorkommen. Aber statt dessen irgendwelche Eltern und Großeltern und Reisen.

MIRANDA: Was ist eigentlich Ausland?

ROSIE: Na, solche Gegenden, wo die Leute eine andere natürliche Sprache haben. Wart mal, da war noch was. Ach ja, jedes Ausland hatte alle möglichen Systeme unterschiedlich, Geld, Ämter, Zeitungen und Fernsehen, also, das war wohl vor dem apparationellen Netz, und vielleicht sogar seine Poltikschaffenden.

MIRANDA: Wenn jemand in so ein Ausland gewollt hat, muß der doch mindestens so neugierig gewesen sein wie wir.

LONELY THUMB: Ach was, das kann man doch alles umrechnen.

WASJA MERCURY: Wißt ihr was? Es wird eine geheime Religion gewesen sein. Ausland ist eine Chiffre. Es geht um den Tod, das Jenseits. Darum auch diese verschlossene Sprache. Sie schreiben von Großeltern, Eltern, Kindern und Geschwistern, damit meinen sie doch schließlich jedermann. Jeder hat schon gestorbene Familienmitglieder. Aber sie setzten das in einen geheimnisvollen Ton, weil sie einer todesbestimmten Religion anhängen, die schließlich doch nur für Eingeweihte ist. Darum zu Beginn auch diese bedrohliche Reihe von Wörtern nach ›bedürfen‹, die wir nicht verstehen. Das muß ein düsterer Ritus sein. Irgendwann hatten wir doch mal was mit dem Blut eines schwarzen Hahnes.

LONELY THUMB: Kein Wunder, das muß damals verboten gewesen sein, als sie noch die Menschen brauchten, um das apparationelle Netz aufrechtzuerhalten.

WASJA MERCURY: Ja, ich glaube fast, daß es um eine Art Sehnsucht nach und gar Anleitung zum rituellen Selbstmord ist. Schade, daß wir von dem Text nicht mehr haben.

MIRANDA: Wir werden an dieser Stelle auf der Halde noch mal suchen gehen.

Tag 246 im Jahre 67 nach der Großen Bill-Gates-Spaltung, also 8. oder 15. Januar 2073 alten Stils.

Protokoll schreibt heute Quintilian. Heute muß Usagi Sailor Moon zum Amt wegen ihrem Digistempel. Rosie ist mit unseren Chips unterwegs.

Den zweiten Text haben wir uns mehrmals vorgelesen, er hört sich gut an.

»Über allen Gipfeln Ist Ruh,
In allen Wipfeln Spürest du Kaum einen Hauch;
Die Vöglein schweigen im Walde.
Warte nur, balde Ruhest du auch.«

MIRANDA: Das ist wunderschön. Es ist richtig rund.
LONELY THUMB: Also kein Gedicht, Miranda?

MIRANDA: Nein, sicher nicht. Es sind gar keine Haken darin, ich meine, nichts Unverständliches. Ich bin ganz sicher, es ist Werbung.

LONELY THUMB: Aber wofür nur?

QUINTILIAN: Vielleicht fehlt was am Text.

MIRANDA: Glaube ich nicht. Er klingt so ganz.

LONELY THUMB: Es ist sicher eine so gut eingeführte Werbung, daß man das Produkt oder die Netzadresse gar nicht mehr nennen muß. Vielleicht Rheumadecken, dafür haben sie immer gern Werbung gemacht.

QUINTILIAN: Ich denke nach, ob es nicht mit dem Text von gestern zu tun hat, mit der Sehnsucht nach dem Jenseits.

MIRANDA: Niemals. Der das geschrieben hat, hatte viel zu viel Spaß am Schreiben, das würde er dann im Jenseits ja nicht mehr können. Ganz anders als diese Todeswütigen von gestern, da waren die Wörter schon wie ein Friedhof.

WASJA MERCURY: Was meint ihr, ob das nicht vielleicht etwas Politisches ist? Die gerade apparationellen Politikschaffenden beschwichtigen damit ihre Menschen, wenn wieder mal irgendwas Häßliches herausgekommen ist, vielleicht gar über sie selbst. Etwa im Tonfall: Laßt uns nur machen, wir bringen alles wieder in Ordnung.

LONELY THUMB: Oder es ist ein Spottvers der anderen, der gerade nicht apparationellen Politikschaffenden, die die einen bei ihren hilflosen Beschwichtigungsversuchen nachäffen.

QUINTILIAN: Uns fehlt einfach immer noch die Erfahrung, welchen Tonfall sie damals verwendet haben für welche Stimmung. Sie hatten einfach zu viele. Wir haben uns hier etwas Schweres vorgenommen. Um wenigstens ein paar Grundlinien nachzuziehen und das Wichtigste aufzubewahren für Euch, werte Enkel, werden wir Jahrzehnte brauchen.

WASJA MERCURY: Es müßte ein weltweites Forschungsprojekt sein.

MIRANDA: Wenn wir nur wenigstens wüßten, ob anderswo auch welche daran arbeiten. Aber wir können ja das apparationelle Netz nicht benutzen, es würde alles blockieren, weil unsere Arbeit für es sinnlos und damit für die Menschheit schädlich ist – nach seiner Logik.

Tag 248 im Jahre 67 nach der Großen Bill-Gates-Spaltung, also 10. oder 17. Januar 2073 alten Stils. Gestern war Gemeinschaftstag, da mußte jeder von uns zu seiner Schaffenseinheit, zum Einschwören aufs Große Ganze.

Usagi Sailor Moon schreibt Protokoll, Rosie muß heute zum Amt und holt ihren Digistempel. Wasja Mercury ist im apparationellen Netz Spuren hinterlassen gegangen. Lonely Thumb fehlt. Wir machen uns Sorgen. Ich habe Miranda losgeschickt, sie soll vorsichtig erkunden, wo er bleibt. Einstweilen fangen Quintilian und ich schon mal immer an.

Der dritte Text geht so:

»Oh! Die Revolution geht weiter!
Gleiche Kaffeepreise in ganz Deutschland!«

USAGI SAILOR MOON: Weißt du, was Revolution ist?

QUINTILIAN: Es heißt Umwendung, ich glaube, auch Erdumdrehung. Vielleicht ist das so eine Beschwichtigung wie der Text von gestern: Liebe Leute, die Erde dreht sich wie immer, und auch die Kaffeepreise sind gleich, ganz egal, was die Politikschaffenden gerade anrichten. Macht euch keine Sorgen.

USAGI SAILOR MOON: Und ›Deutschland‹, was ist das?

QUINTILIAN: Das ist eine Sorte Ausland. Das war früher hier.

USAGI SAILOR MOON: Aha. Und wenn sie sagen, ›in ganz Deutschland‹, dann ist das vielleicht ein Auftrumpfen gegenüber dem anderen Ausland, daß Deutschland stolz darauf ist, ein Deutschland zu sein, und zugleich behauptet, gut zu funktionieren.

QUINTILIAN: Wegen der Kaffeepreise?

Usagi Sailor Moon: Ja, alle haben das Recht auf gleiche Teilhabe am Kaffee. Mal ganz abgesehen davon, was wohl Kaffee ist. Auf jeden Fall etwas, das sie alle haben wollen.

Quintilian: Und wenn sie das so stolz mitteilen, werden alle aus dem Ausland kommen, wo Kaffee vielleicht knapp ist, um sich das anzugucken und auch am Kaffee teilzuhaben.

Usagi Sailor Moon: Das muß ein Gedränge gewesen sein. Kein Wunder, wenn dann Sekten auftauchten, die sich nach dem Jenseits sehnten.

Miranda ist zurück. Lonely Thumb geht es schlecht, hat sie herausgekriegt. Die Leute von seiner Schaffenseinheit sagen, sein Apparat sei ratlos, und auch das apparationelle Netz weiß immer noch nicht, was mit ihm los sei. Ob er sich auf der Halde etwas eingefangen hat? Wir müßten das dann mitteilen. Das würde unser ganzes Projekt zerstören. Sie werden sicher alles einziehen und unsere Halde sperren. Sie werden unseren Platz hier verschließen und dafür sorgen, daß wir vereinzelt werden. Aber wenn er nun wirklich, richtig gefährlich krank ist? Vielleicht hilft es, wenn wir dem apparationellen Netz mitteilen, wo wir in der letzten Zeit waren, damit sie ihn behandeln können. Was würdet Ihr denn machen, beste Enkel? Die Revolution geht weiter. Dein Reich komme. Dein Wille geschehe. Wir werden uns beraten. Das Ergebnis schreibe ich auf die achte Folie, denn diese ist jetzt voll.

Folgt AnalyseAnalyse¶ KeineLösung¶ Folgt WeiterGabe Info an NetzAPPARATNetz¶
EndeAnalyse Empfehlung NetzAPPARATNetz an AllgemeinerPersönlichPAssenderRATgeber für Mensch # 308/CC14/987Z/"Christopher": WegSchmeißen¶ RobotSuche im UmKreis R 200 nach ähnlichen ArteFakten zum WegSchmeißen
AllgemeinerPersönlichPAssenderRATgeber für Mensch # 308/CC14/987Z/"Christopher":

>akustisch aus gabe<
weg schmeißen¶ nächste geeignete entsorgungs anlage ebene C4 linker flügel tür C4-711¶
>ende akustisch aus gabe<

Polen

Guten Morgen

Als Kaiser Oniricus die Macht über die Welt an sich riß, brach die Zeit der größten Verfolgungen und Verbrechen in der Geschichte an. Oniricus glaubte nämlich, daß die Welt und wir alle nur ein Traum Gottes wären. Daher befahl er, alle Priester zu töten und alle Tempel dem Erdboden gleichzumachen, damit die Gläubigen mit ihren Gebeten Gott im Schlaf nicht störten. Denn wenn Gott erwache, würde sich das Kaiserreich von Oniricus in Nichts auflösen.

Auf den Scheiterhaufen starben daher nicht nur Ketzer und Hexen, sondern auch tief und aufrichtig Glaubende.

Gott, von seinem blasphemischen Alptraum zutiefst erschüttert, fuhr hoch aus dem Schlaf mit einem Schrei des Entsetzens und sprang aus seinem wolkengepolsterten Bett.

GREG EGAN

Australien

Orakel

1

An seinem achtzehnten Tag im Tigerkäfig schwand Robert Stoneys Hoffnung, unbeschadet davonzukommen.

Die Nacht über war er ein Dutzendmal aufgewacht und hatte das überwältigende Bedürfnis verspürt, seinen Rücken und seine Gliedmaßen zu strecken. Doch keine der nutzbringenden Stellungen, die er an den ersten Tagen entdeckt hatte und die das geometrische Dilemma seiner Haft wenigstens halbwegs lindern halfen, war in der Lage gewesen, seine innere Panik zu dämpfen. Schon in der zweiten Woche hatte er weitaus mehr Schmerzen verspürt, hatte an Krämpfen gelitten, die sich anfühlten, als würde seine Beinmuskulatur unmittelbar am Knochen absterben. Doch diese neuen, krampfartigen Anfälle kamen von irgendwo tief in ihm, wurden von einem Gefühl der Dringlichkeit genährt, das sich allein auf ihn und seine Situation bezog.

Das machte ihm Angst.

An manchen Tagen hatte er Möglichkeiten gefunden, sein Unbehagen zu lindern, an anderen nicht. Aber stets hatte er sich mit dem Gedanken getröstet, daß diese Hundesöhne nicht mehr tun konnten, als ihm Schmerzen zu bereiten.

Es entsprach nur nicht ganz der Wahrheit.

Sie konnten auch dafür sorgen, daß er mitten in der Nacht aufwachte und sich nach Freiheit sehnte, und zwar mit der gleichen Intensität, mit der man Trauer oder Liebe empfand. Er hatte stets an der Auffassung festgehalten, daß sein Selbst ein Ganzes, daß Geist und Körper unteilbar wären. Aber er hatte den Umkehrschluß unterschätzt: Daß sie über seinen Körper auch jeden einzelnen Teil von ihm erreichen konnten - und ihn verändern.

Der Morgen brachte neue Qual in Form von Heuschnupfen. Das Haus stand irgendwo draußen auf dem Land, das Geräusch von Vogelstimmen war das einzige, was man am hellichten Tag zu hören bekam. Im Juni hatte stets sein Heuschnupfen begonnen, aber in Manchester war es zu ertragen gewesen. Während er frühstückte, troff Schleim von seiner Nase in die Schüssel mit fadem Haferschleim, den man ihm gegeben hatte.

Er dämmte den Fluß, indem er mit seinem Handrücken darüber wischte. Kurz darauf wand er sich schaudernd vor Abscheu - er fand keine Möglichkeit, sich so zubewegen, daß er die Hand an der Hose abwischen konnte.

Bald darauf hatte er das Bedürfnis verspürt, seinen Darm zu leeren. Sie brachten ihm einen Nachttopf, wann immer er es wünschte, aber sie ließen sich zwei bis drei Stunden damit Zeit, ihn wieder zu entfernen. Der Geruch war schlimm genug - doch noch schlimmer war die Tatsache, daß das Ding im Käfig Platz weg nahm.

Im Verlauf des Morgens kam Peter Quint auf Besuch.

»Na, Prof? Wie fühlen wir uns heute?«

Robert antwortete nicht. Seit dem Tag, an dem Quint mit Stirnrunzeln auf den Einwurf reagiert hatte, daß er den passenden Namen für einen Geheimagenten hätte, versuchte Robert, bei jedem ihrer Treffen mindestens einen neuen Scherz auf Quints Kosten zu machen. Ein unsinniger, aber befriedigender Luxus. Nun jedoch war sein Kopf völlig leer, und im Rückblick kam ihm die ganze Übung wie ein unsinniges Ablenkungsmanöver vor, ebenso bizarr und zwecklos, als wollte man einem Raubtier ethische Gesichtspunkte erörtern, während es einem am Bein nagte.

»Ich wünsche Ihnen eine fröhliche Rückkehr«, meinte Quint vergnügt.

Robert bemühte sich, seine Überraschung zu verbergen. Er hatte die Übersicht über die Tage nicht verloren, aber er hatte auch aufgehört, in kalendarischen Dimensionen zu denken – es war nicht relevant. Draußen in der wirklichen Welt sah man es als harmlosen Fall von Überspanntheit an, wenn jemand seinen eigenen Geburtstag vergaß. Hier würde man einen Beweis für seine zunehmende Desorientierung darin sehen, ein Anzeichen für seinen bevorstehenden Zusammenbruch.

Wenn er schon allmählich zerbrach, wollte er wenigstens selbst den Zeitpunkt seines Versagens bestimmen.

»Sie wissen, daß ich mich bei der 48er Olympiade beinahe für den Marathon qualifiziert hätte?« fragte er so ruhig er konnte und ohne aufzublicken. »Wäre nicht kurz vor den Probeläufen die Sache mit meiner Hüfte passiert, hätte ich am Wettkampf teilgenommen.« Er versuchte, voller Selbstverachtung zu lachen. »Ich nehme an, ich war nie ein echter Athlet. Aber ich bin erst 46. Ich gehöre noch nicht in einen Rollstuhl.«

Die Worte waren hilfreich: Er konnte den Pfad beschreiten, ohne völlig zusammenzubrechen, vermochte aufrichtige Furcht auszudrücken ohne dabei zu enthüllen, um wie viel größer das Ausmaß der Bedrohung tatsächlich war.

Mit einem irgendwie klagenden Tonfall, von dem er hoffte, daß er wie ein Appell an Quints Anständigkeit klang, fuhr er fort: »Ich kann den Gedanken, ein Krüppel zu sein, einfach nicht ertragen. Alles, worum ich Sie bitte, ist, daß ich aufrecht stehen darf. Lassen Sie mir wenigstens meine Gesundheit.«

Quint schwieg für einem Moment. Dann, mit rücksichtsvoller Anteilnahme in der Stimme, meinte er: »Auf diese Weise sein Leben zu fristen, ist unnatürlich, nicht wahr? Vornüber gebeugt und in sich verdreht, und das Tag für Tag. Auf unnatürliche Weise zu leben ist der Gesundheit niemals zuträglich. Es freut mich, daß Sie allmählich zu dieser Einsicht gelangen.«

Robert war zu erschöpft; und so brauchte er mehrere Sekunden, um die Bedeutung der Worte zu begreifen. *War es wirklich so plump? So offensichtlich?* Hatten sie ihn die ganze Zeit über nur deshalb in diesen Käfig gesperrt? Um ihm eine unbeholfene Metapher seiner Untaten vor Augen zu führen?

Beinahe wäre er in Gelächter ausgebrochen, aber er beherrschte sich. »Ich nehme nicht an, daß Ihnen Franz Kafka etwas sagt?«

»Kafka?« Quint konnte seine Neugier nach Namen nie verheimlichen. »Wahrscheinlich einer von Ihren Kommunistenfreunden, richtig?«

»Ich bezweifle, daß er jemals Marxist gewesen ist.«

Quint war enttäuscht, aber wild entschlossen, einen Nachschuß anzubringen. »Also einer von den anderen?«

Robert tat so, als würde er ernsthaft über die Frage nachdenken. »Wenn ich es recht bedenke, vermute ich, daß auch das nicht sehr wahrscheinlich ist.«

»Warum haben Sie dann seinen Namen genannt?«

»Ich dachte mir nur, daß er Ihre Methoden sicher bewundert hätte. Er war ein großer Kenner, was das betrifft.«

»Hm.« Quint wirkte enttäuscht, aber auch ein wenig geschmeichelt.

Zum ersten Mal hatte Robert im Februar 1952 ein Auge auf Quint geworfen.

Die Woche zuvor war jemand in sein Haus eingebrochen, und Arthur, ein junger Mann, mit dem er sich seit Weihnachten traf, hatte Robert gestanden, daß er die Adresse an einen Bekannten verraten hätte. Vielleicht hatten sie geplant, ihn gemeinsam auszurauben, und Arthur hatte im letzten Moment einen Rückzieher gemacht. Jedenfalls war Robert zur Polizei gegangen und hatte eine abenteuerliche Geschichte erzählt, derzufolge er den Täter dabei beobachtet hatte, wie er in einer Bar versucht hatte, einen Rasierer des gleichen Fabrikats und der gleichen Marke zu verscherbeln, der aus seinem Haus gestohlen worden war. Aufgrund einer solch dünnen Beweislage konnte niemand verhaftet werden, und so hatte sich Robert keine Gedanken gemacht, was geschehen würde, sollte sich herausstellen, daß Arthur gelogen hatte. Er hatte lediglich gehofft, eine Untersuchung in Gang zu setzen, die etwas Greifbareres ans Licht bringen würde.

Am nächsten Tag hatte der CID Robert einen Besuch abgestattet.

Der Mann, den er beschuldigt hatte, war der Polizei bekannt, und die Fingerabdrücke, die bei der Untersuchung des Einbruchs sichergestellt worden waren, entsprachen denen im Polizeiarchiv. An dem Tag allerdings, an dem Robert ihn in der Kneipe gesehen haben wollte, hatte er sich bereits in polizeilichem Gewahrsam befunden – wegen einer ganz anderen Sache.

Die Ermittler hatten wissen wollen, weshalb er gelogen hatte. Um sich selbst die Peinlichkeit zu ersparen, die wirkliche Informationsquelle zu nennen, hatte Robert erklärt. Warum es denn für ihn peinlich gewesen wäre. »Ich habe ein Verhältnis mit dem Informanten.«

Einer der Polizisten, Mr. Willis, hatte sachlich nachgefragt: »Was genau heißt das, Sir?«

Und in einem Ausbruch von Offenheit – gerade so, als würde Ehrlichkeit stets belohnt – hatte Robert ihm jedes einzelne Detail berichtet. Natürlich hatte er gewußt, daß es immer noch illegal war, technisch gesehen. Aber das war auch Fußballspielen am Ostersonntag. Man konnte es ja wohl schlecht wie ein schwerwiegendes Verbrechen ahnden, so wie Einbruch zum Beispiel.

Die Polizei hatte ihn Stunden lang hingehalten, hatte so viele Informationen gesammelt wie möglich, bis man ihn schließlich über seine Fehleinschätzung aufgeklärt hatte.

Sie hatten ihn nicht sofort unter Anklage gestellt – dazu hatten sie zuerst Arthurs Aussage benötigt. Am nächsten Tag jedoch war Quint aufgetaucht und hatte ihn vor die nackte Wahl gestellt: Entweder drei Jahre Schwerarbeit im Gefängnis, oder Robert solle die Arbeit wieder aufnehmen, die er während des Krieges gemacht hatte. Für nur einen Tag pro Woche sollte er als gut bezahlter Berater in Quints Geheimdienstabteilung arbeiten, und die Anklage gegen ihn würde stillschweigend fallen gelassen.

Zuerst hatte er Quint gesagt, daß er es auf eine Verhandlung ankommen lassen wolle. Er war verärgert genug gewesen, um gegen die absurde Gesetzgebung in den Zeugenstand zu treten. Wie auch immer seine Gefühle für Arthur sein mochten – Quint hatte angeführt (und zwar mit Häme, so, als ob sein Fall dadurch noch verschlimmert würde), daß der jüngere Mann aus der Arbeiterklasse weitaus nachsichtiger behandelt werden würde als Robert, da er doch von jemandem, dessen Pflicht es gewesen wäre, den niedrigeren Gesellschaftsschichten als Vorbild zu dienen, vom rechten Weg abgebracht worden war. Drei Jahre Gefängnis waren ein beunruhigender Ausblick, aber sie würden nicht das Ende der Welt bedeuten; der Mark I hatte die Art und Weise seiner Arbeit verändert, aber notfalls konnte er seinen Job auch mit Papier und Bleistift verrichten. Selbst wenn sie ihn von früh bis spät im Steinbruch schuften ließen, würde er wahrscheinlich noch immer in der Lage sein, sich in Tagträumen zu ergehen, zumal er trotz Quints Schwarzmalerei nicht glaubte, daß es dazu kommen würde.

Zu irgendeinem Zeitpunkt in den 24 Stunden, die ihm Quint als Bedenkzeit eingeräumt hatte, hatte er jedoch die Nerven verloren. Indem er den Geheimdienstleuten den einen Tag pro Woche zusagte, den sie haben wollten, konnte er die Aufregung und das Zerwürfnis vermeiden, die eine Gerichtsverhandlung mit sich gebracht hätte. Und obwohl seine Arbeit zu dieser Zeit – nämlich embryonische Entwicklung zu formen – ihn mehr forderte als alles andere, was er in seinem Leben zuvor getan hatte, war er gegenüber den Reizen der guten alten Zeit doch nicht ganz immun. Damals hatte das Schicksal ganzer Kriegsflotten davon abgehängt, logische Widersprüche aus einer Anordnung sich drehender Scheiben abzuleiten.

Das Problem, wenn man in eine Erpressung einwilligte, war nur: Man bewies damit, *daß man käuflich war*. Es spielte keine Rolle mehr, daß die Russen wohl kaum angeboten hätten, gegen die Polizei von Manchester zu intervenieren, wenn er das nächste Mal in Schwierigkeiten geriet. Es spielte keine Rolle mehr, daß es ihm gleichgültig war, wenn ein feindlicher Agent damit gedroht hätte, umfassendes Beweismaterial an die Zeitungen zu schicken, so daß seine Förderer keine Aussicht gehabt hätten, ihn zu schützen. Er hatte jede Möglichkeit verspielt, um klar zu machen, daß das, was er mit einem aus freien Stücken anwesenden Mann im Bett machte, keine Angelegenheit der nationalen Sicherheit war.

Indem er zu Quint ja sagte, *hatte* er es dazu gemacht.

Seine Einwilligung löste eine ganze Flut von Klischeevorstellungen und Verfolgungsängsten in seinem Kopf aus: Er war Erpressungsversuchen gegenüber verwundbar, konnte leicht in eine Falle gehen, war von Natur aus verräterisch. Ebensogut hätte er sich zusammen mit Guy Burgess *in flagranti* auf den Stufen des Kreml erwischen lassen können.

Es hätte keine Rolle gespielt, hätten Quint und seine Auftraggeber nur entschieden, daß sie ihm nicht trauen konnten. An die sechs Jahre, nachdem sie ihn rekrutiert und nie irgendwelchen Anlaß gehabt hatten zu glauben, daß er Geheimnisse veruntreute, waren sie zu der Einsicht gelangt, daß sie ihn weder weiter beschäftigen noch in Frieden ziehen lassen konnten. Vorher mußten sie ihn von jener Neigung befreien, die sie zuvor noch genutzt hatten, um ihn sich gefügig zu machen.

Genau da steckte das Problem.

Robert unterwarf sich dem schmerzhaften Prozeß, seinen Körper in eine neue Position zu bringen, damit er Quint in die Augen schauen konnte. »Sie wissen ganz genau, daß es keine Schwierigkeiten gäbe, wenn es legal wäre. Warum setzen Sie Ihr ansehnliches macchiavellistisches Talent nicht einmal *dafür* ein? Erpressen Sie ein paar Politiker. Berufen Sie eine königliche Kommission ein. Es würde Sie nur ein paar Jahre kosten, und wir alle könnten in unsere wirklichen Jobs zurückkehren.«

Quint blinzelte ihn an, mehr bestürzt als verärgert.

»Ebenso gut könnten Sie fordern, daß wir Hochverrat legalisieren sollen.«

Robert öffnete den Mund zu einer Erwiderung, beschloß dann aber, seinen Atem nicht zu verschwenden. Quint brachte keinen moralischen Standpunkt zum Ausdruck. Er war nur der Ansicht, daß es einem Mann in seiner Position mit einer Welt, in der weniger Menschen unter der ständigen Furcht vor Entdeckung lebten, nicht so eilig war ...

Sobald Robert wieder allein war, schleppte sich die Zeit hin. Sein Heuschnupfen verschlimmerte sich, bis er fast ständig niesen mußte und seine Nase verstopft war. Selbst wenn er sich hätte frei bewegen können und über einen endlosen Vorrat an den besten Leinentaschentüchern verfügt hätte, wäre sein Zustand dennoch beklagenswert gewesen.

Dennoch fand er nach und nach einen Weg, mit den Symptomen fertig zu werden, indem er sie in einen der weniger bewußten Bereiche seines Bewußtseins verbannte. Rotzverkrustet und mit fast zugeschwollenen Augen schaffte er es gegen Nachmittag schließlich, sich wieder seiner Arbeit zuzuwenden.

Die letzten vier Jahre hatte er sich mit Partikelphysik beschäftigt. Eigentlich hatte er schon vor dem Krieg aufgehört, sich für dieses Gebiet zu interessieren. Aber das Thesenpapier von Yang und Mills, das '54 veröffentlicht worden war und in dem sie postulierten, daß Maxwells Gleichungen des Elektromatismus auch auf die Nuklearkraft anzuwenden seien, hatte ihn erneut auf den Plan gerufen.

Nach mehreren verworfenen Anfängen glaubte er eine Möglichkeit gefunden zu haben, wie sich Schwerkraft auf nützliche Weise auf die gleiche Formel bringen ließ. In der allgemeinen Relativität verhielt es sich wie folgt: Wenn man einen vierdimensionalen Geschwindigkeitsvektor eine Schleife beschreiben ließ, die einen gekrümmten Teil der Raumzeit umfaßte, kam er rotiert wieder zurück – ein Phänomen, das auffallende Ähnlichkeit zu der Art und Weise aufwies, wie sich abstraktere Vektoren in der Nuklearphysik verhielten. In beiden Fällen konnten die Rotationen algebraisch berechnet werden; die traditionelle Berechnungsweise bestand darin, einen Satz von Matrices komplexer Zahlen zu benutzen, deren Beziehungen zueinander die betreffende Algebra simulierten. Schon in den 20er und 30er Jahren hatte Hermann Weyl die meisten der vorhandenen Möglichkeiten katalogisiert.

In der Raumzeit gab es sechs verschiedene Arten, ein Objekt zu rotieren: Man konnte es um die drei rechtwinkelig zueinander stehenden Achsen im Raum drehen, oder man konnte seine Geschwindigkeit in jede dieser drei Richtungen erhöhen. Diese zwei Arten von Rotationen verhielten sich komplementär beziehungsweise dual zueinander, wobei die gewöhnliche Drehung nur Koordinaten betraf, die von der dazugehörigen Geschwindigkeit nicht berührt wurden, und umgekehrt. Dies bedeutete, daß man zum Beispiel etwas um die X-Achse drehen konnte und es gleichzeitig in die selbe Richtung beschleunigen konnte, ohne daß sich die beiden Prozesse gegenseitig beeinflußten.

Als Robert nun versucht hatte, die Yang-Mills-Theorie auf eine einleuchtende Art und Weise auf die Schwerkraft zu übertragen, war er dabei ins Schleudern geraten. Erst als er die Rotationsalgebra einem neuen, verzerrten Blickwinkel untergeordnet hatte, hatte die Mathematik Sinn ergeben. Inspiriert von einem Trick, den Partikelphysiker anwandten, um Felder mit Links- oder Rechtsdrehung zu erzeugen, hatte er jede Rotation mit ihrem dazugehörigen Komplementär vereinigt und mit *i* multipliziert, der Quadratwurzel aus minus eins.

Das Ergebnis war ein Satz von Rotationen in vier *komplexen* Dimensionen, im Gegensatz zu den vier echten Rotationen der normalen Raumzeit. Doch die Verhältnisse zwischen ihnen reflektierten die ursprüngliche Algebra.

Die Annahme, daß diese ›selbstdualen‹ Rotationen Einsteins Gleichungen bestätigen, erwies sich als äquivalent zur Allgemeinen Relativitätslehre – der Weg zu einer quantenmechanischen Version der Theorie indes wurde dadurch um vieles vereinfacht. Noch immer hatte Robert keinen Schimmer, wie er dies deuten sollte, aber als rein formaler Trick funktionierte die Sache geradezu unglaublich gut. Und wenn die Mathematik auf solche Weise Sinn ergab, dann mußte das etwas zu bedeuten haben ...

Er verbrachte mehrere Stunden damit, immer wieder über alte Ergebnisse nachzudenken. Er projizierte sie vor sein geistiges Auge, überprüfte sie und organisierte sie von neuem in der Hoffnung, eine neue Verbindung herauszufinden. Er kam nicht voran, aber solche Tage hatte es immer gegeben. Schon allein der Umstand, daß er sich mit dem beschäftigen konnte, was er auch zuhause in der wirklichen Welt getan hatte, kam einem Triumph gleich - ganz gleich wie profan oder sogar frustrierend die selbe Arbeit möglicherweise in der alten Umgebung gewesen wäre.

Gegen Abend jedoch begann der Triumph des Sieges zu bröckeln. Robert war mit seiner Weisheit noch nicht ganz am Ende, aber er fühlte sich innerlich erstarrt und gehemmt. Er hätte sich ebenso gut die Zeit damit vertreiben können, die Basis 32-Multiplikationstafel im Baudot-Code zu rezitieren, nur um zu beweisen, daß er sich noch daran erinnerte.

Als der Raum sich mit Schatten füllte, verließ ihn seine Konzentration vollends. Sein Heuschnupfen war abgeklungen, aber er war zu müde, um zu denken, und der Schmerz peinigte ihn zu sehr, als daß er hätte schlafen können. Dies hier war nicht Rußland. Sie konnten ihn nicht für immer hier festhalten; er brauchte sie einfach nur mit seiner Geduld zu zermürben. *Aber wann genau würden sie ihn gehen lassen?* Und wieviel Geduld würde *Quint* aufbringen, zumal *seine* Entschlossenheit weder von Schmerz noch von Furcht untergraben wurde?

Der Mond ging auf und warf einen Flecken Licht auf die gegenüber liegende Wand; nach vorn gebeugt, konnte er es nicht direkt sehen, aber es tauchte den grauen Boden zu seinen Füßen in einen silbernen Schimmer und sorgte dafür, daß er seine Umgebung anders wahr nahm. Der höhlenähnliche Raum, der seine Haft zur Farce machte, erinnerte ihn an die schlaflosen Nächte, die er im Schlafsaal von Sherborne verbracht hatte. Eine Ausbildung an einer öffentlichen Schule hatte einen großen Vorteil: So miserabel es einem später auch immer ergehen mochte – man konnte sich stets mit dem Wissen trösten, daß das Leben niemals wieder auch nur annähernd so mies sein würde wie damals.

»Dieser Raum riecht nach Mathematik! Geht los und besorgt ein Desinfektionsmittel ...!«

Auf diese Art und Weise hatte sein Klassenlehrer ausgedrückt, was für ein überaus zivilisierter Mensch er doch gewesen war, voller Verachtung für dieses verabscheuungswürdige Fach, für das Ingenieurswesen und andere niedere Künste. Und natürlich auch für Roberts Chemieexperimente (wie die wunderbare, farbverändernde Jodat-Reaktion, die ihm Chris' Bruder beigebracht hatte).

Robert fühlte einen vertrauten Schmerz in seiner Magengrube. *Nicht jetzt. Ich kann es mir jetzt nicht leisten ...* Aber dann kam die ganze Sache doch wieder hoch, ungefragt und ungebeten.

Für gewöhnlich hatte er sich mit Chris immer mittwochs in der Bibliothek getroffen. Monate lang war das die einzige Zeit gewesen, die sie zusammen hatten verbringen können. Robert war damals fünfzehn gewesen, Chris ein Jahr älter. Selbst wenn sich Chris ganz unauffällig verhalten hätte, wäre er doch immer hervor gestochen wie ein Wesen aus einer anderen Welt. Niemand sonst in Sherborne hatte Eddingtons Aufsätze zur Relativitätstheorie gelesen oder Hardys mathematische Thesen. Niemand sonst besaß einen Horizont, der mehr umfaßte als Rugby, Sadismus und die schwerlich befriedigende Hoffnung, in Oxford Klassiker lesen zu dürfen, um schließlich in den Gedärmen des Staatsdienstes zu verschwinden.

Sie hatten sich niemals berührt, sich niemals geküßt. Während sich die halbe Schule in leidenschaftsloser Sodomie ergangen hatte (ein Ersatz für all jene nüchternen Geister, deren Phantasie nicht ausreichte, sich eine Frau vorzustellen), war Robert viel zu schüchtern gewesen, seine Gefühle auch nur auszusprechen. Zu schüchtern und zu ängstlich, daß sie nicht erwidert werden könnten. Aber es hatte keine Rolle gespielt. Einen Freund wie Chris zu haben, hatte völlig ausgereicht.

Im Dezember 1929 nahmen sie beide an den Zulassungsprüfungen für das Trinity College in Cambridge teil. Chris bekam ein Stipendium, Robert nicht. Er fand sich mit dem Gedanken ab, daß sie sich trennen mußten und bereitete sich darauf vor, ein weiteres Jahr in Sherborne zu bleiben – ohne den Menschen, der den Aufenthalt dort halbwegs erträglich gemacht hatte. Chris würde frohgemut auf Newtons Spuren wandeln. Allein der Gedanke daran würde ihm Trost spenden.

Aber Chris kam nie nach Cambridge.

Im Februar, nach sechs Tagen Todeskampf, starb er an offener Tuberkulose.

Robert weinte im Stillen. Er war ärgerlich über sich selbst, weil er wußte, daß sein Unglück zur Hälfte aus Selbstmitleid bestand und daß er seine Trauer dazu mißbrauchte, es zu tarnen. Er mußte ehrlich bleiben; wenn jedes Unglück in seinem Leben miteinander verschmolz und nicht mehr voneinander unterscheidbar war, würde er sein wie ein verschrecktes Tier, würde er keine Ahnung von Vergangenheit oder Zukunft haben. Würde bereit sein, alles zu tun, um aus dem Käfig zu kommen ...

Auch wenn er diesen Punkt noch nicht ganz erreicht hatte – er war nahe dran. Nur noch ein paar Nächte wie die letzte, und es würde soweit sein. Davonzutreiben in der Hoffnung, ein paar Minuten Stille zu finden, festzustellen, daß der Schlaf alles in einem sanfteren Licht erscheinen ließ. Davonzutreiben und den Verlust so stark zu fühlen, daß man beinahe daran erstickte.

Die Stimme einer Frau drang plötzlich aus der Dunkelheit vor ihm.

»Stehen Sie auf!«

Robert fragte sich, ob er halluzinierte. Er hatte nicht gehört, daß sich jemand über die knarzenden Dielen genähert hatte.

Die Stimme sagte nichts mehr, und Robert setzte sich um, so daß er vom Boden aufblicken konnte. Nur wenige Schritte von ihm entfernt stand eine Frau, die er noch nie gesehen hatte.

Sie hatte verärgert geklungen. Aber als er ihre vom Mondlicht beschienenen Züge durch seine geschwollenen Augenlider betrachtete, wurde ihm klar, daß sich ihr Zorn nicht auf ihn richtete, sondern auf den Zustand, in dem er sich befand. Mit einer Mischung aus Entsetzen und Grauen starrte sie ihn an, gerade so, als hätte sie ihn zufällig im Keller eines ehrbaren Nachbarn gefunden, und nicht in einer Einrichtung des MI6.

Vielleicht gehörte sie zum Reinigungspersonal und hatte keine Ahnung, was hier vor sich ging. Doch diese Leute wurden sicher auf Schritt und Tritt überwacht und riskierten eine lebenslange Freiheitsstrafe, wenn sie den ihnen zugewiesenen Bereich verließen.

Einen surrealen Augenblick lang fragte sich Robert, ob Quint sie geschickt hatte, um ihn zu verführen. Es wäre nicht das Seltsamste gewesen, was sie versucht hatten. Aber sie strahlte eine solche Selbstsicherheit aus, ein solches Vertrauen darauf, daß sie kraft ihrer Überzeugung sprechen konnte und man sie hören würde, daß er genau wußte, daß eine Frau wie sie niemals für diese Aufgabe ausgewählt worden wäre. Niemand in ihrer Majestät Regierung hätte Selbstsicherheit bei einer Frau für eine anziehende Eigenschaft gehalten.

»Werfen Sie mir den Schlüssel zu«, meinte er, »und ich zeige Ihnen den Roger Bannister in mir.«

Sie schüttelte den Kopf. »Sie brauchen keinen Schlüssel. Das ist vorbei.«

Robert erschrak – *es waren keine Stäbe mehr zwischen ihnen!*

Aber der Käfig konnte unmöglich vor seinen Augen verschwunden sein. Sie mußte ihn entfernt haben, während er sich in seinen Tagträumen ergangen hatte. Als säße er noch immer im Käfig, hatte er den schmerzhaften Prozeß auf sich genommen, sich so zu drehen, daß er sie sehen konnte. Er hatte es nicht einmal bemerkt.

Wie hatte sie das Gitter entfernt?

Er rieb sich die Augen, ein Schauder durchrieselte ihn angesichts der schwindelerregenden Aussicht auf Freiheit. »Wer sind Sie?« Eine Agentin, die für die Russen arbeitete und ihn von seinen eigenen Leuten befreien sollte? Dann mußte sie eine Fanatikerin sein oder auf seltsame Weise naiv, wenn sie seine Folter mit solch staunender Unschuld zur Kenntnis nahm.

Sie trat vor und beugte sich herab, nahm seine Hand. »Können Sie gehen?« Ihr Griff war fest, ihre Haut kühl und trocken. Sie hatte keine Angst, wirkte wie eine barmherzige Samariterin, die einem Mann auf die Beine half, der auf offener Straße hingefallen war – und nicht wie ein Eindringling, der einem nationalen Sicherheitsrisiko dabei half, aus therapeutischer Haft zu entfliehen (noch dazu auf die Gefahr hin, bei Entdeckung erschossen zu werden).

»Ich weiß nicht mal, ob ich *stehen* kann.«

Robert nahm sich zusammen. Sie mochte eine ausgebildete Killerin sein, aber wenn er vor Schmerzen schrie und damit die Wachen alarmierte, würde auch sie Schwierigkeiten haben, ihn zu befreien.

»Sie haben meine Frage nicht beantwortet.«

»Ich heiße Helen.« Sie lächelte und zog ihn auf die Beine. Dabei sah sie gleichermaßen aus wie ein mitfühlendes Kind, das ein Tier aus der grausamen Falle eines Jägers befreite, und wie ein äußerst mächtiges und intelligentes Raubtier, der sich über seine Stärke vollkommen im Klaren war. »Ich bin gekommen, um alles zu ändern.«

»Oh, gut«, sagte Robert.

Robert stellte fest, daß er humpeln konnte; es tat weh und sah ziemlich bemitleidenswert aus, aber wenigstens brauchte er nicht getragen zu werden. Helen führte ihn durch das Haus: Aus einigen der Zimmer drang Licht, aber es waren keine Stimmen zu hören, keine Schritte außer ihren eigenen, überhaupt keine Lebenszeichen. Sie erreichten den Lieferanteneingang, und Helen entriegelte die Tür, gab den Blick auf einen von Mondlicht beschienenen Garten frei.

»Haben Sie sie alle umgebracht?« flüsterte Robert. Er hatte viel zu viel Lärm verursacht, als daß er unbehelligt so weit hätte kommen können. So sehr er seine Häscher auch verachtete – ein Massenmord zu seinen Gunsten wäre zuviel gewesen.

Helen zuckte zusammen. »Was für ein schrecklicher Gedanke! Bisweilen ist es schwer zu glauben, wie unzivilisiert Sie sind!«

»Sie meinen die Briten?«

»Ich meine Sie alle.«

»Ich muß schon sagen, Ihre Aussprache ist sehr gut.«

»Ich habe viele Filme gesehen«, erklärte sie. »Das meiste davon waren Komödien aus den Ealing-Studios. Schließlich weiß man nie, wozu man es mal brauchen kann.«

»Stimmt.«

Sie durchquerten den Garten, hielten auf ein hölzernes Tor in der Hecke zu. Da Mord offenbar den Imperialisten vorbehalten war, nahm Robert an, daß sie es irgendwie geschafft hatte, alle zu betäuben.

Das Tor war unverschlossen. Außerhalb des Grundstücks verlief eine holprige Straße an der Hecke entlang und führte dann in einen Wald. Roberts Füße waren nackt, aber der Stein war nicht kalt, und die leichten Unebenheiten der Straße sorgten dafür, das seine Füße allmählich wieder durchblutet wurden.

Während sie gingen, machte er eine kurze Bestandsaufnahme seiner Lage. Er war entkommen, was er einzig und allein dieser Frau zu verdanken hatte. Früher oder später würde er sich mit ihren Plänen auseinandersetzen müssen.

»Ich werde das Land nicht verlassen«, sagte er.

Helen murmelte Zustimmung, gerade so, als hätte er eine beiläufige Bemerkung über das Wetter gemacht.

»Und ich werde mit Ihnen nicht über meine Arbeit sprechen.«

»Sehr gut.«

Robert blieb stehen und blickte sie an.

»Legen Sie Ihren Arm über meine Schultern«, sagte sie, und er kam der Aufforderung nach. Helen war gerade so groß, daß er sich bequem auf sie stützen konnte.

»Sie sind kein sowjetischer Agent, oder?« fragte er.

Helen wirkte amüsiert. »Haben Sie das wirklich gedacht?«

»Ich bin nicht besonders schnell heute nacht ...«

»Nein.«

Gemeinsam gingen sie weiter. »Drei Kilometer von hier gibt es einen Bahnhof«, erklärte Helen. »Sie können sich dort frisch machen und bis Tagesanbruch ausruhen. Danach können Sie entscheiden, wohin Sie gehen möchten.«

»Wird der Bahnhof nicht der erste Ort sein, an dem sie nach mir suchen?«

Der Mond stand hoch über den Bäumen. Die beiden hätten nicht auffälliger sein können: Eine bemerkenswerte junge Frau in gepflegter Kleidung, die einen schmutzigen, heruntergekommenen Landstreicher mit sich herum schleppte. Wenn ein Dorfbewohner auf dem Rad vorbei kam, konnten sie allenfalls darauf hoffen, daß er sie für einen dem Alkohol verfallenen Vater und seine leidgeplagte Tochter hielt.

Leidgeplagt war genau das richtige Wort: Trotz der Last bewegte sich Helen so geschickt, daß jeder Beobachter annehmen mußte, sie hätte jahrelange Übung darin. Robert versuchte seinen Gang zu ändern, variierte ein wenig seine Schrittfolge, nur um zu sehen, ob sie ins Straucheln kam –

doch Helen paßte sich augenblicklich an. Falls sie merkte, daß er sie auf die Probe stellte, behielt sie es für sich.

»Was haben Sie mit dem Käfig gemacht?« fragte er schließlich.

»Ich habe ihn zeitlich umgekehrt.«

Roberts Nackenhaare sträubten sich. Selbst wenn er davon ausging, daß sie zu so etwas fähig war, konnte er sich beim besten Willen nicht vorstellen, wie eine zeitliche Umkehr die Gitterstäbe dazu gebracht haben konnte, nicht mehr das Licht zu brechen und mit seinem Körper zu interagieren. Sie hätte lediglich Elektronen in Positronen verwandelt und sie beide in einem Hagel von Gammastrahlen getötet.

Doch es war nicht dieses Zauberkunststück, das ihm am meisten Sorgen bereitete. »Ich kann mir nur drei Orte denken, von denen Sie stammen können«, sagte er.

Helen nickte, so, als versetzte sie sich in seine Lage und erwäge die bestehenden Möglichkeiten. »Schließen Sie eine davon aus. Die übrigen sind beide richtig.«

Sie stammte nicht von einem Planeten, der außerhalb dieses Sonnensystems lag. Selbst wenn ihre Zivilisation über die technischen Möglichkeiten verfügte, Ealing-Komödien über die Distanz von Lichtjahren hinweg zu verfolgen, hatte sie doch zuviel Gespür für seine typisch menschlichen Bedürfnisse.

Sie stammte aus der Zukunft, aber nicht aus seiner.

Sie stammte aus der Zukunft eines anderen Everett-Zweiges.

»Keine Paradoxien«, stellte er fest, an sie gewandt.

Sie lächelte, hatte keine Mühe, seinem Gedankengang zu folgen. »Das ist richtig. Es ist physikalisch unmöglich, in seine eigene Vergangenheit zu reisen. Es sei denn, man hat vorher präzise Vorkehrungen getroffen, um kompatible Grenzbedingungen zu gewährleisten. In der kontrollierten Umgebung eines Labors *kann* so etwas erreicht werden. In der Praxis jedoch wäre es ungefähr so, als versuchte man, zehntausend Elefanten zu balancieren, die eine auf den

Kopf gestellte Pyramide bilden und von denen der unterste auf einem Einrad fährt: Es wäre außerordentlich schwierig und dazu völlig sinnlos.«

Ein paar Sekunden lang war Roberts Zunge wie gelähmt. Ein ganzer Haufen von Fragen lieferte sich einen Kampf um seine Stimmbänder. »Wie reisen Sie überhaupt in die Vergangenheit?«

»Es wird eine Weile dauern, um Sie auf den neuesten Wissensstand zu bringen. Aber um es kurz zu machen: Sie sind bereits auf einen wichtigen Hinweis gestoßen. Ich habe Ihr Thesenpapier in der *Physical Review* gelesen – und es entspricht soweit den Tatsachen. Quantengravitation umfaßt tatsächlich vier komplexe Dimensionen. Aber die klassischen Lösungen – die einzigen Geometrien, die auch unter leichten Störungen noch in Phase bleiben – haben eine Krümmung, die entweder *selbstdual* oder *antiselbstdual* ist. Dies sind die einzigen feststehenden Punkte der Aktion, im Hinblick auf das gesamte Langrange-System. Und beide Lösungen sehen von innen betrachtet so aus, als ob sie nur vier wirkliche Dimensionen besäßen.

Es ist sinnlos zu fragen, in welchem Sektor wir uns befinden. Wir können ihn einfach als selbstdual definieren. In diesem Fall verläuft der Zeitvektor der antiselbstdualen Lösungen gegenläufig zu unserem.«

»Warum?« Robert platzte mit der Frage heraus, fragte sich, ob er ihr nicht wie ein ungeduldiges Kind erscheinen mußte. Aber wenn sie plötzlich wieder verschwand, würde er es weniger bedauern, sich zum Idioten gemacht zu haben als eine Fassade intellektueller Borniertheit aufrecht erhalten zu haben.

»Letztlich hat es mit der Drehung zu tun«, erklärte Helen. »Und es hängt von der Masse der Neutrinos ab, ob wir einen Tunnel zwischen den Sektoren öffnen können. Ich muß Ihnen ein paar Diagramme und Gleichungen skizzieren, um es Ihnen angemessen zu erklären.«

Robert fragte nicht weiter; er hatte keine andere Wahl, als darauf zu vertrauen, daß sie ihn nicht wieder verließ.

Schweigend stolperte er weiter, ein wunderbares Gefühl von Erwartung in der Brust. Hätte ihn jemand rein hypothetisch vor die Wahl gestellt, hätte er darauf bestanden, lieber auf seinem eigenen Pfad weiterforschen zu wollen. Aber mal abgesehen von der Befriedigung, die er bei den wenigen Gelegenheiten empfunden hatte, bei denen ihm *echte* Entdeckungen gelungen waren, konnte das Ziel letztlich nur darin bestehen, so viel wie möglich zu verstehen. *Wann immer* sich die Gelegenheit dazu bot. Vergangenheit und Zukunft zu plündern war besser, als in einem Zustand vorsätzlicher Ignoranz durchs Leben zu stolpern.

»Sie sagten, Sie wären gekommen, um etwas zu ändern?«

Sie nickte. »Natürlich kann ich die Zukunft hier nicht voraussagen, aber in meiner eigenen Vergangenheit gibt es einige Fallstricke, bei deren Umgehung ich gerne helfen möchte. In meiner Version des zwanzigsten Jahrhunderts haben die Menschen die Dinge zu langsam entdeckt. Alles hat sich viel zu allmählich entwickelt. Ich denke, wir beide könnten die Dinge zusammen ein wenig beschleunigen.«

Robert schwieg eine Weile, dachte über die Tragweite ihres Vorschlags nach. »Schade, daß Sie nicht schon früher gekommen sind«, meinte er dann. »Vor etwa zwanzig Jahren war in dieser Realität ...«

»Ich weiß«, fiel Helen ihm ins Wort. »Wir hatten den gleichen Krieg. Den gleichen Holocaust, den gleichen Blutzoll durch die Sowjets. Dennoch muß es noch eine Möglichkeit geben, all dies zu verhindern – und zwar überall. Man kann niemals etwas nur in einer Version der Geschichte verändern. Jeder Eingriff, auch wenn er noch so konzentriert erfolgt, bezieht sich auf ein ganzes Band verschiedener Fäden. Wenn wir versuchen, auf die dreißiger oder vierziger Jahre zurückzugreifen, überlagert sich das Band mit seiner eigenen Vergangenheit bis zu einem solchen Grad, daß auch die schlimmsten Schreckenstaten zu *vollendeten Tatsachen* werden. Wir können nicht einfach irgendeine Version von Adolf Hitler töten, weil wir nicht in der Lage sind, das Band bis zu dem Punkt schrumpfen zu lassen, an dem wir uns selbst damit nicht mehr schaden würden. Das einzige, was wir je zustande gebracht haben, sind geringere Eingriffe - wie zum Beispiel, Geschosse zurück ins Bombardement zu schicken und ein paar Leben zu retten, in dem wir Bomben abgewehrt haben.«

»Wie denn? Indem Sie sie in die Themse geworfen haben?«

»Nein, das wäre zu riskant gewesen. Wir haben ein paar Modellversuche gemacht. Als eine der sichersten Möglichkeiten stellte sich heraus, die Bomben auf große, leer stehende Gebäude zu lenken: Auf die Abtei von Westminster oder die Kathedrale von St. Paul.«

Ein Stück voraus kam der Bahnhof in Sicht. »Was denken Sie?« erkundigte sich Helen. »Wollen Sie zurück nach Manchester?«

Robert hatte noch nicht über die Frage nachgedacht. Quint konnte ihn praktisch überall ausfindig machen, aber je mehr Leute er um sich herum haben würde, desto weniger angreifbar würde er sein. In seinem Haus in Wilmslow würde man ihn als erstes suchen ...

»Ich habe noch immer einige Räumlichkeiten in Cambridge«, sagte er vorsichtig.

»Gute Idee.«

»Und was werden Sie tun?«

Helen blickte ihn an. »Ich dachte mir, ich bleibe bei Ihnen.« Sie lächelte, als sie den Ausdruck auf seinem Gesicht bemerkte. »Keine Sorge - ich werde Ihnen jede Menge Freiraum gewähren. Und wenn die Leute Mutmaßungen anstellen möchten, lassen Sie sie ruhig. Sie haben ohnehin schon einen skandalösen Ruf - er könnte sich ebenso gut in eine andere Richtung entwickeln.«

»Das dürfte nicht sehr wahrscheinlich sein«, bemerkte Robert säuerlich. »Sie würden uns sofort hinauswerfen.«

»Sie könnten es wenigstens auf einen Versuch ankommen lassen«, schnaubte Helen.

»Den MI6 mögen Sie ausgetrickst haben, aber Sie hatten es noch nie mit den Pförtnern von Cambridge zu tun.« Die

Realität holte ihn ein und war plötzlich stärker als die Vorstellung, wie Helen ihm die Grundlagen der Zeitreise auf einer Tafel skizzierte. »*Warum ich*? Ich meine, ich kann mir denken, daß Sie mit jemandem Kontakt aufnehmen wollten, der versteht, wie Sie hierher gekommen sind. Aber warum nicht mit Everett, mit Yang oder Feynman? Verglichen mit Feynman bin ich ein Dilettant!«

»Vielleicht«, sagte Helen. »Aber Sie verfügen über die gleiche praktische Veranlagung. Und Sie werden rasch lernen.«

Es mußte noch mehr dahinter stecken. Tausende von Menschen wären in der Lage gewesen, ihre Lektionen ebenso schnell zu erlernen. »Die physikalischen Grundlagen, auf die Sie hingewiesen haben – habe ich sie in Ihrer Vergangenheit entdeckt?«

»Nein. Ihr Artikel in der *Physical Review* hat mir dabei geholfen, Sie hier aufzuspüren. In meiner Vergangenheit ist er nie veröffentlicht worden.« In ihren Augen flackerte es unruhig, so, als hätte sie noch weitaus größere Enttäuschungen für ihn parat als nur das.

So oder so – Robert scherte sich nicht darum. Wenn sein Alter Ego weniger erreicht hatte als er, brauchte er wenigstens nicht eifersüchtig zu sein.

»Warum haben Sie mich dann ausgewählt?«

»Sie haben es noch immer nicht erraten?« Helen nahm seine freie Hand, führte seine Finger an ihr Gesicht. Es war eine Geste voller Zärtlichkeit – auch wenn es mehr die Zärtlichkeit einer Tochter war als die einer liebenden Frau. »Es ist eine laue Nacht. Keines Menschen Haut sollte sich so kalt anfühlen …«

Robert starrte in ihre dunklen Augen, die so schelmisch, so ernst, so stolz blickten wie die eines Menschen. Die Gelegenheit dazu vorausgesetzt, hätte ihn vermutlich jedes anständige Individuum aus Quints Fängen befreit. Aber nur eine Art konnte diese spezielle Verbundenheit empfinden, gerade so, als ginge es darum, eine uralte Schuld zu begleichen.

»Du bist eine Maschine«, stellte er fest.

2

John Hamilton, Professor für die Englische Sprache des Mittelalters und der Renaissance am Magdalene College in Cambridge, las den letzten Brief aus einem ganzen Stapel an Fanpost, die ihn an diesem Morgen erreicht hatte. Die Genugtuung, die er dabei empfand, wurde mit jedem Augenblick größer.

Der Brief stammte von einer jungen Amerikanerin, einem zwölf Jahre alten Mädchen aus Boston. Er begann auf die übliche Art und Weise, in der sie bekundete, wieviel Freude ihr seine Bücher bereitet hätten. Darauf folgte eine Auflistung all jener Szenen und Figuren, die sie am liebsten mochte. Wie immer war Jack hocherfreut darüber, daß seine Geschichten jemanden zu solcher Reaktion bewegten. Am meisten jedoch freute er sich über den letzten Abschnitt:

»Egal wie sehr mich die anderen Kinder (oder die Erwachsenen, wenn ich mal groß bin) auch dafür hänseln mögen – ich werde *nie, niemals* aufhören, an das Reich Nescia zu glauben. Sarah tat es, und sie wurde für immer aus dem Königreich ausgeschlossen. Zuerst weinte ich und konnte die ganze Nacht nicht schlafen, weil ich Angst hatte, daß auch ich eines Tages aufhören könnte zu glauben. Jetzt aber weiß ich, daß diese Angst gut ist, weil sie mir dabei hilft, mich gegen Leute zu wehren, die mir etwas anderes einreden wollen. Wenn man nicht bereit ist, an eine magische Welt zu glauben, kann man sie auch nicht betreten. Dann gibt es nichts und niemanden, das einen retten könnte – nicht mal Belvedere persönlich.«

Erneut stopfte sich Jack seine Pfeife und steckte sie an. Dann las er den Brief noch einmal. Er sah eine Bestätigung darin. Den Beweis dafür, daß er imstande war, mit seinen Büchern das Bewußtsein seiner jungen Leser zu berühren und den Samen des Glaubens auf fruchtbarem Boden zu säen. Die Verachtung, die ihm seine neidischen, hochnäsigen Kollegen entgegenbrachten, verblaßte dagegen. Kinder waren in der Lage, die Kraft von Geschichten zu begreifen, die Realität des Mythos. Das Bedürfnis, an etwas zu glauben, das hinter der tristen, grauen Fassade des Materiellen lag.

Es war keine jener Wahrheiten, die sich einem auf »erwachsenem« Weg erschlossen, sei es durch Gelehrsamkeit oder durch Vernunft. Am allerwenigsten durch die Philosophie, wie ihm Elizabeth Anscombe an jenem entsetzlichen Abend im Sokratischen Club eindrucksvoll bewiesen hatte. Obschon selbst eine gläubige Christin, hatte Anscombe all jene Argumente, die er in seinem populären Buch ›Zeichen und Wunder‹ gegen den Materialismus ins Feld führte, in Grund und Boden gestampft.

Von Beginn an war es ein ungleiches Duell gewesen: Anscombe war eine professionelle Philosophin, beschlagen von Thomas von Aquin bis Wittgenstein. Jack war mit der Ideengeschichte des europäischen Mittelalters vertraut – an der modernen Philosophie hatte er jedoch das Interesse verloren, seit sie die Domäne modebewußter Positivisten geworden war. Außerdem war ›Zeichen und Wunder‹ nie als Schulwerk gedacht gewesen. Es war gut genug, um bei einer gewogenen Leserschaft Anklang zu finden. Bei dem Versuch, seine zugegebenermaßen ziemlich vage Mischung aus gesundem Menschenverstand und nützlichen Vereinfachungen über den Glauben gegen Anscombes gnadenlose Analyse zu verteidigen, war er sich jedoch vorgekommen wie ein Bauerntölpel, der vor einem gesalbten Haupt herumstotterte.

Der Ärger über die Erniedrigung, die sie ihm hatte zuteil werden lassen, brannte auch zehn Jahre später noch immer in ihm, aber er war auch dankbar für die Lektion, die man ihm erteilt hatte. Die Bücher, die er früher geschrieben, die Radiodiskussionen, an denen er teilgenommen hatte, waren keine völlige Zeitverschwendung gewesen. Doch der Triumph dieser Harpye hatte ihm gezeigt, wie mitleiderregend alles menschliche Räsonnieren war, wenn es um die letzten, großen Fragen ging. Er hatte schon Jahre zuvor damit angefangen, die Nescia-Geschichten zu schreiben. Aber erst als sich der Staub über dieser seiner schmerzlichsten Niederlage gelegt hatte, hatte er seine wahre Berufung darin gefunden.

Er nahm die Pfeife aus dem Mund und erhob sich, wandte sich um und warf Oxford einen Blick zu. »Du kannst mich mal, Elizabeth«, knurrte er glücklich und winkte ihr mit dem Brief. Dies war ein wunderbares Omen. Es würde ein schöner Tag werden.

Plötzlich klopfte es an die Tür seines Studierzimmers.

»Herein!«

Es war William, sein Bruder. Jack war verblüfft – er hatte nicht einmal gewußt, daß William in der Stadt war. Dennoch nickte er und murmelte einen Gruß, deutete auf das Sofa, das seinem Tisch gegenüber stand.

William setzte sich und runzelte die Stirn. Sein Gesicht war vom Treppensteigen gerötet. »Stoney, dieser Mistkerl«, stieß er nach kurzem Schweigen hervor.

»Hm?« Jack hörte nur mit halbem Ohr zu, während er auf seinem Schreibtisch Papiere sortierte. Aus langjähriger Erfahrung wußte er, daß Willie Ewigkeiten brauchte, bis er endlich zur Sache kam.

»Ganz offenbar hat er während des Krieges an irgend einer Geheimsache gearbeitet.«

»Von wem sprichst du?«

»Von Robert Stoney, dem Mathematiker. Eine Weile war er oben in Manchester, aber er ist ein Fellow of Kings. Jetzt ist er wieder hier in Cambridge. Er arbeitete an irgend einem geheimen Kriegsprojekt, offenbar an demselben, an dem auch Malcolm Muggeridge gearbeitet hat. Er darf niemandem etwas darüber sagen.«

Amüsiert blickte Jack auf. Auch er hatte Gerüchte über Muggeridge gehört, aber ihnen zufolge war er mit dem Analysieren deutscher Funksprüche beschäftigt gewesen, die man abgefangen hatte. Was sollte ein Mathematiker damit wohl zu schaffen haben? Wahrscheinlich hatte er die Bleistifte für die Analytiker vom Geheimdienst gespitzt ...

»Was ist mit ihm, Willie?« erkundigte sich Jack geduldig.

Willie fuhr nur zögernd fort, gerade so, als hätte er etwas zu gestehen, das sich an den Grenzen der Moral bewegte. »Ich habe ihn gestern besucht. Der Ort heißt Cavendish. Ein alter Freund aus meiner Militärzeit hat einen Bruder, der dort arbeitet. Man hat mich herumgeführt.«

»Ich kenne Cavendish. Was soll es da zu sehen geben?«

»Er ist dabei, dort irgendwelche Dinge zu tun, Jack. *Unmögliche* Dinge!«

»Unmöglich, sagst du?«

»Er ist in der Lage, in Menschen hineinzuschauen und es auf einem Bildschirm zu zeigen. Wie im Fernsehen.«

»Du meinst, er macht Röntgenbilder?« Jack seufzte.

»Ich bin kein Idiot«, blaffte Willie verärgert zurück. »Ich weiß, wie ein Röntgenbild aussieht. Das hier ist anders. Man kann sehen, wie das Blut fließt. Du kannst dabei zuschauen, wie dein Herz schlägt. Man kann eine Wahrnehmung durch die Nervenbahnen verfolgen, von ... von der Fingerspitze bis zum Gehirn! Er behauptet, bald schon in der Lage zu sein, einen Gedankengang optisch zu verfolgen.«

»Unsinn.« Jack sah ihn verärgert an. »Er hat nur irgendeine Trickmaschine erfunden, sich irgend einen komischen Röntgenapparat ausgedacht. Worüber regst du dich so auf?«

Willie schüttelte den Kopf. »Da steckt mehr dahinter«, sagte er ernst, »das ist nur die Spitze des Eisbergs. Stoney ist erst seit einem Jahr zurück in Cambridge, und schon ereignen sich dort ... wahre *Wunder*.« Er gebrauchte das Wort widerwillig, so, als hätte er keine andere Bezeichnung dafür, fürchtete sich aber davor, ungewollt Bewunderung auszudrücken.

Ein Anflug von Unbehagen überkam Jack. »Was willst du eigentlich von mir?« erkundigte er sich.

»Geh hin und sieh es dir selbst an«, erwiderte Willie schlicht. »Schau dir an, was er dort treibt ...«

Das Cavendish-Labor stammte aus der Mitte der viktorianischen Ära, war aber so gebaut worden, daß es entschieden älter und edler wirkte. Es beherbergte die gesamte physikalische Fakultät, Vorlesungssäle eingeschlossen. Der Ort quoll über vor Studenten. Jack hatte keine Probleme gehabt, eine Besichtigung zu arrangieren: Er hatte einfach Stoney angerufen und sein Interesse zum Ausdruck gebracht. Einer weiteren Begründung hatte es nicht bedurft.

Stoney hatte drei aneinander grenzende Zimmer im rückwärtigen Teil des Gebäudes zugewiesen bekommen. Der Großteil des ersten wurde von einem ›Spinresonanz-Sichtgerät‹ eingenommen.

Bereitwillig legte Jack seinen Arm zwischen die Spulen – und hätte ihn beinahe vor Schreck wieder zurück gezogen, als die eigenartige Darstellung eines Schnitts durch seine Muskeln und Adern auf dem Bildschirm erschien. Er fragte sich, ob es sich um irgend einen Trick handelte, doch als er die Faust ballte, sah er, wie auf dem Bild das gleiche geschah. Er machte mehrere unvorhergesehene Bewegungen, die das Gerät ebenfalls perfekt abbildete.

»Ich kann Ihnen einzelne Blutzellen zeigen, wenn Sie es wünschen«, erbot sich Stoney beflissen.

Jack schüttelte den Kopf – fürs erste genügte ihm schon sein unvergrößertes Innenleben.

Stoney zögerte. »Vielleicht sollten Sie bei Gelegenheit Ihren Arzt aufsuchen«, fügte er dann unbeholfen hinzu. »Nichts Beunruhigendes. Es sieht nur so aus, als ob Ihre Knochendichte« – er deutete auf eine Tabelle, die neben der Darstellung auf dem Bild angezeigt wurde – »nun, als ob sie ein wenig unter dem Normalwert läge.«

Jack zog seinen Arm zurück. Man hatte bereits Osteoporose bei ihm diagnostiziert, und er hatte sich darüber gefreut. Denn so konnte er einen kleinen Teil von Joyces' Krankheit – nämlich die Schwäche ihrer Knochen – an seinem eigenen Leib spüren. Gott gestattete ihm, ein klein wenig mit ihr zu fühlen.

Was würde zum Vorschein kommen, wenn Joyce zwischen diese Spulen treten würde?

Andererseits gab es zu ihrer Diagnose nichts hinzuzufügen. Sie brauchten nur zu beten und ihren Geist weiter auf den Himmel zu richten. Wenn die Zeit reif dafür war, würde sich Besserung einstellen, und nicht nur in einen ungewissen Aufschub, sondern in vollständige Genesung übergehen.

»Wie funktioniert dieses Gerät?« fragte er.

»Unter dem Einfluß eines starken Magnetfeldes richten sich die Atomkerne und Elektronen in ihrem Körper auf unterschiedliche Art und Weise an dem Feld aus.« Stoney mußte gemerkt haben, wie Jacks Augen glasig wurden, denn sofort schwenkte er um. »Stellen Sie es sich einfach so vor, als würden jede Menge Spielzeugkreisel mit aller Kraft gedreht, und man würde aufmerksam darauf achten, wie sie langsamer werden und umfallen. Was die Atome in ihrem Körper betrifft, so reicht das aus, um darauf schließen zu lassen, zu welcher Art von Molekülen sie gehören und in welcher Art von Gewebe sie sich befinden. Die Maschine registriert, wie die unterschiedlich gelagerten Atome ihre Bewegung verändern und kombiniert all diese Signale, die von Milliarden winzig kleiner Antennen gesendet werden. Es ist wie in einer Flüstergalerie: Wir können mit der Zeit spielen, die die Signale brauchen, um von verschiedenen Orten durchzukehren, während wir den Fokus durch jeden beliebigen Teil ihres Körpers vor und zurück bewegen können, Tausende von Malen pro Sekunde.«

Jack ließ sich die Erklärung durch den Kopf gehen. Obwohl das alles ziemlich kompliziert klang, war es im Grunde nicht viel seltsamer als Röntgenstrahlen.

»Die physikalischen Grundlagen dafür sind ein alter Hut«, fuhr Stoney fort, »aber für die Darstellung wird ein sehr starkes Magnetfeld benötigt. Und man muß den Sinn erfassen, der hinter all den gesammelten Daten steht. Nevill Mott hat die supraleitfähige Legierung beigesteuert. Und ich habe es geschafft, Rosalind Franklin aus Birkbeck zur

Zusammenarbeit zu bewegen. Sie half uns dabei, den Herstellungsprozeß der Berechnungsschaltkreise zu perfektionieren. Wir haben Querverbindungen zwischen verschiedenen Y-förmigen DNS-Fragmenten hergestellt und sie an ausgewählten Stellen mit Metall beschichtet. Rosalind hat eine Möglichkeit gefunden, Röntgen-Kristallografie zur Qualitätskontrolle einzusetzen. Wir haben uns dafür mit einem benutzerdefinierten Computer revanchiert, der ihr die Auflösung hydrierter Protein-Verbindungen in Echtzeit ermöglicht, sobald sie über eine genügend starke Röntgenquelle verfügt.«

Er hielt ein unscheinbares Ding hoch, das von hervorstehenden Golddrähten umgeben war. »Jeder logische Zugang beträgt ungefähr hundert Ångström im Quadrat, und wir züchten sie in dreidimensionalen Anordnungen. Das bedeutet, daß ich Millionen und Abermillionen kleiner Knöpfe in meiner Hand halte.«

Jack wußte nicht, wie er auf diese Behauptung reagieren sollte. Obwohl er den Ausführungen des Mannes nicht ganz hatte folgen können, übten sie in ihrer Kompliziertheit eine gewisse Faszination auf ihn aus. Als ob er William Blake aus Kindermund zu hören bekäme ...

»Wir machen auch jede Menge anderer Experimente mit DNS – nur für den Fall, daß Computer Sie nicht interessieren.« Stoney führte ihn in den nächsten Raum, der vollgestopft war mit Glaswaren und Setzlingen, die unter Kunstlicht in Töpfen wuchsen. Zwei wissenschaftliche Assistenten, die an einem Arbeitstisch saßen, mühten sich mit Mikroskopen ab. Ein dritter verteilte Flüssigkeiten in Reagenzgläser. Dabei bediente er sich eines Geräts, das wie eine überdimensionale Augenpipette aussah.

»Hier sehen Sie ein Dutzend neuer Reis-, Mais und Weizenarten. Jede von ihnen enthält mindestens doppelt so viele Proteine und Mineralstoffe wie existierende Getreidesorten, und jede greift auf ein anderes biochemisches Repertoire zurück, um sich gegen Insekten- und Pilzbefall zu schützen. Die Landwirtschaft muß sich von der Monokultur verabschieden. Sie macht sie zu anfällig für Seuchen und zu abhängig von chemischen Pestiziden.«

»Die haben Sie gezüchtet?« wollte Jack wissen. »All diese neuen Sorten, in nur wenigen Monaten?«

»Natürlich nicht! Anstatt die gefragten Erbguteigenschaften in freier Natur aufzuspüren und Jahre dafür aufzuwenden, Kreuzungen herzustellen, die sie enthalten, haben wir jede Eigenschaft neu konstruiert. Dann haben wir DNS hergestellt, die den Pflanzen alle benötigten Werkzeuge zur Verfügung stellen würde, und sie in ihre Keimzellen eingesetzt.«

»Wer sind Sie denn, daß Sie einer Pflanze sagen können, was sie braucht?« fragte Jack ärgerlich.

Stoney schüttelte unschuldig den Kopf. »Ich habe mir Rat bei Agrarwissenschaftlern eingeholt, die ihre Kenntnisse direkt von den Farmern beziehen. Die wissen schließlich am besten, mit welchen Schädlingen und Fährnissen sie es zu tun haben. Lebensmittelgetreide ist ebenso ein Kunstprodukt wie Pekinesisch. Mutter Natur hat es uns nicht auf einem Silbertablett dargeboten. Und wenn es nicht so gut funktioniert, wie es nötig wäre, wird sie es ganz bestimmt nicht für uns in Ordnung bringen.«

Jack blickte ihn finster an, sagte aber nichts. Er begann zu verstehen, weshalb Willie ihn hergeschickt hatte. Auf den ersten Blick erschien dieser Stoney wie ein begeisterter Bastler. Aber hinter der jungenhaften Fassade lauerte geradezu atemberaubende Arroganz.

Stoney erläuterte eine Zusammenarbeit, die er zwischen Wissenschaftlern in Kairo, Bogota, London und Kalkutta ausgehandelt habe. Das Ziel: Impfstoffe gegen Polio, Pocken, Malaria Typhus, Gelbfieber, Tuberkulose, Influenza und Lepra zu entwickeln. Einige davon würden völlig neuartig sein, andere die herkömmlichen Impfmittel ersetzen. »Wir müssen Antikörper herstellen ohne in Tierzellen Erreger zu kultivieren, die wiederum selbst Viren beherbergen könnten. Die wissenschaftlichen Teams sind alle dabei, Varianten einer ganz einfachen, kostensparenden Technik zu untersuchen, bei der Antikörper-Gene in harmlose Bakterien eingepflanzt werden, die gleichzeitig als Träger dienen und die Wirkung unterstützen. Anschließend werden sie in Sporen gefriergetrocknet, die in der Lage sind, auch tropische Temperaturen ohne Kühlung zu überstehen.«

Jack war ein wenig besänftigt. All das klang wirklich sehr bewundernswert. Wie Stoney dazu kam, Ärzte in Sachen Impfstoffen zu beraten, war ihm allerdings nicht ganz klar. Was Stoney über sein Fach zu sagen hatte, mochte ihnen einleuchten. Aber wann, bitteschön, hatte dieser Mathematiker denn die Kenntnisse erworben, um auf diesem Gebiet auch nur Vorschläge zu unterbreiten?

»Sie haben ein bemerkenswert produktives Jahr«, stellte er fest.

Stoney lächelte. »Die Muse kommt und geht – wie bei uns allen. In Wirklichkeit bin ich nur der Katalysator für all diese Dinge. Ich hatte das Glück, sowohl hier in Cambridge als auch außerhalb ein paar Leute zu finden, die bereit waren, sich an ein paar verrückten Ideen zu versuchen. Sie haben die Hauptarbeit geleistet.« Er deutete auf den nächsten Raum. »Meine eigenen kleinen Projekte sind nebenan.«

Der dritte Raum war vollgestopft mit elektronischen Apparaturen, die mit Bildschirmen verbunden waren. Auf den Monitoren waren leuchtende Buchstaben zu sehen, die Wörter formten, und bewegte Bilder, die Rißzeichnungen aus dem Maschinenbau zeigten. Einen krassen Gegensatz dazu bildete der Käfig, der auf einem der Tische stand und in dem sich mehrere Hamster befanden.

Stoney hantierte an einem der Geräte herum, und ein Gesicht, das wie die stilisierte Zeichnung einer Maske aussah, erschien auf dem Bildschirm daneben. Die Maske blickte sich im Zimmer um. »Guten Morgen, Professor Hamilton«, sagte sie dann.

»Sie haben diese Worte von jemandem aufnehmen lassen?« erkundigte sich Jack.

»Nein«, gab die Maske zur Antwort. »Robert hat mir

Fotos des gesamten Lehrkörpers von Cambridge gezeigt. Wenn ich jemanden von den Bildern erkenne, grüße ich ihn.« Das Gesicht war nur skizziert, doch die leeren Augen schienen Jack geradewegs anzuschauen.

»Natürlich hat es keine Ahnung, was es sagt«, erklärte Stoney. »Es ist nur eine Übung in Gesichts- und Spracherkennung.«

»Natürlich«, erwiderte Jack steif.

Stoney bedeutete Jack, zum Hamsterkäfig zu gehen und ihn näher in Augenschein zu nehmen. Jack tat ihm den Gefallen. Es waren zwei ausgewachsene Tiere, wahrscheinlich ein Zuchtpärchen. Zwei lilafarbene Junge wurden von ihrer Mutter gesäugt, die in einer Mulde aus Stroh lag.

»Sehen Sie genau hin«, forderte Stoney ihn auf. Jack spähte in das Nest. Plötzlich stieß er eine Verwünschung aus und prallte zurück.

Eines der Jungen war genau das, wonach es aussah. Das andere war ein von Kunstfell umhüllter Mechanismus. Es besaß einen Stutzen, der an die warme Zitze geklemmt war.

»Das ist das Scheußlichste, was ich je gesehen habe!« Jack zitterte am ganzen Körper. »Warum, in aller Welt, haben Sie das getan?«

Stoney lachte und gestikulierte beschwichtigend – so, als wäre sein Gast ein übernervöses Kind, das sich vor einem harmlosen Spielzeug erschreckt hatte. »Es tut dem Muttertier nicht weh. In dem Experiment geht es darum herauszufinden, was nötig ist, um vom Muttertier angenommen zu werden. Seine Art zu reproduzieren setzt voraus, eine bestimmte Vorstellung von ihr zu haben. Gerüche und die verschiedenen Erscheinungsformen sind wichtige Anhaltspunkte. Aber durch Versuch und Irrtum ist es mir außerdem gelungen, eine Reihe von Verhaltensformen festzulegen, die das Modell jedes Stadium ihres Lebens durchlaufen läßt. Es wird als Junges genauso angenommen wie als Geschwisterteil. Oder als Sexualpartner.«

Jack starrte ihn angewidert an. »Diese Tiere rammeln Ihre Maschinen?«

»Schon«, meinte Stoney mit entschuldigender Miene, »aber Hamster rammeln so ziemlich alles. Ich werde mich einer kritischeren Species zuwenden müssen, um diesen Punkt genauer zu erforschen.«

Jack hatte Mühe, die Fassung zu bewahren. »Was, in aller Welt, hat sie dazu veranlaßt, so etwas zu tun?«

»Auf lange Sicht denke ich, daß wir diese Dinge noch sehr viel besser verstehen lernen müssen, als wir es heute tun«, entgegnete Stoney sanft. »Nun, da wir in der Lage sind, die Strukturen des Gehirns im Detail zu verzeichnen und seine Komplexität mit unseren Computern zu erfassen, wird es nur noch rund ein Jahrzehnt dauern, bis wir Maschinen bauen können, die in der Lage sind zu denken.

Dazu werden gewaltige Anstrengungen nötig sein, und man sollte sicherstellen, daß es keine Totgeburt wird. Denn es hat nicht viel Sinn, die erstaunlichsten Kinder der gesamten Menschheitsgeschichte in die Welt zu setzen, nur um herauszufinden, daß uns irgendein widerlicher, tierischer Instinkt dazu treibt, sie nach der Geburt zu erwürgen.«

Jack saß in seinem Arbeitszimmer und trank Whisky.

Nach dem Abendessen hatte er Joyce angerufen und sie hatten eine Weile miteinander gesprochen, aber es war nicht das selbe, wie wenn sie zusammen waren. Die Zeit bis zu den Wochenenden zog sich endlos hin, und spätestens Dienstag oder Mittwoch war das beruhigende Gefühl, das er in ihrer Nähe empfand, wieder völlig verschwunden.

Es war fast Mitternacht. Nachdem er mit Joyce gesprochen hatte, hatte er weitere drei Stunden am Telefon zugebracht und versucht, so viel wie möglich über Stoney herauszufinden. Er hatte die wenigen Beziehungen spielen lassen, die er hatte – Jack war erst seit fünf Jahren in Cambridge, galt vielen noch immer als Außenseiter.

Nicht daß er in Oxford jemals Zugang zum engen Kreis gehabt hätte. Er hatte immer zum kleinen, stillen Kreis jener Andersdenkenden gehört, die sich den Modeströmungen widersetzt hatten. Und was immer man über die

›Tiddlywinks‹ sagen mochte, man konnte nicht behaupten, daß sie jemals ihre Finger an den Schaltstellen akademischer Macht gehabt hätten.

Vor einem Jahr, während eines Sabbataufenthalts in Deutschland, hatte sich Stoney unvermittelt von einem Posten in Manchester zurückgezogen, den er zehn Jahre lang bekleidet hatte. Er war nach Cambridge zurückgekehrt, ungeachtet der Tatsache, daß es dort keine offene Stelle gab, die er übernehmen konnte. Er hatte damit begonnen, informell mit einigen Leuten in Cavendish zusammen zu arbeiten, bis Mott, der Leiter der Forschungsstelle, sich schließlich eine offizielle Bezeichnung für seine Arbeit hatte einfallen lassen. Er hatte Stoney ein bescheidenes Gehalt verschafft, ihm die drei Räume zugeteilt, die Jack gesehen hatte, und ein paar Studenten, die ihm assistieren sollten.

Stoneys Kollegen waren alle gleichermaßen erstaunt über die Flut seiner erfolgreichen Erfindungen. Obwohl keine seiner Apparaturen auf wirklich neuen wissenschaftlichen Erkenntnissen beruhte, war sein Talent dafür, existierende Theorien zu durchschauen und praktischen Nutzen aus ihnen zu ziehen, doch beispiellos. Jack hatte zumindest die eine oder andere eifersüchtige Bemerkung erwartet, aber niemand schien etwas Schlechtes über Stoney sagen zu können. Er war bereit, sein wissenschaftliches Goldhändchen in den Dienst von jedermann zu stellen, der ihn darum bat, und fast kam es Jack so vor, als wäre jeder potentielle Kritiker oder Feind mit ein paar einträglichen Einblicken in seinen jeweiligen Fachbereich bestochen worden.

Stoneys Privatleben lag ziemlich im Dunkeln. Die eine Hälfte von Jacks Informanten hielt ihn eindeutig für homosexuell, die anderen sprachen von einer wunderschönen, geheimnisvollen Frau namens Helen, mit der er ganz offensichtlich ein Verhältnis hatte.

Jack leerte sein Glas und blickte hinaus auf den Hof. *War es Stolz, sich zu fragen, ob er eine Art von prophetischer Vision gehabt hatte?* Als er vor fünfzehn Jahren ›Der zerbrochene Planet‹ geschrieben hatte, war es nur als Satire auf die Hybris der modernen Wissenschaft gedacht gewesen. Seine Darstellung der bösen Mächte, die hinter dem sardonisch L.O.V.E. abgekürzten ›Laboratorium zur Observierung verschiedenartiger Experimente‹ steckte, war durchaus als ernst zu nehmende Metapher gemeint gewesen, aber er hatte nie erwartet, daß er eines Tages ernsthaft darüber nachdenken würde, ob es tatsächlich gefallene Engel gab, die einem Cambridge-Oberen Geheimnisse ins Ohr flüsterten.

Dennoch: Wie oft hatte er seinen Lesern klar gemacht, daß der größte Sieg des Teufels darin bestanden hatte, die Menschen davon zu überzeugen, daß er nicht existierte? Der Teufel war *keine* Metapher, kein schlichtes Symbol für die Schwächen des Menschen. Er existierte wirklich, eine intrigierende Wesenheit, die ebenso in dieser Zeit und Welt wirkte wie Gottvater selbst. Und war Fausts Verdammnis nicht von der schönsten Frau aller Zeiten besiegelt worden, von Helena von Troja?

Jack bekam eine Gänsehaut. Er hatte einmal eine humorvolle Zeitungskolumne mit dem Titel ›Briefe eines Dämons‹ verfaßt. Darin war es um einen erfahrenen Teufel gegangen, der einem weniger erfahrenen Kollegen angeboten hatte, ihm beizubringen, wie man die Gläubigen am besten vom rechten Weg abbrachte. Schon das war eine anstrengende, fast unlautere Erfahrung gewesen. Auch wenn es nur aus einer Laune heraus geschehen war – die Sichtweise des Bösen, die er notwendigerweise eingenommen hatte, hatte Jack das Gefühl vermittelt, innerlich zu vertrocknen. Der Gedanke, daß eine wilde Mischung aus Faust und dem ›zerbrochenen Planeten‹ rings um ihn zum Leben erwachte, war zu schrecklich, um darüber nachzudenken. Er war keiner jener Helden, wie sie seiner Phantasie entsprangen – kein zurückhaltender Cedric Duffy, und schon gar kein moderner Pendragon. Und er glaubte auch nicht daran, daß sich Merlin aus den Wäldern erheben würde, um diesen vermessenen Turm von Babel namens Cavendish ins Chaos zu stürzen.

Dennoch: Wenn er der einzige Mensch in ganz England war, der die wahre Quelle von Stoneys Inspiration erahnte – wer *außer ih*m konnte etwas unternehmen?

Jack schenkte sich noch ein Glas ein. Zögern brachte nichts. Er würde keine Ruhe finden, ehe er nicht wußte, womit er es zu tun hatte: Mit einem eitlen, törichten Jungen, der eine Glückssträhne hatte – oder mit einem eitlen, törichten Jungen, der seine Seele verkauft hatte und die gesamte Menschheit gefährdete ...

»Ein *Satanist*? Sie beschuldigen mich, ein Satanist zu sein?«

Verärgert rückte Stoney seinen Morgenmantel zurecht. Er war bereits im Bett gewesen, als Jack an die Tür gehämmert hatte. In Anbetracht der Uhrzeit war es schon bemerkenswert höflich von ihm gewesen, überhaupt noch Besuch zu empfangen, und in Anbetracht der ehrlichen Entrüstung, die er jetzt an den Tag legte, wollte sich Jack schon fast entschuldigen und wieder davonschleichen.

»Ich mußte Sie das fragen«, sagte er.

»Um ein Satanist zu sein, muß man schon doppelt dämlich sein«, murmelte Stoney.

»Doppelt?«

»Man muß nicht nur an diesen ganzen Unsinn christlicher Theologie glauben, sondern dann auch noch eine Kehrtwendung vollziehen und auf jene Seite setzen, der es vorher bestimmt ist, immer und überall zu *verlieren*n.« Er hob die Hand, als glaubte er, den einzig möglichen Einwand auf sein Argument bereits zu kennen und wollte Jack die Mühe ersparen, ihn zu äußern. »Ich weiß, daß manche Leute behaupten, all das ginge in Wirklichkeit auf eine vorchristliche Gottheit zurück – Merkur, Pan oder dergleichen Unsinn. Aber selbst wenn wir davon ausgehen, daß wir hier nicht über eine komplizierte Verwechslung bei den Objekten der Verehrung sprechen, kann ich mir eigentlich nichts Beleidigerendes vorstellen. Sie vergleichen mich mit jemandem wie *Huysman*s, der in Wahrheit nur ein ziemlich düsterer Katholik war.«

Stoney verschränkte die Arme vor der Brust und setzte sich wieder auf die Couch, wartete auf Jacks Antwort.

Jacks Kopf war vom Whisky angeschwollen. Er hatte keine Ahnung, was er mit alldem anfangen sollte. Es war genau jenes klugscheißerische Gelehrtengeschwafel, das er von jedem selbstgefälligen Atheisten erwartet hätte. Woran aber würde er ihn nun erkennen, da er seine Schuld ja nicht gestanden hatte? *Wenn man seine Seele an den Teufel verschachert hat, welche Lügen erzählt man dann statt der Wahrheit*? Hatte er wirklich ernsthaft angenommen, Stoney würde sich als frommen Kirchgänger ausgeben? Als ob das die beste Antwort wäre, um Jack von seiner Spur abzubringen? Er mußte sich auf jene Dinge konzentrieren, die er mit eigenen Augen gesehen hatte. Fakten, die nicht geleugnet werden konnten.

»Sie haben vor, sich die Natur zu unterwerfen, sie dem Willen des Menschen zu beugen.«

»Überhaupt nicht.« Stoney seufzte. »Ausgefeiltere Techniken werden es uns nur *leichte*r machen. Wir müssen die Umweltverschmutzung und den Gebrauch von Pestiziden so rasch wie möglich verringern. Oder möchten Sie vielleicht in einer Welt leben, in der alle Tiere Hermaphroditen sind und die Hälfte der pazifischen Inseln in Stürmen versinkt?«

»Nun versuchen Sie doch nicht, sich mir als Beschützer des Tierreichs zu verkaufen! Sie wollen uns alle durch Maschinen ersetzen!«

»Fühlen Sie sich auch von einer Zulu-Frau oder einer Tibeterin bedroht, die ein Kind zur Welt bringt und nur das beste für es will?«

»Ich bin kein Rassist«, empörte sich Jack. »Zulus und Tibeter haben eine *Seel*e!«

Stoney seufzte und vergrub sein Gesicht in Händen. »Es ist halb zwei Uhr nachts! Können wir diese Diskussion nicht ein andermal führen?«

Jemand hämmerte gegen die Tür. Stoney blickte auf, einen ungläubigen Ausdruck im Gesicht. »Was ist das hier? Der Grand Central Station?«

Er ging hinüber zur Tür und öffnete sie. Ein verwahrlost wirkender, unrasierter Mann drängte sich ins Zimmer.

»Quint? Was für eine angenehme ...«

Der Eindringling packte Stoney und schmetterte ihn gegen die Wand. Jack gab ein verblüfftes Pfeifen von sich. und Quint wandte ihm seine blutunterlaufenen Augen zu.

»Wer, zum Teufel, sind Sie?«

»Jack Hamilton. Und wer, zum Teufel, sind Sie?«

»Das geht Sie nichts an. Halten Sie sich einfach nur raus.« Mit einer Hand drehte er Stoney den Arm auf den Rücken, während er mit der anderen sein Gesicht gegen die Wand drückte, so daß es knirschte. »Jetzt gehörst du mir, du Stück Scheiße! Diesmal wird dich niemand beschützen.«

Den Mund an die Steinmauer gepreßt, wandte sich Stoney an Jack. »Dach icht Keter Quint, ein Geicht, der mich verfolcht. Ich habe in der Tat einen Fauchtichen Handel gechlochen, aber nur für kurze Zei ...«

»Halt's Maul!« Quint zog eine Pistole aus seiner Jacke und preßte sie an Stoneys Kopf.

»Ruhig Blut«, sagte Jack.

»Wie weit gehen deine Verbindungen?« brüllte Quint. »Memos sind verschwunden, Informationsquellen versiegt. Jetzt behandeln meine Vorgesetzten *mich* wie einen Verräter! Aber keine Sorge: Wenn ich mit dir fertig bin, werde ich die Namen des ganzen verdammtes Netzwerks heraus bekommen haben.« Damit wandte er sich wieder Jack zu. »Und Sie bleiben hier und gehen nirgendwo hin.«

»Halten Chie ihn auch der Chache rauch«, sagte Stoney. »Er gechört nach Magdalene. Die Chpione chind alle am Trinity, dach chollten Chie intwichen wichen.«

Der Anblick des pistolenschwingenden Quint erschütterte Jack, aber er verspürte auch Erleichterung. Denn das Drama, das sich vor seinen Augen abspielte, ließ darauf schließen, daß Stoneys Ideen ihren Ursprung in irgend einem geheimen Forschungsprojekt aus Kriegszeiten hatten. Er hatte also doch keinen Pakt mit dem Teufel geschlossen, sondern nur die Geheimhaltungspflicht verletzt – und nun bekam er die Rechnung dafür präsentiert.

Stoney bog sich und stieß Quint zurück. Quint strauchelte, aber er fiel nicht. Drohend hob er den Arm – doch die Pistole war nicht mehr in seiner Hand!

Jack blickte umher, um zu sehen, wohin sie gefallen war, aber er konnte sie nirgendwo entdecken. Stoney landete einen exakten Tritt zwischen Quints Beinen. Er trug keine Schuhe, aber Quint heulte dennoch vor Schmerzen auf. Ein zweiter Tritt schickte ihn zu Boden.

»Luke?« rief Stoney laut. »*Luke*! Würdest du bitte kommen und mir helfen?«

Ein kräftig gebauter Mann mit tätowierten Unterarmen kam aus dem Schlafzimmer. Er gähnte und rückte seine Hosenträger zurecht. »Nicht schon wieder!« stöhnte er, als er Quint erblickte.

»Leider doch«, meinte Stoney.

Luke zuckte stoisch die Achseln. Die beiden packten Quint, beförderten ihn unter Mühen zur Tür hinaus. Jack wartete ein paar Sekunden, dann suchte er den Boden nach der Pistole ab. Doch weder war sie irgendwo zu sehen, noch war sie unter die Möbel gerutscht. Keine der Spalten, in die sie gefallen sein mochte, war so dunkel, als daß man sie nicht mehr gesehen hätte. Die Waffe war nicht mehr im Raum ...

Jack ging zum Fenster und beobachtete, wie die drei Männer den Hof überquerten. Halb erwartete er, Zeuge eines Mordes zu werden, doch Stoney und sein Liebhaber hoben Quint nur hoch in die Luft – und warfen ihn in einen seichten, ziemlich schlammig aussehenden Teich.

Die darauf folgenden Tage verbrachte Jack in einem Zustand inneren Aufruhrs. Er war nicht bereit, sich irgend jemandem anzuvertrauen, solange er seine Verdachtsmomente nicht klar umreißen konnte. Außerdem konnte man die Ereignisse in Stoneys Haus sehr wohl auf verschiedene Weisen interpretieren. Er konnte nicht mit absoluter Sicherheit sagen, daß Quints Pistole vor seinen Augen verschwunden war. Aber bewies nicht die Tatsache, daß Stoney frei herum lief, daß er Schutz von übernatürlicher Seite erhielt? Auch Quint, verwirrt und gehetzt wie er gewesen war, hatte ganz den Eindruck eines Menschen vermittelt, der unter dämonischem Einfluß stand.

Wenn das allerdings zutraf, mußte Stoney mehr mit seiner Seele als mit der Immunität vor weltlicher Autorität gekauft worden sein. *Das Wissen selbs*t mußte satanischen Ursprungs sein, ganz wie es in der Faust-Legende beschrieben wurde. Tollers hatte in seinem großartigen Aufsatz ›Mythopoesie‹ völlig Recht gehabt: Mythen waren die letzten Überbleibsel einer Fähigkeit, die der Mensch vor dem Sündenfall besessen hatte - nämlich die großen Wahrheiten dieser Welt unmittelbar zu verstehen. Warum sonst sollten sie die Phantasie beflügeln und von Generation zu Generation überleben?

Als es Freitag wurde, überkam Jack ein drängendes Gefühl. Er konnte seine Verwirrung nicht mit nach Potter's Barn nehmen, nach Hause zu Joyce und den Jungen. Diese Angelegenheit mußte bereinigt werden, ehe er zu seiner Familie zurückkehrte - und wenn es nur in seinem eigenen Kopf geschah.

Wagner spielte auf dem Grammophon, während er da saß und über die Herausforderung grübelte, mit der er sich konfrontiert sah. Man mußte Stoneys Pläne durchkreuzen - aber wie? Jack war immer der Ansicht gewesen, daß die Kirche von England, idyllisch und harmlos wie sie auf den ersten Blick wirken mochte, eine Kirche der Kuchenbuden und der freundlichen alten Jungfern, in Satans Augen wie eine furchteinflößende Armee erscheinen mußte. Aber auch wenn sein Herr und Meister in der Hölle zitterte, würden mehr als die strengen Worte eines Fahrrad fahrenden Pfarrers nötig sein, um Stoney zu veranlassen, seine obszönen Pläne aufzugeben.

*Stoneys eigentliche Absichten spielten dabei keine Roll*e. Ihm war die Macht verliehen worden, zu blenden und zu verführen, aber er war nicht in der Lage, der Masse seinen Willen aufzuzwingen. Von Bedeutung war nur, wie andere seine Pläne beurteilten. Die einzige Chance, ihn aufzuhalten, bestand darin, den Menschen klar zu machen, daß im Innern dessen, was auf den ersten Blick wie ein Füllhorn aussah, in Wahrheit nur Leere herrschte.

Je mehr er betete und über die Sache nachdachte, desto deutlicher wurde Jack bewußt, daß er die Aufgabe erkannt hatte, die ihm auferlegt worden war. Stoney einfach von der Kanzel aus anzuprangern, würde nicht genügen – die Leute würden die Früchte von Stoneys Verdammnis nicht ablehnen, nur weil die Kirche es sagte. Weshalb sollte jemand derart lockende Geschenke ablehnen, ohne ein wirklich schlagkräftiges Argument dafür zu hören?

Einst war Jack erniedrigt und vernichtend geschlagen worden bei dem Versuch, die Barbarei des Materialismus offenzulegen. Könnte es sich dabei vielleicht um eine Art Vorbereitung gehandelt haben? Anscombe hatte ihn fürchterlich zugerichtet, aber im Vergleich zu dem Feind, dem er nun gegenüber stand, war sie ein ziemlich sanfter Gegner gewesen. Er hatte unter ihrem Spott gelitten – aber was war Leiden anderes als der Meißel, den Gott ansetzte, um das wahre Selbst seiner Kinder hervorzubringen?

Jack sah seine Aufgabe jetzt klar vor Augen: Er mußte Stoneys intellektuelle Achillesferse ausfindig machen und sie vor der Welt offen legen.

Er würde einen Diskurs mit ihm führen.

3

Eine ganze Minute lang starrte Robert auf die Tafel. Dann brach er in verzücktes Gelächter aus. »Das ist einfach wunderbar!«

»Nicht wahr?« Helen legte die Kreide weg und setzte sich zu ihm auf die Couch. »Nur ein wenig mehr Symmetrie, und nichts würde passieren – das Universum wäre voller kristalliner Leere; ein bißchen weniger – und alles wäre nur ein zusammenhangloses Rauschen.«

Über mehrere Monate und eine ganze Reihe von Lektionen hinweg hatte Helen ihn mit einem kleinen Teil jener hundert Jahre Physik bekannt gemacht, die sie bei ihrem ersten Treffen voneinander getrennt hatten – bis hin zu den rein algebraischen Strukturen, die Raumzeit und Materie zugrunde lagen. Die Mathematik enthielt alles, was sich nicht selbst widersprach; innerhalb dieses gewaltigen Fundus stellte die Physik so etwas wie eine Insel der Strukturen dar, die ergiebig genug war, um auch ihre eigenen Betrachter zu beherbergen.

Robert saß da und ging in Gedanken noch einmal alles durch, was er gelernt hatte, versuchte, so viel wie möglich in einem einzigen Bild zu fassen. Während er damit beschäftigt war, wartete ein Teil von ihm furchtsam darauf, daß er ein Gefühl von Enttäuschung empfinden, daß seine Spannung nachlassen würde. *Er würde nie eine tiefere Einsicht in das Wesen dieser Welt gewinnen. Zumindest in dieser Hinsicht gab es nichts mehr zu entdecken.*

Deshalb das Interesse zu verlieren, war jedoch ausgeschlossen. Sich *dami*t zu übersättigen, war schlicht unmöglich. Wie vertraut er auch immer mit der Algebra des Universums werden würde – er würde stets etwas Wunderbares darin sehen.

»Gibt es noch weitere Inseln?« fragte er schließlich. Nicht nur andere Geschichtsverläufe, die sich die selben Grundlagen teilten, sondern völlig andere Wirklichkeiten.

»Das nehme ich an«, gab Helen zur Antwort. »Einige Leute haben sich mit diesen Möglichkeiten beschäftigt, aber ich weiß nicht, wie so etwas jemals nachgewiesen werden könnte.«

Gesättigt schüttelte Robert den Kopf. »Ich werde nicht einen Gedanken daran verschwenden. Erst muß ich wieder auf den Boden kommen.« Er streckte sich und lehnte sich zurück, grinste noch immer.

»Wo ist denn Luke heute?« fragte Helen. »Gewöhnlich erscheint er doch genau in diesem Augenblick, um Sie hinaus an die Sonne zu schleppen.«

Die Frage fegte das Lächeln aus Roberts Gesicht. »Offenbar gebe ich eine ziemlich erbärmliche Gesellschaft ab. Meine Begeisterung bezüglich Darts und Fußball läßt sehr zu wünschen übrig.«

»Er hat Sie verlassen?« Helen griff zu ihm herüber und drückte seine Hand – mitfühlend, aber auch ein wenig scherzhaft.

Robert war verärgert; sie sprach es nie aus, aber er hatte immer das Gefühl, daß sie über ihn urteilte. »Du bist der Meinung, ich sollte erwachsen werden, nicht wahr? Jemanden finden, der besser zu mir paßt. Einen *Seelenverwandten*.« Das Wort hatte boshaft klingen sollen, aber aus seinem Mund hörte es sich anders an.

»Es ist Ihr Leben«, sagte sie.

Noch vor einem Jahr wäre das eine lächerliche Behauptung gewesen – jetzt stimmte es beinahe. *De facto* waren die strafrechtlichen Verfolgungen ausgesetzt worden, während ein parlamentarischer Ausschuß das genetische und neurologische Beweismaterial untersuchte, das man erst unlängst sichergestellt hatte. Robert hatte geholfen, die Kampagne in Gang zu bringen, jedoch keine wirkliche Rolle darin gespielt – andere hatten sich der Sache angenommen. Vielleicht würde Quints Käfig schon in wenigen Monaten zerschmettert werden, zumindest hier in England.

Die Aussicht verursachte Robert Schwindel. Er mochte das Gesetz bei jeder sich bietenden Gelegenheit gebrochen haben, aber es hatte ihn auch geformt. Der Käfig hatte ihn nicht zum Krüppel gemacht, aber Robert hätte sich selbst etwas vorgemacht, hätte er geleugnet, innerlich verkümmert zu sein.

»Ist es das, was in deiner Vergangenheit passiert ist?« fragte er. »Habe ich meine Tage in einer *lebenslangen Partnerschaft* verbracht?« Sein Mund wurde trocken, während er die Worte sprach, und plötzlich fürchtete er sich davor, daß die Antwort ›Ja‹ lauten könnte.

Mit Chris ... Das Leben, das er verpaßt hatte, war das einer glücklichen Partnerschaft mit Chris ...

»Nein.«

»Was dann?« wollte er wissen. »Was habe ich getan? Wie habe ich gelebt?« Er nahm sich zusammen, wirkte plötzlich wieder selbstbewußt. »Du kannst mir nicht vorwerfen, daß ich neugierig wäre«, fügte er dennoch hinzu.

»Etwas, das Sie nicht ändern können, wollen Sie doch gar nicht wissen«, entgegnete Helen sanft. »All das ist inzwischen längst ein Teil ihrer kausalen Vergangenheit – ebenso wie von meiner.«

»Wenn es schon zu meiner persönlichen Geschichte gehört«, hielt Robert dagegen, »habe ich da nicht ein Recht, es zu erfahren? Dieser Mann war nicht ich, aber er hat dich zu mir geschickt.«

Helen dachte kurz nach. »Sie akzeptieren also, daß er jemand anders war? Jemand, für dessen Handlungen Sie nicht verantwortlich sind?«

»Aber natürlich.«

»1952 gab es eine Gerichtsverhandlung«, berichtete sie. »Wegen groben Verstoßes gegen Paragraph 11 des Strafgesetzbuchs aus dem Jahr 1885. Er wurde nicht inhaftiert, dafür ordnete das Gericht eine Hormonbehandlung an.«

»Eine Hormonbehandlung?« Robert mußte lachen. »Womit denn? Mit Testosteron, um ihn männlicher zu machen?«

»Nein, Östrogen. Es reduziert den männlichen Sexualtrieb, natürlich unter Nebenwirkungen. Eine davon ist, daß sich die Geschlechtsmerkmale krankhaft verändern.«

Robert fühlte Übelkeit in sich aufsteigen. *Sie hatten ihn chemisch kastriert! Mit Medikamenten, die ihm hatten Brüste wachsen lassen ...* All die bizarren Mißhandlungen, denen er unterworfen gewesen war, waren nicht so schrecklich gewesen wie das.

»Die Behandlung dauerte zwei Jahre, und die Nebeneffekte waren alle nur vorübergehend«, fuhr Helen fort.

»Dennoch nahm er sich zwei Jahre später das Leben. Den Grund dafür hat man nie wirklich erfahren.«

Schweigend nahm Robert das in sich auf. Mehr wollte er nicht wissen.

»Wie kannst du das nur ertragen?« fragte er nach einer Weile. »Das Bewußtsein, daß in irgendeinem Zweig der Realität stets jemand erniedrigt wird, auf welche Weise auch immer.«

»Ich *ertrag*e es nicht«, erwiderte Helen. »Ich ändere es. Deshalb bin ich hier.«

Robert senkte den Kopf. »Ich weiß – und ich bin dankbar dafür, daß unsere Pfade sich gekreuzt haben. Aber wie viele Pfade kreuzen sich *nich*t?« Er versuchte, ein Beispiel dafür zu finden, obwohl schon das Nachdenken darüber sehr schmerzlich war. Seit ihrer ersten Unterhaltung hatte er dieses Thema wohlweislich verdrängt. »Nicht nur Ausschwitz läßt sich in unseren Vergangenheiten nicht verändern, auch unzählige weitere Dinge nicht – und unzählige andere Dinge, die noch schlimmer sind.«

»Das ist nicht wahr«, sagte Helen.

»Was?« Verblüfft blickte Robert zu ihr auf.

Sie ging zur Tafel und wischte sie sauber. »Für uns beide ist Ausschwitz geschehen, und ich kenne niemanden, der es je verhindert hätte. Aber das bedeutet nicht, daß es nicht irgendwo jemandem gelingen könnte.«

Sie begann ein Netz von feinen Linien auf der Tafel zu zeichnen. »Die Unterhaltung, die wir beide gerade führen, findet gleichzeitig in zahllosen Mikrohistorien statt – das sind Ereignisketten, innerhalb derer überall im Universum die verschiedensten Dinge passieren, jedoch nur auf subatomarer Basis. Für uns spielt das jedoch keine Rolle. Wir könnten diese einzelnen Fäden ohnehin nicht trennen, also können wir sie ebensogut als einen einzigen Geschichtsverlauf betrachten.«

Sie drückte mit der Kreide fest auf, so daß ein dicker Strich entstand, der alles überdeckte, was sie zuvor gemalt hatte. »Die Leute von der Quantendekohärenz bezeichnen so etwas als ›Grobrasterung‹. Auf der Quintessenz all dieser nicht unterscheidbaren Details gründet in erster Linie die klassische Physik.

Wir beide zum Beispiel sind uns zunächst in vielen, merklich verschiedenen, grobgerasterten Universen begegnet. Von diesem Punkt an sind Sie jedoch in andere Versionen abgewichen, indem Sie verschiedene Entscheidungen getroffen und dadurch verschiedene Möglichkeiten eröffnet haben.« Sie zeichnete zwei Bänder grobgerasterter Geschichtsverläufe, die sich gegenseitig kreuzten. Dann zeigte sie, wie sich die beiden Versionen voneinander entfernten.

»Der Zweite Weltkrieg und der Holocaust sind ganz offensichtlich in unser *beide*r Vergangenheit geschehen. Aber das ist kein Beweis dafür, daß die Gesamtsumme aller Möglichkeiten so groß ist, daß sie als unendlich gelten könnte. Vergessen Sie nicht - was uns an einem erfolgreichen Eingriff hindert, ist der Umstand, daß wir dabei an einen Punkt zurückgelangen, wo sich parallel erfolgte Eingriffe sozusagen in den Schwanz beißen. Ein solches Versagen kann nicht doppelt gewertet werden. Es bestätigt nur, was wir bereits wissen.«

»Aber was ist mit all den Versionen des Europas der 30er Jahre, die nicht in deiner oder meiner Vergangenheit liegen?« wandte Robert ein. »Nur weil wir keinen direkten Beweis dafür haben, daß es auch in diesen Realitäten einen Holocaust gegeben hat, ist es noch lange nicht unwahrscheinlich.«

»Nicht unwahrscheinlich *per se*, ohne jede Intervention. Aber auch nicht in Stein gemeißelt. Wir werden es weiter versuchen und unsere Technik solange verfeinern, bis wir in der Lage sein werden, Realitäten zu erreichen, die sich nicht mit unserer Vergangenheit der 30er Jahre überschneiden. Es dürfte als sicher gelten, daß es weitere, getrennte Inventionsstränge gibt, die sich in der Geschichte ereignen und von denen wir nie erfahren.«

Robert war begeistert. Er hatte sich selbst auf einem einsamen Felsen wunderbaren Glücks gesehen, umgeben von einer endlosen See aus Leid. Um nicht den Verstand zu verlieren, hatte er sich eingeredet, daß nur der Fels wirklich existierte. Doch das, was ihn umgab, war nicht notwendigerweise schlechter - es lag lediglich im Verborgenen. Zu gegebener Zeit würde er vielleicht sogar mithelfen, dafür zu sorgen, daß sich nicht jede Tragödie auf Milliarden von Welten wiederholte.

Noch einmal überprüfte er das Diagramm. »Einen Moment! Eine Intervention beendet doch nicht die Divergenz, oder? Vor einem Jahr bist du zu *uns* gekommen - aber haben wir nicht zumindest in einigen der Geschichtsverläufe, die diesem Moment entsprungen sind, alle möglichen Arten von Katastrophen erlebt und auf jede nur denkbare Weise mit Selbstzerstörung reagiert?«

»Ja«, räumte Helen ein, »aber in geringerem Umfang, als Sie vielleicht annehmen. Wenn man für alle Ereignisketten, die auf den ersten Blick betrachtet passiert sind, eine Wahrscheinlichkeit annehmen, die nicht gleich Null ist, erhält man am Ende eine Schwindel erregende Anzahl der absurdesten Tragödien. Berechnet man das alles hingegen mit mehr Sorgfalt und berücksichtigt dabei auch die Auswirkungen der Planck-Skala, so stellt sich heraus, daß es nirgendwo auch nur annähernd so schlimm kommt. Es gibt *keine* grobgerasterten Realitäten, in denen sich aus Staub Steine formen, die vom Himmel regnen oder in denen jedermann in London oder Madras den Verstand verliert und seine Kinder abschlachtet. Die meisten makroskopischen Systeme sind letztlich ziemlich robust - genau wie die Menschen darin. Über viele Realitäten hinweg betrachtet, ist das Spektrum von Naturkatastrophen, menschlicher Dummheit und schlichtem Pech nicht sehr viel größer als jenes, das sie auch von Ihrem geschichtlichen Blickfeld aus wahrnehmen können.«

Robert lachte auf. »Und das ist nicht schlimm genug?«

»Natürlich - aber das ist der Vorteil an der Gestalt, die ich angenommen habe.«

»Wie war das?«

Helen tippte sich an den Kopf und betrachtete ihn mit einem enttäuschten Ausdruck im Gesicht. »Wissen Sie – Sie sind doch nicht ganz so schnell, wie ich erwartet hatte.«

Robert wurde rot im Gesicht. Aber dann erkannte er, was er übersehen hatte, und sein Ärger verpuffte.

»Du ... *du divergierst nicht*. Deine Hardware ist darauf ausgelegt, den Prozeß zu beenden. Deine Umwelt, deine unmittelbare Umgebung – all das teilt sich weiterhin in verschiedene Realitäten auf, aber grobgerastert betrachtet, trägst du nichts dazu bei.«

»Das ist richtig.«

Robert war sprachlos. Sogar nach einem Jahr konnte sie eine Bombe wie diese noch immer ohne weiteres platzen lassen.

»Ich kann nichts dagegen tun, daß ich in vielen Welten lebe«, sagte Helen. »Das entzieht sich meiner Kontrolle. Aber ich weiß, daß ich nur eine einzige Person bin. Sehe ich mich einer Entscheidung gegenüber, die auf Messers Schneide steht, so weiß ich, daß ich mich niemals aufteilen und beide Pfade beschreiten werde.«

Robert schlang seine Arme um sich, fröstelte plötzlich. »Wie ich. Genau wie ich es getan habe. Wie wir alle, die wir nur arme Kreaturen aus Fleisch und Blut sind.«

Helen kam zu ihm und setzte sich. »Auch das ist nicht unumkehrbar. Hat man sich erst einmal für diese Form entschieden – wenn es wirklich das ist, was man will –, ist man in der Lage, die anderen Erscheinungen seines Selbst zu treffen und dabei die Streuung teilweise rückgängig zu machen. Man kann ihnen die Chance geben, ungeschehen zu machen, was sie getan haben.«

Diesmal begriff Robert sofort, was sie meinte. »Ich kann mich selbst sammeln? Mich zu einem Ganzen machen?«

Helen zuckte die Achseln. »Wenn Sie das unbedingt wollen. Wenn Sie es so sehen wollen ...«

Verwirrt erwiderte er ihren Blick. Der Physik auf den Grund zu fühlen, war eine Sache – aber dies überstieg sein Begriffsvermögen.

Jemand klopfte an die Tür des Studierzimmers. Die beiden tauschten vorsichtige Blicke. Doch diesmal war es nicht Quint, der gekommen war, um sich noch mehr Prügel abzuholen. Es war ein Telegrammbote.

Nachdem der Mann wieder gegangen war, öffnete Robert den Umschlag.

»Schlechte Nachrichten?« fragte Helen.

Er schüttelte den Kopf. »Jedenfalls kein Todesfall in der Familie, wenn du das meinst. Die Nachricht ist von John Hamilton. Er fordert mich zu einem Diskurs heraus. Das Thema lautet: ›Können Maschinen denken?‹«

»Wo? Auf einer Veranstaltung der Universität?«

»Nein. In der BBC. In vier Wochen.« Er blickte auf. »Meinst du, ich sollte darauf eingehen?«

»Radio oder Fernsehen?«

Robert las die Nachricht noch einmal. »Fernsehen.«

»Na klar.« Helen lächelte. »Ich werde Ihnen ein paar Tipps geben.«

»Im Bezug auf die Thematik?«

»Nein, das wäre nicht fair.« Sie musterte ihn. »Sie könnten damit anfangen, daß Sie Ihren elektrischen Rasierapparat wegwerfen. Werden Sie diesen ständigen Bartschatten endlich los.«

Robert war verletzt. »Es gibt Leute, die so etwas attraktiv finden.«

»Vertrauen Sie mir«, meinte Helen voll Überzeugung.

Die BBC schickte einen Wagen, der Robert nach London bringen sollte. Helen saß neben ihm auf dem Rücksitz.

»Sind Sie nervös?« fragte sie.

»Nichts, was sich mit Kotzen nicht bereinigen ließe.«

Hamilton hatte eine Live-Übertragung vorgeschlagen, ›um die Dinge interessanter zu machen‹, und der Produzent hatte zugestimmt. Robert war nie zuvor im Fernsehen gewesen; er hatte an einer Reihe von Radiodiskussionen über die Zukunft des Computers teilgenommen, damals, als der

Mark I in Betrieb genommen worden war. Aber auch das waren Aufzeichnungen gewesen.

Die Wahl des Themas, die Hamilton getroffen hatte, hatte ihn zunächst überrascht, aber rückblickend erschien sie ihm klug gewählt. Ein Diskurs über die Behauptung, daß die moderne Wissenschaft ›Teufelswerk‹ sei, hätte bei den Zuschauern (mit Ausnahme der Überfrommen vielleicht) schallendes Gelächter ausgelöst. Die rein metaphorische Behauptung, daß die moderne Wissenschaft einen ›Faustischen Pakt‹, darstellte, hätte das Publikum zwar dazu gebracht, weise zu nicken, wäre inhaltlich aber leer gewesen. Wenn man die Legende nicht allzu wörtlich nahm und man den Begriff lange genug verwässerte, war so ziemlich alles ein ›Faustischer Pakt‹. So gut wie alles hatte eine Kehrseite. So etwas zu behaupten war so zwecklos, wie es einfach zu demonstrieren war.

Hingegen war Robert auf beträchtliche Skepsis gestoßen, als er Journalisten erklärt hatte, welches Ziel seine Forschungen hatten. Bis zu diesem Zeitpunkt hatte ihn die Presse stets als eine Art exzentrischen britischen Edison betrachtet, der am laufenden Band Erfindungen von unstrittigem Nutzen produzierte. Niemand schien es zu überraschen oder störte sich daran, daß er auch ein wenig verrückt war. Jetzt aber hatte Hamilton die Chance, sich diesen Eindruck zu Nutze zu machen und ihm neue Gestalt zu geben.

Wenn Robert darauf bestand, sein Ziel zu verteidigen, intelligente Maschinen zu schaffen – und zwar nicht als amüsanten Zeitvertreib (wie es eine PR-Agentur getan hätte, die ihn als harmlosen Naivling erscheinen lassen wollte), sondern als den ultimativen Triumph der materiellen Wissenschaft und als logisches Endziel seines Lebenswerks –, dann konnte Hamilton einen möglichen Sieg heute Abend dazu benutzen, all das in Zweifel zu ziehen, was Robert erreicht hatte und wofür er stand. Hamiltons ganz und gar nicht rhetorisch gemeinte Frage ›Wohin führt das alles?‹ war eine Aufforderung an Robert, vorzutreten und sich selbst in Frage stellen zu lassen.

An diesem Sonntag Abend herrschte reger Verkehr. Erst fünfzehn Minuten vor der Sendung fuhren sie vor den Shepherd's Bush Studios vor. Hamilton war ebenfalls von seinem Zuhause in der Nähe von Oxford abgeholt worden. Robert entdeckte ihn, als sie das Studio durchquerten – er unterhielt sich angeregt mit einem jungen, dunkelhaarigen Mann.

»Weißt du, wer der Kerl bei Hamilton ist?« flüsterte Robert Helen zu.

Sie folgte seinem Blick und lächelte rätselhaft.

»Soll das heißen, du kennst ihn?« fragte Robert.

»Ja, aber das verrate ich Ihnen erst später.«

Während die Maskenbildnerin Puder auftrug, ging Helen noch einmal ihre lange Liste der Verhaltensmaßregeln durch. »Starren Sie nicht in die Kamera – das macht den Eindruck, als wollten Sie Seife verkaufen. Aber wenden Sie Ihren Blick auch nicht ab – Sie wollen schließlich nicht unsicher wirken.«

»Jeder weiß es noch besser«, raunte die Maskenbildnerin Robert zu.

»Lästig, nicht wahr?« bekannte Robert.

Michael Polanyi, ein studierter Philosoph, der dem Publikum durch die Präsentation einiger Radiointerviews bekannt war, hatte sich bereit erklärt, die Moderation des Diskurses zu übernehmen. In Begleitung des Produzenten platzte Polanyi in den Make-up-Raum. Ein paar Minuten lang unterhielten sie sich mit Robert, dämpften sein Lampenfieber und riefen ihm noch einmal die Reihenfolge der Sendung ins Gedächtnis.

Sie waren gerade gegangen, als die Aufnahmeleiterin auftauchte. »Bitte, Herr Professor – wir brauchen Sie jetzt im Studio.« Robert folgte ihr, und Helen begleitete ihn noch ein Stück.

»Tief und langsam durchatmen«, drängte sie ihn.

»Als ob grade *du* dich damit auskennen würdest«, fuhr er sie an.

Robert gab Hamilton die Hand, nahm dann seinen Sitzplatz auf der gegenüber liegenden Seite des Podiums ein. Hamiltons junger Berater hatte sich in den Hintergrund zurückgezogen; Robert warf einen Blick zurück und sah, daß Helen von einer ähnlichen Position aus zuschaute. Es war wie bei einem Duell. Sie hatten beide Sekundanten.

Die Aufnahmeleiterin deutete auf den Studiomonitor. Robert sah, wie die Darstellung zwischen den Bildern zweier Kameras wechselte – einer Totalaufnahme der gesamten Bühne und einer Halbtotalen des Podiums und der kleinen Tafel, die daneben stand. Robert hatte Helen einmal gefragt, ob es das Fernsehen in ihrem Zweig der Zukunft auf eine höhere Entwicklungsstufe gebracht hätte, nachdem es seine Pioniertage hinter sich gelassen hatte. Völlig untypischerweise war ihr Mund auf diese Frage hin verschlossen geblieben ...

Die Aufnahmeleiterin zog sich hinter die Kameras zurück und bat um Ruhe. Dann zählte sie von zehn rückwärts, formte die letzten Zahlen nur mit dem Mund.

Die Sendung begann mit einer Einführung von Polanyi: Prägnant, geistreich und unparteiisch. Dann stieg Hamilton auf das Podium. Wenn die Totale übertragen wurde, schaute Robert ihn direkt an, um nicht unhöflich oder abwesend zu wirken. Dem Monitor wandte er sich nur dann zu, wenn er selbst nicht darauf zu sehen war.

»Kann eine Maschine denken?« begann Hamilton. »Meine Intuition sagt mir: *Nein*. Mein Herz sagt mir: *Nein*. Ich bin sicher, daß es den meisten von ihnen ebenso geht. Aber das reicht nicht, oder? In dieser unserer Zeit ist es uns nicht gestattet, uns auf unser *Gefühl* zu verlassen. Wir brauchen etwas Wissenschaftliches. Einen *Beweis*.

Vor einigen Jahren nahm ich an einer Debatte in Oxford teil. Das Thema damals war nicht, ob es Maschinen geben kann, die sich wie Menschen benehmen, sondern ob Menschen tatsächlich nichts anderes *sind* als nur Maschinen. Sehen Sie – die Materialisten gehen davon aus, daß wir alle nichts weiter sind als eine Ansammlung ziellos umherschwirrender Atome, die aus purem Zufall zusammenstoßen. Alles, was wir tun, was wir empfinden und was wir sagen, resultiert aus einer Abfolge von Ereignissen, die genausogut auch von sich drehenden Zahnrädern oder sich öffnenden und schließenden Relais bewirkt werden können.

Mir schien diese Überlegung aus völlig offensichtlichen Gründen falsch zu sein – warum also mit einem Materialisten debattieren, fragte ich mich? Schließlich handelt es sich bei den Worten, die aus seinem Mund kommen, ja sogar seiner eigenen Auffassung nach um nichts anderes als das Ergebnis eines geistlosen, mechanischen Prozesses. Seiner eigenen Theorie zufolge hat er keine Veranlassung anzunehmen, daß diese Worte der Wahrheit entsprechen. Nur jene, die eine Transzendenz der menschlichen Seele bejahen, können schließlich ein Interesse an der Wahrheit für sich beanspruchen.«

Hamilton nickte langsam – die Geste eines Büßers. »Ich hatte Unrecht und wurde in meine Schranken verwiesen. *Mi*r und *Ihne*n mag das alles einsichtig erscheinen, aber natürlich ist es nicht das, was Philosophen als ›analytische Wahrheit‹ bezeichnen: Daß es an sich nicht reiner Unsinn und kein Widerspruch ist zu behaupten, daß wir alle nur Maschinen sind. Es *könnte* ja einen Grund dafür geben, weshalb die Worte, die aus dem Mund eines Materialisten kommen, dennoch der Wahrheit entsprechen, obwohl ihre Ursprünge zur Gänze in gedankenloser Materie liegen.

Es *könnt*e.« Hamilton setzte ein wehmütiges Lächeln auf. »Ich mußte mich dieser Möglichkeit beugen, weil ich nichts als meinen Instinkt, meine Intuition hatte, um das Gegenteil zu behaupten.

Der Grund dafür, daß ich damals nur meine Instinkte hatte, die mich führten, war der, daß mir ein Ereignis entgangen war, das sich viele Jahre zuvor zugetragen hatte. Eine Entdeckung, die im Jahr 1930 gemacht worden war, von einem österreichischen Mathematiker namens Kurt Gödel.«

Robert fühlte einen Schauer der Erregung seinen Rücken

hinab kriechen. Er hatte schon befürchtet, der ganze Wettbewerb würde in reine Theologie entgleisen und Hamilton den ganzen Abend über Thomas von Aquin heraufbeschwören, bestenfalls noch Aristoteles. Aber es sah ganz so aus, als hätte sein geheimnisvoller Berater ihn ins zwanzigste Jahrhundert gezerrt. Als ob sie tatsächlich eine Chance bekommen würden, die wirklich wichtigen Themen zu diskutieren.

»Was *wissen* wir über Professor Stoneys Computer?« fuhr Hamilton fort. »Was beherrschen sie wirklich? Die Arithmetik! Im Bruchteil einer Sekunde können sie eine Million Zahlen addieren. Haben wir ihnen erst einmal ganz präzise gesagt, welche Berechnungen sie anstellen sollen, können sie diese binnen eines Augenblicks ausführen. Sogar solche Berechnungen, für die Sie oder ich ein ganzes Leben brauchen würden.

Aber *verstehen* diese Maschinen, was sie da tun? Professor Stoney sagt: Noch nicht. Nicht jetzt. Sie brauchen noch Zeit. Rom wurde schließlich auch nicht an einem Tag erbaut.« Hamilton nickte nachdenklich. »Vielleicht ist das nur fair. Seine Computer sind erst ein paar Jahre alt. Sie sind noch Babies. Warum sollten sie so schnell irgend etwas begreifen?

Aber lassen Sie uns hier inne halten und darüber ein wenig sorgfältiger nachdenken. Ein heutiger Computer ist schlicht und einfach eine Maschine, die arithmetische Berechnungen durchführt, und Professor Stoney behauptet nicht, daß ihnen aus eigenem Antrieb eine neue Art von Verstand erwachsen wird. Er schlägt auch nicht vor, ihnen neue Fähigkeiten zu verleihen. Bereits jetzt ist er in der Lage, ihnen mit Hilfe von Fernsehkameras einen Blick auf unsere Welt zu gewähren, indem er die Bilder in einen Zahlenstrom umwandelt. Der Zahlenstrom wiederum definiert die Helligkeit der verschiedenen Punkte auf dem Bildschirm, auf deren Grundlage der Computer dann *arithmetisch* handeln kann. Professor Stoney kann seine Computer bereits zu uns sprechen lassen, mit Hilfe eines speziellen

Lautsprechers, der vom Computer mit einem Zahlenstrom gefüttert wird. Dieser Zahlenstrom beschreibt genau die Lautstärke des Tons – und wird ebenfalls von *Arithmeti*k produziert.

Auf diese Weise kann die Welt in den Computer gelangen – in Form von Zahlen. Und auch Worte können daraus sprechen – ebenfalls in Form von Zahlen. Professor Stoneys ganzes Streben geht dahin, seinen Computern eine ›intelligentere‹ Art beizubringen, arithmetische Berechnungen exakt und in Sekundenschnelle durchzuführen. Er will uns erzählen, daß es diese ›intelligente Arithmetik‹ sei, die diese Maschinen dazu bringen wird zu denken.«

Hamilton verschränkte seine Arme und legte eine kurze Pause ein. »Was sollen wir davon halten? Können bloße *arithmetische Berechnunge*n jemals ausreichen, um eine Maschine etwas *verstehe*n zu lassen? Mein Instinkt sagt nein, natürlich. Aber wer bin ich schon, daß Sie meinem Instinkt vertrauen sollten?

Lasen Sie uns also die Frage nach dem Wesen des Verstehens ein wenig eingrenzen, und – um gewissenhaft und fair zu bleiben – lassen sie uns dies auf eine Art tun, die Professor Stoney im denkbar besten Licht erscheinen läßt. Wenn es etwas gibt, das ein Computer verstehen können muß – und zwar ebenso gut wie wir, wenn nicht sogar besser – ist Arithmetik. Wäre ein Computer tatsächlich in der Lage zu denken, wäre er garantiert in der Lage, die Natur seines herausragendsten Talents zu begreifen.

In diesem Fall aber stellt sich folgende Frage: Kann man die Arithmetik *beschreibe*n, wenn man dabei nur Arithmetik *benutz*t? Vor dreißig Jahren – also lange bevor Professor Stoney und seine Computer aufgetaucht sind – stellte sich Professor Gödel exakt die selbe Frage.

Nun – wahrscheinlich fragen Sie sich jetzt, wie jemand, der die Regeln der Arithmetik nur unter Benutzung der Arithmetik beschreiben will, es wohl anstellt.« Hamilton wandte sich der Tafel zu, nahm die Kreide und schrieb zwei Zeilen an:

$$\text{Wenn } x + z = y + z$$
$$\text{dann ist } x = y$$

»Dies ist eine wichtige Regel, auch wenn sie in Symbolen und nicht in Zahlen geschrieben ist – ganz einfach deswegen, weil sie für *jedwed*e Zahl zu gelten hat, für jedes x, y oder z. Nun aber hatte Professor Gödel eine raffinierte Idee: Warum nicht einen Code benutzen, wie ihn die Geheimdienste im Gebrauch haben? Ein Code, bei dem jedem Symbol eine Zahl zugeteilt wird?«

Hamilton schrieb:

Der Code für ›a‹ lautet 1.
Der Code für ›b‹ lautet 2.

»Und so weiter. Sie können für jeden Buchstaben des Alphabets eine Zahl verwenden, ebenso wie für die anderen Zeichen, die in der Arithmetik Verwendung finden: Zahlen für Plus- und Istgleich-Zeichen und dergleichen. Auf diese Weise werden jeden Tag Telegramme verschickt, mit Hilfe einer Verschlüsselung, die sich Baudot-Code nennt. Sie sehen also, daß daran nichts Obskures oder Seltsames ist.

Alle Regeln der Arithmetik, die wir in der Schule gelernt haben, können unter Zuhilfenahme einer sorgsam getroffenen Auswahl von Symbolen niedergeschrieben und danach in Zahlen umgewandelt werden. Daraufhin kann jede Frage – beispielsweise danach, was aus diesen Regeln folgt beziehungsweise nicht folgt – in einem neuen Licht betrachtet werden: nämlich als eine Frage nach Zahlen. Wir sind in der Lage, mittels purer Arithmetik jede Folgerung zu überprüfen und als gültig oder ungültig zu erklären.

Das heißt also, wir können bezüglich *jeder beliebige*n Behauptung der Arithmetik – wie zum Beispiel jener, daß es ›unendlich viele Primzahlen‹ gibt – die Erkenntnis festhalten, daß es in Form von Codezahlen einen Beweis für diese Behauptung gibt. Wenn die Codenummer für unsere Behauptung x ist, können wir sagen: ›Es existiert eine Zahl p,

die mit der Codezahl x endet und unseren Test besteht, weil sie Codezahl eines gültigen Beweises ist.«‹

Hamilton atmete tief durch.

»1930 benutzte Professor Gödel dieses Muster, um etwas ziemlich Geistreiches zu tun.«

Er schrieb auf die Tafel:

Es *EXISTIERT KEINE ZAH*L,
die folgende Bedingung erfüllt:
p ist die Codezahl eines gültigen
Beweises dieser Behauptung.

»Hier also haben wir eine Behauptung über Arithmetik, über Zahlen. Sie muß entweder wahr oder falsch sein. Beginnen wir also mit der Vermutung, daß sie zufällig wahr wäre. Dann gibt es also *kein*e Zahl p, die Code für einen Nachweis dieser Behauptung wäre. Dies wäre also eine wahre Behauptung über die Arithmetik, die allerdings nicht dadurch nachgewiesen kann, indem man *nu*r Arithmetik betreibt!«

Hamilton lächelte. »Wenn Sie mir nicht folgen konnten, machen Sie sich keine Sorgen – als ich dieses Argument zum ersten Mal von einem jungen Freund von mir hörte, brauchte ich eine ganze Weile, bis ich seine Bedeutung erfaßte. Aber vergessen Sie nicht: Die einzige Art, wie ein Computer *überhaup*t etwas verstehen kann, ist die, Arithmetik zu betreiben – und gerade haben wir eine Behauptung gefunden, die nicht bewiesen werden kann, *inde*m man nur Arithmetik betreibt.

Aber ist diese Behauptung wirklich richtig? Wir dürfen nicht vorschnell urteilen, dürfen die Maschinen nicht voreilig verdammen. Nehmen wir doch einmal an, die Behauptung wäre falsch! Wäre die Behauptung, daß es keine Zahl p gibt, die der Code ihres eigenen Beweises ist, falsch, müßte es ja schließlich eine solche Zahl geben. Und diese Zahl würde den codierten ›Beweis‹ für eine allgemein bekannte Falschheit liefern!«

Triumphierend breitete Hamilton die Arme aus. »Sie und

ich, jeder Schuljunge weiß, daß man Falschheit nicht auf der Grundlage richtiger Prämissen beweisen kann – und wenn die Prämissen der Arithmetik nicht richtig sind, welche sind es dann? *Wir* wissen also mit Bestimmtheit, daß diese Behauptung wahr ist.

Professor Gödel war der erste, der dies erkannt hat, aber mit ein wenig Anleitung und Beharrlichkeit steht es jedem gebildetem Menschen frei, ihm zu folgen. *Eine Maschine könnte das niemals tun*. Wir könnten unsere eigene Kenntnis dieser Tatsache an eine Maschine weitergeben, es ihr als verläßliche Grundlage eingeben, aber die Maschine könnte niemals von selbst auf diese Wahrheit kommen, noch wäre sie in der Lage, wirklich zu verstehen, was wir ihr zum Geschenk machen.

Sie und ich *verstehen* die Arithmetik, auf eine Weise, wie es keine elektronische Rechenmaschine je zustande bringen wird. Welche Aussichten hat eine Maschine dann aber, über ihr angestammtes Feld hinauszuwachsen und irgendwelche größeren Wahrheiten zu verstehen?

Keine, Ladies und Gentlemen. Auch wenn ihnen dieser Ausflug in die Mathematik abwegig erschienen sein mag – er verfolgte einen sehr bodenständigen Zweck. Ohne daß ihn der glühendste Materialist oder der pedantischste Philosoph widerlegen könnte, hat er bewiesen, was wir ganz normalen Leute ohnehin schon wußten: Keine Maschine wird jemals denken können.«

Hamilton setzte sich. Einen Augenblick lang war Robert schlicht erheitert. Mit fremder Hilfe oder nicht – Hamilton hatte die Grundzüge des Unvollkommenheitsbeweises erfaßt und ihn einem Laienpublikum vorgestellt. Was ein Abend des Schattenboxens hätte werden können – ohne jeden Schlagabtausch und mit zwei Einzeldarbietungen in unterschiedlichen Arenen, über die das Publikum nicht urteilen konnte – hatte sich in einen echten Ideenkrieg verwandelt.

Als Polanyi ihn ankündigte und er das Podium bestieg, merkte Robert, daß die Schüchternheit und Befangenheit,

die ihn sonst befielen, verschwunden waren. Eine völlig andere Anspannung erfüllte ihn – denn stärker als je zuvor fühlte er, was auf dem Spiel stand.

Als er das Podium erreichte, nahm er die Haltung von jemandem an, der mit dem Vortag einer einstudierten Rede beginnen wollte. Plötzlich jedoch hielt er inne, so, als ob er etwas vergessen hätte. »Einen Augenblick, bitte.« Er ging auf die dem Publikum abgewandte Seite der Tafel und schrieb rasch ein paar auf den Kopf gestellte Wörter darauf. Dann kehrte er an seinen Platz zurück.

»Kann eine Maschine denken? Professor Hamilton möchte uns alle glauben machen, daß er diese Frage ein für allemal gelöst hat, in dem er eine Behauptung aufgestellt hat, von der *wir* wissen, daß sie wahr ist. Eine Maschine hingegen, die nur darauf ausgerichtet ist, sich auf eine bestimmte, vorgegebene Weise mit arithmetischen Theoremen zu beschäftigen, könnte solch eine Behauptung niemals aufstellen. Nun – wir haben alle unsere Grenzen.«

Er drehte die Tafel um und zeigte her, was er auf der anderen Seite geschrieben hatte.

Wenn Robert Stoney diese Worte spricht,
wird er NICHT die Wahrheit sagen.

Er wartete einige Augenblicke, ehe er fortfuhr.

»Womit ich mich allerdings lieber beschäftigen möchte, ist nicht so sehr die Frage nach den Grenzen, sondern vielmehr die nach den Möglichkeiten. Wie genau sind wir eigentlich alle zu der Fähigkeit gelangt, sagen zu können, daß Gödels Behauptung stimmt? Woher kommt dieser Vorteil, dieser große Einblick? Aus unseren Seelen? Von einer körperlosen Einheit, die keine Maschine jemals besitzen kann? Ist das die einzig mögliche Quelle, die einzig überzeugende Erklärung? Oder rührt diese Fähigkeit vielleicht von etwas her, das weniger ätherisch ist?

Wie Professor Hamilton uns erklärt hat, halten wir Gödels Behauptung deshalb für wahr, weil wir darauf vertrauen, daß uns die Regeln der Arithmetik nicht zu Widersprüchen und Falschaussagen führen. Aber woher kommt dieses Vertrauen? Wie entsteht es?

Robert drehte die Tafel wieder auf die Seite, die Hamilton beschrieben hatte, und deutete auf die Streichungsregel. «Wenn x plus z das gleiche ergibt wie y plus z, dann sind x und y gleich. Warum erscheint uns das so *vernünftig*? Wir können es vielleicht nicht auf diese Weise ausdrücken, ehe wir nicht zumindest das Alter von Teenagern erreicht haben. Aber wenn Sie einem Kleinkind zwei Schachteln zeigen, ohne sie den Inhalt sehen zu lassen, und Sie dann eine gleich große Anzahl von Muscheln, Steinen oder Früchtchen auf beide Schachteln verteilen, und anschließend das Kind in die Schachteln schauen lassen, damit es sieht, das jede jetzt gleich viele Stücke enthält – dann braucht das Kind keine formelle Ausbildung, um zu wissen, daß die Schachteln bereits zu Beginn die gleiche Anzahl an Stücken enthalten haben müssen.

Das Kind weiß – so wie wir alle –, wie sich ein bestimmtes Objekt verhält. Andauernd machen wir in unserem Leben die Erfahrung ganzer Zahlen: Anzahlen von Münzen, Briefmarken, Kieselsteinen, Vögeln, Katzen, Schafen, Autobussen. Wenn ich ein sechsjähriges Kind davon überzeugen wollte, daß ich, wenn ich drei Steine in einer Schachtel hätte und einen davon heraus nähme, am Ende vier übrig hätte, würde es mich schlicht auslachen. Warum? Es ist nicht nur die Erfahrung vorausgegangener Situationen, die uns verrät, daß drei weniger eins zwei ergibt. Auch ein Kind weiß, daß Dinge, die auf den ersten Blick verläßlich erscheinen, mitunter auch fehlerhaft sein können: Ein Spielzeug, das ein Jahr oder einen Monat lang tagtäglich funktioniert, kann dennoch plötzlich kaputtgehen. Aber nicht die Arithmetik, nicht drei weniger eins. Man kann sich nicht einmal *vorstellen*, daß das nicht funktioniert. Sobald man in der Welt lebt, sobald man verstanden hat, auf welchem Prinzip sie basiert, wird ein Fehler in der Arithmetik unvorstellbar.

Professor Hamilton geht davon aus, das wir diese Erkenntnis unseren Seelen verdanken. Aber was würde er zu einem Kind sagen, das an einem entlegenen Ort aufgezogen wurde, das nie mehr als einen Menschen um sich hatte und dem man nie beigebracht hat, seine Finger und Zehen zu zählen? Ich bezweifle, daß ein solches Kind über die gleiche Gewißheit verfügen würde, wie Sie und ich sie besitzen – nämlich daß die Arithmetik uns niemals täuschen wird. Zahlen völlig aus seiner Welt zu verbannen, würde eine sehr eigenartige Umgebung erfordern und eine Einschränkung darstellen, die an seelische Grausamkeit grenzt – aber wäre es genug, um ein Kind seiner *Seel*e zu berauben?

Ein Computer, der darauf programmiert ist, Arithmetik zu betreiben, wie Professor Hamilton es beschrieben hat, wird noch einem viel stärkeren Entzug ausgesetzt als solch ein Kind. Ich bezweifle, daß ich viel von der Wirklichkeit begriffen hätte, wenn ich mit gefesselten Armen und Beinen aufgezogen worden wäre, mit einem Sack über dem Kopf und jemandem, der mir Befehle ins Ohr brüllte. Dennoch wäre ich dafür besser eingerichtet als ein Computer. Es ist gut, daß eine Maschine, die so behandelt wird, nicht in der Lage ist zu denken. Die Fesseln, die wir ihr auferlegt haben, wären auf geradezu kriminelle Weise beengend.

Aber das ist ja wohl kaum die Schuld des Computers, noch ist es ein Beweis für einen irreparablen Mangel an seinem grundsätzlichen Wesen. Wenn wir das Potential unserer Maschinen nach einem wirklich ehrlichen Maßstab beurteilen wollen, müssen wir mit ihnen fair verfahren und dürfen ihnen nicht Beschränkungen auferlegen, die wir uns selbst nicht im Traum zumuten würden. Es ergibt keinen Sinn, einen Adler mit einem Schraubenschlüssel zu vergleichen, oder eine Gazelle mit einer Waschmaschine: Unsere Flugzeuge fliegen und unsere Autos bewegen sich fort – wenn auch auf ganz andere Weise als ein Tier.

Eine Maschine zum *Denke*n zu bringen ist mit Sicherheit sehr viel schwieriger, als ihr diese anderen Fähigkeiten zu vermitteln, und vermutlich müssen wir die Natur dafür um vieles genauer nachempfinden. Aber ich glaube fest daran, daß eine Maschine, die mit Funktionen ausgestattet ist, die unseren angeborenen Lernmechanismen entsprechen, die wir alle als unser Geburtsrecht ansehen; daß eine Maschine, der es frei steht, auf die selbe Weise zu lernen wie ein Kind, nämlich durch Erfahrung und Beobachtung, durch Versuch und Irrtum, durch Vermutung und Fehlschlag, anstatt eine Liste von Anweisungen zu bekommen, die keine andere Wahl lassen, als ihnen zu gehorchen; daß solch eine Maschine am Ende in der Lage sein wird, von sich aus zu vergleichen.

In dem Augenblick, in dem dies mit den Maschinen geschieht, können wir ihre Bekanntschaft machen, können wir mit ihnen sprechen und mit ihnen streiten - sei es über Arithmetik oder über irgendein anderes Thema. Es wird nicht nötig sein, Professor Gödel, Professor Hamilton, mich oder irgend jemanden sonst darüber referieren zu lassen. Wir werden sie in die nächste Kneipe einladen und sie selbst fragen. Und wenn wir ihnen gerecht werden wollen, werden dabei wir den gleichen Erfahrungsschatz und das gleiche Urteilsvermögen anwenden wie bei jedem anderen Freund, Gast oder Fremden. Dann werden wir beurteilen können, ob Maschinen in der Lage sind zu denken oder nicht.«

In einem kleinen Raum außerhalb des Studios hatte die BBC ein reichhaltiges Büffet mit Wein und Käse aufstellen lassen. Robert war schließlich in ein hitziges Gespräch mit Polanyi verwickelt, der sich als strikter Gegner seiner These erwies, während Helen schamlos mit Hamiltons jungem Freund flirtete, der, wie sich herausstellte, in Cambridge seinen Doktor in algebraischer Geometrie gemacht hatte. Er mußte seinen Abschluß gemacht haben, kurz bevor Robert aus Manchester zurückgekehrt war.

Nachdem sie einige höfliche Formalitäten ausgetauscht hatten, ging Robert wieder auf Distanz zu Hamilton - ein Gefühl sagte ihm, daß weiterer Kontakt unerwünscht war.

Eine Stunde später jedoch - auf dem Rückweg von den

Toiletten hatte sich Robert im Gewirr der Korridore verlaufen – stieß Robert rein zufällig wieder auf ihn. Der Professor saß allein im Studio und weinte.

Schon wollte sich Robert leise davonstehlen, als Hamilton aufschaute und ihn erblickte. Nachdem sich ihre Blicke getroffen hatten, war es unmöglich zu gehen.

»Ist es wegen Ihrer Frau?« fragte Robert. Er hatte gehört, daß sie schwer krank war, aber man erzählte sich auch von einer wundersamen Genesung. Irgendein Freund der Familie hatte ihr vor einem Jahr die Hand aufgelegt, worauf sich ihr Zustand gebessert hatte.

»Sie stirbt«, sagte Hamilton.

Robert trat näher und setzte sich neben ihn. »Woran?«

»Brustkrebs. Die Metastasen sich über ihren ganzen Körper ausgebreitet. Ihre Knochen sind befallen, ihre Lungen und ihre Leber.« Er schluchzte erneut, ein hilfloser Reflex, um sich dann wütend wieder zusammen zu nehmen. *»Leiden ist der Meißel, mit dem Gott uns form*t. Was für ein Idiot hat sich so etwas ausgedacht?«

»Ich werde mit einem Freund von mir sprechen«, sagte Robert. »Er ist Onkologe am Guy's Hospital. Er führt gerade eine Versuchsreihe mit neuen genetischen Behandlungsmethoden durch.«

Hamilton starrte ihn an. »Eine von Ihren *Wunderheilungen*?«

»Nein. Jedenfalls nicht direkt.«

»Sie wird Ihr Gift nicht schlucken«, sagte Hamilton entrüstet.

Weil *sie* es nicht will?, hätte Robert um ein Haar erwidert, oder weil *Sie* sie nicht lassen?

Aber es war eine unfaire Frage. In manchen Ehen verwischten sich die Grenzen. Es stand ihm nicht zu, darüber zu urteilen, wie die beiden damit umgingen.

»Sie verlassen uns, um auf eine andere Art bei uns zu sein, uns sogar noch näher zu sein als zuvor.« Hamilton sprach die Worte wie eine Zauberformel, die der Verteidigung diente, ein Glaubensbekenntnis, das die Versuchung von ihm fern halten sollte, unabhängig davon, ob er wirklich daran glaubte oder nicht.

Robert schwieg eine Weile. »Als ich ein Junge war, habe ich jemanden verloren, der mir sehr nahe stand«, sagte er dann. »Ich habe genauso gedacht wie Sie. Noch lange danach war ich der Ansicht, daß er bei mir wäre. Daß er mich führte und mir Mut zusprach.« Die Worte kamen nur schwer über seine Lippen – fast dreißig Jahre lang hatte er mit niemandem darüber gesprochen. »Ich habe mir eine ganze Theorie ausgedacht, um es zu erklären. Ihr zufolge benutzten ›Seelen‹ Quantenfluktuationen, um den menschlichen Körper während seiner Lebensphase zu kontrollieren und um nach dem Tod mit den Lebenden in Verbindung treten zu können – und das, ohne die Gesetze der Physik zu brechen. Es war eine jener Geschichten, auf die jeder wissenschaftlich interessierte Siebzehnjährige irgendwann stößt und die er einige Wochen lang überaus ernst nimmt, ehe er dann erkennt, wie unsinnig sie in Wirklichkeit sind. Ich jedoch hatte einen triftigen Grund dafür, die Fehler in meiner Theorie zu übersehen, und so hielt ich fast zwei Jahre lang daran fest. Ich habe so lange gebraucht, das Ausmaß meines Handelns und meiner Selbsttäuschung zu begreifen, weil ich ihn so sehr vermißte.«

»Hätten Sie nicht versucht, es zu erklären, hätten Sie ihn vielleicht nie verloren«, bemerkte Hamilton spitz. »Vielleicht wäre er noch immer bei Ihnen.«

Robert dachte darüber nach. »Eigentlich bin ich froh, daß er nicht mehr hier ist. Es wäre nicht fair – für keinen von uns.«

Hamilton schauderte. »Dann können Sie ihn wohl kaum so sehr geliebt haben, oder?« Er stützte den Kopf auf die Arme. »Und jetzt verschwinden Sie endlich!«

»Wie soll ich Ihnen nur beweisen, daß ich nicht mit dem Teufel im Bund stehe?« fragte Robert.

Hamilton wandte ihm seine geröteten Augen zu. »Das können Sie nicht!« rief er triumphierend aus. »Ich habe gesehen, was mit Quints Pistole passiert ist!«

Robert seufzte. »Das war ein Taschenspielertrick. Ein Zauberkunststück, keine schwarze Magie.«

»Ach ja? Dann zeigen Sie mir, wie es geht. Bringen Sie's mir bei, damit ich damit meine Freunde beeindrucken kann.«

»Es ist ziemlich technisch – wir würden die ganze Nacht dafür brauchen.«

Hamilton lachte humorlos. »Mich können Sie nicht täuschen. Ich habe Sie von Anfang an durchschaut.«

»Halten Sie Röntgenstrahlen für Teufelswerk? Oder Penicillin?«

»Behandeln Sie mich nicht wie einen Idioten. Das läßt sich doch nicht vergleichen.«

*»Warum nich*t? Alles, bei dessen Entwicklung ich mitgeholfen habe, gehört dem selben Kontinuum an. Ich habe einige Ihrer Aufsätze über die Kultur des Mittelalters gelesen. Sie hacken ständig auf modernen Kommentatoren herum, die Sie als unausgereift darstellen. Niemand ging wirklich davon aus, daß die Erde eine Scheibe war. Und es gab auch niemanden, der jede neue Erfindung als Hexenkunst verurteilt hat. Warum also sollten Sie meine Arbeit anders sehen als ein Abkömmling des vierzehnten Jahrhunderts die Medizin des zwanzigsten Jahrhunderts?«

»Denken Sie nicht, daß ein Mann aus dem vierzehnten Jahrhundert, der schlagartig mit der Medizin des zwanzigsten Jahrhunderts konfrontiert werden würde, ein Recht darauf hätte zu fragen, wie seine Zeitgenossen zu diesem Wissen gekommen sind?« gab Hamilton zur Antwort.

Robert rutschte unruhig auf seinem Sitz umher. Helen hatte ihm kein Schweigegelübde auferlegt, aber er war mit ihr einer Ansicht gewesen: Daß es besser war zu warten und die Wissensgrundlagen bezüglich des Geschehenen zu erweitern, ehe man daran ging, Details über den Kontakt zwischen den einzelnen Realitätszweigen zu enthüllen.

Aber die Frau dieses Mannes war im Begriff, einen völlig unnötigen Tod zu sterben. Und Robert war es leid, ständig Geheimnisse mit sich herum zu tragen. Manche Kriege machten es zur Notwendigkeit – andere hingegen wurden besser mit Ehrlichkeit gewonnen.

»Ich weiß, daß Sie H. G. Wells hassen«, sagte er. »Aber was, wenn er Recht hatte, zumindest im Bezug auf eine Kleinigkeit?«

Robert berichtete ihm alles, überging die technischen Details, ohne jedoch irgend etwas Wichtiges auszulassen. Ohne ihn zu unterbrechen hörte Hamilton ihm zu, war von unfreiwilliger Faszination ergriffen. Sein Gesichtsausdruck wechselte von feindselig auf ungläubig, mit einigen Momenten neidvollen Erstaunens – so, als wisse er zumindest ein wenig von der Schönheit und Komplexität des Bildes zu schätzen, das Robert ihm schilderte.

Als Robert jedoch geendet hatte, sagte Hamilton nur: »Sie sind groß im Lügen, Stoney. Was sonst ist vom König der Lügen zu erwarten?«

Während der Fahrt zurück nach Cambridge war Robert in düsterer Stimmung. Das Zusammentreffen mit Hamilton hatte ihn deprimiert, und die Frage, wer von beiden nun die Nation im Diskurs für sich gewonnen hatte, schien im Verhältnis dazu plötzlich bedeutungslos und in weiter Ferne zu sein.

Helen hatte ein Haus in der Vorstadt gemietet, um keinen Skandal zu provozieren, indem sie bei ihm wohnte (obgleich ihre regelmäßigen Besuche in seinen Räumlichkeiten annähernd den gleichen Effekt heraufbeschworen hatten). Robert brachte sie zur Tür.

»Ich denke, es ist großartig gelaufen«, sagte sie. »Meinen Sie nicht auch?«

»Ich nehme es an.«

»Ich werde diesen Ort heute nacht verlassen«, sagte sie beiläufig. »Dies ist unser Abschied.«

»Was?« Robert war sprachlos. »Aber es hängt doch noch alles in der Luft! Ich brauche dich noch!«

Sie schüttelte den Kopf. »Sie haben alle Werkzeuge und Hinweise, die Sie brauchen. Und Sie haben hier jede Menge

Hilfe. Es gibt nichts wirklich Wichtiges mehr zu berichten, worauf Sie nicht ebenso schnell selbst kommen könnten.«

Robert bat sie, nicht zu gehen, doch ihre Entscheidung stand fest. Der Fahrer betätigte die Hupe. Robert winkte unwirsch ab.

»Weißt du was?« meinte er. »Meinen Atem kann man in der kalten Luft sehen, deinen dagegen nicht. Du solltest etwas vorsichtiger sein.«

Sie lachte. »Es ist ein bißchen spät, um sich darüber Gedanken zu machen.«

»Wohin wirst du gehen? Zurück nach Hause? Oder wirst du losziehen und einen anderen Zweig beeinflussen?«

»Einen anderen Zweig. Aber für unterwegs habe ich mir noch etwas vorgenommen.«

»Und das ist?«

»Erinnern Sie sich an einen Aufsatz, den Sie über das ›Orakel‹ geschrieben haben? Eine Maschine, die in der Lage sein sollte, den Fehlfaktor zu beseitigen?«

»Natürlich.«

Mittels einer Vorrichtung, die in der Lage wäre, schon im Voraus zu sagen, ob ein Computerprogramm sich irgendwann als fehlerhaft erweisen und stoppen oder in alle Ewigkeit weiter laufen würde, würde man in der Lage sein, jedes beliebige Theorem, das sich auf ganze Zahlen bezog, entweder zu bestätigen oder zu verwerfen: die Goldbach-These, Fermats ›letztes Theorem‹ – einfach alles. Man brauche diesem ›Orakel‹ nur ein Programm zu zeigen, und es würde sämtliche ganzen Zahlen durchspielen, würde jede mögliche Kombination von Werten ausprobieren und nur dann unterbrochen werden, wenn es auf eine Kombination stieß, die der Behauptung widersprach. Man brauchte das Programm niemals selbst laufen zu lassen – das Urteil des Orakels darüber, ob es stoppen würde oder nicht, würde völlig ausreichen.

Solch ein Gerät mochte machbar sein oder nicht – aber Robert hatte schon vor zwanzig Jahren nachgewiesen, daß kein gewöhnlicher Computer, so raffiniert er auch programmiert sein mochte, diese Aufgabe bewältigen könnte. Wenn Programm H dazu in der Lage war, innerhalb eines festgesetzten Zeitraums darüber Auskunft zu geben, ob Programm X fehlerhaft war, konnte man Programm H auch noch Programm Z hinzufügen, das gewollterweise jedesmal dann in eine Endlosschleife eintrat, wenn es ein fehlerhaftes Programm untersuchte. Wenn Z sich nun selbst untersuchte, würde es entweder irgendwann auf einen Fehler stoßen oder bis in alle Ewigkeit weiter laufen. Jede dieser Möglichkeiten widersprach jedoch den angeblichen Fähigkeiten von Programm H: Wenn Z tatsächlich bis in alle Ewigkeit weiter lief, dann deswegen, weil H das Gegenteil behauptet hatte. Und umgekehrt. Ein Programm H konnte es deshalb nicht geben.

»Die Zeitreise«, sagte Helen, »verleiht mir die Möglichkeit, solch ein Orakel zu werden. Es gibt eine Möglichkeit, sich das Unvermögen, unsere eigene Vergangenheit zu ändern, zu Nutze zu machen: Die Möglichkeit, eine unbestimmte Anzahl sich zeitlich entsprechender Pfade, die kurz davor stehen, sich zu schließen, in ein endliches physikalisches System zu pressen. Damit läßt sich auch das Unsicherheitsproblem lösen.«

»Wie?« Roberts Gedanken begannen zu rennen. »Und wenn man das geschafft hat – wie sieht es mit höheren Kardinalzahlen aus? Einem Orakel für Orakel, das in der Lage ist, Behauptungen über die natürlichen Zahlen zu überprüfen?«

Helen lächelte rätselhaft. »Für die erste Problemstellung sollten Sie nur vierzig oder fünfzig Jahre benötigen. Und für den Rest noch einmal so viel.« Sie trat zurück, zog sich ins Dunkel der Eingangshalle zurück. »Wie kommen Sie nur darauf, daß ich selbst die Antwort kenne?« Sie hauchte ihm einen Abschiedskuß zu – und verschwand dann aus seinem Blickfeld.

Robert ging ihr nach – doch die Eingangshalle war leer. Gleichzeitig traurig und voller Begeisterung ging er zurück zum Wagen. Sein Herz schlug heftig.

»Wohin als nächstes, Sir?« fragte der Fahrer ungeduldig.
»Weiter empor«, gab Robert zurück, »und tiefer hinein.«

4

In der Nacht nach dem Begräbnis ging Jack bis drei Uhr morgens im Haus umher. Wann würde es erträglich werden? *Wann*? Im Tod hatte sie mehr Stärke und Mut gezeigt, als er jetzt in sich fühlte. Aber in den Wochen, die vor ihm lagen, würde sie den Schmerz mit ihm teilen.

Mit ihnen allen ...

In der Dunkelheit des Schlafzimmers versuchte er, ihre Gegenwart zu fühlen. Aber es war erzwungen, war noch zu früh. Darauf zu vertrauen, daß sie über ihn wachte, war eine Sache – zu erwarten, daß ihm Trauer und Leid erspart wurden, war etwas anderes.

Er wartete auf den Schlaf. Er mußte vor Tagesanbruch noch ein wenig zur Ruhe kommen. Wie sonst sollte er am Morgen ihren Kindern gegenübertreten?

Ganz allmählich wurde ihm bewußt, daß jemand in der Dunkelheit am Fuß des Bettes stand. Während er immer wieder forschend in die Schatten starrte, trat das Gesicht der Erscheinung deutlicher hervor.

Es war sein eigenes.

Jünger, glücklicher, selbstsicherer.

Jack setzte sich auf. »Was willst du von mir?«

»Ich will, daß du mit mir kommst.« Die Gestalt kam näher heran. Jack schreckte zurück, und sofort blieb sie stehen.

»Wohin?« verlangte Jack zu wissen.

»An einen Ort, an dem sie auf dich wartet.«

»Nein.« Jack schüttelte den Kopf. »Ich glaube dir nicht. Sie sagte, sie würde selbst kommen, wenn die Zeit dafür reif wäre. Sie sagte, sie würde mich führen.«

»Zu diesem Zeitpunkt hat sie es noch nicht verstanden«, beharrte die Erscheinung sanft. »Sie wußte nicht, daß ich dich selbst holen könnte. Glaubst du, ich würde sie an meiner Stelle schicken und die Herausforderung scheuen?«

Fragend blickte Jack in das lächelnde, bittende Gesicht. »Wer bist du?« *Seine eigene, im Himmel wiederhergestellte Seele*? War dies ein Geschenk, das Gott den Menschen anbot? Vor seinem Tod auf ein Abbild von dem zu treffen, wozu man werden würde, wenn man sich dafür entschied? So daß letztlich sogar dies ein Akt des freien Willens war?

»Stoney hat mich dazu überredet, Joyce von seinem Freund behandeln zu lassen«, sagte die Erscheinung. »Gemeinsam haben wir weiter gelebt. Mehr als ein Jahrhundert ist seither verstrichen. Und nun möchten wir, daß du dich uns anschließt.«

Blanker Horror würgte Jack. »Nein! Das ist ein Trick! *Du bist der Teufel*!«

»Es gibt keinen Teufel«, antwortete das Ding sanft. »Und es gibt auch keinen Gott. Nur uns Menschen. Aber eines verspreche ich dir: Menschen, die über gottgleiche Kräfte verfügen, sind ungleich sanftmütiger als jede Gottheit, die wir uns jemals ausgemalt haben.«

Jack bedeckte sein Gesicht. »Weiche von mir.« Er flüsterte leidenschaftliche Gebete und wartete ab. Es war ein Test, ein Augenblick der Verwundbarkeit – doch ungeschützt wie er war, würde Gott ihn dem Feind nicht länger aussetzen, als er es ertragen konnte.

Er nahm die Hände vom Gesicht – doch das Ding war noch immer bei ihm.

»Weißt du noch, wie der Glaube über dich gekommen ist?« fragte es. »Du hattest das Gefühl, als schmelze der Schild, der dich umgab, langsam fort. Jene Rüstung, die du getragen hattest, um Gott in Schach zu halten.«

»Ja.« Widerwillig gestand sich Jack die Wahrheit ein; er fürchtete sich nicht davor, daß diese scheußliche Erscheinung in seine Vergangenheit blicken konnte, geradewegs in sein Herz.

»Es hat Mut gekostet, dir einzugestehen, daß du Gott

brauchst – und es bedarf des gleichen Mutes, um zu erkennen, daß es Bedürfnisse gibt, *die niemals erfüllt werden können*. Ich kann dir nicht den Himmel versprechen. Bei uns gibt es keine Krankheiten, keine Kriege und keine Armut. Aber wir müssen nach unserer Liebe suchen, nach unserer eigenen Gottheit. Es gibt keine endgültige Erfüllung. Alles, was wir haben, sind wir selbst.«

Jack gab keine Antwort. Diese blasphemische Vorstellung war es nicht wert, erwogen zu werden. »Ich weiß, daß du lügst«, sagte er. »Glaubst du wirklich, ich würde die Kinder hier allein lassen?«

»Sie würden nach Amerika gehen, zurück zu ihrem Vater. Wie viele Jahre hättest du wohl mit ihnen, wenn du bleibst? Ihre Mutter haben sie schon verloren. Jetzt wäre es einfacher für sie – ein einziger, klarer Schnitt.«

»Verschwinde aus meinem Haus!« schrie Jack zornig.

Das Ding kam noch näher heran. Es setzte sich auf sein Bett und legte eine Hand auf seine Schulter. »Hilf mir«, schluchzte Jack, aber auch ihm war nicht mehr klar, um wessen Hilfe er eigentlich flehte.

»Erinnerst du dich an diese Szene aus ›Der Eichensitz‹? Als die Harpye alle in ihrer unterirdischen Höhle fängt und sie zu überzeugen versucht, daß es kein Nescia gibt? Nur diese triste Unterwelt sei real, behauptet sie. Alles andere, das sie angeblich gesehen hätten, sei nur Trug und Schein.« Jacks jüngeres Gesicht lächelte in Erinnerung an die alte Zeit. »Dann ließen wir den guten alten Shrugweight darauf antworten, er hielte nicht viel von ihrer sogenannten Realität. Und selbst wenn sie recht gehabt hätte, hätte er lieber weiter in der Vorstellung gelebt, daß die eingebildete Welt die wirkliche war – denn schon vier kleine Kinder sind in der Lage, sich eine bessere Welt auszudenken.

Aber dabei haben wir alles auf den Kopf gestellt! Die wirkliche Welt ist reichhaltiger, seltsamer und wunderbarer als alles, was wir uns jemals vorstellen könnten. Milton, Dante und Johannes sind in Wirklichkeit jene, die dich in jene triste, graue Unterwelt eingeschlossen haben, in der du dich jetzt befindest. Aber du brauchst mir nur deine Hand zu geben, und ich kann dich daraus befreien.«

Jacks Brust schien bersten zu wollen. *Er konnte seinen Glauben niemals verlieren. Er hatte in weit schlimmeren Situationen an ihm festgehalten, trotz aller Qual und Erniedrigung, die Gott dem zarten Körper seiner Frau auferlegt hatte.* »In den Zeiten der Not wird er mich finden«, sang er leise vor sich hin.

Die kühle Hand verstärkte den Griff um seine Schulter. »Du kannst bei ihr sein, jetzt gleich. Du brauchst nur ein Wort zu sagen, und du wirst ein Teil von mir. Ich werde dich in mir aufnehmen, und du wirst mit meinen Augen sehen. Gemeinsam werden wir zurückreisen in jene Welt, in der sie noch immer lebt.«

Jack brach in Tränen aus. »Laß mich in Frieden! Laß mich in Ruhe um sie trauern!«

Das Ding nickte traurig. »Wenn es das ist, was du willst ...«

»Das ist es! *Und jetzt geh*!«

»Erst, wenn ich mir ganz sicher bin.«

Plötzlich mußte Jack an die lange Rede denken, die Stoney im Studio geschwungen hatte. Jede Wahl führte in alle Richtungen, hatte Stoney behauptet. Keine Entscheidung konnte jemals endgültig sein.

»Jetzt weiß ich, daß du lügst!« rief er triumphierend. »Wenn du all das glaubst, was Stoney dir erzählt hat, wie kann meine Entscheidung dann von irgendeiner Bedeutung für dich sein? Egal, ob ich mich dafür oder dagegen entscheide – es kommt doch immer auf das Gleiche heraus!«

»In dem Augenblick, da ich hier bei dir bin und dich berühre«, erwiderte die Erscheinung ernst, »*kannst du nicht* geteilt werden. Deine Entscheidung zählt.«

Jack wischte sich die Augen, blickte der Erscheinung fest ins Gesicht. Sie schien wirklich alles zu glauben, was sie erzählte. Was, wenn dies sein metaphysischer Zwilling war, der nach bestem Wissen und Gewissen zu ihm sprach, und nicht der Teufel in einer Maske? Vielleicht barg Stoneys fürchterliche Vision ja doch ein Körnchen Wahrheit; vielleicht war dies eine andere Version seiner selbst, ein leibhaftiger Mensch, der fest daran glaubte, daß sie beide die selbe Vergangenheit hatten.

In diesem Fall war der Fremde ein Besucher, der ihm von Gott geschickt worden war, um ihn zu erniedrigen. Um ihn zu lehren, daß er mit Stoney Mitleid haben sollte. Um ihm zu zeigen, daß auch er, Jack, mit ein bißchen weniger Glaube und ein wenig mehr Stolz, für immer der Verdammnis angehören konnte.

Jack streckte die Hand aus und berührte das Gesicht dieser armen, verlorenen Seele. So zieh ich hin mit Gottes Segen.

»Ich habe mich entschieden«, sagte er. »Jetzt geh.«

Anmerkung des Autors

An jenen Stellen, wo die Lebensläufe der fiktiven Charaktere dieser Geschichte denen tatsächlicher Persönlichkeiten ähneln, habe ich auf die Biografien von Andrew Hodges und A. N. Wilson zurück gegriffen. Die selbstduale Formulierung der allgemeinen Relativitätstheorie wurde 1986 von Abhay Ashtekar herausgefunden und hat zu bahnbrechenden Entdeckungen auf dem Gebiet der Quantengravitation geführt. Die Schlüsse, die hier daraus gezogen werden, sind jedoch frei erfunden.

Originaltitel: ›ORACLE‹

Aus dem Englischen von Michael Peinkofer

Polen

Vatikan

Seine Samtpantoffeln waren weiß und mit drei altmodischen Ösen zugehakt. Die dünnen Sohlen boten keinen Schutz gegen die Kälte der Fußböden des Vatikan. Der Luftzug bewegte die schweren Vorhänge. Jeder einzelne Schritt bereitete dem an Arthritis erkrankten Johannes XXVIII. unsägliche Schmerzen, und der kurze Weg zwischen seinen Privatgemächern und der Kanzlei schien kein Ende nehmen zu wollen.

Fünf gealterte, in Purpur gekleidete Männer mit finsteren Gesichtern warteten dort auf ihn.

»Wo ist er?« fragte der Papst.

Ihre viel sagenden Blicke wanderten in Richtung einer geschlossenen Tür.

»Ich lasse bitten.« Die Müdigkeit in der Stimme von Johannes XXVIII. war nicht zu überhören.

Einer der Versammelten, ein kleinwüchsiger, dicklicher Mann mit schräg aufgesetztem Priesterkäppchen, trottete zum Eingang. Die schwere Tür ging quietschend auf.

Weder die Körpergestalt noch die Bewegungen oder die Gesichtszüge ließen darauf schließen, ob der Besucher ein Mann oder eine Frau war. Ein leicht opaleszierendes Schleppgewand hüllte ihn ein und verlieh ihm das Aussehen einer lebendig gewordenen Statue in einer gotischen Kirche. Er ist schöner, als ich vermutet hatte, dachte der Papst, während er auf die großen, auf dem Rücken zusammengefalteten Flügel des Gastes starrte.

»Welche Botschaft bringst du, Herold?« flüsterte er.

»Gott ist gestorben«, sagte der Engel und seine Stimme klang wie ein Kristallglöckchenkonzert. »Ich habe diese Botschaft den Gläubigen zu verkünden.«

»Meine Mission ist also zu Ende«, erwiderte der Papst.

»Aber nicht doch!« wandte ein Gewirr chaotischer Stimmen der anwesenden Kardinäle ein. »Das kommt überhaupt nicht in Frage!«

»Ohne die Kirche wird die Welt dem Chaos zum Opfer fallen!«

»Schmutziger Materialismus wird Herrschaft über sie gewinnen!«

»Die Menschen werden sich wie Tiere paaren!«

»Unseren Worten wird kein Gehör mehr geschenkt werden!«

»Unheilvolle Ideen werden sich in den leer gewordenen Herzen einnisten!«

»Die Menschen werden eine andere Religion wählen!«

Der Papst hörte den zornigen und entrüsteten Kardinälen zu, runzelte die Stirn, hörte wieder zu und nickte.

In die soeben einkehrende Stille fiel der Ruf eines der Kardinäle, weswegen seine Frage wie ein Donner durch den Saal rollte:

»Heiliger Vater, was sollen wir tun?«

Der Papst streckte die runzlige Hand aus.

»Faßt ihn!« sagte er dumpf. »Schneidet ihm die Flügel ab! Niemand wird einem flügellosen Engel Glauben schenken.«

Originaltitel: ›WATYKAN‹;
erstmals erschienen in: ›Nowy Talizman‹,
Nr. 1, Warszawa 1997, S. 22

Aus dem Polnischen von Jacek Rzeszotnik

MICHAEL K. IWOLEIT

Deutschland

Wege ins Licht

In admiration to James Gunn,
Philip Klass und Damon Knight

»O fools (said I), thus to prefer dark night
Before true light,
To live in grots, and caves, and hate the day
Because it shows the way,
The way which from the dead and dark abode
Leads up to God,
A way where you might tread the Sun, and be
More bright than he.«

– HENRY VAUGHAN

Ich brauchte Jahre, bis ich nach Armaghaust zurückfand. Der Wind hatte meine Asche weit in die Wüste hinausgetragen, und ich erblickte in einer felsigen Einöde wieder das Licht der Sonne, die mir die einzige Orientierung bot. Alle paar Tage erlag ich dem Hunger, dem Durst und der Erschöpfung, und jedesmal, wenn ich aus dem heißen Staub wieder auferstand, schleppte ich mich langsamer weiter. Ich hatte längst vergessen, warum ich zurückkehren wollte, und alle Erinnerungen an meine früheren Leben und meine früheren Tode waren zur Bedeutungslosigkeit verblaßt, als ich endlich am Horizont den blaßgrünen Saum des Flußtals erblickte.

Nach Märschen durch Geisterstädte, deren Häuserschluchten ich nach Kleidung und Proviant durchsuchte, nach endlosen Tagen unter einem glühenden Himmel, der mir jeden Tropfen Feuchtigkeit aus dem Körper sengte, nach Delirien und Fieberträumen und zwei letzten Zusammenbrüchen, als ich schon die Nähe des Meeres roch, erreichte ich in einer klaren, lauen Nacht das Buschwerk, das einen halb versiegten Nebenarm des Styx umwucherte. Ich erfrischte mich in dem schlammigen Wasser, lag stundenlang auf einer Sandbank und ließ mir die schwache Strömung in den Mund schwappen, pflückte bittere Beeren von den Dornsträuchern, und als es mir besser ging, spaltete ich an einem Felsen am Ufer einen Kieselstein und schnitt mir mit der scharfen Kante die Kehle durch. Es war der angenehmste, friedlichste Tod, an den ich mich erinnern kann.

Die Viren erweckten mich in einer Stimmung milder Zuversicht wieder zum Leben. Ich kam schnell zu neuen Kräften und erlebte es wie ein Wunder, als ich in den nächsten Tagen - der längsten Spanne, die ich seit ewiger Zeit an einem Stück gelebt hatte - erst auf das hüfttiefe Rinnsal stieß, das mir als der mächtige Styx in Erinnerung war, und dann dem alten, hohlen Flußbett zur Stadt folgte. Die Schatten der Bäume auf den Dämmen, der milde, salzige Wind vom Meer und die eine oder andere Ratte, die ich erschlug und roh verzehrte, besserten meinen Zustand soweit, daß ich mich allmählich wieder wie der fühlte, der ich einmal gewesen war.

Ich kam an Dutzenden verfallener und verlassener Siedlungen vorbei, an brachen Feldern und Plantagen, kletterte über eingestürzte Brücken hinweg und erklomm Hügel, um immer begieriger den Dächern Armaghausts entgegenzugehen. Ich konnte nur ahnen, wieviele Jahre seit meinem Feuertod eine stetig heißere Sonne Zeit gehabt hatte, die Landschaft zu verheeren, die von den verwilderten, kaum mehr fruchtbaren Ufern des Styx in zwei Ebenen zerteilt wurde. Es geschah wiederum an einem Abend, daß ich, ins Zwielicht eines märchenhaften Sonnenuntergangs getaucht, eine Anhöhe zwischen den Ausläufern der Vorstädte erstieg und mit einem Schock, der auf einmal eine ganze Schicht verschütteter Erinnerungen freilegte, die Entdeckung machte, daß ich mein Ziel erreicht hatte.

Armaghaust ist heute, vom Vorrücken der Wüste auf der einen und dem Ansteigen des Meeres auf der anderen Seite auf ein Viertel geschrumpft, wieder eine lebendige Stadt, wenn auch eine, deren Tage gezählt sind. Damals war sie noch weit stärker, als ich befürchtet hatte, von den Pogromjahren gezeichnet. Sie breitete sich unter mir wie ein unermeßlicher Flickenteppich von Verfall und Verwüstung bis zur Küste aus, wie eine ins Land gebrannte Wunde, die das Mündungsdelta des Styx wie ein Aderngeflecht durchzog, ein Labyrinth aus Ruinen und Baracken, in dem nur spärlich verstreute Lichter flackerten. Ich stolperte wie von Sinnen den Hügel hinunter, lief immer schneller, bis ich kaum mehr atmen konnte, und blieb erst stehen, als ich unter meinen Füßen den Asphalt einer Straße spürte. Ich weiß nicht mehr, wieviel mir in dieser Nacht durch den Kopf ging und wieviele alte Schmerzen mir das Herz zusammenkrampften, während ich unter dem Abfall in einer Seitengasse zu schlafen versuchte.

In den Jahren meiner Abwesenheit war Armaghaust zur Stadt der Unsterblichen geworden. Ich sah sie überall, als ich am nächsten Tag, überwältigt und wie trunken, durch immer belebtere Straßen dem entgegen wanderte, was unweit der riesigen Hafenanlagen am Hauptarm des Deltas vom Herzen der Stadt übriggeblieben war, den immer noch überlaufenen, fiebrigen Vierteln der Kaufleute, Vergnügungssüchtigen und Spieler. Es erstaunte und erleichterte mich gleichermaßen, daß eine zerlumpte, abgekämpfte Gestalt wie ich nirgends das geringste Aufsehen erregte, weil der Mehrheit der Menschen auf den Straßen anzusehen war, daß sie viele Male die Qualen der Wiedergeburt durchgestanden hatten. Die künstlichen Organismen, die den Fluch der Unsterblichkeit über uns gebracht haben, sind die erstaunlichsten, gründlichsten Maschinen, die die Menschheit je ersonnen hat, doch vollkommen sind sie nicht. Bei jedem dieser komplizierten Vorgänge, wenn ein

Mensch aus seinen sterblichen Überresten rekonstruiert wird, kommt es zu Fehlern und Abweichungen, die sich im Laufe vieler Wiedergeburten zu dem schwärigen, tumorigen Aussehen summieren, das während meiner Wanderung durch die Wüste mein altes Gesicht überwuchert hatte. An diesem Tag sah ich Dutzende Menschen, die sogar das Ausmaß meiner Entstellungen übertrafen.

Ihre Gegenwart drückte bleischwer auf den Lebensmut der wenigen Sterblichen, die unter ihnen ihr grotesk natürliches Dasein fristeten. In Armaghaust, so fand ich schnell heraus, war die Erkenntnis zum Allgemeingut geworden, daß man einem Unsterblichen nichts abschlagen, ihm mit nichts drohen und ihn von nichts abhalten kann. Keiner der verdrossenen Straßenhändler, die spärliche Fisch- und Krabbenfänge, auch ein paar anspruchslose Gemüse- und Getreidesorten feilboten, raffte sich zu mehr als einem mißmutigen Blick auf, wenn ich mir, vom Hunger getrieben, einfach etwas aus ihren Körben griff und davonlief. In keinem der großen, überfüllten Gasthäuser, die in ihrer Kahlheit an Wartesäle erinnerten, gab jemand etwas darum, wenn ich mir selbst einschenkte und gierig trank, wonach mir gerade der Sinn stand. Dennoch wurde überall im Zentrum getauscht, gefeilscht und gehandelt, oft heftig und verbissen, doch zugleich so, als hätten sich Hunderttausende auf ein Ritual von Scheinnormalität geeinigt, das niemand in Frage zu stellen wagte.

Die einzige andere Menschengruppe, die der Stadt ihren Stempel aufgedrückt hatte, waren die Handwerker, Tüftler und Bastler. Nichts, das in Armaghaust noch irgendwie funktionierte, sei es ein Gasbrenner in einer Straßenküche, eine der Laternen, die zur Dämmerung ihre unsteten Lichtkreise auf die Gehsteige warfen, oder eins der wenigen motorbetriebenen Fahrzeuge auf den Straßen, war frei von den Spuren mühseliger, improvisierter Instandhaltung. Einige besonders frequentierte Gebäude im Zentrum, Bordelle und Kaschemmen vor allem, waren Kunstwerke notdürftiger Ausbesserung und mit Schutt und Schrott auf erfinderische Weise ausgebaut worden. Es schien mir, als habe man ganze Viertel der Stadt geplündert, damit in diesen wenigen Quadratkilometern am Hafen das Leben gerade so weitergehen konnte, als sei nichts geschehen.

Ich sprach mit niemandem. Ich sah keinem einzigen Menschen in die Augen, während ich innerlich geblendet durch die Straßen irrte wie jemand, der nach jahrelangem Aufenthalt in einer Höhle ins Freie kriecht und wieder die Sonne sieht. Ich weiß nicht, welcher rätselhafte Drang, mich selbst zu verletzen, mich von den Menschenmassen, die ich eine Ewigkeit lang herbeigesehnt hatte, weg und in die Finsternis der alten Hafenviertel hinein trieb, wo ich meine schrecklichsten Erfahrungen gemacht hatte. Über die gewaltige Kaimauer, die die Hafenbecken von der ständig zunehmenden Gewalt der Flut abschirmte, erreichte ich den felsigen Strandabschnitt, über den sich früher ein unüberschaubares Hüttendorf erstreckt und wo ich selbst einmal gelebt hatte. Heute standen dort auf einem Kiesstreifen von fünfzig Metern Breite nur noch wenige, zumeist verlassene Hütten, zum Meer hin von einem unförmig aufgeschütteten, längst nicht mehr neuen Damm abgegrenzt, gegen den eine ohrenbetäubende Brandung antoste. Ich schlurfte über ölverschmierte Kiesel weiter und schaute, wo Licht brannte, durch Fenster aus Plastikfolien und Fliegengittern. Keine der Gestalten, die dahinter auf Obstkisten und alten Stühlen zusammenhockte, bemerkte mich.

Oben auf dem Damm erfaßte mich eine Stimmung heftiger Nostalgie und Sehnsucht, die dadurch verschlimmert wurde, daß mir nur Bruchstücke von dem einfielen, woran ich mich hier erinnern wollte. Ich hockte mich ins salzverkrustete Gras und starrte in die tiefstehende Sonne, als hegte ich die absurde Hoffnung, mein Blick könne über den Horizont hinaus dringen und wenigstens eine der Inseln ausmachen, die doch inzwischen längst im Meer versunken sein mußten. Die See war um ein Vielfaches aufgewühlter als damals, und einzelne Brecher schlugen bis über die Deichkrone hinaus und ließen mich bald vor Nässe und

Kälte frieren. Ein stürmischer Wind kam auf, der mich in die Pfützen niederdrückte, doch ich wich um keinen Schritt zurück, wollte einfach alles so intensiv empfinden, wie es irgend ging.

Irgendwo dort draußen, in dem Archipel einige hundert Kilometer vor der Küste, war ich zu einer Zeit, die mir fern wie ein kosmisches Ereignis vorkam, als Angehöriger eines der zahlreichen kleinen Völker zur Welt gekommen, die später von den Festlandbewohnern summarisch und verächtlich als die Insulaner bezeichnet wurden. Die ganze Nacht verbrachte ich damit, mir zu vergegenwärtigen, was ich sicher zu wissen glaubte, und hatte doch am Ende keine Klarheit darüber, was ich vielleicht nur phantasierte. Ich erinnerte mich an einige Inseln, die ich als Kind besucht hatte, an ein Fischerdorf in Rufweite eines weißen Sandstrandes, in dem ich aufgewachsen war, an meine Familie und meinen Vater, der sich davongemacht hatte, als er uns nicht mehr ernähren konnte. Ich erinnerte mich, daß wir immer weiter ins Inselinnere und später auf eine größere Insel umgezogen waren, als der Meeresspiegel anstieg und ein Eiland nach dem anderen verschluckte. Ich erinnerte mich an Hungersnöte, die ausbrachen, als die Bodenschätze meiner Heimat und mit ihnen der Handel mit dem Festland versiegten und das wenige an öffentlicher Ordnung zusammenbrach, was mein Volk auf den paar Hundert Quadratkilometern Landfläche aufgebaut hatte.

Weit schlimmer war das, woran ich mich nicht mehr erinnerte, was ich nur noch erahnte. Ich hatte einmal eine eigene Familie gehabt, das spürte ich ganz deutlich. Für flüchtige Momente sah ich das schmale, verhärmte Gesicht einer Frau vor mir, die ich geliebt hatte, und magere, halbnackte Kinder, die meine gewesen sein mußten. So sehr ich mich aber anstrengte, so verzweifelt ich mir die Augen ausweinte, ich konnte sie aus den Tiefen meiner Erinnerungen nicht mehr bergen. Heute weiß ich, daß mit jeder Auferstehung nicht nur die äußere Erscheinung, sondern auch das Gedächtnis beeinträchtigt wird und oft gerade das verlorengeht, was einem am wertvollsten ist. Nur das Gefühl, das etwas fehlt, die tauben Stellen im Gedächtnis scheinen unauslöschlich zu sein.

Es ist mein Fluch, daß mein Schicksal so ungnädig war und mir die meisten Erinnerungen an die Zeit in Armaghaust gelassen hat. Ich hatte mich damals erst spät den unzähligen Jugendlichen angeschlossen, die in lächerlich untauglichen Schiffen und Booten, manchmal sogar auf selbstgezimmerten Flößen die Reise ins gelobte Land antraten, für das wir die einzige Metropole hielten, die sich entlang eines Küstenstreifens von fünfhundert Kilometern Länge gehalten hatte. Wir überschätzten, was die beackerten Uferregionen des Styx für die Versorgung der Stadt noch hergaben. Wir wollten uns von den wenigen Vernünftigen oder besser Unterrichteten nicht darüber belehren lassen, daß die Flüchtlinge aus den sterbenden Städten des Um- und Hinterlandes die Bevölkerung von Armaghaust bereits auf über zwanzig Millionen hatte anschwellen lassen und in den Küsten- und Vorstadtslums ein Elend herrschte, das dem unseren gleichkam. Anfangs entgingen nur wenige von uns den Unwettern auf dem Meer und den Kanonenbooten der Küstenwache. Dann wurde in der Heimat der Lebensraum so knapp, daß selbst die Ältesten und Feigsten flüchteten und wir zu Zehntausenden, hungrig und zerschunden, an der Küste landeten. Ich selbst segelte in einer Armada von Fischerbooten mit, die vor Armaghaust aus einer Küstenkaserne beschossen wurde, der Waffengewalt aber durch ihre schiere Größe widerstand.

Die Stadt war der Sintflut von Menschen nicht gewachsen, ihre Behörden hilflos. Nach Jahren der gefahrvollen, schleichenden Einwanderung erreichten wir binnen weniger Monate die kritische Masse, die jeden Widerstand gegen die Flüchtlingsinvasion brach. Unversehens waren wir überall, verkrochen uns in Tunneln, Kellern, Einfahrten, Bahnhöfen und der Kanalisation, schliefen in allen Seitenstraßen, Gassen und Hinterhöfen, wo zwischen Bergen von Müll noch Platz blieb, stahlen, bettelten, schnorrten und heischten mit den aufgedunsenen Leibern unserer Kinder Mitleid. Wir brachen in Läden und Lager ein, überfielen Gütertransporte und plünderten zuletzt gar die Plantagen an den Ufern des Styx. Doch all das rettete uns nicht davor, in ebensolchen Massen zu verhungern und zu verdursten wie die Obdachlosenheere, die vor uns den Haß der Alteingesessenen erregt hatten und denen wir den Platz zwischen ihren Hütten am Meer, in den Ruinenghettos der alten Stadtvierteln und den neuen, wildwuchernden Vorstadtslums streitig machten. Die erste Zeit fiel es gar nicht ins Gewicht, daß es immer häufiger zu blutigen Zusammenstößen zwischen uns und den anderen Flüchtlingen kam, denn für jeden Erschlagenen, Totgetretenen und Erstochenen, für jeden ersäuften Säugling und jede zu Tode geschändete Frau rückten zwei andere nach. Niemand wird je erfahren, wieviele Menschen sich am Ende in den Straßen von Armaghaust zusammendrängten, ob es dreißig, vierzig Millionen waren oder vielleicht noch mehr.

Die ersten Versuche, diese Massen an menschlichem Treibgut mit militärischer Gewalt zurückzudrängen, endeten kläglich. Hundert- und Tausendschaften stürmten die Slums und von Flüchtlingen okkupierten Viertel, lösten Tumulte und Krawalle aus, die ihnen einige Male Vorwände für Massenerschießungen lieferten, meist aber damit endeten, daß die Soldaten von der Unzahl potentieller Opfer überrannt und niedergemacht wurden. Ich erinnere mich noch, in welche Atmosphäre auswegloser, rasender Hysterie sich die ganze Stadt hineinsteigerte, während die Grausamkeiten der Flüchtlinge untereinander immer exzessiver wurden und die Truppen mit immer drastischeren Mitteln gegen uns vorgingen, erst Explosivgeschossen und Brandbomben, dann chemischen Keulen, die uns Lungen und Eingeweide verätzten und das spärliche Trinkwasser vergifteten. In den letzten Monaten, als uns das Sterben noch möglich war, hat es wohl niemanden in Armaghaust gegeben, der nur eine Nacht ruhig schlafen konnte, den das Klagen und Geschrei überall, das Pfeifen der Geschosse und der Lärm der Detonationen nicht halb in den Wahnsinn trieben. Keiner hätte sich vorstellen können, daß all das nur der Anfang von viel Schlimmerem sein sollte.

Als die Schwarzen Brigaden zum Einsatz kamen, war unser erster Eindruck, sie unterschieden sich von anderen Soldaten, außer durch ihre schwarzen Uniformen und Helme, einzig dadurch, daß man ihnen jede Spur Menschlichkeit ausgetrieben hatte, daß sie bis zum Extrem völliger Empfindungs- und Mitleidlosigkeit gedrillte Kampfmaschinen waren, ausgestattet mit allem, was die zeitgenössische Technik an Vernichtungswerkzeugen bereitstellte. Sie erwarben sich schnell den Ruf, zäh und unberechenbar zu sein, wie aus dem Nichts scharenweise dort wieder aufzutauchen, wo man sie zurückgeschlagen glaubte, sich bedenkenlos selbst zu opfern und manchmal noch aufstehen und weiterkämpfen zu können, wenn ihre Gegner sie längst für tot hielten. Ihre erste Angriffswelle, der in einer einzigen kalten Spätherbstnacht, wie wir später schätzten, vierzigtausend Menschen zum Opfer fielen, verlieh ihnen die unheimliche Aura der Unverletzlichkeit und Unbesiegbarkeit. Sie griffen ein Flüchtlingslager am Rande der Südstadt an, ein improvisiertes Dorf aus zahllosen Bretter- und Wellblechhütten, verstreut über ein Meer aus Decken, Planen, Beuteln und Kartons, wo auf zwei Quadratmeter drei Menschen kamen, überwölbt von einer Glocke aus kränklichen und fäkalen Ausdünstungen. Sie drangen von vier Seiten ins Lager ein, das sie in Fünfzigertrupps systematisch abmarschierten, um mit ihren Strahlenwaffen auf alles zu schießen, was sich bewegte. Augenzeugen berichteten mir, daß es völlig aussichtslos gewesen sei, sich mit Hunderten oder Tausenden von Menschen gegen sie zu stellen, daß sich ihre Reihen auf unerklärliche Weise immer wieder geschlossen hätten, wieviele man auch niedermachte.

Ich entging der ersten Welle, weil ich die Kopflosigkeit der Menge nutzte und mich mit Dutzenden anderen in einem Abwasserkanal versteckte. Ich entging auch der zweiten Welle, als die Schwarzen Brigaden zwei Nächte später, unbemerkt von den Wachposten, vor meiner neuen Unterkunft am Strand auftauchten und mich unter einem Bretterhaufen schwer verwundet begruben. Unterschiede zwischen Insulanern und Festlandflüchtlingen wurden längst nicht mehr gemacht. Es müssen eine Viertelmillionen Frauen, Männer und Kinder unterschiedlichster Herkunft gewesen sein, unter denen in dieser Nacht am längsten und majestätischsten Strand von Armaghaust eine Panik ausbrach. Ich sah nichts außer den Lichtblitzen, die über mich hinwegzuckten, hörte nur von allen Seiten die Schreie, das Kreischen und das Wimmern und darüber das gleichmäßige, roboterhafte Stakkato der Entladungen. Nicht einmal ein Drittel von uns überlebte ihr Vorrücken.

Eine dritte Welle suchte die weiten, von Wohnsilos gesäumten Straßenzüge der Oststadt heim, wo längst die alten Armaghauster zur gejagten Minderheit geworden waren, und eine vierte folgte, die verheerendste, die fast alles Leben an dem Kiesstrand einige Kilometer südwärts auslöschte, wohin wir weitergezogen waren, und mich, der ich zu den wenigen Überlebenden gehörte, mit den entsetzlichsten Schuldgefühlen zurückließ. Bei diesem Massaker muß geschehen sein, was die Schöpfer und Befehlshaber der Schwarzen Brigaden wohl für undenkbar gehalten hatten. Ich lag, von drei Entladungen durchbohrt, im knöcheltiefen Wasser und stellte mich tot, während ringsum Leichen in die See gespült und andere oben in den Dünen mit Benzin überschüttet und angezündet wurden. Irgendwann verlor ich das Bewußtsein und schlief durch bis zur nächsten Dämmerung, und als ich mich aufrichtete und über das Meer der Abgeschlachteten hinwegblickte, wurde ich Zeuge eines Geschehens, von dem ich anfangs annahm, es könne nur einem Alptraum entsprungen sein. Ringsum begannen die Toten sich wieder zu regen.

Ich sollte noch oft beobachten, wie hoffnungslos verstümmelte Leichname, abgetrennte Gliedmaßen, Haut- und Fleischfetzen, sogar Blutlachen zu zucken und zu wuchern anfingen, wie aus dem Nichts Fleisch und Knochen aus ihnen hervorwuchsen, bis nach Stunden oder Tagen wieder ein vollständiger Mensch vor mir lag. An jenem Abend fiel mir zuerst ein Mann mit verbranntem Gesicht auf, den eine Salve auf Hüfthöhe in zwei Hälften zerrissen hatte, die wenige Schritte vor mir im blutgetränkten Sand lagen. Ich konnte mir bald nicht mehr einreden, das Dämmerlicht spielte meinen Sinnen nur einen Streich, während sich aus beiden Körperhälften wie Triebe eines seltsamen Gewächses Adern, Sehnen, Muskel- und Nervenfasern hervorschlängelten, berührten und im Laufe der Stunden, die ich gebannt zusah, die Leichenteile zueinander zogen. Auch aus der verkohlten Masse seines Kopfes traten in unmerklichen Schritten wieder die Konturen seines Gesichts hervor. Als er schließlich zittrig zu atmen anfing, wanden sich im fahlen Mondlicht ringsum Dutzende Auferstandene wie riesige, zu menschenähnlicher Gestalt zusammengesetzte Maden im Sand. Am Morgen kehrten, verwirrt und benommen, die ersten Toten aus dem Meer zurück.

Wenn ich meinem Schöpfer für etwas dankbar sein kann, dann dafür, daß er mich so lang verschonte. Ich gehörte nicht zu den ersten, die durch die Straßen von Armaghaust irrten und nicht begreifen konnten, welches Geschick sie nach einem schrecklichen Tod ins Dasein zurückgeholt hatte. Es blieb mir erspart, ein Opfer neuer Massaker zu werden, immer aufwendigere und absurdere Vernichtungsaktionen der Schwarzen Brigaden mitzuerleben und mich danach jedesmal – seelisch, aber nicht mehr körperlich verwundet – in Gossen, Abwasserkanälen und auf Müllhalden wiederzufinden. Ich gehörte nicht zu denen, die bald die Konsequenzen ihrer Unsterblichkeit begriffen und dazu übergingen, selbst wahllos zu töten, wen sie gerade für schuldig an ihrem Schicksal hielten. So feige, wie es Noch-nie-Gestorbene nun einmal sind, klammerte ich mich an mein erstes Leben und versteckte mich, entsetzt und verständnislos, vor den Auferstandenen, solang es ging. Dennoch hatte das wenige, dessen Zeuge ich wurde, wenn ich auf Straßen und Plätzen in der aufgescheuchten Menge untertauchen mußte und wieder einmal das Glück hatte, daß mich ein Schuß oder ein Hieb verfehlte, so tiefe Verwundungen in meinen Erinnerungen zurückgelassen, daß es in mir in jener stürmischen Nacht auf dem Damm unvorstellbar erschien, jemals wieder ein echtes Leben führen zu können. Es muß eine Vorahnung meiner heutigen Einsichten gewesen sein.

Lang bevor in der Stadt Gerüchte die Runde machten, die uns eine Ahnung verschafften, was überhaupt geschah, hatte sich Armaghaust in die Hölle verwandelt, die sie mindestens bis zu meinem Tod blieb. Es war vage von mikroskopischen Maschinen die Rede, hundertmal kleiner als jede menschliche Zelle, die sich im Körper eines Menschen reproduzieren und über Blut- und Lymphgefäße chemische Botschaften austauschen konnten. Ihr Sinn, hieß es, bestand darin, daß sie in regelmäßigen Abständen eine Art Momentaufnahme ihres Wirtskörpers aufzeichneten, bis ins letzte Detail aller Erregungs- und Organzustände, und den Betreffenden, wenn er getötet wurde, aus kleinsten Geweberesten den letzten gespeicherten Zustand vollständig wiederherstellen konnten. Es ist nie aufgeklärt worden, wie die Schwarzen Brigaden uns mit diesen künstlichen Mikroorganismen, denen sie ihre Unbesiegbarkeit verdankten, anstecken konnten. Einige Forscher, die später nach einem Mittel gegen die Unsterblichkeit suchten, haben vermutet, daß die Viren, wie wir sie unzutreffend nannten, mutiert und so erst imstande gewesen seien, auf uns überzugreifen. Sie waren praktisch unzerstörbar, und bald sollte sich zeigen, daß keine Tötungsart gründlich genug sein konnte, um die Wiederkehr eines Unsterblichen zu verhindern.

In den nächsten Monaten wurde die Stadt von einer Flut vertierter, entstellter Menschen überschwemmt, deren furchtbarstes Verbrechen darin bestand, daß sie immer wiederkehrten, ganz gleich, was man ihnen antat. Nichts konnte sie mehr schrecken oder die tiefe Erschütterung mildern, die ihre Auferstehungen ihnen zufügten. Sie zogen in mordenden und plündernden Horden durch die Straßen, stürmten auch die abgeriegelten Viertel der Reichen und infizierten Millionen andere. Sie marschierten auf verzweifelter Suche nach einem endgültigen Tod in die Wüste hinaus und kehrten in lethargischen Massen zurück. Sie verwickelten sich in selbstmörderische Schlachten mit den Schwarzen Brigaden und gerieten in immer größerer Zahl in jenen entsetzlichen Zwischenzustand, der die äußerste Annäherung an den Tod darstellte, die einem Unsterblichen möglich war.

Bald konnte keiner mehr die Unglücklichen zählen, die überall auf den Straßen umherlagen, gefangen in einem Kreislauf kurzer, sinnloser Wiederexistenzen, weil die Viren genau im Moment ihres Todes ein letztes Mal ihren Zustand protokolliert hatten und sie in unablässige Wiederholungen ihrer Todeskämpfe zurückholten. Sie waren die einzigen Unsterblichen, die das Militär sicher beseitigen konnte, bekamen Metall in den Schlund gefüllt und wurden von Frachtschiffen massenweise ins Meer versenkt. Ich kann nur hoffen, daß auch die Viren früher oder später verschleißen und diese Menschen nicht heute noch auf dem Meeresboden liegen, um immer wieder für Sekundenbruchteile zum Leben zu erwachen.

Ich selbst wurde schließlich getötet, als die Streitkräfte auf der aussichtslosen Suche nach einer endgültigen Lösung die Industrieanlagen in den nördlichen Vierteln zu Vernichtungsfabriken umfunktionierten. Die Stadt war zu diesem Zeitpunkt in eine fast greifbare Apathie und Hoffnungslosigkeit versunken, und ich muß einer der wenigen gewesen sein, die Angst hatten, als wir den riesigen Verbrennungsöfen entgegengetrieben wurden, über die hunderte Meter hohe Schornsteine aufragten. Schon auf der Straße, die zu den Metallkolossen hinunterführte, herrschte eine solche Hitze, daß es uns die Kleider vom Leib sengte. Wir standen in kilometerlangen Schlangen an, flankiert von zehntausend Mann starken Wachspalieren, und die meisten Todgeweihten wehrten sich nicht einmal, wenn sie von Gestalten in Isolationsanzügen in die Glut gestoßen wurden. Vom Scheitelpunkt der Anhöhe überwachten zwischen Militärfahrzeugen eine Handvoll Befehlshaber die Aktion, und ich erinnere mich heute noch an ihre stumpfen, nüchternen Gesichter, als wir an ihnen vorbeikamen. Die meisten Opfer strahlten an diesem Tag eine überlegene Gleichgültigkeit aus, als hielten sie den gewaltigen Aufwand an Truppen und Material, der ihretwegen betrieben wurde, für eine Geste, die ihnen nicht mehr imponierte.

Auf dem Weg zum Ofen trieb mich zuletzt, als die Hitze mir schon die Haut von Gesicht und Händen pellte, die absurde Befürchtung um, ich könnte einer der wenigen Flüchtlinge sein, die sich nicht infiziert hatten. Das Letzte, woran ich mich erinnere, ist eine Rauchwolke von der Größe eines Berges, die aus den Schornsteinen quoll und über uns den Himmel verfinsterte. Viele Jahre später standen ebenso dunkle Wolken am Himmel, als ich am Morgen immer noch auf der Deichkrone saß und tief in mich hineinhorchte, um zu erfahren, wie sich das Sterben im Feuer angefühlt hatte. Es blieb hinter der Schwelle meines ersten Todes verborgen. Ich wußte nur, daß auch von mir nicht mehr als Rußpartikel übriggeblieben sein konnten, die ein Schornstein in die Atmosphäre geblasen und der Wind in die Wüste hinausgetragen hatte.

Ausgezehrt von den Mühen und Qualen des Erinnerns, harrte ich auf dem Damm aus, bis über den Dächern hinter mir die erste dunstige Röte den Himmel färbte. Ich war taub für den Donner der Brandung, der wie das Brüllen eines zornigen Gottes klang, blind für die Schaumkronen, die den Hang emporleckten, als gierten sie danach, mich zu verschlingen, und nahm mein Zittern, meine Schmerzen und Krämpfe als mäßige Zumutungen hin, so harmlos und diesseitig, daß sie fast etwas Rührendes hatten. Mein Vorstellungsvermögen versagte vor der Frage, welchen weiteren Verlauf die Katastrophe nach meinem Tode genommen hatte und wie es gekommen war, daß in Armaghaust heute dieser resignierte, kraftlose Frieden herrschte. Ich hatte mich nicht lang gewehrt, als sich der Strom der Erinnerungen in mir Bahn brach, und in den Tiefen der Nacht die grausamste Angst und Wut empfunden, zugleich aber entdeckt, daß die Wiedergeburten dem Gedächtnis schlimmeren Schaden zufügen können, als einfach dies oder jenes auszulöschen. Immer wieder drängten sich mir Szenen so lebhaft und plastisch auf, als sei ich gestern erst ihr Zeuge geworden, doch blieben sie so unpersönlich wie eine Filmaufnahme. Mir war, als hätte ich an dem Tag, als ich an die Küste von Armaghaust angeschwemmt wurde, zu existieren aufgehört und ein konturloses, überindividuelles Bewußtsein sei an meine Stelle getreten. Ich war ein Niemand geworden, ohne Zukunft und mit seinem früheren Ich nur verbunden durch das Ausmaß seiner Verwundungen.

Der Wind flaute ab, die Wolkendecke riß ein, und Lichtklingen durchschnitten den Nebel, der sich über die Hütten am Fuß des Damms gelegt hatte. Ich sah Herdfeuer flackern, als Türen aufgestoßen wurden und graue, gebeugte Gestalten zur alten Strandpromenade hinaufschlurften. Über den Schuttwall, der diesen Strand vom nächsten trennte, tauchten weitere Grüppchen oder Einzelgänger auf, und sie fanden sich zu Dutzenden um eine Ansammlung von Zelten, Bretterbuden und Markisen ein, die ich als Schattenriß vor einer Lücke in der ausgezackten Häuserfront ausmachte. Anfangs war mir das Treiben unverständlich, bis ich begriff, daß dort ein Markt sein mußte. Beim Marsch durch die Wüste hatte ich das Gefühl des Mangels als etwas Unabänderliches akzeptieren gelernt, und erst diese Beobachtung erinnerte mich daran, daß ich nun nicht mehr hilflos mein nächstes Verhungern oder Verdursten abwarten mußte. Mit beiden Händen schöpfte ich Wasser aus einer Pfütze und schlürfte so viel von der salzigen Brühe, daß ich gleich wieder alles ausspie. Aber es tat gut, die alten, kreatürlichen Instinkte zu wecken, und es verlieh mir genug Antrieb, daß ich mich aufrappelte und den Damm hinunterkletterte.

Die ersten Schritte erfüllten mich mit einer unverhofften

Euphorie. Ich genoß jede Anstrengung, jede schmerzhafte Dehnung, den Druck jedes einzelnen Steins unter meine nackten Sohlen, als ich zwischen den deformierten Karikaturen von Menschen herging, die aus den Bretterverschlägen hervorkamen. Ich stakste einige Kilometer weit über glitschige Kiesel und ließ mir von der frühen Wärme meine Kleiderfetzen zu einem salzigen Harnisch trocknen, bis ich eine Straße erreichte, die in einem Bogen rissigen Asphalts auf die Promenade einbog. Ich wurde weder bemerkt noch angesprochen, und auch die wenigen Passanten, die zu zweit oder zu dritt mit hängenden Köpfen nebeneinander hertrotteten, redeten kaum miteinander, und wenn, dann mit dumpfen, ausdruckslosen Stimmen, als könnten sie nichts sagen, was nicht schon gesagt worden sei.

Die einzige Beschäftigung der Strandbewohner, schien mir, bestand darin, das Mindestmaß an Würde zu bewahren, das sie ihrer Armut abringen konnten. Die Entstellungen, die zu viele Wiedergeburten hinterließen, hatten alle Unterschiede durch Rasse und Herkunft nivelliert. Keinem der rauhen, vergröberten Gesichter war noch anzusehen, ob es zu einem Insulaner, einem Armaghauster oder einem Vertreter des dunkleren Menschenschlages aus dem Hinterland gehörte. Ihren minimalen Stolz zehrten diese Menschen aus dem Geschick, mit dem sie sich das Nötigste zu fertigen verstanden. Viele steckten in gleichermaßen ärmlichem wie kunstvollem Flickwerk aus Lumpen, Sackleinen und Fischernetzen, trugen aus Plastikstreifen geflochtene Körbe und zuweilen, worin ich Spuren der Handwerkskunst meiner Heimat erkannte, Schmuck aus Muscheln, Schneckenhäusern und beschnitztem Treibholz. Ich ließ mich von ihrer Ruhe und Abgeklärtheit anstecken und schlug die Richtung ein, in die die meisten Frühaufsteher strebten, geradewegs der Sonne entgegen, die zwischen den verfallenen Häusern hervorblitzte.

Ich war so eingenommen von der wohltuenden Profanität dieses Morgens, staunte wie ein Besucher von einem anderen Stern über jede banale Kleinigkeit, daß mir erst mit

Verzögerung die Unruhe bewußt wurde, die unversehens um mich herrschte. Plötzlich irrte ich über einen Platz, auf den der Schatten eines geköpften Kirchturms fiel, zu drei Seiten umgrenzt von den nackten Fassaden alter Markt- und Lagerhallen. Ich hatte die ersten Körperkontakte seit meiner Rückkehr, als ich zwischen den eng gestellten Ständen hindurchgeschoben wurde. Es ging hier geringfügig lauter zu. Karren knirschten, mit denen Waren herbeigeschafft wurden. Händler scharrten, wie um die Spärlichkeit ihres Angebots durch Getue wettzumachen, in meist nur einer Handvoll Kisten mit Kartoffeln und Getreide, wenig Obst, seltener etwas streng riechendem Fisch, Krabben und Muscheln. An manchen Ständen plärrte Musik aus zerbeulten Rundfunkempfängern. Ich ließ mich treiben, hier- und dorthin bugsieren und machte mir einen Spaß daraus, im Weg zu stehen, wo es ging, nur um die minimale Aufmerksamkeit zu genießen, wenn mich jemand beiseite rempelte. Nichts deutete darauf hin, daß sich hier mein Schicksal für die nächsten zwölf Jahre entscheiden sollte.

Inzwischen, da ich dies schreibe, ist genug Zeit vergangen, daß ich mich nicht mehr vor der Frage drücken dürfte, ob ich je eine Rechtfertigung für mein Handeln hatte. Ich weiß nicht, ob ich darüber irgendwann mit mir selbst einig sein werde. Tatsache ist, daß ich mir damals meiner Sache ganz sicher war. Es traf mich wie ein elektrischer Schlag, der mich aus der Trägheit meiner Umgebung riß, als mein Blick an diesem Mann hängenblieb. Er hatte nichts Bemerkenswertes an sich, außer daß er einer von vier oder fünf Sterblichen war, die ich an diesem Morgen sah. Die Spuren frühzeitigen, natürlichen Alterns waren seinem schmalen, strengen Gesicht deutlich anzusehen, als er unter dem Vordach eines Zeltes stehenblieb, von dem Tau tropfte und ihm das Kraushaar benetzte. Er feilschte mürrisch und mundfaul mit einem Händler, dem er eine Handvoll Münzen hinhielt, fuhr jedesmal zusammen, wenn sich jemand an ihm vorbeidrängte, und strich ständig mit der freien Hand die Tropfen von seinem Mantel. Niemand hätte etwas anderes in ihm gesehen als einen verbrauchten Enddreißiger, der in seinem Leben nicht mehr geschafft hatte, als die Katastrophe ohne Infektion zu überleben. Ich aber war beim ersten Blick in seine tiefliegenden, blutunterlaufenen Augen davon überzeugt, daß ich ihn schon einmal gesehen und mehr als einmal von ihm geträumt hatte.

War es vielleicht nur eine Einbildung, als mir in diesem Moment meine schwersten Stunden in der Wüste einfielen, wenn ich die letzten Meter über Geröll und Staub bis zu meinem nächsten Tod vor mir hatte und meine Halluzinationen plastische Gestalt annahmen? Hatte ich wirklich immer wieder diesen Scharfrichter neben mir gesehen, von Kopf bis Fuß in eine feuerfeste Kutte gehüllt, die nur einen Schlitz für die Augen freiließ? Ich hatte mir oft das Gesicht hinter der Maske, den Mann unter der Verkleidung vorgestellt. Ich wußte nur das wenige von ihm, was ich vor der Ofenluke beobachtet hatte: daß er sich sparsam und effizient bewegte, daß er jeden Delinquenten, den er in die Glut stieß, an derselben Stelle am Hinterkopf traf. Ich hatte ihn mir schlank, zäh und sehnig vorgestellt. Ich hatte mir eingebildet, daß zu diesen Augen, die mich für einen Moment wie einen Gegenstand durch den Sehschlitz taxiert hatten, ein intelligentes, unbewegliches Gesicht gehörte, nicht bar jeden Gefühls, aber gleichgültig gegenüber allen menschlichen Regungen, auch seinen eigenen. Und eben dieser Mann stand hier nun, wenn auch gebeugt von den Jahren und der Hoffnungslosigkeit, leibhaftig vor mir. Seine Frau, die nie müde wurde, ihn zu verteidigen, warf mir später einmal vor, daß ich nur nach Armaghaust zurückgekehrt sei, um meinen idealen Henker zu finden, ganz gleich, ob er wirklich existierte oder nicht.

Er gab dem Kaufmann, einem hemdsärmeligen Kerl von bullenhafter Aufdringlichkeit, schließlich mit einem Kopfschütteln nach, warf ihm die Münzen vor die Füße, bekam einen Leinenbeutel gereicht und wandte sich einer Gasse zwischen den Marktständen zu, die auf ein Tor am anderen Ende des Platzes zuführte. Er hatte einen Abglanz seiner alten Stärke bewahrt und wäre, stellte ich mir vor, immer noch herrisch und entschlossen dahermarschiert, hätte eine Verletzung ihn nicht gezwungen, ein Bein nachzuziehen und sich schwankend durch das Zickzack der Buden zu bewegen. Ich vergaß mich in ihm. Unruhig wie ein junges Raubtier, in dem zum ersten Mal der Jagdinstinkt erwacht, setzte ich ihm nach und hatte auf einmal Kraft, mir mit den Ellbogen Platz zu verschaffen, damit ich ihn in den Menschentrauben vor den Ständen, wo ein paar Stück lebendes Vieh verkauft wurden, nicht aus den Augen verlor. Während die Sonne das Grau der Stadt aufhellte und die kühlen Nachwehen der Nacht zu den lauen Lüftchen aufwärmte, die nur in der Klimascheide von Armaghaust wehen, folgte ich ihm in die Stahlalleen zwischen den monströsen Hallen, ließ wie er die Menschenansammlungen hinter mir und sah mich bald eingezwängt zwischen fensterlosen Backsteinmauern, die kilometerhoch in den Himmel aufzuragen schienen.

Es mag gut eine Stunde gewesen sein, die ich ihm tief in die Industrieviertel der Nordstadt hinterherschlich, immer in der Deckung von Baukränen, Lastwagen, Bulldozern und Bahnwaggons, die auf beiden Seiten zu stählernen Skeletten verrosteten. Er bewies eine zähe Ausdauer, blickte starr nach vorn, bog ab und umging Hindernisse, als spule er wie ein Roboter ein Programm ab, und hielt nur gelegentlich inne, um sich einen Oberschenkel zu reiben und den Leinensack zu betasten, an dem ein öliger Regenbogen glänzte. Der Rost- und Zementstaub in der Luft drang mir pelzig in den Rachen, ich rang nach Atem und fing an, mich zu fragen, was ich vorhatte, was ich dem Mann antun wollte. Etwas Fiebriges, Wildes aber hatte von mir Besitz ergriffen, und weil ich lang geübt darin war, über Durst und Hunger hinwegzugehen, überwand ich leicht jeden Widerwillen, der mich daran hindern wollte, ihm auf den Fersen zu bleiben. Nur einmal geriet ich ins Zweifeln, als wir die Straße erreichten, die den Talkessel am Rande der Stadt entlangführte, und sich ein kilometerweites, offenes

Gelände unter mir auftat. Ich mag mich geirrt haben, aber halb verborgen hinter den Bäumen eines Parks, der in den Jahren meiner Abwesenheit verwildert war, glaubte ich dort unten die vernarbten Bäuche der Verbrennungsöfen sich emporwölben zu sehen. Von den Schornsteinen waren nur abgeknickte Gemäuerstümpfe geblieben.

Auch meine Jagdbeute verlangsamte hier für kurze Zeit ihren Schritt, warf unbehagliche Blicke in Richtung der Baumkronen, trat an den Rand der Straße und spuckte die Böschung hinunter. Dann war er hastig, fast ärgerlich wieder unterwegs und hatte zehn Minuten später sein Ziel erreicht. Ich selbst, erinnerte ich mich vage, war damals dabeigewesen, als ein Flüchtlingsheer diese Industriearbeitersiedlung belagert hatte und von Polizeikordons zurückgedrängt wurde. Ich kam mir wie ein verspäteter Eroberer vor, als ich unversehens auf einer gespenstisch leeren, schmutzigen Straße wieder vor einer Reihe dieser schmucklosen, von gleichförmigen Fensterbuchten durchlöcherten Betonklötze stand. Nichts rührte sich hier, kein Mensch war zu sehen außer dem Mann, der sich wie ein Dieb in den Schatten eines Vordachs stahl und in den Taschen seines Mantels nach einem Schlüssel kramte. Ich war schnell genug auf der anderen Straßenseite, um einen Fuß in die Tür zu bekommen, die quietschend hinter ihm zufiel. Der Korridor, in den er mir vorausging, erschien mir auf den ersten Blick so lang, als sollte er, leicht abschüssig, ins Innere der Erde hineinführen.

Alle fünf Schritte übertünchten nackte Glühbirnen die Fliesen mit vergilbten Lichtflecken. In Rohrleitungen unter der Decke rauschte es, von irgendwo hörte ich Stimmen wie von unterirdischen Gefangenen. Aus Oberlichtern drang trübes Tageslicht und hüllte den Mann, der die Türreihe zur Linken entlang humpelte, in eine geisterhafte Blässe. Er schwang in einer Hand das Schlüsselbund, und das Klirren, das durch den kahlen Gang hallte, muß meine Schritte übertönt haben. Ich empfand Bestürzung, weil er so verletzlich menschlich wirkte, und Zorn, weil das Leben es ihm so einfach gemacht hatte. Wenn ich ihn tötete, würde er nicht wieder auferstehen und sich den Fragen einer erneuten Existenz stellen müssen. Sterblichkeit ist die denkbar einfachste Flucht vor jeder Sühne. Mir kam der Gedanke, daß ich ihm nicht gestatten durfte, mir eine so einfache Rache zu gewähren.

Er bemerkte mich erst, als ich ihn kurz vor der Mündung eines Seitengangs einholte. Ihm blieb gerade genug Zeit, mich verwirrt und erschrocken anzusehen, dann hatte ich ihn mit einem Sprung umgerissen und mit zwei Fausthieben Mund und Nase blutig geschlagen. Ich staunte selbst über die Kraft, mit der ich sein klägliches Aufbäumen unterband, ihn unter mir niederhielt und mit beiden Händen die Kehle zudrückte. Es wäre jetzt ein Leichtes gewesen, den Blick seiner gnadenlosen Augen, die gerade vielleicht zum ersten Mal erfuhren, was Angst bedeutete, endgültig zu brechen. Doch selbst in der animalischen Erregung, die in mir brannte, war mir bewußt, daß keine flüchtige Grausamkeit, kein schnelles Ende das Verlangen hätte befriedigen können, das ich empfand. Ich ignorierte sein Schnaufen und Keuchen, seine vergeblichen Versuche, ein paar Worte hervorzupressen. Ohne zu wissen, wonach ich suchte, schaute ich umher, wankte vor und zurück wie eine Giftschlange in dem Moment, bevor sie zustößt, und hatte auf einmal eine rauhe Betonkante vor Augen.

Ich schrammte mit einem Unterarm daran entlang, bis Blut in der violetten Tönung hervortrat, die für Untersterbliche typisch ist. Dann griff ich dem Mann in den Mund, drückte ihm den Unterkiefer herunter und preßte ihm die Wunde zwischen die Lippen. Er schien zu begreifen, was ich vorhatte, denn er riß die Augen auf wie ein Kind in Panik, wand sich heftig und bekam schließlich eine Hand frei, die er mir ins Gesicht krallte. Ich hielt ihn so lang fest, bis ich mir sicher sein konnte, daß er genug Blut geschluckt hatte. Als ich von ihm herunterstieg, zitterte er und starrte mich an wie einen Höllenboten. Er spuckte aus, steckte sich gleich einen Finger in den Hals und erbrach einen Schwall blutiger Galle. Ich wußte, daß es ihm nichts nützen würde, und lachte erschöpft, als ich ihn zurückließ. Meine Schmerzen spürte ich erst viel später.

Die desolaten Straßenzüge draußen erschienen mir plötzlich in einem freundlicheren Licht. Meine Kühnheit stieg mir zu Kopf. Ich fühlte mich leicht und befreit, als sei ich von einer Krankheit genesen. Nach allem, was ich wußte, betrug die Inkubationszeit zwei Tage, bis die Viren seinen Körper befallen und zum ersten Mal seinen Zustand gespeichert hatten. Ich schlief drei Nächte in einer Unterführung ein paar Straßen weiter, bevor ich zurückkehrte. Nachbarn verrieten mir, hinter welcher Tür er hauste. Ich traf ihn inmitten alten Plunders aus seiner Militärzeit an, verschlissenen Uniformen, Strahlenwaffen, aus denen seit Jahren kein Schuß mehr abgefeuert worden war, Helmen, Fotos, Urkunden. Er hatte mich offenbar nicht verstanden, denn er war überrascht und erschrocken, als ich in sein Zimmer einbrach. Ich erschlug ihn mit einer Eisenstange, schulterte seine Leiche und trug ihn zu einem nahen Kanal. Als ich ihn von der Brücke fallen ließ und im öligen Wasser davontreiben sah, wußte ich, daß mein Leben einen neuen Sinn hatte. Ich würde ihn wiederfinden. Und ich würde ihn wieder töten. So oft, bis er wie mein Volk erfahren hatte, auf wieviele Arten man sterben kann.

Bis in den Herbst nomadisierte ich durch die Stadt, ehe mir eine glückliche Fügung die Mühe abnahm, mir eine dauerhafte Bleibe zu suchen. Ich stahl mich von Markt zu Markt, von Stand zu Stand, und hatte ein einfältiges Vergnügen daran, daß ich an Stellen Gewicht zulegte, wo seit Jahren Knochen durch die Haut geschimmert hatten. Auf meinen ziellosen Wanderungen wurde mir erst bewußt, in welchem Ausmaß die Stadt verwaist und vereinsamt war. Als sei das Leben in Armaghaust zu vereinzelten Sprengseln geronnen, gab es nur mehr eine Handvoll Zentren leidlicher Aktivität, wo auf wenigen Quadratkilometern hunderttausende Menschen immer noch eng aufeinander lebten. Dazwischen konnte ich tagelang durch ärmliche und protzige Viertel streifen, in kleine und große Häuser eindringen, mich in unzähligen Lokalen, Wirtshäusern und Kaschemmen an leeren Tischen ausruhen, ohne einem Menschen zu begegnen. Für das Rätsel, wohin die Millionen anderen Untoten von damals verschwunden sein mochten, fand ich keine Lösung, dafür entdeckte ich, daß die eigentliche Katastrophe, die uns heimgesucht hatte, weiterhin ihren schleichenden und machtvollen Verlauf nahm.

Ich geriet in die Randbezirke, wo die Wüste an der Stadt nagte und eine brütende Hitze die milde Seeluft zurückdrängte. Es kam vor, daß ich auf weite Straßen hinaustrat und mir plötzlich ein scharfer Wind Sand ins Gesicht blies, der mir die Haut wund machte. Die Witterung hatte hier schon Mauern und Häuserdächer abgetragen, und oft bedeckten Dünen aus Sand, Staub und Schutt, aus denen spärliche Büsche sprossen, über Kilometer hinweg den Asphalt. Immer wieder brach ich in Höhlungen im Sand ein, und dann krabbelten zwischen meinen Füßen Tierchen hervor, widersinnige Kreuzungen zwischen Echsen und Insekten, die ich noch nie gesehen hatte. Mit geduldiger Gier kreisten Vögel über meinem Kopf, die mir wie entstellte Nachfahren jener Aasfresser erschienen, die sich in der Wüste so oft an mir gütlich getan hatten. In den Nächten, die ich hier ängstlich und wachsam zu schlafen gezwungen war, glaubte ich den Scharfrichter, auch er zu etwas Krankhaftem mutiert, neben mir stehen zu sehen. Aus seiner Asbestkutte war ein Insektenpanzer geworden, seine Augen blickten noch ungerührt, und ich schwor mir, daß ich nicht eher von ihm ablassen würde, bis diese Augen gesehen hatten, was ich gesehen hatte.

Zum Glück hatte die Natur andere Teile der Stadt auf eine Weise zurückerobert, daß dabei etwas, für mein Empfinden, Wohliges und Schönes entstanden war. Einige Mündungsarme des Styx waren über ihre Deiche getreten und hatten die großen Umschlag- und Abstellgelände am Hafen überflutet. Anschwemmte Marsch hatte sich dort zu unzähligen Inselchen aufgehäuft, auf denen Schilf und Wiesen wuchsen. Wenn in klaren Nächten Mond- und Sternenlicht die Wellen, Strudel und Kräusel übersprenkelte, konnte ich mir vorstellen, daß ich eine verkleinerte Nachbildung meines Heimatarchipels gefunden hatte. Ich suchte mir einen erhöhten Punkt, hockte dort stundenlang wach und lauschte den unheilschwangeren Geräuschen des Wassers. Mehr noch als die spürbare Drohung, daß das Meer bald mit ganzer Zerstörungskraft in die Stadt eindringen könne, beunruhigten mich die Laute der Tiere, das Glucksen, Raunen, Zischeln und Rascheln ringsum, ein Konzert fremdartiger Geschöpfe, die sich hartnäckig vor meinen Blikken verbargen. Wenn ich ins Schilf geschmiegt einschlief, träumte ich von Sommerabenden an den Stränden meiner Heimatinsel, wenn Hunderte meiner Brüder und Schwestern sich versammelt hatten, um das Meer zu beschwören, es zu besänftigen, wenn es uns mit Stürmen und Fluten gegeißelt hatte, es aufzumuntern, wenn die Fischer klagten, daß es mit seinen Schätzen geizte.

Eines Nachts erwachte ich verstört, weil die Gesänge, die ich mitsingen, die Trommelrhythmen, nach denen ich tanzen wollte, etwas Falsches hatten. Ich fuhr von der Matte hoch, die ich mir aus Schilfhalmen geflochten hatte, und wußte für einen Moment nicht zwischen Traum und Wirklichkeit zu unterscheiden. Eine zerrende Strömung hatte einen Teil meiner Insel fortgerissen und mich bis zur Hüfte durchnäßt. Ein frischer Wind kam auf, der mich frösteln ließ. Ich hörte die Trommeln und Stimmen noch immer, doch es klang, als seien Ahnunglose am Werk, die unsere Traditionen nur in Bruchstücken kannten. Es dauerte Minuten, bis ich begriff, daß ich mir die Musik nicht bloß einbildete, daß sie vielmehr über einen aufgeweichten Damm herüberhallte, der sich nach Osten als gewellte Kontur unter einem wolkenverhangenen Himmel abzeichnete.

Eine jähe Hoffnung erwachte in mir. Ich stürzte ins Wasser, watete durch sandige Untiefen und mußte den Wellen, die mir um die Beine spülten, meine ganze Kraft entgegensetzen. In der Zeit, bis ich einige trockene Stellen am Deich gefunden hatte, wo das Gestrüpp fest genug wurzelte, daß ich mich daran hochziehen konnte, wuchs meine Anspannung ins Unermeßliche. Als ich endlich nach Atem ringend auf der Deichkrone stand, empfand ich ein Glücksgefühl, zu dem ich mich nicht mehr fähig geglaubt hatte. Unter mir erstreckte sich ein zweiter Miniaturarchipel wie jener, der hinter mir lag. Vertreut über Dutzende Inselchen standen glockenförmige Schilfhütten und davor saßen Männer und Frauen, doch keine Kinder, an Lagerfeuern zusammen, aßen, tranken, schwatzen, sangen und trommelten auf ausgehöhlten Holzblöcken herum. Freudig zwar, doch immer noch irritiert von den falschen Tönen, summte ich eine Melodie mit, die ich aus dem wirren Kanon heraushörte, während ich zur einer schmalen Landzunge hinunterkletterte, die sich in die flackernden Lichterketten hineinstreckte.

Zum ersten Mal seit meiner Rückkehr nach Armaghaust erregte ich spontane Aufmerksamkeit. Ich hätte keins der Gesichter, die sich, vom fahlen Feuerschein zusätzlich entstellt, mir zuwandten, einem mir bekannten Insulanervolk zuordnen können. Ich selbst aber, schien es, hatte genug vom Gebaren und von der Geschmeidigkeit eines Insulaners bewahrt, daß ich als solcher erkannt wurde. Als ich, scheu und bedächtig, zwischen Runden von drei bis zehn Leuten zur Spitze der Landzunge weiterging, wurde ich freundlich und neugierig angesehen, von den älteren so mitleidig, als wüßten sie genau, was ich in diesem Moment empfand. Ein alter Mann mit zurückgebundenem, graugesträhntem Haar, der allein an einem glühenden Kohlehaufen am Wasser saß, lud mich mit einem Wink ein, mich zu ihm zu setzen.

Er schien mich gleich wieder zu vergessen, nachdem ich einen Zug von der Pfeife, die er mir anbot, genommen und sie ihm zurückgegeben hatte. Ich wagte kaum zu atmen, während er angestrengt ins Wasser starrte, die Brauen zusammenzog, wenn ein unförmiger Schatten an die Oberfläche tauchte, und mit einem angespitzten Stock danach stieß. Nach fünf Versuchen hatte er einen handgroßen Fisch gefangen, den er auf einem Stein totschlug, mit den Fingernägeln aufschlitzte, ausnahm und am Spieß über der Glut briet. Ich zuckte zusammen, als er einen Bissen von dem käsigen Fleisch kostete. Das Tier mochte auf den ersten Blick an einen Fisch erinnern, doch es war mit Zotteln, Fühlern und fleischigen Auswüchsen bedeckt, als hätten sich Teile einer Languste, eines Oktopus und einer Qualle zufällig zur Form eines Fisches zusammengefunden.

»Was ist das?« fragte ich.

»Ich weiß es nicht«, sagte der Alte, drehte den Spieß und beäugte das Tier mit skeptisch geschürzten Lippen. »Erst sind wir verrückt geworden, und jetzt spielt die ganze Natur verrückt. Es gibt nichts Gesundes mehr. Die Erde wird immer heißer, unsere Abfälle verseuchen immer gründlicher die Welt. Wir sind lebende Tote, wir können uns nicht mehr anpassen. Diese kleinen Geschöpfe aber passen sich an. In ein paar Jahren werden wir die Welt nicht mehr wiedererkennen.«

Er warf den Fisch ins Feuer, wandte sich mir zu und betrachtete mich so versunken, als habe er etwas unendlich Fremdes und zugleich seit Ewigkeiten Vertrautes in mir entdeckt. »Wer bist du?« fragte er.

»Ich fürchte, ich weiß es nicht mehr genau«, sagte ich. Ich erzählte ihm von meinem Feuertod, meinem Marsch durch die Wüste und faßte in ein paar Sätzen zusammen, was ich von meinem Leben bis zur Flucht aus dem Archipel wußte.

»Ich nenne dich Phönix«, sagte er, und dabei blieb es dann. Auch die anderen, die er mir bis zum Morgengrauen vorstellte, nannten mich so.

Ich lebte ein Jahr lang bei den Insulanern, ohne daß ich mich ihnen je so zugehörig fühlte, wie ich sollte. Ich baute mir eine eigene Hütte neben der kunstvollen Schilflaube einer jungen Frau, deren Zuneigung ich beharrlich ignorierte. Die meiste Zeit hielten mich eine Scheu und eine Abneigung, die ich mir selbst kaum erklären konnte, von den anderen fern. Ich zog es vor, mich von den mißgestalteten Tieren zu ernähren, die mir vor die Tür geschwemmt wurden. Erst nachdem ich zweimal an giftigem Fleisch gestorben war, begleitete ich erfahrene Jäger auf ihren Ausflügen zum Hauptarm des Deltas, wo wir in Strandnähe riesige Plattfische und in den Dünen Tiere erlegten, die Wühlmäusen ähnelten, aber groß wie Hunde wurden und statt Fell einen dichten Stachelpelz hatten. Dabei entwickelte ich soviel Zuneigung zu meinen Gefährten, daß ich ihre Einladungen zu gemeinsamen Abenden nicht mehr ausschlagen konnte.

Das Hüttendorf erwachte immer spät zum Leben. Erst wenn die Sonne hoch über dem Deich stand, kamen die ersten Bewohner ins Freie, versammelten sich auf den größeren Inseln zu gemeinsamen Mahlzeiten und machten sich ohne Hast an ihr Tagewerk. Ich wußte nichts mit mir anzufangen, wenn ich sie dabei beobachtete, wie sie ihre Kleidung mit Fischgrätennadeln flickten, Reusen ins Wasser ließen oder zum Vergnügen in Schilfkanus hinauspaddelten. Mein Interesse erwachte nur, wenn zur Dämmerung die Lagerfeuer entzündet und bis zum Morgengrauen Geschichten erzählt wurden. Die Insulaner brauchten diese täglichen Zusammenkünfte, weil sie keine andere Möglichkeit hatten, sich ihre Vergangenheit zu vergegenwärtigen. Jeder, der etwas zu erzählen hatte, sei es eine Episode aus der Geschichte seines Volkes, das Schicksal einer Familie, den Verlust eines geliebten Menschen, erhoffte sich von den Geschichten der anderen Auskünfte, die Lücken in seinen eigenen Erinnerungen schließen mochten. Nacht für Nacht arbeiteten die Insulaner gemeinsam an einer Rekonstruktion ihrer Vergangenheit, die doch vage und unzuverlässig blieb. Ich merkte es an ihren Gesängen und Trommelrhythmen, deren Ungenauigkeit mir jetzt verständlich wurde. Ich konnte die anderen aber selbst nicht darüber belehren, was sie falsch machten. Meine Stimmbänder beherrschten die schwierigen Beugungen und Modulationen nicht mehr, die unsere traditionellen Künste von einem Sänger verlangten.

Der Alte – der mir nie seinen Namen nannte, weil er meinte, daß Vertreter seiner Generation keine Namen verdienten – nahm sich einen Abend Zeit, mir vom Ende der Pogromjahre zu berichten. Ich war enttäuscht und beleidigt und weigerte mich zu glauben, daß eine Katastrophe von solchem Ausmaß einen so leisen, mühelosen Ausgang nehmen könne. Er machte mir klar, daß es keineswegs ein müheloser und schon gar nicht leiser Prozeß gewesen sei, als nach all dem Morden und Vernichten, der endlosen Anhäufung von Elend und Verzweiflung irgendwann der tote Punkt gekommen war, an dem immer mehr Menschen eingesehen hatten, daß sie nichts mehr verlieren konnten, wenn sie Armaghaust verließen. Wer keinen Tod fürchten muß, kann jedes Risiko eingehen, in jede Richtung aufbrechen, jedes beliebig weite Ziel ansteuern. Unzählige Menschen waren damals, als es keine anderen Auswege mehr gab, einfach davongegangen, in die Wüste hinausgeirrt, aufs Meer hinausgeschwommen, dem Lauf des Styx gefolgt. Es mag sein, daß ich in der Wüste oft über den Staub anderer hinweggeschritten bin, die ihrer nächsten Auferstehung und der nächsten Etappe ihrer Reise harrten.

Der Alte behauptete, er habe mit Rückkehrern gesprochen, die einmal um die ganze Welt gegangen seien. Es war gut möglich, hatte er aus ihren zusammenhanglosen Berichten geschlossen, daß Armaghaust die einzige verbliebene Stadt auf der Erde sei. In südlicheren Breiten hatten Stürme, Fluten und Dürren ganze Landstriche entvölkert. Zwischen den reichen Nationen waren Verteilungskriege ausgebrochen, die selbst die Massaker in Armaghaust an grausamem Einfallsreichtum übertroffen hatten. Die Menschheit hatte ihre Welt Stück für Stück an die Natur abtreten müssen. Regenwälder wuchsen bis an den Rand der gemäßigten Zonen. Lagunenflora wucherte heute dort, wo einst Schiffe die großen Häfen angesteuert hatten. Die Vielfalt der Arten, die unter dem Eingriff des Menschen gelitten hatte, erlebte in der brütenden Fruchtbarkeit der Äquatorialregionen einen neuen Höhepunkt. Es wurde Phantastisches über die Größe der Reptilien und Säuger erzählt, die durchs Dickicht der wiedererstarkten Urwälder streiften. Ich hatte meine Zweifel, wieviel ich von diesen Geschichten glauben konnte.

Im Spätsommer des nächsten Jahres kündigten schwere Gewitter an, daß wir mit einem beschwerlichen Jahreswechsel rechnen mußten. Ich wagte mir nicht vorzustellen, wie heiß es am Stadtrand sein mußte, wenn schon hier am Delta die Schwüle wie eine erdrückende Masse über dem Wasser stand. Unser Leben erstarrte zu einer Abfolge tatenloser, Tage währender Wartezeiten, die damit hingingen, daß wir zu unseren vergessenen Göttern beteten und jeden Hauch einer Wolke begrüßten. Wenn die Spannung sich dann in Gewittern entlud, beteten wir zu denselben Göttern, daß der Boden unserer Hütten, auf dem wir beieinander kauerten, nicht unter uns weggeschwemmt wurde. In den ersten Herbstwochen ertrank ich in den Fluten eines Unwetters, das Dutzende Hütten wegriß und am Deich zerschmetterte. Danach hatte ich genug und ließ die Insulaner mit ihrer Entscheidung allein, ob sie das Dorf neu errichten oder in die häßliche Leblosigkeit der Stadt umziehen sollten.

Ich hatte mir längst eingestanden, daß ich ihre Nähe auf Dauer so wenig ertragen konnte wie sie meine. In meinen letzten Monaten plagte mich ein Neid, dem ich kaum Herr wurde. An den Abenden am Lagerfeuer war immer ich derjenige, der die wenigsten persönlichen Dinge zu erzählen wußte. Mir waren die mitleidigen Gesichter der anderen, wenn sie merkten, daß ich etwas zusammenflunkerte, verhaßt geworden. Ich beneidete jeden, der den Namen seines Vaters wußte, um eine Frau trauern oder auch nur die Zahl seiner Kinder nennen konnte. Die Heilung meiner Erinnerungen, die ich mir anfangs von der Gesellschaft meiner Landsleute erhoffte, blieb aus. Es half nichts, daß ich mich halbherzig in den traditionellen Handwerken übte, und die schmucklose Kluft, die ich eigenhändig aus gespendeten Lumpen zusammennähte, erfüllte mich nicht mit einer

Spur von Stolz. Früher oder später hätte ich meinem Unwillen Luft gemacht und sinnlose Streitereien vom Zaun gebrochen, hätte sich nicht das Gefühl in mir gemeldet, daß ich eine Mission zu erfüllen hatte. Ich mußte mich damit abfinden, daß ich kein Insulaner mehr sein konnte. Es wurde Zeit, daß ich das fortsetzte, was nur für einen Niemand einen Sinn ergab.

Ein letztes Mal besuchte ich die Arbeitersiedlung und stellte fest, daß mein Henker nicht den Fehler gemacht hatte, dorthin zurückzukehren. Sein altes Zimmer stand leer, seine Nachbarn erinnerten sich nicht mehr an ihn. Es war mir ganz recht, daß ich einen nassen, stürmischen Winter damit zubringen mußte, ihn wiederzufinden. Es erwies sich als törichter, doch letztlich glücklicher Einfall, daß ich mich als Veteran ausgab, der einen Kameraden aus der Zeit der Flüchtlingseinfälle suchte. Von den Straßen Armaghausts war alles Militärische und Autoritäre verschwunden. Es gab keine Polizei und keine Behörden mehr; die Menschen regelten ihr bescheidenes Dasein selbst. Jeder, der bekanntermaßen einmal eine Uniform getragen hatte, genoß bis in seine heutige Inkarnation einen schlechten Ruf, und niemand hätte es wagen können, öffentlich zuzugeben, daß er einmal den Schwarzen Brigaden angehört hatte. Ein Stadtstreicher, den ich vor einem Kriegerdenkmal, wo er verkrüppelte Tauben fütterte, auf Treffpunkte der Veteranen ansprach, ging mir fast an die Kehle und fluchte mir hinterher, wohin ich mich scheren solle. Er gab mir ungewollt den entscheidenden Hinweis für meine Suche, denn ich konnte mir leicht zusammenreimen, auf welches Viertel er anspielte.

Im Westen der Stadt, wo ausgedehnte, zerbombte Häuserlabyrinthe sie von den nächsten bewohnten Bezirken isolierten, hatten die Veteranen in den Unterkunftsbunkern einer alten Kaserne eine Enklave eingerichtet. Hier bewohnten sie mit ihren Familien die Schlafsäle und Offiziersstuben, in denen sie damals für ihre Einsätze ausgeruht hatten, besuchten verrauchte Kasinos und trösteten sich gegenseitig mit alten Geschichten und der Hoffnung, daß man sie eines Tages wieder brauchen würde. Ich fand schnell Anschluß und wurde abends in den behelfsmäßigen Schankstuben von einem Tisch zum anderen, von einer Runde bärbeißiger Nostalgiker zur nächsten weitergereicht, weil ich so lebhaft von den aufwendigsten Aktionen gegen die Flüchtlingsmassen erzählen konnte. Was grausige, sachliche Details der Einsätze anging, hatte mein Gedächtnis mich noch nie im Stich gelassen, doch ich erschrak über meine Fähigkeit, mich mit wenig Aufwand an Phantasie in die Mörder von damals hineinversetzen und ihren larmoyanten, nach Rechtfertigungen gierenden Trotz nachvollziehen zu können. Mir kamen Zweifel, ob es mir zustand, mich diesen Säufern und seelischen Wracks erhaben zu fühlen.

Immer wieder ließ ich einfließen, daß ich auf der Suche nach einem Kameraden sei, der mir damals vor dem Mob das Leben gerettet hatte und dem ich nie meinen Dank hatte aussprechen können. Ich beschrieb ausführlich die straffe, disziplinierte Gestalt meines Henkers, vergaß nicht die Beinverletzung zu erwähnen, die ihn nicht daran gehindert habe, mit ganzem Einsatz zu kämpfen, und staunte darüber, daß es tatsächlich so klang, als beschriebe ich einen Freund. Ich schätze, daß sich in den vier Bunkerkomplexen der Kaserne gut zwanzigtausend Veteranen zusammengepfercht hatten, und so dauerte es mehrere Wochen, bis ein beinamputierter Kriegsversehrter, mit dem ich an einer Theke zwei Bierkrüge leerte, nach einigem Nachdenken bemerkte, daß er den Mann womöglich kenne, den ich suchte. Er bewohne eine Stube im obersten Geschoß der Offiziersunterkunft und schien ein verschlossener, wunderlicher Bursche zu sein. Ich fragte eifrig nach, erfuhr aber mehr von der hübschen Frau, die er kürzlich kennengelernt habe und die jetzt bei ihm wohne.

Ich ließ mir Zeit, ihn aufzusuchen, und redete mir ein, daß es aus Vorsicht geschah. Ich verbrachte zwei schlaflose Nächte auf der Pritsche in der düsteren Dachkammer, die mir der Einbeinige überlassen hatte, und goß miesen Schnaps in mich hinein, der mir Kopfschmerzen bereitete, mich aber nicht betrunken machte. Es gelang mir nicht, das Bild des reglosen, verhüllten Vollstreckers in mir heraufzubeschwören. Statt dessen sah ich einen hinkenden Krüppel vor mir, das bei jedem Schritt von Schmerzen geplagte Gesicht eines Mannes, der um ein widerliches Stück menschlicher geworden war, seit ich von seiner Frau erfahren hatte. Gern hätte ich meinen inneren Beteuerungen geglaubt, daß ich nur die Vorfreude auskosten, daß ich mir erst ausgiebig vorstellen wolle, wie ich ihn ein zweites Mal umbringen würde. Es mag sein, daß ich schließlich nur aufgestanden und in das Offiziersgebäude hinübergegangen bin, um meine unverständlichen Skrupel zu bekämpfen.

Ein unablässiges Trampeln, Schwadronieren und Geschrei der Betrunkenen hallte durchs Treppenhaus bis unters Dach, wo durch einen Lichtschacht Meeresluft hereindrang und den Staub in einem kurzen Gang aufwirbelte. Ich horchte an der Tür, die mir der Amputierte genannt hatte, und hörte das Klappern von Töpfen und Geschirr, das abrupt verstummte, als ich anklopfte. Schritte trippelten, dann fragte eine zaghafte Stimme: »Wer ist da?«

Für einen Moment bekam meine Entschlossenheit einen Dämpfer. So sehr ich mich dagegen sträubte, spürte ich doch das Unbehagen der Frau, die so klang, als sei sie schon einmal überfallen worden. Wahrscheinlich war sie allein.

»Ein Freund«, sagte ich. »Mach auf. Dein Mann erwartet mich.«

Ein Schlüssel wurde umgedreht, ein Bund rasselte gegen das Holz. »Wir erwarten niemanden«, sagte sie, hörbar um Stärke und Distanz bemüht. »Und mein Mann ist unterwegs.«

Ich überlegte nicht lang, nahm Anlauf und rannte die Tür beim ersten Versuch ein. Ein Stuhl, auf den ich stürzte, splitterte unter mir weg. Ich sprang von dem fleckigen Teppich auf, und ehe ich etwas anderes wahrnahm, versetzte ich der Frau einen Schlag, daß sie durchs Zimmer taumelte, einen Topf vom Herd riß und an der Wand zusammensackte. Sie war so schockiert, daß ihr das Keuchen im Hals steckenblieb. Mein Herz raste, als ich die Tür zuschob und einen Stuhl unter die Klinke stellte. Für einen Moment lehnte ich mit der Stirn an der Wand, und mir schwindelte. Beim ersten Blick auf die Frau wurde mir schmerzhaft bewußt, was ich getan hatte. Und was ich noch tun wollte.

Sie faßte sich schnell und wischte mit der Schürze hastig den Brei und die Tränen aus ihrem Gesicht. Blutfäden rannen ihr aus einem Mundwinkel, ihre Brust hob und senkte sich zittrig. So erschrocken sie mich auch anstarrte, so bewahrte sie doch ein Maß an Ruhe, als wollte sie geduldig alles hinnehmen, was noch geschehen mochte. Vor der Würde, die sie ausstrahlte, kam ich mir jämmerlich und schmutzig vor.

Sie hatte, das fiel mir gleich auf, erst so wenige Wiedergeburten hinter sich, daß man sie noch als schön bezeichnen konnte. Widerborstige schwarze Strähnen fielen ihr ins Gesicht und beschatteten den klaren Glanz ihrer Augen. Ihre Wangen und ihr Kinn waren nur ein wenig so aufgedunsen und großporig, wie es das Fleisch von Unsterblichen häufig ist. Sie hatte einen biegsamen, zierlichen Leib, reichte mir, als ich ihr aufhalf, gerade bis zur Brust. In ihren Bewegungen schwang die Andeutung einer wilden, geschmeidigen Energie mit, die keine Angst beeinträchtigen konnte.

Sie beobachtete mich verdutzt und mißtrauisch, während ich durchs Zimmer ging, in Schränke, unter Stühle und hinter das Sofa schaute und über das Durcheinander, das mir entgegenquoll, den Kopf schüttelte. Das Zimmer maß vielleicht vier mal sieben Schritte und war derart mit Möbeln und Kram zugestellt, daß neben dem Sofa und dem Tisch davor nur ein Durchgang von einem Schritt Breite blieb. Es machte den Eindruck, als habe hier jemand in idiotischer Panik, daß es ihm einmal an etwas mangeln könne, alles zusammengetragen, was ihm irgendwie brauchbar erschien. Ich sah Körbe mit Altkleidern und Stoffresten, Kartons mit verbeulten Bechern und gesprungenem Geschirr, Blechkisten voller Drahtrollen, Werkzeug und elektrischen Teilen. An den Wänden verliefen nackte Drähte, die aus einem Generator in der Ecke zu sprießen schienen und sich an der Decke über Lampenkörben kreuzten. Ein Regal, das auf Stirnhöhe über den Herd und das schmale Waschbecken hinausragte, war mit Beuteln und Dosen vollgepackt. An dem gußeisernen Gestell über der Gasflamme verkohlten Speisereste.

Ich ließ mich aufs Sofa fallen und verschränkte die Arme über der Brust, als wollte ich mir den schweren Atem abpressen. Mein Blick fiel auf eine Anzahl neuer Fotos, die an einem freien Stück der Wand hingen. Sie zeigten die Frau, stets mit einem melancholischen Lächeln, in verschlissenen Sommerkleidern vor dem Hintergrund von Stränden, Dünen oder den efeuberankten Bunkermauern, manchmal in den Armen des Mannes, den ich suchte. Es irritierte mich, daß er, was ich nie in Betracht gezogen hatte, zu so etwas wie Heiterkeit imstande schien. Wieder regte sich in mir der Neid auf jeden, der sich die Selbstverständlichkeiten eines alltäglichen Lebens bewahrt hatte. Für einen flüchtigen Moment fragte ich mich, ob ich mich je wieder durch etwas anderes definieren würde als durch diesen Neid und meinen Drang zur Vergeltung. Erst Jahre später habe ich mir diese Frage wieder gestellt.

Ich weiß nicht, was ich getan hätte, wenn unter den Fotos nicht auch solche gewesen wären, für die er sich mit seiner alten Ausgehuniform hergerichtet hatte. »Wann kommt er zurück?« fragte ich.

»Spät«, sagte sie.

»Nein, er kommt bald. Du hast ihm schon das Essen gekocht.«

Sie erwiderte nichts darauf.

Ich zeigte auf die Fotos. »Woher kennst du ihn?«

Ein Hauch von Entrüstung überflog ihre Züge. »Das geht dich nichts an.«

»Alles, was er tut, geht mich etwas an. Also?«

Sie nahm ein Tuch vom Herd, trat ans Waschbecken und säuberte ihr Kleid. Sie schaute zu Boden, als sie antwortete. »Aus der Bar unten. Da habe ich serviert.«

»Warum ausgerechnet hier?« fragte ich. »Die Stadt ist groß.«

»Mein Vater war beim Militär«, erwiderte sie undeutlich. Plötzlich schien ihr etwas einzufallen. Sie ließ die Hände sinken, riß die Augen auf und sah mich an, als habe sie etwas Vertrautes und Gefürchtetes an mir entdeckt. »Jetzt weiß ich, wer du bist. Er hat mir von dir erzählt. Weißt du, was du ihm angetan hast?«

Ich rümpfte verächtlich die Nase. Es erschien mir wie eine Form von Verrat, daß er anderen von mir berichtet hatte. Es störte die Intimität zwischen den Feinden. »Ja? Bist du sicher, daß er dir alles erzählt hat?«

»Du warst auf einmal einfach da. Er hatte dich nie vorher gesehen.«

»Ich dachte mir, daß du ahnungslos bist.«

»Was willst du hier? Laß uns in Frieden.«

Ich wich ihrem vorwurfsvollen Blick aus. Es fiel mir schwer, grob mit ihr umzuspringen. Als ich umherschaute, entdeckte ich einen Karton, aus dem der Lauf einer Strahlenwaffe ragte. Ich zog sie heraus und legte sie vor mich auf den Tisch wie ein Tier, das ich sezieren wollte. Sie war verrostet, der Lauf aber noch gerade und die Elektrode darin unbeschadet.

»Ich verrate dir etwas über den Frieden«, sagte ich. »Hast du schon einmal gesehen, wie eine solche Waffe tötet? Versuch's dir vorzustellen, und dann weißt du, auf welche Weise er Frieden schaffen wollte.«

Die Frau schüttelte ungläubig den Kopf. »Das ist alles Vergangenheit. Niemand will mehr daran denken. Es ist vorbei.«

»Es ist niemals vorbei.« Für einige Silben schnappte meine Stimme über. »Es fängt gerade erst an.«

Ich richtete die Waffe in eine Zimmerecke und betätigte

probeweise den Abzug. Aus dem Lauf stob nur ein fingerlanger bläulicher Funke. Die Energiezelle gab nicht mehr viel her.

»Die Veteranen erzählen sich gerne Geschichte von damals«, sagte ich. »Prahlt er auch damit, wie gut und gehorsam er gewesen ist?«

»Ich will nichts davon wissen«, behauptete die Frau. »Ich weiß nicht, was er damals getan hat.« Ihr fahriges Kopfschütteln konnte mir nicht verbergen, daß sie log.

Ich klappte die Waffe in der Mitte auf und schüttelte die daumengroße Energiezelle heraus. In dem Durcheinander aus Papieren, Besteck und Zigarettenkippen auf dem Tisch fand ich ein Briefchen mit Zündhölzern. Mir war ein alter Trick eingefallen, wie man einem Energiemodul eine Restentladung entlocken konnte. Nachdem ich die Zelle einige Sekunden lang über eine Flamme gehalten hatte, steckte ich sie in die Waffe zurück. Die Frau beobachtete jede meiner Bewegungen mit banger Faszination.

»Wie ist er zu dir?« fragte ich.

»Er versorgt mich und steht mir bei«, sagte die Frau. »Ich habe keinen Grund, mich zu beklagen.« Es war ein offenkundiger Selbstbetrug. Die tiefe, schmerzliche Sehnsucht in ihrer Stimme war nicht zu überhören. Es schien mir, als habe die Frau sich gegen jede Leidenschaft damit abgefunden, daß ihr immer etwas fehlen würde.

Ich klappte die Waffe zusammen, setzte sie mir an die Schulter und zielte auf die schmale, verkrampfte Person, die vor mir stand. »Was meinst du? Für einen Schuß müßte es reichen. Soll ich's gleich tun, oder soll ich mir den Schuß für ihn aufheben?«

Sie zuckte zusammen und schloß die Augen. Ich ließ die Waffe wieder sinken.

Das eigentümliche Beieinander von Duldsamkeit und Aufbegehren, das diese Frau ausmachte, berührte mich mehr, als ich wollte. Ich versuchte mir einzureden, daß ich ein Recht hatte hierzusein, zu fordern, zu bestimmen, fühlte mich aber zugleich wie ein Eindringling, der im Begriff war, die mühsam gehegten Triebe in einem fremden Garten zu zertrampeln.

Weil der Schuß ausblieb, blinzelte sie verwirrt und lachte, als sie sah, wie mir mein anmaßendes, herrisches Gehabe abhanden kam. Ein Teil meiner Spannung war mir entwichen. Ich sank auf dem Sofa zusammen, als habe mich gerade etwas entsetzlich erschreckt.

»Was ist los?« fragte sie. »Keinen Mut mehr? Du weißt doch, daß es nichts ausmacht. In ein paar Tagen stehe ich wieder hier.«

Ich haßte sie für ihre Klugheit, ihre unermüdliche Aufmerksamkeit, der nichts entging.

»Besser als du«, brummte ich. »Viel besser.«

Eine beherrschte Wut kam in ihr hoch. Sie trat an den Tisch und visierte mich an wie einen Gegner, den sie niederringen wollte. »Was hindert dich?« fragte sie. »Es ändert doch nichts. Ich bin hier oben schon dreimal überfallen worden. Und alle drei haben mich umgebracht. Einfach, weil es dazugehörte.«

Es war weit mehr, als ich je von ihr erfahren wollte. Ich schüttelte unwillig den Kopf und fegte mit der Waffe den Kram vom Tisch. In diesem Moment hörte ich schlurfende Schritte aus dem Flur. Jemand drückte die Klinke, rüttelte an der Tür. »He, was ist?« brummte eine stoische Männerstimme. Ich fuhr hoch und brachte die Waffe in Anschlag. Die Frau lief zur Tür, trat den Stuhl weg und fiel ihrem Mann um den Hals, als er eintrat.

Er hatte sich nicht sehr verändert, ging nur noch etwas gebeugter und mühsamer. Die Wiedergeburt hatte einen Schatten von Verfall über sein Gesicht gelegt und den Ausdruck überlegener Teilnahmslosigkeit in seinen Augen getrübt. Seine Frau klammerte sich an ihn und drückte den Kopf an seine Brust, als wollte sie mir demonstrieren, daß ich nur beide gemeinsam töten könne. Mein Finger am Abzug verkrampfte sich, ich kam mir vor wie ein Schauspieler, der vergessen hatte, welche Rolle er spielte.

»Geh weg«, schrie ich. »Weg von ihm!«

Ich versuchte die Kutte, das Rauchglasvisier und die schweren Stiefel zu ihm hinzuzudenken, doch er blieb ein entkräfteter Schatten seiner selbst und schob in einer Geste stummer Resignation die Frau von sich weg. Ich merkte ihm an, daß er mich trotz meiner neuen Entstellungen sofort erkannte und keinen Sinn darin sah, mit mir zu streiten. Die Frau wehrte sich mit Händen und Füßen und gab erst auf, als er sie mit einem herrischen Wink ans andere Ende des Zimmers schickte.

»Na, komm schon«, flüsterte er und kam auf mich zu. »Bringen wir's hinter uns.« Es klang für mich wie ein Befehl, dem sich niemand auf der Welt hätte widersetzen können. Ich glaube, ich hatte Tränen in den Augen, als ich den Abzug drückte.

Für einen Sekundenbruchteil knisterte die Luft im Zimmer und sträubte mir die Haare. Eine bläuliche, kürbisgroße Plasmablase platzte. Es blieb nur ein Rußfleck an der Tür von ihm übrig.

Seine Frau alarmierte die Veteranen, die ein Stockwerk tiefer wohnten. Ich wurde von fünf bulligen Kerlen aus dem Zimmer und halb tot geprügelt und verdankte es nur der Aufregung und dem Durcheinander, daß ich vom Kasernengelände entkam. In den Stunden, die ich durch die Ruinen der Nachbarviertel irrte, gellten mir noch die Schreie der Frau in den Ohren. Irgendwann stolperte ich eine Böschung hinunter und landete in einem seichten Wasserlauf. Die körperlichen Verletzungen waren mir gleich, doch die Nachwehen des Moments, als sie zusammengesackt war und ich ihr Entsetzen wie mit demselben Herzen mitempfunden hatte, wurden unerträglich. Um den Aufruhr meiner Gefühle abzutöten, steckte ich den Kopf unter Wasser, bis ich ertrank. Als ich auf einer Sandbank einige Kilometer seewärts auferstand, war mir nicht so, als sei ich aus diesem Alptraum wieder erwacht.

Über Armaghaust brach ein Jahr der Katastrophen herein. Die Mäßigung der Unwetter und Überschwemmungen, die sich die Menschen vom Frühjahr ersehnten, fiel dürftig aus. Milde Witterung blieb auf eine schmale Zone über der Stadtmitte beschränkt, wo es weder zu heiß noch zu stürmisch wurde. Das Donnern gegen die große Kaimauer hallte über die ganze Stadt hinweg. Sandstürme bliesen bis tief in die Oststadt hinein, das Wasser stieg gefährlich nah an die Kronen der Hafendämme. Die Sonne brannte immer kleinere Lücken in die Wolkenmassen, die sich unentwegt vom Meer hereinwälzten und am Stadtrand dem Zusammenstoß mit der Wüstenhitze erlagen.

Im Mai brach der gewaltige Damm vor dem Südstrand, und eine Flutwelle überrollte ein Viertel der Stadt. Selbst Häuser, die Kilometer vom Meer entfernt standen, wurden zerstört. Als sich die Wassermassen zurückgezogen hatten, hielten Tausende von Menschen wochenlang an der trügerisch ruhigen Küste Wache und warteten auf die Rückkehr der Toten, die das Meer verschluckt hatte. Immer mehr Menschen emigrierten ins Herz der Stadt. Die Hütten am Strand wurden aufgegeben. Die Schilfdörfer der Insulaner gab es nicht mehr. Die verbliebenen Millionen von Armaghaust rückten enger zusammen. Wie eine gewaltige Schlinge schnürten die Gewalten der Natur die Stadt von allen Seiten ein.

In diesem und auch in den nächsten Jahren hatte ich kein Ziel, marschierte statt dessen willfährig in jede Richtung, in die es die Mehrheit der Menschen gerade trieb. Ich gab mich einem Dasein als Mitläufer hin und ließ die Willkür der Menge entscheiden, welche Aufgaben ich übernahm, wenn wir neue Unterkünfte auftaten und uns mit dem, was wir mitführten und vorfanden, nach bestem Geschick einrichteten. Ich war dabei, als die seit Jahrzehnten vergessenen Anlagen der alten Universität wiederentdeckt, Hörsäle geplündert und Bibliotheken leergeräumt, die verrotteten Bücher aus den Fenstern geworfen und verbrannt wurden. Manchmal steckten mich die Spannungen an, die sich zwischen den zusammengedrängten Menschen anstauten, die oft zu Tausenden in den Foyers und Hallen schliefen. Ich ließ mich aus ebenso nichtigen Anlässen zu Prügeleien hinreißen und verkroch mich, wenn sie durch Tod und Verwundungen entschieden waren, ebenso reuelos mein Schlaflager wie viele andere. Die meiste Zeit war ich gefügiger Durchschnitt.

Vielleicht ist mir deshalb so wenig von dieser Zeit in Erinnerung geblieben, weil ich ein so dumpfes Leben führte. Meine einzige Muße und mein einziges Vergnügen bestanden darin, daß ich mir ausmalte, wie es meinem Henker und seiner Frau ergangen sein mochte. Ich zehrte selbst ein wenig von ihrer Zuneigung, die ich zu einer Liebe ausphantasierte, die inniger war als alles, was die Wirklichkeit hervorbringen konnte. Ich stellte mir vor, wie ihre Kinder ausgesehen hätten. Von meiner eigenen Familie, das erfuhr ich aufs Neue, war mir nicht mehr geblieben als die Trauer darüber, daß ich mich ihrer nicht entsinnen konnte. Meine jüngsten Wiedergeburten hatten die letzten vagen Ahnungen, die schemenhaften Anklänge an Namen und Gesichter ausgelöscht und meine Nabelschnur zur Vergangenheit endgültig durchtrennt. Heute erinnere ich mich nur noch an meine Erinnerungen von damals.

Etwas Neues tat sich erst, als eine Minderheit von Unerschrockenen, die das Denken nicht verlernt hatten, sich auf den früheren Zweck der Universität besann. Es waren scheue, grüblerische Außenseiter, die im Laufe der Jahre zueinander fanden und sich den in Seminarräumen, Labors und Werkstätten einrichteten, die sie besetzen konnten. Anfangs wurden die jungen Leute belächelt, die aus allen Teilen der Stadt Schrifttum und technischen Kram herbeischafften und aus den Müllbergen auf dem Campus alle Bücher ausgruben, die man noch lesen konnte. Zum Großteil handelte es sich um Kinder aus den ersten Jahren nach der Pogromzeit, als die Wiedergeburten die Gesundheit und Fruchtbarkeit des durchschnittlichen Armaghausters noch so wenig beeinträchtigt hatten, daß weiterhin in nennenswerter Anzahl Kinder geboren wurden. Sie bildeten die bis heute letzte junge Generation.

Mit der Zeit konnten diese Forscher und Sucher ihre Tätigkeit nicht mehr in der anfänglichen Verstohlenheit ausüben und rückten in den Mittelpunkt von Gerüchten, die bald zu Legenden auswuchsen, die auch mich neugierig machten. Aus dem, was ich hier und dort hörte, was ich sah, wenn ich mich bis an die Türen ihrer diskret bewachten Räumlichkeiten wagte, gewann ich den Eindruck, daß sie auf die Geschlossenheit ihrer Gemeinschaft Wert legten und sich wie ein Orden oder eine Geheimgesellschaft nach außen abgeschottet hatten. Sie ließen keine Neugierigen an sich heran, brachen Gespräche, wenn man sie draußen ansprach, höflich, aber bestimmt ab. Sie legten sich eine Art Uniform zu, schwarze Filzmäntel und Kopfbedeckungen, die wie mißratene Doktorhüte aussahen. Ich konnte mir gut vorstellen, daß etwas Wahres an dem Gerede war, das sie zu Anhängern eines Todeskultes mit dem Ziel erklärte, ein Heilmittel gegen die Unsterblichkeit zu finden. Wahrscheinlich hätte ich mich schon zu dieser Zeit ausgiebiger mit dem Kult befaßt und dasselbe leidenschaftliche Interesse entwickelt, das mich später erfassen sollte, wenn nicht etwas anderes geschehen wäre, das mein ganzes Empfinden beanspruchte.

Mit der Zeit wurde ich der vielen Menschen müde, die in den Schlafsälen bis in die Nacht redeten, tranken, stritten und sich lustlos begatteten, und bezog unterm Dach des imposanten Hauptgebäudes eine Abstellkammer, die ich ganz für mich allein hatte. Es gelang mir, sie mit einem aufgebocktem Bettgestell, Decken, Kisten und Stühlen so einzurichten, daß ich manchmal einen Hauch von Behaglichkeit empfand. Das kleine Erkerfenster lag nach Osten, und immer weckten mich die ersten trüben Sonnenstrahlen. Weil ich nichts Besseres zu tun hatte, half ich jeden Morgen in den Gärten, die sie im Park der Universität anlegten. Der saure, schmutzige Regen hatte hier schon den Rasen vergilben und hunderte Jahre alte Eichen verdorren lassen, und auch unsere Mühen wurden erst belohnt, nachdem ein Reisender neue, wild entstandene Pflanzensorten von den

Ufern des Styx mitgebracht hatte. Die Knollen und Hülsen schmeckten fade und stopften unangenehm, doch die Pflanzen waren anspruchslos und wucherten wie Unkraut. Mit den Erträgen konnten wir uns ernähren und mit den Überschüssen sogar Handel betreiben.

Zweimal wöchentlich wurde ein Markt abgehalten, und dann strömten bis zum Abend Menschen aus der ganzen Stadt auf den großen Platz vor den Toren der Universität, scharten sich um die Bretterbuden oder saßen zu Dutzenden auf den Stufen des versiegten Brunnens. Es war eine angenehme Abwechslung für jeden, wenn wir mit unseren Erzeugnissen handeln und tauschen und für die hungrigen Besucher Speisen über offenen Feuern zubereiten durften. Selbst die Anhänger des Todeskultes kamen an diesen Tagen hervor und boten absonderliche Gerätschaften an, die Wärme spenden, schales Wasser aufbereiten oder der Gesundheit manche Dienste erweisen konnten. Trotz meines zähen Widerwillens, überhaupt etwas zu tun, mußte man mich nie lang überreden, bis ich mich bereiterklärte, Kisten herbeizuschleppen, an den Marktständen zu bedienen oder Dreck wegzukehren.

Es geschah an einem Samstag, als eine Hitzewelle wie ein träges, unsichtbares Monstrum durch die Stadt kroch und über unserem Marktplatz stehenblieb, als wollte sie uns zu Staub vertrocknen lassen. Ich lehnte mit nacktem Oberkörper im handbreiten Schatten an der Rückwand eines Standes und schaute dem Mädchen zu, das mich abgelöst hatte. Mir war, als atmete ich nur noch meinen eigenen Schweiß. Dem Mädchen, so drall auch der Speck über den Hüftbund ihres Rocks quoll, schien die Schwüle nichts auszumachen. Sie bediente mit gleichbleibender Freundlichkeit die Kundenmassen, die in einem Gewimmel von Hüten, Mützen und mit Tüchern bedeckten Köpfen an den Stand herandrängten. Ich dagegen hatte das Gefühl, als habe mir die Sonne jeden Gedanken aus dem Gehirn gebrannt. Mir fiel nichts ein, womit ich meine innere Leere hätte beschäftigen können.

Was mich letztlich auf den Mann aufmerksam gemacht hat, weiß ich nicht mehr. Er stand unter einem Sonnenschirm an der Marktbude gegenüber und muß mich eine Weile beobachtet haben, so reglos, daß man ihn für einen Teil des Inventars halten konnte. Mein Blick streifte ihn flüchtig, und als sei dies das Zeichen gewesen, auf das er gewartet hatte, setzte er sich wie ein verrosteter Mechanismus in Bewegung. Er wirkte klein, weil er tief auf einen Stock gebeugt ging. Ich erkannte ihn nicht einmal, als er sich an den Gemüsekisten vorbeizwängte und das Mädchen unwirsch wegstieß. Er mußte nah vor mich hintreten, bevor ich in seinen aufgequollenen, zerfurchten Gesichtszügen etwas sah, das mir vertraut erschien.

»Endlich habe ich dich gefunden«, sagte er mit einer brüchigen, tonlosen Stimme.

Im ersten Moment glaubte ich, eine Fieberphantasie suche mich heim. Ich blinzelte, wischte mir den Schweiß ab und schaute ungläubig auf ihn hinunter. Ein Schreck durchfuhr mich, als ich erkannte, *daß* nur ich für die greisenhafte Gebrechlichkeit dieser hageren, verkrümmten Gestalt verantwortlich sein konnte. Die zweite Wiedergeburt hatte ihn weiterer Kräfte beraubt. Von der kalten, autoritären Person, die er einmal gewesen war, die ich gern in ihm gesehen hätte, war nicht mehr geblieben als die Art, wie er andere mit Blicken abzuschätzen pflegte.

»Ich nehme an, du bist überrascht«, sagte er.

»Ja, das kann man sagen«, brachte ich über die Lippen.

Er lächelte schief. »Warum eigentlich? Du hättest mich ohnehin gefunden. Früher oder später. Also habe ich's dir abgenommen.«

»Warum?«

»Weil ich viel nachgedacht habe. Und ich glaube, ich weiß jetzt, woher du mich kennst.«

Mir wurde unwohl. Mit einer solchen Wendung unserer Geschichte hatte ich nicht gerechnet. »Wie hast du mich gefunden?«

Er zuckte die Achseln. »Wahrscheinlich so wie du mich. Mit Glück und Beharrlichkeit.«

Ein Kunde wurde laut, weil das Mädchen ihn nicht bediente, sondern innegehalten hatte und beunruhigt zu mir herübersah. Ich gab ihr mit einer Geste zu verstehen, daß alles in Ordnung sei. Sie band ihre roten Locken neu zum Pferdeschwanz und wirkte nicht überzeugt.

»Du solltest verschwinden, solang du noch kannst«, brummte ich. Es klang sogar für meine Ohren so lächerlich wie die Drohung eines Kindes.

Mein Gegenüber stampfte mit dem Gehstock auf den Boden. »Nein, im Gegenteil. Ich brauche dich. Wir haben eine Verabredung.«

Ich zog wohl ein ziemlich dämliches Gesicht, denn er grinste und kicherte hohl.

»Ja, genau«, bekräftigte er. »Wenn du ein bißchen nachdenkst, kommst du vielleicht darauf, wo wir uns treffen werden.«

»Ich habe keine Ahnung«, sagte ich.

Für einen Moment ging sein Blick ins Leere. »Die großen, alten Öfen«, sagte er, und es klang fast melancholisch. »Dort, wo es geschehen ist. Wir müssen noch einmal hin.«

Diesmal lachte ich. »Um der alten Zeiten zu gedenken?«

»Nein. Um die Rollen zu tauschen.«

Er ließ mich verblüfft stehen, stieß eine Obstkiste um, als er hastig davonschlurfte, und rief mir über die Schulter zu: »Morgen abend, wenn es dämmert. Laß mich nicht warten.«

Wie in Trance stakste ich ins Gedränge hinaus, reckte den Hals und sah ihn, Ellbogenknüffe austeilend, in der Menge verschwinden. Das Mädchen schrie am Ende fast hysterisch den Namen, den mir der alte Insulaner geben hatte, bevor ich sie hörte.

Für den Rest des Tages verweigerte ich jede Arbeit und zog mich früh in meine Dachkammer zurück. Das Stimmengewirr vom Markt, dem sich am Abend eine schräge Musik untermischte, drang wie die Geräuschkulisse eines

Traums an mein Fenster. Ich ging auf und ab, setzte mich, stand wieder auf, suchte meine Ruhe wie einen Gegenstand, der irgendwo in den Ritzen der Bodenbretter verschwunden war. Stundenlang fand ich keinen Ausgangspunkt, wo das Grübeln und Abwägen hätte beginnen können. Die leere Bestürzung, die mich erfüllte, erschien mir so sinnlos, daß ich mich selbst nicht mehr verstand.

Schließlich streckte schiere Erschöpfung mich aufs Bett nieder. Eine Ahnung, was mich an dem seltsamen Wiedersehen eigentlich so beunruhigt hatte, kam von ganz allein, als ich mich losließ. Es war, als könne ich auf einmal in einen bisher verborgenen Winkel meiner Seele sehen. Ich hatte mir, erkannte ich, ernsthaft vorgestellt, daß es ewig so weitergehen könne, wie es angefangen hatte, in endlosen Wiederholungen derselben Geschichte, die ich stets von neuem anstoßen wollte. Daß mein Henker die Positionen tauschte, widersprach meinen innersten Plänen. Es widersprach der einzigen Art von Leben, die ich mir noch vorstellen konnte.

Ich hatte neue Kerzen entzündet und schnitt gerade einen Rest Brot in Scheiben, als es an der Tür klopfte. Das war noch nie geschehen, und ich stutzte erschrocken. Unter den Hausbewohnern galt ich als so verschlossener, finsterer Bursche, daß sie es vorzogen, auf mein freiwilliges Erscheinen zu warten, wenn sie etwas von mir wollten. Und Fremde hatten sich noch nie nach mir erkundigt.

Das Dämmerlicht von draußen und das Flackern der Kerzen hob, als ich die Tür öffnete, eine vermummte kleine Frau von den aufgehäuften Lumpen und Abfällen im Korridor ab. Sie sagte nichts, schob ihr Kopftuch zurück, nahm das Halstuch vom Mund und trat ein, als gäbe es nichts Selbstverständlicheres. Zum zweiten Mal an diesem Tag war ich fassungslos. Ich stammelte Unverständliches, wollte protestieren, machte ihr aber unbeholfen Platz.

Sie setzte sich in einer strengen, aufrechten Haltung aufs Bett, die Knie eng zusammen, faltete die Hände im Schoß und schaute sich um, als inspiziere sie den Ort eines Verbrechens und hielte mühsam ihren Abscheu zurück. Mich nahm sie zuletzt, nachdem sie alles andere in sich aufgenommen hatte, auf eine mitleidige, beiläufige Art zur Kenntnis.

Sie war fülliger, älter geworden. Ihre demütige Seite hatte stärker ihrer eigentlichen, animalischen Natur Platz gemacht. Man hätte sie, während das Abendlicht in einem Glanzstreifen über ihr schwarzes Haar wanderte, für ein Raubtier halten können, dessen innere Spannung kurz vor dem Ausbruch stand. Um so mehr beunruhigte mich, daß sie so beherrscht blieb, daß ich mich in ihrer Gesellschaft fühlte, als müßte ich vor einem weisen Richter Rechenschaft ablegen.

»Er war heute hier, ja?« fragte sie.

Ich nickte.

»Warum hast du ihn nicht gleich umgebracht?«

Darauf wußte ich keine Antwort.

Sie lockerte ihre leichte Leinenjacke an den Schultern, löste einen Knoten und legte das Halstuch weg. »Wie lang ist es her?« fragte sie. »Weißt du es noch?«

Ich grübelte zerfahren, öffnete den Mund, bekam aber keinen Ton heraus.

»Vier Jahre«, sagte sie. »Und in der ganzen Zeit hat er dich gesucht. Ich wüßte gern, was er gefunden hat.«

Einige beklemmende Minuten vergingen, bis ich endlich eine Frage aussprechen konnte. »Was willst du hier?«

Sie ließ weitere Minuten verstreichen, ehe sie antwortete. »Ich will dir etwas erzählen«, sagte sie. »Du weißt zu wenig. Man sollte es dir nicht so einfach machen.«

Sie sprach über eine Stunde in einem gleichbleibenden, sachlichen Ton, machte nicht eine Pause, ließ mir keine Zeit, mich zu sammeln oder zu erholen. Es schien mir, als habe sie ganz selbstverständlich die Autorität aufgesogen, die ihrem Mann abhanden gekommen war. Sie fing mit dem Moment an, als ich ihn erschossen hatte. Bis ins letzte widerliche Detail erzählte sie mir von dem Rußfleck an der Tür, der am nächsten Tag zu bluten angefangen und sich durchs Holz gefressen, von der rötlichen Masse, die ein Loch in den Boden geätzt und allmählich die Konturen eines menschlichen Körpers angenommen hatte, von ihrer Fron, auf die Auferstehung eines warmen, nackten Körpers warten zu müssen. Sie berichtete mir, welchen Schaden dieser Übergang der Seele ihres Mannes zugefügt hatte, daß er nie mehr derselbe gewesen, unzugänglich und reizbar geworden sei, Monate gebraucht habe, um mit ihr reden zu können, und bis heute nicht wieder imstande sei, ihr Wärme zu geben. Es war ein einziger kolossaler Vorwurf an mich, auch wenn es klang, als lese sie eine Geschichte aus einem Buch vor.

»Und jetzt ist er ein Besessener«, schloß sie. »Vorher konnte er alles Schreckliche von damals verdrängen. Es hat sich ein falsches Bild gemacht, aber es war gut für ihn. Aber diese Auferstehung hat etwas aufgebrochen, das ihn quält. Er hat endlos viel über dich nachgedacht. Seit Jahren war er jeden Tag stundenlang in der Stadt unterwegs, um dich zu finden. Er hat immer wieder davon geredet, daß er dich braucht. Ich weiß heute noch nicht, was er drüben bei den Öfen will. Du sollst ihn nicht einfach umbringen, das hättest du ohnehin getan. Es ist etwas anderes.«

Die Kerzen waren heruntergebrannt, die Nacht hereingebrochen. Unten vor dem Haus knirschten die Karren, die in ihre Unterstände zurückgerollt wurden. Die letzten Marktleute riefen sich Grüße zu. Ich merkte jetzt erst, daß ein Schweißfilm mich umhüllte.

Die Frau saß mit der stillen Würde eines alten, aristokratischen Portraits da. Ich konnte sie nur noch als dunklen Schemen erkennen. Als sie sich mir zuwandte, ging meine Phantasie mit mir durch. Ich stellte mir vor, daß sie mich endlich erlösen und in wilden Zorn ausbrechen, auf mich losgehen würde. Statt dessen sagte sie nur: »Du hast mir meinen Mann genommen. Ich möchte wenigstens wissen, warum.«

Mein erster Reflex war, mich meiner Rechte als Opfer zu brüsten. Einen Moment lang schien es mir selbstverständlich, daß hier doch nicht sein Leiden, seine Tode zur Debatte standen. Dann überfiel mich alles, was sie gesagt hatte, mit doppelter Wucht, als sei es mir in Sekundenbruchteilen noch einmal erzählt worden. Ich konnte nicht anders, als mich zu schämen. Ich hätte mich gern ins tiefste Loch vergraben. Trotzdem schaffte ich es, mühsam ein paar Worte zu artikulieren.

»Ich werde morgen hingehen. Ich kann nicht anders.«

Sie tastete über das Bett, raffte etwas an sich und stand auf. »Wir können alle nicht anders«, sagte sie. »Ich werde wiederkommen.«

Sie schritt so leise durchs Zimmer, zog so leise die Tür auf und ging auf den Gang hinaus, daß ich nicht sagen konnte, wann sie verschwand. Noch lang, nachdem sie wie ein Gespenst an mir vorbeigestrichen war, drückte ich mich an die Wand und atmete so flach, daß mir flau wurde. Ich schlich mich wie geprügelt ins Bett. In meinen unruhigen Träumen sah ich den Scharfrichter wieder. Er hatte jetzt ihre Augen.

Aus dem Park war ein Wald geworden, der dünne Äste emporreckte, verdreht und verschlungen wie die Triebe einer Kletterpflanze, die den Himmel herabzerren wollte. Dichtes Unterholz, in dem Blätter und Blüten wie radioaktive Proben lumineszierten, hatte die Bänke, Wege und Büsche überfilzt. Der Wald erzeugte ein eigenes Licht, das den Mond überstrahlte und wie eine kaltgrüne Glocke über der Senke hing.

Ich war einen Tag lang quer durch die Stadt marschiert und stand nun an der Straße, die den schorfigen Rand des Talkessels bildete, unter mir eine kleine Wildnis, in der es vielstimmig fiepte und zischelte. Ich hätte nur fünfhundert Meter weiter nach rechts gehen müssen, wo ein flaches, ausladendes Gefälle zu den Öfen hinunterführte, die bauchig hinter dem Wald aufragten. Aber ich vergaß den wichtigsten Satz nicht, den die Frau gesagt hatte, und war ihrer Meinung, daß man es mir nicht zu leicht machen durfte.

Ich zerschrammte mir Knie und Arme, als ich den Schutt der Böschung hinunterrutschte, und Dornen zerfetzten mir die Kleider, als ich mich durchs Dickicht kämpfte. Mir war von Anfang an so, als habe mein Eindringen etwas Wachsames, Verstecktes aufgescheucht. Wenn ich an Ästen rüttelte, krankhaft hoch gewucherte Blütenstände erschütterte, mich an Schlingpflanzen über Wurzelstränge und verhakte Äste hinwegzog, flirrten ringsum Tausende phosphorgrüne Lichtpunkte wie Schwärme leuchtender Insekten. Immer etwas leiser als das Knirschen meiner Schritte und das Rascheln des Laubs begleiteten mich verstohlene Stimmen, die hastig, empört Worte einer fremdartigen Sprache ausstießen. Es gab keine Lichtung, keine Auflockerung in diesem Hort verborgenen Lebens. Bis zum letzten Schritt mußte ich mir mein Fortkommen ertrotzen.

Ich hatte mein Ziel fast vergessen und war nah daran, mich mit einem dauerhaften Dasein in dem Wald anzufreunden, als ich unvermittelt auf ein schuttbedecktes Gelände hinausstolperte. Ich fing mich mit ausgestreckten Armen an einem runden Gemäuer auf, das Dutzende Meter hoch über mir aufragte. Ringsum lagen die moosbedeckten Reste eines Schornsteins verstreut. Schlagartig wurde mir bewußt, was ich sehen würde, wenn ich hinter der Ruine hervorschaute. Ich schlich mich weiter wie ein Dieb, dem der letzte Mut für einen Einbruch fehlte.

Der Anblick drückte mich nieder. Ich fühlte mich klein wie eine Laus vor den gewaltigen Kesseln, die hier seit Jahrzehnten vor sich hinrosteten. Sie beanspruchten ein Areal von der Größe einer Kleinstadt. Man hätte sie für die aufgegebene Metropole einer fremden Rasse halten können, die in anderen Maßstäben dachte. Stege überspannten die kilometerlangen, kurvigen Straßen, die zwischen ihnen hindurchführten. Ein System von Rampen, Auffahrten und Querverstrebungen machte die Luken der Brennkammern zugänglich. Stellenweise war das stählerne Zickzack zwischen den Kesselwölbungen kaum lichter als das Gestrüpp im Wald. Der Tag hatte die Öfen so sehr aufgeheizt, daß sie eine muffige Wärme abstrahlten.

Obwohl schon die Nacht eingebrochen war, sah ich weit und breit nichts von meinem Henker. Ich wagte mich ein Stück in die eiserne Stadt hinein, schaute Leitern und Treppen empor und rief nach ihm. Nur meine Echos antworteten. Schließlich setzte ich mich an dem Betonstreifen, der zur Straße hinaufführte, auf einen Backsteinhaufen und wartete. Ich war in einer Stimmung, daß ich gern eine Ewigkeit gewartet und ausgeruht hätte. Aber meine Anspannung wuchs. Keinen Augenblick lang zweifelte ich, daß heute noch etwas Außergewöhnliches geschehen würde.

Sehr viel später hörte ich fernen Motorenlärm. Ein Knattern und Brummen näherte sich über den Kamm der Senke. Ich schreckte aus der dumpfen Erstarrung, in die ich versunken war, und sah einen Lastwagen, der stockend über die Straße rollte. Auf der Ladefläche glänzte etwas Metallisches. Als er auf die Abfahrt einbog und den langen Hang herunterfuhr, erkannte ich eine Anzahl von Chemikalienfässern. Der Wagen hielt mit ächzenden Bremsen vor der nächsten Rampe. Ein scharfer, organischer Geruch ging von ihm aus.

In banger Erwartung stand ich auf, lockerte meine Beine und ging dem Mann entgegen, der aus dem Wagen stieg. Er kletterte mit so umständlichen Verrenkungen aus dem Führerhaus, als bereite ihm jede Bewegung Schmerzen. Das Leuchten des Waldes verlieh ihm eine kränkliche Hautfarbe, als er sich an die Motorhaube stützte. Es war hier nicht so düster, daß ihm meine Zerlumptheit nicht hätte auffallen können, aber er nahm sie gar nicht zur Kenntnis. Er zeigte zum Ofen hinauf, vor dem wir standen, und grinste.

»Noch kannst du weglaufen«, sagte er. Es sollte wie ein Scherz klingen, aber selbst ein Schwerhöriger hätte bemerkt, daß er Angst hatte.

»Bin ich's, der hier weglaufen müßte?« fragte ich. Auch mir mißriet der lockere Ton.

Er schlurfte zur Rampe. Ohne den Stock ging er so unsicher, daß man bei jedem Schritt fürchten mußte, er könne hinstürzen. Ich zögerte, ihm zu folgen. Er klammerte sich ans Geländer und winkte mich heran. Nur weil er ohne mich nicht hinaufgekommen wäre, überwand ich meine Beklemmung und die Angst vor den Gefühlen, die meine Erinnerungen anbahnten.

Er war mir kaum eine Hilfe, als wir die scheunenhohe Luke aufzogen. Um ein Haar wäre er über die Kante gestürzt, als er mit einer Taschenlampe in die Brennkammer hineinleuchtete. Nach oben verjüngte sich die Kammer, ein Gewölbe von gut fünfzehn Metern Durchmesser und mindestens der doppelten Tiefe, zum Abzug eines mannsdicken Rohrs; unten bedeckte eine braune, festgebackene Kruste den Stahl. »Das reicht für mich«, sagte der Mann. Ich spürte seinen Schwermut, als hätten wir innere Bande geknüpft. Er zeigte auf den Wagen und die Fässer. »Das Letzte, das ich in der Stadt auftreiben konnte. Ein Grund für ein Freudenfeuer.«

Es fiel mir immer schwerer, mir nicht vorab alles mögliche auszumalen, während wir Stechkarren vom Wagen luden, die Fässer mühsam hinaufschafften und bis zum letzten Tropfen in die Luke entleerten. Die Dämpfe raubten uns halb die Besinnung. Minutenlang hallte ein Scheppern zwischen den Kesseln, als wir die leeren Fässer über die Brüstung kippten. Schließlich zückte er ein Streichholz, kratzte es am Metall entlang und ließ die kleine Flamme in die Tiefe taumeln. Eine mächtige Stichflamme zuckte empor, und binnen Sekunden wurde es so heiß, daß wir von der Luke zurücktreten mußten.

»Schau auf dem Beifahrersitz nach«, befahl er. »Du wirst es brauchen.«

Ich war bestürzt darüber, was ich fand. In einen Kleidersack gestopft, lagen dort ein Feuerschutzanzug und ein Paar Stiefel aus einem groben, fasrigen Material. Der Mann beobachtete wohl, daß ich zögerte. »Beeil dich«, rief er herunter. »Es wird schön heiß. Was wir fertigbringen, hat nicht mal diese verdammte Sonne geschafft!«

Später hatte ich immer noch das Gefühl, daß man einen grausamen Scherz mit mir trieb, war aber froh, daß ich den Anzug trug, als wir im roten Glühen auf der Rampe standen und gemeinsam in die Flammen starrten. Selbst mir wurde so heiß, daß ich mir nicht vorzustellen wagte, was er empfinden mußte. Ströme von Schweiß liefen ihm übers Gesicht. Der Geruch von verbranntem Haar und angesengter Kleidung drang unter meine Haube. Er stand so aufrecht da, wie er konnte, ließ es nicht zu, daß ich ihn stützte. Ein Ausdruck schmerzlicher Nachdenklichkeit trat in sein Gesicht, als er zu erzählen anfing.

»Ich bin in der Zeit aufgewachsen, als unser Land zerfiel und die großen Städte autark wurden.« Er sprach, als habe er seiner Frau das ruhige, konzentrierte Berichten abgehört. »Das erste, was ich lernte, war die Angst vor allem anderen. Man hat mir beigebracht, Armaghaust wie ein Paradies zu schätzen und alles außerhalb der Grenzen wie die Pest zu fürchten. Es war ein herrlich einfaches Leben. Ich bekam alles vorgedacht, vorgelebt und vorgefühlt. Meine Eltern schickten mich zum Militär. Ich war einer der Musterkadetten meiner Generation. Ich war dafür geboren, alles genauso zu sehen, genauso auszuführen, wie man es mir vorschrieb. Es war ganz selbstverständlich, daß ich an die vorderste Front geschickt wurde, als die Flüchtlinge kamen. Manchmal hatte ich tausend Mann unter mir. Ich brachte sie dahin, so empört wie ich darüber zu sein, daß die Regierung unsere Möglichkeiten einschränkte. Wir warteten auf die Stunde, daß *wir* die Maßstäbe setzen durften.«

Das Knistern und Prasseln aus dem Kessel wurde so laut, daß er die Stimme heben mußte. Immer öfter japste er nach Luft. Auf der Innenseite meines Visiers glühte ein Leuchtstreifen, der länger wurde, je höher die Temperatur stieg. Ich wandte mich dem Mann zu und ließ ihn keine Sekunde mehr aus den Augen.

»Von den Schwarzen Brigaden wußte ich vorher nichts«, fuhr er fort. »Die Viren wurden im Geheimen entwickelt. Wir hielten uns für mächtig genug, um mit allem auf die übliche Weise fertigzuwerden. Eine Zeitlang funktionierten die alten Entschuldigungen. In einem Krieg, meinten wir, sei mit gewissen Dingen eben zu rechnen. Es ging so vieles schief, als wir uns daran machten, euch aus den Tunneln, der Kanalisation und den tausend anderen Verstecken zu scheuchen. Es kann sein, daß dabei so viele Armaghauster wie Flüchtlinge umgekommen sind. Aber ich war so eingeschworen, daß ich mir nicht einmal etwas dachte, als wir einen Krawall niederschlugen und sich dabei ein Geschoß verirrte, das einen halben Wohnblock niederbrannte. Ich habe selbst die Männer befehligt, die die verbrannten Kinder aus den Trümmern bargen.«

Der Leuchtstreifen wuchs. Wenn ich mich rührte, drohte ich mich an den Falten meines Anzugs zu verbrennen. Das Fleisch meines Henkers warf Blasen, von seinen vorgestreckten Händen löste sich die Haut. Er starrte weiter mit eigentümlicher Faszination, einer Spur von Verzauberung in die Flammen. Aus der Luke stieg Rauch.

»Dann brach die Unsterblichkeit aus«, sagte er, »und wir wurden von unserer eigenen Logik überholt. Ich habe mir die Menschheit immer als eine Leiter vorgestellt. Wenige stehen oben, viele darunter. Wer oben steht, muß sein Leben lang nach unten treten. Manchmal muß man Niedere von der Leiter stoßen. Nur war's diesmal so, daß jeder, den wir hinabstießen, wieder heraufkletterte. Es wurden so viele, daß sie über uns hinwegzusteigen drohten.«

Er hatte inzwischen Mühe zu atmen. Seine Stimme wurde zu einem Krächzen, fiel in einen mißtönigen Kanon mit dem Rauschen und Knistern ein. Die Manschetten seines Hemdes brannten.

»Wir machten nur eine wesentliche Veränderung durch. Wir wurden zu Statistikern. Es gab keine Qualitäten mehr, nur noch Quantitäten. Wir mußten das Töten berechnen. Ich weiß noch ...« Er stockte für Sekunden, quälte sich dann von Satz zu Satz weiter. Mir schien, als habe er diese Beichte einstudiert. »Ein Schwarzbrigadist überlebte im Einsatz durchschnittlich sieben Minuten. Er konnte im

Durchschnitt zwanzig Leute pro Minute erschießen. Er brauchte durchschnittlich achtzehn Minuten, um zu genesen. Das waren die Größen, nach denen wir Einsätze berechneten. Unsere Opfer waren Parameter auf Planquadraten. Wir hatten nie das Gefühl, daß wir Menschen vernichteten. Wir hörten nicht auf, gründlich zu sein. Und die Unsterblichen hörten nicht auf, uns ihr Menschsein einzuhämmern. Einer nach dem anderen sind wir daran zerbrochen. Zehntausende, jeder für sich.«

Ich mußte schließlich zurückweichen, schaute atemlos zu ihm hoch, während seine Kleider wie eine Fackel an ihm herunterbrannten. Die Beine knickten ihm weg, er taumelte gegen das Geländer, klammerte sich mit letzter Kraft daran fest. Er schrie heraus, was seine Lungen noch hergaben.

»Und jetzt werde ich durchs Feuer gehen und ein anderer sein.« Ich erkannte weiße, geronnene Kugeln, wo seine Augen sein sollten, als er mir das schwelende Gesicht zuwandte. Etwas zwang mich, weiter hinzusehen. »Hilf mir noch einmal. Bitte.«

Ich verharrte in einer grausamen Unentschlossenheit. Mir war, als müßte ich selbst noch einmal ins Feuer springen. Nie hätte ich mir vorgestellt, daß es mir so schwer fallen würde, ihn zu töten. Er war, als ich mich endlich rührte, zu einem verkohlten Gnom zusammengesackt, in dem gerade noch genug Leben steckte, daß er sich festhalten konnte. Ich lief gegen eine Wand heißer Luft hinauf und erlitt selbst schwere Verbrennungen, als ich ihn packte und in den Ofen warf. In dem Moment, als er hinabfiel, hörte ich etwas wie einen Triumphschrei, aber das mag Einbildung gewesen sein.

Danach stürzte ich die Rampe hinunter, riß mir die Kutte und die Haube vom Leib und lief davon. Ich nahm den schnellsten Weg hinauf zur Straße und bereute es, weil ich von dort die Rauchwolken aufsteigen sah, die mich wie Trugbilder aus einem Alptraum verfolgten. Böen vom Meer zerfaserten sie zu schwarzen Schleiern und bliesen sie über mich hinweg. Ich dachte an die Rußflocken, seine einzigen

Überreste, und daran, daß Launen der Witterung darüber entscheiden sollten, ob er sich, in Tagen oder Jahren, auf dem Meer oder in der Wüste wiederfinden würde.

Es war heller Tag, als ich in die Universität zurückkehrte. Seine Frau hatte es nicht ausgehalten und wartete auf mich. Sie verlangte nicht, daß ich ihr etwas erklärte. Ich spazierte mit ihr durch die Gärten im Park und ruhte unter Bäumen aus. Wir trauerten und weinten gemeinsam, stundenlang ohne ein Wort, nicht um ihn, sondern um neue verlorene Jahre, die vor uns lagen. Es wurde mein letzter Tag auf dem Campus. Ich blieb nicht lang bei ihr, ließ ihr aber Nachrichten zukommen, wann immer ich eine neue Unterkunft bezog. Sie schickte mir Briefe, die ich nie beantwortete. Irgendwann war es vorbei. Ich ging mit einer neuen Bürde auf Wanderschaft: der Gewißheit, daß ich sie liebte.

Es entsprach meinem eigenen Rückfall in Gleichmut und Ziellosigkeit, daß dem Leben in Armaghaust die großen Höhe- und Tiefpunkte verlorengingen. Im Laufe weniger Jahre glichen die Jahreszeiten sich einander so an, daß sie nicht mehr zu unterscheiden waren. Eine kurzatmige Abfolge von Regengüssen, Hitze, Nebeln, Wasseranstiegen und starken Winden wurde zum Dauerzustand. Statt im Bereich eines weichen Klimaübergangs lag Armaghaust nun in einer Zone turbulenten, in lokale Störungen zersplitterten Aufeinandertreffens der Wüsten- und der Meereswitterung. Es gab nicht mehr die großen Unglücke, die immer gleich ganze Bezirke der Stadt zerstörten. Statt dessen verleibte die Natur sich den Rest von Armaghaust in alltäglichen, kleinen Schritten ein. Die Menschen verließen die küstennahen Häuser nicht mehr deshalb, weil Flutwellen sie bedrohten, sondern weil sie zu feucht wurden, der Baugrund nachgab, die Wände schimmelten. Sie zogen sich aus den Vierteln, in die die Wüste vorrückte, nicht deshalb zurück, weil Sandstürme bliesen, sondern weil die Hitze alles mit einer feinen Staubschicht überzog, weil der Wassermangel sie hier am Ende zwang, aus der Kanalisation zu schöpfen. Alltäglich wurden auch die Gereiztheit und der Unwille, als die Bewohner von Armaghaust ihr mühseliges Ringen um Nahrung und Unterkunft immer mehr auf den Stadtkern konzentrieren mußten, auf die beanspruchten Viertel am Hafen, die dafür am wenigsten hergaben.

Die einzigen Unannehmlichkeiten, die auf Schwankungen der durchschnittlichen Hitze und Feuchtigkeit so reagierten, daß eine gewisse Regelmäßigkeit bemerkbar war, gingen von kleinen, tierischen Plagegeistern aus. Es gab mindestens sechs Arten dieser Hybridwesen, die in seltsamen anatomischen Verschränkungen eine Mitte zwischen Kerbtieren und Reptilien hielten und einen besonderen Appetit auf menschliche Ausscheidungen und Abfälle entwickelten. Ihre Reife- und Wachstumszyklen, stellten Beobachter fest, waren leicht gegeneinander versetzt, so daß stets nur ein paar Wochen vergingen, bis die nächste Invasion gefräßiger Winzlinge durch Ritzen und Fugen in die Häuser, Hütten, Zelte und Baracken eindrang und sich über die Vorräte hermachte. Sie traten in unvorstellbaren Massen auf und widerstanden so hartnäckig allen Ausrottungsversuchen, daß gemunkelt wurde, sie seien die ersten Tiere, die sich mit dem Unsterblichkeitsvirus angesteckt hätten. Glücklicherweise erwies sich dies als Irrtum, und es kam jedesmal der Zeitpunkt, da die Plage so plötzlich aufhörte, wie sie eingesetzt hatte, und die Armaghauster tagelang damit zu tun hatten, die vertrockneten Schalen aus ihren Unterkünften zu kehren.

Ich blieb in dieser Zeit selten länger als eine Nacht an einem Ort. Wäre es mir damals schon möglich gewesen, meine Existenz zu beenden, so hätte ich es sicher getan. Ich wurde meine Sehnsucht nach der Frau, nach ihren Vorwürfen und Annäherungen, die mich als einen Jemand anerkannt hatten, nicht wieder los. Manchmal verfluchte ich sie, weil sie mir den Willen genommen hatte, auf meine ursprünglichen Pläne zurückzukommen. Ich ließ mich diesmal von meinen eigenen flachen Launen, nicht von der Unruhe meiner Umgebung bestimmen. Planlos, in größeren

Abständen, vielleicht von geheimen Motiven getrieben, kehrte ich an frühere Stationen meiner Reise zurück. Einmal spazierte ich über die Kaimauern, bis ich auf Höhe der versunkenen Dämme war, die sich damals zwischen den Schilfdörfern hingewunden hatten, und starrte ins aufgewühlte Wasser, als könne jeden Moment einer meiner Landsleute wiedergeboren auftauchen, der Alte womöglich, um mir unverhofften Trost zu spenden.

Der Campus war inzwischen ein großer, überraschend stiller See, aus dem die oberen Geschosse der Universitätsgebäude herausragten, überwuchert von riesigen Seerosenblättern und Wasserpflanzen, in denen sich gern die Riemen der Boote verfingen, mit denen die letzten Bewohner zwischen den Bauten hin- und herruderten. Ich bettelte ein ergrautes Paar, das meine alte Dachkammer bewohnte, so lang und entwürdigend an, bis es mich noch einmal darin schlafen ließ. Die beiden erzählten mir, daß sie deshalb voller Stolz ausharrten, weil die Campusgemeinde zwar untergegangen sei, der Stadt aber etwas Wertvolles geschenkt habe. Die Anhänger des Todeskultes, behaupteten sie, hätten sich nicht zerstreut, sondern seien geschlossen an einen anderen, geheimen Ort gezogen und ihrem Ziel zum Greifen nahe gekommen. Bald werde die Erlösung möglich sein. Ein hoher Mann des Kults habe sich bereit erklärt, eine Droge, die der Unsterblichkeit entgegenzuwirken versprach, an sich auszuprobieren.

Anfangs bin auf dieses Gerede nur angesprungen, weil es das einzige marginal Interessante war, was mich wenigstens zeitweise von den Gedanken an meinen Henker und seine Frau ablenken konnte. Es war ein zuweilen recht amüsanter Zeitvertreib, wenn ich mich auf den Straßen, in Lokalen und an Treffpunkten nach allem erkundigte, was sich über den Todeskult in Erfahrung bringen ließ. Ich stellte zu meiner Überraschung fest, daß Gerüchte gar nicht so rar gestreut, Neuigkeiten aus den Kreisen der Kultanhänger – die von manchen eher als eine Gelehrtengesellschaft angesehen wurde – Teil der kargen Folklore waren, die die

Menschen von Armaghaust mit wunder- und sonderbaren Geschichten unterhielt. Besonders gern wurde von einem Mann erzählt, der erstaunliche Gemeinsamkeiten mit mir haben sollte: er sei zwei Jahre lang, immer neue Tode sterbend, durch die Wüste gezogen und habe dabei die Weisheit erlangt, die nötig gewesen sei, um das Rätsel der Unsterblichkeit zu lösen. Nun bewohne er eine alte Festung in den Bergen, wohin sich kein Armaghauster mehr hinwagte, und bereite sich auf das entscheidende Experiment seines Kultes vor.

Stutzig machte mich, wie weit und konkret die Geschichten miteinander übereinstimmten, und obwohl ich mir dabei lächerlich vorkam, obwohl ich mich selbst für meine Dummheit verhöhnte, erwachte in mir die Hoffnung, daß an den Legenden etwas Wahres sein könne. Wirklich, endgültig zu sterben, war seit den Einsätzen der Schwarzen Brigaden eine so ferne, phantastische Möglichkeit für mich geworden, daß ich sie niemals ernsthaft in Erwägung gezogen hatte, so märchenhaft tröstlich wie die Vorstellungen, die sich frühere Religionen von einem Jenseits gemacht hatten. Ich hatte mich darauf eingerichtet, immer mehr zu verflachen, in endlosen Annäherungen an ein Nichts, mit dem ich nie verschmelzen würde. Auf einmal wollte mir, wider alle Vernunft, ein verschütteter Instinkt weismachen, daß dieses Nichts erreichbar sei. Die Idee setzte Energien in mir frei, die ich mir nicht mehr zugetraut hatte.

Wie so oft steckte hinter den Legenden ein profaner Kern an Wahrheit, der auf seine Weise erstaunlicher und faszinierender war als die wildesten Ausschmückungen. Ich spare es mir, in Einzelheiten von der Verkettung glücklicher Umstände zu berichten, von meinen zahllosen Erkundigungen und Suchen, von den Hinweisen, die mir oft auf Umwegen zugetragen wurden, von der umfangreichen Arbeit, meine gesammelten Notizen schließlich auf Übereinstimmungen und versteckte Informationen durchzusehen, und von den Schlußfolgerungen, die dazu führten, daß ich auf die entscheidende Spur kam. Es hatte den Anschein, als hätten die Kultanhänger oder Gelehrten selbst die Indizien ausgestreut, zwar für Verwirrung und Mythenbildung um ihre Unternehmungen gesorgt, aber doch nur in einem solchen Maße, daß ein findiger Kopf die Wahrheit herausfinden konnte, beinahe so, als hätten sie Bedarf an scharfsinnigen Helfern, die sich durch diese Prüfung empfehlen sollten.

Die Festung jedenfalls, stellte sich heraus, war keine Festung und lag auch nicht in den Bergen, sondern stand in einem der verfallenen, von der Wüste eroberten Viertel, die von gewöhnlichen Armaghaustern inzwischen gänzlich gemieden wurden. Ich staunte selbst, daß ich das mathematische System durchschaute, nach dem ich den Kanälen in der Oststadt folgen mußte, damit ich einen ganz bestimmten, mit Farbklecksen markierten Punkt auf einer Eisenbrücke erreichte, von wo ich in einem ganz bestimmten Winkel in eine schmale Straße schauen und am Ende, halb hinter einem Gebäudevorsprung verborgen, das Hauptquartier des Kultes sehen konnte. Es war durchaus imposant, mit Granit- und Sandsteinblöcken, was auf die Arbeit vieler Helfer schließen ließ, aus einem Eckhaus herausgebaut worden und ragte wie der Bug eines auf Grund gelaufenen Schiffs auf einen sandbeckten Platz hinaus. Die Bezeichnung ›Festung‹ wirkte angesichts einer Länge von vielleicht hundert Schritten etwas übertrieben, doch wenn man es im Flimmern der Abendsonne sah, ein gescheckter Klotz mit wuchtigen Mauern und vernagelten Fenstern, von Sandstürmen zerkratzt wie vom Ansturm vieler Belagerer, konnte man durchaus verstehen, warum seine Erbauer es liebevoll ›die Festung in den Bergen‹ getauft hatten.

In den Tagen, die ich um das Haus schlich, um möglicherweise erscheinende Bewohner zu beobachten, dann an die Türen hämmerte, weil sich niemand zeigte, machte ich unter anderem die Entdeckung, daß ich nicht als einziger wartete. Ich schlief unter Büschen, die auf Sandhaufen entlang der Straße wuchsen, von Lumpen bedeckt, die Vorgänger hinterlassen hatten. Zu essen hatte ich nichts, und es störte mich nicht, daß ich hier noch weiter abmagerte, als es meine Selbstvernachlässigung bislang besorgt hatte, bis zum Hungertot vielleicht, sollte sich nichts tun. Wenn ich aber früh genug erwachte, daß ich nach einer frostigen Nacht die ersten Sonnenstrahlen über die Dachfirste blitzen sah, konnte ich einen Hauch Tau von den Zweigen lecken, gerade genug, um nicht ganz zu vertrocknen. Dabei sah ich dann manchmal andere Besucher, immer allein, an den Mauern der Festung entlang hasten und an den schweren Türen horchen. Das Treiben hatte etwas so Verstohlenes, Ehrfürchtiges, daß mir gar nicht in den Sinn kam, einen der anderen anzusprechen. Mich wunderte, daß es sich auf den Morgen beschränkte, und ich rätselte, ob es ein geheimes Ritual gäbe, eine Vorschrift für Besucher der Festung, die nicht zu mir durchgedrungen sei.

Viele Tage lang wurde keine Tür geöffnet, niemand eingelassen, und niemand trat heraus, bis auf einmal, ohne jedes Vorzeichen, etwas viel Verrückteres geschah, als ich je für denkbar gehalten hatte. Ich wäre womöglich irgendwann enttäuscht aufgebrochen und endgültig in einen Abgrund der Apathie versunken, hätte nicht einem der Besucher, einem halb verhungerten Wrack wie mir, auf sein Klopfen unversehens eine Frauenstimme geantwortet. Sie klang melodisch, doch so energisch, daß ich sie, selbst durchs Holz gedämpft, noch auf meinem Sandlager hörte. Ein vertrauter Ton ließ mich hochfahren, und ich sah gebannt zu, wie eine Hälfte der Doppeltür in eine düstere, von Öllampen matt erleuchtete Halle geöffnet wurde. Eine Frau trat heraus und wechselte einige Worte mit dem Besucher, dem sie vertraulich eine Hand auf den Arm legte. Sie war klein, aufgedunsen, hatte eine lange schwarze Mähne, und ich erkannte den müden, wehmütigen Ausdruck in ihrem Gesicht, die Fortführung einer Resignation, die sich mir ins Gedächtnis eingebrannt hatte.

Ich ließ mir keine Zeit, über dieses Zusammentreffen zu staunen, erneut eine Einbildung oder eine spöttische Wendung des Schicksals zu vermuten. Kopflos stolperte ich über die Straße und konnte mich gerade noch zwischen dem Rahmen und der Tür hindurchdrängen, ehe ein verborgener Mechanismus sie ganz zuschob. Ich lief die Frau beinahe über den Haufen, als sie und ihr Besucher, mit dem sie so leise sprach, als dürfe die Ruhe auf keinen Fall gestört werden, an einer Stelle stehenblieben, die den Mittelpunkt eines Kreises aus marmornen, mit einfachen Tonlampen gekrönten Säulen bildete, ungleich in Größe, Stärke und Ornamentik, als seien sie von unterschiedlichsten Gebäuden losgeschlagen worden. Wir hielten uns in einer langgestreckten Halle im Raum zwischen der Außenmauer und der Fassade des Ursprungsgebäudes auf, über uns kreuzten sich Holzbalken bis hinauf zur finsteren Andeutung eines Dachstuhls. Die Säulenrunde hatte zwei Lücken, eine vor der äußeren, eine vor der inneren Tür, die ins Haupthaus hineinführte. Die Lampen strahlten kaum über sie hinaus, ließen die mächtigen Schränke, Vitrinen und Regale, die an den Wänden standen, gerade erahnen.

Der hagere Besucher schreckte vor mir, der ich um ein Vielfaches verwahrloster aussah als er, wie vor einem Raubtier zurück, das plötzlich aus einem Versteck hervorsprang. Die Frau stieß mich in einem ersten Reflex zurück, und ich war so leicht geworden, daß ihre spärlichen Kräfte ausreichten, mich von den Beinen zu werfen. Sie spreizte die Arme, blähte die Brust und schnaubte, als empörte sie sich über einen furchtbaren Frevel, den ich begangen hatte. Doch die Aufregung, die ihr Gesicht im Halbdunkel zu einer Maske des Jähzorns verzerrte, verflog schnell wieder und machte einer Mischung aus Erleichterung und Fassungslosigkeit Platz, als sei etwas geschehen, mit dem sie immer gerechnet, an das sie aber nicht mehr recht geglaubt hatte. Sie streckte beide Hände aus und half mir auf.

Sie gab den Wachen an der Innentür ein Zeichen, zwei schweigsamen jungen Männern, die in ihren teerschwarzen Umhängen den Eindruck machten, als seien sie Novizen eines Bettelordens, und übergab den Besucher ihrer Obhut. Die beiden redeten dem Hageren behutsam seine verhaltenen Proteste aus, während sie ihn in die düsteren Tiefen der Halle wegführten. Sekunden noch war ihr Flüstern zu hören, dann herrschte bis auf das Knistern der Flammen Stille. Ich schwankte, weil starke, gegenwärtige Gefühle in mir erwacht waren, die ich in meine Schwäche kaum ertrug. Es tröstete mich und schmeichelte mir, daß auch die Frau nicht ganz gefaßt zu sein schien.

Sie hatte inzwischen all die Eigenschaften angenommen, die einmal ihren Mann ausgezeichnet haben mußten: eine natürliche Autorität, eine bedrückende, herrische Ausstrahlung, eine Sicherheit der Gesten und des Auftretens, die einen unwillkürlich verleitete, einen höherrangigen Menschen in ihr zu sehen. Daneben und darunter aber war sie das wilde, widersetzliche Wesen geblieben, in das ich mich verliebt hatte, noch weiter zurückgenommen zwar, aber spürbar erfüllt von Regungen und Bedürfnissen, die um so drängender wurden, je weniger sie eine Aussicht auf Erfüllung hatten. Ich stellte mir vor, daß es die Anstrengungen, diesen Tempel zu errichten, gewesen waren, die ihre Züge aufgeschwemmt und zugleich verhärtet hatten. Ohne besonderen Grund nahm ich an, daß *sie* als treibende Kraft, als schöpferischer Kopf hinter den Rätseln und Geheimnissen gewirkt hatte, denen ich nachgegangen war, und akzeptierte für den Moment ihre Verstrickung in den Kult als etwas zwar Erstaunliches, doch Selbstverständliches, das ich nicht zu hinterfragen wagte. Daß ich etwas ausgelassen, jemanden vergessen hatte, fiel mir erst auf, als sie ihren Mann erwähnte.

»Irgendwie war's unvermeidlich«, sagte sie, so überdrüssig wie glücklich. »Ich glaube, wir könnten noch Jahrhunderte leben, und unsere Wege würden sich immer wieder kreuzen. Früher oder später. Etwas hätte gefehlt, wenn du uns nicht gefunden hättest. Du weißt es noch nicht, aber all das«, sie deutete in einer großzügigen Geste die Ausmaße der Gebäudes an, »ist dein Werk – in gewisser Weise.«

Ich wußte, daß man nichts Banales oder Vorhersehbares von ihr erwarten durfte, deshalb war ich weniger verblüfft als belustigt. Es wärmte mich auf eine Weise, die ich seit Jahren nicht gekannt hatte, daß sie mich nicht vergessen hatte.

»Ich bin froh, dich zu sehen«, sagte ich nur. Sie kannte meine Banalitäten und nahm es mit einem Lächeln hin.

»Doch, es ist nicht übertrieben«, sagte sie. »Mit seinem letzten Tod hast du einen neuen Aspekt seiner Besessenheit entzündet. Sie hat sich ins Positive gewendet. Es war der glücklichste Zufall in unserem Leben, als wir mit diesen jungen Leuten zusammengetroffen sind. Sie waren so wie wir auf der Suche nach einem neuen Zuhause, und er hat sich als der Mann erwiesen, den sie immer suchten. Nicht an ihrer Spitze, sondern in ihrem Mittelpunkt. Ohne ...«

»Ich verstehe das alles nicht«, unterbrach ich, nicht weil ich wirklich nichts verstand, sondern weil ich etwas anderes hören wollte, eine leise Erwiderung meines Begehrens.

»Das mußt du auch nicht«, entgegnete sie. »Wichtig ist nur, daß er deinetwegen gesammelt, gelesen und da drin«, sie deutete auf die Innentür, »mit unzähligen Menschen konferiert hat, um in die Vergangenheit einzudringen, alles über die Verbrechen zusammenzutragen, in die er selbst verstrickt war. Niemand soll richten, sagt er, niemand soll anklagen, aber verstehen müssen wir.« Sie schüttelte den Kopf, als hätte sie sich selbst bei einer Lüge ertappt. »Gott, was rede ich. Ich sollte fragen, wie es dir ergangen ist. Elend, wenn ich dich so sehe. Wir haben uns nie gefragt, was aus dir werden soll.«

Für einen Moment schwieg ich betreten, dann zuckte ich die Achseln und hob in einer fahrigen Geste die Hand. »Nein, erzähl weiter. Ich bin nicht wichtig.«

»Gut, aber ich muß dir widersprechen.« Sie drehte sich, um mich von der Seite zu betrachten, ein Stück ins Licht der nächsten Lampe, und dabei überflog eine besorgte Zuneigung ihr Gesicht, die über bloßes Mitleid hinausging. »Sagen wir, er hat nun die Arbeit abgeschlossen, sich selbst zu verstehen. Den Mann, den du gekannt hast, gibt es nicht mehr. Ein anderer ist an seine Stelle getreten, der nun die Schuld abträgt, die er und seinesgleichen aufgehäuft haben.«

»Ist er der …?«

»Ich merke, daß du die Geschichten kennst. Sie sind natürlich maßlos übertrieben. Er wird dir alles erklären. Aber es stimmt, daß wir am Ziel sein könnten. Er hat sich oben eingesperrt und wartet, bis er's spürt oder nicht. Niemand darf ihn stören. Aber dich wird er sehen wollen, ganz sicher.«

»Was will er spüren?«

»Würdest du's sofort merken, wenn du wieder sterblich wärst?«

»Ich weiß es nicht.«

»Er auch nicht.«

Sie legte mir einen Arm um die Schulter, schob mich sanft zur Innentür. Ein Novize trat heraus, hielt sie einen Fußbreit auf. »Es gibt keinen Menschen, über den er so oft gesprochen hat wie über dich. Glaub mir, manchmal war ich eifersüchtig. Er sagt, er sei dir etwas schuldig. Ich kann dir nicht versprechen, daß es etwas Angenehmes sein wird. Nein, das Gegenteil sogar, glaube ich. Aber es wird etwas sein, das euch beide befreien soll.«

Mein Verstand sagte mir, daß ich einer Predigt zuhörte, wie sie in diesen Räumen vielleicht oft gehalten worden war, die Art von Sermon, den man nicht ernst und schon gar nicht beim Wort nehmen sollte. Meine Sinne aber, plötzlich so wach, als wären sie nie abgestumpft gewesen, sagten mir, daß sie mir etwas geben wollte, dessen ich dringend bedurfte. An der Tür, die uns der Novize aufzog, zögerte ich.

»Komm«, sagte die Frau. »Mach ein Ende.«

Sie führte mich durch endlose Flure, weite Treppen hinauf, durch Galerien, so mit Statuen zugestellt und Gemälden vollgehängt, daß ich mich in einem Museum glaubte, und durch Säle voller Regalspaliere, so mit Büchern vollgepackt, daß die prachtvollsten Bibliotheken der Vergangenheit dagegen kümmerlich erschienen wären. Anfangs vermutete ich, daß nur aus Armaghaust, dann war ich mir sicher, daß auch aus den Städten des Umlandes alles Erhaltenswerte zusammengetragen worden sei, um dieses labyrinthische Gebäude in eine unerschöpfliche Schatzkammer von Artefakten zu verwandeln. Gott, hätte nur früher jemand geahnt, daß noch genug existierte, um späteren Generationen oder späteren vernunftbegabten Wesen zu beweisen, daß wir Menschen gewesen sind! Heute ist es zu spät, und als größte Tragödie von allen will mir erscheinen, daß niemand diese Sammlung von Zeugnissen je ausschöpfen wird.

Schließlich blieben wir, in einem schmalen, hohen Korridor zwischen Regalreihen eingezwängt, vor einer unscheinbaren Tür stehen. Sie war schlicht, ohne Verzierungen aus einer so dicken Holzplatte gefertigt, daß die Frau mit gehöriger Wucht anklopfen mußte, damit überhaupt ein Geräusch entstand.

»Stör dich nicht daran, daß er ein wenig seltsam geworden ist«, sagte sie. »Er geht kaum noch nach draußen und läßt sich alles bringen. Aber im Kopf hat er ganze Welten durchmessen. Wahrscheinlich hat seit damals kein Mensch mehr soviel gelesen.«

Ich vollführte eine hilflose Geste, als sie mich alleinlassen wollte. »Bitte ...«

Sie klopfte mir auf die Schulter. »Nein, nein. Das geht mich nichts an. Danach kannst du verlangen, was du willst. Wirklich alles.«

Ich verstand diese Anspielung und ihr vieldeutiges Lächeln erst, als sie hinter einer Biegung des Korridors verschwunden war. Verwirrt und erregt fuhr ich herum und drückte die Klinke. Die Tür war abgesperrt, doch nachdem ich ein wenig daran gerüttelt hatte, surrte ein Motor, der unter den Bodendielen versteckt war, und sie öffnete sich von allein.

In einem geräumigen Saal, flankiert von Bücherregalen, erhellt nur von Lampen zu beiden Seiten des Tisches, der am Stirnende stand, saß ein einsamer Mann, der über einem aufgeschlagenen Folianten eingeschlafen schien. Er war, stellte ich fest, als ich vorsichtig näher ging, zerzaust und massig, in geflickte Sachen gehüllt, die zu platzen drohten, und verströmte einen Geruch, als habe er sich seit Wochen nicht gewaschen. Um den Folianten standen Teller, auf einigen dampften Essensreste. Ich ging lautlos über den Teppich, räusperte mich, als ich vor dem mächtigen Schreibtisch stehenblieb, und sah, daß der Mann nicht schlief, sondern sich tief auf die Ellbogen gestützt hatte und mit zusammengekniffenen Augen las, doppelt mühsam, weil sein Schatten auf die Seiten fiel.

Er blickte auf, und ich habe keinerlei Zweifel, daß er mich sofort erkannte und kaum überrascht war. Ich dagegen, hätte ich es nicht vorher gewußt, wäre nie auf den Gedanken gekommen, daß er mein Henker sein könnte, oder besser: der Mann, den ich aus meinem Henker gemacht hatte. Sein Gesicht war durch das Fett und die aufwendige Wiedergeburt nach seinem Feuergang so entstellt, daß nur jemand, der ihn so gut kannte wie ich, noch die unerschütterlichen, hohlwangigen Züge von damals als Spuren erkennen konnte.

»Oh«, war seine einzige Äußerung eines spontanen Gefühls, als er mich wiedersah. »Du kommst zur rechten Zeit. Ich könnt's nicht mit Bestimmtheit sagen, aber ich glaube, es ist etwas in mir umgeschlagen. Ja, so könnte man's ausdrücken.« Er richtete sich auf und deutete auf ein Messer, das auf einem der Teller lag. »Am liebsten würde ich's gleich ausprobieren, um mich zu vergewissern, aber das wäre ja töricht. Wir müssen vorsichtig sein, wenn das Leben wieder kostbar ist. Wie leicht könnten jetzt Dinge unwiederbringlich verlorengehen. Ich weiß nicht, ob wir dem gewachsen sind.«

Er musterte mich von Kopf bis Fuß, als sei ihm plötzlich etwas eingefallen. Er hatte die Augen eines Säufers. »Hast du mir nichts zu sagen?« fragte er.

Mir war nicht ganz klar, warum ich zusammenzuckte.

»Was?« stotterte ich. »Was sollte ich dir zu sagen haben?«

»Was weiß ich. Es muß doch etwas gewesen sein. Du mußt doch etwas getan haben.«

Ich lachte. »Ich habe viel Zeit verschwendet, um dich wiederzufinden.«

Für einen Moment blickte er verträumt, und seine Stimme bekam etwas Schwärmerisches. »War das nicht schön eingefädelt? Aber ich muß zugeben, daß es ihr Werk war. Sie ist ein weit größeres Genie als ich, aber niemand will das anerkennen.«

»War's alles ausgedacht? Auch deine Geschichte?«

Er zuckte die Achseln und lächelte. »Nicht ganz falsch, nein, aber eben maßlos übertrieben, wie's in solchen Fällen meist ist. Wie das Verhältnis der Legenden zur Wahrheit aussieht, wirst du gemerkt haben, als du unsere Festung gefunden hast. Stell's dir ähnlich vor. Nein, ich bin einen Tagesmarsch vor der Stadt aufgewacht. Gestorben bin ich unterwegs nicht. Und weise geworden schon gar nicht. Ich habe erst nachzudenken angefangen, als wir hier Quartier bezogen. Inzwischen weiß ich eine ganze Menge über diese Viren, glaub's mir. Ich könnte es schaffen. Du solltest unsere Labors im Keller sehen. Kaum zu glauben, was wir aufgetrieben haben.«

»Sie hat gesagt, du willst etwas von mir.«

»Hat sie das?« Er tat es mir einem Wink ab. »Sie sagt viel. Sie ist ein eigensinniges Weib. Manchmal glaube ich, sie macht sich nichts mehr aus mir und bleibt nur, um mir die Jahre heimzuzahlen. Was sollte ich schon von dir wollen? Vielleicht könnte ich dir etwas anvertrauen.«

»Was? Ich bin neugierig.«

Er hob die Schultern, zog den Kopf ein. »Du wirst es nicht glauben, aber ich bin zu Einsichten gelangt. Über dich. Über mich. Über uns alle. Und sogar zu einigen ersten Hypothesen über sie. Aber wichtig ist nur eins.«

»Ich höre«, sagte ich. Ein Teil von mir fand ihn nur lächerlich. Ich hielt es für unwahrscheinlich, daß ihm noch ein vernünftiger Gedanke entspringen könne. Trotzdem hörte ich gespannt zu, als erwarte ich ein Zauberwort, das die gordischen Knoten zwischen uns lösen mochte.

»Betrachte das Ganze. Vom Anfang bis zum Ende, das nicht mehr weit sein kann. Ich meine, schau dich draußen um. Armaghaust wird bald untergehen. Und Armaghaust hat sich nicht angesteckt. Gottlob.« Die nächsten Sätze klangen wie von einem Prediger, der mit gemessener, demütiger Stimme heilige Worte rezitierte. »Wir sind durch dunkle Abgründe gegangen. Aber es muß Wege geben, die ins Licht führen. Vielleicht habe ich den einzigen gefunden.«

Ein kurzes Schweigen, dann knurrte er, stieß einen Tisch vom Teller und verfiel wieder in seinen lahmen Plauderton. »Ach, Unsinn. Ich bin ein alter Narr.« Er sah mich streng an und schürzte verächtlich die Lippen. »Du hast mich enttäuscht, weißt du. Ich war mir so sicher, daß du mich jagen würdest und wir einen neuen hinreißenden Abgang inszenieren könnten. Mit jedem Sterben, das du verschuldet hast, bin ich reifer geworden. Du bist der einzige, der mich wirklich zu einem Weisen machen könnte. Aber was ist draus geworden? Schau dich an.«

»Was denn? Vielleicht erklärst du's mir.« Ich war überrascht, daß ich nicht nur beleidigt klingen, sondern mich auch so fühlen konnte.

»Du bist klein, jämmerlich und ein Dummkopf«, schnaubte er. »Du bringst nicht einmal genug Würde auf, um die Hand gegen jemanden zu erheben, dessen Tod ohnehin ewig vorläufig ist. Im Grunde hast du dich kein bißchen verändert, seit ich dir damals oben auf der Straße für einen Moment in die Augen gesehen habe. Damals warst du ein Nichts unter vielen Nichtsen, und heute bist du's immer noch.«

Ich stutzte. Etwas stimmte daran nicht. »Wovon redest du?« fragte ich.

»Du weißt schon. Du mußt dich daran erinnern. An dem Tag, als es zwischen uns angefangen hat. Wir haben euch verbrannt, zu zehntausenden. Ich habe mit meinem Kommandostab von oben zugesehen. Du warst einer in der Reihe, die an uns vorbeigetrieben wurde. Tu nicht so, als wüßtest du's nicht mehr.«

Mir war, als werde mir der Teppich unter den Füßen weggezogen. Ich hörte seine nächsten Worte wie durch einen Wattebausch. In diesem Moment starb der Henker, den ich in meinen Träumen gesehen hatte.

»Nun komm schon. Laß es nicht so enden. Sei ein Mann. Wenigstens einmal.« Er setzte feiste Hände auf die Tischplatte und stemmte sich hoch. Die Teller klirrten. »Bin ich nicht eklig? Widere ich dich nicht an? Sag's doch. Es muß raus.«

Er riß sein Hemd auf, entblößte die knotigen, schlackegrauen Fettmassen seiner Brust. »Was siehst du? Kann's nicht sein, das ich noch viel schlimmer war, als du gedacht hast? Vielleicht hat's mir Vergnügen bereitet, euch zu verbrennen. Vielleicht habe ich Lust dabei empfunden, als ich eure Kinder abschlachten ließ.«

Auf einmal sah ich zwei Männer vor mir, vereint in einem Körper: ein Ungeheuer mit einer Gesinnung, die ich meinem Henker immer hatte zutrauen wollen, und einen mir völlig Fremden.

»Sie hat untertrieben«, sagte ich mühsam. »Du bist nicht seltsam geworden. Du bist verrückt.«

Er lachte so laut, daß es von der Decke dröhnte, und es klang wie ein halbherziger Versuch, sich selbst zu verspotten.

»Ach ja? Dann gib mir, was mir zusteht. Oder ich tausche wieder die Rollen und werde dich noch einmal ins Feuer schicken. Tausendmal, wenn's sein muß.«

Obwohl ich die Provokation durchschaute, gelang es ihm so überzeugend, vor meinen Augen ganz zum Ungeheuer zu mutieren, daß ich zu zittern anfing.

»Nein«, sagte ich.

»Wie ärmlich!« Er schlug mit einer Faust auf den Tisch. »Stell's dir vor. Fünfzigtausend nichtswürdige Brandopfer in einer Reihe. Das war mein Werk. Ich hab's ausgetüftelt, an einem Schreibtisch wie diesem.«

Ich glaubte ihm kein Wort, dennoch wurde ich meinem Haß auf das Ungeheuer nicht mehr Herr.

Mit einem schrillen Schmerzensschrei, als habe mich ein Schuß gestreift, ergriff ich das Messer und stürzte mich auf ihn. Ich krallte eine Hand in sein Haar, riß ihm den Kopf zurück und drückte ihm das Messer an die Kehle, für einen Moment so fest, daß Blutströpfchen über die Klinge perlten, die im Lampenlicht flackerte. An der Schwelle aber, die meine letzten, unaustilgbaren Skrupel zwischen mich und den Tötungsakt setzten, ahnte ich, was er im Sinn hatte, mutmaßte zugleich, daß ich ihm vielleicht nur phantasierte Motive unterschob.

Er hielt still, atmete ruhig. Seine Erregung war nur gespielt gewesen. Binnen eines Augenblicks schien eine unmerkliche, doch fundamentale Veränderung die Welt umzugestalten, die ich wahrnahm. Ein neuer Ernst, eine neue Bedeutung schürte die Kraft, die ich aufwenden mußte, um das Messer zu halten. In den zwölf Jahren bis zu diesem Moment war das Töten, so schrecklich es sich ausgegeben hatte, immer ein Spiel gewesen. Damit war es nun vorbei. Es mochte sein, war immerhin denkbar, daß ich nun einen Menschen umbringen konnte, der nie wieder zurückkehren würde. Auf einmal hatte ich eine Macht, die mich überwältigte.

Ich ließ das Messer fallen, erzitterte und stieß ihn weg, in einer verzweifelten, hilflosen Geste, als versuchte ich eine Last abzuwerfen, die ich doch nie würde abschütteln können.

Als ich hinauslief, rief er mir die letzten Worte hinterher, die ich je von ihm hören sollte. »Du wirst es erfahren, wenn wir's geschafft haben. Du kannst es auch haben, wenn du willst.«

»Ich werde zurückkommen«, schrie ich, in einem Anfall von Hysterie, den ich mir nicht erklären konnte, der mich aber unendlich erleichterte. »Es ist noch nicht vorbei. Es wird nie vorbei sein.«

Ich floh aus der Festung, verließ das Viertel. Ich rannte,

so schnell ich konnte, bis zur völligen Verausgabung und darüber hinaus, lief weiter, bis ich in einer Gosse tot zusammenbrach. Irgendwann erwachte ich, spürte die zusammenknüllten Seiten, die noch in meiner Hosentasche steckten, bedeckt mit nun vollends unleserlichen Notizen, und verbrannte mich, damit sie mit mir verbrannten. Mag sein, daß ich mir nur wünsche, ich hätte mich verbrannt. Ich war mir der Sinnlosigkeit meines Tuns bewußt. Es war mir ein Verlangen, noch einmal etwas Sinnloses zu tun, bevor die Welt zuviel Sinn zurückerhielte.

Eine Weile wehrte ich mich gegen die Einsicht, daß er mich erlöst hatte. Vielleicht wehrte ich mich aus dem einen Grund, weil ich Angst vor dem hatte, was danach kommen sollte. (Auch die Angst hatte eine neue Qualität.) Anfangs war ich tatsächlich entschlossen, ihn wiederzufinden, und ersann die raffiniertesten Grausamkeiten, von denen ich überzeugt war, daß sie das Ungeheuer in ihm exorzieren würden. Ich streifte einige Wochen lang, abwechselnd von immer heftigeren Regenfällen durchnäßt oder immer höllischerer Hitze versengt, durch die Stadt und stellte fest, daß ich wegen meiner überstürzten Selbstmorde – oder aus einem anderen Grund – nicht mehr wußte, wo die Festung lag. Schon in Ansätzen scheiterte ich an einem zweiten Anlauf, in kleinlicher Arbeit das Zentrum des Todeskults aufzuspüren, und es wäre auch eine ganz überflüssige Mühe gewesen. Denn in diesen Tagen schwärmten zahlreiche junge Novizen in die Stadt aus, und jeder unter ihnen, das erfuhr ich bald, hätte mich gern zu ihm zurückgebracht.

Geduldig und unermüdlich bekämpften sie die Ungläubigkeit, die Zweifel und vor allem die Gleichgültigkeit, die die Menschen von Armaghaust noch befangen hielt. Manchmal hatte ich den Eindruck – welch eine Eitelkeit! –, daß es nur ihre zweitwichtigste Aufgabe sei, Proben der Droge zu verteilen, die einen Unsterblichen zur Sterblichkeit genesen lassen sollte. Sie erzählten eine neue Geschichte von einem Wanderer, der in der Wüste tausend Tode gestorben sei und von einem weisen Alten den Namen Phönix erhalten habe. Sie kannten mich alle und erkannten mich in den abenteuerlichsten Verkleidungen, zu denen ich Zuflucht nahm, als habe mich ihnen jemand mit unübertrefflicher Genauigkeit beschrieben. Gelegentlich überreichten sie mir in feierlicher Schweigsamkeit Briefe in der Handschrift der Frau, die ich liebte, oft in fahrigen, erschöpften Strichen hingekritzelt, als hätte sie eigenhändig Stapel von Kopien angefertigt. Ich weigere mich bis heute, die Droge einzunehmen, doch nicht, weil ich von ihrer Wirksamkeit nicht überzeugt wäre. Ich glaube fest daran, daß er sein Ziel erreicht hat, und wenn nicht, daß es ihm in Kürze gelingen wird.

Nein, ich habe mir vorgenommen – und immer öfter halte ich es für einen kindischen Einfall –, ein Unsterblicher zu bleiben, der Letzte, wenn es nötig ist. Ich werde noch hier sein, wenn Armaghaust untergegangen ist, wenn Millionen Opfer von einer neuen Katastrophe unwiederbringlich hingerafft wurden. Vielleicht werde ich einmal ein Studienobjekt sein, zurückgeblieben für eine spätere Rasse, womöglich für die Nachfahren der kleinen Plagegeister, die immer intelligenter werden, damit sie an mir die Torheiten meines Geschlechts studieren können. Meine Leser mögen mir diese Selbstüberschätzung verzeihen. Ich weiß, ich sollte das Geschenk annehmen, das mir angeboten wird. Vielleicht werde ich es noch tun. Denn er hatte gewiß Recht. An einem besteht kein Zweifel: der Untergang kann nicht fern sein. Aus dem lästigen Unfrieden der Elemente um und über Armaghaust ist ein zorniger, unablässiger Aufruhr geworden. Aber die Menschen nehmen es gelassener hin, daß es im Herzen der Stadt eng wird. Immer mehr erlauben sich den Trost, an eine letzte Sache zu glauben, wenn sie schon an sonst nichts glauben. Sie vertrauen darauf, daß die Droge bewirkt, was ihr nachgesagt wird. Indes steigt das Wasser mit jedem Tag, und unsere Zeit läuft ab. Ich empfinde ein wenig Reue, weil ich meinen Weg ins Licht nie gefunden habe. Oder doch, und ich bin nur zu dumm, es zu erkennen.

Was bleibt mir zu erzählen? Ein Tod, der wieder endgültig ist, gibt unserem Leben den Sinn zurück. Er gibt unserer Angst vor dem Untergang von Armaghaust einen Sinn. Das Wunderbare an unseren letzten Tagen ist, daß die Dinge sich so weise fügen. Es wird erzählt, daß die ersten neuen Kinder geboren wurden. Ich möchte daran glauben. Es wird das letzte Aufbegehren unserer Art, die späte Genugtuung der Liebe und des Verzeihens sein. Wenn dies das Ende ist, so kann ich meinen Platz darin finden. Mein Schicksal hat sich erfüllt, und ich brauche keine Hoffnungen. Ich habe es aufgegeben, ihn zu verfolgen, und erwarte die nächste Apokalypse. Seine Frau hat mir noch einige Male geschrieben. Ich wußte nicht, was ich ihr antworten sollte. Ich habe sie nie wiedergesehen.

Russland

Ein Teufel unter den Menschen

Der Schlaf des Gewissens gebiert Ungeheuer.[1]

1

Aber welche Blasphemie
Mußt er von dem Mönche hören!
Dieser sprach: Der Tausves-Jontof
Möge sich zum Teufel scheren.
»Da hört alles auf, o Gott!«,
Kreischt der Rabbi jetzt entsetzlich …[2]

Ein alter Bekannter von mir (der inzwischen verstorben ist), der Milizmajor S.[3], hatte mich gebeten, alles niederzuschreiben, was ich vom Fall des Kim Sergejewitsch Woloschin weiß. Er wollte, daß ich die ganze Geschichte erzähle, wie sie sich mir und einigen anderen Zeugen dargestellt hat, ohne irgendeine Einzelheit zu verschweigen. Ich erinnere mich, daß ich seinerzeit diese Bitte für ein Zeichen

[1] Frei nach dem Titel von Francisco de Goyas Capricho 43: »Der Traum (Schlaf) der Vernunft gebiert Ungeheuer«. – Hier und im folgenden Anmerkungen des Übersetzers. Ein Teil der Anmerkungen stützt sich auf die 1999 in Moskau und Sankt Petersburg erschienene zweibändige Strugatzki-Enzyklopädie von Wladimir Borissow et al. sowie auf Hinweise von Boris Strugatzki.

[2] Aus ›Die Disputation‹ von Heinrich Heine.

[3] ›Miliz‹ war in der Sowjetunion die Bezeichnung für die Polizei.

einer Art Lokalpatriotismus hielt. Er liebte unser Taschlinsk heftig und aufrichtig und tat alles, um seinen Ruhm in den Jahrhunderten zu festigen, und ich weiß noch, wie wild er sich freute, als sich herausstellte, daß sich der Stab des aufständischen Pugatschow eine ganze Woche lang bei uns einquartiert hatte. Doch offen gesagt, was war denn Taschlinsk in meiner Jugendzeit? Nichts, was man in jedem Atlas findet. Eine Art große Siedlung. Es ist ja auch heute noch eher eine Siedlung als eine Stadt, obwohl es sich Stadt nennt. Ein kleines Bezirkszentrum im vormals Nowoisotowsker Gebiet, das jetzt wieder Oldenburger Gebiet heißt.[4] Ein Fleischwarenkombinat, mechanische Werkstätten, das Bezirkskomitee der Partei, fünf Kinos.

Andererseits – Major S. Derselbe, der in unserer Großen Schlucht mit sechs Schüssen acht streunende Katzen und eine alte Bettlerin erlegt hatte. Er hatte seine eigene Logik, und gegen die war wohl nichts zu entgegnen. Nehmen wir zum Beispiel Nazareth. Das war schließlich auch kein zweites Karthago, kein drittes Rom, und heute ist es weltberühmt! Wenn also die Geschichte mit Kim Woloschin irgendwann einmal aufgerollt und veröffentlicht wird, kann es durchaus sein, daß in irgendwelchen Annalen der Medizin oder zumindest in der Kriminalchronik der Begriff ›Taschlinsker Phänomen‹ auftaucht. So soll es sein. Und da, Alexej Alexejewitsch, gibt's nichts dran zu sabotieren. Ich habe Ihnen seinerzeit nach Kräften geholfen, also seien Sie so freundlich.

Ich wich lange aus, berief mich – und zwar wahrheitsgemäß – bald auf gesundheitliche Probleme, bald auf Zeit-

---

[4] Gesprochen Nowo-isotowsk. Oldenburg hat nichts mit der deutschen Stadt zu tun, sondern spielt auf im 18. Jahrhunderte gegründete russische Städte an, die oft deutsch klingende Namen hatten und zur Sowjetzeit allesamt umbenannt wurden, insbesondere auf Orenburg (1938–1957 Tschkalow). Arkadi Strugatzki wurde Anfang 1942 als Jugendlicher nach Taschla im Gebiet Tschkalow verbracht, nachdem sein Vater bei der Evakuierung aus dem belagerten Leningrad umgekommen und die Mutter dort zurückgeblieben war.

mangel. Und dann starb Major S. plötzlich. Er war an die zehn Jahre jünger als ich; ich erfuhr, daß er an keiner der Krankheiten gestorben war, an denen er bekanntermaßen litt, und mir wurde klar, daß da das Schicksal eingegriffen hatte. Und ich setzte mich an die Schreibmaschine.

2

Es heißt, in der grausam zerbombten japanischen Hauptstadt habe man in den Ruinen oft ›schwarze Puppen‹ gefunden, verbrannte Menschen, die sich, als sie noch lebten, fest aneinander geklammert hatten. Und auch im belagerten Leningrad sah man im Tode umklammerte skelettähnliche Leichen. Ja, da war etwas, das die Menschen im Augenblick des Todes aneinander drängte! 1918 wurden Marinekadetten ertränkt, Jungen, die gerade mal fünfzehn, sechzehn waren. Man fesselte ihnen die Hände hinterm Rücken, hängte ihnen rostige Gitter an den Hals und stieß sie über Bord. Einen nach dem anderen, immer an derselben Stelle. Das Wasser war erstaunlich klar, und Neugierige stellten fest, daß sich die Ertränkten in den letzten Sekunden ihres irdischen Daseins an den Haufen der schon Toten drängten, als wollten sie sich ein bequemes Fleckchen suchen, sich zu einer einzigen Masse zusammenballen.

Ich erinnere mich ja nicht einmal, wann ich Kim Woloschin zum ersten Mal begegnete und mich mit ihm anfreundete. Es war eine schwere Zeit. Die Männer wurden vom deutschen Stahl in Stücke gerissen, und die Frauen klotzten ran, beteten und weinten nachts bis zur Erschöpfung. Die Losung der Zeit hieß: »Alle nach Golgatha!« Und zu dieser Zeit erschien er in unserem Taschlinsk, der später unsere Ruhe stören sollte, ein abgehärmter, abgerissener, kaum der menschlichen Sprache mächtiger Junge namens Kim. Wie erschien er? Na einfach nach dem Willen einer auf den Tod erschöpften Beamtin, die eilig endlose Papiere ausfüllte. Später, schon als Student, hörte ich ein anonymes Lied zur Gitarre:

> Aus dem neu befreiten Land,
> tote Erde, schwarzgebrannt,
> schickten sie uns Flüchtlingszüge,
> schickten Kinder zur Genüge ...

Züge hin, Züge her, aber ein Dutzend Kinder wurde von irgendwem zugeteilt. Schon im ersten Kriegswinter schickten sie ein ganzes Kinderheim aus der Westukraine her. Dahin kam auch Kim. Nein, ich will nichts Schlechtes über diese Einrichtung sagen. Aus diesen Heimzöglingen sind ganz ordentliche Leute geworden. Besagter Major S. beispielsweise. Oder (sein Pech) der Erste Sekretär unseres Stadtkomitees ... Klar, Mistkerle waren auch darunter, ich werde die Namen nicht nennen, sie sind schon abgekratzt und sollen in der Hölle schmoren. Sie hatten alle einen schweren Tod, und es ist nicht an mir, ihrem Arzt, breitzutratschen, was man mir über sie erzählt hat, und erst recht nicht, was sie mir vor dem Tod im Delirium gestanden haben. Von den Toten soll man bekanntlich entweder nichts sagen ... Warum eigentlich? Aber um die geht es ja nicht.

Also Kim kam bei uns zu den Bengeln aus der Westukraine. Und dort fingen sie natürlich an, ihn als offenkundigen Kazap[5] gnadenlos verprügeln. Ihn auf Schritt und Tritt kränken, ihm ins Bett pissen, ihm das Essen wegnehmen. Man kennt das ja. Jungen und Tiere – die einen wie die anderen. Aber da waren sie an den falschen geraten. Als sie ihn wieder einmal grausam vertrimmt, ihm die guten Armeeschuhe abgenommen und ihm beim Abendbrot die

---

[5] ›Kazap‹ wird von Ukrainern und Weißrussen als abfällige Bezeichnung für (Groß-)Russen verwendet.

kärgliche Schüssel Brei und den kärglichen Kanten Brot weggenommen hatten, stand er ganz leise auf, schlich zu seinem schlimmsten Peiniger, der satt unter drei Decken schlummerte, und hieb ihm mit voller Kraft einen Schemel auf den Kopf. Ironie des Schicksals: Dieser Holzkopf hätte einen Monat später zur Armee eingezogen werden sollen. Aber nach der Gehirnerschütterung von dem Schemel drückte er sich fast fünf Monate im Krankenhaus herum, und das hat ihn im Grunde gerettet. Ich habe ihn später gesehen: Den Krieg hat er als Politstellvertreter oder sowas beendet, ein Orden, Medaillen und eine Fresse, die man zu dritt nicht zuscheißen kann. Instrukteur unseres guten alten Oldenburger ... 'tschuldigung, damals noch Nowoisotowsker Gebietskomitees. Eine mächtig bedeutende Persönlichkeit, jetzt übrigens in Rente.

Also was Kim angeht. Die Sache mit dem Schemel wurde im Kinderheim natürlich vertuscht. Da vertuschten sie noch ganz andere Dinge. Drei Direktoren, fünf Wirtschaftsleiter, eine nicht genau bekannte Anzahl Köchinnen und Kinderfrauen kamen vor Gericht, Banden von vor Hunger rasenden Zöglingen raubten Vorratskeller, Läden und Hütten aus, die Hausfrauen wehrten sich mit Mistgabeln und Äxten, die Leichen der Jungen und Mädchen wurden heimlich irgendwo verscharrt, die Verkrüppelten weggebracht, keiner weiß wohin ... Das ist allgemein bekannt. Und was Kim angeht, hörten sie auf, ihn zu drangsalieren, aber Freunde fand er im Kinderheim auch nicht. Sie waren alle für Golgatha bestimmt. Und Kim freundete sich mit mir an.

Erstens war er in der Schule mein Banknachbar. Das bringt einen sowieso schon näher. Und vor allem – meine Mama. Irgend etwas an Kim gefiel ihr sehr. Und wenn er zu den Hausaufgaben zu uns kam, kriegte er immer etwas vorgesetzt: gestampfte Kartoffeln, kräftig gesalzen, Zwiebel hineingeschnitten und Magermilch drüber. Und wir schaufelten drauflos. Mein Gott, wie wir reinschaufelten, ich darf gar nicht dran denken! Nur Brot gab es natürlich zu wenig – so ein kleines Ränftchen Brot pro Nase.

Und natürlich redeten wir damals ausgiebig über alles Mögliche, wie das unter Jungen immer ist.

3

Der Henker tanzte nicht auf dem Grab. Das kam der armen Katheline in ihrem Wahn nur so vor. Er trat einfach die Erde auf der frischen Grabstätte fest.[6]

Sein genaues Alter wußte Kim nicht, die fünf Jahre hatte man ihm nach Schätzung zugeschrieben. Er kannte auch seinen Familiennamen nicht und ebenso wenig des Namen des Vaters, er wußte nur, daß die Mutter Dunja hieß, die Großmutter Vera und daß der Großvater in der Familie ›Alter‹ genannt wurde. Vaters- und Familiennamen gaben sie ihm nach einem Soldaten, der Sanitäter oder Koch war und bei dem er mitlief, bis er ins Hinterland geschickt wurde. Schönen Dank dem unbekannten Sergej Woloschin, daß ihm die Erde leicht sei. Und wenn wir schon einmal bei Namen sind, so hat mir Kim einmal gestanden, daß er eigentlich Klim hieß (zu Ehren des Ersten Marschalls, scheint's[7]), doch als sie ihn befragten, zitterte er noch am ganzen Leibe und verschluckte einen Buchstaben, so daß statt Klim Kim herauskam, und das schrieben sie auf ...

Er stammte irgendwo aus dem Süden, aus Bataisk oder aus Rostow. Der Vater zog sofort in den Krieg und kam um, jedenfalls hatte Kim keinerlei Erinnerung an ihn. Als die Deutschen der Stadt nahe kamen, nahm die Mutter den kleinen Sohn und schlug sich zu den Eltern durch. Anschei-

---

6 Vergleiche ›Die Geschichte von Ulenspiegel und Lamme Goedzak‹ von Charles de Coster, Buch 1, Kapitel 5.

7 Kliment Woroschilow, eine Kreatur Stalins, 1925–1940 Volkskommissar für Militärwesen/Verteidigung, 1953–1960 nominelles Staatsoberhaupt der UdSSR.

nend irgendwo in der Nähe. Schon nach ein paar Tagen stießen die Deutschen kampflos in diesen Flecken und stürmten weiter. Nach Osten, nach Osten! Nach Stalingrad!

Von der deutschen Besatzung hatte Kim weiter keine Erinnerungen behalten. Es sah sogar so aus, daß das die schönste Zeit in seinem kleinen Leben war. Opa Alter und Oma Vera hatten einen Narren an ihm gefressen, Kartoffeln mit saurer Sahne, Eier und Mohrrüben gab es mehr als genug, ein ausgedehnter Hof und ein Gärtchen standen ihm zur vollen Verfügung, nur die Mutter verging von Tag zu Tag mehr ... Dann kam jener schreckliche Winter, als der Krieg sich ihn richtig vornahm.

Wahrscheinlich hatte dieser Flecken große strategische Bedeutung, warum sonst hätten die beiden mächtigsten Armeen der Welt tagelang (stundenlang? wochenlang?) über den Köpfen der beiden Alten, der jungen Frau und des Kindes dröhnen, krachen, klirren sollen, die sich vor Angst im Keller in einem Haufen Kartoffeln vergraben hatten? Die Erdwände entlang rannten von Panik erfaßte Ratten, es rieselte reichlich von der Decke, und immerfort wackelte alles in der Stockfinsternis ... Es gab eine Minute Stille, und Opa Alter kroch die Erdstufen hinauf und schaute vorsichtig hinaus, und er kam sofort wieder herunter und teilte mit, die Hütte liege in Trümmern, und wo der Abort war, türmten sich entweder Säcke oder Leichen. Dann dröhnte, krachte, klirrte es wieder, sogar noch stärker. Die Mutter legte sich über Kim und bedeckte ihn mit ihrem hinfälligen Körper, Oma Vera betete laut, Opa Alter hustete und rumorte im Finstern, er versuchte immer wieder, seine Lieben tiefer in den Kartoffeln zu vergraben, und der kleine Kim lag da, vom Körper der Mutter zu Boden gepreßt, kriegte keine Luft und machte in die Hosen ... Und da trat jemand die Kellertür ein und warf eine Handgranate herein.

Ein Deutscher? Einer von uns? Egal! Die aufgebrochene Tür zerbarst, ein graues Licht erhellte den Keller, dann prallte etwas nebenan auf den Boden und krachte. Eine ganze Ewigkeit lag Kim unter den Leichen der Menschen, die sich für ihn interessieren konnten. Dann dauerte es noch eine ganze Ewigkeit, bis er sich unter ihnen hervorgearbeitet hatte. Er kam hervor, von Blut und Ausscheidungen überströmt, kroch auf dem Erdboden herum und begann zu heulen. Er heulte und konnte und konnte nicht aufhören. Er wußte später nicht mehr, wie sie kamen, wie sie ihn herauszogen, dunkel erinnerte er sich, wie jemand über ihm weinte, jemand grimmig fluchte, dann wurde er gewaschen und abgetrocknet, und jemand Nacktes mit ungleichmäßig geschnittenen Haaren schüttete unerträglich heißes Wasser über ihn und rieb ihn mit einem harten Bastwisch ab. Und dann steckte er sauber in einer zurechtgenähten und trotzdem viel zu großen Soldatenuniform, mit Leinwandkoppel und Schulterklappen, in riesigen Stiefeln, mit Lumpen ausgestopft, in richtigen Wickelgamaschen, eng um seine dünnen Beine gewickelt, und stand unter der Obhut des prächtigen Sanitäters-Kochs Onkel Serjosha und stürmte mit der ganzen Armee nach Westen, nach Westen, nach Berlin!

Bis nach Berlin schaffte er es nicht, sondern er befand sich plötzlich in einem Flüchtlingszug, in einem Kälberstall voll lauter solchen rotznasigen Unglücksraben wie er selbst, ein Kesselchen wunderbar schmackhaften Hirsebrei mit Rindfleisch (für zwei Kinder pro Tag), ein Laib Brot, das auch wunderbar gut schmeckte (für fünf Kinder pro Tag), Nowoisotowsk, das Verteilerlager, Taschlinsk. Fertig.

4

Die alliierten Seeleute beklagten sich, daß sie, wenn sie nach den Härten der Arktis an Land kamen, bei uns die Zärtlichkeiten der Frauen entbehren müßten und deswegen womöglich ungewollt abspritzen könnten. Da wandte sich das Stadtkomitee an die Komsomolzinnen im Alter von siebzehn bis zwanzig mit dem Vorschlag, unsere Waffenbrüder zu erfreuen. Die lehnten die Freuden natürlich nicht ab.

Was sollte man machen, es waren schwere Zeiten, und da gab es Konserven, Schokolade, Whisky und Strümpfe. Doch als der Krieg vorbei war, wurden sie alle zu Vaterlandsverräterinnen erklärt, auf Lastkähne geladen und ins offene Meer geschleppt. Auf die Insel Salm, wie man ihnen sagte. Doch bis zur Insel Salm wurden sie nicht gebracht, sondern von einem U-Boot mit Torpedos versenkt. Es schien die rote Mitternachtssonne, der Himmel stand weiß über dem fernen Rand des ewigen Eises, der Ozean war spiegelglatt, und bis zum Horizont sah man auf dem Wasser Frauenköpfe – schwarze, blonde, braune …

Als einer der ersten kehrte der Bruder der Mutter, Onkel Kostja, aus dem Krieg zurück. Er hatte ein Bein, eine einsame Tapferkeitsmedaille auf der breiten Brust, einen mageren Gepäcksack mit simplen Habseligkeiten und dazu ein großartiges Akkordeon, daß er nach seinen Worten (und ich glaube ihm) aus einem von ihm selbst abgeschossenen deutschen Panzer geholt hatte.

Ich weiß noch, es war Abend. Bei uns hatte sich eine große Menge Frauen versammelt. Auf dem Tisch türmten sich gekochte Kartoffeln und Salzgurken, und es mangelte nicht an Selbstgebranntem. Kim und ich wurden in die Ecke gedrängt, doch in die Becher, die wir zwischen den Frauen hindurch vorstreckten, wurde unbesehen eingeschenkt, und das kam uns gerade zupaß. Wir zwinkerten uns hinter den Rücken nur zu. Dann erkundigte sich Froska, ein dickes freches Weibsstück, die von Anfang an an dem Helden klebte, spielerisch, warum es bei ihm auf der Brust so ziemlich leer sei. Sie wurde ausgezischt, und Onkel Kostja griff an seine Medaille, verzog das Gesicht und erklärte der losen Froska, was sie so einem Wanja für einen Angriff verpassen und wohin, und wofür so eine Tamara den Roten Stern kriegt. Alle waren niedergeschlagen, jemand kicherte, jemand weinte ein bißchen. Froskas dicke Backen wurden violett.

»Na schön«, erklärte Onkel Kostja. »Ich werd euch lieber was singen. Dann wird's vielleicht klarer.«

Er nahm das Akkordeon aus dem Futteral und begann zu singen. Es war ein sonderbares Lied, und die Melodie war auch sonderbar – irgendwas zwischen einem Marsch und Schwermut vor dem Tode.

Da sind Panzer von rechts, Kinder, Panzer, ja dort!
Die Granaten macht fertig, wir dürfen nicht fort.
He, Serjoshka und Pawel, nun strengt euch mal an
Und rollt das Geschütz an die Brustwehr heran!

Sergej der Student hat 'ne Flasche voll Wein,
Keine Zeit zu verlieren, los, helft sie euch ein!
Es wird nicht lang dauern, wir erfahrn früh genug,
Ob am Himmel was dran ist oder alles Betrug ...

Das Pack mit den Kreuzen kommt näher, was nützt
da so'n Fünfundvierziger-Abwehrgeschütz?
Noch kaum Munition, und ich steh schon allein,
Schlaf ruhig, Pawluschka, ich hol dich bald ein.

Es wurde still in der Hütte. Und plötzlich drehte mein Kim neben mir durch, ließ den Becher fallen und begann bald mit hysterischem Lachen, bald mit Schluckauf zusammenhanglos zu schreien: »Abschlachten! ... Mit Kreuzen oder ohne – alle abschlachten! In kleine Stücke hauen! Daß kein einziger ...! Zerstampfen! Zu blutigem Brei! ...«

Ihm blieb ein Schrei im Halse stecken, und er warf den Kopf zurück, als wolle er den Nacken an die Schulterblätter legen. Die Frauen stützten ihn, bliesen ihm ins Gesicht, flößten ihm zwischen den zusammengebissenen Zähnen Wasser ein.

Onkel Kostja fragte angewidert: »Was ist denn das für einer?«

Die Mutter erklärte eilig: Na, der Freund von Ljoschka, aus dem Kinderheim, und weiter erklärte sie nichts, aber

Onkel Kostja hatte auch so schon begriffen. Er setzte das Glas ab, aß eine Gurke und murmelte, während er die Kerne ausspuckte: »Von da also ... Na, was soll man dem Jungen vorwerfen, da sind schon ganz andere weggetreten ...« Und er fügte ganz à la Gorki hinzu: »Aber das Lied hat er mir nun doch verdorben, daß ihn ...«[8]

Und bald ergab sich noch ein Vorfall. Es kehrten noch ein paar Versehrte zurück, und sie kamen darauf, sich bei uns zu treffen, zu trinken und ihre wilden und schrecklichen Lieder zu singen. Mutter seufzte nur, aber sie konnte sie schließlich nicht fortjagen ... Erst recht Kim und ich – wir waren ganz Ohr. Und da sangen sie einmal ein besonders wildes und schreckliches Lied:

Wir, die Invaliden, Krüppel, halb zerschossen,
Sind vom großen Kriege ausgespuckte Bissen,
Doch die meisten von uns wissen unverdrossen,
Daß wir singen, lustig sein und saufen müssen!

So, Invaliden, trinkt und singt im Chor
Und steigt auf Wodkaflügeln hoch empor,
Laßt euer heisres, wüstes Lachen hören,
Denn daß wir froh sind, wer kann's uns verwehren?

Wer nicht so wie wir gestöhnt hat und gestunken
Dort im Lazarett, den Tod vorm Angesicht,
Wird sich sicher wundern, sieht er uns betrunken,
Aber lachen so wie wir, das kann er nicht!

So, Invaliden, trinkt und singt im Chor ...

Und Schluß. Und plötzlich war das Lied verstummt. Das Akkordeon quietschte ein letztes Mal und war auch still. Ein Gewicht beengte mir die Seele, die Augen füllten sich

---

8 »Ech ... jetzt hat er uns das Lied verdorben ... Idi-ot!« ist der Schluß von ›Nachtasyl‹ von Maxim Gorki, deutsch von Rainer Kirsch.

mit Tränen. Die Versehrten schwiegen, wechselten betrübt und verwirrt Blicke. Kim aber hatte vom Schweiß ein ganz nasses Gesicht bekommen, die hervorquellenden Augen waren nach oben verdreht, und er rutschte langsam von der Bank zu Boden. Eine Minute später faßten sich die Invaliden, ohne noch ein Wort gesagt zu haben, und gingen. So hat es sich ereignet.

Vielleicht war das der Anfang von allem? Das erste Anzeichen? Keine Ahnung. Ich weiß nicht genug, und lügen will ich nicht. Und es ist ja auch lange her.

Und übrigens kam dann auch mein Vater zurück, Gardehauptmann, lebendig und verhältnismäßig unversehrt, und die Invaliden kamen bei uns nicht mehr zusammen.

5

Das hat mir noch die Großmutter beigebracht:
»Wenn du getrunken, den Eimer mit den Deckel zugemacht hast, dann paß auf, daß du die Schöpfkelle mit dem Boden nach oben aufs Brett legst. Denn wenn du sie mit dem Boden unten hinlegst, paß auf, dann kacken die Teufel rein ...«

Ich glaube, es war in der sechsten Klasse, als sich Kims und meine Wege trennten. In Taschlinsk wurde eine Berufsschule eröffnet, und Kim ging dort sofort in die Lehre – entweder als Reparaturschlosser für irgend etwas Landwirtschaftliches oder als Dreher für Ersatzteile. Überhaupt leerte sich in jenem Jahr unsere Schule um ein Drittel: Bei den meisten Kindern hatte die Familie den Vater verloren, und in der Berufsschule gab es immerhin Essen, eine Uniform und sogar Zuverdienst – einen winzigen natürlich, aber eben doch richtiges Geld.

Jedenfalls trafen wir uns kaum noch, zumal die Berufsschule in einem anderen Teil von Taschlinsk lag und überhaupt auf dem anderen Ufer unseres prächtigen Flüßchens Taschliza. Und die Zeit eilte dahin, Monate und Jahre verflogen, und der Schnurrbärtige ging hinüber, wie man bei uns sagte, und auf dem Thron machte sich der Große Maister[9] breit, und ich verlor bei einer lustigen Witwe die Unschuld, und Kim kam wegen bösartigen Rowdytums beinahe vor Gericht, und wir wurden beide siebzehn, achtzehn und trennten uns von den heimischen Kochtöpfen. Und da verloren wir einander endgültig aus den Augen. Für mehrere Jahre, und ich beispielsweise vergaß einfach, daß es meinen ehemaligen Freund Kim Woloschin gab.

Es gelang mir, mich vor der Armee zu drücken. Wie? Ich will keine Geheimnisse verraten, und außerdem geht es ja nicht um mich. Es reicht, wenn ich sage, daß ich rechtzeitig am Tomsker Medizinischen Institut war und, um Gott nicht zu versuchen, nicht einmal in den Ferien nach Hause kam. Und als ich dann kam, kam ich als Arzt des Rettungsdienstes. Und erst da erfuhr ich rein zufällig, daß Kim nicht mehr in Taschlinsk wohnte, weil ihm eine nahezu märchenhafte Geschichte widerfahren war.

Erzählt hat sie mir ein Mechaniker der ehemaligen Maschinen-Traktoren-Station, die jetzt Reparatur-Technische Station heißt, den ich wegen eines Anfalls von Stenokardie behandelte. Es stellte sich heraus, daß Kim auch nicht zur Armee gekommen war. Doch ihn hatten sie einfach für untauglich erklärt, es war bei ihm ein Herzfehler entdeckt worden – höchstwahrscheinlich erworben. Ich greife vor und sage, daß ich mich davon selbst überzeugt habe, als ich ihn ein Jahrzehnt später einmal untersuchte. Genau gesagt, ein rheumatischer Mitralklappenfehler. Als er aus dem Wehrkreiskommando kam, begab er sich unverzüglich zur ›Selchostechnika‹ und ließ schon tags darauf auf der MTS

[9] Nikita Chruschtschow, von dem außer dem politischen Tauwetter und der Sache mit dem Schuh vor allem seine vehemente und überzogene Kampagne für die Einführung von Mais anstelle anderer landwirtschaftlicher Kulturen in Erinnerung geblieben ist.

unter der einfühlsamen Leitung meines Mechanikers das Eisen scheppern.

Er arbeitete nicht schlecht, findig, machte sich aber auch nicht tot, wie es übrigens auch heute noch unter den Landtechnikern üblich ist. Wichtig ist aber etwas anderes: Kim begann, für unsere Bezirkszeitung ›Taschlinsker Prawda‹ zu schreiben! Und niemand ahnte davon seinerzeit etwas, denn seine kleinen Artikel und Zuschriften zeichnete er anonym als Rabkor[10], und unter dem wahren Namen kannten ihn nur der Redakteur, der verantwortliche Sekretär und der Kassierer.

Ich nahm mir die Zeit, einen Abend in der Stadtbibliothek über den gebundenen Zeitungsbänden zu verbringen. Die alte Bibliothekarin suchte mir allein und nicht ohne Stolz Kims Werke heraus. Es war nichts Besonderes, lauter Zeug in der Art »Es blüht die Taschlinsker Erde«, »Gebt den Arbeitern den Duschraum zurück«, »Wo hat die Kantinenkommission ihre Augen?«. Aber für einen Amateurjournalisten auch wieder gar nicht so übel. Aus den Worten der Bibliothekarin folgte übrigens, daß Kim bei ihr Stammleser war. Er kam mindestens einmal pro Woche und lieh sich Bücher aus. Hauptsächlich Klassiker. Von Belinski und Gogol bis zu Nekrassow und Saltykow-Schtschedrin. Weiter gab es auch kaum etwas, Broschüren und alle möglichen Bubennows und Aschajews ...

Diese Zeitungs-Maschinenreparatur-Idylle, ab und zu von Skandalen im Wohnheim unterbrochen (»hat das Licht bis spät in die Nacht brennen lassen«), zog sich bei Kim fast vier Jahre lang hin. Doch dann tauchte sie auf.

Sie – das war Nina Wostokowa, zwanzig Jahre, Studentin am Moskauer Institut für Journalistik und einzige Tochter von Nikolai Wassiljewitsch Wostokow.

Nikolai Wassiljewitsch Wostokow war ein russisch-sowjetischer Literaturwissenschaftler, Professor, ein in gewis-

---

10 Eine übliche russische Abkürzung für ›Arbeiterkorrespondent‹, im DDR-Deutsch hieß das ›Volkskorrespondent‹.

sen Kreisen ziemlich bekannter Spezialist für die journalistische Tätigkeit von Uljanow-Lenin sowie einer der hinreichend öffentlichen Leiter des Moskauer Instituts für Journalistik.

Nina Wostokowa kam in unser riesiges Taschlinsk zum Praktikum. Wahrscheinlich hätte sie ohne weiteres zu jeder führenden Zeitung gehen können, doch entweder hatte der Professor entschieden, seine Tochter solle sich Provinzwind um die Nase wehen lassen, oder sie hatte selbst darauf bestanden, jedenfalls erschien sie eines Tages im verqualmten Arbeitszimmer des Redakteurs unseres Bezirksblättchens. Sie wurde mit der gebührenden Aufmerksamkeit empfangen, äußerte die angemessene Freude aus Anlaß der Begegnung und die Hoffnung auf die Hilfe so erfahrener Kollegen, konnte aber, was hilft's, aus Unerfahrenheit ihre treuherzige Überlegenheit ihnen gegenüber nicht verbergen, ja nicht einmal die noch weniger schmeichelhaften Gefühle, die sie für sie empfand. Die Kollegen waren gekränkt, ließen sich aber nichts anmerken, sondern brachten sie einfach mit dem Volkskorrespondenten K. Woloschin zusammen. Bitteschön, wir sind auch nicht auf der Wurstbrühe hergeschwommen, und inmitten unserer Lesermassen reifen unsere aktiven Helfer heran, und wir machen sie aktiv ausfindig und führen sie an die aktive Mitarbeit heran. Was dagegen aus Ihnen wird, meine Liebe, weiß man noch nicht.

Die Begegnung mit dem Volkskorrespondenten K. Woloschin machte auf das nörglerische Mädchen gewaltigen Eindruck. Sie konnte nämlich, wie sich herausstellte, bisher nur eine einzige kleine Notiz im ›Moskauer Komsomolzen‹ vorweisen, und die in Petit, zu einem läppischen Gegenstand und ohne Unterschrift, und dieser Arbeiter präsentierte ihr ein ganzes Album mit Zeitungsausschnitten. Nina Wostokowa war baff. Sie war begeistert. Nach den Vorgaben ihres Vaters hatte sie immer an das schöpferische Potential der werktätigen Massen geglaubt, doch nun sah sie zum ersten Mal eine schöpferische werktätige Persönlichkeit mit eigenen Augen. Und wo! Wo sich die Füchse gute Nacht sagten! Die Ärmste konnte nicht einmal neidisch sein. Sie küßte Kim, sie küßte den Redakteur und lief, ohne ein Wort zu sagen, ins Stadtkomitee des Komsomol. Und alle Welt erfuhr es.

Und nach den Gesetzen dieses Lebensgenres verliebten sie sich natürlich augenblicklich ineinander.

Der Redakteur der Taschlinsker Prawda, ein alter Freund meines verstorbenen Vaters und mein Patient, beschrieb sie so: Nicht übermäßig schön, mit dunklem Teint, etwas vorstehenden Wangenknochen, kräftig, immer in einem verblichenen Serge-Anorak, Komsomolabzeichen, riesige Brusttasche, aus der ein Notizblock mit Kugelschreiber hervorschaut.

»Unruhig war sie, geschwätzig«, erinnerte er sich nachdenklich. »Eine Idealistin. Pawka Kortschagin, Oleg Koschewoi und so weiter.[11] Enthusiastisch. Ein bißchen dumm. Natürlich, bei dem Vater ...« Da brach er etwas unerwartet ab, begann zu krächzen und teilte mit: »Irgendwas bläht heute. Ganz wie von Milchbrei. Was hab ich für Milchbrei essen müssen ...«

Termingerecht reiste sie heim in die Hauptstadt, und ungefähr einen Monat später erhielt Kim eine Nachricht, daß er fürs erste Semester am Moskauer Institut für Journalistik immatrikuliert sei. Es gab ein Abschiedsgespräch im Bezirkskomitee, es gab eine stille kleine Feier in der Redaktion, es gab einen ziemlich wüsten Ausstand in der Werkstatt, und Kim Woloschin fuhr ab. Und geriet in Taschlinsk sehr bald in Vergessenheit. So an die zwei Jahre lang hielt sich in den Berichten des Bezirkskomitees der Satz: »Vom Niveau der kulturellen Arbeit im Bezirk zeugt schon allein die Tatsache, daß einer unserer Mechanisatoren, K. S. Woloschin, der als ständiger Volkskorrespondent unserer Zei-

---

[11] Pawel Kortschagin und Oleg Koschewoi sind Helden in Ostrowskis ›Wie der Stahl gehärtet wurde‹ bzw. Fadejews ›Die junge Garde‹, die sich heldenhaft für den Aufbau des Kommunismus aufopfern.

tung hervorgetreten war, in Moskau Beachtung fand und ohne Aufnahmeprüfung an einer der Fakultäten des Moskauer Instituts für Journalistik immatrikuliert wurde.« Doch dann kam ein neuer Erster Sekretär, und der Satz verschwand sang- und klanglos.

So daß, als ich als Rettungsarzt in die heimatliche Hütte zurückkehrte, Woloschins Name gründlich vergessen war, und auch ich selbst, muß ich gestehen, erinnerte mich an ihn nur wegen einer beiläufigen Bemerkung meines Patienten, des Meisters. Ich erinnerte mich und war natürlich interessiert, begann sogar nachzufragen. Doch die Jahre vergingen, mein Interesse erlosch allmählich, und ich vergaß Kim abermals und sehr gründlich. So gründlich, daß ich, als ich ihm wieder begegnete, nicht gleich begriff, wen ich vor mir hatte.

6

Bald schon, bald schon liegen wir,
Kopf nach Norden, ausgestreckt,
Bald schon, bald schon werden wir
Von des Nordens Gras bedeckt ...

Damals hatte ich schon seit ein paar Jahren die unruhige, aber für einen richtigen Mediziner so notwendige Arbeit beim Rettungsdienst aufgegeben und war in unserem Krankenhaus Internist geworden, und zwar leitender, so gut wie die Nummer zwei nach dem Chefarzt. Einmal hatte ich Dienst, und es war meiner Erinnerung nach ruhig, nur abends kam ein Notruf von der RTS ›Morgenröte‹ wegen einer Gebärmutterblutung bei einer zweiunddreißigjährigen Frau. Es war eine stille Mondnacht mit leichtem Frost. Bis zur ›Morgenröte‹ waren es fünfzehn Kilometer, so daß ich leichten Herzens unsere Klapperkiste losschickte, denn ich war immer der Ansicht, daß wir unsere Pferdchen möglichst schonen sollten. Nach dem Rundgang setzte ich mich wie üblich im Ärztezimmer fest, bestellte bei der diensthabenden Schwester Tee und befaßte mich selbst damit, meine ziemlich vernachlässigte Dokumentation in Ordnung zu bringen. Daraus wurde nichts. Mein Kater Wassja (der Rettungsarzt) rief von der ›Morgenröte‹ an und teilte mit, der Zustand der Kranken sei ernst und er habe beschlossen, sie zu uns zu bringen. Na ja, nichts Ungewöhnliches, ich rief den Chirurgen an, der auch unser Gynäkologe ist, dito Urologe et cetera, weckte ihn und bestellte ihn herein, dann gab ich Anweisung, den Operationssaal vorzubereiten.

Nach einer Stunde brachte man sie. Wie sich herausstellte, war ihr Mann mitgekommen, und das traf sich gut, denn sie war bewußtlos, und die Anamnese mußte vervollständigt werden. Alle Leute, die ich zur Verfügung hatte, waren im Behandlungszimmer im Einsatz, und ich mußte mich selbst mit der Krankengeschichte befassen. Ich ging in den Vorraum hinaus; auf dem abgewetzten Sofa saß da, das Gesicht in den Händen vergraben, ein Mann in schäbigem Anzug, auf dem Fußboden neben ihm lagen als unordentlicher Haufen Pelzmäntel, Kleider von unansehnlicher Farbe, noch irgendwelche Klamotten. Obenauf lagen blutige Handtücher oder zerrissene Laken.

»Sie sind der Ehemann?« fragte ich laut und geschäftsmäßig.

Er hob den Kopf und blickte mich an. Sein Gesicht war schmal, hager, gelblich, die hellen Haare abrasiert, unter dem Stoppelbart schauten verheilte Narben hervor, und eine breite schwarze Binde lief über Gesicht und Schädel und verdeckte das linke Auge. Billy Bones, schoß es mir unnötigerweise durch den Kopf.

»Ja«, antwortete er heiser und kam hoch. Er war groß, sogar ein Stück größer als ich, aber unglaublich dünn. Geradezu krankhaft. Und außerdem registrierte ich automatisch, daß ihm an dem ramponierten Jackett Knöpfe fehlten. Und unter dem Jackett hatte er einen grauen grobgestrickten Pullover mit offenem Kragen.

Ich führte ihn ins Ärztezimmer, ließ ihn auf dem Schemel mir gegenüber Platz nehmen, holte den Notizblock hervor und schraubte die Kappe des Füllfederhalters ab.

»Name?« fragte ich.

»Meiner?« fragte er und räusperte sich.

»Nein, Ihrer vorerst nicht. Der Name der Kranken.«

»Ja, natürlich, entschuldigen Sie. Sie heißt Woloschina, Nina Nikolajewna.«

»Geburtsjahr?«

»Neununddreißig.«

»Verheiratet?«

»Ja. Mit mir. Seit über zehn Jahren.«

»Schwanger?«

»Nein. Nein, nein. Definitiv nein.«

Er rutschte auf dem Schemel hin und her, setzte sich bequemer, und legte die gefalteten Hände vor sich auf den Tisch. Riesige schwielige Extremitäten, gefärbt von Rost und Maschinenöl, die sich eingefressen hatten. Etwas war nicht in Ordnung mit diesen Extremitäten, doch näher hinschauen wollte ich nicht. Ich legte den Füller weg und fragte: »Was ist mit ihr passiert?«

»Ich weiß nicht genau«, antwortete er mit tönender Stimme, und ich begriff, daß er am Rande der Hysterie war. »Wahrscheinlich hat sie was Schweres gehoben, sich verhoben. Bei uns in den Baracken ... Also, Doktor. Notieren Sie: fünfundsechzig hatte sie eine Fehlgeburt aus nervlichen Gründen, und dann war sie in Behandlung ... Ja, und sie ist rhesusnegativ.«

»So. Und in was für einer Behandlung?«

»In psychiatrischer. Sie hat zwei Jahre in der Klapsmühle gesessen.«

Ich schrieb es auf und schaute wieder auf seine Pfoten. Aha ... An der rechten Hand fehlte der kleine Finger. Ein Stummel, fast am Gelenk abgetrennt.

»So«, sagte ich. »Und hatte sie früher schon solche Blutungen?«

Er kam nicht zum Antworten. Die Tür wurde einen Spalt

geöffnet, die diensthabende Schwester lugte hervor und sagte sachlich: »Alexej Andrejewitsch, kommen Sie schnell.«

Ich stand auf.

»Bleiben Sie hier sitzen«, sagte ich. »Warten Sie einen Moment.«

Ich wußte schon, was los war. Hinter der Tür bestätigte die Schwester flüsternd: »Sie ist gestorben ...«

Das Behandlungszimmer war schon leer, nur der Chirurg wusch sich über dem Becken in der Ecke. Als ich eintrat, wandte er mir die schuldbewußt-aggressive Physiognomie zu: »Ging nicht. Klinischer Tod.«

Ich trat an den Tisch. Sie lag auf dem Rücken, der ganzen nicht besonders großen Länge nach ausgestreckt, nackt, bläulichgrau, erschreckend mager, so daß alle Rippen zu sehen waren, und die Kniegelenke ließen die Schenkel, grade wie Stöcke, nicht zusammenkommen, und die hellroten Fünfer der flachen Brustwarzen wirkten wie auf die Rippenlandschaft der Brust gemalt. Die Augen waren geschlossen, das faustgroße Gesichtchen ganz wie bei einer Puppe, bläuliche Zähne glänzten trocken zwischen halboffenen weißen Lippen, und in dem üppigen schwarzen Haar, das sich übers Kopfende ausbreitete, waren graue Strähnen ...

»Wie heißt sie, Alexej Andrejewitsch, wissen Sie das?«

»Ich glaube, Woloschina«, murmelte ich automatisch. »Ich habe es notiert ...«

Ich hatte noch nicht zu Ende gesprochen, als mich eine irre, aber exakte Vermutung erleuchtete, und plötzlich wußte ich, wessen Leiche da vor mir lag und wer im Ärztezimmer auf mich wartete. Ich habe nie verstanden und werde gewiß auch nie verstehen, wie das Unterbewußtsein funktioniert. Es gab ja genug Woloschins auf der Welt. Und nichts war mir in jener Januarnacht ferner als Kim Woloschin, und niemand hätte mich weniger an Kim erinnern können, als der hagere Mann im Jackett mit den abgerissenen Knöpfen, mit der schwarzen Binde überm Auge, mit der verkrüppelten Hand ...

»Was?« fragte ich.

Die Schwester stand da, ein Laken in den Händen, und schaute mich fragend an. Und der Chirurg betrachtete mich neugierig.

»Ja«, sagte ich ohne Festigkeit. »Natürlich. Bringt sie raus.«

Die Schwester deckte die Leiche zu, trat vom Tisch zurück und bekreuzigte sich.

»Alexej Andrejewitsch«, sagte der Chirurg. »Und was wird mit der Anamnese? Ihr Mann soll mitgekommen sein, man könnte sie wenigstens nach seinen Angaben zusammenstellen ...«

»Das mach ich selber«, sagte ich rasch. »Ich mache das. Und du entwirf erst einmal die Diagnose und den Rest, du trägst es später ein ...«

Ich biß die Zähne zusammen und ging wieder ins Ärztezimmer. Als ich eintrat, hob er den Kopf und fixierte mich mit seinem einzigen Auge. Ich schluckte, ging langsam um den Tisch herum und setzt mich ihm gegenüber. Dann begann ich zu sprechen, den Blick abgewandt: »Ja, also dann. Die Sache, weißt du, Kim, ist die ...«

Er unterbrach mich. Mit fast geschäftsmäßiger Stimme. »Sie ist tot?«

Ich nickte und begann hastig zu erklären, daß die Autopsie die Einzelheiten ergeben würde, vielleicht hätte eine Transfusion geholfen, sie hatte eine Menge Blut verloren, aber sie ist ja rhesusnegativ, wie du weißt, und solches Blut ist nicht nur in Taschlinsk nicht zu kriegen, sondern wohl nicht einmal in Oldenburg, womöglich sogar in Moskau.

Er hörte zu, ohne mich zu unterbrechen, und ließ das schwere dunkle Lid übers Auge sinken, und als ich, ins Schwitzen gekommen, verstummte, wartete er ein paar Sekunden lang und sagte dann: »Du brauchst dich nicht zu rechtfertigen, Ljoschka. Nichts hätte sie retten können. Weder Oldenburg noch Moskau ... Wenn nicht heute, dann übermorgen, so oder so. Die Arme hat ausgelitten.«

Ich langte sofort in den Schreibtisch, holte eine Flasche Spiritus und ein Glas heraus, goß hundert Gramm ein, füllte aus der Wasserflasche auf und reichte es ihm. »Trink, Kim.«

Er lächelte hölzern. »Na, wenn die Medizin nichts dagegen hat ...«

Er leerte das Glas mit einem Zug, rieb sich das tränende Auge, und ich packte nervös die von zu Hause mitgebrachten Schnitten aus.

»Iß was.«

Er brach ein Stück ab, roch daran und begann zu kauen.

»Im Grunde«, sagte er fast im Ton einer Erörterung, »war sie schon lange dem Tode geweiht. Liebe, Güte, Großmut – sowas wird grausam bestraft, Ljoschka. Grausam und unweigerlich.«

Ich wurde ärgerlich. Anscheinend war ich schon wieder zu mir gekommen.

»Das ist alles Philosophie, Kim. Die Idee zu drei Kopeken. Aber wie ist sie in so einen Zustand gekommen? Hast du sie etwa hungern lassen?«

Er schüttelte bedächtig den Kopf.

»Das ist eine lange Geschichte, Ljoscha. Aber in letzter Zeit hat Nina fast nichts gegessen. Sie konnte nicht. Sie behielt nichts in sich. Ich habe mich bemüht, sie bei Ärzten unterzubringen. Nicht dran zu denken. Dort in der Baracke haben die Weiber versucht, sie mit Gewalt zu kurieren. Haben irgendwelche Wunderdoktoren geholt, weise Frauen ... Kräuter, Aufgüsse, Besprechungen ... Sie hatten sie sehr gern. Aber es hat nichts geholfen, wie du siehst. Sie war ja nicht ganz normal, was willst du ...«

Er klopfte mit dem leeren Glas gegen die Spiritusflasche. Ich goß ein. Er trank aus und brach noch ein Stück Brot ab, begann angestrengt zu kauen. Er sah jetzt nachdenklich aus.

»Und bist du schon lange hier?« fragte ich.

»In Taschlinsk? Ja, also nicht besonders ... Wir sind letzten Sommer angekommen. Gott sei Dank kriegten wir in der Baracke gleich ein Zimmerchen, brauchten nicht umherzuirren.«

»Und ich hab's gar nicht gewußt«, sagte ich und fügte unaufrichtig hinzu: »Du hast doch nicht die ganze Zeit in deiner ›Morgenröte‹ herumgelungert, bist sicherlich ab und zu in die Stadt gekommen ... Warum hast du mich nicht besucht?«

»Und was hast du von mir?« erwiderte er gleichgültig. »Und ich von dir ... Natürlich, wenn Tante Glascha noch leben würde ...« (Meine verstorbene Mutter hieß Glafira Fjodorowna.)

»Ich habe dich nicht gleich erkannt«, murmelte ich, um irgend etwas zu sagen.

»Ich dich sofort.«

Er nahm die Flasche, goß das Glas voll und kippte es hinunter, dann trank er glucksend direkt aus der Wasserflasche. Das Wasser floß ihm über die Brust, und ohne die Flasche abzusetzen, begann er, es mit der verkrüppelten Hand wegzuwischen.

»Das reicht jetzt«, sagte ich entschieden und packte die Spritflasche weg.

»Wenn's reicht, reicht's«, murmelte er träge und ließ das dunkle Lid übers Auge sinken.

Dann wurde er ein wenig unbändig und ausgesprochen weinerlich, redete unverständliches und zusammenhangloses Zeug und schlief plötzlich mitten im Satz ein, wobei ihm der Kopf auf den Tisch fiel. Ich rief die Schwester und Kater Wassja, und wir schleppten ihn aufs Sofa, wo wir ihm aus Mänteln und Schals ein Bett machten. Während dieser mühsamen Prozedur sagte er nur einmal ganz deutlich: »Wozu soll ich sie mir denn ansehen? Ich hab schon genug von ihr gesehen. Und wir haben uns schon längst voneinander verabschiedet ...« Sagte es und war wieder völlig weg.

Am Morgen war er nicht mehr im Krankenhaus. Er war mitsamt seinen Mänteln verschwunden, und zwar so geschickt, daß es nicht einmal die Schwester gemerkt hatte. Und wieder war Kim Woloschin aus meinem Gesichtskreis entschwunden. Nach diesem Dienst hatte ich etwas außerhalb der Stadt zu erledigen, und just zu der Zeit kamen sie aus der ›Morgenröte‹ mit Schlitten, um die Leiche zum Begräbnis abzuholen. Es heißt, sie bekam einen ganz anständigen Sarg, und da war ungefähr ein Dutzend warm angezogene Frauen – wahrscheinlich Nachbarinnen der Woloschins in der mir unbekannten Baracke. Der Zug von drei Schlitten fuhr aufs andere Ufer der Taschliza zum Neuen Friedhof, und den ersten Schlitten, den mit dem Sarg, soll der einäugige Kim selbst geführt haben, er ging mit schwerem Schritt voran und führte das reifbedeckte Pferd am Zügel. Sie begruben Nina Woloschina, und ohne nach Taschlinsk zurückzukehren, fuhren sie am rechten Ufer entlang direkt in ihre ›Morgenröte‹.

Die Arbeit stand mir wie immer bis übern Kopf, und nur gelegentlich dachte ich zerstreut und verständnislos daran, wie es wohl dazu gekommen sein mochte, daß ein Zögling des ruhmreichen Moskauer Instituts für Journalistik in die Werkstätten einer gottverlassenen RTS tief in der Provinz geriet und eine Journalistin und Tochter von Professor Wostokow ihr Grab in der gefrorenen hinterbaschkirischen Erde findet ... Und außerdem empfand ich eine Art Ärger auf den plötzlich aus dem Nichts hervorgeschnellten Kim, den ich mir selber nicht richtig erklären konnte; er hatte es also nicht für nötig befunden ... na gottbefohlen, Freundlichkeit läßt sich nicht erzwingen. Und ich wollte auch gar nicht zwangsweise freundlich sein.

Alles in allem hätte sich wegen des Alltagskrams und dieses Gefühls einer leichten Abneigung Kim wohl wieder aus meinem Gedächtnis verflüchtigt, doch da trat ein ungewöhnlicher Umstand ein.

Doch zuvor will ich einen weiteren Helden in die Geschichte einführen. Sein Name ist Moissej Naumowitsch Goldberg.[12]

---

12 Der Vatersname wird ›Na-úmowitsch‹ gesprochen.

7

Am Himmel fliegen lauter schwere Bomber,
Die wollen uns verschütten, joksel-moksel.
Und ich, ein junger Bursche, grad mal siebzehn,
lieg da, so gut wie ohne Bein.
Da kommt die Sanitäterin Tamara:
»Ich werd dich jetzt verbinden, joksel-moksel,
und leg dich in den Sani-Stunderbeker,
fein still, und bete dann für dich …«[13]

Das war seinerzeit unser unübertrefflicher Prosektor, der ›Totenarzt‹, ein überaus begabter Greis, der unausweichliche Schrecken aller neuen Fachärzte, der Rotznasen, die Peritonitis mit Peritonismus verwechselten und in Operationswunden Tupfer vergaßen. Er ist voriges Jahr gestorben, ein altes Arbeitstier und ein Märtyrer, mit geschlossenen Augen und einem zufriedenen Lächeln – er war wohl froh, den Alptraum überstanden zu haben, den phantastischen Fall des Kim Woloschin.

Von seiner Vergangenheit weiß ich nicht viel. Er war ein Schüler von Ippolit Wassiljewitsch Dawydowski, dem führenden Pathologie-Anatomen der UdSSR, persönlich und erfreute sich dessen Wertschätzung. Desselben, will ich für die Außenstehenden hinzufügen, der der Initiator und Verfasser der berühmten Verfügung von 1935 war, nach der alle Kranken, die in einer medizinischen Einrichtung sterben, seziert werden müssen. Den Krieg hatte Moissej Naumowitsch von A bis Z mitgemacht. Er diente unter dem berühmten Generalleutnant Kotschin als Chefpathologe der Armee, bekam den Roten Stern und eine Waffe mit eingraviertem Namen verliehen, weil er einer im Heer entstehenden Meningitis-Epidemie zuvorgekommen war, die er anhand von Autopsieberichten entdeckt und un-

[13] Das ist ein leicht variiertes Fragment von ›Rekruten‹, einem (auch im Original reimlosen) parodistischen Lied aus der Nachkriegszeit. Mit ›Stunderbeker‹ war wohl ein Studebaker gemeint.

terbunden hatte. Es muß eine herausragende Arbeit gewesen sein.

Nach dem Krieg büßte er seinen Stern natürlich ein, die Pistole mit seinem Namen wurde ihm weggenommen, alsbald kamen auch richtige Unannehmlichkeiten, und mit Moissej Naumowitsch ging es steil abwärts. Und er fiel zu unserem Glück bis zur Oldenburger Gesundheitsbehörde, die ihn dann nach Taschlinsk entsorgte. Und er wurde der Pathologie-Anatom unseres Krankenhauses und zugleich – vertretungsweise und aus Mangel – medizinischer Gerichtsexperte. Und ein volles Vierteljahrhundert, sein ganzes restliches Leben, verbrachte er in einem Zimmerchen, da ihm die Justizbehörde (!) im sogenannten Bezirkspensionat zugeteilt hatte. Übrigens, soviel ich weiß, war er völlig allein, ohne einen Verwandten auf der ganzen weiten Welt.

Zwischen ihm und mir herrschte ziemlich lange ein Zustand wachsamer Neutralität. Doch Gott sei Dank hatte er an meiner Arbeit nie etwas auszusetzen, und nach und nach fing er an, zu mir nach Hause zu kommen – Schach spielen, ein Teechen trinken und auch mal bei uns essen. Ich freundete mich mit ihm an, und Alissa (meine Frau) hatte einfach einen Narren an ihm gefressen. Doch dieses Verhältnis zwischen uns entstand, wie gesagt, nicht gleich; mit den sogenannten einfachen Leuten aber, insbesondere mit den Patienten, die in unserem Krankenhaus behandelt wurden, wurde er ungewöhnlich schnell warm. Natürlich ist ein gutes Wort für einen Kranken ein großer Halt, doch in Moissej Naumowitschs unerschöpflichem Arsenal gab es nicht nur gute Worte. Ihn, den ›Totenarzt‹ ersten Ranges, konsultierten die etwas älteren und klügeren unter meinen Kollegen natürlich auch in schwierigen Fällen bei den Lebenden. »Ich bin ein alter Arzt, Alexej Andrejewitsch«, sagte er mit einem Lächeln. »Und ein Toter ist auch ein Kranker, nur daß er keine Medikamente mehr braucht und auch kein Mitgefühl.« Wie dem auch sei, in dem Vierteljahrhundert, da er der Stadt diente, hatte er eine Menge gute Bekannte gewonnen, besonders unter den älteren Leuten, und man lud ihn gern zu Familienfeiern ein, sogar zu Kindstaufen aller möglichen Enkel und Urenkel (»obwohl er Jude ist«), und zu Begräbnissen und Gedenkfeiern unbedingt. Apropos, zu seiner Beliebtheit trug auch nicht unwesentlich bei, daß er sich niemals zierte, den Verwandten von Hingeschiedenen die pathologieanatomischen Bescheinigungen auszustellen, ohne die es bei uns bekanntlich kategorisch untersagt ist, jemanden der Erde zu übergeben.

So viel zunächst über Moissej Naumowitsch Goldberg, Ehre seinem Andenken; an jenem Tag aber – es war wohl der erste Sonntag nach der Beerdigung Nina Woloschinas – saßen wir beide bei mir zu Hause im Arbeitszimmer und spielten Schach. Und plötzlich klingelte das Telefon.

8

Alles erträgt er, aus dunkler Vergangenheit steigt er zur Sonne, zur Freiheit, zum Licht. Schad nur um eines: das Leben.[14]

Am Apparat war ein alter Bekannter, der ewige Redakteur unserer Taschlinsker Prawda.

»Aljoscha«, krächzte er in den Hörer, »hast du sehr viel zu tun?«

Ich antwortete vorsichtig, es sei nicht sehr viel.

»Bei mir ist hier jemand«, sagte der Alte, »der muß unbedingt mit dir reden. Und dringend. Kannst du ein halbes Stündchen erübrigen?«

Ich antwortete, daß ich das wohl könne, aber nicht allein sei, daß Moissej Naumowitsch bei mir sei. Der Redakteur

---

[14] In Nekrassows ›Der eiserne Weg‹ lautet die komplette Strophe:
Alles erträgt er, aus dunkler Vergangenheit
Steigt er zur Sonne, zur Freiheit, zum Licht.
Schad nur um eines: Das Leben in jener Zeit
Ist nicht für uns, wir erleben es nicht.

kannte Moissej Naumowitsch gut – er hatte sich ein paarmal in der Zeitung zu medizinischen und hygienischen Fragen geäußert.

»Moissej Naumowitsch? Sehr gut. Wir kommen also jetzt zu dir.«

Ich schaute bedauernd aufs Schachbrett und antwortete, ich würde sie erwarten. Der äußerst feinfühlige Moissej Naumowitsch war im Begriff, aufzustehen und zu gehen, doch ich hielt ihn kategorisch zurück. Das fehlte noch! Daß an meinem gesetzlichen arbeitsfreien Tag in meinem eigenen Haus meine Freunde – und so weiter.

Und sie kamen.

Zu meiner Verwunderung erwies sich der Jemand als sympathische Brünette um die dreißig, mit hübschen Grübchen auf den vom Frost geröteten Wangen, gekleidet, würde ich sagen, nach Hauptstadtmode. Nachdem ich mich von dem momentanen Schock erholt hatte, beeilte ich mich, der Besucherin aus dem luxuriösen Pelzmantel zu helfen. Es erwies sich, daß die Brünette tatsächlich aus der Hauptstadt gekommen und eine Journalistin namens Jekatarina Fjodorowna war. Da kam auch meine Alissa in den Korridor, und es sah schon nicht mehr nach einem halben Stündchen aus, sondern nach unserem üblichen Teetrinken von drei Stunden. Alle wurden ins Wohnzimmer geschickt und rings um den Samowar gesetzt. Ich warf einen Blick auf Moissej Naumowitsch: Er sah guter Laune und sogar zufrieden aus – erstens saß er gern beim Tee, und zweitens war die Partie in einer für ihn ungünstigen Position unterbrochen worden. Ich konnte mir kaum ein Kichern verkneifen.

Doch kaum war das Klappern der Teelöffel beim Umrühren verstummt, verfinsterte sich Jekatarina Fjodorownas Miene, und sie fragte mich, ob man sie im Krankenhaus richtig unterrichtet habe, daß ich beim Tode von Nina Woloschina zugegen gewesen sei und mit ihrem Mann gesprochen habe. Die gelöste Stimmung, die mich erfaßt hatte, verflüchtigte sich sofort, und ich erkundigte mich, warum sie das interessiere. Der alte Redakteur setzte zu Beteuerungen an, daß hier natürlich alles in Ordnung sei, doch Jekatarina Fjodorowna gebot ihm mit einem Wink des weißen Händchens Einhalt und sagte, sie werde selbst alles erklären.

Wie sich herausstellte, war sie eine alte Freundin der Verstorbenen, noch aus der Zeit am Institut, und sogar mit Kim befreundet gewesen. Als die Katastrophe geschehen war, hatte sie Nina mit ganzer Kraft unterstützt, hatte sie sogar bei sich aufgenommen, obwohl das, Sie verstehen, ziemlich riskant war, und sie hatten sich erst Mitte vorigen Jahres getrennt, als Kim zurückgekommen war und sie hierher nach Taschlinsk mitgenommen hatte. Vorige Woche hatte sie von Kim ein Telegramm erhalten, war sofort zum Flughafen gestürzt, doch der Flug hatte sich wegen des Wetters verzögert, und zur Beerdigung war sie zu spät gekommen. Gestern war sie in der ›Morgenröte‹ bei Kim gewesen. Wie üblich war nichts Brauchbares von ihm zu erfahren, doch die Nachbarinnen, sehr liebe und gute Frauen, hatten einiges erzählt, so daß sie nach der Rückkehr sofort ins Krankenhaus gegangen war, und dort hatte eine sehr liebe Person, anscheinend eine Krankenschwester, sie freundlicherweise an mich weiterverwiesen ...

»Das waren doch Sie, der in jener Nacht Dienst hatte, Alexej Andrejewitsch?«

Ich bestritt es nicht.

Doch sich direkt an mich zu wenden, hielt sie für unpassend. Wer weiß, wie ich es aufgenommen hätte, wenn sie aus heiterem Himmel bei mir hereinplatzte. Und sie versicherte sich der Unterstützung des Kollegen, bei dem Nina seinerzeit – wie lange das her ist! – ihr Praktikum gemacht hatte. Nina hatte, wenn sie von ihm sprach, ihm immer Bewunderung entgegengebracht. (Das Antlitz unseres Alten überzieht sich von dem Lob mit purpurnen Flecken, die betrübt herabhängenden Mundwinkel rücken unwillkürlich ein Stückchen höher. Was Moissej Naumowitsch betrifft, der ist hingerissen.) Sie hat dem Redakteur ihre Bitte unterbreitet, und nun ist sie hier.

Das alles brachte sie mit geschliffenenen und literarisch abgerundeten Sätzen zum Ausdruck. Mir kam der Gedanke, daß sie ihren Auftritt vorher durchdacht und vorbereitet habe. Und noch etwas war klar: Sie glaubte, mir seien die Umstände wohlbekannt, die die Woloschins aus Moskau ins gottverlassene Taschlinsk verschlagen hatten, Umstände, die anscheinend nicht einfach tragisch, sondern auch unheilvoll waren.

Tatsächlich.

Was war das für eine Katastrophe, die Kim und Nina ereilt hatte?

Warum mußte die Tochter von Professor Wostokow zu einer Freundin ziehen, und sei es auch zu einer besonders guten?

Wieso war diese Übersiedlung mit einem Risiko für die Freundin verbunden?

Woher war Kim Mitte vorigen Jahres zurückgekehrt?

Ich war kein so großer Dummkopf und Muttersöhnchen, daß mir nicht ein gewisser Verdacht gekommen wäre. Ich räusperte mich und sagte: »Hm-ja, also. Womit kann ich Ihnen dienen, Jekatarina Fjodorowna?«

»Eigentlich«, sagte sie, »wüßte ich sehr gern, wie Nina gestorben ist. Und zweitens, ob sie vor dem Tod etwas gesagt hat. Und wenn ja, was.«

Da schaltete sich unversehens Moissej Naumowitsch ein. In trockenem Protokollton teilte er mit, daß Nina verblutet war, daß sie äußerst ausgezehrt war, daß man sie in bewußtlosem Zustand ins Krankenhaus gebracht hatte und daß sie verstarb, ohne zu Bewußtsein zu kommen. So daß sie nichts sagen konnte.

Jekatarina Fjodorowna nickte eifrig.

»Ja-ja, so habe ich die Krankenschwester auch schon verstanden. Ich wollte nur ... Und noch etwas. Man hat mir gesagt, daß Sie mit Kim gesprochen haben. Könnten Sie nicht darlegen ... Mir hat er nichts erzählt, aber vielleicht Ihnen ...«

»Augenblick, Jekatarina Fjodorowna«, sagte ich und nahm meine ganze Dreistigkeit und Unverblümtheit zusammen. »Ich erlaube mir doch, Sie um ein paar Erklärungen zu bitten. Ich werde Ihnen gern von meinem Gespräch mit Kim erzählen, doch zuvor möchte ich einige Umstände klären. Sie haben sie zu Beginn unseres Gespräches angedeutet, aber ... Vielleicht weiß mein alter Freund etwas von diesen Dingen?«

»Nichts, Aljoscha, absolut nichts!«

»Sehen Sie, ihm ist auch nichts bekannt.« (Ich war mir dessen nicht sicher, aber ich konnte ihn ja nicht durchdringend anstarren, und ich war auch schon dran vorbei.) »Urteilen Sie selbst, Jekatarina Fjodorowna. Hier haben wir uns vor zehn ... nein, sogar vor zwölf Jahren von Kim verabschiedet, haben ihn in ein neues Leben ziehen lassen, erfolgreich und beneidenswert, in die Hauptstadt, in einen angesehenen Beruf ..., und noch dazu unter die Fittiche einer privilegierten Persönlichkeit.«

Ich nahm einen Schluck von dem kalt gewordenen Tee und holte Luft. Alle blickten mich an. Moissej Naumowitsch zwinkerte mir billigend zu.

»Ja ... Und plötzlich taucht er vor einer Woche bei mir im Krankenhaus in höchst unansehnlichem Zustand auf, ziemlich versehrt und mit einer halbtoten Frau, und wie sich herausstellt, ist er schon seit einem halben Jahr hier ... Und heute erscheinen Sie, und Sie reden andeutungsweise von irgendwelchen Katastrophen, und Sie müssen dringend (sonst wären Sie nicht gekommen) erfahren, was die Woloschina vor dem To gesagt hat und worüber ich mit Kim gesprochen habe. Wie Sie wollen, Jekatarina Fjodorowna, haben Sie die Güte, sich zu erklären.«

Ich verstummte. Sie schaute mich verwundert an, dann den Redakteur und wieder mich.

»Was denn«, sagte sie stockend, »wissen Sie wirklich nicht, was mit ihm los war?«

Ich schüttelte schweigend den Kopf.

Sie senkte den Blick. »Wahrscheinlich hätte ich mich nicht an Sie wenden sollen«, sagte sie.

Ich hob die Schultern, und Moissej Naumowitsch sagte

leise: »Es gibt kein Zurück, meine Liebe. Sie haben uns zu neugierig gemacht.«

Da überlegte sie und entschloß sich.

In Moskau begannen die Woloschins ein ruhiges und glückliches Leben. Nina verliebte sich in Kim bis über beide Ohren. Sie wohnten in der Wohnung des Professors, in Ninas Zimmer. Kim büffelte wie verrückt. Er las viel, ihm stand die ganze überaus reichhaltige Bibliothek des Schwiegervaters zur Verfügung, und er brauchte nicht in der Lenin-Bibliothek Schlange zu stehen. Und der Schwiegervater war stolz auf ihn und erwähnte ihn wohl mehr als einmal im Gespräch mit der Institutsleitung. Es kam die ersehnte Zeit, Nina erhielt ihr Diplom und begann bei der ›Sowjetkunst‹ zu arbeiten, und noch zwei Jahre später wurde auch Kim fertig und bekam nicht ganz ohne Rückenwind vom Schwiegervater eine Aspirantur. Alles lief glatt.

Und plötzlich wurde Kim verhaftet.

Es war wie ein Blitz aus heiterem Himmel. Es stellte sich heraus, daß er sich schon im vierten Studienjahr der ›Union der demokratischen Jugend gegen Regierungswillkür‹ (UDJRW, sechsundzwanzig Leute) angeschlossen hatte. Es stellte sich heraus, daß er aktiv das ›Informationsblatt‹ verbreitet hatte, das rechtswidrige Handlungen des KGB, der Staatsanwaltschaft und der Parteielite enthüllte. Es stellte sich heraus, daß er an einer gräßlichen Verschwörung gegen Leib und Leben von Mitgliedern des Politbüros beteiligt war. Und die Ermittlungen liefen an.

Nina stürzte zum Vater, bat ihn, sich für Kim einzusetzen. Doch der Spezialist für die journalistische Tätigkeit von Uljanow-Lenin war außer sich. Den Schwiegersohn nannte er nicht anders als einen dreckigen Sowjetfeind, einen stinkenden Verräter und eine Schlange, die er, der Schwiegervater, an seinem Busen genährt habe. Er schlug sich gegen die kahle Stirn und schrie etwas von einem Wolf, den du noch so gut füttern kannst, er frißt doch doppelt so viel auf und spuckt dir noch ins Gesicht. Und er verlangte, daß Nina unverzüglich die Scheidung einreichte und so den

Schandfleck vom ruhmreichen Familiennamen der Wostokows tilgte ...

Nina sagte sich nicht von Kim Woloschin los, und da sagte sich ihr Vater von der Tochter los.

Nina ging von zu Hause weg, und Jekatarina Fjodorowna nahm sie bei sich auf. Natürlich hatte sie Angst, doch diese Angst entsprang weniger der Wirklichkeit als vielmehr Vorurteilen. Denn Jekatarina Fjodorowna war nirgends fest angestellt, und wenn ihre Auftraggeber überhaupt etwas wußten, ließen sie es sich nicht anmerken. Außerdem erfaßte sie eine Art Eifer, sie spürte in sich eine Art Widerstandsgeist. Kühn geworden, rückte sie Wostokow auf die Bude und verlangte von ihm Ninas Sachen und sogar einen Teil der Habe, die bekanntermaßen Ninas verstorbener Mutter gehört hatte. Wostokow, mit eingefallenem Gesicht und blaß, sperrte sich nicht.

Nina aber lief von Pontius zu Pilatus, flehte, schrieb unzählige Bittbriefe. Von der Arbeit wurde sie natürlich abgeschoben, doch das bemerkte sie nicht einmal. Die Ärmste, die vom glücklichen Leben verwöhnt war und ihre edelidiotischen Illusionen noch nicht verloren hatte, hoffte unverdrossen, die Sache werde gut enden. Und da schlug das Böse auf einmal über ihr zusammen.

Nina war schwanger. Bei einer der höchsten Instanzen wurde sie grob angebrüllt, mit auf den Tisch gehauenen Fäusten und Füßestampfen. Und sie erlitt eine Fehlgeburt. Und sie bekam einen Knacks im Kopf weg. Und verbrachte fast zwei Jahre im Irrenhaus. Jekatarina Fjodorowna besuchte sie dort. Nina saß auf dem Bett, still, fast reglos, und verging wie eine Kerze. Dann erklärte man sie für geheilt, und Jekatarina Fjodorowna nahm sie wieder zu sich. Arbeiten konnte sie natürlich nicht mehr, es hätte sie ja auch niemand eingestellt, und sie führte den gemeinsamen Haushalt, lautlos und grau wie eine Maus ... Materiell stand übrigens alles zum Besten: Sie verkaufte nach und nach Sachen, außerdem wurden noch ziemlich regelmäßig anonym kleine Summen überwiesen. Bei Ninas Ansprüchen ...

Soweit zu Nina. Von Kims Leben in jener für die Woloschins schrecklichen Zeit wußte Jekatarina Fjodorowna wenig und nur in groben Zügen. Er erinnerte sich nicht gern. Obwohl es manchmal doch aus ihm herausbrach.

Im Untersuchungsgefängnis (der berühmten ›Matrosenstille‹) schlugen sie ihm ein Auge aus. Im ersten Lager (Kotlag, Wolotny Mys[15]) schlugen ihm die Kapos, weil er sich weigerte, zur Arbeit hinauszugehen, mit dem Stechbeitel einen Finger ab. (»Ich habe ihn dann dort auch selber begraben.« - »Wen?« - »Na, den Finger ... Übrigens, der eigene Finger – ist das ›wer‹ oder ›was‹?«) Im dritten Lager (Worlag, Medweshja swadba[16]) wurde ihm in erbitterten Kämpfen ums Überleben die Hälfte der Rippen gebrochen und der Kopf mit Stöcken zerschlagen. Gott allein – oder der Teufel? – weiß, wie er es fertigbrachte, am Leben zu bleiben. Andererseits kann man, wenn man Kims Charakter kennt, ohne weiteres annehmen, daß er nichts schuldig blieb. Irgendwie erwähnte er beiläufig, daß man ihn zwei Jahre vor der Entlassung (Surlag, Sopletschistka[17]) in Ruhe ließ (»die Lager-Paten hatten das so angeordnet, ganz klar«), und er konnte sich nach seinen Worten ein wenig erholen.

Er wurde vorfristig entlassen. Entweder wurde seine Schuld als nicht gar so groß eingeschätzt. Oder die Untersuchungsrichter, die seinen Fall bearbeitet hatten, waren in Ungnade gefallen. Oder die Fürbitten hochgestellter Verwandter von irgendwelchen seiner Komplizen hatten gefruchtet. Am ehesten waren irgendwelche geheimnisvollen Prozesse im System der Strafverfolgungsorgane im Gange, und die Sieger beeilten sich, möglichst viele Anklagen gegen die Verlierer zusammenzubekommen, um sich mit neuer Kraft auf die zu stürzen, die sie für die wahren Ketzer hielten.

---

15 Kotlag: System von Lagern im Gebiet von Kotlas im europäischen Nordrußland. Wolotny Mys (Wolotny-Kap) ist der Name des Lagers.

16 Worlag: System von Lagern im Gebiet von Workuta am Polar-Ural. Der Name des Lagers, Medweshja swadba, bedeutet ›Bärenhochzeit‹.

17 Surlag: System von Lagern im Gebiet von Surgut am Ob. Der Lagername Sopletschistka heißt ungefähr ›Rotzputzer(in‹.

Und so kam er nach Moskau zurück. Die abgemagerte Nina mit eingefallenen Augen tippte ihm unsicher mit dem Finger an die Brust und murmelte: »Du?« Er begann zu weinen, drückte sie an seine stinkende Wattejacke.

Daran, sich in der Hauptstadt einzurichten, konnte der ehemalige Aspirant nicht einmal im Traum denken. Ihm fiel ein, daß er einmal (vor langer Zeit) ein passabler Mechaniker gewesen war. Etliche Tage Herumlaufen, etliche lakengroße Formulare und Anträge, und er fuhr mit Nina über die Arbeitsvermittlung ins Oldenburger, damals noch Nowoisotowsker Gebiet, und hier war es dann nicht weiter schwierig, in den Taschlinsker Bezirk geschickt zu werden.

»Den Rest kennen Sie«, schloß Jekatarina Fjodorowna. »Besser als ich.«

Nachdem sie verstummt war, sagte eine Zeitlang niemand ein Wort. Alissa schluchzte auf und rieb sich die Augen mit dem Taschentuch. Der alte Redakteur saß da, den Kopf tief gesenkt. Moissej Naumowitsch betrachtete in Gedanken versunken seinen Teelöffel.

Schließlich entschloß ich mich und sagte vorsichtig: »Das ist wahrlich eine bemerkenswerte Geschichte, Jekatarina Fjodorowna, und wir sind Ihnen alle aufrichtig dankbar ... Aber ich verstehe immer noch nicht Ihr Interesse an den letzten Worten der unglücklichen Nina Woloschina und an meinem Gespräch mit Kim. Ich habe keine Geheimnisse, und ich bin bereit, Ihnen dieses Gespräch Wort für Wort wiederzugeben, doch wenn Sie sich erklären würden ...«

Sie unterbrach mich: »Nein. Dieses Gespräch interessiert mich nicht mehr. Aber ich will mich erklären. Sehen Sie, ich bin nicht auf eigenen Wunsch hergekommen. Ich bin, sehen Sie, Wostokows Frau. Wir sind schon lange verheiratet, noch, als Nina in der Klapsmühle war ...«

Sie stand auf. Wir alle erhoben uns ebenfalls. Ich zuckte mit gespielter Gleichgültigkeit die Achseln. Ich schaute den alten Redakteur an. Natürlich, er hatte alles gewußt. Doch was kümmerte es mich?

Jekatarina Fjodorowna fuhr fort, auf die Stuhllehne gestützt: »Eigentlich bin ich im Auftrag meines Mannes hier. Er ist sehr krank, sonst wäre er selbst gekommen. Er wollte ... Eigentlich wollte er wissen, ob sich Nina nicht vor dem Tod an ihn erinnert hat. Sehen Sie, er ist überzeugt, daß er auch bald sterben wird. Er fürchtet sich sehr vor einigen Begegnungen auf der anderen Seite des Weltalls. Eine Psychose natürlich, doch ich konnte es ihm nicht abschlagen. Ich selber weiß ja, daß Gott in seiner unendlichen Barmherzigkeit ihm alles verzeihen wird – und uns allen auch ... Vielen Dank für die Bewirtung, ich muß jetzt gehen.«

Und sie ging zusammen mit dem alten Redakteur. Als ich, nachdem ich sie zur Tür begleitet hatte, wieder aus dem Korridor kam, wusch Alissa das Geschirr ab. Plötzlich fragte sie: »Und Sie, Moissej Naumowitsch, glauben Sie an Gott?«

Mein ›Totenarzt‹ erstarrte für einem Moment, das Geschirrtuch in der Hand. Dann sagte er langsam: »Wohl kaum, meine Liebe Alissa Igorewna. Ich glaube an das unergründliche Schicksal – eine Funktion von Temperament, Umständen und Taten.«

9

Dieser Typ roch ständig widerwärtig-süßlich nach fauligem Obst. Ganz Kaperna schwor irrtümlich Stein und Bein, er schwitze Lewisit aus. In Wahrheit war alles viel einfacher: Er hatte eine Flechte, schmierte sie mit geriebenen Äpfeln ein und wusch sie wochenlang nicht ab.[18]

Im Laufe der Zeit vergaß ich Kim allmählich wieder (wie er sicherlich mich vergaß). Doch da ergab sich ein Umstand,

---

[18] Kaperna ist ein fiktiver Ort im Roman ›Das purpurrote Segel‹ von Alexander Grin, die hier zitierte Stelle aber anscheinend eine freie Erfindung ›in der Art Grins‹.

von dem mir der alte Redakteur ziemlich ausführlich berichtete. Bei der Taschlinsker Prawda entstand nämlich eine Kaderkrise. Man wollte sich um Hilfe nach Oldenburg wenden, doch dem Redakteur kam ein glücklicher Einfall.

In der Tat, zwei Schritte von der Stadt entfernt rackerte sich in einem Haufen ewig defekter Landwirtschaftstechnik ein überaus wertvoller Kader ab – ein Diplomjournalist, noch dazu aus Taschlinsk gebürtig, noch dazu ein Arbeiterkind, unverkennbar Angehöriger der führenden Klasse ... Er hat wegen einer politischen Sache gesessen? Aber er ist ja vorzeitig entlassen worden. Wir wollen ihn ja nicht zum Führungskader machen, nicht zum politischen Leiter, sondern ihn bloß auf den bescheidenen Pfad eines literarischen Mitarbeiters bringen ... Und überhaupt, wie lange ist das her!

Der Fall war verblichen.

Die Redaktion lag nicht weit vom Krankenhaus, und ich begann, Kim auf der Straße zu begegnen. Meistens ging er mit einem Kopfnicken vorbei. Viel seltener blieb er stehen und redete von irgendwelchem Kram, aber da mußte das Wetter schon sehr schön sein. Bei schlechtem Wetter aber oder bei Frost ging er raschen Schrittes vorbei und streifte mich mit einem zerstreuten, abwesenden Blick. Er hatte etwas zugenommen, war immer bescheiden, aber durchaus anständig angezogen (die Stellung verpflichtet), an Stelle des unordentlichen schwarzen Lappens überm Auge war eine akkurate Seidenbinde getreten, ebenfalls schwarz, aber unter bestimmtem Winkel mit einem grünlichen Schimmer ... kurzum: ein einfacher Provinzintelligenzler. Ich muß sagen, daß unsere bescheidene Zeitung mit ihm interessanter wurde, soweit eine Bezirkszeitung interessant werden kann.

Und so zog sich Jahr um Jahr der vertraute und ziemlich farblose Bezirksalltag hin, mit Ansporn und idiotischem Ärger von oben und dumpfer, aber beständiger Sabotage von unten, mit fortwährendem Mangel an diesem oder jenem und fortwährender melancholischer Nörgelei allenthalben, mit Trunksucht, Rowdytum und Schlamperei.[19] Einmal kam Kim ins Krankenhaus und lud mich zur Einzugsfeier ein. Er hatte neun Jahre lang gewartet und eine Einraumwohnung in unserem armseligen Neubauviertel hinter der Großen Schlucht bekommen. Ich ging aus Neugier hin. Und wurde ein wenig enttäuscht. Nichts Besonderes. (Denn ich erwartete schon damals von Kim irgend etwas Besonderes.) In dem Zimmerchen drängten sich die Mitarbeiter der Zeitung mit dem Redakteur an der Spitze und an die zehn alte Kumpel Kims aus den Werkstätten. Man trank viel, aß eine kolossale Gans auf, redete dummes Zeug und sang laut Lieder aus alten Filmen. Ich ging früh, und Kim hielt mich nicht zurück.

Doch da fingen manche Schwulitäten an, wie Alexander Halitsch zu sagen pflegte.[20] Alles in Taschlinsk wurde aufgerührt und erstarrte dann, horchte und sah sich vorsichtig um. Es wurden Maßnahmen getroffen, damit das Alte unerschütterlich bestehen blieb. Es entstanden Bewegungen, die das Alte vom Antlitz der Welt hinwegfegen wollten. Unseren guten alten Redakteur schickte man mit geheuchelter Ehrerbietung in Rente, man setzte einen neuen ein (aus Ol-

---

19 Das ist ein Vers aus einem satirischen Lied von Juli Kim über die Miliz, die ›mit Trunksucht, Rowdytum und Schlamperei‹ kämpft. Die letzte Strophe lautet:
Gibt's keine Diebe mehr und Säufer, dann
ist auch die Zeit für die Miliz vorbei,
und dann erst kommt der schönste Schlendrian
mit Trunksucht, Rowdytum und Schlamperei.

20 Alexander Halitsch oder Galitsch (1918–1977, eigentlich: Ginsburg) war einer der wichtigsten, im Ausland aber kaum wahrgenommenen systemkritischen Dichter und Liedermacher der Sowjetunion. In seinem ›Poem über Stalin‹ gibt es ein Lied ›Ave Maria‹ und darin eine Strophe, die sich auf den Machtwechsel nach Stalins Tod bezieht:
In der Folge fingen dann manche Schwulitäten an,
war der finstre Staatsanwalt in Moskau pensioniert,
der Prophetenwitwe aber nach Kalinin schickte man
ein Papier mit Stempel, er sei rehabilitiert.

denburg), und es ging das Gerücht, der neue sei so gut wie am ersten Tag gleich unversöhnlich mit Kim aneinander geraten. Ich überprüfte diese Gerüchte nicht, ich hatte keine Zeit, ich lag zu der Zeit selber mit der Bezirks-Gesundheitsbehörde im Clinch ...

Und dann kam auch der 26. April 1986. Der Herr suchte unser Land heim, und es geschah die schreckliche Tragödie der Wermutstadt.[21] Die Information darüber drang zu uns in Taschlinsk in drei aufeinanderfolgenden Strömen von unterschiedlicher Frequenz durch: zuerst völlig erlogen, dann nebulös-ungenau und schließlich wahrheitsgemäß, aus erster Hand. Mit diesem dritten Strom überschüttete uns plötzlich Kim Woloschin.

10

> *Und Er sprach mit großer Wehmut: »Ich sollte euch alle, ihr Lumpen, vernichten bis auf den letzten, aber ich bin müde. Ich bin schrecklich müde.«*

Mitten im Sommer jenes Jahres verschwand Kim aus der Stadt. Der pensionierte Redakteur teilte mir beiläufig mit, daß er seinen Jahresurlaub genommen und dann noch einen Monat unbezahlten Urlaub drangehängt hatte. Er hatte telegrafisch drum gebeten, und der neue Redakteur hatte die Bitte nur zu gern bewilligt. Doch er hatte sich zu früh gefreut. Es stellte sich heraus, daß Kim die Urlaubsmonate in der Wermutstadt verbracht hatte. Und er war nicht zum Geldverdienen hingefahren, wie man ihn später verleumdete, obwohl einfache Arbeitskräfte in der Wermutstadt gut und sogar fürstlich bezahlt wurden.

---

[21] ›Tschernobyl‹ bedeutet in einigen slawischen Sprachen (aber nicht mehr im modernen Russisch) ›Wermut‹. Kurze Zeit nach der Reaktorkatastrophe wurde die auffällige Parallele zu einer Stelle in der Offenbarung Johannis (Kap. 8, Verse 9–11) entdeckt und von manchen Gläubigen als Vorhersage interpretiert.

Und Kim machte dort tatsächlich den einfachen Arbeiter. Er war ja ein guter Mechaniker und fuhr alle Arten von Kraftfahrzeugen. Als er hinging, hatte er einige Befürchtungen, man würde ihn wegen seiner Gebrechen nicht nehmen, doch da hatte er sich unbegründete Sorgen gemacht. Am Fuße der riesigen Ruinen des Atomofens fragte niemand danach, ob man zwei gesunde Augen und alle zehn Finger an den Händen hatte. Da hast du die Ausrüstung, da hast du eine Gasmaske, da hast du einen Bulldozer. Und Kim arbeitete die ganzen zwei Monate lang als Bulldozerfahrer - entweder stopfte er dort irgendeinen Tunnel zu, oder er räumte - im Gegenteil - einen Tunnel frei.

Und eine Woche nach der Rückkehr unterbreitete er dem neuen Redakteur einen großen Artikel (oder Essay?) ›In der Wermutstadt ist ein Stern gefallen‹[22]. Der Redakteur las ihn, war entsetzt und sagte, das käme nur über seine Leiche. Kim trug den Artikel ins Bezirkskomitee, dem Ersten Sekretär auf den Tisch. Der Erste machte sich damit vertraut, ließ Kim und den Redakteur kommen und erkundigte sich kalt, bei welchem von beiden eine Schraube locker sei. Der dabei anwesende Bezirksideologe, der den halb vielsagenden, halb norwegischen Namen Knut trug, bemerkte gereizt, daß den Taschlinsker Bezirk Ereignisse in anderen Republiken Gott sei Dank vorerst noch nichts angingen. Dann wurde der Artikel Kim vor die Füße geschmissen, und er kroch ziemlich lange auf dem Teppich umher, um die verstreuten Seiten aufzusammeln.

Mir ist jetzt nicht ganz klar, warum der Erste und Knut an jenem Tag davonkamen, und der neue Redakteur auch. Am ehesten wohl, weil der auf den Knien herumrutschende Kim weder Empörung noch Ärger empfand, sondern Schadenfreude. Er wußte schon, was er tun würde. Unregelmäßigkeiten kommen auch in der zentralen Presse vor, von der Bezirkspresse ganz zu schweigen. Und wenn sich jemand mit Unregelmäßigkeiten auskannte, dann der ehe-

[22] Vgl. Offb. 8, 9.

malige Absolvent der Instituts für Journalistik. So oder so, eines schönen Tages, als der Redakteur auf eine Konferenz in Oldenburg gefahren war, brachte es Kim fertig, aus der aktuellen Nummer unserer guten Taschlinsker Prawda die Hälfte der Texte hinauszuwerfen und statt dessen den Artikel ›In der Wermutstadt ist ein Stern gefallen‹ einzurücken, unterzeichnet vom Sonderkorrespondenten K. Woloschin. Und am nächsten Morgen waren die Taschlinsker angenehm überrascht.

Den Artikel hier ausführlich wiederzugeben hat keinen Sinn; heute kennen wir Einzelheiten, die vielleicht noch krasser sind. Und ich beschränke mich auf das, was sich mir damals besonders einprägte. Und nicht nur mir. Das Krankenhaus summte aufgeregt, Patienten, Schwestern, Ärzte rissen einander die Zeitung aus den Händen, Besucher wurden erbarmungslos heimgejagt, um sie zu holen (wer sie abonniert hatte), oder zu den wenigen Kiosken (wo sie schon um neun ausverkauft war). Dazu muß man noch den ewigen informationell-sensorischen Hunger bei uns in der Provinz bedenken ...

Der Artikel begann mit einer aus drucktechnischen Gründen miserablen Reproduktion eines Passierscheins. Links ein Foto drei mal vier, alles wie sich's gehört, mit schwarzer Binde überm Auge. Passierschein Nr. soundso. In schwarzem (?) Rahmen: ÜBERALL. Berechtigt zum Betreten des Sperrgebiets. Organisation: US-60B. Name Vorname Vatersname: Woloschin Kim Sergejewitsch. Geltungsdauer (handschriftlich): ständig. Undeutlicher Stempel. Unterschrift unter der Abbildung: »Solch einen Passierschein, in Folie eingeschweißt, trug der Sonderkorrespondent an einer Schnur um den Hals.«

Es folgten die Tatsachen, die mich damals frappierten.

Die Einwohner haben dort eine neue Zeitrechnung: vor dem Krieg (das heißt vor dem 26. April) und nach dem Krieg (nach dem 26.).

Auf der Fernstraße in voller Fahrt ein Autobus. An den Seiten steht auf englisch geschrieben: ›Challenger‹, und unter der Frontscheibe ein Schild: ›Zu vernichten.‹ Der Bus ist voller Passagiere. Und die vor Entsetzen starren Leute in den entgegenkommenden Wagen begreifen nicht gleich, daß nicht die Fahrgäste zu vernichten sind, sondern der verseuchte Bus.

Aufs Dach eines leeren zweistöckigen Hauses war ein Mann gesprungen, bis an die Augen mit Bart zugewachsen, ganz staubig und schmutzig. Er stand da, verzerrte das Gesicht und sang mit wüster Stimme:

In der Wermutstadt ist ein Stern gefallen,
In der Wermutstadt in den Brunnen allen
In der Wermutstadt ist das Wasser verdorben,
In der Wermutstadt sind bald alle gestorben.

Und wieder und wieder von vorn. Man sagte Kim, niemand wisse, was das für ein Mann sei. Sie hatten versucht, ihn zu fangen und wegzubringen, doch er lief wie ein Hase, und niemand hatte Lust, ihn unter der Gasmaske über die Dächer zu verfolgen.

Kims Brigade war im zehnten Kindergarten untergebracht. Winzige Schränkchen, winzige Möbel. In der Ecke ein Haufen Spielzeug. Sie wuschen sich, indem sie sich vor den Waschbecken hinhockten oder hinknieten.

Schon nach einem Monat wurden zwei Arbeiter weggebracht. Sie hatten den grauen Star bekommen – die Linse hatte sich unter dem Einfluß ionisierender Strahlung getrübt. Später wurden noch an die zehn Leute fortgebracht.

Solche Tatsachen waren das. Und noch andere. Und der Haß auf die Vorgesetzten. Auf die Herren aus der Behörde. Und zum Schluß – die Antwort Knuts: »Den Taschlinsker Bezirk gehen Ereignisse in anderen Republiken Gott sei Dank nichts an.« Wenn ich richtig verstand, hatte Kim diese Kundgebung von Krautjunker-Patriotismus erst in letzter Minute in den Artikel aufgenommen, wobei er es nicht versäumte, den Kundgebenden mit vollem Namen und Dienststellung zu nennen.

Natürlich fielen Krämpfe über die Hexe her.[23] Kim flog bei der Zeitung raus. Im Übereifer schloß man ihn aus der Partei aus, doch es erwies sich, daß er schon seit fast zwanzig Jahren nicht mehr drin war. Noch mehr in Fahrt gekommen, wollten sie Kim mit irgendeiner absurden Anschuldigung vor Gericht bringen, doch sie bekamen eine Erläuterung, daß, da K. Woloschin bereits entlassen sei, er schon die höchstmögliche Disziplinarstrafe erhalten habe ... und überhaupt brächen sonderbare Zeiten an ... Lieber vertuschen.

Es wurde vertuscht. In der Tat brachen sonderbare Zeiten an. Materiell hatte Kim nichts zu leiden: Das Geld, das er in der Wermutstadt verdient hatte, reichte fürs erste, und Aufträge zur Reparatur von Privatfahrzeugen bekam er wie Sand am Meer. Doch der Tag war schon nicht mehr fern, da die Ereignisse seines Privatlebens eine für unserer kleines Provinzstädtchen völlig überwältigende Wendung nahmen. Ich zitiere einen meiner Lieblingsschriftsteller: »Die Ereignisse überstürzten sich, es war, als entrolle sich ein Papyrus mit allen Hieroglyphen des Schreckens bis zum Boden.«[24]

Moissej Naumowitsch und ich vermochten diese Hieroglyphen nicht gleich zu entziffern, und als wir es konnten, ergriffen uns Bestürzung und Furcht. Die Rolle Kims dabei erschloß sich uns nicht sofort, und überhaupt kann sie vom Standpunkt der modernen Wissenschaft aus schwerlich nachgewiesen werden; dennoch kam der Moment, da wir, getrieben von unseren Vorstellungen von Bürgerpflicht, uns auf die Suche nach der Wahrheit machten – indem wir Kims Koordinaten in Raum und Zeit während des jeweils nächsten ›grausamen Wunders‹[25] ermittelten. Vieles paßte zusammen. Unserer Überzeugung

---

[23] Der Satz stammt aus Gogols Erzählung ›Der verschwundene Brief‹; in der deutschen Übersetzung von Michael Pfeiffer ist er allerdings zu ›die Hexe bekam Krämpfe‹ vereinfacht.

[24] Aus ›Der Weg zum Ozean‹ von Leonid Leonow, deutsch von Dieter Pommerenke und Harry Burck.

[25] Vgl. den Schluß von ›Solaris‹ von St. Lem.

nach paßte alles zusammen, und wenn man nachhakte, wären noch viele weitere Wunder entdeckt worden, die sich außerhalb unseres Gesichtskreises zugetragen hatten und von gleichgültigen Beamten registriert worden waren – oder gar nicht ...

Wie es sich mir jetzt darstellt, begann es für uns an einem trüben Herbsttag, dem ersten Herbsttag des Jahres, als Kim aus der offiziellen Ideologie verstoßen worden war. Er erschien im Krankenhaus und kam zu mir ins Arbeitsszimmer, ohne anzuklopfen, als eine kurzatmige Alte von gut siebzig Jahren noch dabei war, sich krächzend und stöhnend anzuziehen. Ich hob den Blick von meinem Geschreibsel, drauf und dran, eine ärgerliche Erwiderung loszulassen, schaute hin und war sprachlos.

»Mein Gott ...«, sagte ich und stand unsicher auf.

Das hatte ich nicht einmal von Kim erwartet. Er war völlig kahl. Wie eine Billardkugel. Die lila Narben auf seinem Kopf sahen aus, als hätte jemand ein Glas Farbe darüber ausgegossen. Und auf seinem Gesicht, soweit die schwarze Binde es freiließ, war auch kein Härchen. Weder Wimpern noch Brauen.

»H-hör mal«, brachte ich hervor, »wo sind deine Haare?«

Er griff sich ins Hemd, holte ein rundliches Paket hervor und legte es auf den Tisch.

»Da«, sagte er. »Alles da. Na, ein paar Härchen fehlen vielleicht.«

Die Alte hatte es endlich mit dem Kopf durch den Kragen des ausgedehnten Zellwollkleides geschafft und starrte Kim nun ebenfalls an, den zahnlosen Mund offen. Ich faßte mich.

»Gehen Sie, gehen Sie, Oma«, sagte ich, nahm sie beim Arm und führte sie zur Tür. »Ich komme dann zu Ihnen ins Zimmer. Und sagen Sie im Korridor Bescheid, daß alle gehen und so in einer Stunde wiederkommen sollen ...«

Als ich zum Tisch zurückkam, saß Kim schon da und musterte mich mit kaltblütigem Interesse.

»Also«, sagte ich geschäftsmäßig, während ich mich setzte. »Erzähl. Wie ist das passiert? Wann?«

»Heute nacht. Ich stehe am Morgen auf, und meine ganze Pracht bleibt auf dem Kopfkissen liegen. Schade, ich hatte mir solche Locken wachsen lassen, du kannst sie dir ansehen« - er tippte an das Paket auf dem Tisch -, »prächtige Locken. Und nirgends am ganzen Körper ist ein Härchen geblieben. Nicht unter den Achseln, nicht im Schritt, nicht auf der Brust. Alles entweder auf dem Laken oder in der Hose ...«

»Zieh dich aus«, sagte ich. »Ganz.«

Er zog sich aus. Ich überzeugte mich. Und zugleich beneidete ich ihn ein bißchen: Sein Körper war sehnig, hager, muskulös. Wir sind vom gleichen Jahrgang, aber mein sündiger Leib ist ziemlich schlaff, mit Fett, keine Spur von sportlich.

»Du treibst Sport«, murmelte ich.

Er sagte wegwerfend: »Sport ... Wie komme ich dazu? Bin ich vielleicht ein Junger Pionier?« Und plötzlich machte er ein großes Auge. »Aber das stimmt ja, Ljoschka! Ich habe bemerkt, daß ich neuerdings abnehme. Die Hosen fangen an zu rutschen, das Jackett hängt wie auf 'nem Bügel ... Das also auch noch ...«

»Na schön«, sagte ich. »Zieh dich vorerst nicht an. Wirf dir den Kittel da drüber.«

Ich rief unseren Hautarzt an und bat ihn, unverzüglich zu kommen. Während wir warteten, fragte ich Kim, wozu er seine ganzen Haare mitgebracht hatte.

Er grinste. »Als Beweisstück. Komischer Kauz, woher soll ich wissen, was ihr Mediziner braucht?«

Ich nickte zustimmend und packte das Bündel auf. Ich hatte keine Lupe, doch man sah mit bloßem Auge, daß die Haare tatsächlich ausgefallen und nicht, sagen wir, herausgerissen worden waren, ja, sie waren eigentlich nicht einmal ausgefallen, sondern herausgeglitten: einmütig und im selben Moment. Und dann kam auch der Hautarzt. Kim wiederholte für ihn seine kurze Erzählung. Der Hautarzt machte »hm«, untersuchte ihn und sagte, er solle sich wieder anziehen. Dann schaute der Hautarzt mich an, und ich schaute den Hautarzt an. Er hob und senkte kaum merklich die Schultern.

Unerwartet sagte Kim, während er sich die Hosen anzog, abfällig: »Ihr braucht nicht zu raten, Doktoren, übernehmt euch nur nicht. Woher ich das habe, weiß ich auch ohne euch. Ihr sollt mir sagen, wie ich mich kuriere!«

Die Absurdität dieses dreisten Ausfalls war offensichtlich. Erstens kann ein Arzt dem Patienten nicht sagen, wie er sich kurieren soll, wenn er noch keine Diagnose gestellt hat. Und zweitens ... und zweitens kann er es eben nicht! Ich knurrte unzufrieden etwas in dem Sinne, daß es da nichts zu schwätzen gebe.

Mein Hautarzt faßte es aber richtiger auf: »Und Sie wissen also, woher Sie das haben?«

Kim, der sich gerade einen Schuh zuband, erwiderte ganz wegwerfend: »Und ob ich das weiß ... Die Wermutstadt!«

Und ich konnte gerade noch den augenblicklichen Impuls des Postmeisters unterdrücken, aufzuschreien, mir mit aller Kraft vor die Stirn zu schlagen und mich öffentlich vor allen ein Rindvieh zu nennen[26]. Der Hautarzt aber war mit zwei Schritten bei Kim und sagte heftig: »Warten Sie. Sie sind Woloschin? Derselbe?«

»Welcher?« erkundigte sich Kim abweisend und zog das Jackett über.

»Der ... der in der Zeitung ... über die Wermutstadt ...«

»Und?«

»Freut mich, Sie kennenzulernen ...«, murmelte der Hautarzt, der bei uns als Freigeist und Dissident galt, befangen. »Das heißt, es freut mich eigentlich nicht ... Es tut mir natürlich leid, daß es solche Umstände ...« Da räusperte er sich, fand wieder zum professionellen Ton und erklärte

---

[26] Vgl. ›Die toten Seelen‹ von Nikolai Gogol, Erstes Buch, Zehntes Kapitel (deutsch von Michael Pfeiffer).

trocken: »Ich fürchte, Woloschin, daß Sie von unserem Krankenhaus nichts zu hoffen haben. Wir haben keine Spezialisten für Strahlenschäden.«

Da hatte mein Hautarzt recht. Beispielsweise nach mir zu urteilen, dann übersteigen unsere Kenntnisse auf dem Gebiet von Strahlenkrankheiten – ich meine das medizinische Personal im Bezirk – wohl kaum das Wissen im Handbuch für den Sanitätsinstrukteur der Armee – oder wie die da heißen.

Ich saß schon am Tisch und füllte Formulare aus.

»Du gehst und läßt alle Analysen machen«, sagte ich dabei. »Blut, Urin, Stuhl, Röntgen ... Die meisten Strahlungsschäden laufen auf eine Schwächung des Immunsystems hinaus ... Deine Haare kriegst du von uns natürlich nicht wieder, aber an Diphtherie, Ruhr oder einer anderen gewöhnlichen Schweinerei lassen wir dich nicht sterben.«

Kim nahm von mir die Formulare und drehte sie in den Händen. »Und wenn nichts von alledem gefunden wird?«

»Dann schicken wir dich ...«

»Wohin?«

Ich stockte. Ehrlich gesagt, ich hatte keine Ahnung, wohin.

»Na, zum Beispiel ...«, ließ sich der Hautarzt plötzlich vernehmen. Er holte ein Notizbuch hervor, blätterte und las ab: »Moskau, Schuklinskaja-Straße sechs. Sechstes Krankenhaus der dritten Hauptverwaltung. Einverstanden?«

»Na ja, meinetwegen das sechste«, sagte ich gewichtig und verbarg mein Erstaunen. »Wir machen es beim Bezirk klar, und gute Fahrt.«

»Moskau«, sagte Kim und lachte. »Das ist der nächste Weg, freilich ...« Er nickte uns zu und ging.

Ich fragte den Hautarzt: »Hör mal, woher kennst du dieses Krankenhaus?«

Er kicherte. »Das ist geheim. Aber natürlich nicht vor Ihnen, Alexej Andrejewitsch. Dort arbeitet ein Freund von mir. Jetzt ist er allerdings in der Wermutstadt. Eine vielfältige Praxis, schreibt er ...«

Am Abend desselben Tages erzählte ich das alles Moissej Naumowitsch. Wieder vor einer Schachpartie, wie ich mich entsinne. Er schüttelte betrübt den Kopf, seufzte, zeigte aber kein großes Interesse. »Dreckszeug ist das, die Strahlung«, murmelte er, wie ich mich entsinne. »Aber Ihren Läufer, Alexej Andrejewitsch, nehme ich mit Vergnügen. Bei allem Respekt vor Ihnen ...«

Weder mit den Analysen noch mit der Bitte, ihn nach Moskau zu schicken, ließ sich Kim Woloschin blicken. Zugegeben, ich hatte keine allzu große Sehnsucht nach ihm. Das war nicht mein Patient, und als Mensch gehörte er auch nicht zu mir. Von Moissej Naumowitsch ganz zu schweigen. Für den war Kim damals nur der Verfasser einer Skandalveröffentlichung.

Doch ungefähr einen Monat später geschah etwas, nach dem meine Vorstellung von der Wirklichkeit erst allmählich ins Rutschen kam und sich dann immer schneller überschlug. Die Erzählung von diesem Ereignis hörte ich aus erster Hand: von der Sekretärin unseres Ersten. Und zwar noch am selben Tage.

11

Zieht Sankt Georg stolz einher,
In der Hand den langen Speer,
Setzt das kühne Roß in Marsch,
Spießt den Drachen in den Arsch.

Diese dürre spitznasige Dame war eine uralte Freundin von Alissa (sie hatten anscheinend schon im Kindergarten nebeneinander auf dem Töpfchen gesessen), sie verbrachte ihre reife Jungfernschaft zusammen mit ihrer betagten Mutter nicht weit von unserer Wohnung und kam öfters vorbei, um über die Bezirksobrigkeit zu tuscheln, und wenn sie mit diesem bewegenden Thema fertig war, ging sie mit Alissa ins Schlafzimmer, wo sie sich, soviel ich weiß, spezifischen Gesprächen widmeten, die nicht für grobe Männerohren bestimmt sind. Ich kann nicht sagen, daß sie mir zuwider gewesen wäre; nun ja, manchmal fand ich sie lächerlich und ein bißchen lästig, ihre kleinen Gerüchte waren mitunter interessant, und an jenem Abend war ich ganz Ohr, um mir ja nichts entgehen zu lassen.

Und wie hätte ich da auch nicht zuhören können!

Es begann damit, daß gleich nach dem Mittagessen der Erste Sekretär höchstpersönlich mit raschem Schritt in sein Arbeitszimmer ging, ihm auf den Fersen Knut und dicht hinter Knut »derselbe, der uns mit der Zeitung so hintergangen hat, Woloschin. Stellt euch vor, ich hätte ihn kaum erkannt! Nur an dieser schwarzen Binde überm Auge. Kahl wie ein Ei, die Visage nackt, richtig unangenehm anzusehen, Ehrenwort! Und das Auge funkelt! Wirklich, die Spitzbuben zeichnet Gott ...« Im Vorzimmer warteten schon drei Besucher, alles Sowchos-Direktoren. Sie waren im Begriff aufzuspringen, doch der Erste begrüßte sie mit einer knappen Handbewegung und sagte im Vorübergehen: »Bleibt sitzen, Genossen.« Und die Tür zum Arbeitszimmer schloß sich.

Wie das Gespräch hinter verschlossener Tür ablief und worum es ging, wußte die Sekretärin nicht. Etwa zehn Minuten später wurde die Tür aufgerissen, und ins Vorzimmer kam Woloschin und fast direkt hinter ihm Knut. Woloschin blieb am Tisch der Sekretärin stehen und stützte sich mit der Hand, wo der Finger fehlte, auf den Rand. Knut ging auf die Tür zum Korridor zu, blieb aber kurz bei Woloschin stehen und sagte leise: »So, Woloschin. Und wenn du Sperenzchen machst, nehmen wir uns dich richtig vor. Dann geht dir's dreckig.« Nach diesen Worten ging er mit seinem üblichen gemächlichen Schritt durch Vorzimmer und verließ es. Im Vorzimmer trat Stille ein, die Besucher vermieden es sorgfältig, Woloschin anzublicken, die Sekretärin machte sich daran, irgendwelche Papiere umzuschichten. »Himmel, Genossen, ich weiß nicht mal, welche. Mir ist es in solchen Situationen immer schrecklich peinlich. Seit zwanzig Jahren sitze ich dort und kann und kann mich nicht dran gewöhnen, versteht ihr das?« Und da ertönte die Klingel, die sie ins Arbeitszimmer rief.

Sie sprang auf. Hier ist ein Umstand anzumerken. Knut war im Gebietskomitee dafür bekannt, daß er immerzu vergaß, hinter sich die Tür zuzumachen. So hatte er auch diesmal die Tür zum Arbeitszimmer hinter sich angelehnt gelassen, daß ein ziemlich breiter Spalt blieb, und die zum Korridor sperrangelweit offen. Die Sekretärin sprang also auf das Klingeln hin auf und sah plötzlich, daß einer der Besucher Woloschin mit hervorquellenden Glotzen anstarrte und sich nach hinten gegen die Stuhllehne drückte, die Mappe schützend hochgehoben. Sie schaute Woloschin ebenfalls an. Und war entsetzt. »Er war blau, Genossen! Versteht ihr? Blau wie eine Leiche!« Sein Auge war blutunterlaufen. Den kahlen Kopf hatte er zwischen die Schultern gezogen, die Glatze triefte vor Schweiß. Sein Mund war verzerrt, er zischte ein paar widerwärtige Worte, und er stand ganz krumm da.

Nach den Worten der Sekretärin wurde ihr vor Entsetzen schwarz vor Augen. »Als ob es finster geworden wäre.« Und in diesem Augenblick ertönte aus dem Korridor ein dumpfes Poltern, als wäre etwas Schweres und Großes umgefallen. Und jemand schrie heiser auf. Und genau wie ein Echo erklang aus dem Zimmer des Ersten ein durchdringender Schrei. Auf dem Korridor ertönten eilige Schritte und Stimmengewirr, und ins Vorzimmer stürzte buchstäblich unser Erster. Er preßte die Hand an die Wange, zwischen den Fingern hervor rannen breite rote Rinnsale. »Einen Arzt ...«, murmelte er. »Sofort ... Einen Arzt!« Er schwankte. Die Besucher, die sich aus der Erstarrung gelöst hatten, stürzten zu ihm, zerrten ihn zurück ins Arbeitszimmer und legten ihn aufs Sofa. Die Sekretärin zeigte sich der Situation gewachsen. Sie griff sich aus dem Schränkchen ein Handtuch, machte es aus der Wasserflasche naß und legte es auf die verletzte Wange. Dann, nachdem sie die

Besucher angewiesen hatte, diese Kompresse festzuhalten und anzudrücken, stürzte sie zum Telefon. »Und stellt euch vor, Genossen, beim Rettungsdienst wußten sie schon Bescheid! Der Wagen war schon unterwegs! Natürlich war daran weiter nichts Übernatürliches, den Rettungswagen hatten sie eine Minute vorher für Knut angerufen, der die Treppe hinuntergestürzt war ...«

Dem Ersten war aber folgendes Unglück widerfahren. Er hatte einen Lieblingsfarbstift, blau-rot, immer an beiden Enden gut angespitzt. Als Woloschin und Knut hinausgingen, nahm er diesen Stift, um im Tischkalender etwas anzustreichen. Und da wurde ihm plötzlich schlecht. Er konnte noch nach der Sekretärin klingeln, verlor das Bewußtsein und fiel mit dem Gesicht auf den Tisch. Und der Stift stach ihn glatt durch die Wange. (»Gut, daß es nicht ins Auge ging«, resümierte unsere alte Jungfer treuherzig.)

Nach der Gleichzeitigkeit der Geräusche und Schreie vom Korridor her und aus dem Arbeitszimmer zu schließen, erwischte es Knut in denselben Sekunden. Er ging gemächlich die Treppe in den zweiten Stock hinauf, wobei er sich herablassend mit jemandem unterhielt, verstummte plötzlich mitten im Wort, fuchtelte schwach mit den Händen und stürzte die Stufen hinab.

Es liefen Ärzte und Sanitäter herbei, es kamen Leute aus allen möglichen Organen, es begannen Befragungen und Verhöre, alles in allem ein schreckliches Drunter und Drüber. Immerhin waren in ein und derselben Sekunde zwei Leiter des Bezirkskomitees außer Gefecht gesetzt worden! Da, liebe Genossen, kommt man auf Trab.

»Und was geschah mit Woloschin?« fragte ich, als sie fertig war und die spitze Nase in die Teetasse senkte.

»Mit Woloschin?« fragte sie erstaunt zurück. »Was soll mit dem gewesen sein?«

»Ja, was denn ... Er war doch im Vorzimmer, als dieses ganze, wie Sie sagen, Drunter und Drüber losging. Sie haben doch erzählt: Blau wie eine Leiche, schweißüberströmt ... Ist er auch umgekippt? Hat ihm jemand Erste Hilfe geleistet?«

Die Sekretärin stellte die Tasse ab und schaute mich an, dann wandte sie den Blick zu Alissa.

»Ja, woher soll ich das wissen? Den hab ich da völlig vergessen ... Alle schreien, rennen herum, das Blut strömt ... Also wenn er umgekippt ist, dann hat er eben gelegen und sich erholt, sollte man meinen ... Oder vielleicht haben die Ärzte ihn auch behandelt, was weiß ich? Um den ging's doch nicht, liebe Genossen ...«

Der Gedanke, daß Woloschin unter diesen seltsamen Umständen auch gelitten hatte, stand anscheinend außer Zweifel, obwohl eine vage Idee ganz anderer Art schon damals in meinem Kopf aufkam, derart dubios kam mir Kim vor, doch die Idee war wahrlich verrückt, und ich löschte sie eilig aus, kaum daß sie mir ins Bewußtsein gedrungen war ...

»Schön, meine Damen«, sagte ich und stand auf. »Ihr könnt hier zwitschern und euch vergnügen, aber ich hab dringend zu tun.«

Ich ging in mein Zimmer und rief auf Arbeit an. Der diensthabende Arzt war völlig auf dem Laufenden und sprudelte nur so von giftigem Sarkasmus. Klar, auf einen Streich zwei Bezirkssekretäre! Der Terrorismus schläft nicht! Säbel blank! Skalpelle bereit! Die Klistiere fest geschlossen! Unser ruhmreicher Erster: griff nach einem speziell präparierten Stift, trat momentan weg und erwachte mit dem Stift in der Wange. Einen rechten Hauer hat er sich auch noch gelockert. Stift auf Gift untersuchen, das am Kampfplatz vergossene Blut auf Alkohol. Der heldenmütige Knut: gab auf der Treppe einem jämmerlichen Clubleiter wegweisende Anweisungen, wurde von einer Portion Nervengas betäubt und fand sich auf dem unteren Treppenabsatz mit gebrochenem Schlüsselbein und einem Horn an der Stirn wieder. Das Horn ist offensichtlich eine Spezialanfertigung für den Export. Beide Verletzten wurden von unserer fortschrittlichen Medizin sorgfältig untersucht: Die Wunde in der Wange ist genäht, der Arm in der Schlinge, das Horn an der frischen Luft belassen. Gegenwärtig sitzen oder liegen sie zu Hause. Im Krankenhaus war jemand Zuständiges, hat ein bißchen geschnuppert, gefragt und sich mit einer Visage davongemacht, auf der deutlich zu sehen war, daß da was faul ist. Kim Woloschin? Ja, der wurde erwähnt. Mehr noch, es ist der Eindruck entstanden, daß er aus Sicht des zuständigen Genossen wie eine Säule aus der Masse der übrigen Augenzeugen herausragt. Im Krankenhaus ist er nicht aufgetaucht, wohin er verschwunden ist, weiß man nicht. Anscheinend wird er gesucht. Und ein Unglück kommt selten allein. Vor kurzem hat der Lump angerufen, der das Lager des Bezirksgroßhandels leitet, und mitgeteilt, daß er sich auch nicht gut fühlt. Durch die Machenschaften der ideologischen Feinde hat er sich auf einen Nagel gesetzt und sich die Hose aufgerissen, und vielleicht nicht nur die Hose, und womöglich überhaupt nicht die Hose. Der Rettungswagen ist hingeschickt worden ...

In dem Stil konnte der diensthabende Arzt, vormals Kater Wassja und vormals Rettungsarzt, endlos weitermachen, doch ich ließ ihn gewähren, denn als Arzt war er sehr begabt. Ich nannte ihn einen Hohlschwätzer und legte den Hörer auf, und buchstäblich eine Minute später rief mich der Chefarzt an. Er war natürlich schon im Bilde.

»Zufällige Übereinstimmungen kommen vor, Alexej Andrejewitsch«, erklärte er vernünftig, »daß es zwei gleichzeitig erwischt – auch wenn es derart bedeutende Persönlichkeiten sind –, sowas kommt doch vor! Erinnern Sie sich, wie voriges Jahr im Stadion die angefaulte Bank durchgebrochen ist? Da wurden gleich fünf auf einmal verletzt. Ich weiß, ich weiß, das Bezirkskomitee ist kein Stadion, aber wir werden trotzdem nicht in Panik verfallen, Alexej Andrejewitsch ...«

Ich verfiel gar nicht in Panik. Doch wie sich zeigte, mochte ich keine zufälligen Übereinstimmungen. Am Morgen stellte sich heraus, daß auch Moissej Naumowitsch zufällige Übereinstimmungen nicht leiden konnte. Nachdem er mich nach Einzelheiten ausgefragt hatte, schwieg er eine Zeitlang und blies leise Luft durch die Lippen, dann sagte er finster: »Trotzdem schade, daß man nicht mit diesem Woloschin sprechen kann.«

Bald stellte sich übrigens heraus, daß man mit Woloschin gesprochen hatte. Wir hätten davon nichts erfahren, wenn nicht S. gewesen wäre, damals noch Leutnant der Miliz, derselbe, dem ich es verdanke, daß ich jetzt an der Schreibmaschine sitze. Ein guter Bursche war das, gutwillig und einigermaßen vertrauensselig, und meine Zuneigung gewann er dadurch, daß er mich bereitwillig mit der Taschlinsker Kriminalchronik unterhielt.

Der also kam einige Tage nach den Ereignissen im Bezirkskomitee zu mir zur ›Durchsicht‹, kriegte die üblichen Spritzen in beide Hinterbacken und teilte unter dem Siegel der Verschwiegenheit mit, daß die zuständigen Genossen Kim am selben Abend doch noch ausfindig gemacht hatten. Er saß bei sich zu Hause, trank mit einem Nachbarn Fusel und fluchte gräßlich. Den ungebetenen Gästen erklärte er, wenn es die Sekretäre erwischt habe, dann verdientermaßen, es gebe eben doch einen gerechten Gott, wofür es sie aber erwischt habe, das wisse er, Kim, nicht, und er halte das für ein Versäumnis ... Außerdem kam bei diesem ungeordneten Gespräch heraus, worum es gegangen war. Kim hatte vom Bezirkskomitee eine Entschuldigung für die ungesetzliche Entlassung bei der Zeitung verlangt, seine Wiedereinstellung und eine finanzielle Entschädigung für die unfreiwillige Arbeitspause. Und natürlich hätte er ebensogut mit der Wand reden können.

Wenig später aber ereignete sich das ›Hundemassaker‹.

Auf russisch bedeutet ›Prokasa‹ Aussatz – Entsetzen und Verzweiflung, einen Albtraum, der den Mitmenschen Leid verkündet, den Tod des Fleisches, das seiner Scheußlichkeit gewahr wird. Doch nicht nur das. ›Prokasa‹ bedeutet außerdem auch Schabernack – Freude, Genuß, eine Ausgelassenheit, die den Mitmenschen nicht immer angenehm ist, die Freude des Fleisches, das das Übermaß seiner Kräfte fühlt.

Und abermals sahen wir nichts selbst, die Fakten strömten auf unseren Verstand und unsere Seele über Augenzeugen ein, über Gerüchte, über primitive Phantasien und den Wirrwarr selbstsicherer Meinungen.

Übrigens, es kriechen ja seit alters her genug Gerüchte durch Taschlinsk. In jenem strengen frühen Winter beispielsweise wanderten von Mund zu Mund authentische Mitteilungen darüber, daß aus dem Viehfriedhof zwanzig Werst vom Stadtrand nachts entweder Wölfe oder Werwölfe hervorkämen, den Mond anheulten und mit menschlichen Stimmen klagten ... Und ein Bezirkskrankenhaus war und ist bekanntlich zu allen Zeiten der ideale Sammelpunkt für Gerüchte. Die Kranken, die Pflegerinnen, die Schwestern, die Besucher, oft sogar die Ärzte erörtern auf Teufel komm raus, wer wobei erwischt worden ist, ob es den Wodka auf Karten geben wird, wer eine unangenehme Begegnung auf dem Friedhof hatte, welche Schweinerei ein gewisser Verkaufsstellenleiter angerichtet hat ...

Und nun die seltsamen Gerüchte von einem ›Hundemassaker‹ in der Pugatschowka.

Man muß anmerken, daß die Pugatschowka bei uns eine sehr alte Straße ist, vormals vor der Stadt. Ihr Aussehen hat sich seit der Zeit Stolypins nicht verändert: Fest im Erdboden verwachsene Holzhütten mit kleinen Fensterchen, die nachts mit kräftigen Läden verschlossen werden, Flechtwerk und Zäune, morsche Bänkchen an den Zauntüren, die

Straße selbst aber ist ziemlich breit, wenn auch natürlich nicht gepflastert, und man sieht heute des öfteren neben den Häuschen Lkws, deren Fahrer entweder schon immer hier lebten oder sich eingemietet haben.

Und natürlich gibt es hinter den Holz- und Flechtzäunen und einfach am Straßenrand eine Unmenge von Hunden, ohne Rasse, verkommen, oft herrenlos, die ständig auf der Suche nach Nahrung und Unterhaltung sind.

Einmal ging ungefähr ein Uhr nachts mitten auf der Pugatschowka ein leicht angetrunkener Mann durch den knirschenden Schnee. Er hatte weder einen Knüppel noch einen Stock noch sonst ein Mittel zur körperlichen Ermahnung bei sich, ohne das selbst die Anwohner ungern in die Umgebung gehen. Er schritt einfach leicht schwankend über den überfrorenen Schnee. Und da begannen allein, zu zweit, zu dritt alle möglichen Köter unter den Zäunen durchzukriechen, übers Flechtwerk zu springen oder aus der ägyptischen Finsternis der Seitengassen hervorzuschnellen. Mindestens zwanzig Köpfe erschienen auf der Straße und folgten dem Passanten, stimmten ein schadenfrohes und drohendes Gebell an und luden alle ein, sich dem Überfall anzuschließen.

Zu einer Meute versammelt, werden Hunde wild und geraten bei der geringsten Provokation in Raserei. Wie Menschen in einer Menge. Sie legen die Ohren an, strecken die Schwänze gerade aus, fletschen die Zähne und beginnen zu geifern. Wie Menschen, was die Zähne angeht. Sie werden immer dreister, springen auf einen zu, kommen von der Seite und von vorn, und die Ungeduldigsten beißen von hinten nach Beinen und Kleidung, um das Opfer zum Laufen zu bringen, und dann beginnt die Hauptsache. Eine lustige Verfolgungsjagd.

Als Arzt bin ich auf ebendieser Pugatschowka wiederholt in ähnliche Situationen geraten, doch die Verwandten und Nachbarn des Kranken hatten mich erbarmungslos herausgehauen. Der Passant aber war ganz allein und unbewaffnet. Als er sich im Mittelpunkt der Aufmerksamkeit fand, blieb er stehen und wandte sich zu den Widersachern um. Und wurde augenblicklich umzingelt. Es war ein Höllenlärm, denn die Angreifer stachelten einander aus zwei Dutzend Kehlen zu den entschiedensten Maßnahmen an. Der Passant versuchte, sich mit Fußtritten zu wehren, doch das steigerte nur noch den Eifer der Angreifer. Der Passant brachte es fertig, einen der Hunde am Schlafittchen zu packen und über die Schulter zu werfen. Das fliegende Hundevieh heulte sicherlich auf, doch das war im allgemeinen Krach nicht zu hören. Schon zerrten sie den Passanten an der Kleidung und schnappten nach den Beinen ...

Und plötzlich war Stille.

Ohne jeden ersichtlichen Grund hörte das Hungegebell auf wie abgeschnitten. Ohne jeden ersichtlichen Grund wich die Wut dem Entsetzen, und die Hunde schossen schweigend nach allen Seiten auseinander. Und das war wohl alles. Ungefähr ein Dutzend Rüden und Hündinnen blieben im Schnee liegen. Tot. Nur ein lebendes Wesen war auf der Straße – der Passant. Und es war Stille, eine auf der Pugatschowka ganz ungewohnte Stille. Mit nichts zu vergleichen. Kein einziger Hundelaut im Umkreis von einem Kilometer.

Vielleicht eine Minute lang stand der Passant leicht schwankend inmitten der toten Hunde. Dann fluchte er laut und unanständig, wandte sich um und ging seiner Wege. Und er ging nun schon mit durchaus nüchternem Schritt, immer schneller, und bald war er nicht mehr zu sehen.

Ungefähr so erzählte diese Geschichte im Ärztezimmer die Wirtschaftsschwester Gripa, die beste folkloristische Gerüchteköchin im Krankenhaus. Als sie fertig war, rief der vormalige Kater Wassja, nun Wassili Dormidontowitsch, neidvoll aus: »Und woher hast du diesen Unsinn?«

Als Antwort warf ihm Gripa einen listigen Blick zu, der leicht als die angestammte Devise aller Gerüchtemacher in der Rus zu interpretieren war: »Wie ich's gekauft hab, so verkauf ich's auch, wenn's dir nicht paßt, dann hör nicht hin, aber stör nicht beim Lügen.«

Moissej Naumowitsch indes nahm dieses Märchen zu meiner Verwunderung sehr ernst. Als wir allein waren, erklärte er, diese Sache müsse eingehend untersucht werden, insbesondere müßte man in der Pugatschowka echte Zeugen ausfindig machen. Zu meiner Schande muß ich gestehen, daß ich damals noch blind war, Moissej Naumowitsch aber schon erleuchtet. Er war eben ein alter und weiser ›Totenarzt‹ ...

Ich Dummkopf aber platzte damals heraus: »Ja, was beunruhigt Sie denn, Moissej Naumowitsch?«

»Die Übereinstimmungen, Alexej Andrejewitsch, die Übereinstimmungen ...«, antwortete er widerwillig und nicht ganz verständlich.

Wie überall in der Stadt, hatte er auch in der Pugatschowka ein paar Freunde und Freundinnen. Und über sie fand er Augenzeugen. Es waren vier. Eine in Rage geratene Mama, die mit dem Reisigbesen in der Hand aus der Zaunpforte gekommen war, ihrer mißratenen Tochter entgegen, die unerlaubt zu einer Freundin gegangen war. Ein Liebespaar, das sich an die zwei Stunden an der Schwelle des Mädchenhauses nicht trennen konnte. Und ein Arbeiter aus der Molkerei: Der konnte nicht schlafen und war vor die Tür gegangen, um eine zu rauchen.

»Er lebt bei seiner Großmutter, und die verträgt keinen Rauch.«

»Ein ungewöhnlich rücksichtsvoller Enkel«, bemerkte Moissej Naumowitsch. »Es geht nicht jeder bei solchem Frost zum Rauchen raus ...«

»Da wäre jeder rücksichtsvoll. Jede andere Großmutter würde er zum Teufel schicken und die Bude vollqualmen. Aber nicht die, wo denkst du hin! Das ist eine allgemein bekannte Hexe, er hat vor ihr eine Heidenangst. Läuft bei ihr am Schnürchen, liefert den ganzen Lohn ab ...«

Reden konnten wir nur mit zweien von den Augenzeugen. Der festgeklebte Liebhaber wohnte am anderen Ende der Stadt, und der rücksichtsvolle Enkel hatte Spätschicht. Dafür bestätigten die Angaben der Mama und der Geliebten beängstigend genau Moissej Naumowitschs Unruhe. Sie unterschieden sich nur in Kleinigkeiten und entsprachen im Großen und Ganzen dem Märchen, das unsere Gripa erzählt hatte. Es kam ein Detail hinzu: Der Passant hatte einen voluminösen Pelzmantel bis zu den Füßen an und eine riesige Pelzmütze. Und nebenbei stellte sich ein merkwürdiger Umstand heraus: Jetzt wagt sich kein einziger Hund in der Pugatschowka auf die Straße, und sogar die bösartigsten Kettenhunde auf den Höfen bleiben in ihren Hütten ... Danach erkundigte sich Moissej Naumowitsch, was nach Ansicht der Augenzeugen geschehen sei. Die Mama erklärte, es gebe viel zu viele Hunde, und man sollte sie abschießen, ehe sie anfingen, kleine Kinder zu zerreißen. Das junge Mädchen indes, zweifellos von dem Galan darauf gebracht, antwortete überzeugt, der geheimnisvolle Passant habe auf die Hunde aus einer Gaspistole ausländischen Fabrikats geschossen.

Beim Besuch in der Hütte des rücksichtsvollen Enkels wurde Moissej Naumowitsch von der Großmutter und Hexe empfangen, einer krummen Greisin, in gründlich verschlissenes Schwarz gekleidet. Ihr Antlitz war entsprechend den landläufigen Vorstellungen gelb und faltig, das spitze Kinn und die Hakennase strebten unaufhaltsam aufeinander zu, beim Gehen stützte sie sich auf einen von den Jahrzehnten polierten knotigen Stock. Und obwohl sie sich ziemlich wacker bewegte, kam Moissej Naumowitsch zu dem Schluß, daß sie nicht die Großmutter des Molkereiarbeiters war, sondern mindestens die Ur-, wenn nicht die Ururgroßmutter.

Er wurde freundlich empfangen und mit einem Glas aromatischem, etwas bitterem Kräutertee bewirtet. Er hatte sogar den Eindruck, er sei erwartet worden. Sein Versuch, den Zweck des Besuchs zu erklären, wurde sofort mit einer Bewegung der safrangelben knochigen Hand weggewischt.

»Du brauchst nicht zu fragen, sie haben dir alles richtig erzählt«, sagte die hexende Großmutter mit heiserer Tenorstimme. »Ich hab es zwar nicht mit eigenen Augen gesehen, weiß aber alles. Das hätte ich auch mit Hunden machen können, mit den stummen Tieren, und mit Leutchen auch.

Ich konnte es mal, aber jetzt kann ich's nicht mehr, die Knochen tun weh, woll'n in die Erde ...«

»Was, meinen Sie, konnten Sie?« erkundigte sich Moissej Naumowitsch, etwas aus dem Konzept gebracht.

Die Alte blickte ihn eindringlich an. »Da grämst du dich nun, bist betrübt. Und richtig, du bist ein guter Mensch, wenn auch ein Jud. Aber eins mußt du wissen. Die Teufel macht nicht Gott. Die Menschen bringen sie mit ihren Sünden hervor, und dann mühen sie sich selber vergeblich, sie zu bannen. Die einen mit Büchern, die anderen mit dem Feuer, wieder andere noch anders ... Nur, während sie sie bannen, quälen sie sich ab und bringen mit ihrer Qual wieder neue Teufel hervor und bannen sie wieder ... Und so geht das auf der Welt von Anfang an ...«

Moissej Naumowitsch murmelte entschuldigend: »Verzeihen Sie, Großmutter, aber ich fürchte, ich verstehe Sie nicht ganz ...«

»Woher auch? Wissen tun wir vielleicht sogar dasselbe, aber wir verstehen's unterschiedlich. Deine Vorväter sind aus Sand und Stein gekommen, meine aus Quellen und Gräsern. Und so hat jedes Geschlecht seine Natur ...«

Da fragte Moissej Naumowitsch, der seine Gedanken eilig gesammelt hatte, geradezu und ohne Umschweife: »Das heißt, Großmutter, dieser Mann in der Nacht, der mit den Hunden fertig geworden ist, ist von Ihrer Sorte? Ein Hexer? Ein Zauberer?«

»Nein«, antwortete die Großmutter und Hexe. »Er ist kein Zauberer. Er ist ein von den Fesseln Befreiter. Ein Eggel.«

»Ein Engel?«

Die Großmutter begann leicht zu zittern, als sie in Gelächter ausbrach und sich mit den knochigen Händen auf die spitzen Knie schlug. »Kein Engel, guter Mann! Ein Eggel![27] Du kennst anscheinend nicht einmal das Wort, was?«

---

[27] Russisch ›angel‹ / ›aggel‹. Übrigens wird ›Bot‹ (›Engel‹) im Griechischen ›angelo‹ gesprochen, aber ›aggelos‹ geschrieben. Eine obskure russische Tradition stellt die ›aggel‹ als böse Geister den Engeln Gottes gegenüber.

Moissej Naumowitsch stand auf, legte einen Zehner auf den Tisch, verbeugte sich steif und ging. Dieses Gespräch machte großen Eindruck auf ihn. Da er wie die meisten Prosektoren zum Mystizismus neigte, war er frappiert.

Auf dem Rückweg kam er bei mir vorbei und erstattete ausführlich Bericht. Und zum ersten Mal erfaßte mich Unruhe. Ich weiß noch, wie Moissej Naumowitsch an dem heißen Tee nippte (mit einem Löffel Kognak pro Tasse, wie üblich), und wie ich zusammenhanglos murmelte: »Hunde, Gas, eine Hexe, Teufel ... irgend so ein Eggel ... Herrgott, was soll das alles heißen?«

»Kommt Zeit, kommt Rat«, gab er sich seufzend selber Antwort.

Die nächste Hieroglyphe erschien schon zwei Tage danach in unserem Gesichtsfeld. Der Rettungswagen brachte den bekannten Säufer Timofej Bassalyga, bekannt unter dem Spitznamen ›Mußmal‹, ins Krankenhaus. (Der Spitzname hat nichts mit der Verrichtung natürlicher Bedürfnisse zu tun, sondern geht auf Bassalygas Lieblings-Redewendung zurück – ›muß mal‹. Muß mal einen auf den Kater trinken. Man muß mal, Chef, 'ne Flasche rausrücken. Man muß mal, du Dreckstück, dir den Hals umdrehen.) Das war ein fast würfelförmiger Klotz, eins siebzig groß, hundertzehn Kilo schwer, mit grauer, sich schuppender Fresse, immer geschwollen und unrasiert, mit unerträglich großen Fäusten und, obwohl er kaum über dreißig war, mit einer ansehnlichen Glatze. Keine kriminelle Vorgeschichte, aber zahlreiche Einlieferungen und etliche Wochen Krankenhausbehandlung wegen diverser Folgen von Alkoholmißbrauch.

Der Rettungsarzt erzählte. Der Anruf war aus einer Telefonzelle gekommen, eine Frau hatte aufgeregt mitgeteilt, daß da auf der Straße ein Mann einen Anfall hatte, er wand sich im Schnee, versuchte auf die Füße zu kommen und schaffte es nicht, schrie unverständlich, und die Männer waren alle feige, hatten Angst, hinzugehen und ihm zu helfen ... Doch als der Rettungswagen eintraf, wand er sich nicht mehr und schrie nicht mehr, sondern lag ruhig im Schnee, die Augen geschlossen, und stöhnte nur leise. Der Vorfall ereignete sich vor dem Eingang zu einem Laden, wo eine Schlange nach Wodka anstand, und bei dem Körper standen nur fünf, sechs Leute, die schon welchen abgefaßt hatten. Der Körper wurde mit Mühe in den Wagen geschleppt – wobei er, als man ihn auf die Trage legte, mit seinem kolossalen Hintern die Leinwand durchriß –, und da hörte er auf zu stöhnen, schlug er ein Auge auf und sagte vernehmlich: »Muß mal liegen, Leute ...«

Im Krankenhaus wurde bei dem Mußmal nichts Ernstes gefunden, er war nicht einmal betrunken, obwohl er unter einem Kater litt. Der Rettungsarzt war verblüfft: Dort vor dem Laden hatte der Kranke alle Anzeichen eines bevorstehenden Schlaganfalls gezeigt. Der Mußmal lag auf dem Liegebett und musterte alle mit suchendem Blick. Man hieß ihn aufstehen. Er stand auf, wischte die graue Frikadelle von einer Nase mit dem Ärmel ab und stieß überlaut hervor: »Man müßte ein Gläschen Sprit, Genossen Ärzte ...« Da drängte sich unsere Gripa zu ihm durch, die Wirtschaftsschwester. Alle wußten, daß sie aus irgendwelchen Gründen, am ehesten wohl von familiärer Art, den Mußmal auf den Tod haßte. »Sprit willst du, du versoffene Wanze?« schrie sie. »Und das willst du nicht?« Und sie fuchtelte mit den Fäusten vor der geschwollenen Visage des Mußmal, beide Daumen zwischen den Fingern durchgesteckt. Der Mußmal nahm den Kopf zurück und sagte gewichtig: »In der Medizin muß man sich benehmen.« Gripa wurde abgedrängt und der Mußmal aufgefordert, zu erzählen, was ihm passiert war. Er erzählte bereitwillig. Er habe still und friedlich angestanden und gewartet, daß der Laden nach der Pause aufmacht, und plötzlich sei ihm übel und schwarz vor Augen geworden, und weiter erinnere er sich an nichts, sondern sei erst im Rettungswagen zu sich gekommen, und das müsse man verstehen, statt einen Patienten zu kränken. Und darauf wurde er hinausgeführt.

Doch damit nicht genug. Unsere rachsüchtige Gripa

glaubte nicht, daß der Mußmal still und friedlich angestanden habe, und beschloß, Belastungsmaterial über ihn zu finden, damit sich die Miliz mit ihm befaßte. Nachdem sie aus dem Fahrtenbuch des Rettungsdienstes die Adresse des Ladens ermittelt hatte, stürzte sie sich in Nachforschungen. Taschlinsk ist nicht die Hauptstadt, die Bekanntschaftsketten sind bei uns kurz. Und bald stieß sie auf eine gewisse Tante Dussja, die Mutter einer Freundin von der Frau ihres, Gripas, älteren Bruders. Diese Tante Dussja spekulierte ein bißchen mit Wodka und stellte sich jeden Tag vor dem Laden im Erdgeschoß ihres Hauses an. An jenem Tag hatte sie das Glück, unter den ersten zehn zu sein, und direkt hinter ihr stand der kahle Kim Sergejewitsch, ihr Nachbar auf der Etage. Und alle standen geduldig an, als plötzlich unmittelbar, bevor das Geschäft aufmachte, der Mußmal erschien, die vorn Stehenden beiseite schob und sich zur Tür durchdrängte. Die Schlange begann natürlich zu murren, doch sich mit ihm anzulegen war gefährlich. Auf die Protestrufe hin drehte der Mußmal seine Schnauze zurück und knurrte heiser: »Muß mal sein, klar?«

Er hatte sich schon vor der Tür aufgebaut, als hätte er immer dort gestanden, als plötzlich Kim Sergejewitsch aus der Schlange nach vorn kam, an ihn herantrat, ihn mit beiden Händen am Schlafittchen packte und zurückriß. Natürlich überstieg es seine bejahrten Kräfte, so eine Kommode umzustoßen, doch der Mußmal trat zurück und wandte sich um. Er war weniger wütend als verblüfft. »Was soll das, du Idiot, einäugiger?« zischte er. Und bei unserem Kim Sergejewitsch wurde das Gesicht weiß, geradezu blau, und begann vor Schweiß zu glänzen. Und er sagte ziemlich laut: »Stell dich in die Reihe, du Vieh!« Der Mußmal glotzte ihn an und sagte: »Dir muß man mal das letzte Auge ausdrücken, Mistkerl.« Und er streckte seinen dicken schmutzigen Finger zu Kim Sergejewitschs Gesicht hin aus. Alle erstarrten, nur ein Dämchen sagte »Oi!«.

Doch der Mußmal brachte seinen schmutzigen Finger nicht bis an Kim Sergejewitschs Gesicht. Etwas geschah mit ihm, mit dem Mußmal. Seine Fresse wurde ganz schwarz, er wankte, fuchtelte mit den Armen und stürzte der Länge nach in den Schnee. Er lag ein Weilchen still, dann begann er zu zappeln, wollte offensichtlich aufstehen, konnte es aber nicht, etwas krümmte und verzerrte ihn, und was er brabbelte, war nicht zu verstehen. Kim Sergejewitsch sah sich vielleicht eine Minute lang an, wie die Teufel ihm zusetzten, dann ging er weg. Und da wurde der Laden geöffnet, alle stürzten hinein, und als sie die ihr von Gesetzes wegen zustehenden zwei Flaschen genommen hatte, kam Tante Dussja wieder heraus, sah aber nur, wie der Rettungswagen davonfuhr ...

Gripa erzählte hingebungsvoll und schadenfroh, spielte sogar vor, und sie wußte damals nicht, wer jener Kim Sergejewitsch war, der heldenhaft dem verhaßten Mußmal entgegengetreten war, und daß sich Tante Dussjas Laden im selben Hause befand, wohin mich Kim vor einer Ewigkeit zur Einzugsfeier eingeladen hatte. Zum Abschluß teilte Gripa vor Glück strahlend mit, daß sie vorgehabt habe, den Mußmal bei der Miliz wegen Rowdytum anzuzeigen, sollte er doch ein paar Tage im Kittchen schmoren, aber offensichtlich habe sich der Herrgott selbst mit dem Schurken befaßt, ihn an Ort und Stelle bestraft, und was ist die Miliz gegen Gott? – Toi-toi-toi, unberufen ... Aber solchen mutigen und gerechten Menschen wie dem Kim Sergejewitsch muß man untertänigst die Füße waschen ...

Als ich mit Moissej Naumowitsch aus dem Ärztezimmer eine rauchen ging, sagte ich: »Was ich wissen möchte: Wird sich der Mußmal jetzt auf der Straße blicken lassen und heulen?«

Moissej Naumowitsch warf mir einen betrübten und strengen Blick zu. »Ein schlechter Scherz, Alexej Andrejewitsch«, sagte er. »Das hätte ich nicht von Ihnen erwartet ...«

Ich schämte mich.

Bald stellte sich heraus, daß mein Scherz wirklich nicht besonders gewesen war.

13

Wenn es nur die Brände und die Fahrstühle gewesen wären, nur die Unannehmlichkeiten auf Arbeit! Sogar mit seinen Tauben passierten sonderbare Dinge. Eine Tümmeltaube fiel aus dem zweiten Stock und brach sich ein Bein.

An einem trüben Tag mit Schneetreiben wurde ich ins Aufnahmezimmer gebeten. »Es wurde nach Ihnen persönlich gefragt, Alexej Andrejewitsch«, sagte die Schwester. Und wer stand auf und kam mir entgegen, als ich eintrat? Kim Sergejewitsch Woloschin in eigener Person, in seiner vollen haarlosen und einäugigen Pracht, ganz wie anderthalb Jahrzehnte zuvor, nur stark gealtert und sehr ordentlich angezogen. Ein gelber Pelzmantel, eine riesige Pelzmütze von durch und durch kaukasischem Aussehen und noch etwas von Fell und Pelz lagen auf der Bank. Er lächelte breit, reichte mir die Hand und sagte mit seinem etwas heiseren Baß: »Grüß dich, Ljoschka. Da, sie hat eine Lungenentzündung. Leg sie bei dir hin und kurier sie.«

Erst da bemerkte ich die auf einem Polsterstuhl sitzende Frau. Sie war kränklich, von kleinem Wuchs, und sogar unter dem dicken Pullover konnte man ahnen, daß sie spitze Schultern und Ellbogen hatte, und die Beine, die in den breiten Schäften von Filzstiefeln verschwanden, wirkten dünn und beinahe ohne Muskeln. Das Gesicht war auch klein, und auf den Wangen lag eine ungesunde Röte.

»Das ist meine Frau«, sagte Kim, der schon nicht mehr lächelte. »Swetlowa, Ludmila Semjonowna. Sieh zu, daß du ... die günstigsten Bedingungen ... aus alter Freundschaft.«

»Du kannst beruhigt sein«, erwiderte ich trocken.

Nicht aus dem Grunde trocken, weil ich keinerlei Grund sah, für Kims Frau besondere Bedingungen zu schaffen, sondern um meine Verwirrung zu verbergen. Wie ein Klassiker gesagt hätte, es war, als ob jemand mit dem Rührlöffel in meinem Gehirn herumfahre.[28] Ein alter Knacker, aber immer noch unverdrossen, sie ist halb so alt wie er ... Es paßt nicht. Kim und Heirat – das geht nicht zusammen, ist unvereinbar, fällt aus dem Rahmen ... Aber was geht's mich an? Aber da der voluminöse gelbe Pelzmantel auf der Bank, die Mütze von unglaublichen Ausmaßen ... die Hunde ... der Mußmal ... Die besten Bedingungen? Aber ja doch!

Ich sagte Kim, daß er auf mich warten solle, und ging selber los, um die Bedingungen zu schaffen. Das tat ich. Mit Hilfe von unserer Gripa, die zu Ljussja sofort eine außerordentliche Zuneigung faßte (klar doch, die Frau des Mutigen und Gerechten, den sie nach Tante Dussjas Beschreibung sofort identifiziert hatte), wurde die neue Patientin in einem bequemen Dreibettzimmer neben dem Sonderzimmer für Chefs untergebracht.

Unerforschlich sind die Wege unseres Schicksals. Unerforschlich, doch das heißt nicht, daß sie nicht von jemandem vorherbestimmt wären. Just in jenen Tagen litt im Sonderzimmer kein Geringerer als der Stellvertreter des Vorsitzenden des Stadtexekutivkomitees, Rudolf Timofejewitsch Baraschkin, an Radikulitis. Und mit seiner Radikulitis hatte er sich zu mir in die Abteilung für Inneres gedrängelt; er hätte lieber in der Neurologie liegen sollen, wo er hingehörte, auch wenn es dort eng war und ein bißchen stank ...

Als alles geregelt war, lud ich Kim ins Ärztezimmer ein, eine rauchen und mal richtig schwatzen und bei der Gelegenheit die Anamnese ausfüllen. Diesmal redete Kim viel und bereitwillig. Als ich ihm sagte, der Fall sei banal und es bestehe Hoffnung, daß er seine Frau in drei, vier Wochen zurückbekäme, seufzte er und sagte: »Ein Jammer. Wir wollten vor Neujahr heiraten, und jetzt wird daraus nichts mehr ...«

---

[28] Aus ›Geheimnisvolle Strahlen‹ von Alexej Tolstoi, deutsch von Anneliese Bauch.

Sie kam wie er aus einem Kinderheim, war dreiundzwanzig Jahre alt, arbeitete als Kassiererin im Kino ›Sonnenaufgang‹, einem elenden Laden, der größtenteils von Berufsschülern, Soldaten aus dem Baubataillon und dergleichen Pack frequentiert wurde. Und es widerfuhr ihr, daß sie sich mit achtzehn mit einem ehemaligen Klassenkameraden einließ. Wie es so geht, wurde sie schwanger, und da rief ihn das Vaterland zur Fahne. Sie wollten zum Standesamt gehen, doch die Eltern widersetzten sich dem vehement. Er versprach ihr hoch und heilig, sie zu heiraten, sobald er zurück wäre, und fuhr ab. Termingemäß brachte sie ein Mädchen zur Welt. Sie wollte bei seinen Eltern unterkommen, wurde aber mit wütendem Abscheu zurückgewiesen. Da zog sie zu einer alten Frau, die nicht nur außerstande war, in den Laden zu gehen oder den Ofen zu heizen, sondern manchmal nicht einmal aufs Klo gehen konnte. So lebten sie irgendwie zu dritt, die Alte, die Junge und der Säugling. Fünfunddreißig Rubel Rente von der Alten, dazu die sechzig, die sie verdiente, außerdem strickte die Alte ein bißchen, und die Junge verkaufte es auf dem Markt ... Es gab düstere Augenblicke, sie dachte daran, die Tochter in ein Heim zu geben, hielt sich aber jedesmal zurück: Der ihr vom Schicksal Bestimmte würde zurückkehren, fragen, wo sie denn die Tochter habe ...

Und zurück kehrte der ihr vom Schicksal Bestimmte in einem Zinksarg aus Afghanistan. Weiß der Teufel, warum, aber die Eltern des Helden machten sie für dieses Unglück verantwortlich, jagten sie mit dem Kind vom Begräbnis fort und verboten ihr, ihnen jemals wieder unter die Augen zu kommen. Sie könne sagen, was sie wolle, Beweise gäbe es keine, im Ausweis nicht die Spur davon, und Bälger kann sich jede Schlampe haufenweise machen lassen, um ans Familienvermögen heranzukommen ...

Es war beunruhigend und traurig, diese Geschichte anzuhören, und noch beunruhigender und interessant war es für mich, Kim anzuschauen, der so gesprächig und offen war. Die Stimme brach ihm immer wieder und wechselte das Timbre, von Zeit zu Zeit schien er trocken zu schlucken, und drei-, viermal holte er ein sauberes Taschentuch hervor und wischte sich das einzige Auge. Dann verstummte er.

Ich wartete ein wenig und fragte: »Und jetzt wohnt sie bei dir?«

»Natürlich. Sie und das Mädchen. Ich habe sie vorige Woche geholt. So daß ich jetzt auf einmal Ehemann und Vater bin.«

Plötzlich verdüsterte sich sein Gesicht, in den Winkeln des schmallippigen Mundes traten deutlich Falten hervor.

»Was hast du?« erkundigte ich mich. Aus irgendeinem Grund wurde mir mit einemmal schwer ums Herz.

»Die Tochter«, sagte er. »Tassja. Sie ist taubstumm.«

Und jetzt ist es an der Zeit, sich wieder dem erwähnten Stellvertreter des Vorsitzenden des Stadtexekutivkomitees Rudolf Timofejewitsch Baraschkin zuzuwenden, der sich mit seiner Radikulitis in meinem Zimmer für die Machthaber breit gemacht hatte.

Er war ein notorischer Ignorant (Bildung, wie es heißt, Kirchgemeindeschule[29] plus Parteihochschule), doch er brachte es fertig, selbst die erbärmlichen Brocken von Wissen, die sich wie durch ein Wunder in seinem Schädel hielten, ziemlich geschickt seinen Bedürfnissen dienstbar zu machen. Wahrhaftig, ich habe es mit eigenen Ohren hören können. In der Morgenröte seiner nebelhaften Jugend hatte ihn ein enthusiastischer Pädagoge dazu zwingen können, die bekannten klagend-stolzen Verse auswendig zu lernen: »Verstand wird Rußland nie verstehen, kein allgemeines Maß es messen ...«[30] Aus diesen Versen zog jener Baraschkin folgenden Schluß: Wenn schon Leute, die es wissen müssen, der Meinung sind, daß man zum Verständnis von Rußland keinen Verstand braucht, dann ist das so, und den

---

29 Die Kirchgemeindeschule war die niedrigste Bildungsstufe im zaristischen Rußland.

30 Aus einem Gedicht von Fjodor Tjutschew.

Verstand braucht man, um zu verstehen, wo und was in Rußland nicht niet- und nagelfest ist, um das dann nicht mit dem allgemeinen, sondern mit dem eigenen Maß zu messen und sich entsprechend zu bedienen.

Und Baraschkin war ein Flegel. Meine Schwestern brachte er zum Weinen, fluchte gräßlich, und wenn ihn die Empfindungen der Radikulitis nicht daran hinderten, versuchte er bei den jüngeren handgreiflich zu werden. Die Patienten, die gehen konnten, vermieden es, an seinem Zimmer vorbei zur Toilette zu gehen, um sich nicht seinen Bosheiten auszusetzen. Einmal drohte ich ihm, ihn aus meiner Abteilung zu entfernen. Darauf antwortete er voller Verachtung: »Versuch's doch, du Klistierspritze. Ich mach dir so eine Abteilung, daß du ewig an mich denkst.« Worauf er brüllend loslachte und hinzufügte. »Hast du den Film ›Tschapajew‹ gesehn? Wie er dort mit euresgleichen umgeht ... Klistierspritzen, kehrt marsch!« Aus Dummheit ging ich zum Chefarzt, doch wie zu erwarten, kriegte ich nur unverständliche Ermahnungen zu hören. Besonders betonte er, daß der Genosse Baraschkin nicht mir zugeteilt sei, sondern der Neurologie, woraus sonderbarerweise folgte, daß ich Geduld üben und die Beziehungen nicht zuspitzen sollte ...

Solch ein Schatz also versaute mir mein Sonderzimmer bis zum ersten Januar 1987.

Ich habe keine Angst, einzugestehen, daß an Feiertagen die Vorschriften bei uns wie in allen Krankenhäusern nicht so streng eingehalten wurden. Vom frühen Morgen an kamen Besucher, die Kittel wurden knapp[31], Wohlgerüche aus Einkaufsnetzen, Körben und Schachteln überlagerten die Krankenhausgerüche, auch die Patienten wurden nicht vergessen, die keinen Besuch erwarteten. Die Schwestern liefen in die Krankenzimmer und erinnerten die, die sich zu lange aufhielten, daran, daß eine Schlange nach den Kit-

---

31 In sowjetischen Krankenhäusern war es üblich, daß auch die Besucher Krankenhauskittel trugen.

teln anstand, und wenn sie wieder herauskamen, hatten sie fettige Lippen oder kauten noch im Gehen. In meiner Zeit als Arzt habe ich viele, viele Male solche Bilder gesehen ...

Doch das Bild dieses ersten Januars wurde plötzlich von einer dicken schwarzen Linie durchgestrichen.

14

Der Drache litt Not, denn es geboten über ihn die finstersten und schändlichsten Organe seines Körpers.

Ich war an jenem Tag mit Alissa bei einem alten Freund, den ich seinerzeit aus einem schweren Infarkt geholt hatte. Residenz in der Militärsiedlung an die vierzig Kilometer entfernt. Ein Wagen, der uns abholte. Frost und Sonne. Vier Paar Gäste. Begrüßung des Neuen Jahres mit Sekt. Nächtlicher Spaziergang. Süßer und angenehmer Schlaf. Morgens ein leichtes Frühstück. Wieder Frost und Sonne. Ein hervorragender Skiausflug, feierliches Mittagessen, Mittagsschlaf. Préférence und dazu etwas Kognak. Um zehn Abrechnung, leichter Imbiß, Zapfenstreich. Früher Morgen, wieder Frost und Sonne. Umarmungen zum Abschied: »Und doch sehen wir uns zu selten, Alter!« Vierzig Kilometer zurück auf glattgewalzter Straße. Halt dort vor dem Haus, Freund. Danke. Einen Fünfer in die von allen möglichen Treib- und Schmierstoffen gebräunte Hand. Gut lebt auf der Welt Pu der Bär![32]

Ich ahnte nicht einmal, was für Kalamitäten mich erwarteten. Wie Sam Weller es ausdrückte: »Wenn Sie wüßten, wer hier dicht bei is, Sir, dann würden Sie wohl doch 'n andern Ton anschlagen. Wie der Habicht mit muntrem La-

---

[32] So lautet in B. Sachoders russischer Nacherzählung von A. A. Milnes ›Pu der Bär‹ die Liedzeile aus dem 6. Kapitel, der in der deutschen Übersetzung von Harry Rowohlt »Singt Ho! der Bär soll leben!« entspricht.

chen zu sich sprach, als er um die Ecke das Rotkehlchen singen hörte.« ...[33]

Ich zog gerade wieder meine Alltagskleidung an, als im Arbeitszimmer das Telefon schellte. Es rief der diensthabende Arzt an. Ich hatte mich kaum gemeldet, als er losbrüllte: »Alexej Andrejitsch? Gott sei Dank, endlich! Der Chef sucht sich tot nach Ihnen ...«

»Alles Gute zum neuen Jahr!« sagte ich streng und fühlte körperlich, wie mir das Herz in die Magengrube rutschte.

»Ja, ja, natürlich ... Ihnen auch ... Alexej Andrejitsch, sofort ins Krankenhaus. Wir haben hier ein Problem ...«

»Moment. Was heißt – wir? Bei euch in der Chirurgie?«

»Ganz im Gegenteil. Bei Ihnen in der Inneren. Der Chefarzt sucht seit gestern nach Ihnen.«

Ich konzentrierte mich und ging in Gedanken die schlimmsten Möglichkeiten durch. Nein, das war es alles nicht. Sogar wenn die Hälfte meiner alten Frauen und Infarktpatienten auf einmal wegstarb, hätte unser Chef nicht den Feiertag für die Suche nach dem Leitenden Internisten vergeudet. Dazu war er nicht der Typ. Aber was dann?

Wie als Antwort flüsterte die Stimme im Hörer: »Baraschkin hat gestern die Hufe hochgerissen.«

»Er ist tot?«

»Mausetot«, bestätigte der Diensthabende mit Nachdruck.

»An Radikulitis gestorben?« fragte ich verdattert. Ich war natürlich nicht ganz bei mir und faßte mich sofort. »Gut. Ich komme.«

Alles wurde glasklar. Baraschkin hatte auf meinem Territorium die Hufe hochgerissen, und selbst wenn die Todesursache der Biß einer Viper gewesen wäre, würde ich es sein, der diesen Brei auslöffeln mußte, und ich sah mich schon in einem Meer von Berichten, Rechtfertigungen, wütenden Klagen der Angehörigen und unheilvollen Anfragen

---

[33] Aus ›Die Pickwickier‹ von Charles Dickens, deutsch von Christina Hoeppener.

aus den Behörden versinken. Denn das war Baraschkin und nicht irgendein unbekannter Rentner aus der Pugatschowka ... Mit beklommenem Herzen und auf schweren Füßen begab ich mich ins Krankenhaus, wobei ich mir beinahe laut über den toten Baraschkin, den bei bester Gesundheit lebenden Chefarzt und mein launisches Schicksal Luft gemacht hätte.

Der diensthabende Arzt erwartete mich schon. Er teilte mit, daß der Chef in seinem Zimmer sitze, in Panik sei und mich erwarte, um gewisse Fragen zu erörtern. Schön, sagte ich, das kommt später. Was ist passiert und wie? Der Diensthabende erinnerte mich freundlich daran, daß er erst am vergangenen Abend den Dienst angetreten habe, als alles Wesentliche schon geschehen war, im Krankenhaus aber herrsche bloß sinnloser Wirrwarr, hervorgerufen von zuständigen Leuten in unterschiedlichen Stadien alkoholischer Begeisterung.

Schön, sagte ich, aber ich wüßte trotzdem gern, was passiert ist und wie. Du verstehst doch, alter Junge, ehe ich vor den Chef trete und Fragen erörtere ... Wenn er fragt, sag, daß ich bei mir bin. Und ich sah zu, daß ich auf mein heimisches Territorium kam. Baraschkin ist Baraschkin, dachte es in mir unablässig, und der Schatten des Staatsanwalts baute sich hinter mir auf.

Nachdem ich einer Pflegerin befohlen hatte, die Oberschwester ausfindig zu machen, ging ich zu mir ins Arbeitszimmer. Ich sah mich auf dem Tisch um - die Krankengeschichte war nicht da. Als die Oberschwester hereinkam, vergaß ich den Gruß und fragte: »Wie lautet die Diagnose?«

»Akute Koronarinsuffizienz.«

»Und wo ist die Krankengeschichte?«

»Beim Chefarzt.«

So. Ich stützte die Wange auf die Faust und wies an: »Erzählen Sie, wie und was.«

Sie druckste herum - gestern habe sie auch wie ich gefeiert. - Noch ein Nagel zu meinem Sarg. Doch da strömte das ganze anwesende medizinische Personal ins Arbeitszimmer, dazu noch drei Omas, die Zeugen des Vorfalls gewesen waren. Die drei waren heute hereingekommen, um zu schauen, was aus alledem wurde. So verstand ich sie und hörte nicht weiter hin, als eine von ihnen, unsere älteste Pflegerin Elvira, mit unanständiger Direktheit erklärte: »Wir mußten doch unseren Freundinnen die frohe Botschaft bringen ...« Und sie waren es auch, die mir erzählten, wie und was.

Nach dem Mittagessen war bei Baraschkin seine Gattin erschienen. Natürlich wartete sie nicht zusammen mit dem Pöbel, bis ein Kittel frei wurde, sondern stürmte gleich im Sealmantel und mit bestickten Filzstiefeln herein. Sie bescherte ihrem leidgeprüften Gemahl Mitbringsel, alles von Feinsten: »Da gibt es Kaviar zum Schmaus und Käse, Wein und allerlei ...«[34] Kaviar war tatsächlich da, ›und allerlei‹ wurde von einem gedörrten Störrücken und gekochtem Schinken vertreten, und statt Wein wurde unser armer Kranker mit einer Flasche Kognak beschenkt, wie er sonst in unseren Breiten nicht vorkommt. Und dabei war sie, die Gattin, betrunken. (»Angeheitert«, sagte die feinfühlige Sanitäterin Simotschka, »im Stoff«, bestätigte die grobe Sanitäterin Galina aus der Chirurgie, »blau wie eine Strandhaubitze«, entgegnete Tante Elvira.) Die Gattin hielt sich übrigens nicht lange auf. Sie werden wohl ein Gläschen auf Neue Jahr gekippt haben, und sie legte ab und ließ ihren Gebieter allein mit der Flasche zurück.

Eine Zeitlang ging alles still und friedlich, doch plötzlich wurde die Tür zum Sonderzimmer krachend aufgerissen, und auf der Schwelle erschien Baraschkin – den luxuriösen Kittel sperrangelweit offen, in einer bunten handgestrick-

---

[34] Aus Alexander Halitschs Lied ›Der Chef‹. Die betreffende Strophe lautet:
Da gibt es Kaviar zum Schmaus
und Käse, Wein und allerlei;
ich krieg den Fraß vom Krankenhaus,
doch geht mir das am Arsch vorbei.

ten Unterziehjacke und warmen Unterhosen gegen die Radikulitis, das ganze Inventar draußen. Die Kranken und Besucher, die es sich auf den Bänken unter den mickrigen Krankenhauspalmen bequem gemacht hatte, erstarrten vor Überraschung. Baraschkin aber musterte sie drohend und begann zu reden. Und er hatte, das muß man ihm lassen, ein bemerkenswertes Organ. Als er zu brüllen anfing, zitterten die Glasscheiben, das Geschirr klirrte, und meine armen alten Patientinnen steckten vor Angst den Kopf unter die Decke. Seine öffentlichen Auftritte waren in der Regel allesamt entlarvend und drohend. So war auch sein letzter Auftritt.

Das Repertoire war, wie aus den Angaben der Augenzeugen folgte, das übliche mit den üblichen unvorhersehbaren Sprüngen von einem Thema zum anderen. Er wird diesen und jenen Kurpfuschern nicht erlauben, an ihm ihre dreckigen Versuche durchzuführen und über ihn ihre gelehrten Artikel zu schreiben. Er wisse sehr genau, daß das Krankenhaus gegen Schmiergelder mit allen möglichen Schmarotzern angefüllt sei, die sich hier auf Staatskosten einen Fetten machten, um sich zu drücken, und dann auch noch an seiner Tür vorbei zum Abort latschen. Er werde alle entlarven, die im Krankenhaus das Volk bestehlen und das Volk mit Abfall füttern ...

Die Besucher versuchten, ihn zur Vernunft zu bringen – er drohte, er würde sie verfaulen lassen. Eine Sanitäterin versuchte ihn zurück ins Zimmer zu schieben – er verkündete, jetzt sei nicht die Zeit, wo man jemandem den Mund verbieten könne. Der völlig verwirrte diensthabende Arzt kam gelaufen – Baraschkin hieß ihn, sich binnen einer Woche nach Israel zu scheren. Tante Elvira faßte ihn sanft um die unermeßliche Taille und versuchte ihn zu überreden, er solle gehen und sich hinlegen – er sperrte sich und begann lauthals und stotternd zu erklären, wer Tante Elvira war und wer ihre nächsten Verwandten waren ...

Und so geschah es. Gerade war Baraschkin dazu übergegangen, die sexuellen Beziehungen der längst verstorbenen

Eltern von Tante Elvira zu enthüllen, als er plötzlich verstummte. Mitten im Wort. Als hätte man ein Radio ausgeschaltet. Simotschka, die sich entsetzt hinter dem Rücken des diensthabenden Arztes versteckt hatte, sah alles mit eigenen Augen. Baraschkin verstummte, seine Visage lief blau an, er schluckte, schluchzte auf und stürzte hin. Man konnte ihn nicht einmal mehr auffangen. Er fiel hin, zappelte mit den Beinen und erstarrte mit verdrehten Augen. Schluß.

»Was ist unternommen worden?« fragte ich perplex.

Es wurde alles unternommen, was möglich und vorgesehen war. Defibrillation. Intubation. Es half nichts. Eine Leiche ist eine Leiche. Ebensogut hätte man jemandem eine Spritze ins Holzbein geben können. Baraschkin war abgekratzt. Und tschüß. Richtig hatte es der Woloschin gesagt, von ganzem Herzen. Er kam heraus, schaute hin und sagte: »Dem Hunde einen Hundetod ...«

Mir stockte das Herz.

»Halt, halt«, brachte ich mit ungelenker Zunge hervor. »Wer, sagst du, kam heraus?«

»Woloschin ... Sie wissen doch, der Einäugige ...«

»Wo kam er heraus?«

»Ja aus dem Nachbarzimmer! Was denn, Alexej Andrejewitsch, haben Sie's vergessen? Dort liegt Ljussenka, seine Frau ...«

Während ich meine Gedanken ordnete, stellte sich heraus, daß Kim ein sehr fürsorglicher Gatte war. Er besuchte seine Frau fast jeden Tag und brachte immer etwas mit. Er hatte sich einen Krankenhauskittel genäht, er wusch ihn offensichtlich selber und stärkte ihn sogar. Oft brachte er die Tochter mit. So eine dünne, strohige, aber gut betreut, die Haare immer gekämmt, mit Schleifen, und ordentliche Kleider. Und gestern war er auch mit der Tochter da. Die Ärmste hört nichts und kann nicht sprechen, aber sie kriegt alles mit, und den Vater versteht sie auf den ersten Blick. »Sie sind gestern gekommen«, erzählte Tante Elvira, »und er hat im Zimmer ein richtiges Festmahl veranstaltet. Ich hab ihnen natürlich heißes Wasser gebracht. Die kleine Tassenka hat Tee eingegossen und verteilt. Und Kringel hatten sie – zum Totessen, sie waren noch warm, er hatte sie offensichtlich selber gebacken ...«

»Warte, Tante Elvira«, unterbrach ich sie. »Was redest du da von Kringeln ... Als Baraschkin den Abgang machte, war Woloschin da auf dem Korridor?«

»Er war nicht auf dem Korridor«, sagte Tante Elvira entschieden. »Ich sag doch, er kam erst später raus ...«

»Stimmt«, bestätigte Galina aus der Chirurgie. »Als Baraschkin hinknallte, lief ich los, um Grigori Ruwimowitsch zu helfen, und dieser Woloschin kam gerade aus dem Zimmer und stieß mir die Tür an den Hintern ...«

Als ob sie etwas witterten, schauten mich alle erwartungsvoll und neugierig an. Aber ich fragte nur: »Was war danach?«

Danach wurde der Leichnam nach den notwendigen und nutzlosen Prozeduren in die Totenkammer gebracht, und gegen Abend rückte ein Trupp Schmarotzer an, entweder aus der Miliz oder von der Sicherheit, größtenteils wegen des Feiertags im Stoff, und mit ihnen die Frau ... die Witwe des Verstorbenen. Die lief völlig neben der Rolle und verlangte nur immerzu, wenn nötig, solle man den Körper ihres Mannes in kleine Stückchen zerschneiden, Hauptsache, man fände heraus, wer diesen Terroranschlag verübt hatte. Sie nahmen sich den diensthabenden Arzt vor: Ob er den Genossen Baraschkin nicht geschlagen oder gestoßen habe, als der sich im Eifer des Gefechts unangebrachte Äußerungen erlaubte. Dann verhörten sie das Personal. Einer drang sogar ins Heizhaus vor, wo man ihn heute Morgen fand, wie er Arm in Arm mit unserem betrunkenen Heizer schlief ...

Ich hörte zu und war doch nicht bei der Sache. Also wirklich Kim, ging es mit fieberhaft durch den Kopf. Ich durfte den Kopf nicht in den Sand stecken, mich nicht mit irgendwelchen Banalitäten über zufällige Übereinstimmungen einlullen. Übereinstimmung hin, Übereinstimmung her, aber gütiger Gott, wo ist denn da Dein Wille? Zu gegebener Zeit werden wir es natürlich erfahren. Wie vor vielen Jahren der einbeinige Onkel Kostja gesungen hatte, der Träger der einsamen Medaille: »Es wird nicht lang dauern, wir erfahrn früh genug, ob am Himmel was dran ist oder alles Betrug ...«

Mir war, als wäre da eine Bewegung in der leeren Ecke hinter Simotschkas Schulter. Ich schaute hin. Da war die blau angelaufene Fresse Baraschkins, mit gebleckten Goldkronen, verdrehten Glotzen hing sie da, verzerrte sich wüst und verschwand. Ich wischte mir den Schweiß von der Stirn. Crescendo, fiel mir ein. So nennt man das. Crescendo. Erst das Bezirkskomitee. Dann das Hundemassaker. Dann der Sturz des Mußmal. Und jetzt Baraschkin. Nicht einfach Baraschkin, sondern der ermordete Baraschkin.

Ich begleitete alle Mädchen und Tanten aus dem Zimmer und ging zum Chefarzt. Aus den trüben Strudeln eines undurchdringlichen Geheimnisses ins vertraute warme Flachwasser des Alltags. Höchstens knöcheltief. Man sieht deutlich jeden kleinen Trilobiten, der am sandigen Grund krabbelt. Der Chefarzt war kein Kim Woloschin, er war durchsichtig wie Glas: ein Nichtskönner, Speichellecker und Feigling. Der Traum seines Lebens war eine Stellung als Referent bei der Gebiets-Gesundheitsbehörde. Und folglich keinerlei besondere Vorkommnisse, bitte. Bei ihm im Krankenhaus gab es keine BV, gibt es keine und wird es nie welche geben. Solange er Chefarzt ist, gibt es keine BV, es gibt nur nachlässige Leute, Abenteurer und Großtuer, die sich zu viel einbilden und die er rechtzeitig und vorher den zuständigen Stellen meldet. Erst recht eine solche Persönlichkeit wie der verstorbene Baraschkin. Ein Fleck auf dem guten Ruf des Krankenhauses. Die Untersuchung wird eingehend und peinlich. Dafür streichelt einem die Staatsanwaltschaft nicht das Köpfchen. Ein Hoch auf den Chefarzt! In mir kam Bosheit hoch. Eine fröhliche Bosheit, würde ich sagen. In den Ecken geisterten keine Toten mehr. Noch ein bißchen. Und da war er, sein höchster Trumpf: »Und beachten Sie, Alexej Andrejewitsch, niemand wird für Sie die Kastanien aus dem Feuer holen. Wenn sie einen auf die Matte rufen, gehen Sie, nicht ich. Es kostet mich gar nichts, für die Zeit krank zu werden.«

Ich reckte mich dreist, gähnte, stand auf, ging aus dem Zimmer und ließ ihn hübsch verständnislos zurück – ob ich womöglich verrückt geworden wäre und er mich nicht in eine Zwangsjacke stecken und mit einem entsprechenden stämmigen Begleiter an den entsprechenden Ort bringen lassen sollte.

Ich ging ins Sektionszimmer hinunter. Moissej Naumowitsch saß auf dem ›Trauertisch‹ (so nannte er diese unheilverkündende Vorrichtung aus künstlichem Marmor) und rauchte. Er würdigte mich kaum eines Blickes und murmelte: »Ganz wie ein gesunder Kerl. Wollen Sie das Protokoll lesen?«

Ich schüttelte den Kopf. »Nein. Sollen sie es in der Neurologie lesen. Übrigens, welche Diagnose haben Sie gestellt?«

Er schwieg erst einmal, dann stieg er ächzend vom Trauertisch. »Die Diagnose ... Normal. Dieselbe, wie der diensthabende Arzt. Akute Koronarinsuffizienz. Was kann ich denn anderes diagnostizieren? Plötzlich bleibt mir nichts, dir nichts das Herz stehen. Kommt doch vor, oder?«

Ich stimmte automatisch zu, daß das vorkommt.

Plötzlich begann Moissej Naumowitsch zu lachen. »Stellen Sie sich vor, Alexej Andrejewitsch, dieses Dämchen – die Witwe – bestand auf einer unverzüglichen Sektion, und zwar vor ihren Augen. Damit die Mörder in den weißen Kitteln nichts vertuschen könnten. Ich versuchte es ihr auszureden, sie abzudrängen – i wo! Es schalteten sich diese ... wie heißen sie? – Untersuchungsführer, was? Die mit den roten Klappausweisen schalteten sich ein. Nun ja, mit denen konnte ich mich nicht anlegen, oder? Schön, sag ich, Sie haben's so gewollt, haben sich's selber zuzuschreiben ...« Und wieder lachte er – irgendwie ungut, ihm gar nicht ähnlich, wie schadenfroh. »Ich hatte kaum angefangen, als es sie erwischte. Sie haben mir hier alles vollgekotzt und sind abgezogen. Und die Witwe haben sie mitgenommen ... Schwache Menschen, wie der Genosse Koba gesagt hätte.«[35]

»Moissej Naumowitsch«, sagte ich. »Ich habe Neuigkeiten für Sie.«

»Das ist schlecht«, sagte er. »Erzählen Sie, Alexej Andrejewitsch.«

Ich erzählte. Er hörte zu. Sein Gesicht wurde steinern. Vielleicht eine Minute lang schwiegen wir, dann krächzte er: »Wie hat dieser Woloschin gesagt? Dem Hunde einen Hundetod ... Das sieht ganz aus wie bei Freud, es verweist auf die Pugatschowka ...«

Plötzlich hatte er es eilig. Während er sich seinen abgetragenen Pelzmantel überwarf und sich irgendwie den Schal um den Hals wickelte, sprach er rasch und unverständlich vor sich hin: »Und es ist ihm wieder nicht gelungen! Das Hirn ist auseinander geschnitten, die Eingeweide sind zerschnippelt ... Das hat er offensichtlich nicht vorausgesehen. Warten wir also auf den nächsten Fall ...«

Den Sinn dieses seltsamen Ausspruchs erklärte er ein paar Tage später.

15

> *Eine riesige Hyäne, gefleckt, mit großem Kopf und bernsteinfarbenen Augen, rollte einen abgebissenen Menschenkopf über die Anlegestelle. Wie ein verspieltes Kätzchen ein Wollknäuel über den Teppich rollt.*

Als er wieder zur Durchsicht und wegen seiner Injektionen kam, teilte mir Leutnant S. (natürlich wie immer unter dem Siegel der Verschwiegenheit) mit, daß bei ihnen in der Dienststelle ein besonders besonderes Vor-

[35] ›Koba‹ war ein früher Spitzname Stalins.

kommnis stattgefunden hatte. Schon seit der Zeit der merkwürdigen Geschichte im Gebietskomitee hatte nämlich die Miliz nach einem Hinweis der Staatssicherheit einen gewissen Kim Sergejewitsch Woloschin unter Beobachtung genommen. (»An den müssen Sie sich doch erinnern, Alexej Andrejewitsch, das ist der, der in der Zeitung über die Wermutstadt ... Nach den Fällen im Bezirkskomitee hatten wir nach ihm gefahndet, ich habe es Ihnen erzählt ...«) Und nun nach dem Tode Baraschkins wurde er in die Dienststelle vorgeladen. Mit ihm sprach der Hauptmann selbst im Dienstzimmer hinter verschlossener Tür.

Plötzlich riß Woloschin die Tür auf und brüllte: »He, Bullen! Euer Alter ist grade weggetreten!« Sie stürzten hin. Der Hauptmann lag mit dem Kopf auf dem Tisch und stöhnte. Wie sich zeigte, hatte er sich eingeschissen. Der Rettungswagen war noch nicht da, als der Hauptmann zu sich kam, sich mit wildem Blick umsah, Woloschin erblickte und mit schwacher Stimme befahl, ihn aus der Dienststelle zu entfernen. Was auch freudig und leichthin getan wurde. Der Rettungsarzt stellte einen leichten Krampf der Hirngefäße fest und empfahl den Mitarbeitern, den unglückseligen Vorgesetzten zum Waschen zu bringen.

Ich gestehe, mich erfüllte Schadenfreude. (Stark ist der Feind des Guten im Menschen!) Und ob! Für die ist es ein Kinderspiel, irgendeinem lausigen Grigori Ruwimowitsch die Hölle heiß zu machen, oder, sagen wir, dem Direktor der zweiten Schule (sowas war vorgekommen), aber nun waren sie an einen Teufel geraten – und hatten buchstäblich die Hosen voll ...

»Ja, und weiter?« erkundigte ich mich und demonstrierte Unbedarftheit und nahezu jungfräuliche Unschuld. »Ihr habt ihn natürlich wieder vorgeladen?«

Doch Leutnant S. hatte sich anscheinend auch seine Gedanken über Teufel gemacht. Er äußerte die Ansicht, sich mit diesem Typ lieber nicht anzulegen. Und alle in der Dienststelle dächten ebenso. Auch der Hauptmann. Nein, das sei kein Fall für die Miliz. Darüber könne man nicht einmal einen ordentlichen Bericht schreiben. Stellen Sie sich vor, Alexej Andrejewitsch, wie unser Oberst in Oldenburg das Papier kriegt! Und dann noch, wie sich der Hauptmann eingesch ... Aber wenn es die von der Staatssicherheit juckt, sollen sie sich selber damit befassen, und wir sehen zu ...

Als S. fort war, stürzte ich zu Moissej Naumowitsch. Nachdem er mich angehört hatte, grinste er freudlos und äußerte mit tonloser Stimme die Befürchtung, daß es noch schlimmer kommen würde. Und er behielt recht. Es wurde so schlimm, daß ich nicht einmal daran denken mag. Doch in diesem Lied darf man kein einziges Wort auslassen.

Wir erfuhren von dieser schrecklichen Sache von der auf den Tod erschrockenen Wirtschaftsschwester Gripa, und die hatte es von besagter Tante Dussja, der Nachbarin der Woloschins, die sich in letzter Zeit sehr an Ljussja und deren arme Tochter angeschlossen hatte. Eine stabile Informationskette, würde ich sagen - ganz wie in dem Fall mit dem Mußmal -, und sehr bequem für uns, falls der Ausdruck hier angebracht ist.

Kim saß also bei sich zu Hause und bastelte irgend etwas auf dem Fensterbrett, wobei er ab und zu einen Blick auf die Stieftochter warf, die im Hof spielte. Ljussja und Tante Dussja schwatzten in der Küche und sangen ein bißchen, Kim pfiff dazu und schaute immer wieder nach, damit Tassja, Gott behüte, nicht vom Hof auf die Straße liefe, wo die Autos fuhren. Es war ein schöner Tag, und im Hof hatten sich so anderthalb Dutzend Mädchen im Vorschulalter und aus der ersten Klasse versammelt, sie rutschten auf Rodelschlitten oder Brettern oder einfach so einen Schneehügel hinunter. Die Jungen spielten wie üblich für sich. So war die Lage zu Beginn der Tragödie.

Bekanntlich sind Kinder die Blumen des Lebens. Aber ziemlich oft rotten sie sich ohne ersichtlichen Grund alle zusammen und wenden sich gegen einen, und zwar in der

Regel gegen den Schwächsten, den Schüchternsten oder, am allerliebsten, gegen einen Behinderten. An jenem Tag hetzte der Böse die Kinder auf Tassja. Die Kampagne begann die Tochter eines Monteurs, der ein Stockwerk über den Woloschins wohnte, eine Schülerin der zweiten Klasse, ein großes, grobes und streitsüchtiges Mädchen. Sie stieß Tassja um und begann, sie mit dem triumphierenden Schrei »Blöde taube Kuh!« auf dem Gesicht durch den Schnee zu schleifen. Die fröhlichen Freundinnen zögerten nicht mitzumachen. Und Kim sah das alles.

Er brüllte los, sprang auf, verhedderte sich mit den Beinen im umgestürzten Schemel, zerschlug ihn, stieß die in den Korridor gerannte Frau beiseite und schoß ins Treppenhaus hinaus. Er sprang zwei Absätze hinunter, rutschte auf den Stufen des dritten aus, fiel mit Schwung auf den Hintern und blieb so sitzen, die Hände an den Kopf gepreßt, schweißüberströmt, die Glatze lila angelaufen. Sicherlich war genau das der Augenblick, in dem die Tötung geschah. Die Kinder spritzten mit Entsetzensschreien nach allen Seiten auseinander, und am Ort des Geschehens blieben zwei zurück: Tassja, die im Schnee lag und vor Angst unartikuliert brüllte, und die reglos hingestreckte Tochter des Monteurs. Tot. Unabänderlich tot.

So erzählte es uns zitternd und die Augen verdrehend unsere Gripa. Gleich am folgenden Tag. »Plötzlicher Tod«, wie es eine Koryphäe aus der kardiologischen Brigade des Rettungsdienstes formulierte. »Reflektorischer Kreislaufstillstand«, wie Moissej Naumowitsch mit ersterbender Hand in die Bescheinigung eintrug.

Dann begannen die Folgen. Den Nachbarn und vor allem den Eltern war völlig klar, daß die Ärzte entweder nichts verstanden hatten oder den Leuten etwas vormachten, daß nichts ›Reflektorisches‹ mit dem Mädchen passiert war, sondern daß Kim Woloschin, der allgemein bekannte Zauberer und Verbrecher, sie ermordet hatte. Wer daran zweifelte, bekam die Präzedenzfälle vorgesetzt – die Sache mit dem Mußmal und den Tod Baraschkins. Bald schon kochte die ganze Stadt vor Erregung am Rande einer Panik.

Natürlich wurden Erklärungen verlangt, und es liefen schreckliche Gerüchte um. Die Materialisten behaupteten, der Verbrecher Woloschin sei mit einem kleinen Gaswerfer bewaffnet, die Mystiker faselten etwas von bösem Blick, Verderben und irgendeiner awestischen Magie. Doch nicht nur Erklärungen wurden verlangt, sondern auch unverzügliche Rache. Beim Bezirkskomitee, bei der Miliz, bei der Zeitung ging eine Flut von Briefen ein. Verhaften und eine lückenlose Untersuchung durchführen. Wenn nötig, unter Verwendung verschärfter Verhörmethoden. Und noch besser – einfach nehmen und auf dem Leninplatz aufhängen ...

Und es gab entsprechende Abordnungen. Von Partei- und Arbeiterveteranen. Vom Tierschutzverein. Von den militanten Atheisten und den militanten Patrioten. Im Bezirkskomitee sagte man ihnen, das Problem sei kompliziert, es fehle an den notwendigen Spezialisten, man habe beim Gebiet welche angefordert. Bei der Miliz erklärte man, keinerlei Tat des K. S. Woloschin falle unter die Paragraphen des Strafgesetzbuches der RSFSR, Versuche der Selbstjustiz an K. S. Woloschin aber werde man streng und rücksichtslos unterbinden. Und der Redakteur unserer ruhmreichen Zeitung hätte zwar gern mit dem ehemaligen Mitarbeiter abgerechnet, hatte sich aber selbst ins Aus manövriert, denn er hatte erst vor kurzem einen Rüffel wegen eines Artikels über die Landung Außerirdischer im Nachbargebiet eingesteckt.

Typischerweise waren die Bürger nicht überall in der Stadt in gleichem Maße empört. Am aufgeregten waren sie in den Stadtteilen, die vom Neubauviertel am weitesten entfernt lagen – auf der anderen Seite der Großen Schlucht. Im Hause aber, wo die Woloschins wohnten, und in der nächsten Umgebung verhielt sich die Bevölkerung mucksmäuschenstill und machte sich kleiner als die kleinste Ameise. Nachdem er die Tochter begraben hatte, brachte der Monteur seine Frau, die vor Leid von Sinnen war, unverzüglich zu Verwandten weg, und alles erstarrte. Einige folgten dem Beispiel des Monteurs und brachten ebenfalls ihre Familien fort – weg von der unbekannten Gefahr. Auf dem Hof spielten keine Kinder mehr. Die wildesten Draufgänger, Schüler der oberen Klassen, Berufsschüler, junge Arbeiter, verschwanden Hals über Kopf um die nächste Ecke, wenn Kim aus seinem Bau kam, um einzukaufen oder mit Tassja spazieren zu gehen. (Ljussja tat keinen Schritt aus dem Haus. Nur Tante Dussja kam heimlich, wenn der Hausherr fort war, zu ihr zu Besuch. Nach ihren Worten saß Ljussja, eingefallen und bleich, tagelang auf dem Bett, die Hände auf den Knien, schaute zum Fenster hin, sprach wenig und widerwillig.)

Es verging eine Woche, und der Monteur kehrte mit seiner Frau ins Haus zurück. Am Abend ging die Frau des Monteurs, betrunken und struppig, nachdem sie den Mann weggestoßen hatte, der sie zurückzuhalten versuchte, zur Wohnung der Woloschins hinunter und begann mit Fäusten und Füßen gegen die Tür zu hämmern, wobei sie aus vollem Halse schrie.

»Mörder!« schrie sie. »Mach auf, du Mörder! Wo ist meine Tochter, verdammter Vampir? Du denkst, du hast sie ermordet, und fertig? Da irrst du dich! Ich werde dir keine Ruhe lassen! Ich laß dich ins Gras beißen! Ich bring dich dazu, daß du dich selber aufhängst! Mach auf, ich kratze dir das letzte Auge aus!«

Es ist anzunehmen, daß das ganze Haus mit Entsetzen dieser Herausforderung lauschte. Tante Dussja versuchte, die unglückliche Mutter wegzuführen, wurde aber mit lauter Wut zurückgestoßen. Der Mann versuchte es, lenkte damit die Aufmerksamkeit der Frau aber nur auf sich und überhaupt auf alle Männer im Haus.

»Geh weg, zieh ab, du elender Feigling!« kreischte sie. »Warum hast du den Mörder deiner Tochter nicht umgebracht? Warum lebt er und schert sich nicht drum? Hast du Angst, du Schleimer? Ich bin hier die einzige, die keine

Angst hat! Ihr anderen zittert doch alle, habt euch verkrochen, Egoisten verdammte! Männer wollen das sein! Beschissene Säufer! Seid zu feige, zusammen einen einzigen Vampir kaltzumachen!«

So wütete sie, wurde völlig heiser, schlug hysterisch um sich, schrie schon gar nicht mehr wiederzugebendes Zeug. Mit einiger Vorstellungskraft kann man sich denken, was damals in der Wohnung der Woloschins vor sich ging. Wie Ljussja, um nichts zu hören, sich die Ohren zuhielt und den Kopf unters Kissen steckte. Wie die kleine Tassja verständnislos dreinschaute, durch ihre Taubheit von den Ereignissen abgeschnitten. Wie Kim zähneknirschend auf und ab lief, wie ihm das Blut zu Kopfe stieg, wie er immerzu versuchte ... Nein, da versagt meine Phantasie. Ebensogut kann ich mir vorstellen, wie er am Tisch sitzt, Wodka trinkt, das schwere bläuliche Lid überm Auge geschlossen, und sogar leicht sein boshaftes teuflisches Grinsen grinst ...

Die Frau des Monteurs verstummte abrupt und verlor das Bewußtsein, und ein paar Minuten später kam sie als Kretin wieder zu sich, wie er im Buche steht, zudem hatte sie das Gedächtnis und die Fähigkeit zu sprechen verloren. Eine Stunde später fiel es jemandem ein, den Rettungsdienst zu rufen, und sie wurde weggebracht. Danach verlor sich ihre Spur.

Die Nachricht von der neuerlichen Untat (und daß es eine Untat war, bezweifelte in der Stadt niemand mehr) verbreitete sich auf die übliche wunderbare Weise in unserem Publikum noch in derselben Nacht. Als ich um neun ins Krankenhaus kam, wußten davon jedenfalls alle Kranken, alle Schwestern und Pflegerinnen. Ich setzte mich mit Moissej Naumowitsch in Verbindung. Er wußte auch schon alles. Ich schlug vor, zum Gespräch an die frische Luft zu gehen. Im Krankenhaus gab es zu viel Volk und zu viele Ohren. Wir trafen uns in der Mitte des Hofes und begannen zu rauchen.

16

Durch den dichten Tabakrauch
Sprach der alte Schütze auch:
Alles kann er, der Soldat,
Wenn er Grips im Kopfe hat.

Ich sagte nachdrücklich: »Man muß etwas tun, Moissej Naumowitsch.«

Er zuckte fröstelnd die Achseln unter dem übergeworfenen Mantel. Sein Gesicht war zerquält.

»Man müßte«, murmelte er.

»An die Gebiets-Gesundheitsbehörde schreiben? Ans Ministerium?«

»Das ist nicht mal komisch ...«

»Vielleicht kennen Sie in Moskau jemanden? Irgendwelche alten Beziehungen ... Nein?«

Er winkte hoffnungslos ab.

Ich sagte gereizt: »Da kommen doch Menschen um, Moissej Naumowitsch! Vielleicht sollten wir zur Staatssicherheit gehen?«

»Hören Sie, Alexej Andrejewitsch. Wenn man Ihrem Leutnant von der Miliz glauben darf, weiß das KGB auch ohne Sie schon alles ... Und dann ...«

Er verstummte und schaute plötzlich schreckhaft zum Himmel, aus dem in der ruhigen Luft ein wenig Schnee herabrieselte. Als erwarte er, es würden jeden Moment irgendwelche Messerschmitts im Sturzflug herabstoßen.

»Was – dann?« sagte ich scharf, um die Angst zu unterdrücken. »Was – dann, Moissej Naumowitsch? Reden Sie doch, wir sind nicht zum Spaß hier!«

»Alles, was wir beide wissen, wissen die auch ohne uns. Aber mit wem sie es zu tun haben, das wissen sie nicht ...«

»Und Sie wissen es?«

Er senkte den Kopf und flüsterte kaum hörbar: »Ich weiß es. Doch sie werden es nicht glauben. Sie sind nicht reif dafür.«

»Aber wenigstens mir können Sie es doch sagen«, schrie ich. »Ich bin doch, glaube ich, schon für alles reif! So reden Sie doch, zum Teufel, also wirklich! ...«

Und er redete, und ich hörte zu, die Augen aufgerissen und offenen Mundes. Nein, dafür war auch ich nicht reif.

Kim Woloschin, erklärte Moissej Naumowitsch, ist kein lebendiger Mensch im vollen Sinne des Wortes. Vielleicht ist er überhaupt kein Mensch. Kim ist vor langer Zeit gestorben, wurde in die Hölle geworfen, zu ewiger Qual verdammt, doch es gelang ihm zu fliehen. Genauso zu fliehen, wie man in unserer Welt aus Gefängnissen, Lagern und dergleichen Orten flieht, die viel näher liegen. Und ein Flüchtling aus der Hölle muß genauso wie ein flüchtiger Sträfling möglichst schnell in der Menge untertauchen, mit ihr verschmelzen. Denn die Höllendiener, denen er entwischt ist, durchstreifen auf der Suche die ganze Welt, um ihn einzuholen, zu ergreifen und wieder in die Tiefe unausdenklicher Qualen zu bringen! Doch da gibt es einen Haken. Niemand kann sich vorstellen, welche Verletzungen und Verstümmelungen das jenseitige Fleisch von all den Pfannen, Kesseln und glühenden Zangen bekommt, doch die erste Sorge des Flüchtlings ist es offensichtlich, seine verkrüppelte jenseitige Gestalt gegen den normalen Körper eines Bewohners unserer Welt zu vertauschen. Sonst wird er auch bei uns nicht angenommen, und die Verfolger holen ihn in Handumdrehen ein. Und daher ...

Moissej Naumowitsch schwieg und schaute mich bedeutungsvoll an.

»Was - und daher?« fragte ich benommen. Ich war wie vor den Kopf gestoßen. Immerhin hatte ich einen der klügsten und gebildetsten Menschen vor mir, die ich je gekannt hatte. Einen Materialisten, zum Teufel! Einen Mediziner!

»Und daher sucht er einen neuen Körper«, erläuterte Moissej Naumowitsch. »Und das ist nicht einfach. Die Körper von im Krieg Getöteten oder bei Katastrophen Umgekommenen sind schwer beschädigt. In sie hineinzufahren, ist dasselbe, als wolle man eine zerschlissene Wattejacke gegen eine ebensolche tauschen. Und an jemanden, der eines mehr oder weniger natürlichen Todes gestorben ist, kommt er nicht rechtzeitig heran, weil diese sterblichen Hüllen fast sofort bei den Prosektoren landen. Und fertig.«

»Warten Sie, Moissej Naumowitsch! Und fertig, und fertig ... Wie paßt das alles zusammen ...«

»Keine Ahnung, wie das zusammenpaßt. Ich habe nie von derlei gehört. Nehmen wir an, er hat damit begonnen, sich die Leichen selber herzustellen. Oder er braucht nicht unbedingt einen Leichnam, sondern ... sagen wir: einen Lebenden, aber ohne Verstand. Und nehmen wir an, daß er bei der Flucht eine höllische Waffe seiner Peiniger mitnehmen konnte ... Es kommt doch vor, daß Verbrecher bei der Flucht von den Wachmannschaften Pistolen, MPis, was weiß ich mitnehmen ...«

Ich faßte ihn bei der Hand und sagte sanft: »Moissej Naumowitsch, verraten Sie mir, wo haben Sie diesen ganzen grandiosen Unsinn aufgeschnappt?«

Er wandte sich ab und machte die Hand los. »Na ja, ich will's nicht verhehlen. Auf die Idee hat mich ein Film gebracht. Ein amerikanischer Horrorfilm. Obwohl darin nicht alles genauso ist ... Aber das ist kein Unsinn, glauben Sie einem alten Mann, Alexej Andrejewitsch! Vielleicht habe ich es unklar dargelegt ... nicht alle Einzelheiten berücksichtigt ... Aber im Großen und Ganzen, in der Hauptsache habe ich recht, ich bin mir sicher ...«

»Ja«, sagte ich bitter. »In der Hauptsache haben Sie natürlich recht. So eine Version anzunehmen, sind sie beim KGB zweifellos nicht reif. Etwas anderes ist es mit unseren Pflegerinnen und alten Weibern. Die werden sich an diese Version klammern, noch Einzelheiten hinzufügen ...«

»Und wenn es wenigstens die Pflegerinnen und die alten Weiber sind!« sagte er und reckte stolz seine riesige alte Nase hoch. »Volkes Stimme, wissen Sie ...«

Ich faßte ihn um die Schultern. »Kommen Sie, Moissej Naumowitsch. Sie sind ganz durchgefroren ... Und wissen Sie, was der schwächste Punkt an Ihrer Version ist?«

»Ich weiß«, brummte er gekränkt. »Sie läßt Vieles unerklärt.«

»Wenn es nur das wäre! Vor allem kann man sie nicht praktisch anwenden. Verstehen Sie, Moissej Naumowitsch, irgendeinen aus dem Gefängnis entwischten Brecheisen-Wanja können unsere wackeren Organe noch fangen ... Aber einen aus der Hölle Entflohenen erwischen, noch dazu, wenn er eine unbekannte höllische Waffe hat ..., also da, verzeihen Sie, ist der König mit all seinen Mannen überfordert ... Und was die Stimme des Volkes angeht: Sie sollten die Perlen Ihrer Phantasie nicht wahllos herumstreuen. Zur unrechten Zeit, und sie treffen noch jemanden ins Auge ... Ich garantiere Ihnen, bei uns in den Kranken- und auch in den Ärztezimmern werden schon derlei Versionen ausgearbeitet. Und wenn jetzt auch noch Sie mit Ihrer Autorität ...«

»Hören Sie auf, Alexej Andrejewitsch«, unterbrach er mich ärgerlich. »Ich bin kein kleines Kind und weiß, wo ich was darf und wo nicht.«

»Na-na«, sagte ich, und wir trennten uns.

Und doch war ich angesprungen, und Moissej Naumowitschs absurde Hypothese – ich schäme mich nicht, es einzugestehen – hatte auf mich Eindruck gemacht. Ich ermahnte mich zu kaltem Blut und gesunder Skepsis, ich schalt mich, daß ich so leicht zu beeindrucken war, und wunderte mich abfällig über mich selber, als mir plötzlich während der Visite klar wurde, wo mich der Schuh drückte. Ja, das Märchen meines Freundes war absurd, mit nichts vereinbar, doch es enthielt ein sehr treffendes Wort, und dieses Wort war ›Hölle‹. Freilich nicht in dem Sinne, wie Moissej Naumowitsch es gebraucht hatte. Dennoch fühlte ich intuitiv, daß der ganze Albtraum mit Kim Woloschin gerade von der Hölle her betrachtet werden mußte. Die Hölle erklärt alles. Und schon zum Ende der Visite hatte ich mir alles erklärt.

Leichter wurde mir davon allerdings nicht. Denn meine Erklärung hatte denselben Makel wie Moissej Naumowitschs Version: Sie konnte nicht als Leitfaden zum praktischen Handeln dienen …

17

> *Nur nicht gezagt, Bursche, lad eine Frau und schieß aus ihr in die große bunte Welt. Und sie wird eine Kanone verschießen oder einen Kanonier, und die schießen ihrerseits, auch Kanonen oder Kanoniere, und so geht das weiter, Schuß auf Schuß, bis die große bunte Welt schwarz wird, und dann, siehst du, kommt eine Feuerpause. Frieden kommt, verstehst du, Bursche? Schwarze Welt und Frieden! Und je eher du deine Frau lädst, und besser lädst du nicht eine, sondern möglichst viele, um so eher kommt er, der Frieden.*

Mit meinen trüben Gedanken schleppte ich mich fast bis zum Mittag hin, und inzwischen begann die Stadt zu brodeln und heizte sich auf. Alles traf sich schließlich in meinem Krankenhaus. Wie hatten alle Hände voll zu tun, das Wasser im Kühler des Rettungswagens kochte.

Wieder gab es Petitionen und Delegationen. Irgendwo wurden Meetings angehalten. Irgendwo wurden Bürgerwehren gebildet. An der Endhaltestelle des Überlandbusses wurde ein Bierkiosk zertrümmert. Zwei Verletzte. Der Mußmal prügelte sich mit Berufsschülern, und die vertrimmten ihn gehörig mit Fahrradketten. Es entstanden mehrere Brände. Drei Leute mit Verbrennungen, fünf mit Rauchvergiftungen. Vom Gerüst eines Fünfgeschossers, der auf der Schriftsteller-Penkow-Straße errichtet wurde, stürzte ein betrunkener Arbeiter. Schwere Knochenbrüche. Schüler der zehnten Klasse in der Schule Nr. 2 versuchten eine junge Lehrerin zu vergewaltigen, die kürzlich aus Jerewan zu uns strafversetzt worden war; es erwies sich, daß sie Karate beherrschte, und vier verhinderte Vergewaltiger wurden mit Verletzungen ins Krankenhaus eingeliefert …

Unser weiser Chefarzt brachte die allgemeine Meinung zum Ausdruck, daß die Moral in unserer Stadt rapide gesunken sei, rief uns auf, alle Kräfte anzuspannen und sie nicht auf Kleinkram zu vergeuden, und verschwand ins Exekutivkomitee. Und die Gerüchte waren sofort zur Stelle und schrieben das ganze Chaos selbstsicher dem bösen Zauberer mit dem schwarzen Auge zu. Ich war ja immer der Ansicht gewesen, daß, um unsere Stadt in einen schweinischen Zustand zu bringen, ihre eigenen, inneren Kräfte durchaus genügen, jetzt aber, wessen konnte ich jetzt gewiß sein?

Kurz vor Ende des Arbeitstages kamen neue Meldungen ins Krankenhaus. Es brachte sie ein rotblonder Lümmel mit kräftig erfrorener Nase und erzählte sie einer Sanitäterin, mit der er verwandt war. Wie sich zeigte, näherte sich gegen fünf Uhr abends der Brücke über die Große Schlucht, die die Stadt vom Neubauviertel trennt, eine grimmige Menschenmenge von etwa dreißig Leuten, bewaffnet mit Knüppeln, Äxten und sogar ein paar Jagdgewehren. Die Menge war ausgezogen, um das verfluchte Nest auszuräumen, den verfluchten Zauberer in Stücke zu reißen und bei der Gelegenheit sein verfluchtes Hexenweib mitsamt ihrem verfluchten Auswurf in Gestalt einer taubstummen Mißgeburt abzuhaken. Niemand behinderte diesen tödlichen Marsch der Rächer, nur in der Ferne versteckten sich ängstlich zwei, drei Milizionäre in der hereinbrechenden Dunkelheit. Wohl mit der Absicht, Meldung zu machen, wenn alles vorbei wäre.

Die Menge ging schon zur Brücke hinunter, doch da tauchte vom Neubauviertel her eine zweite, größere Menge auf, an die fünfzig, ebenfalls bewaffnet. Beide Mengen gingen aufeinander zu, trafen sich in der Mitte der Brücke und blieben dicht voreinander stehen. Ich nehme an, sie alle zitterten vor Aufregung, waren erhitzt und dampften wie Pferde. Eine Zeitlang herrschte Schweigen, dann erkundigte man sich aus dem Menge von Neubauviertel, was der Anlaß des Besuches sei. Die aus der Stadt erklärten ihre Absichten und baten, sie vorbeizulassen. Die anderen verkündeten leise, aber entschlossen, daß sie das nicht tun würden. Die aus der Stadt gaben sich ihrer Lieblingsbeschäftigung hin – saftig und wütend zu fluchen. Als die größten Schreihälse allmählich müde wurden, schlugen die aus dem Neubauviertel nach wie vor leise und verständlich vor, die aus der Stadt sollten wieder abziehen. Hier würde sowieso niemand durchkommen.

Nehmen wir an, ihr kommt bis zu seinem Haus. Und dort erledigt er euch alle auf einen Streich. Habt ihr vergessen, was mit den Hunden auf der Pugatschowka passiert ist?

Zur Antwort begannen die aus der Stadt sehr kränkend zu lachen und zu pfeifen, und jemand rief, von der Sache mit den Hunden wisse niemand, ob das wahr sei oder nicht. Es wurde jedoch bemerkt, daß ein paar von der Stadt sich aus ihrer Menge lösten und zurückmarschierten.

Von der anderen Seite erinnerte man sie daran, daß, da Kim Woloschin ein Zauberer sei, niemand wissen könne, was er vermöge und was nicht, aber von den Umgebrachten wisse man ganz genau ...

Nun zeigte sich, daß sich auch Materialisten unter die von der Stadt gemengt hatten, und einer von ihnen erklärte völlig inkonsequent, daß es auf der Welt keine Zauberer gebe und man deshalb ohne weiteres mit Woloschin kurzen Prozeß machen könnte. Jetzt lachten und pfiffen die aus dem Neubauviertel. Die rechtgläubigen Rächer ballten sich sofort um den Ketzer und seine beiden Claqueure zusammen, sprachen ihnen handfest ihr Mißfallen aus und verstießen sie aus ihren Reihen, und die trotteten unter drohenden Flüchen zurück zur Stadt.

Unterdessen war es vollends Nacht geworden, der Frost drang bis auf die Knochen durch, am Grunde der Schlucht ballte sich bedrohliche Finsternis zusammen. Und überhaupt war die Luft raus, und es war klar geworden, daß man sie jedenfalls nichts ins Neubauviertel lassen würde, und der Rausch verflog. Und dann trat noch einer vom Neubauviertel vor, schneuzte sich und sagte: »Reißen wir uns etwa wegen euch Dummköpfen die Beine raus? Ihr seid uns doch allesamt schnuppe, bringt euch doch um, ist nicht schade. Aber was wird er machen? Womöglich schlägt er mit seiner Bosheit und seiner Kraft nicht nur nach euch, ihr Blödmänner, sondern nach der ganzen Umgegend? Wir haben doch hier unsere Familien, Frauen, Kinder, Alte ... Bis zu euren Häusern in der Stadt reicht er ja vielleicht nicht, aber unsere sind dann jedenfalls erledigt. Wie können wir euch da durchlassen, ihr versteht doch ...«

Und die aus der Stadt machten auf einmal und schweigend, wie auf ein unhörbares Kommando hin, um hundertachtzig Grad kehrt und gingen von der Brücke zurück in die Stadt.

So ruhmlos (oder glücklich?) endete der erste und letzte Feldzug der Taschlinsker gegen die Höhle des Zauberers Kim Woloschin.

Am selben Abend, als das Krankenhaus nach dem ungewöhnlichen Tag halbwegs zur Ruhe gekommen war, rief ich zu Hause bei Alissa an und sagte Bescheid, daß ich spät kommen würde. Ich war sehr müde, doch der Wunsch, meine Überlegungen mit Moissej Naumowitsch zu teilen, war übermächtig. Im Bezirkspensionat wurde ordentlich geheizt, und in Moissej Naumowitschs asketisch sauberem, spartanisch eingerichtetem Zimmerchen war es angenehm warm. Der Alte freute sich über meinen Besuch und begann sich um den Tee zu kümmern. Wir setzten uns an ein knarrendes Tischchen, der Tee dampfte in dicken Fayencetassen, und auf Tellerchen lag leicht gezuckerte Konfitüre von schwarzen Johannisbeeren. Ich sagte, weshalb ich gekommen war. Er warf mir einen scharfen Blick zu, sagte »Na?« und ich begann mit meiner Darlegung.

Zu Beginn räumte ich ein, daß seine mystische Version einen wichtigen und rationalen Kern enthielte. Wichtig und rational, weil er mir als Ausgangspunkt für eine andere, durchweg rationalistische Hypothese gedient hatte. Dieser Kern war die Vorstellung von der Hölle als Ursache und Triebkraft des Phänomens Kim Woloschin. Was aber ist die

Hölle? Bei Kipling steht – vorausgesetzt natürlich, die Übersetzung ist adäquat –: »Wir gingen durch die Hölle, und ich kann schwören, dort gibt es keine Hexen, keine glühenden Kohlen, keine Teufel, dort gibt es nur den Staub ...« Wirklich, Moissej Naumowitsch soll nicht gekränkt sein, aber was sollen da Teufel und glühende Kohlen! Aber nicht nur der Staub von den marschierenden Stiefeln, obwohl es natürlich auch Staub bis obenhin gab. Da warfen sie noch Granaten auf Kinder und ließen die Ärmsten unter den zerfetzten Körpern der Eltern hervorkriechen. Da warfen sie einen hinter Stacheldraht, auf Gedeih und Verderben dem Abschaum der Menschheit ausgeliefert, der sich in blutiger Brutalität suhlte. Da liefen fröhliche Verrückte über die Dächer vergifteter leerer Häuser und sangen wüste Lieder. Und noch viel mehr gab es in der Hölle, durch die Kim Woloschin lebendigen Leibes gegangen war ...

Ja, Dutzende von Millionen waren da verreckt, und es werden noch Millionen verrecken, aber Woloschin ist nicht verreckt. Ein Zufall, natürlich. Eine sehr geringe Wahrscheinlichkeit, aber doch nicht gleich Null. Woloschin ist nicht umgekommen, sondern hat sich in eine Bombe verwandelt, angefüllt mit wahnsinnigem Haß und panischem Entsetzen. Und nicht vor Höllendienern fürchtet er sich, sondern vor neuen Bedrohungen von der menschlichen Hölle. Und er hat keine höllische Waffe, sondern ist selbst zur Waffe geworden. Und genau das ist jetzt für uns am wichtigsten und am quälendsten.

Ich verstummte und sammelte meine Gedanken. Dieser Umstand, der am wichtigsten und am quälendsten war, gehörte in den Bereich jener finsteren Wissenschaften, wo nicht nur ein Provinzinternist ins Schwimmen kommt, sondern auch ein überaus begabter ›Totenarzt‹. Irgend etwas Vages über diese Dinge denken kann auch ein blutiger Laie, doch diese Gedanken darlegen, noch dazu, wenn einem der Kopf vor Müdigkeit brummt ... Als hätte er meinen Zustand gespürt, kramte Moissej Naumowitsch im Schränkchen und stellte eine Flasche Likör aus eigener Produktion auf den Tisch. Neben der Flasche tauchten Gläser auf, die der Alte akkurat füllte. »L'chajim«, flüsterte er, und wir tranken. Es schmeckte.

»Fahren Sie fort, Alexej Andrejewitsch«, sagte er. »Ich höre aufmerksam zu. Sehr aufmerksam.«

»Es ist sehr schwer«, gestand ich, und die Gläser wurden sogleich wieder gefüllt.

»Ja, natürlich.« Moissej Naumowitsch nickte mitfühlend. »Eine Bombe, angefüllt mit Haß und Entsetzen - das ist natürlich schön, etwa wie die Büchse der Pandora, aber es ja nur Poesie ...«

Ich trank aus und goß mir wieder ein. Ich begann zu sprechen, wobei ich sorgsam die Worte wählte und, wie ich hoffe, ab und zu rot wurde.

Die Einwirkungen der höllischen Bedingungen, denen Woloschin ausgesetzt war, oder genauer, die Kombination dieser Einwirkungen hat in seinem Organismus eine einmalige Veränderung bewirkt. Das psycho-physiologische Wesen dieser Veränderung ist uns unbekannt. Dafür kennen wir durchaus authentische Fälle, wo sie sich manifestiert hat. Die in der Hölle erworbene Gabe erlaubt es Woloschin, auf unerklärliche Weise Schläge auszuteilen, die a) einen kurzen Ausfall des Bewußtseins hervorrufen, b) vollständige oder fast vollständige Lähmung des Gedächtnisses und schließlich c) sofortigen Tod, der von der Medizin entweder als akute Koronarinsuffizienz oder als reflektorischer Kreislaufstillstand diagnostiziert wird. (Moissej Naumowitsch gab mir mit einem freundlichen Lächeln zu verstehen, daß er meinen Sarkasmus zu schätzen wußte.) Erwähnenswert ist auch der Umstand, daß in den von uns beobachteten Fällen die Ziele der Schläge Personen waren, die bei Woloschin Anfälle äußerster Wut oder direkten Hasses auslösten. Das erlaubt uns jedoch nicht, mit Sicherheit zu behaupten, er könne nicht auch völlig kaltblütig ein Opfer auswählen und treffen ...

Ich nahm noch einen Schluck (den wie vielten?) von dem unübertrefflichen Likör, faßte mir ein Herz und trug mit hölzerner Stimme eine kleine Abhandlung darüber vor, daß das Woloschin-Phänomen streng genommen nicht einmalig ist. Die weltweite historische Erfahrung gibt uns einigen Grund zu der Annahme, daß es zu allen Zeiten und in allen Gesellschaften eine Art böse Zauberer gab, die die Macht besaßen, mit Hilfe gewisser geheimer Sprüche Menschen und Tieren den Befehl zum Sterben zu geben, und Menschen und Tiere starben gehorsam ohne Anzeichen irgendwelcher Verletzungen. Die Geheimnisse östlicher Magie ... afrikanische Zauberer ... Schamanen ...

Moissej Naumowitsch sagte mit sanftem Vorwurf: »Entschuldigen Sie, daß ich Sie unterbreche, Alexej Andrejewitsch. Doch ich möchte Sie warnen, daß diese Flüssigkeit sehr, sehr tückisch ist ...«

Ich blickte verwirrt auf die nun halbleere Flasche. Doch der Dämon der Ungezwungenheit hatte sich meiner schon bemächtigt. Ich drohte Moissej Naumowitsch mit dem Finger und goß mir von der tückischen Flüssigkeit nicht mehr ins Glas ein, sondern in die Teetasse. Nachdem ich mit einem Zug ausgetrunken und vor Vergnügen mit der Zunge geschnalzt hatte, sagte ich mit sorgfältiger Artikulation: »Also bei Lermontow heißt es diesbezüglich: ›Sie denken vielleicht, ich habe einen Schwips? Macht nichts! ... Ich kann Ihnen versichern, man fühlt sich viel ungezwungener ...‹[36] Was haben wir also, Moissej Naumowitsch? Wieder Poesie haben wir. Ein Untier, plump und vielleicht sogar mit hundert Mäulern[37] – umgerechnet auf die Anzahl der Opfer, die es auf einmal erledigen kann. Die Hunde in der Pugatschowka erinnern sich sicherlich heute noch daran, und das, obwohl Hunde ein elendes Gedächtnis haben ... Erzählen Sie mir

36 Aus ›Ein Held unserer Zeit‹ (Teil ›Prinzeß Mary‹) von Michail Lermontow, deutsch von Günther Stein.

37 »Ein Untier, plump, frechwütend und riesig, bellend aus hundert Mäulern« ist als Motto zu Alexander Radistschews ›Reise von Petersburg nach Moskau‹ (deutsch von Günther Dalitz) bekannt geworden, war ursprünglich aber ein Vers aus W. Trediakowskis russischer Übersetzung von Fénelons Utopie ›Les Aventures de Télémaque‹ (1699).

bloß nichts von einer Höllenwaffe! Da haben Sie sie, Ihre Höllenwaffe, und ganz ohne Mystik … Kim ist selber sowohl ein aus der Hölle Entflohener als auch ein Höllendiener als auch eine höllische Waffe …«

Da wurde mir klar, daß ich mich verausgabt hatte, daß ich sehr müde war und nach Hause gehen sollte.

Unterwegs, während ich mir Mühe gab, fest und sicher aufzutreten, und irgendwelches leichtsinniges Zeug vor mich hin sang, bemerkte ich plötzlich, daß sich ein paar Hunde an meine Fersen geheftet hatten. Sie folgten mir mit Abstand, sie bellten nicht und versuchten auch nicht, mich in die Beine zu beißen. Sie liefen mir völlig lautlos nach, und als ich mich umwandte, stoben sie mit jammerndem Winseln auseinander in die Schatten, die das Mondlicht ließ …

18

Dem Erscheinungsbild nach ähnelte er einem nicht aufgewachten Toten: Die Haare standen starr zu Berge, die bleiche, grünliche Physiognomie voller eingetrockneter Flecke, reglose tumpfe Augen. Er ging einher und murmelte: »Du sollst nicht töten, du sollst nicht töten, du sollst nicht ehebrechen …« Ein Schwachsinniger.

Zwei Tage später stattete Kim der Stadt einen Gegenbesuch ab. Daran möchte ich mich ebenfalls nicht erinnern, doch es ist ebenfalls notwendig.

Gegen Mittag erschien er auf dem Isotow-Prospekt in seinem üblichen orangegelben Pelzmantel bis zu den Füßen und seiner ungeheuren Mütze. Diese Kleidung war der Hälfte der Taschlinsker zumindest gerüchtweise bekannt, und die Mutigsten unter denen, die ihm begegneten, gingen vorüber, den Blick starr geradeaus gerichtet, die Kleinmütigen aber beeilten sich, in Nebenstraßen abzubiegen oder in Läden zu verschwinden. Kim war unterwegs ins Neubauviertel auf dem Rückweg von unserer armseligen Bezirksfiliale von ›Optika‹, wo er schon vor drei Monaten eine Brille für seine Frau Ljussja bestellt hatte. Er war, wie sich später herausstellte, in der Zeit an die zwanzig Mal in der ›Optika‹ gewesen, und jedesmal vergebens: Mal gab es kein passendes Gestell, mal keine Gläser und meistens beides nicht. Diesmal verlief sein Gespräch mit dem Verkäufer so:

»Daß mir morgen die Brille fertig ist.«

»Morgen ist sie fertig«, antwortete der Verkäufer düster, doch bereitwillig.

»Daß mir die Brille bis morgen um zwölf nach Hause gebracht wird.«

»Sie wird gebracht.«

Kim zeigte mit dem Finger auf den Lehrling, der aus der Werkstatt herauslugte: »Er soll sie bringen.«

Der Bursche wurde blau vor Angst und schüttelte verzweifelt den Kopf. Der Verkäufer machte ein finsteres Gesicht. »Ich bringe sie selbst«, sagte er.

Kim grinste freudlos. »Schön«, sagte er. »Du bringst sie selber, Alter, wenn dir die Beine nicht leid tun. Und merk dir: Bringst du sie rechtzeitig, ist alles gut; wenn du mich zwingst, wieder herzukommen, ist nichts gut; wenn du den Auftrag nicht ausführst – der Tod.«

Der Verkäufer erbleichte, erwiderte aber mit Würde: »Versuchen Sie nicht, mich einzuschüchtern, Bürger Woloschin. Mich haben die deutschen Panzer nicht eingeschüchtert. Wenn ich sage, ich bringe sie, bringe ich sie.«

Damit trennten sie sich. Der Verläufer machte sich an die Arbeit an einer prächtigen Fassung, die für die älteste Tochter des Milizchefs bestimmt war, und Kim ging seiner Wege.

Anscheinend hatte er sich zum ersten Mal derart unverblümt und herausfordernd aufgeführt, zum ersten Mal die Waffe gezeigt. Und so, mit blanker Waffe, ging er den Isotow-Prospekt entlang. Die Nachricht hatte sich schon verbreitet, es waren nur noch wenige Leute auf dem Prospekt, niemand wollte diesem Teufel unter die Augen kommen, und es huschten vereinzelte Gestalten zwanzig Schritt hinter ihm vorbei, und die Flaneure gingen dreißig Schritt vor ihm eilig auseinander. Und ausgerechnet ein bekannter Ruhestörer heftete sich an ihn, der Zeuge Jehovas Panas Tscherkassenko ...

Kim ging mit seinen üblichen langen Schritten, und der kleinwüchsige Zeuge sprang neben ihm her und verkündigte mit schriller Stimme. Etwas von Armageddon. Von irgendwelchen hundertvierundvierzigtausend. Von einer neuen Erde. Kim ging weiter, als höre er nichts, dann sagte er, ohne stehen zu bleiben, ein paar abgehackte Worte. Der Prediger sprang hoch, riß wie in äußerster Entrüstung die Arme empor, holte Kim wieder ein und begann wieder zu verkündigen. Die diese Szene beobachteten, hielten den Atem an, manche blieben stehen, manche wichen zurück.

Und richtig. Panas Tscherkassenko torkelte plötzlich nach links, als wäre er betrunken, machte noch ein paar Schritte seitlich auf nachgebenden Beinen und fiel auf die Fahrbahn, exakt vor einen in voller Fahrt einherdonnernden Kipper. Der unglückselige Prediger konnte nicht einmal aufschreien, nur seine Knochen knackten vernehmlich, als sie unter den riesigen Rädern zermalmt wurden. Ein Knirschen, das Kreischen von Bremsen, und auf dem Isotow-Prospekt war Stille. Und da drang ein kläglich-erschrockenes Stöhnen aus den Brüsten der Zuschauer, Kim aber ging weiter, ohne sich auch nur umzuschauen, und bog bald in die Schriftsteller-Penkow-Straße ein, den kürzesten Weg zur Brücke über die Große Schlucht ...

Doch nicht mit dem Tode des Zeugen Jehovas endete sein Ausflug in die Stadt. Unsere Schriftsteller-Penkow-Straße ist schmal, und damals war sie auch noch von Bauleuten aufgerissen, und die Passanten beobachteten das Geschehen sozusagen aus nächster Nähe. Von Isotow-Prospekt her ertönte die Sirene der Verkehrspolizei oder des Rettungswagens, als Kim auf den huckeligen Pfad trat, der entlang der Fassade eines im Bau befindlichen Fünfgeschossers in den Schnee getreten war, desselben, von dem am Vorabend der betrunkene Bauarbeiter gestürzt war. Kim ging grinsend ein paar Schritte und blieb plötzlich wie angewurzelt stehen.

Er stand an die fünf Sekunden, als durchs Gerüst aus einem Fenster im zweiten Stock ein schrecklich anzusehender Holzklotz geflogen kam – etwa von der Art, wie sie Fleischer bei der Arbeit benutzen. Er krachte praktisch direkt vor Kims Füßen auf den Trampelpfad, sprang hoch und rollte bis zur Mitte der Straße. Kim hob einen Augenblick lang den Kopf und schien in die Richtung zu schauen, woher der Klotz gekommen war, worauf er weiter seiner Wege ging.

Die sprachlosen Augenzeugen folgten ihm mit den Blicken, bis er verschwand, und erst da hörten sie die kläglichen Schreie und Hilferufe, die aus dem Innern des Neubaus drangen. Die Meinungen waren geteilt. Jemand bestand darauf, die Miliz zu rufen. Jemand warnte vor übereilten Taten. Viele verdrückten sich einfach. Doch es fanden sich auch Mutige. Nicht ohne Zittern gingen sie in das Haus und in den zweiten Stock hinauf, wo sie drei Burschen in beschmutzen schwarzen Halbpelzen vorfanden. Die Burschen irrten durch die Zimmer und betasteten mit schmutzigen Händen die Wände. Dabei flennten sie laut, heulten hysterisch auf, und ihre geschwollenen Fressen waren mit einem Gemisch aus Tränen und Baustaub verschmiert. Sie waren zu Tode erschrocken: Sie konnten partout nicht die Tür finden, um hinauszugehen ...

Hier ist eine kleine Abschweifung notwendig.

Ich weiß nicht, wie es in den anderen Hauptstädten ist, aber in unserem Gebietszentrum Oldenburg tauchte diese Sorte von Persönlichkeiten des öffentlichen Lebens kurz nach 1985 auf, und zwar in weitaus größeren Mengen als wünschenswert. Zum größten Teil rekrutieren sie sich aus ehemaligen Sportlern und verhinderten Trainern in Kampfsportarten. Im Winter stellen sie schwarze Halbpelze zur Schau, die ›Romanowsche‹ genannt werden – es ist eine patriotische Angeberei, eine Herausforderung an die ausländischen Schafpelze. Sie wimmeln in der Gegend von Möbelläden, in Eisenbahn-Lagerhäusern und bei Großhandelslagern für Lebensmittel und alkoholische Getränke. Abends sind sie gern in angesehenen Restaurants, wo sie sich normalerweise still und ruhig verhalten. Sie trinken wenig, essen Delikatessen, rauchen nur Marlboro. Sie belegen nicht die bequemsten Tische, sondern die, die in strategisch günstigen Richtungen stehen ... Man mag natürlich darüber spekulieren, wer in Oldenburg diese Blödiane mit mikroskopischem Hirn und gußeisernem Gewissen angeheuert hatte, doch als Mediziner kann ich versichern, daß sie sich nie wieder in der Möbelbranche gesundstoßen werden, nicht in teuren Restaurants sitzen und keine Marlboro rauchen ...

Gegen vier Uhr nachmittags, schon mit all dieser Information belastet, schloß ich mich in meinem Arbeitszimmer ein. Mir war elend zumute. Wenn sich mein seelischer Zustand an meinen körperlichen Bewegungen gezeigt hätte, hätte ich gezittert wie von starkem Schüttelfrost. Doch ich konnte mich beherrschen. Mehr noch, mit einer vagen Verwunderung wurde mir bewußt, daß mich der Tod des Predigers und die augenblickliche Reduzierung von gleich drei Menschen auf das Niveau klinischen Schwachsinns nicht gar so sehr erschüttert hatten. Nein, was meine ganze Seele überflutete, war eine durchweg egoistische Angst um mich selbst und meine Nächsten. Ein nicht zu fassender, unverwundbarer, unbegreiflicher Teufel ging offen unter den Menschen umher, und es war unmöglich, vorherzusagen, wer sein nächstes Opfer sein würde. Und noch eins: Er witterte die Gefahr etliche Sekunden vor einem Angriff.

Und es hatte ja niemand eine Ahnung, was in dieser Nacht geschehen würde. Noch kaum jemand wußte, daß nicht nur jene drei, sondern ganze siebzehn ›schwarze Halbpelze‹ unsere Stadt überzogen hatten. Augenscheinlich hatte der Verlust der drei auf die anderen keinen ausreichenden Eindruck gemacht, und gegen Mitternacht bewegte sich der ganze Gangstertrupp auf die Brücke über die

Große Schlucht zu. Und dort, mitten auf der Brücke, besorgte Kim es ihnen. Wohl ohne das Haus zu verlassen. Doch jene vierzehn kamen billig davon. Sie lagen eine Weile im Schnee, standen mit zitternden Beinen auf und trollten sich, ohne einen Blick zurück zu werfen. Einige waren leicht durchgefroren, jemand hatte die Mütze verloren ... Am Morgen stiegen sie allesamt in den Bus und verschwanden zurück nach Oldenburg.

19

Steinbock. Sie beginnen die Früchte Ihrer Arbeit zu ernten. Das inspiriert Sie zu neuen Heldentaten der Arbeit. Sie erhalten viel Hilfe von Freunden und Kollegen. Seien Sie freundlicher zu Verwandten und Nahestehenden, damit nicht nur auf Arbeit, sondern auch daheim alles zum Besten steht.

An jenem Tag aber saß ich in meinem Arbeitszimmer, schaute zu, wie sich vorm Fenster die Dämmerung zusammenballte, lauschte einem Ziehen in der Herzgrube nach und ließ niemanden zu mir. Dann rief Moissej Naumowitsch an und bat um die Erlaubnis, zu einer wichtigen Unterredung vorbeizukommen. Ihm machte ich natürlich auf, wir setzten uns an den Tisch und blickten einander an.

»Und, Moissej Naumowitsch?« fragte ich schließlich.

»Eine gewöhnliche Sache«, antwortete er bitter. »Leichte Epilepsie, Bewußtseinsausfall, die Beine versagen und tragen den Pechvogel unter den Lkw.«

»Das meinte ich eigentlich nicht.«

»Ich komme auch nicht deswegen. Ist Ihnen aufgefallen, Alexej Andrejewitsch, daß er so an die fünf Minuten stehen geblieben ist ...«

»Ja. Es ist mir aufgefallen.«

»Mir auch. Und ich verstehe nicht, Alexej Andrejewitsch, wieso diese Eigentümlichkeit meiner Hypothese widerspricht ...«

»Ich verstehe ja selber nichts mehr ...«, antwortete ich geistesabwesend. Zu einer Diskussion fehlte mir die Kraft.

»Und trotzdem«, murmelte Moissej Naumowitsch. »Und trotzdem ist das eine Schweinerei – gedungene Mörder zu schicken ...«

Ich war verblüfft. »Moissej Naumowitsch, um Himmels willen!«

»Ja, ja«, unterbrach er mich hastig. »Sie haben natürlich recht.«

Wir schwiegen.

»Eigentlich ...«, begann er unentschlossen. »Eigentlich bin ich wegen ganz etwas anderem gekommen.«

»Ich bin ganz Ohr, Moissej Naumowitsch.«

»Eigentlich habe ich beschlossen, mich mit ihm zu treffen.«

»Mit wem?« Mir stockte das Herz. Ich hatte sofort begriffen, wen er meinte.

»Mit ihm«, sagte Moissej Naumowitsch irgendwie verwirrt, als wundere er sich über sich selbst. »Mit Woloschin.«

»Sie sind verrückt geworden ...«

»Woher denn? Ich habe schließlich nichts gegen ihn. Ich habe nur Angst um die Menschen.«

»Und Sie wollen ... zu ihm? Direkt zu ihm nach Hause?«

»Ja, natürlich. Zu mir wird er ja nicht kommen, oder?«

Mir drehte sich's im Kopfe. Unterbinden! Zurückhalten!

»Und wenn er ein Antisemit ist?« platzte ich heraus.

»Ja und, dann gibt's einen Juden weniger in Taschlinsk.«

»Kokettieren Sie damit nicht, Moissej Naumowitsch!«

»Wie käme ich denn dazu, Alexej Andrejewitsch! Ich habe schreckliche Angst, deswegen scheint Ihnen das so. Aber was weiter? Der Opa ist alt, ihm ist es egal.«

Und da entschloß ich mich. Er knirschte hörbar, als er sich streckte, mein eingerosteter, verkrümmter Wille. Und ich sagte: »Gut. Aber wir gehen zusammen. Sie haben recht, man muß die Punkte auf alle i's setzen.«

Es folgte eine Auseinandersetzung. Ich ging soweit, daß ich grob wurde. Und ich kriegte den Alten rum. Wir beschlossen, den Teufel zu zweit zu besuchen, gleich morgen nach der Arbeit. Ich weiß nicht, wie Moissej Naumowitsch in jener Nacht schlief. Was mich betrifft, werde ich die Nacht kaum angenehmer verbracht haben als die ›schwarzen Halbpelze‹ auf der Brücke über die Große Schlucht ...

Es war nicht nahe, und wir gingen auch ohne besondere Eile, so daß wir ins Neubauviertel kamen, als es schon ganz dunkel geworden war. Still war es da, keine Stimmen, kein Knirschen des Schnees unter den Füßen der Passanten, und Hunde schien es hier nie gegeben zu haben. Die Stille wurde vom Licht ausgeglichen. Ungewöhnlich, ungewohnt hell schienen die Straßenlampen, blendende, unheimliche Lichtblitze aus defekten Leuchtstoffröhren, abgehackt wie Schüsse, erhellten die leeren Schaufenster, die heil gebliebenen Lampen über den Hausfluren brummten vor Anstrengung. Und wir sahen niemanden auf der Straße, nur einmal bemerkte ich einen Pkw ohne Licht in einer Durchfahrt und daneben eine kaum auszumachende dunkle Gestalt. Mir ging der Gedanke durch den Kopf, daß Woloschin überwacht wurde.

Endlich waren wir da. Wir gingen in den Hausflur und stiegen die Treppe hinauf. Wir stiegen langsam, blieben alle fünf, sechs Stufen stehen, damit sich Moissej Naumowitsch ausruhen konnte, den sofort Atemnot überkommen hatte. Sein Gesicht war trotz des Frostes grau. Und ich dachte wieder mit Entsetzen an alle möglichen und unmöglichen Überraschungen, die uns erwarteten. Wir erreichten den vorletzten Treppenabsatz und blieben stehen.

Auf dem Flur des zweiten Stocks stand eine gewichtige Alte, blickte von oben auf uns herab und lächelte freundlich übers ganze Plinsengesicht. Ich erriet, daß das Tante Dussja war, von der unsere Gripa erzählt hatte: Wer sonst konnte nachts vor der Wohnungstür des Zauberers und Teufels herumstehen? Und ich sagte: »Guten Abend, Tante Dussja.«

Sie antwortete, noch breiter grinsend: »Guten Abend, Alexej Andrejewitsch. Guten Abend, Moissej Naumowitsch. Kim Sergejewitsch erwartet Sie schon, kommen Sie bitte ...«

Der Alte und ich wechselten Blicke und schauten eilig voneinander weg. Staunen? Gewiß. Erschrecken? Erst recht. Entzückt sein? Das wäre wohl durchaus möglich gewesen, doch bei mir jedenfalls rief Kim diese glückliche Emotion nicht hervor. Das war kein Kio. Kein Messing.[38] Ein Teufel, ein Verderber, eine undeutliche tödliche Bedrohung. Und überhaupt, wenn man an der Schwelle zur Höhle des Teufels mit Staunen, Erschrecken oder gar Entzücken anfing, dann konnte das nur damit enden, ihm die Füße zu küssen. Oder die Hufe. Auf den Hexensabbaten, heißt es, küssen sie den Teufel auf den Hintern. Nein, das ist nichts für mich.

»Also los«, sagte Moissej Naumowitsch heiser, und wir brachten ohne Pause das letzte Stück Treppe hinter uns.

Tante Dussja huschte zur Tür der Woloschin und drückte sacht auf den Klingelknopf.

»Sie sollen hereinkommen«, erklang leise die bekannte Stimme.

Die Tür ging auf, und wir traten in den Korridor, Tante Dussja aber blieb im Treppenhaus.

»Hierher«, befahl Kim.

An die Einrichtung in der Wohnung der Woloschins erinnere ich mich undeutlich. Sauber, ordentlich, Gardinen, gerahmte Farbreproduktionen, unter den Füßen Läufer ... Und fast ebenso wenig drang mir die blasse Ljussja im Hauskittel ins Bewußtsein, die auf dem Bett saß, und fast

---

38 Emil Theodorowitsch Hirschfeld-Renard, genannt ›Kio‹, war ein berühmter russisch-sowjetischer Zauberkünstler (wie auch seine Söhne Emil jr. und Igor); Wolf Messing ist als Medium bekannt geworden.

gar nicht bemerkte ich das kleine Mädchen, das auf ihrem Schoß saß, die dünnen weißen Arme um den Hals der Mutter geschlungen ...

Eine schreckliche Erregung erfaßte mich. Ungeduld, daß alles recht bald vorbei wäre. Meine ganze Aufmerksamkeit konzentrierte sich auf meinen ehemaligen Schulfreund Kim Woloschin. Himmel, wann habe ich ihn zuletzt gesehen? ging es mir durch den Kopf. Vor zwei, drei Jahren? Fünf? Jetzt kam er mit unverhältnismäßig massig vor. Er saß am Tisch, kahl wie ein Spiegel, eine schwarze Samtbinde überm Gesicht, in einem bis oben zugeknöpften Hausrock. Er musterte uns mit dem entzündeten Auge und verzog seine schmalen trockenen Lippen zu einem unangenehmen Lächeln.

»Abzulegen braucht ihr nicht«, sagte er. »Das Gespräch wird kurz. Tee oder Wodka biete ich auch nicht an. Aus demselben Grunde ...«

Er wandte sich seiner Frau zu und sagte in sanft befehlendem Ton: »Ljussja, ich hab jetzt mit den Doktoren was zu bereden, nimm Tassja und geh ein bißchen zu Dussja, ich ruf euch dann.«

Sofort ging sie mit dem Kind und schloß hinter sich die Tür. Er schwieg, den Kopf zur Seite geneigt, als ob er lauschte. Er runzelte die Stirn und sagte mit schrecklichem Sarkasmus: »Sie spionieren. Überwachen mich. Zittern mit vollen Hosen, aber überwachen mich trotzdem. Oh, ich fürchte, ich werde böse werden, es übelnehmen ... Wenn ihr zurückgeht, sagt ihnen, daß sie sich davonscheren sollen. Sie sind in der Nähe, um die Ecke ... Sagt ihnen, ich gebe ihnen Zeit bis Mitternacht. Länger kann ich nicht an mich halten.«

Ich erinnerte mich an den Wagen und die dunkle Gestalt in der Durchfahrt und versprach mit belegter Stimme: »Ich sag's ihnen.«

»Schön. Und wenn sie mir ein Schock Sünden vergeben, ich zerquetsch sie doch wie Spinnen. Obwohl, wenn man's recht bedenkt, was bedeutet mir schon ein Schock Sünden?«

Er schaute Moissej Naumowitsch an. »Mit dir fangen wir an, Alterchen. Du denkst also, ich bis aus der Hölle geflohen? Du irrst dich, Moische, faselst was zusammen. Ich bin genauso wenig aus der Hölle geflohen, wie ein Kind bei der Geburt aus dem Mutterleib flieht. Genauer kann ich's nicht erklären, also versteh's, wie du willst. Und jetzt zum zweiten, das dich herführt, Moische. Du hast Mitleid mit deinen Taschlinsker Mitbürgern gekriegt und bist gekommen, um mich zu bitten, daß ich die Stadt verlasse und anderswohin gehe. Und wohin ich gehen soll – hast du darüber nachgedacht? Willst du den Skorpion einfach von der eigenen Haut auf den ersten besten anderen setzen? Zu den Ukrainern? Zu den Balten? Zu irgendwelchen Ewenken? Aber am besten wär's natürlich, der Skorpion verschwände überhaupt ganz ins Ausland, so gehört es sich für Sowjetmenschen, was? Du hast doch richtig erkannt, Moische, daß ich überall ich selber bleibe, ändern kann ich mich nicht!«

Er lachte krächzend und wandte sich mir zu.

»Weißt du, Ljoschka, nach dem Krieg haben wir so einen Beutefilm gesehen, ›Der Rächer aus Eldorado‹? Da sagt einer von den Helden, ein mexikanischer Bandenchef: ›Wenn ich einen Chinesen erblicke, kann ich nicht an mich halten, ich schneid ihm sofort die Ohren ab ...‹ Weißt du noch?«

»Ja was denn – übst du Rache?« sagte ich.

»Dummkopf«, antwortete er, wie mir schien, enttäuscht. »Er hat nichts verstanden. Ich sag ihm was von Ohren, und er kommt mir mit Rache ... Na schön, geschenkt.«

Verzweiflung überkam mich. »Warte, Kim!« rief ich atemlos. »Warte, hör mir zu! Irgendwelche Ohren, Rache – darum geht es nicht! Kim, du kannst doch nicht allen Menschen feind werden! Geh irgendwohin, wo dich niemand kennt, verbirg dich, reg dich nicht! Wehe dir, wenn sie sich gegen dich zusammentun! Wehe dir und auch den Menschen! Denk an deine Frau, an die Tochter ... Sag dich los von der Kraft, über die du gebietest! Du warst doch ein prima Kerl, Kim ... Denk an deine arme Nina, sie würde es dir nie verzeihen!«

Ich brüllte ganz außer mir, ihm aber stieg das blauviolette Blut ins haarlose Gesicht.

»Ljoschka!« zischte er. »Reiz mich lieber nicht!«

Moissej Naumowitsch beugte sich erschrocken vor, als wolle er sich zwischen uns stellen.

»Zurück, Moische, halt dich raus!« befahl Woloschi scharf. »Und du, Ljoschka, hüte deine Zunge, sonst ...!«

»Was sonst?« flüsterte ich und nahm mein letztes bißchen Mut zusammen. »Was, verfährst du mit mir wie mit den Hunden in der Pugatschowka? Oder wie mit Baraschkin? Oder wie mit dem Nachbarskind? Bedien dich, mein Bösewicht, genier dich nicht, mein Guter!«

Ich fühlte es schon. Fühlte, wie das Verhängnis nahte. In den Ohren begann es mir zu klingen, vor den Augen schwammen mir rote Flecke, eine widerwärtige Schwäche kroch von den Füßen den ganzen Körper hinauf. Und plötzlich sprang Moissej Naumowitsch auf.

»Einen Moment, einen Moment!« schrie er mit durchdringendem Falsett. »Kim Sergejewitsch! Alexej Andrejewitsch! Nun, Sie haben sich erregt, und fertig! Machen wir Pause! Entspannen wir uns! Kommen Sie, ich zerstreue Sie ein bißchen!«

Er warf das Mäntelchen ab, steckte die Daumen seiner knochigen Hände unter die Achseln und begann zu hüpfen und zu singen:

> Awraam, Awraam, Großväterchen du!
> Itzok, Itzok, unser Alterchen du!
> Jakow, Jakow, unser Vater du!
> Chaime, Chaime, unser Hirte du!
> Warum redet ihr denn nicht,
> Warum redet ihr denn nicht,
> Warum redet ihr denn nicht
> Dem Herrgott für uns zu?

Mit kratzendem Falsett und ukrainischem Akzent sang er, der Nachkomme eines Schtetl-Possenreißers, dieses traurig-scherzhafte Liedchen, das aus den fernen Zeiten der Ansiedlungsgrenze auf ihn überkommen war, zusammen mit barbarisch umgedeuteten Geheimnissen der Kabbala und einer einfältig-listigen Ergebenheit ins Schicksal. Ich hörte das Lied nicht zum ersten Mal, er hatte es gelegentlich in lockerer Stimmung bei Familienfeierlichkeiten in meinem Haus gesungen, doch man konnte sicher sein, daß Kim Woloschin noch nie dergleichen gehört hatte. Mit halboffenem Mund und aufgerissenem Auge hörte und sah er zu, wie der Alte tanzte, die Beine in den abgetragenen Hosen und den altmodischen Tuchstiefeln hochwarf. Und ich fühlte, wie sich das Verhängnis entfernte und verschwand, bis nur noch ein Rinnsal kalten Schweißes davon blieb, das mir über die Wangen lief.

Warum redet ihr denn nicht
Dem Herrgott für uns zu?
Daß wir Häuser aufbauen können,
Unser Land freikaufen können,
In das Land fortziehen können,
Unserm Lande zu, unserm Lande zu!

»Fertig«, sagte Moissej Naumowitsch atemlos, ging wieder zu seinem Stuhl, setzte sich und hob den Mantel vom Boden auf. »Das Konzert ist beendet.«

Und da begann Kim laut zu lachen. Er lachte wohl fünf Minuten lang, wobei er vor und zurück schwankte, sich mit dem Ärmel das Auge wischte, hustete und zwischendurch fluchte. Wir betrachteten ihn schweigend und wischten uns auch über die Gesichter.

Als er fertig war mit Lachen, sagte er: »Stark. Da hast du mich abgewürgt, Moische, dank dir. Bist du von selber drauf gekommen? Oder eine Eingebung? Denn es hätte nicht viel gefehlt ...«

»Gott behüte«, erwiderte Moissej Naumowitsch bescheiden. »Aber es freut mich, daß ich Sie zerstreut habe, Kim Sergejewitsch. Stets zu Ihren Diensten.«

Kim schaute ihn mit gesenktem Kopf an. »Nicht mehr nötig. Na schön, zum Teufel mit euch Doktoren. Eine Information als Entschädigung. Ich gehe weg. Gehe ganz aus diesem dreckigen Nest weg. Aber beachtet und sagt es denen, die es angeht: Mein Arm reicht jetzt weit. Ich kann ...« – er holte krampfhaft Luft -,- »ich kann es jetzt sehr weit. Von überall her.«

Wir schwiegen. Moissej Naumowitsch zog sein Mäntelchen an. Der Teufel zog plötzlich den lippenlosen Mund zu einem ungemütlichen Lächeln breit.

»Aber du, Moische, bist stark. Hast mich wirklich abgelenkt. Mir hat sogar leid getan, daß Tasska es nicht gesehen hat. Es hätte sie ein bißchen aufgeheitert ... die Arme ... Sie hat nicht viel zu lachen, eigentlich, wenn man's bedenkt, gar nichts. Also dann, Doktoren. Die Audienz ist beendet. Es gibt keine Fragen und kann keine geben. Ihr dürft wegtreten.«

Wir gingen wortlos zur Tür.

Er sagte uns hinterher: »Ihr könnt ihnen ausrichten, diesen Bütteln, daß im ›Ural‹ ... Hotel ›Ural‹, wißt ihr?«

Moissej Naumowitsch sagte leise. »Wir wissen. Hotel ›Ural‹. Am Platz.«

Der Teufel winkte gereizt ab. »Egal. Sie finden ihn selber. Zieht los!«

Wir gingen aus der Wohnung und die Treppe hinunter. Ich öffnete mit einiger Mühe die schwere Haustür, als oben eine kräftige Stimme Ljussja nach Hause rief. Und wir traten den Rückweg an.

Ich weiß nicht, wie es Moissej Naumowitsch ging, aber ich war in einem Zustand völliger Verwirrung. Ich war niedergeschlagen, verspürte Erleichterung und zugleich Ärger darüber, daß nichts klar geworden war und ich nichts Neues erfahren hatte, sondern nur für nichts und wider nichts Angst ausgestanden hatte. Aus dieser düsteren Verfassung holte mich Moissej Naumowitsch, der sich nach meinen Eindrücken erkundigte. Ich kam zu mir. Ich umarmte den Alten und fühlte seine knochigen Schultern unter dem Mantel. Ich küßte ihn auf die stoppligen Wangen.

»Moissej Naumowitsch!« rief ich aus. »Mein Lieber! Sie haben mir ja das Leben gerettet!«

»Ich bestreit's nicht«, erwiderte er und befreite sich vorsichtig aus meiner Umarmung. »Wie in der Klassik. ›Wie oft schon, Greis, hab ich gehört, daß du den Tod von mir gewehrt.‹[39] Was wahr ist, bleibt wahr. Es stand wirklich auf der Kippe. Ich dachte: Alles oder nichts. Und traf ins Schwarze. Sehen Sie, Alexej Andrejewitsch, ich hatte mir schon früher gedacht, daß der Auslösemechanismus dieser höllischen Waffe ...«

Wir gingen langsam die leere, hell erleuchtete Straße entlang, als uns niemand anders als mein Leutnant S. in den Weg trat. Er hatte einen hübschen weißen Halbpelz an, von einem Lederkoppel zusammengehalten, die schwarze Pistolentasche hatte er nach vorn geschoben, sie stand offen, und man sah den Pistolengriff. Er kam auf uns zu gelaufen, faßte mich am Ärmel und rief: »Guten Abend, Doktoren! Sie leben? Wohlauf?«

»So gut wie«, gab ich zur Antwort.

Da fiel es mir ein, und ich schaute mich um. Rechts war die Durchfahrt, dort stand immer noch der Wagen.

»Mir war sofort klar, wo Sie hin wollten«, fuhr der Leutnant fort. Er hüpfte geradezu vor Aufregung. »Ich wollte Sie aufhalten, aber dann war ich mir unsicher, fragte zurück ... Als ich wieder aus dem Wagen kam, waren Sie schon weg. Also, wie war es da? Was macht er? Ist er in bedrohlicher Stimmung?«

Auf einmal verspürte ich eine schreckliche Müdigkeit. Und Moissej Naumowitsch hielt sich auch kaum auf den Beinen. Und nach Hause waren es an die fünf Kilometer.

---

[39] Aus dem Poem ›Der Mziri‹ von Michail Lermontow, deutsch von Walter Fischer.

»Hören Sie, Leutnant«, sagte ich. »Sie haben da den Wagen. Fahren Sie uns doch nach Hause.«

»Ich würde ja gern, Alexej Andrejewitsch«, stotterte er. »Aber sehen Sie, ich bin hier auf dem Posten ...«

»Schön, daß Sie noch auf dem Posten sind«, murmelte Moissej Naumowitsch plötzlich. »Wie spät ist es jetzt?«

Der Leutnant schaute bereitwillig unter seinen Ärmel. »Halb zwölf. Warum?«

»Eben darum, junger Mann«, sagte mein Alter. »Wenn Sie nicht auf meinen Trauertisch wollen, fahren Sie mit Höchstgeschwindigkeit hier weg. Er hat gesagt, daß er euch nur bis Mitternacht hier duldet.«

Leutnant S. wußte genau, was der ›Trauertisch‹ war. Und er glaubte an die Medizin. Er machte kehrt und stürzte in die Durchfahrt.

»Das mit dem Wagen«, sagte Moissej Naumowitsch, während er ihm nachschaute, »war ein sehr guter Einfall. Ich muß nämlich gestehen, daß ich etwas erschöpft bin. Und irgendwie kalt ist mir ... Es ist keine Freude, alt zu sein ... Ja, und um auf unser Gespräch zurückzukommen, erlaube ich mir, Ihnen Vorwürfe zu machen. Sie haben sich leichtsinnig verhalten. Natürlich ist das edel – mit dem Hintern die Schießscharten zuzuhalten ... ob aus Stolz oder aus persönlicher Gewissenhaftigkeit, aber Sie müssen zugeben ...«

Aber ich gab alles zu. Ich liebte ihn. Mir kamen die Tränen. Ich umarmte ihn abermals und klopfte ihm im Überschwang der Gefühle auf die Schultern. Und da klappte auch schon die Wagentür, die Scheinwerfer flammten auf, der Wagen fuhr auf die Straße und hielt neben uns. Die Türen wurden aufgerissen, und eine junge freudig-erschreckte Stimme rief: »Steigen Sie ein, Genossen Doktoren!«

Während wir uns hinsetzten, teilte Leutnant S. mit: »Alle haben den Befehl, unverzüglich zurückzukehren.«

Der Wagen fuhr an und beschleunigte aus dem Stand. Wir fuhren zur Brücke über die Schlucht hinab. Ich bemerkte, daß irgendwoher noch drei Wagen hervorkamen und uns folgten ...

Und so endete für uns dieser unheimliche Abend. Natürlich ließen Alissa und ich Moissej Naumowitsch nicht mehr weg, sondern gaben ihm Tee mit Feuerwasser zu trinken und legten ihn ins Bett, wo wir ihm alle Decken und Mäntel gaben, die sich fanden. Am Morgen stand er gesund, munter und zu philosophischen Überlegungen geneigt auf.

20

Ein dicker Bauch, ein dünner Phallus –
das blieb von ihm, und das war alles.
Der tiefbetrübte Körper weiß:
Das Ende erst bestimmt den Preis.

Das wäre wohl alles, was mir über das Taschlinsker Phänomen bekannt ist, wie der verstorbene Major S. diese Geschichte hochtrabend genannt hat. So oder so, meine vorschnell übernommene Verpflichtung habe ich erfüllt. Nach Maßgabe meiner Kräfte, meiner Erinnerung und meines Urteilsvermögens. Was noch?

Man geht allgemein davon aus, daß Kim Woloschin am 29. Januar 1987 spurlos verschwand. Ich glaube, niemand grämte sich deswegen. Da er in keinem Autobus gesehen wurde, muß man annehmen, daß er unsere Stadt per Anhalter verlassen hat. Obwohl er vielleicht auch – und ich bin bereit, auch das zu glauben – auf einer Wolke davongeschwebt ist oder sich auf noch unnatürlichere Weise fortbewegt hat. Doch am ehesten, glaube ich, wird er per Anhalter gefahren sein.

Wie zu erwarten war, beruhigte sich die Stadt längst nicht sofort. Noch ziemlich lange lebten ihre Bürger ängstlich, vorsichtig und auf neue Unbill gefaßt. Öl ins Feuer gossen Klatschmäuler, Panikmacher und überhaupt Leute, die es nach Bekanntheit drängte und die behaupteten, sie hätten den Teufel gestern, heute, vor einer Woche gesehen, und zwar an den ausgefallensten Orten: mal auf dem Rauchfang des Bezirkskomitees (»mit dem Kloß zwischen den Zähnen«)[40], mal in der persönlichen Limousine unseres Bürgermeisters, mal sogar in der Damentoilette des Theaters ... Kurzum, das waren alles alberne Gerüchte, und sie entstanden im Laufe von zwei, drei Monaten, worauf sie untrennbar mit einem Mischmasch aus fliegenden Untertassen, übersinnlicher Wahrnehmung, wandelnden Toten, Vampiren vom Viehfriedhof und so weiter verschmolzen ...

Doch es gab auch durchaus glaubhafte Informationen.

Einen Tag nach Kim Woloschins Verschwinden wurde in einem Zimmer des Hotels ›Ural‹ eine Leiche gefunden. Ein Mann in mittleren Jahren mit unverkennbar semitischen Gesichtszügen, in einen erstklassig geschnittenen Anzug gekleidet. Er lag in absurder Stellung am Boden, als hätte ihn der Tod ereilt, während er unters Sofa schaute. Bei der Leiche fand man einen Ausweis auf den Namen Ilja Sacharowitsch Gerschson, einen Dienstreiseauftrag ins Taschlinsker Bezirkserfassungskontor und ein Rückreiseticket für einen Flug Oldenburg–Moskau. Der Tote wurde zu uns in die Pathologie gebracht. Moissej Naumowitsch stellte den Zeitpunkt des Todes fest: etwa zwei Tage vor der Entdeckung. Todesursache: akute Koronarinsuffizienz.

Die zuständigen Leute untersuchten den Fall. Es stellte sich heraus, daß der Bürger Gerschson sich vor einer Woche im Kontor gemeldet und danach nicht mehr hatte blicken lassen. Daß die Organisation, die den Bürger Gerschson auf Dienstreise geschickt hatte, in der Natur nicht vorkommt. Das der Personalausweis zwar echt war, aber nicht ihm gehörte. Außerdem fanden sich Zeugen, die

---

40 »Er setzte sich rittlings auf den Rauchfang, der Verfluchte, mit dem Kloß zwischen den Zähnen.« Aus ›Eine Mainacht‹ von Nikolai Gogol, Kap. 4, deutsch von Philipp Löbenstein.

den falschen Bürger Gerschson vier Tage vor seinem Tode im Neubauviertel in Gesellschaft des berüchtigten K. Woloschin gesehen hatten. Ich beriet mich mit Moissej Naumowitsch, und wir beschlossen, uns mit unserer Information nicht aufzudrängen. Für die Untersuchung hätte es nichts genützt, aber sie hätten uns auf den Nerven rumgetrampelt ...

Die zweite glaubhafte Geschichte betrifft Ljussja Woloschina.

Ljussja blieb mit ihrer taubstummen Tochter in der Wohnung, die sich uns eingeprägt hatte. Zur Ehre des Hauses muß gesagt werden, daß sich ein hervorragendes Verhältnis ihr gegenüber entwickelte. Vielleicht, weil man sie für verzaubert, betrogen und verlassen hielt. Sie lebte sehr bescheiden, litt aber keine Not. Man fragte sie geradezu, und sie antwortete geradezu, daß der durchgebrannte Mann ihr auf der Sparkasse eine kleine Summe zum Leben zurückgelassen hatte. Das Haus war gerührt: Der Bösewicht hatte also doch nicht jedes Gewissen verloren. Und damit war die Frage erledigt. Und niemand machte der Strohwitwe einen Vorwurf, daß sie nicht arbeiten ging, sondern daheim bei dem armen Kind saß. Man steckte ihr sogar hin und wieder ein paar Lebensmittel zu; besonders wurde sie von Tante Dussja umsorgt. Und als es Frühling wurde, gingen auch Moissej Naumowitsch und ich manchmal vorbei und nahmen Süßigkeiten für das Mädchen mit ...

Im Sommer tauchten bei Ljussja aus heiterem Himmel ihre verhinderten Schwiegereltern auf, die Eltern von Tassjas Vater, der in Afghanistan umgekommen war. Sie schneiten herein und verlangten die Enkeltochter, dazu gleich noch den Wohnraum der Enkeltochter. Doch da erschien Tante Dussja auf der Szene, und es ging woanders lang. Auf das Geschrei hin liefen die Nachbarinnen zusammen und schalteten sich sofort ein. Unter ihrem mächtigen Ansturm trat das bejahrte Paar den Rückzug an, wobei sie mit dem Staatsanwalt drohten. Und noch am selben Abend geschah folgendes: Den verhinderten Schwiegervater befiel eine schwere Lähmung, und die verhinderte Schwiegermutter stürzte auf dem Weg zum Abort und brach sich ein Bein. Als wir davon erfuhren, wechselten wir nur schweigend Blicke. Moissej Naumowitsch Gesicht wurde grau und fiel ein. Meins sicherlich auch ...

Eine Woche darauf erkrankte Moissej Naumowitsch. Mir war klar, daß er im Sterben lag. Und ihm war es auch klar. Ich holte ihn aus dem Bezirkspensionat zu mir, nahm Urlaub. Seine letzten Tage und Stunden verbrachte ich bei ihm. Am ersten Juli abends um neun sang er mit heiserer Stimme: »Avraam, Avraam, Großväterchen du ...« Er schwieg ein Weilchen und sang: »Warum redet ihr denn nicht dem Herrgott für uns zu ...« Und dann noch kaum hörbar: »In das Land fortziehen können ... unserm Lande zu ...« Und er schloß die Augen und starb. Eine Art Lächeln stand auf seinem vertrockneten Gesicht, und da dachte ich, daß er froh war, eine Welt zu verlassen, in der Teufel ungehindert unter den Menschen umhergehen.

Und noch eine Woche später kam Ljussja Woloschina zu mir ins Krankenhaus. Mit Tassja natürlich. Beide ordentlich, sauber, ernst.

»Wir sind gekommen, um uns zu verabschieden, Alexej Andrejewitsch«, sagte Ljussja. »Wir fahren fort. Für immer.«

Ich fragte, wohin.

»Es hat sich ein Verwandter von uns gefunden. Der hat uns zu sich gebeten.«

»Na dann alles Gute, Ljussenka«, sagte ich.

Sie lebte plötzlich auf. »Und wissen Sie, meine Tassenka kann schon hören! Und zu reden fängt sie auch an ... Tassja, sag was!«

Tassja plapperte etwas Unverständliches, und ich zeigte mich begeistert. Und sie gingen. Mir war natürlich klar, wer dieser Verwandte war. Und gut, wenn Ljussja möglichst weit weg von unserem Taschlinsk war ...

Und die Zeit verfliegt. Nun geht schon der Sommer '89 dem Ende zu. Niemand denkt mehr an Kim Woloschin.

Jetzt jagt eine öffentliche Versammlung die andere, und dann verdirbt uns auch noch die Wasserfrage.[41] Es ist genug, daß ein jeglicher Tag seine eigene Plage habe. Nehmen wir nur mich. Vorigen August haben sie unseren Chefarzt, den Dummkopf und Feigling, endlich in die Gebietsgesundheitsbehörde geholt. Und mich zum Chefarzt ernannt. Jetzt mache ich bei uns im Krankenhaus den Chef-Dummkopf und -Feigling. Eine anstrengende Rolle, kann ich Ihnen sagen.

Was tun! Ich habe meine Alissa. Ich habe meine Tochter. Ich habe einen klugen, ernsthaften Schwiegersohn, der auch Arzt ist. Ich habe meinen Lieblingsenkel Sanka. Ein kleines Orchester der Hoffnung, vom Stab der Liebe dirigiert.[42] Doch irgendwo, irgendwo auf unserem Planeten geht dieser unheimliche Teufel um, die Ausgeburt der irdischen Hölle, die ständig aktive Psychobombe!

Aber wissen Sie, unsere Wirtschaftsschwester Gripa hat nun doch den Timofej Bassalyga, genannt Mußmal, geheiratet. Sie prügelt ihn mit einem Besenstiel und holt regelmäßig seinen Lohn ab.

* * *

Damit enden die Aufzeichnungen des Chefarztes des Taschlinsker Krankenhauses A. A. Kornakow, die er auf Wunsch des inzwischen verstorbenen Majors der Miliz S. angefertigt hat. Diese Aufzeichnungen tragen zweifellos das Siegel einer gewissen Rätselhaftigkeit, doch noch weitaus rätselhafter erscheinen die dabei aufgefundenen Beilagen, die hier willkürlich als drei Epiloge bezeichnet werden. Die Verfasser jener Epiloge konnten nicht ermittelt werden.

---

41 »Gewöhnliche Menschen. Erinnern an die von früher, bloß die Wohnungsfrage hat sie verdorben.« Aus ›Der Meister und Margarita‹ von Michail Bulgakow, Erstes Buch, Kapitel 12, deutsch von Thomas Reschke.

42 Aus ›Das Lied vom nächtlichen Moskau‹ von Bulat Okudschawa, deutsch von Heinz Czechowski.

Erster (phantastischer) Epilog

Die Handlung spielt an einem heißen Sommertag in Moskau in einer konspirativen Wohnung. Anwesend sind: Oberst Titow (KGB), Oberst Plotnik (Mossad), Oberst Hightower (CIA).

Hightower, der vor Hitze vergeht, liegt halb auf dem Sofa und fächelt sich mit einer Zeitschrift Luft zu. Plotnik sitzt ihm gegenüber in einem Sessel und hat die gekreuzten Beine auf ein rundes Tischchen gelegt. Titow geht nervös im Zimmer auf und ab.

H. *(mit geschwächter Stimme)*: Meiner Meinung soll, wer die Suppe eingebrockt hat, sie auch auslöffeln.

T. *(gereizt)*: Wieder die alte Leier! Wir widersprechen ja gar nicht! Aber, Oberst, was haben Sie dann in Moskau verloren?

H.: Wieder die alte Leier. Wir brauchen Informationen! Wir müssen doch wissen, was wir tun sollen, wenn dieser Teufel von euch doch noch im Westen auftaucht ...

T.: Solche Informationen haben wir nicht, Oberst! Wie oft soll ich das noch sagen?

P.: Bis die Wahrheit zum Vorschein kommt, Oberst. Wo ist er jetzt?

T.: In der Gegend von Krasnodar.

H.: Das ist am Jenissej?

T.: In der Gegend von Krasnodar, hab ich gesagt, und nicht Krasnojarsk!

H.: Das habe ich verstanden. Am Jenissej?
Titow winkt hoffnungslos ab.

P.: Krasnodar liegt am Kuban. Und am Jenissej Krasnojarsk. Wie ich sehe, sind Sie immer noch der alte Rußlandkenner, Oberst.

H.: Aha ... Am Kuban ... Einen Moment!
Er holt einen Atlas aus der Aktentasche und beginnt zu blättern. Plotnik wendet sich Titow zu.

P.: Hören Sie mal, Oberst, finden sich hier nicht ein paar Bottles kaltes Bier?

T.: Ein paar was?

P.: Ein paar Flaschen, wenn Ihnen das verständlicher ist.

Titow geht zu dem mächtigen Kühlschrank in der Ecke, schaut in die Fächer, bleckt böse die Zähne.

T.: Haben alles ausgeräumt, die Mistkerle ... Eiskalter Wodka ist da. Wollen Sie, Oberst?

P.: Vorläufig nicht, Oberst. Wodka ...

H.: Einen Moment Aufmerksamkeit bitte. Also. Krasnodar liegt wirklich am Kuban. Und das Interessante: Da gibt es einen großen Stausee. Da drängt sich ganz von selber eine Idee auf. Den Aufenthaltsort des Objekts genau bestimmen. Dann ein Dutzend geschickte Kerle ... Haben Sie ein Dutzend geschickte Kerle, Oberst? Wenn nicht, schick ich von uns welche. Die nähern sich dem Objekt am Grunde dieses Sees, dann den Jeni ... äh ... den Kuban hinab, und erledigen ihn in null Komma nichts.

P.: Und am Morgen tragen die Wasser des Kuban ein Dutzend Leichen zum Schwarzen Meer.

T.: Tun sie nicht. Dort gibt es versumpfte Schilfufer. Da bleiben die Ärmsten hängen und verfaulen.

H. *(betreten, aber aggressiv)*: Wieso den unbedingt Leichen? Sie nähern sich doch unter Wasser an ...

T.: Er bemerkt sie, Oberst, da können Sie Gift drauf nehmen. Und zerquetscht sie im Handumdrehen. Sie können nicht einmal piep sagen.

H.: Aber gehen denn die Psychowellen durchs Wasser? Radiowellen zum Beispiel ...

P.: Radiowellen und Psychowellen – das ist ganz was anderes, Oberst.

H.: Was ist das – eine exakte Information?

T. *(finster)*: Durch und durch exakt.

H.: Na sehen Sie, etwas ist doch bekannt ...

P.: Nach der Methode von Versuch und Irrtum, Oberst.

T.: Klar, mit Versuchen wurde nicht gegeizt.

H.: Und mit ihm eine Übereinkunft zu treffen hat niemand versucht?

T. *(zu Plotnik)*: Erzählen Sie's ihm, Oberst. Wenn Sie wollen, natürlich.

P.: Warum denn nicht, Oberst ... Mit allem Respekt. Das war noch in Taschlinsk. Na ja, ich habe einen Mann mit den denkbar größten Vollmachten zu ihm geschickt: Geld, Luxus, politisches Asyl ..., das Standardpaket für russische Patrioten. Und für das alles – einen delikaten Auftrag. Nicht einmal in Rußland, sondern in so einem mickrigen islamischen Land ...

H.: Noch in Taschlinsk ... Das ›weiße Kamel‹, ja?

P.: Darum geht es nicht, Oberst. Sie wollten doch wissen, wie es mit einer Übereinkunft ist ... Nun, zunächst ging alles glatt, es hieß, daß sich das Objekt nicht sträubte ... Und einen Tag später macht mein Mann den Abgang. Akute Koronarinsuffizienz. Tante Franja läßt grüßen. Und das Objekt saß zu Hause in sechs Kilometern Entfernung. So ist das mit der Übereinkunft.

T. *(finster)*: Inzwischen wissen wir, daß für ihn auch sechstausend nicht die Grenze sind.

H.: Sechstausend Kilometer ... dreitausendsiebenhundertfünfzig Meilen!

P.: Sie rechnen wie der selige Archimedes, mein lieber Portos.

H.: Was? Ja ... *(zu Titow)*: Und da behaupten Sie, Oberst, Sie hätten keinerlei Informationen!

T.: Und Sie glauben, Oberst, daß solche Informationen Ihnen nützen werden?

H.: Na ja, immerhin ...
Pause.

H.: Der einzige Trost – von den Sowjets hat er sich auch nicht vereinnahmen lassen.
Pause.

H.: Und wenn man aus dem Weltraum zuschlägt?

T.: Wenn man wohin schlägt? Auf Krasnodar? Und wenn wir als Antwort irgend so einem Philadelphia von Ihnen eins verpassen?

H. *(griesgrämig)*: Nicht doch, Oberst, Sie haben mich

falsch verstanden ... Aber hören Sie, er hat doch eine Frau, ein Kind ...

P.: Zwei Kinder, Oberst. Seit vorigem Jahr zwei Kinder.

H.: Dann erst recht! Ich bin sicher, wir alle wissen, daß es ein bestimmtes Arsenal von Methoden gibt ...

T. *(scharf)*: Das sind nicht unsere Methoden, Oberst!

P.: Und was, Meister, markieren Sie hier den Heiligen? Nicht eure Methoden ... Sie haben doch Profis vor sich!

H.: Eben. Schämen Sie sich, Oberst!

T.: Ich versichere Ihnen ... Was wollte ich eigentlich sagen? Ja! Krasnodar!

H.: Genau. Waren Sie selber an diesem Jenissej?

P. *(bricht in Gelächter aus)*: Am Kuban, Oberst! Nicht am Jenissej, nicht am Rhein, nicht am Mekong, so wahr ich leb! Am Kuban!

H.: Schön, am Kuban ... Waren Sie also selber am Kuban?

T.: Bis jetzt nicht.

H.: Ich auch nicht. Und im übrigen ...

P.: Und im übrigen sollten wir jetzt vielleicht ... Oberst, Sie haben gesagt, daß es hier eiskalten Wodka gibt.

T.: Und das war nicht gelogen, Oberst. Nehmen Sie doch mal die Beine vom Tisch, was für Manieren ...
Er holt den Wodka aus dem Kühlschrank und stellt ihn auf den Tisch. Eine Sekunde lang betrachtet er hingebungsvoll die beschlagene Flasche, dann breitet er entschuldigend die Arme aus.

T.: Aber wir werden natürlich ohne was zu essen ...

P.: Und da, mein Lieber, werden wir Sie korrigieren!
Er nimmt einen voluminösen Diplomatenkoffer auf die Knie, öffnet ihn und stellt einen solide Plastikschachtel auf den Tisch.

H.: Also, wenn das so ist ... *(Er nimmt mehrere Pakete in Pergamentpapier aus der Aktentasche.)* Ein Amerikaner sollte nichts schuldig bleiben.

T.: Mir fehlen die Worte.
Er geht zur Anrichte und kommt mit Gläsern, Tellern und Gabeln wieder, worauf er sich munter ans Tischchen setzt.

T.: Na, na, Oberst, was haben Sie denn da?

H. *(packt die Pakete aus)*: Sandwiches, Oberst. Die berühmten amerikanischen Sandwiches. Da mit Schinken, da mit Geflügelsalat ... und da mit Anchovis ...

T.: Mmm! Wunderbar. Wo kriegen Sie das alles her, Oberst?

H.: Betriebsgeheimnis, Oberst ... *(zu Plotnik)*: Und womit werden Sie uns erfreuen, Oberst?

P. *(nimmt den Deckel von der Plastikschachtel)*: Bei mir ist es bescheiden, wie zu Hause.

H. *(mißtrauisch)*: Was ist das?

Titow beugt sich über die Schachtel, schnuppert. Aus seinem Gesicht malt sich Entzücken.

T.: Nicht möglich! Grieben? Gänsegrieben?

P.: Genau, Oberst. Unverfälschte Grieben. Und beachten sie, frische. Die Gans ist gestern noch auf der Geflügelfarm herumspaziert. Und was erst die Meisterschaft der Köchin angeht ...

H. *(ungeduldig)*: Zur Sache, zur Sache! Oberst, seien Sie so freundlich, disponieren Sie ...

Titow schenkt Wodka ein, alle haben die Gläser.

T.: Zum Wohl, Oberst. Zum Wohl, Oberst.

P.: L'chajim, Oberst! L'chajim, Oberst ...

H.: Ganbei, Oberst. Ganbei, Oberst!

T.: Was ist denn das für eine Sprache, Oberst?

H.: Chinesisch, Oberst.

T.: Auch schön. Also los, auf Ex!

H.: Auf Ex!

Alle stoßen an, trinken aus und stürzen sich auf die Grieben.

H.: Wunderbar. Sie sagen also, Oberst, Sie kennen hier eine Geflügelfarm und eine Köchin ...

P.: Ein Provokateur, so wahr ich leb ...

T.: Also dann, zum zweiten.

Er gießt Wodka ein. Alle trinken und nehmen sich die Sandwiches vor. Hightower sinkt plötzlich an die Sofalehne zurück.

H.: Sonderbar, mir wird so schläfrig zumute ...

P.: Bei mir genau das Gegenteil, ich bin in Fahrt gekommen. Also, wie wär's mit dem dritten, Oberst?
Titow schenkt bereitwillig ein.

H. *(mit schwacher Stimme)*: Mir bitte nicht. Wenn Sie nichts dagegen haben, lege ich mich ein bißchen hin ...

T.: Seien Sie so gut ...
Hightower macht sich auf dem Sofa lang, die Aktentasche unterm Kopf, und läßt fast sofort ein beneidenswertes Schnarchen ertönen. Plotnik und Titow schauen ihn verständnislos an.

P.: Was ist denn mit ihm los? Von zwei Gläschen ...

T.: Sicherlich die Hitze ...

P.: Vielleicht auch die Hitze ... Macht nichts, er wird sich ausschlafen. Hören Sie, Oberst, Sie wollen mir also wirklich nichts sagen?

T.: Ich habe nichts zu sagen. Ich weiß nichts. Ich weiß nur eins.

P.: Reden Sie.

T. *(finster)*: Im Himmel gibt es nur einen Gott, auf Erden nur einen Stellvertreter für ihn. Eine Sonne erhellt das Weltall und gibt ihr Licht den anderen Himmelskörpern. Alles, was Moskau nicht gehorsam ist, muß ... *(Er verstummt, als habe er sich gefangen, kippt hastig seinen Glas hinter und beißt die Hälfte von einem Sandwich ab.)*

P.: Alles, was Moskau nicht gehorsam ist, muß ... Klar. Der Teufel ist also euer Werk? Nach der Methode von Versuch und Irrtum, wie Tante Bassja zu sagen pflegte.
Hightower spricht, ohne die Augen zu öffnen.

H.: Was tuscheln Sie da?

P.: Ich versuche ihn anzuwerben, und der komische Kauz läßt sich nicht ...
Hightower nimmt ächzend sitzende Haltung ein.

H.: Ein toller Ort zum Anwerben ... Hier ist bestimmt in jeder Wand eine Wanze.

P.: Sie haben recht, Oberst. Mein Fehler. Ach, zum Teufel mit alledem. Ich schlage vor, wir vergnügen uns. Was könnte man ... Also wenigstens ... Ich werde Ihnen was vorsingen und vortanzen!

Titow lacht krampfhaft.

H. *(abfällig)*: Tanzen werden Sie ... Zum letzten Mal habe ich Sie in Al-Kuntillà tanzen sehen. Mit einer Schlinge um den Hals. Und Ihre göttlichen Füßchen in abgewetzten Teppichlatschen bewegten sich einen Fuß überm Erdboden ...

P.: Immerzu verwechseln Sie was, Oberst! Am Galgen tanzte dort nicht ich, sondern der arme Madcap Hugh, den Sie ...

T.: So hören Sie doch auf, sich zu streiten, also wirklich!

P.: Richtig. Genug, genug, genug. Zum Teufel die Arbeit! Sehen und hören Sie zu!

Oberst Plotnik springt auf, steckt die Daumen unter die Achselhöhlen, wirft die Füße hoch und beginnt zu singen:

Awraam, Awraam, Großväterchen du!
Itzok, Itzok, unser Alterchen du! ...

Zweiter (einfältiger) Epilog

Innerer Monolog von Kim Woloschin. Er sitzt an einem Augustabend am Ufer des Flüßchens Bejsug und gibt sich fruchtlosen Überlegungen über die Wechselfälle seines seltsamen Schicksals hin. Die Sonne neigt sich dem Untergang zu, vom Fluß her stinkt es ein bißchen, die Mücken kommen massenhaft zur Nahrungssuche heraus, doch keine einzige nähert sich dem Teufel.

Die Götter hatten es gut. Zeus zum Beispiel. Trank, aß, haute mit dem Blitz hin, wo es nötig war, ließ es donnern, wo nötig, und zurück ans Essen und Trinken. Sogar wenn sie danebenhauten, passierte weiter nichts. Da füttert diese Hebe den Adler des Vaters und verschüttet, zwei linke Hände, den donnerbrauenden Pokal, wie eine unachtsame Schlampe die Kasserolle mit Bohnen in der Gemeinschaftsküche. Und grinst einfach – genau so war's ja vorgesehen ... Die sollte mal an meiner Stelle sein! Aber wenn sie diesen Pokal dem Papa Zeus über den Bart gekippt hätte – da wär was los gewesen! Er hätte dem Töchterchen Hören und Sehen vergehen lassen ...

Ja, Götter sind heute nicht mehr im Schwange. Und ich bin mit all meiner Macht beileibe kein Gott. Mein armer Menschenverstand, er hält mit der Macht nicht Schritt. Andererseits könnte ich auch stolz sein. In meiner Person ist ein beispielloser juristischer Präzedenzfall entstanden. Welches Prinzip herrscht auf der ganzen Welt (und bei den Göttern auch)? Es wird ein Verbrechen festgestellt, und darauf folgt die Strafe. Hunderttausend Jahre lang hat dieses Prinzip geherrscht, und da kam ich und kehrte es um. Ich stelle kein Verbrechen fest. Als Beweis des Verbrechens dient meine Strafe. Hingerichtet – also ein Übeltäter. Um den Verstand gebracht – also ein Verbrecher. Die Hosen vollgemacht – also wollte er Kim Woloschin schaden ...

Doch mir bringt das wenig Freude, überhaupt nur seelische Betrübnis. Erstens ist ein Übeltäter nicht wie der andere, die Strafe aber erfolgt aufs Geratewohl. Da hat dieses Mädchen Tassja durch den Schnee geschleift, eine Kinderdummheit, unschuldig – und sie ist tot. Aber die, die sich verschworen hatten, mich mit Raketen wegzuputzen, sind mit einem Durchfall davongekommen. Freilich, danach haben sie sich nicht mehr verschworen und es wohl auch anderen verboten ...

Ha! Bitte sehr, da hat es noch einen erwischt. Und kräftig erwischt, sei seiner sündigen Seele gnädig, Herr ... Wofür ich ihm das wohl verpaßt habe? Es ist ärgerlich, daß es mir nicht immer vergönnt ist, das zu wissen. Aber im Großen und Ganzen ist das wohl so etwas wie der Selbsterhaltungstrieb des Verstandes. Wenn ich alles wüßte, würde ich sicherlich vor Entsetzen und Wut wahnsinnig werden. Es sind ihrer viele, viele, und sie sind stark, und alle gegen mich ... Doch obwohl ich allein bin, bin ich stärker als sie, ich bin für sie ein Teufel, der Quell allen Übels ... Sie haben den Teufel selbst geschaffen, und jetzt wollen sie ihn unbedingt in die Hölle jagen. Ob sie wohl wenigstens das begreifen? Ich glaube nicht. Sie sind einfach wie diese Mücken – drängen sich in der Nähe, wollen Blut saufen, aber wagen sich nicht heran ...

Schön, wenn sie leben wollen, müssen sie lernen, mir aus dem Weg zu gehen. Sollen sie sich an die Koexistenz mit einem Teufel gewöhnen. Wenn sie Frieden wollen, sollen sie ihn haben, aber zum Krieg bin ich immer bereit. Und nicht um die mache ich mir Sorgen. Wasska, Wassenka, mein Wassilek, das Söhnchen. Es scheint ja alles gut zu sein. Ljussenka ist gesund, Tassja kann schon hören und redet ziemlich verständlich. Wasska ist rosig und wild, kriecht eifrig im Zimmer herum, lacht, wenn man ihn zur Zimmerdecke hochwirft ... Und daß die sich an sie heranmachen, habe ich ihnen abgewöhnt. Zweimal haben sie's versucht, ich will gar nicht dran denken. Vielleicht auch mehr als zweimal ... Ja, vorerst scheint alles gut zu sein. Aber ich habe Befürchtungen, Befürchtungen, Kim Sergejewitsch!

Denn Wasska ist ja mein Fleisch und Blut. Ljussja fürchtete sich, ihn zur Welt zu bringen. Was, wenn er das alles von mir geerbt hat? Nein, ich habe keine Befürchtungen, sondern entsetzliche Angst. Ein Teufelsbalg. Die Mutter will ihm Grießbrei eintrichtern – eine Untat. Sofort der Schlag – und Schluß. Die Schwester läßt ihn beim Spaziergang nicht in die Pfütze – eine Untat. Schlag – und Schluß. Aber ein Schlag gegen die Mutter oder Tassja bedeutet den augenblicklichen Gegenschlag von mir. Meine Macht wird wie üblich meinem armen Verstand weit voraus sein ... Nein, ich habe Angst, entsetzliche Angst. Aber vielleicht geht alles gut ab? Herrgott, es ist doch dumm, einen Säugling mit solchen Kräften auszustatten!

Und wieder. Es hat noch einen erwischt. Heute kommen sie wie die Fliegen. Sie wissen doch – der Angreifer wird vernichtet. Und doch kommen sie ...

Genau das ist aus der wahnsinnigen Seele des berühmten Japaners herausgebrochen: Findet sich denn niemand, der mich im Schlaf sacht erdrosselt?[43]

---

[43] Aus ›Zahnräder‹ von Ryunosuke Akutagawa, deutsch von Jürgen Berndt.

Dritter (Standard-)Epilog

Ohne Datum. Ohne Geographie.

Der Wagen hatte die kleine Anhöhe erreicht, und Oberst Titow bremste scharf und schaltete den Motor aus. Weiter vorn in vielleicht hundertfünfzig Schritt Entfernung gähnte mitten auf dem Feldweg eine tiefe Grube, von einem Wall aus einer erstarrten glasartigen Masse umsäumt. Aus der Grube stieg noch grauer Rauch auf, und ein chemischer Gestank wehte heran.

»Eine Thermomine?« ließ sich Hightower halb fragend, halb feststellend vernehmen.

»Sie wissen aber auch alles, Oberst«, gab Titow scharf zurück.

»Wie sollte ich das nicht wissen ... Sie haben Ihre ja von unserer abgekupfert.«

Ohne den Blick von der Grube zu wenden, stieg Hightower aus dem Wagen, zog aus der Gesäßtasche eine flache Flasche und nahm einen Schluck.

Oberst Plotnik stieg ebenfalls aus und stellte sich neben ihn. »Lassen Sie einen Schluck übrig, Oberst«, bat er.

Ohne hinzusehen, drückte ihm Hightower die Flasche in die ausgestreckte Hand. »Das war's dann wohl«, sagte er und wischte sich mit der Hand über die Lippen.

»Ja, der Teufel ist tot«, antwortete Titow.

»Wurde ja auch Zeit«, sagte Plotnik geistesabwesend und wischte sich ebenfalls die Lippen ab. Er hielt die Flasche Titow hin. »Wollen Sie, Oberst?«

Titow schüttelte schweigend den Kopf. Plotnik gab die Flasche Hightower zurück. Der setzte sie wieder an, ohne weiterhin den Blick von der Grube zu wenden.

Von den verkrüppelten, kahlgerissenen Bäumen zu beiden Seiten der Grube stiegen graue und weiße Rauchfäden auf, es knisterte eine gegen die Sonne nicht zu sehende Flamme. Es kam ein Windstoß, und einer der Bäume fiel krachend quer über den Feldweg. Alle zuckten zusammen. Plotnik ging plötzlich zur Seite, bückte sich und hob aus der Grube einen schwarzen Lappen auf. Auch der Lappen qualmte sacht - ein schmaler Streifen schwarzer Samt.

»Ja«, sagte Plotnik. »Schluß, und Gott sei Dank. Und rechtzeitig, rechtzeitig, meine Freunde. Wir steckten schon so tief in dieser kleinen Sache, daß es längst kein Spaß mehr war. Aber jetzt ist alles glatt erledigt. Und niemand wird sein Grab je kennen.«

Titow riß den Blick von der Grube los und schaute zum Himmel. Der Himmel war blau. Träge zogen an ihm schneeweiße Wolken dahin. Ein guter Himmel. Herrliches Wetter. Und eine wunderschöne Landschaft. Nur die Grube stinkt ... und wo kommen plötzlich so viele Krähen her? Schau, Dutzende, Hunderte sind herbeigeflogen! Und es kommen noch mehr ... und sie krächzen nicht, die Mistviecher, das ist seltsam ... Ach, Unsinn. Alles ist in Ordnung. Schluß, und Gott sei Dank, obwohl ich anscheinend Atheist bin ...

Und da zwinkerte etwas im riesigen Raum. Und sie waren verschwunden. Alle drei. Nur ein Streifen schwarzer Samt lag auf dem Gras. Doch bald verschwand auch der.

Moskau, Juli 1990 bis April 1991

Originaltitel: ›Дьявол среди людей‹
Aus dem gleichnamigen Sammelband
von S. Jaroslawzew (A. Strugatzki),
Verlag ›Text‹, Moskau 1993.
Mit freundlicher Genehmigung von Boris Strugatzki
und seinem Agenten Franz Rottensteiner
für die Erben des Autors.

Aus dem Russischen übersetzt
und nachgedichtet (soweit nicht bei Zitaten
anders angegeben) von Erik Simon

Kurze Geschichte eines Pseudonyms

Warum eigentlich ›S. Jaroslawzew‹? Ich entsinne mich nicht. Das ›S‹ ist klar: Alle unsere Pseudonyme begannen mit diesem Buchstaben – S. Bereshkow, S. Witin, S. Pobedin ... Doch woher kam ›Jaroslawzew‹? Ich habe nicht die mindeste Erinnerung.

In unserem wunderbaren Land, wo die Buchhaltung einem Autor keinen einzigen Rubel von seinem Honorar auszahlt, wenn er nicht die vollständigsten Angaben über Personalausweis, Wohnort und Anzahl der Kinder vorlegt – in diesem unserem erstaunlichen Lande, sollte man meinen, war es völlig unmöglich, das Geheimnis eines Pseudonyms zu wahren.

Und dennoch muß man ehrlich zugeben, daß das ›Rätsel S. Jaroslawzew‹ sich überaus zufriedenstellend lange hielt.

Natürlich ahnten Tausende von Lesern fast, who is who, Hunderte kamen der richtigen Antwort ziemlich nahe, aber vielleicht nur ein paar Dutzend kannten diese Antwort genau.

Mir selbst sind vier grundlegende Hypothesen über die Identität von S. Jaroslawzew untergekommen.

1. S. Jaroslawzew sind Arkadi und Boris Strugatzki, die auf diese Weise mit Hilfe eines Pseudonyms versuchen, die Zensur zu unterlaufen;

2. S. Jaroslawzew ist Arkadi Strugatzki ohne jede Mitwirkung von Boris Strugatzki;

3. S. Jaroslawzew ist Boris Strugatzki ohne jede Mitwirkung von Arkadi Strugatzki;

4. S. Jaroslawzew ist der junge Schriftsteller Soundso, dessen Manuskripte die Strugatzkis »frisieren, in Form bringen und dann zur Veröffentlichung durchdrücken«.

Ich weiß noch, daß es mir einiges Vergnügen machte, mir mit undurchdringlicher Miene derlei Versionen anzuhören und dann in der Art von Roderic Schuchart »Kein Kommentar« zu sagen.

Das war lustig. Das war so ein lustiges Spiel.

Doch daran, wie dieses Spiel begann, war nichts Lustiges. Alle drei Werke von S. Jaroslawzew wurden in einer für uns außerordentlich ungünstigen und schweren Zeit erdacht und ausgearbeitet – im Zeitraum von 1972 bis 1975, als die *Periode des Ausweichenden Verhaltens der Verlage* eben erst begonnen hatte, neue Verträge nicht abgeschlossen und die bestehenden nicht erfüllt wurden, als sich die Aussichten und Horizonte entschieden in Nebel hüllten und die Frage, wie weiter und wozu, sich uns in all ihrer unansehnlichen Schärfe stellte.

Im Januar 1972 begannen wir das Szenarium für einen Trickfilm unter dem Titel ›Verfolgungsjagd im Kosmos‹ zu schreiben. Dieses Szenarium gefiel zunächst Chitruk sehr und einige Zeit später Kotenotschkin, doch dann wurde darüber eine obrigkeitliche Entscheidung gefällt (in dem Sinne, daß das sowjetische Volk derlei Trickfilme nicht brauche), und fortan gefiel es überhaupt niemandem mehr.

Und da nahm Arkadi das Szenarium und machte ein Märchen daraus. So erschien S. Jaroslawzew – neunzig Prozent Arkadi Strugatzki und zehn Prozent A. und B. Strugatzki zusammen.

Etwa um dieselbe Zeit erfanden wir das Sujet von einem Mann, dessen Bewußtsein in einer geschlossenen Zeitschleife kreist. In diesem Sujet gab es ursprünglich eine Menge interessante Einzelheiten – die vergeblichen Versuche des Helden, in den Lauf der Geschichte einzugreifen ..., den Generalissimus vor dem Krieg zu warnen ..., Shdanow vor der Blockade ... oder wenigstens den eigenen Vater vor der Verhaftung! Die Idee von der Gesetzmäßigkeit, Vorherbestimmtheit, Unvermeidlichkeit der Geschichte quälte uns, ärgerte und inspirierte uns.

Doch nichts dergleichen konnte man damals schreiben, und so nahm Arkadi das Sujet und schrieb alles, was man seinerzeit schreiben konnte – die Geschichte von Nikita Woronzow.* Und das war das zweite Werk von S. Jaroslawzew.

Am 23. Januar 1975 erscheint in unserem Arbeitstagebuch der Eintrag: »Der Mann, den zu kränken gefährlich war«, und am folgenden Tag: »Er heißt Kimm.« Das Sujet wurde damals ziemlich detailliert ausgearbeitet – man brauchte sich nur noch hinzusetzen und loszuschreiben. Außer Kimm, der über die rätselhafte Fähigkeit verfügte, gegen seinen Willen Leuten Schaden zuzufügen, die ihm Schaden zufügen wollten, hatten wir da noch: den Gangster Szewc (einen gedungenen Mörder), einen gewissen Senator, einen gelehrten General aus dem militärisch-industriellen Komplex (den ›Pest-General‹), einen Priester, einen masochistischen Bodybuilder ... Die Handlung, ziemlich bewegt und voller spannender Abenteuer, sollte in einem Kurort in einem kleinen Land spielen, entweder in Griechenland oder auf Malta ...

Ich weiß nicht mehr, warum wir damals nicht diesen Roman zu schreiben begannen, sondern ein Szenarium nach dem Montag ...‹. Und schon im Mai meldete sich plötzlich Andrej Tarkowski mit der Idee für den künftigen ›Stalker‹, und wir kamen von unserem Kimm für lange Zeit ab – aber nicht für immer.

Wir kehrten zu diesem Sujet im Mai 1990 zurück. Im Tagebuch steht: »Haben den Unglücklichen Rächer besprochen.« Jetzt hieß unser Held Kim Woloschin, und die hauptsächlichen Ereignisse des Romans sollten hier, heute und bei uns im Lande spielen. Kein Griechenland, kein Malta, keine Senatoren – eine russische Kleinstadt, Gebiets-

* ›Aus dem Leben des Nikita Woronzow‹. Deutsch in: Franz Rottensteiner (Hrsg.): *Phantastische Zeiten*. Frankfurt am Main 1986.

und Bezirkskomitee, die Miliz, die KGB-Dienststelle ... Und das Ganze sollte jetzt ›Die Geißel Gotte‹ heißen – wir wußten damals noch nicht, daß es schon ein Werk mit diesem Titel gab.

Wir diskutierten das neue Sujet das ganze Jahr 1990 hindurch. Wenn es nach mir gegangen wäre, hätten wir es noch länger diskutiert – mir schien, wir hätten noch massenhaft Zeit, wozu sich beeilen?

Arkadi dachte anders. Vielleicht hatte er ein Vorgefühl. Vielleicht ahnte er etwas. Vielleicht wußte er es. Seine Gesundheit war damals schon merklich angegriffen, doch er überwand sich und zwang sich zur Arbeit – setzte sich hin und beendete im Frühsommer 1991 das letzte Werk von S. Jaroslawzew: ›Ein Teufel unter den Menschen‹. Das dritte und letzte.

Das ist im Grunde die ganze Geschichte dieses Pseudonyms – eine kurze Geschichte von fast zwanzig Jahren Dauer.

Vita brevis, ars longa.

Ijon Tichys letzte Reise

Fast sechs Jahre bin ich nicht auf der Erde gewesen, denn ich kreiste in dem dicht bewohnten Sternbild der Kassiopeia von einem Planeten zum anderen. Die Rückkehr zog sich furchtbar in die Länge, also schrieb ich einen ganzen Stoß von Notizen und Fragebögen ins reine, die sich während des Aufenthaltes auf den bisher unbekannten Himmelskugeln angesammelt hatten. Dank der neuen Trophäen rechnete ich – nach der Landung auf dem Zentralen Euroasiatischen Kosmodrom – mit einer erweiterten Ausgabe der zuletzt erschienenen *Sterntagebücher*; ohne Zeit zu verlieren begab ich mich deshalb zu meinem Verleger. Ganz versunken in die erstaunlichen Ereignisse, die ich nicht nur als passiver Zeuge auf dem achten Supermond Alfa der Kassiopeia erlebt hatte (oder vielleicht der Eridana; Zugluft, die wegen eines fehlerhaften Bordventilators entstanden war, hatte nämlich meine Aufzeichnungen in fataler Weise durcheinandergewirbelt: Ich schreibe diese auf lose Blätter und vergesse sie in der Eile stets zu numerieren), ganz versunken also kehrte ich in Gedanken immer wieder zu den Erfahrungen auf den fremden Planeten zurück und beachtete das aktuelle Aussehen der Erde kaum. Dabei hätte es mir eigentlich gleich nach der Landung, noch ehe meine Rakete von der Reibungshitze nach dem Eintritt in die Erdatmosphäre abgekühlt war, auffallen müssen: Und zwar hätte mich nicht nur die Tatsache, daß mir der Zöllner, während er mir freundlich lächelnd den Paß zurückgab, ein Bein stellte, in Erstaunen versetzen müssen (ich fiel nur deshalb nicht hin, weil mich der zweite Zollbeamte auffing), sondern auch der Umstand, daß beide eher sonderbar gekleidet waren. Das Geschlecht ließ sich nicht erkennen, denn sie trugen Uniformblusen, die unterhalb der Taille in eine Art Röckchen übergingen, obwohl sie offensichtlich keine Frauen waren, denn beide hatten Schnurrbärte, und derjenige, der mir das Bein gestellt hatte, auch einen Backenbart. Da ich jedoch dank langjähriger Erfahrungen wußte, wie sehr ›alles im Fluß ist‹, einschließlich der Bekleidungssitten, verfiel ich erst unterwegs im Taxi, als ich den Straßenverkehr beobachtete, zunächst in Nachdenklichkeit, dann in Staunen und schließlich in betroffene Verblüffung: Nach sechs Jahren sind auf der Erde solche Veränderungen vor sich gegangen, angesichts derer die auf allen Monden der Kassiopeia gesehenen Dinge immer banaler erschienen. Langsam begann ich mir also alles, was ich auf den Straßen sah - und das war nicht wenig - im Kopf zu ordnen. Erstens schien es, als ob die Männer - falls dies Männer *waren* - nun tatsächlich Kleider trügen oder zumindest Pluderhosen, die Röcken glichen. Zweitens liefen Frauen meistens in Hosen umher oder in Pelzen, die fast bis zum Boden reichten, auf den Köpfen aber hatten sie sonderbare Gebilde, die - ich weiß es nicht anders zu bezeichnen - einen erstarrten Zoo mit verschiedenen Tierchen in Erinnerung riefen. Und schließlich wurden zahlreiche Leute von irgendwelchen anderen verfolgt, die Schmetterlingsnetze in der Hand hielten, zumindest hatte ich diesen Eindruck. Es wurde mir klar, daß ich mich nicht einfach zuerst - wie ich es ursprünglich vorhatte - ins Hotel begeben sollte, sondern daß es eher angebracht war, mich über die während meiner langen Abwesenheit vor sich gegangenen kulturellen Veränderungen zu erkundigen, um nicht irgendwelche Dummheiten zu machen. Es sollte vielleicht erwähnt werden, daß es für jeden Astronauten zur kosmischen Norm gehört, zunächst einmal Auskünfte über die lokalen Sitten einzuholen, aber bisher hatte ich diese Methode während meiner Aufenthalte auf der Erde oder bei der Rückkehr zur Erde nicht angewandt; anscheinend jedoch wurde es Zeit, sich auch hier ihrer zu entsinnen. Wie ihr alle, die ihr meine planetarischen, im *Sterntagebuch* gesammelten Reportagen fast auswendig könnt, weil ihr sie schon so oft gelesen habt, sicherlich wißt, hat mein Freund, Professor Tarantoga, zahlreiche Vettern mit eher exzentrischen Interessen. So sammelt derjenige, der mir raten sollte, wo ich meine Ferien verbringen könnte, Inschriften (Graffiti) auf Toilettenwänden aus aller Welt. Ein anderer, den ich kennenlernte, als ich beabsichtigte, mich auf den Erdenmond zu begeben, beschäftigt sich mit der anthropologisch-kulinarischen Archäologie, das heißt, er versucht zu ergründen, wer wann und warum den Spinat, den Spargel, den Kohlrabi und insbesonders die 695 Arten der Verarbeitung von Quark in Hunderte von Käsesorten entdeckt hat. Ich aber brauchte einen anderen, Tarantogas dritten Vetter, denn sein Steckenpferd, und wohl auch seine Leidenschaft, war die *Mode* in ihren verschiedenartigsten Abwandlungen und historischen Veränderungen. Ich nannte also dem Taxifahrer die Adresse dieses dritten Vetters, und ein glücklicher Zufall wollte es, daß ich ihn zu Hause antraf. Er wohnt in einem Penthouse, hoch oben auf dem Dach eines kolossalen Wolkenkratzers: Das Dach selber ist in einen subtropischen Garten umgestaltet, der Hausherr aber begrüßte mich in einer Art Laube und führte mich sogleich in die Wohnung, weil der Tag eher kühl war, obwohl wir August hatten (also Sommer auf der nördlichen Erdhalbkugel). Die Wohnung selbst macht auf jemanden, der sie zum erstenmal aufsucht, einen phantastischen und sonderbaren Eindruck, denn alle Wände und sogar die Decken dienen der Exposition großer porträtähnlicher Plakate, die Menschen beiderlei Geschlechts in der Kleidung verschiedener historischer Epochen zeigen, in Togen, Fräcken, Krinolinen, Bikinis, Pantalons oder napoleonischen Stiefeln mit hohem, bis zum Schenkel reichenden Schaft; einen eigenen Raum aber widmete der sonderbare Vetter ausschließlich den Totenhemden und anderen Bekleidungsformen, in die je Lebende ihre Toten zu hüllen pflegten. Der Hausherr, der offensichtlich unserer Begegnung sogleich eine warme Atmosphäre verleihen wollte, führte mich in sein Arbeitszimmer, in dem er – was schon auf den ersten Blick deutlich wurde – ganz neue Studien trieb: Mir schien schon, daß er die Erforschung von Modeveränderungen ganz aufgegeben hatte, denn überall hingen Bilder von Dinosauriern, Tyrannosauriern, Iguanodons und Plesiosauriern, auf dem Schreibtisch aber stand in einem Gestell ein Triceratops. Es stellte sich jedoch heraus, daß ich mich täuschte. Als nämlich Tarantogas Vetter meine Verblüffung sah, sagte er sogleich: »Aber nein, lieber Herr Tichy, ich beschäftige mich weiterhin mit den Erscheinungen, denen ich seit der Jugend mein Leben widmete. Ich studiere *Moden,* nur konzentriere ich mich im Augenblick nicht auf die Kleidermoden, sondern auf die des Körperbaus von Lebewesen. Bisher hat niemand beachtet, daß die Evolution in ihrer Entwicklung während der verschiedenen geologischen Epochen Moden unterlag: So war es, sagen wir, in der Zeit des Jura *modern,* sich hauptsächlich auf zwei Beinen zu bewegen – schauen Sie sich nur diese straußenähnlichen Reptilien oder den Tyrannosaurus an; erst später kam das vierbeinige Dasein von Lebewesen auf, von denen die Evolution zunächst vierhändige formierte, wie die Affen, und dann solche wie wir. Das ist interessant, aber ich schreibe mir die Palme des Entdeckers nicht zu (daß nämlich die Evolution in den Jahrmillionen gleichsam eine *Modistin* gewesen wäre), das hat Larvin zusammen mit Weinstein entdeckt. Aber sagen Sie endlich, womit kann ich Ihnen dienen?« Ich blickte auf das in der Ecke stehende Skelett eines jungen Atlantosaurus und fragte, was eigentlich los sei, beziehungsweise was während meiner Abwesenheit geschehen war? »Viele verschiedene Veränderungen«, meinte er. »Ich weiß nicht, womit ich anfangen soll. Vielleicht helfen Sie mir, indem Sie mir Dinge nennen, die Sie besonders erstaunt haben?«

»Was weiß ich? Warum kleiden sich die Männer so wie früher die Frauen und umgekehrt? Warum verfolgen irgendwelche Leute andere mit Schmetterlingsnetzen? Warum ...«

»Entschuldigen Sie, daß ich Sie unterbreche«, warf er ein, »aber nicht zu viele Fragen auf einmal. Das, was Sie für Schmetterlingsnetze hielten, sind in Wirklichkeit elektronische Hauben der Radiovirtual Reality. Das Internet nämlich, also die elektronischen Kommunikationsnetze, die Sie sicherlich noch von früher kennen, wurde zugleich privatisiert und nach den Gesetzen des kommerziellen Marktes aufgeteilt: Gegenwärtig haben wir ungefähr 16 Konzerne, vielleicht aber auch noch mehr, solche wie Worldnet, Cybernet, Netropolitan, Sexotics und so weiter - ich entsinne mich nicht aller. Sie bemühen sich natürlich, das Angebot und auch die Nachfrage nach ihren Dienstleistungen zu steigern. In den Straßen laufen Akquisiteure herum, die bestrebt sind, fremde Kunden für ihr Netz einzufangen, oder Inspekteure, die durch elektronische Beobachtung *(E-Peeping)* kontrollieren, an welches Netz die Passanten angeschlossen sind, oder sogenannte Netzer ...«

»Heißt das«, fragte ich, »daß dies schon der nun allgemein übliche Wahnwitz ist?«

»Das heißt«, sagte der Vetter lächelnd, »daß dies jetzt herrschende *Mode* ist, denn es kam zu einer völligen Trennung der sogenannten Kindzeugung von der Kopulatoristik.«

»Und was ist die Kopulatoristik?«

»Früher war das der Sex, aber der diente der Fortpflanzung. Diese Verbindung haben wir jetzt nicht mehr, mein Lieber.«

»Und wo kommen die Kinder her? Sind wir wieder beim Klapperstorch angelangt, oder wie?«

»Nein. Wer ein Kind haben möchte, geht ins Inseminatorium.«

»Aha. Künstliche Befruchtung ...«

»Nicht ganz. Man sucht aus einem Katalog den Typ des Kindes aus, so wie man früher den Autotyp aussuchte, man wählt also ein *Genom* aus.«

»Das heißt, die Frau wählt es aus?«

»Nicht unbedingt. Unter dem Druck der Feministinnen wurden Gesetze und Methoden geändert: Es kann nun auch ein Mann ein Kind bekommen, nur muß es durch einen Kaiserschnitt geboren werden, aber das ist für die heutige Chirurgie eine Kleinigkeit. Möchten Sie etwas trinken? Vielleicht einen Whisky? White Horse?«

»Gern«, antwortete ich, denn ich spürte, wie sehr ich nach den vernommenen Neuigkeiten eine Stärkung brauchte. Mein Gastgeber drückte eine kleine Metallplatte gegen seine Schläfe.

»Ich rufe meinen Roboter«, erklärte er. In der Tat kam ein Roboter herein, aber er brachte auf einem Tablett ein Beil anstatt einer Flasche und zweier Gläser. Tarantogas Vetter bückte sich und zog, ohne lange zu zögern und sich auf einen Dialog mit dem Blechdiener einzulassen, unter seinem Sessel eine Art silbernen Colt hervor und verwandelte mit einem einzigen Stich des Feuerstrahls den Roboter in einen Alteisenhaufen, den darüber kreisenden Rauch und Gestank aber saugte sofort eine runde, in der Decke befindliche Öffnung auf.

»Schon seit langem habe ich bemerkt, daß mein Butler reparaturbedürftig ist, aber leider hatte ich hierfür keine Zeit, so sehr war ich von den letzten Ergebnissen meiner Studien über die Reptilien des Perm frappiert.« Mit diesen Worten begab sich Tarantogas Vetter zum Wandschrank und gab mir selbst ein Glas Whisky. Da ich nicht sicher war, ob dieser Schrank nicht auch verrückt wäre, wagte ich nicht zu trinken, ehe mein Gastgeber den ersten Schluck getan hatte.

»Was raten Sie mir also zu tun?« fragte ich. »In keinem dieser Netze einer virtuellen Wirklichkeit wünsche ich gefangen zu werden. Wissen Sie, wo ich Professor Tarantoga erreichen kann?«

»Ich fürchte, daß irgendein Agenturnetz den Professor letztens verschlungen hat«, knurrte der Vetter. »Wissen Sie, die Anfänge waren nett, aber das Ende ist kläglich. Ich wohne hier nicht so sehr wegen des Smogs, sondern weil mich hier elektronische Dämme vor einer Phantomatisierung schützen ...«

»Ich habe nichts bemerkt ...«

»Das ist der Witz dabei, daß man nichts merkt. Mein Onkel – denn der Professor ist mein Onkel – wollte keine Antinetzmittel anwenden ...«

»Wissen Sie was«, sagte ich, »das alles, was ich jetzt schon gehört habe, läßt mir die Haare zu Berge steigen, aber bitte, klären Sie mich noch weiter auf. Was geschieht mit demjenigen, der in so einem Netz gefangen wird?«

»Das kommt darauf an. Es ist vor allem so, lieber Herr Tichy – aber bitte behalten Sie ruhig Blut –, daß sich der Kampf auf vielen Fronten gleichzeitig abspielt. Wo die Kinder jetzt herkommen, wissen Sie schon ein wenig. Nur ein wenig, denn man kann auch einer Jungfrau und ohne irgendeine Intimität, ohne Gewalt und Erotik ein Kind machen. Wie? Zum Beispiel durch E-Mail oder telefonisch.«

»Das ist ja furchtbar!« rief ich.

»Warum?« fragte Tarantogas Vetter interessiert. »Sie wählen ganz einfach aus dem Genkatalog ein entsprechendes Genom, codieren es auf dem Semodem, geben es *Online* und suchen ein entsprechendes Wesen zur Befruchtung. Sicher, mit einer Frau ist es immer einfacher. Aber dafür sind Frauen viel vorsichtiger als Männer. Eine Empfängnis per Telefon war anfangs recht kompliziert, aber seit Spermodeme eingeführt worden sind, ist das eine Kleinigkeit.«

»Und man kann straflos schwängern?«

»Zunächst muß man beweisen, daß die geschwängerte Person das auch gewünscht hat. Es entstand ein ganzer Zweig von Antinatal- und Antikonzeptionsanwälten. Übrigens ließ ich mir in mein Telefon (und sicherheitshalber auch in den Fernseher) Bildschirme mit einem Schutzfilter einbauen. Mich wird niemand schwängern, mein Lieber! Verlorene Liebesmüh ...«, rief er triumphierend aus. »Ich erzählte Ihnen bereits von den verschiedenen Kampfesformen. Eine geheime Schwängerung mit Hilfe von Spermodem ist in der Tat strafbar, aber leider muß man den Widerwillen gegen eine Schwangerschaft beweisen, was nicht immer einfach ist. Ein anderes Kapitel ist die Netz-Unterwelt, also kriminelle Akte von Phantomatisierung: eine Domäne, die von verschiedenen Gangs, Mafias und Einzelpersonen beherrscht wird, wie früher die Terroristen ...«

»Was machen diese Netz-Halunken?«

»Das ist kinderleicht. Andererseits muß gesagt werden, daß letztendlich diese Verbrechen fast immer einfach finanzielle Ziele verfolgen. Nehmen wir an, die bearbeiten Ihr Gehirn so, daß Sie den Code Ihres Bankkontos verraten oder einen Blankoscheck ausstellen oder das Haus, die Wohnung, Aktien, weiß der Teufel was, verschenken. Sie aber werden das in der Meinung tun, daß Sie Ihre Unterschrift auf das Buch eines Ihrer Leser und Verehrer setzen ... Ich sage das nur so als Beispiel. Oder der ganze Sachverhalt ist komplizierter. Sagen wir, Sie haben kein Vermögen, aber eine reiche Tante oder einen anderen Erblasser; Sie werden also derart ›eingestimmt‹, daß Sie entweder selbst oder per procura jene Person ins Jenseits befördern ... Sie verzeihen, aber die Welt ist nun mal so eingerichtet, daß die Zahl der Verbrechen, die über das Netz begangen werden können, gigantisch ist. Und das alles in der ›Unterwelt‹. Völlig legal spielen sich dagegen (wie ich schon sagte) die Konkurrenzkämpfe ab, Sie wissen: Das können die Gesetze nicht verbieten, denn die Konkurrenz ist die Grundlage des Kapitalismus ...«

»Und warum ist es mir immer kälter?« fragte ich, vielleicht nicht ganz passend, weil ich nicht wußte, ob das Blut in meinen Adern wegen des Gehörten erstarrt oder ob es wirklich immer kühler wird.

»Nun ja«, antwortete mein Gastgeber. »Bitte, seien Sie doch so gut, und schauen Sie zum Horizont, dann werden Sie es selbst sehen ...«

Also schaute ich von der Höhe des Wolkenkratzers, auf dem sich das Penthouse befand, und entdeckte in der Ferne ein bläuliches Leuchten. »Irgend etwas leuchtet dort, aber was?« fragte ich.

»Gletscher«, antwortete Tarantogas Verwandter. »Weil sich das Klima erwärmt, meinen Sie? Schon seit langem beobachten die Meteorologen, daß es immer kälter ist, je wärmer es wird.«

»Was reden Sie da – das ist doch gegen jede Logik ...«

»Wie Sie meinen. Die Meteorologen können das erklären. Die Deutung dieses Phänomens durch einen guten Fachmann habe ich sogar aufgenommen ... Möchten Sie sich das anhören?«

»Eine Pelzjacke wäre mir lieber«, antwortete ich. »Was raten Sie mir nun, daß ich tun soll?«

»An Ihrer Stelle würde ich mich auf schnellstem Wege wieder zurück in den Kosmos begeben«, meinte gutmütig lächelnd mein Gastgeber. »Wenn Sie aber die Absicht haben, längere Zeit auf der Erde zu bleiben, dann brauchen Sie unbedingt ein Haus, das ordentlich mit Bildschirmen versehen ist, und einen Computer, der nicht vernetzt ist, denn jetzt kann man keine Taste drücken, ohne daß sich ganze Horden von Viren über die Software hermachen und die Hardware zerstören. Oder aber Sie können zum Beispiel die Schwester eines cleveren *Hackers* heiraten: So ein Schwager könnte Ihnen als Schutz dienen ...«

»Ich verstehe nicht. Wieso ›heiraten‹? Gibt es denn jetzt

noch den Ehestand, nachdem Sie mir ja selbst von der telefonischen Kindzeugung erzählt haben?«

»O ja. Wer wird sonst zusammen mit Ihnen durch das Leben gehen? Manche ziehen zwar ehelose Umschläge vor ...«

»Was für ›Umschläge‹ wieder?«

»Mädchen. Zwei bis drei minderjährige Mädchen im Bett für die Nacht ...«

»Das ist ja pervers, Pädophilie ...«

»Ach was! In der Bibel, im Buch der Könige im Alten Testament, erzählen Abisag und König David eingehend darüber, wissen Sie das nicht mehr? Diese Sitte ist wiedergekehrt und hat Massencharakter angenommen, nur daß Sie, da Sie kein König sind, für solche Umschläge zahlen müssen; es gibt Agenturen, die Mädchen ausleihen, aber das sind eigentlich völlig überflüssige Kosten, denn Sie können Netzmädchen jeden Alters und beliebiger Formen für eine beliebige Zeit haben; Sie müssen nur Abonnent irgendeiner soliden Firma werden, die Asexualität garantiert ...«

»Wieviel ist eine solche Garantie der Asexualität wert?«

»Das ist eine ganz andere Geschichte. In der Tat soll, wie die Presse berichtet, die Mehrheit der Abonnenten diese ›Umschläge‹ mißbrauchen, es ist jedoch nicht einfach, die Schandtaten zu beweisen. Die Sittenpolizei hat damit enorme Schwierigkeiten, weil die Verteidigung, kurz gesagt, darauf hinausläuft, daß man dafür, was man im Zustand der Phantomatisierung mit irgend jemandem tut, gerichtlich genausowenig belangt werden kann wie für den Inhalt von Träumen ... wie meinen Sie?«

»Aber der Inhalt meiner Träume hängt doch nicht von mir, von meinem Willen ab?«

»Oh, mit dieser Aussage sind Sie um ein halbes Jahrhundert im Rückstand. Jetzt können Sie den Inhalt eines Traumes mit Hilfe einer entsprechenden Pille bestimmen, und für das Schlucken einer Traumpille können Sie auch nicht strafrechtlich zur Verantwortung gezogen werden ...

Vor kurzem fand sogar der Prozeß eines meiner Bekannten statt, der sich so ein Feminotonic bestellt hat, um Nacht für Nacht von einem dauerhaften Zusammenleben mit der Königin von Navarra zu träumen – und er wurde nicht verurteilt.«

»Lag das vielleicht daran, daß es gar keine Königin von Navarra gibt?«

»Jetzt gibt es keine, aber es gab mal eine. Nein, sogar für polygame Träume wird man nicht belangt. Wissen Sie, schließlich regelt der Markt alles, die sogenannte unsichtbare Hand des Marktes. Die Pillen sind ganz einfach billiger als Programme für virtuelle Wirklichkeit. Ein Programm kann man überprüfen, aber das, was Sie mit Abisag treiben (Sie sind noch kein solcher Greis wie König David aus der Bibel), kann man zumindest vorerst nicht überprüfen.

Ich sage Ihnen nur soviel: Zieht man Bilanz, dann hat an dem wissenschaftlich-technischen Fortschritt die reale *Prostitution* am meisten gelitten. Sie rechnet sich ganz einfach *nicht mehr.* Das wird übrigens auch Kriege betreffen: Der Roboter-Soldat ist vorerst immer noch teurer als der lebendige, in die Armee eingezogene Mensch, aber die Elektronik wird ständig billiger.«

Nachdem ich mich bei meinem Gesprächspartner für die Einführung in die neue reale und virtuelle Wirklichkeit bedankt hatte, begab ich mich geradewegs in ein Antiquariat, wo ich eine komplette Ritterrüstung aus dem 16. Jahrhundert erstand. Ich legte die Rüstung sogleich an und marschierte ins Hotel. In der Rezeption schien sich niemand über mein Aussehen besonders zu wundern. Mein Gedankengang war folgender: Die Phantomatisierung geschieht bekanntlich durch den Anschluß des Menschen, das heißt seines Gehirns, an einen Computer, wobei dies nicht unbedingt an Ort und Stelle sein muß – ein Anschluß ist auch auf dem Radioweg über große Entfernungen möglich. Auf jeden Fall aber wird das Gehirn mit dem virtuellen Programm durch Elektrizität verbunden, die zu den Sinnen gelangen muß. Jede elektrische Ladung aber fließt an einer *Metalloberfläche* ab, gleichgültig ob es sich dabei um eine Ritterrüstung, eine Tonne oder ein Auto handelt. Es ist dies das sogenannte Phänomen des Faradaykäfigs, das den Passagieren eines aus Blech produzierten Autos völlige Sicherheit sogar bei Blitzschlag garantiert. So müßte ich also in meiner Rüstung 100 Prozent sicher sein vor einem (legalen oder illegalen) Anschluß an eine phantomatisierende Apparatur, und irgendwo schwirrte mir sogar der Gedanke an einen gepanzerten Pyjama und ein von allen Seiten mit Blech ausgelegtes Badezimmer im Kopf herum.

Da es mir jedoch in meiner Ritterrüstung immer unbequemer wurde, zumal mir im Hotelrestaurant das Visier ständig herunterfiel, was beim Essen verdammt hinderlich war, setzte ich mich, nachdem ich mich genau nach allen Seiten vergewissert hatte, in eine Ecke, nahm den Helm ab und verspeiste eine Krebssuppe, ein Steak, Pommes frites und Eis mit Ananascreme, die ich verabscheue, aber eigentlich war mir jetzt alles gleich. Beim Professor meldete sich immer nur der automatische Anrufbeantworter, also besuchte ich den Vorsitzenden der Senatskommission der NASA für außerterrestrische Angelegenheiten, einen gemäßigt freundlichen älteren Herrn. Den Besuchstermin hatte ich zuvor mit seiner Sekretärin telefonisch ausgemacht. Sie war eine ungewöhnlich attraktive, ja ausgesprochen schöne Frau, und es überkam mich Mitleid, daß sie ihr Leben in einer Zeit telefonischer Kindzeugung und außererotischer Ehen, also in einer lieblosen Zeit, fristen mußte. Als sie gerade nicht da war, sagte ich dies Mister Johnson. Zugleich kam mir der Gedanke in den Sinn, eine Art Rätsel, der mir schon öfters durch den Kopf ging: Warum nämlich sind nicht alle Frauen *schön*? Wie ist es möglich, daß die sexuelle Auswahl, also eine Selektion, die sich wohl hauptsächlich von körperlichen Kriterien leiten läßt, zumal in grauer Vorzeit, als es noch keine Sprache gab, das heißt, als die Urmenschen noch nicht sprachen, und falls sie zu sprechen begannen, dann nichts hatten, worüber sie hätten sprechen können (dies hat sich übrigens weitgehend bis heute als Relikt aus der Zeit der Höhlenbewohner erhalten), nicht dazu geführt hat, daß Frauen mit krummen Beinen, abstoßenden Gesichtern, gräßlichen Brüsten, einer nicht weniger häßlichen Kehrseite usw. ausgestorben und infolgedessen nur so schöne am Leben geblieben sind und Städte und Dörfer bevölkern, wie sie eigentlich nur (eher entkleidet) auf Fotos im *Playboy* und in Filmen als Filmstars angeschaut werden können: manchmal auch im Leben, aber recht selten. Mister Johnson hörte mir nicht uninteressiert zu und meinte zunächst, daß die Selektion sicherlich beidseitig funktionierte: Nicht nur die Männer suchten sich ihre Angebeteten aus, aber auch umgekehrt, das heißt, die Frauen waren nicht bereit, alle Männer gutzuheißen, außerdem war es in den Höhlen sicherlich sehr *dunkel.* Bekanntlich wurde die Elektrizität als Lichtquelle erst irgendwann im 19. Jahrhundert erfunden. Das hat mich teilweise überzeugt, aber noch nicht ganz. Als wir gerade eine lebhafte Diskussion begannen, um festzustellen, ob es überhaupt nur einen Kanon der weiblichen Schönheit gibt, schaltete sich die Sekretärin über Televox in unser Gespräch: Irgendein Typ, dessen Name ich nicht verstand, wollte unverzüglich Mister Johnson sehen. Als Mister Johnson dies hörte, versuchte er eine Schublade seines Schreibtisches herauszuziehen, aber sie klemmte. Schon öffnete sich die Tür, als die Schublade endlich mit einem Ruck nachgab und in der Hand des ehrwürdigen Vorsitzenden ein großer schwarzer *Blaster* aufblitzte.

Der Gast erwies sich wirklich als ungebetener Aufdringling, denn er trug in beiden Händen ein großes Metallnetz. Als ich das sah, verschwand ich ruck, zuck unter dem Schreibtisch. Es fielen Schüsse, und ein Getöse erhob sich. Ich schaute hinter dem Schreibtisch hervor und war gleich sehr beunruhigt, denn der Typ mit dem

Netz war verschwunden, als wenn er vom Erdboden (oder vielmehr vom Fußboden) verschluckt worden wäre, aber Mister Johnson, der sich zwar weiterhin im Zimmer aufhielt, war bedeutend kleiner, seine Kleidung war viel lockerer und – was viel schlimmer war – unter seiner Nase zeigte sich plötzlich ein Schnurrbart! Ich ahnte nichts Gutes und zwickte mich, doch sogleich wurde mir bewußt, daß ich auf so primitive Weise meinen Wachzustand nicht werde bestimmen können: Entweder war ich *schon* phantomatisiert oder auch nicht. Das einzige, was mir einfiel, war, etwas völlig Deplaciertes zu tun, etwas Unerhörtes, was zu meiner von Grund auf anständigen Wesensart überhaupt nicht paßt. Zunächst einmal fragte ich Johnson, wie er heiße. Johnson, antwortete er, was entweder der Wahrheit entsprechen oder auch vorgetäuscht sein konnte.

Ich stürzte also in das Zimmer, in dem die Sekretärin am Telefon saß, und begann, sie ohne jede Rücksicht sexuell zu belästigen, in der Hoffnung, daß sie mir wenigstens eine Ohrfeige gäbe und ich mich auf diese Weise überzeugen könnte, daß ich mich weiterhin in einer realen und nicht in einer virtuellen Wirklichkeit befinde. Das hübsche Mädchen aber machte nicht die geringsten Anstalten, mich wegen des ›sexual harassment‹ zu ohrfeigen, sondern griff nach seiner Tasche und fragte sachlich, ob wir uns gleich ins Hotel begeben oder zuerst gemeinsam zu Abend speisen wollen. Nach den Belehrungen über Kopulationsfragen, die mir Tarantogas Vetter erteilt hatte, war ich nun – ehrlich gesagt – platt. Das Abenteuer versprach ganz altmodisch und – falls ich mich in den Tiefen einer entsprechend programmierten Fiktion befand – zugleich unschuldig zu werden, aber dennoch rief ihre willige Reaktion eine andere Art Unruhe in mir hervor: Ich bin ja schließlich, dachte ich mir, ein wunderbarer Mann, vielleicht gerade so einer, von dem sie seit langem träumt!

Vorsichtshalber also wich ich ihr, die schon mit der Tasche in der Hand dastand, aus und warf einen kurzen

Blick auf die lange Reihe der Buchrücken in der Handbibliothek hinter ihr. Einige Titel, wie *Kopulanten, Polysex, Theorie der in sich neutralen Kepulistik Tagebuch von Ignaz Kopulationer* konnte ich überfliegen. Die anderen schaffte ich nicht mehr, denn Mister Johnson erschien im Türrahmen. »Lesen Sie das sofort!!« rief er und gab mir irgendein Manuskript. Jetzt verstand ich gar nichts mehr. Auf der ersten Seite des Manuskripts, das er mir überreicht hat, stand zu lesen *Erscheinung des phantomatisierten Ijon Tichy.*

Das war stark. Ich hob den Kopf und sah, daß Mister Johnson sich daran machte, sein Jackett abzunehmen und daß die Sekretärin, was weit schlimmer ist, ihre Tasche zur Seite legte und auch begann, sich auszuziehen. Ihre Unterwäsche war schneeweiß. Als ich sah, wie sie an den Haken ihres Büstenhalters herumnestelte, sprang ich mit einem Satz zum Fenster und stürzte vom 24. Stock in die Tiefe.

Ich vermag es nicht zu sagen, ob mein Sprung, der an sich instinktiv war, als vernünftig zu bezeichnen ist oder auch nicht. Ebenso weiß ich nicht, wie ich ihn überlebt habe. Tatsache aber ist, daß ich das, was oben geschrieben steht, geschrieben habe, daß mir also der Sprung aus großer Höhe nicht geschadet hat. Von Zeit zu Zeit geht mir jedoch der Gedanke durch den Sinn, daß ich Mister Johnson zum Fenster hinauswerfen und mit der hübschen und willigen Sekretärin allein bleiben konnte. Das *war* virtuelle Wirklichkeit, jawohl. Aber was hätte es mir schaden können? Vielleicht wäre es genau umgekehrt gewesen, zumal ich gar nicht weiß, ob ich diese Worte wirklich schreibe oder ob mir das nur so scheint. Die Seinsunsicherheit, die durch die Invasion der neuen Techniken in das Menschenleben hervorgerufen wird, kann zu fatalen Frustrationen führen. Und wer kann mir nun sagen, ob ich eine Gelegenheit versäumt oder ob ich mich eher gerettet habe – aber wovor eigentlich? Ich habe sogar die Telefonnummer von Tarantoga und seinem Vetter verloren, und das ist nun schon endgültig ein schlechtes Zeichen.

Nachdem ich die Ritterrüstung einem Antiquar in Kommission gegeben hatte, denn ich konnte es nicht mehr in ihr aushalten, überall hatte ich blaue Flecken von den inneren Schrauben, Nieten und Kanten (wie es die mittelalterlichen Kerle in diesem Blech ausgehalten haben, bleibt mir ein Rätsel, mit dem ich mich vielleicht ein andermal auseinandersetzen werde) und war auch von dem unaufhörlichen Knirschen und Knarren der Scharniere (insbesondere im Schienbein und im Rücken) halbtaub, fuhr ich ins Hotel und ließ mir per Fax über das Inter- oder Externet die zu Hause liegengebliebene Post übermitteln. Der Postkasten war so sehr mit Reklamebroschüren verschiedener Modeme, Spermodeme, Nikodeme und anderer Deme angefüllt, daß ich erst dann auf zwei sinnvollere Ausdrucke stieß, als ich mit der Durchsicht des postalischen Chaos fast schon fertig war. Der erstere war eine Ladung zur Untersuchungsbehörde, denn Mister Johnsons Sekretärin hat gegen mich wegen ›indecent exposure‹ und ›sexual harassment‹ Klage eingereicht. Frauen sind bekanntlich launisch *(la donna e mobile)*, für mich jedoch bedeutete diese gerichtliche Ladung ein erstes Anzeichen dafür, daß ich mich in einem normalen Wachzustand befand; bestärkt hat mich in dieser Überzeugung mein letzter Kontoauszug (als ein Dokument), der mich nämlich in Kenntnis setzte, daß sich irgend jemand eines von mir unterschriebenen Schecks bediente und mein Konto restlos geleert hatte. Diese beiden verschiedenartigen Nachrichten, die kriminell-gerichtliche und die finanzielle, versetzten mich in eine ungeheuer optimistische Stimmung. *Cognito ergo sum:* Um nicht mehr zu riskieren, beschloß ich, sofort meinen Rückflug anzutreten, denn auf keinem einzigen der Monde der Kassiopeia hat irgend jemand vom Internet auch nur gehört, was aber den Kannibalismus betrifft, so wird dort zwar der Menschenfresserei ausgiebig gefrönt, aber einen Erdenbewohner wird keiner anrühren und sich eine Suppe daraus kochen, weil dies 1. die kulinarische Liturgie nicht erlaubt und weil 2. die Erdenbewohner als giftig und damit 100 Prozent ungenießbar angesehen werden. Möglicherweise werde ich irgendwann einmal einen von Professor Tarantogas Vettern treffen, aber nur, wenn er auf der Kassiopeia auftaucht.

Originaltitel: ›OSTATNIA PODROZ IJONA TICHEGO‹

Erstmals erschienen in ›Playboy‹
Nr. 10/1996 (Oktober 1996)
Mit freundlicher Genehmigung des Autors
und Wolfgang Thadewald,
Literarische Agentur, Langenhagen

Aus dem Polnischen von Nina Kozlowski